I0724818

PRENDERE O LASCIARE

UN ROMANZO DELLA SERIE "MANIPOLARE IL SISTEMA"

Brenna Aubrey

Traduzione: Mirella Banfi

SILVER GRIFFON ASSOCIATES
ORANGE, CA, USA

Per tutta la mia amata famiglia e gli amici che vivono nel Grande Nord Bianco. Spero che Katya vi renda orgogliosi

Riconoscimenti

Non c'è modo che un libro come questo sia il risultato del lavoro di una sola piccola autrice. Specialmente un libro di queste dimensioni. Devo dei ringraziamenti a:

I professionisti: K Keeton Designs e Okay Creations' Sarah Hanson per la copertina e il design mozzafiato. Kate Mckinley, Sabrina Darby e Eliza Dee, le prime che hanno rivisto la bozza. Kelly Allenby per tutti i cappelli che indossa allegramente, sembrando sempre carinissima. Grazie Kate e Viv per la meravigliosa sinossi.

Gli aiuti dal Canada: Vivian Arend. Deborah Geary, Jo Anne Baharie, Kerri Favelle, Sara Castille.

Il sostegno morale: Troppi per nominarli. Sono stati un paio di anni difficili e sono così grata per voi tutti, per le chiacchierate, le mani tenute virtualmente, la comprensione. Amici vecchi e nuovi. La mia umile gratitudine a ciascuno di voi.

Grazie per la vostra pazienza, cari lettori e lettrici. So che ci è voluto parecchio per far nascere la storia di Lucas e Katya ma spero che siate d'accordo con me che è valsa la pena di aspettare.

Prologo
Katya

MI SONO SPOSATA NEL SEPARÉ DI UN RISTORANTE FAST food, durante una lunga pausa pranzo infilata in mezzo a una durissima settimana lavorativa di sessanta ore.

Non mentirò, questo matrimonio è tutt'altro che roba da sogno. Il mio futuro marito però? Probabilmente è stato il protagonista principale di parecchie, diciamo dozzine, di fantasie. Non *le mie*, ovviamente.

Il matrimonio era strettamente una transazione professionale. *Ahem.*

Lucas Walker, collega, ex nemesi e adesso sposo, era seduto davanti a me al tavolo di formica. Alto, spalle larghe, occhi sensuali del colore del cioccolato fuso. Con la mandibola squadrata e sempre con quel velo di barba che trasforma un uomo di bell'aspetto in uno notevolmente attraente.

Il mio futuro marito. Una volta usciti da questo fast food, Lucas sarebbe stato legalmente il mio coniuge.

E io sarei stata sua moglie.

«Okay, facciamolo.» Il mio amico e coinquilino, Heath Bowman, fece scrocchiare le nocche. Poi spinse da parte la ricevuta del nostro ordine per il pranzo in modo da poter stendere i documenti per la licenza di matrimonio. Si voltò per darmi un'occhiata, ero seduta accanto a lui. «A proposito, grazie per averli compilati. Renderà tutto più veloce.» I suoi occhi azzurri tornarono alla pagina e poi si irrigidì mentre ricordava qualcosa. «Oh, merda, dimenticavo che abbiamo bisogno di un altro.»

Lucas si chinò in avanti, fissandolo intensamente con gli occhi socchiusi, «Un altro? Perché dobbiamo coinvolgere altra gente in questa pazzia?»

Heath alzò gli occhi, «Serve almeno un testimone. È la legge della California.»

Restammo tutti zitti a fissarci. Dovevamo chiamare un collega? No, decisamente no. Un amico mio o di Lucas? Gli diedi un'occhiata e lui restò immobile. Sapevo che avrebbe trovato il modo di incolpare me. Lo vedevo nella sua espressione. Lo faceva abbastanza spesso al lavoro.

Rossa, ti metti sempre in queste stranissime situazioni , mi aveva detto quando gli avevo proposto tutta la faccenda in un bar la settimana prima. *Adesso trascini dentro anche me?*

Sbattei le palpebre, concentrandomi sulle palme rosse stilizzate sulle pareti piastrellate tutte intorno a noi.

Rumore di disco graffiato. Fermo immagine.

Sì, questa sono io. Probabilmente vi state chiedendo come sia finita in una situazione simile...

Quindi, sì. È cominciato tutto circa tre settimane fa. Appena prima dell'anno nuovo, avevo lasciato gli USA per partecipare al matrimonio esotico dei miei amici ai Caraibi. Come avevano fatto tutti. Ma l'ufficio dogana e immigrazione mi aveva beccata al mio ritorno negli Stati Uniti.

Hanno lanciato l'assurda accusa che *io* , una quasi innocente ragazza canadese, lavoratrice indefessa, che si faceva gli affari suoi, stesse lavorando illegalmente negli USA. Niente visto o permesso speciale! Niente permesso di soggiorno!

Che coraggio!

Avevano ragione. Né più né meno. Ma, maledizione, potevano anche non essere così rigidi e minacciare di buttarmi fuori per sempre dagli Stati Uniti?

Ai federali non interessava che mi fossi ricostruita una vita qui, dando l'addio a quella precedente per tante ragioni che preferivo non approfondissero. Negli USA facevo il lavoro dei miei sogni e mi ero messa alle spalle i problemi del passato. Avevo un nuovo gruppo di amici che mi volevano bene, probabilmente più della mia stessa famiglia.

Ma a loro non interessava.

In quella stanzetta dell'aeroporto mi avevano minacciato di espulsione. E, lo ammetto, ero andata nel panico. Nella foga del momento, con tutte le dita puntate contro, avevo spiattellato la prima bugia che mi era passata per la mente: che stavo per sposarmi. Con Lucas, un mio collega. Un cittadino americano.

E, gente, quella bugia si era moltiplicata, divisa e replicata come un virus. Da quando gli avevo fatto la proposta, la mia vita aveva preso una strada ancora più folle. Una volta spiegata la mia situazione in tutti i suoi intricati particolari, Lucas aveva accettato di aiutarmi, con mia somma sorpresa.

Heath riprese a parlare. «Per poter essere legalmente sposati nello stato della California, avete bisogno di un officiante autorizzato.» Heath si mise la mano enorme sul petto. «Quello sono io. Poi dovete dichiarare a voce alta, quando vi viene chiesto, che intendete prendervi l'un l'altro come legittimi sposi. E ci serve un accidente di testimone che firmi la licenza.»

Qualcuno dal separé dietro a Lucas voltò di scatto la testa verso di noi. La sua espressione diceva tutto… *CHE CAZZO…?*

Sì, amico, sono d'accordo.

Lucas sembrava sul punto di scappare, quindi dovevo agire in fretta. In quel momento riconobbi l'uniforme del tizio che origliava. Indossava la maglietta con il colletto bianco e la targhetta con il logo dell'IN-N-OUT Burger e aveva i resti del suo pasto nel vassoio davanti a sé. Un dipendente in pausa pranzo.

Uscendo dal separé, chiesi a Heath: «Hai dei contanti?»

«Un paio di biglietti da venti, perché?»

«Torno subito con un testimone» fu tutto ciò che dissi mentre il mio futuro marito mi fissava, guardingo, con gli occhi sgranati. Una lepre abbagliata dai fari.

In meno di cinque minuti tornai con il nostro nuovo "testimone" a cui chiesi di infilarsi nel separé accanto al mio frastornato futuro sposo. La sua targhetta diceva "Rob", quindi lo presentai agli altri due.

«Devo tornare al lavoro entro un quarto d'ora» disse Rob con la voce tesa e stridula. «Avevi detto che ci sono quaranta dollari per me?»

«Sì. Heath ti pagherà quando firmi. Non dovrebbe volerci molto, giusto?» Inarcai le sopracciglia guardando Heath, chiedendogli in silenzio di confermarlo.

Heath sbatté le palpebre un paio di volte, restando a bocca aperta almeno per mezzo minuto prima di parlare. «Uh, sì, certo. Un quarto d'ora per la versione lunga. Potrai andartene una volta firmato.»

Rob guardò noi tre mentre si infilava una lunga ciocca di capelli biondo scuro sotto il berretto rosso. «Allora okay.»

Heath mi diede un'occhiata. «Vuoi tu, Katharina Rose Ellis, prendere Lucas Walker...» Heath strizzò gli occhi al nome che non ero nemmeno riuscita a farci stare nello spazio previsto. Fino al giorno prima non avevo idea che il mio futuro marito avesse un altro cognome e che Walker fosse il suo secondo nome. E che il cognome fosse una vera chicca. Avevo esaurito lo spazio mentre compilavo il campo *cognome* , continuando nel margine.

«Lucas Walker van den Hoehnsboek van Lynden» sparò Lucas.

«Nomi sufficienti per quattro persone» disse ghignando Heath.

Lucas rispose sbuffando e facendo un gesto che chiaramente significava *Vediamo di muoverci.*

Heath tornò a guardare me. «Okay, allora Katya, prendi Lucas come legittimo sposo?»

Non riuscivo a guardare Lucas negli occhi, pur sapendo che aveva le sue buone ragioni per aiutarmi. La faccenda era diventata *strana* , quindi fissai la pacchiana superficie di plastica e gracchiai un veloce: «Sì.» Se fosse stato possibile cavarmela solo con un cenno della testa lo avrei fatto.

Heath passò alla domanda successiva. «E, Lucas, vuoi prendere Katya come legittima sposa?»

Le mani di Lucas, dov'erano appoggiate al tavolo, con le dita intrecciate, sembrarono stringersi, con le nocche che diventavano bianche. Oltre a quello non fece altri movimenti. Fece velocemente un cenno con la testa e disse altrettanto velocemente: «Sì, lo voglio.» Lo disse con lo stesso tono di voce che avrebbe potuto usare per annunciare di aver preso una malattia venerea.

Heath annuì, soddisfatto. «Okay, allora... per il potere conferitomi dallo stato della California, bla, bla, bla, io vi dichiaro marito e moglie...»

«Numero novantatré, il vostro ordine è pronto!» disse la voce incorporea all'altoparlante.

«Oh, siamo noi.» Heath offrì la penna a Rob. «Se vuoi gentilmente firmare qui...» Prese il portafogli e ne tolse un paio di banconote.

Rob era già uscito dal separé, controllato l'orologio e poi scribacchiato il suo nome con un sorriso quand'era già in piedi. «La cosa più strana che mi sia mai capitata, ma, sì, ne sono stato testimone.»

Merda, e se quelli dell'Immigrazione avessero voluto la testimonianza di Rob, per un motivo qualsiasi? Allungai la mano e coprii quella grande di Lucas con la mia, stringendola. «Mi dispiace. Siamo così disperatamente innamorati che dovevamo sposarci *immediatamente* .» Diedi un'occhiata di avvertimento a Lucas, che grugnì e annuì, confermando ciò che avevo detto. Già, non avrebbe mai vinto un Oscar.

Rob restituì la penna a Heath e mentre prendeva i contanti, dal suo telefono risuonò il ritmo sdolcinato sintetizzato della canzone di Rick Astley *Never Gonna Give You Up,* Non rinuncerò mai a te, che in una delle sue tante versioni era diventata *Non ti lascerò* . Un perfetto "rick-roll", sapete, quando cliccate un link che vi ha inviato un amico burlone e appare all'improvviso il video musicale di Rick Astley?

Heath si diede una spinta per uscire dal separé. «Vado a procurarci il pranzo di nozze. Voi due firmate mentre sono via.»

Il rick-roll, una via di mezzo tra uno scherzo e un meme, un modo per far capire a un amico "ti ho fregato" fu la *pièce de résistance,* il tocco in più da aggiungere alla lista delle cose surreali di quella strana giornata. Lo sposo semi-ostile. Il bla-bla-bla dei nostri voti nuziali. L'interruzione dall'altoparlante. Per non dire poi del "pranzo di nozze" composto da doppi hamburger, frullati e patatine fritte.

Il nostro testimone, Rob, rispose al telefono, andandosene senza una parola di congratulazioni o un ringraziamento per i 40 dollari guadagnati così facilmente. E io rimasi a fissare imbarazzata il mio sposo.

Merda, adesso era mio marito. Però non sembrava che le cose fossero diverse. Mi fissava con la stessa espressione di noncurante irritazione di sempre.

Con movimenti scattosi, quasi robotici, Lucas prese il modulo che aveva davanti. Firmò con tratti veloci e decisi della penna che scricchiolavano sulla superficie del tavolo. Poi mi passò il foglio.

Invece di firmare immediatamente, alzai il mio bicchiere di carta e lo tesi verso di lui per un brindisi.

I nostri sguardi si incontrarono. L'aria tra di noi crepitò e scoppiettò.

I miei occhi andarono alle sue mani, con le dita strettamente allacciate sopra il tavolo. Le guardai per un momento, rendendomi conto, non per la prima volta, quanto mi affascinassero. Erano forti, virili, dita lunghe, vene prominenti che attraversavano mani con una spolverata di peli. Il mio sguardo salì verso le braccia muscolose sotto la camicia di flanella.

Cerca di non concentrarti su quello. Mi sforzai di spostare la mia attenzione altrove per impedirmi di incrociare nuovamente il suo sguardo. Aveva adorabili grandi occhi castani. Sembravano sonnacchiosi, anche quando era completamente vigile. Ed erano orlati da ciglia scure. E la sua bocca…

Smettila, Kat!

Mi schiarii la voce e alzai nuovamente il bicchiere. «Dai, forza, dovremmo almeno fare un brindisi, giusto?»

Lucas mi guardò per un attimo, sembrò lottare contro la tentazione di sbuffare ma alla fine mi assecondò, battendo leggermente il suo bicchiere di coca cola contro la mia limonata rosa zuccherosa.

«E a che cosa stiamo brindando? Al rispetto delle scadenze con un margine eccellente? A un bonus da parte dei nostri capi per il rilascio anticipato della versione beta?»

Sorrisi. «A noi. Il signor e la signora uh… van Hoehns…»

Lucas sospirò e appoggiò il bicchiere sul tavolo, alzando un sopracciglio. Abbassando lentamente gli occhi, percorse la linea dei miei lunghi capelli, oltre le spalle, giù lungo le braccia dove arrivavano quasi a toccare il tavolo.

Il suo sguardo mi riscaldava dovunque passasse. Ma non gliel'avrei mai fatto sapere, nemmeno in un fantastiliardo di anni.

«Walker. Manteniamo le cose semplici. E pensavo che avessi intenzione di mantenere il tuo cognome?»

Feci spallucce e annuii. «Sì, certo. A meno che sia più favorevole cambiarlo per quelli dell'Immigrazione. Dovrò parlarne con il mio avvocato.»

«Dato che non sarà una cosa duratura, direi che meno lavoro dovrai fare per tornare al tuo, una volta finito tutto, meglio è.»

Finii di bere rumorosamente le ultime gocce di limonata e lo guardai spalancando gli occhi. «Meno male che non sono mai stata attaccata al tipico sogno di un grande matrimonio. Vestito costoso, e bouquet di fiori in boccio, un elegante primo ballo in una sala piena di amici e famigliari perlopiù ubriachi. Più diverso da così non sarebbe possibile.»

Questa volta Lucas sbuffò davvero. «Comunque è una cosa completamente sopravvalutata. Non ti stai perdendo niente. Nemmeno se fosse un matrimonio vero.»

Aggrottai la fronte, chiedendomi che cosa significasse quel commento enigmatico. Avrei dovuto abituarmici. A mio "marito" piaceva fare dei commenti pungenti che nessuno capiva. Almeno sapevo fin dall'inizio a che cosa andavo incontro sposando Lucas. Lavoravamo assieme da oltre un anno e battibeccavamo regolarmente.

Lucas smise di fissare le mie mani irrequiete, poi controllò l'orologio. «Comunque non abbiamo tempo per decantare i *come avrebbe potuto essere*. Quando torneremo al lavoro oggi, dovremo partire in quarta, lo hai promesso.»

Alzai la mano destra come se stessi giurando solennemente, perché non c'era stato abbastanza di *quello* oggi, immagino. «Tutte le mie pause pranzo e gli straordinari e tutte le mie notti in bianco sono tuoi finché non avremo rispettato la scadenza.»

Lucas annuì austeramente, soddisfatto. «Bene, perché questa...» ruotò il dito comprendendo lui e me, «è una transazione d'affari.»

Scossi la testa, annuendo stancamente. Gliel'avevo sentito ripetere parecchie volte nell'ultima settimana. «Sì, sì, sì. Io ottengo un autentico marito Yankee da indicare sui miei moduli per ottenere la green card, la carta verde. *Tu* ottieni il mio aiuto per rispettare la scadenza, in modo da impressionare i grandi capi e ottenere la promozione che stai agognando. Ho *capito*, Lucas, come l'avevo capito la dodicesima volta in cui me l'hai detto.»

«*Mmm*, beh, qualche volta in più non può far male.»

Come tester, collaudatori, di videogiochi, il nostro reparto alla Draco Multimedia Entertainment doveva assicurarsi che il software fosse senza bachi o difetti. Era particolarmente importante in vista dell'imminente rilascio della nuova espansione di Dragon Epoch, *War of Sunderlands*, la guerra delle Sunderland. Per un gioco grandioso e complesso come Dragon Epoch non era un compito facile.

I nostri capi ci avevano dato una scadenza quasi impossibile da rispettare. Ma invece di respingerla e chiedere più tempo, Lucas, il nostro project manager, aveva accettato la sfida. Perché doveva dimostrare qualcosa.

Premette il dito indice sul tavolo tra di noi. «*Giusto?*»

Digrignai i denti. «Sì, giusto. Cribbio. So benissimo quanto ci tieni al nuovo lavoro. Farò tutto ciò che posso per aiutarti. Sai quello che dicono degli immigrati, che sono loro a fare tutto il lavoro.»

Maledizione, era irritante e anche sexy quando faceva così. Dispotico e insistente con una buona dose di scontrosità, quello era Lucas in poche parole. Peccato che fosse anche avvolto in una bella confezione che non potevo fare a meno di notare. Costantemente. Sarebbe stato tanto più facile irritarsi con uno stronzo brutto invece di uno bello.

Non aiutava il fatto che la sua imperiosità mi portasse a chiedermi se era così anche a letto. *Smettila, Kat!*

Ero fortunata, davvero. Finora non aveva fatto molte domande sul motivo per cui fosse così vitale per me restare negli

Stati Uniti e non tornare in Canada. Mi batteva forte il cuore e mi si stringeva lo stomaco tutte le volte che pensavo a quella possibilità. *No*. Mi stava aiutando a restare lì e correva dei rischi facendolo. Quindi avrei ignorato il comportamento da stronzo e gli sarei stata grata.

Il mio paese d'origine era un posto meraviglioso. Ma la situazione particolare che avevo lasciato… non tanto. Mi agitai di nuovo, facendo scorrere la cannuccia nel coperchio del mio bicchiere con un cigolio. Dopo un minuto, Lucas mise la mano sulla mia per farmi smettere, stringendo le favolose mascelle.

«*Rossa*» borbottò a denti stretti. «Datti una calmata.»

La mano di Lucas era calda e callosa, probabilmente a causa degli anni di canottaggio al college, come mi aveva detto una volta. Sentii brividi caldi risalire da dove mi stava toccando. *Porca paletta*. Brividi, scosse, pelle d'oca. Deglutii rumorosamente e districai la mano da sotto la sua. Poi presi la penna e aggiunsi la mia firma alla licenza.

Dopo aver riletto il modulo, mi misi comoda, alzando gli occhi giusto in tempo per vedere che Lucas mi stava fissando intensamente, gli occhi puntati da qualche parte sul mio collo o sui capelli. Ma appena si accorse che lo stavo guardando cambiò tutto. La solita maschera di granito era tornata al suo posto prima che riportasse lo sguardo sui miei occhi.

Lucas mi rivolse un'alzata di spalle poco convincente e guardò fuori dalla finestra.

«Allora, quando mi trasferisco?» gli chiesi allegramente, conoscendo già la risposta a quella domanda. Ma, come al solito, trovavo quasi impossibile evitare la tentazione di farlo incazzare ogni tanto.

Il suo volto si fece scuro. «Avevi detto…»

Alzai una mano. «Scherzavo, stavo scherzando. Ma deve apparire come se vivessi con te. Farò mandare tutta la posta al tuo indirizzo, se non ti dispiace. Ma non temere. Continuerò a vivere con Heath, nel suo appartamento.»

Lucas tornò a guardarmi. «Dovremo anche avere un conto corrente cointestato e aggiungerò il tuo nome alle mie bollette. Non dovrai pagarle.»

Sbuffai. «Bene, perché non potrei mai permettermi il mutuo sulla tua casa di lusso.»

«Come ti pare.»

«Metterò insieme un album fotografico. Potresti inviarmi le foto che hai? Ne ho qualcuna delle feste dell'ufficio cui abbiamo partecipato. Dovremmo posare per qualcun'altra. Temo che dovrò chiederti di fare qualcosa di raro e probabilmente penoso, però, e *sorridere* veramente nelle foto.»

Lucas sospirò. «Va bene, se proprio devo.»

Non riuscii a resistere, presi il telefono e gli scattai una foto, completa di sguardo accigliato. Poi mi presi un momento per guardarla. Era troppo attraente, perfino con quel cipiglio, un fatto che mi dissi ancora una volta di ignorare. «Bene, questa non mi aiuterà a raccontare del nostro favoloso, romantico matrimonio agli agenti dell'Immigrazione. Ci dovremo lavorare un po'.»

«Inoltrerete subito i moduli?»

Guardai la licenza di matrimonio tra di noi, con entrambe le nostre firme. «Devo farlo, ordine del tribunale. Ci pensiamo noi.»

«Bene. Allora non dovrebbero esserci problemi. E, ovviamente, per tutto il resto abbiamo le nostre regole.» Lo fissai, quasi sfidandolo a *osare* a ripetere ancora una volta quelle stronzate. «Ricordi le regole, vero?»

Et voilà, eccoci di nuovo...

Scossi la testa, guardando fuori dalla finestra. Jedi boy e le sue dannate regole. «Sì, le ricordo. Non me le farai ripetere ancora una volta.»

Lucas socchiuse gli occhi. «Vuoi scommettere?»

Mi voltai di colpo a guardarlo. «Sei irritante.»

«Non m'interessa.» Continuò a fissarmi finché mi arresi.

Soffiai fuori il fiato. «Bene. Ma questa è l'ultima volta che le ripeto a voce alta, chiaro?» Nessuna reazione. Mi morsi il labbro e continuai. «Al lavoro, a casa e in qualunque altro posto *non* ci comporteremo come una coppia sposata. Niente battute sul fatto di essere sposati. Il segreto resta tra te, me e Heath. Non si esce con altre persone.» Finii di bere rumorosamente per farlo incazzare. «E mi tengo tutti i regali di nozze.»

«Non sarebbe più facile convincere i poteri costituiti che il vostro matrimonio è reale se *non* manteneste il segreto?» Heath si era fermato alle mie spalle con il vassoio carico di cibo. Non sapevo da quanto tempo fosse lì, apparentemente abbastanza da sentirmi recitare le stupide regole di Lucas.

Mi spostai per lasciargli il posto per sedersi e lui appoggiò il vassoio.

«Mi spiace ci sia voluto un po'. Ho dovuto rimandare indietro il mio hamburger. Il cassiere non aveva segnato che doveva essere il loro "animal-style".»

Heath addentò il suo hamburger, le priorità erano importanti in fin dei conti, prima di dare un'occhiata a Lucas e poi a me, aspettando la risposta alla sua domanda.

«Ho le mie ragioni per tenerlo nascosto» rispose finalmente Lucas, evitando di guardarmi negli occhi. «Ossia che sono in corsa per un'importante promozione e Kat è la miglior amica della moglie dell'AD.»

Heath ingoiò il suo enorme boccone e sbuffò. «Non sarebbe una buona ragione per *non* mantenere il segreto? Diavolo, io lo direi a chiunque avesse voglia di ascoltare.»

Sapevo già la risposta e mi resi conto che Lucas cominciava a sentirsi sotto pressione, quindi mi intromisi, magnanimamente, devo aggiungere, perché Lucas era ugualmente irritante. *Ma* mi stava anche facendo un enorme favore. «Lucas non crede al nepotismo. Vuole il lavoro per meriti propri.»

Heath fece spallucce. «Okay, quindi tenetelo segreto al lavoro ma...»

«Anche l'aspetto familiare è complicato» l'interruppe Lucas prima ancora che Heath potesse chiedere. «Credimi, è più facile così.»

Alzai un sopracciglio, incuriosita, ma resistetti al desiderio di fare la domanda ovvia. In effetti non sapevo niente della famiglia di Lucas, ma se non chiedergli della sua significava che lui non avrebbe chiesto della mia, allora tanto meglio. Presi il mio doppio hamburger e alzai il pane per assicurarmi che non l'avessero spalmato con la "salsa speciale" che non mi piaceva.

«È abbastanza facile tenerlo nascosto» dissi. «Specialmente visto che tutto quello che farò è spedire dei documenti per poi presentarci a un colloquio.» Immaginavo che avremmo dovuto sapere qualcosa delle famiglie a quel punto, ma mancavano mesi.

Un passo alla volta. Un mese prima Lucas e io eravamo in un cottage in montagna con i nostri colleghi proprio prima di

Natale. Non avevamo idea di che cosa ci avrebbe portato il folle futuro.

E adesso eravamo lì. Marito e moglie.

«Immagino che significhi niente anelli nuziali, un'altra delle cose che volevo chiedere» chiese Heath tra un boccone e l'altro.

Lucas scosse la testa con decisione. «Niente anelli.»

Certo. Nessun segno esteriore che eravamo sposati, per diversi motivi. Non è che nessuno dei due avesse molto tempo per uscire, visto il nostro carico di lavoro. Frequentare qualcuno avrebbe reso le cose incasinate e complicate, oltre a non far apparire reale il matrimonio. E con la condizione che aveva posto Lucas di mantenere il tutto segreto, avevamo bisogno di tutto l'aiuto possibile.

Finito il nostro "pranzo di nozze", Lucas non perse tempo a uscire dal separé e a invitarci a tornare al lavoro. Mi presi un momento per ringraziare Heath, che era venuto da Orange, dove vivevamo, fino a Irvine, per la "cerimonia" durante la nostra pausa pranzo.

Perché avremmo passato un'altra lunga nottata al lavoro, probabilmente anche per il resto della settimana.

Heath si pulì accuratamente le mani dal grasso prima di prendere i documenti e firmarli. Li infilò in una busta che ci assicurò avrebbe spedito all'ufficio della contea appena possibile.

E da dov'era, Lucas osservava ogni suo movimento come se non si fidasse di ciò che stava facendo Heath. Come se avesse firmato per rinunciare alla sua vita. Perché in effetti era così, almeno per il prossimo futuro, e almeno finché non avessi ottenuto la green card.

«Tienimi informato su qualsiasi sviluppo o appuntamento cui devo partecipare» grugnì Lucas mentre uscivamo.

Dovetti lottare per non rivolgergli un saluto militare in risposta.

Nemmeno un'ora dopo, tornati al lavoro, fu piuttosto strano cercare di mantenere l'illusione che non fosse successo niente. In effetti non era un'illusione. Dato che non era realmente successo niente, se non sulla carta.

Studiai il nostro tabellone del punteggio di Mission Accomplished. Mostrava la classifica di un torneo in corso tra noi colleghi. C'erano dei giocatori che, sentendosi oberati di lavoro, sottopagati e sottovalutati, facevano una pausa dal debugging di Dragon Epoch per giocare a un altro videogioco. Mission Accomplished era terribilmente datato oramai ma Lucas era un suo fan da lungo tempo. Inoltre era il primissimo videogioco che aveva prodotto da solo il nostro capo, quand'era un adolescente.

Nelle ultime ventiquattro ore, Lucas mi aveva superato ed era diventato il primo in classifica sul cartellone che avevamo inventato per segnare il punteggio. Piegai la testa, mordicchiandomi un'unghia e lo controllai. Da mesi Lucas e io ci superavamo continuamente a vicenda su quel tabellone. Il giocatore al terzo posto non era nemmeno vicino.

«Lascerai che resti al primo posto? Voi due siete così ossessionati sul battervi l'un l'altro che nessuno riesce a starvi alla pari.» Il commento sarcastico del mio collega Joel mi fece uscire dalla mia silenziosa fantasticheria. Lo guardai mentre indicava il punteggio di Lucas. Era temporaneo e lo sapevano entrambi. Lo avrei battuto alla grande la prima volta in cui mi sarei messa a giocare.

Eccetto... eccetto che forse non lo avrei fatto. Non tanto presto, comunque. Per ringraziarlo silenziosamente per tutto quello che aveva fatto per me magari lo avrei lasciato restare al primo posto. Anche se aveva dovuto solo saltare un paio di pause pranzo per ottenere la licenza di matrimonio e per la "cerimonia", era comunque stata una cosa molto gentile quella che aveva fatto.

Sì, certo, aveva bisogno del mio aiuto per l'espansione, ma… probabilmente ce l'avrebbe fatta anche senza di me.

Mi accorsi che stavo sorridendo, in un momento di tenerezza che mi scaldava il cuore. Nel suo particolare modo burbero, mi aveva dimostrato un po' di gentilezza.

Feci spallucce e lasciai senza risposta la domanda di Joel mentre tornavo lentamente alla mia scrivania, prendendomi qualche momento per fare un po' di stretching prima di sedermi. Sarebbe stato un procedere lento e noioso fino all'ora di uscita, quindi dovevo approfittare di ogni possibilità.

Quando mi rialzai per respirare, voltandomi per sedermi, notai che Lucas era entrato nella stanza. Il suo sguardo andò al tabellone e poi esaminò tutta la stanza con la sua fila di postazioni di lavoro. Molto probabilmente stava controllando chi era ancora lì e chi si stava preparando per uscire.

Quando i nostri sguardi si incrociarono, gli rivolsi un sorriso incerto e una schiacciatina d'occhio.

La sua espressione neutra si trasformò in un cipiglio, con gli occhi che si socchiudevano. Con le spalle rigide e una postura ancora più rigida, oltrepassò la mia scrivania e grugnì un brusco: «Torna al lavoro, Rossa. Se hai tempo per sognare a occhi aperti significa che hai troppo tempo libero.»

Fulminai con gli occhi la schiena che si allontanava, stringendo a mia volta gli occhi mentre mi lasciavo cadere sulla sedia. *Felice matrimonio anche a te, stronzo.*

Aprii il file di accodamento con i denti stretti, decisa a stracciarlo al videogioco appena possibile.

Capitolo Uno
Lucas

Sei mesi dopo

C'ERANO MORMORII TUTTO INTORNO A ME. ERA LA prima cosa che notai quando mi tolsi le cuffie. Ispezionai il nostro angolo del campus della Draco, non tanto affettuosamente soprannominato la Tana dai suoi abitanti. Era un soprannome appropriato, dato che gli abitanti erano il reparto di collaudo dei giochi della Draco Multimedia Entertainment. Per la maggior parte, i dipendenti in quel reparto sembravano meritare di passare il tempo in un posto chiamato la Tana. Le loro abitudini in fatto di vestiti e igiene si intonavano fin troppo bene a un posto lontano dalla luce del sole, in un habitat costellato dai detriti dei pasti consumati.

Strofinandomi gli occhi per farli tornare a fuoco dopo le lunghe ore passate a fissare lo schermo, mi guardai intorno per vedere se tutti fossero dove dovevano essere. C'erano postazioni di lavoro vuote lungo la parete in fondo accanto alle grandi vetrate, la scrivania del capo della squadra, dove lavoravo io, era in mezzo alla stanza. Sul lato più lontano c'era un tabellone che andava dal pavimento al soffitto con una quantità enorme di post-it colorati. Era diviso in sezioni che denotavano la posizione

19

in cui si trovava ognuna delle attività: in pianificazione, in corso, completata, accantonata, accelerata.

Sembrava che un unicorno ubriaco fosse entrato nella Tana e avesse vomitato un arcobaleno sopra la parete. Il mio sguardo tornò al gruppetto di persone accanto alla porta, la fonte dei sussurri non così discreti.

I miei colleghi mi lanciavano ogni tanto un'occhiata mentre li osservavo. Forse si aspettavano che interrompessi il loro raduno spontaneo, ma mi sentivo generoso. La settimana prima avevamo rispettato una scadenza quasi impossibile. Era stato uno sforzo durissimo e molti di loro avevano lavorato giorno e notte per riuscirci.

Quindi si stavano prendendo qualche minuto in più per la pausa pranzo. Di solito non ci facevo caso, a meno di essere sotto scacco.

Nei momenti salienti non c'erano pause per il pranzo, né per la cena né per il caffè. Né c'erano più di due minuti da sprecare per una corsa disperata in bagno per pisciar fuori tutto il Red Bull, il caffè o la Mountain Dew. Certo, ci aspettava la prossima lista di bachi. E sarebbe continuato il ciclo della ricerca di tutti gli errori nel gioco prima del rilascio.

Nei momenti più tranquilli, come quella settimana, non facevo caso all'orologio e lo sapevano. Ma la loro pausa caffè adesso mi stava irritando. Oppure ero paranoico pensando che stessero parlando di me.

Cambiò tutto nell'attimo in cui si aprì di nuovo la porta. Katya entrò e andò direttamente alla sua postazione senza nemmeno far caso al gruppetto di colleghi.

Loro, al contrario, la guardarono. Poi guardarono me, si guardarono a vicenda e di colpo si dispersero come gatti cui avessero appena gettato un secchio d'acqua gelata.

Il mio sguardo andò a Katya. La lunga cascata dei suoi fiammeggianti capelli rossi setosi che le arrivavano in vita, il modo in cui i jeans le fasciavano il sedere. Prima di riuscire a riprendere fiato, quella familiare fitta di attrazione minacciò di invadermi i pensieri. Poi entrò in gioco il mio sistema automatico di soppressione e mi obbligai a distogliere gli occhi prima di passare troppo tempo a godere della sua visione. Era una delle mie regole più importanti. La chiamavo la regola dei sei secondi.

Era un po' come guardare il sole. Mi ero imposto di non fissarla per più di sei secondi. Ma invece di bruciarmi la retina, rischiavo che la mia mente vagasse in territorio pericoloso. Inevitabilmente cominciavo a soffermami sul fatto che aveva un sedere favoloso nei nuovi jeans blu scuro che indossava. O avrei pensato ossessivamente a come la maglietta aderiva al suo seno perfetto. E i pensieri potevano portare alle azioni.

E le azioni avrebbero sicuramente portato ai drammi e alle stronzate cui avevo detto addio anni prima.

Spariti i colleghi mormoranti, sentivo ancora le strane occhiate inquisitive che arrivavano dalle altre postazioni. Ogni volta che ne beccavo uno, lo fulminavo con gli occhi e mi lasciavano in pace. Lentamente mi voltai verso il mio schermo e mi rimisi le cuffie. Era ora di controllare i primi report di bachi arrivati dai beta tester quella mattina.

Non erano passati cinque minuti che la distrazione proibita venne da me. Sarei stato costretto a passare molto più di sei secondi pensando a lei perché l'avevo proprio accanto. I capelli morbidi e profumati mi accarezzarono la guancia quando si piegò sopra la mia postazione per mormorare qualcosa.

«Ho trovato qualcosa che devi vedere» disse con la voce un po' più forte del normale, come se volesse che sentissero tutti quelli intorno. Le diedi un'occhiata interrogativa. «Sezione 583-A. Puoi aprirla?»

Che diavolo? Avevo autorizzato quella sezione giorni prima, dichiarandola pulita. Feci come chiedeva e aprii le note su quella sezione. Katya si piegò ancora più vicino a me, tanto da farmi sentire il calore del suo corpo accanto al mio. Per qualche motivo mi irritai. Probabilmente perché la sua vicinanza, e il fatto che fosse così sexy, mi disturbavano da un anno. Perché non potevo avere ciò che era così vicino, e avevo deciso che non l'avrei mai avuto.

I suoi lunghi magnifici capelli mi accarezzarono di nuovo il viso, Dio, quel profumo. Era un mix inebriante di cocco, lavanda e altre spezie di cui non conoscevo il nome. Forse noce moscata. Discreto ed eccitante insieme.

E tutte le volte mi faceva salire la pressione. Mise una mano accanto alla mia tastiera per sorreggersi mentre indicava lo schermo. Mi concentrai sulle mani sottili, le lunghe dita aggraziate. Aveva le unghie tagliate corte per poter battere più velocemente, ma con lo smalto azzurro scheggiato e piccoli disegni glitterati. Era la combinazione perfetta di ragazzaccia gamer e abbagliante bellezza femminile.

E io avevo deciso, mesi fa, per amore della mia salute mentale, di smettere di pensarla in quel modo, anche se era in segreto mia moglie. Finora la decisione non aveva avuto molto successo ed era frustrante.

Mi rimproverai da solo perché trovavo irresistibile il suo profumo e lottai contro gli inizi di eccitazione. Era passato troppo tempo da quando avevo fatto sesso. La nebbia di desiderio era così forte che non mi ero reso conto che stesse parlando. Inoltre non mi ero reso conto che non aveva intenzione di parlare del supposto baco nella sezione 583-A.

«… fissare un appuntamento con l'ufficio immigrazione per il nostro colloquio.» Stava parlando sottovoce. Sbattei gli occhi, tornando a precipizio sulla terra mentre staccavo la faccia dai suoi capelli di seta. Una fitta improvvisa di desiderio mi fece alzare di colpo.

Maledizione . Era proprio da me infilarmi in una situazione simile, sposato in segreto a una gamer sexy da morire con la quale lavoravo lunghe ore ogni giorno e a volte anche di notte. Che aveva curve che minacciavano di farmi impazzire se ci pensavo per più di qualche minuto per volta. Di cui mi chiedevo costantemente se baciava bene come promettevano le sue labbra piene.

Ed ero conscio di essermi eccitato fin troppe volte solo stando vicino a lei. E in quel momento la minaccia si era ripresentata.

Scossi la testa e cominciai a respirare dalla bocca per non sentire il suo profumo. «*Cosa* ?» esclamai.

Katya sospirò, all'apparenza insofferente perché ero troppo lento e non avevo capito il suo stratagemma.

«Ho detto che non si trattava di un baco ma che non volevo che qualcuno diventasse sospettoso. Sto ricevendo occhiate strane tutte le volte che esco dalla stanza per parlare. Oggi a pranzo ho dovuto rispondere all'avvocato che si occupa della mia immigrazione. Ha preso un appuntamento per noi per il colloquio tra due settimane.»

«Bene. Okay. È tutto?»

Katya mi diede un'occhiata perplessa, gettandosi i capelli dietro la spalla, e in faccia a me. Mi tirai indietro. Anche se ciò che volevo veramente era avvolgerli intorno alla mano, tirarle indietro la testa. Volevo fissare la sua bella faccia e mettere la bocca su quelle favolose labbra piene.

Ma non era quello il punto.

Non doveva saperlo. *Nessuno* doveva saperlo.

Cavolo, avevo bisogno di fare sesso. Questo matrimonio segreto, insieme alle lunghe ore di lavoro intenso, e a volte soporifero, mi stava dando un caso epico di palle gonfie. Forse dopo il colloquio avremmo potuto cominciare a vedere altra gente.

Mi appoggiai allo schienale della sedia per avere un po' di spazio e colsi tre teste rivolte nella nostra direzione. Quando li guardai, tutti e tre si tirarono indietro, fingendo di riprendere a lavorare, battendo in modo innaturalmente veloce e fissando i loro monitor.

Ero perplesso. Che cosa diavolo stava succedendo? La Tana dei game tester possenti, inarrestabili, ossessionati dai dettagli si era forse trasformata nel covo delle Ragazze Pettegole o della Cricca dei Ficcanaso?

Mi voltai verso Katya con una smorfia sul volto. «Qualcuno ti ha sentito mentre eri al telefono?»

Mi guardò anche lei, irritata, prima di alzare un sopracciglio tizianesco sopra i suoi brillanti occhi azzurri. «Credi che sia una dilettante, Jedy Boy? Ero nel vicolo in fondo, quello che porta al parcheggio laterale, dove non parcheggia nessuno. Era vuoto ed ero da sola. Nessuno avrebbe potuto sentirmi.»

«... che tu sappia.»

Katya sbuffò. «Cavolo, mi dispiace di aver parlato. Ma mi avevi chiesto di tenerti al corrente.»

«La prossima volta limitati a mandarmi un messaggio. Non ho bisogno di un rapporto completo, Rossa. O stai cercando ogni scusa al mondo per venire a parlare con me?»

In risposta, il suo volto divenne rosso come un pomodoro. Anche se non era esattamente la fonte di rossore che avrei voluto vedere. Avrei preferito che fosse per un'eccitazione intensa e non per la rabbia. Ma andava quasi altrettanto bene.

Socchiuse gli occhi e raddrizzò le spalle. «Nei tuoi sogni, Bottondoro.»

Oddio, quant'era vicina alla verità.

Mi limitai a sorridere. «Arriva presto domani mattina. Jordan vuole che tu e io guidiamo il tour VIP. Non l'ho deciso io.»

Rispose mostrandomi il medio e tornando alla sua postazione. Grazie a Dio, anche se dovetti ricordarmi di smettere di fissare il suo favoloso sedere mentre si allontanava. Dannazione, quei capelli che mi accarezzavano la guancia, il suo profumo di noce moscata. Tutto ciò che mancava era che mi sfiorasse il braccio o la schiena con quei seni pieni per completare la tripletta perfetta dell'attrazione frustrata.

Trovavo difficile pensare a molto altro in quei giorni e decisi che doveva essere colpa dell'astinenza. In quei momenti avrei trovato attraente un ceppo d'albero.

Tornai a lavorare con un sorrisino. Il sistema più sicuro era far sì che restasse incazzata con me. Avrebbe mantenuto le distanze ed era esattamente ciò di cui avevo bisogno per tenere la mente sgombra.

Avevo una riunione con i grandi capi più tardi nel pomeriggio e dovevo riprendere il controllo.

***

Quando si lavora nel Controllo Qualità di una società di videogiochi fiorente e immensamente popolare, si è sempre in arretrato. Oppure non si è mai alla pari con i compiti normali. Oppure, grazie agli sviluppatori, tutta gente taaaanto premurosa, si arrivava alla scadenza con il fiatone. E quando ci prendevamo la briga di lamentarci con la direzione del comportamento ridicolo degli sviluppatori, non restavamo mai delusi. La direzione credeva regolarmente alla loro dolorosa storia invece che alla nostra.

Ora che l'espansione era completa, *Dragon Epoch: la guerra delle Sunderland* , era quasi pronto per essere implementato. Eravamo alla vigilia del rilascio. Ed eccomi qui, nell'ufficio del capo, ad aspettare di sapere se aveva preso la decisione che aspettavo da oltre sei mesi: che mi aveva scelto per dirigere il nuovo reparto di Realtà Virtuale che la Draco Multimedia Entertainment era sul punto di integrare da una società distinta.

«Lucas» disse il mio capo dal punto in cui era appollaiato sulla sua enorme scrivania nell'elegante ufficio dell'AD. «Te lo dico chiaro e tondo. Non ti ho fatto venire qua a quest'ora per sentire le tue lamentele sugli sviluppatori.»

Sbattei le palpebre, raddrizzandomi nella sedia, come se non fossi già seduto eretto. «Sono convinto che hai sentito abbastanza lamentele su di loro dal Controllo Qualità.»

«Sempre.» Adam Drake sorrise comprensivo. Non era il suo primo rodeo. E nemmeno il suo quinto. Non aveva ancora trent'anni eppure era all'apice della sua carriera, AD di alcune società e nel consiglio di amministrazione di parecchie altre.

Stava vivendo il sogno dell'uomo che si era fatto da sé. Il mio sogno.

A essere sincero, avevo qualcosa di simile a una cotta per lui. Il percorso di Adam Drake era l'esempio perfetto di successo nel raggiungimento degli obiettivi aziendali. Seguivo la sua carriera dai giorni in cui ero rimasto ossessionato dal suo primo videogioco Mission Accomplished, quand'ero un adolescente. E negli anni lo avevo usato come modello di ciò che volevo diventare e fare con la mia vita e la mia carriera.

Tutti dovevano avere un eroe, giusto?

Diedi un'occhiata a Jordan Fawkes, direttore finanziario della società e amico intimo. Lui alzò per un attimo le sopracciglia come per dire *ben fatto* , poi riportò lo sguardo su Adam.

Il piede di Adam dove pendeva oltre l'angolo della scrivania stava dondolando. Aveva le braccia incrociate sul petto. Spostò lo sguardo sulla finestra come se stesse ponderando come dire ciò che doveva dire. Cercai di non afferrare i braccioli della sedia mentre lo invitavo mentalmente a continuare.

Dillo e basta, amico. Di' che ho ottenuto il lavoro. Non ti ucciderà...

Adam si schiarì la voce e poi si voltò a guardarmi. «Siete rimasti in lizza in due e devo dire che il procedimento di eliminazione è stato arduo.»

Non esattamente la notizia che speravo di sentire, ma per il momento andava abbastanza bene. Mi dimenai sulla sedia. «Spero significhi che sono uno dei due.»

Adam rise. «Sì, ovviamente.»

Lottai contro l'impulso di lasciar andare rumorosamente il fiato che avevo trattenuto.

Adam continuò. «Hai fatto un lavoro impressionante con il controllo qualità dell'espansione. So di averti dato un lasso di tempo molto breve. Mi aspettavo delle obiezioni e non ci sono state. Hai rispettato la scadenza. Ben fatto.»

Annuii, soddisfatto del riconoscimento. Erano stati sei mesi estenuanti. Settimane lavorative di settanta, ottanta ore da parte mia e tutte le ore che ero riuscito a ottenere dalla mia squadra. E Katya... beh, lei era stata la mia arma segreta. Era molto più che qualificata e con un occhio per i particolari che la rendeva perfetta per il controllo qualità. Grazie anche alla sua conoscenza del codice del server, a volte era stata in grado di lavorare a una velocità tripla se non quadrupla degli altri tester.

Era stata lei da sola a farci rispettare la scadenza e a trascinare con sé molti altri tester. Esattamente come sapevo avrebbe fatto.

Era il motivo per cui la minaccia di perderla all'inizio dell'anno, quando mi aveva informato della sua possibile espulsione, era stata un segnale lampeggiante di disastro per i miei obiettivi. Non mi avrebbero mai assegnato i fondi per sostituirla con tre nuove persone, e avrei dovuto passare onerose settimane a istruire i novellini. Tutto tempo prezioso che avrei potuto usare per arrivare all'obiettivo di rispettare la scadenza ravvicinata.

Adam rifletté a voce alta. «Non so come hai fatto a convincere la tua squadra a riuscirci, ma è stato impressionante. Non credere che non l'abbia notato o che abbia intenzione di ignorarlo senza una giusta ricompensa.»

Sorrisi felice. Sì, avevamo lavorato tutti duramente. Ma non ci saremmo mai riusciti senza Kat. Lei non sapeva di essere stata la mia arma segreta, né glielo avrei detto. Ma aveva funzionato alla grande.

«Lo apprezzo.» Lo ringraziai con un cenno della testa. Lavoravo con Adam da anni. E anche se ci conoscevamo bene, non eravamo mai stati intimi. Forse lo aveva impedito il fatto che lo idolatrassi. Da parte sua, Adam non era la persona più alla mano, un capo formidabile, sì, e un dio della programmazione. Ma anche un leader eccezionale.

E aveva costruito il suo impero creando videogiochi da adolescente, programmando in camera sua la sera tardi, al buio. A un certo punto io ero stato così ossessionato con Mission Accomplished che l'avevo inseguito a una conferenza informatica e mi ero quasi fatto arrestare per stalking.

Non erano tutti ricordi di cui andavo fiero. Ma ero giovane e affamato allora. Adesso ero più vecchio e ancora più affamato.

Adam mi aveva assunto nella sua società emergente quando avevo fatto uno strappo alle mie stesse regole e avevo sfruttato alcune conoscenze. E avevo giurato di non farlo mai più. Da quel punto in poi sarebbe stato tutto merito mio, e della squadra che gestivo.

Ma avevo avuto una fortuna dannata quando mi ero imbattuto in Kat e sarei ricorso a misure drastiche per tenerla qui. Era il motivo per cui avevo scelto di farmi beffe di un'istituzione in cui non credevo più, in modo da poterla aiutare a ottenere la carta verde.

Intrecciai le dita per avere qualcosa da fare con le mani. «Posso chiedere qual è l'altra persona in lizza per il lavoro?»

Adam diede una lunga occhiata a Jordan, che però rimase zitto. Poi si voltò di nuovo a guardarmi. «Certo, purché accetti che dica anche a lui di te.»

Annuii. «Va bene.» *Per favore, fa che non sia Jeremy.* Lo stavo pensando con tanta forza che dovetti obbligarmi a non dirlo ad alta voce mentre stringevo forte le mani. Ogni altro candidato era meno adatto di me a quel posto.

Eccetto Jeremy, che era stato assunto anni dopo di me ma che aveva ricevuto una promozione dopo l'altra come sviluppatore. Era bravissimo nel suo lavoro. Aveva anche parecchie idee su come integrare la tecnologia della realtà virtuale nei nostri videogiochi esistenti.

E dato che era uno sviluppatore, sapevo che Adam l'avrebbe favorito. Onore tra i programmatori e così via. Nel loro mondo, i collaudatori erano il nemico. Qualche volta avevo notato delle parzialità nelle decisioni di Adam, proprio per questo motivo.

Adam si mosse da dov'era appollaiato sulla scrivania. «Okay, l'altro candidato è Jeremy Holme.»

Le mie speranze crollarono. Merda. Significava che era solo una formalità. Jeremy era sempre stato il preferito del nostro illustre AD. Resistetti alla voglia di dimenarmi sulla sedia o mostrare le mie emozioni. E anche a quella di guardare Jordan negli occhi.

«Quindi come procederete per prendere la decisione finale?» chiesi.

Adam piegò di lato la testa, come se stesse riflettendo. «Potrei dirtelo, ma poi dovrei ucciderti.»

Dovetti farmi forza per non sospirare per la frustrazione. «Okay, allora che cosa ne dici di "che cosa succede adesso"?»

Fu Jordan a parlare. «Una parte consisterà nel convincere il CDA. Una presentazione della tua visione per la direzione della nuova divisione di realtà virtuale.»

Annuii. Non avrebbe dovuto essere troppo difficile consolidare la mia visione. Arrivare a definire le fasi reali per ottenere quella visione poteva essere un po' più difficile. Avrei dovuto chiedere l'ispirazione anche ad altri.

Dopo aver chiesto qualche chiarimento, finimmo in fretta la riunione. Pochi minuti dopo mi stavo già alzando e stringendo la mano a entrambi, ringraziandoli. «Hai ancora intenzione di occuparti del tour VIP domani mattina?» mi chiese Adam un attimo prima che uscissi.

«Gli astronauti. Ce ne stiamo occupando.»

Adam mi guardò alzando le sopracciglia. «Voi?»

«Gli ho suggerito di portare anche Kat» si inserì Jordan. «È divertente e non fa mai male avere una bella ragazza da guardare.»

«Sessista» lo rimproverò Adam.

Jordan fece spallucce. «Puoi scambiare le tue opinioni con tua moglie. Lei pensa già tutto il male possibile di me.»

Cercai di non leggere troppo nella richiesta di Adam di guidare il tour per gli astronauti. Erano qui perché lavoravano con Adam in un'altra delle sue imprese. Erano anche avidi fan del videogioco e sarebbero intervenuti per pubblicizzare l'espansione, inclusi diversi spot pubblicitari in TV e su Internet.

Jordan e Adam continuarono a battibeccare insultandosi, come sempre, ma non li stavo più ascoltando, concentrandomi su quello che dovevo fare per arrivare allo stadio finale. Avevo bisogno di quel lavoro. Sarebbe stato il culmine di anni di scelte mirate, sia di studio sia di carriera. Era la ragione principale per cui avevo accettato il lavoro ripetitivo nel controllo qualità, per migliorare la mia conoscenza della progettazione e della giocabilità dei videogiochi.

Sì, quel nuovo lavoro mi avrebbe permesso di fare ciò che sognavo da anni: progettare i miei videogiochi. E farlo in collaborazione con un uomo che ammiravo da tantissimo tempo.

Ero il direttore del controllo qualità. Facevo *molto* bene e in modo efficace il mio lavoro, che però non era appariscente. Uno sviluppatore poteva imbottire il suo CV con un intreccio innovativo per Dragon Epoch, o una nuova catena di missioni. O poteva sviluppare nuove meccaniche di gioco per una futura espansione.

Io? Mi assicuravo che non ci fossero errori nei programmi del gioco, nessun baco che potesse comprometterlo, rovinando il divertimento. In un certo senso ero un uomo delle pulizie, il tizio che ripuliva i casini degli sviluppatori.

Mentre uscivo dall'ufficio di Adam, Jordan mi afferrò il braccio e mi tirò nel suo ufficio, proprio di fianco. Chiusi la porta dietro di me mentre lui faceva partire un podcast ad alto volume sul suo telefono, appoggiandolo sulla scrivania. Poi mi fece segno di spostarmi verso la parete più lontana da quella che aveva in comune con l'ufficio dell'AD.

«Per precauzione. Ha le orecchie di un pipistrello» spiegò Jordan a bassa voce, facendo una smorfia.

«Non sono buone notizie» risposi.

Jordan aggrottò le sopracciglia. «Non dovrebbe sorprenderti che voglia qualcuno dello sviluppo in quel posto. Ma è un sacco di tempo che faccio campagna per te e lui ammira il tuo lavoro. E non riusciva *veramente* a credere che avresti rispettato quella scadenza. Non riesce a smettere di parlarne.»

Annuii, gratificato che il duro lavoro fosse stato apprezzato.

Jordan continuò: «Non credo stesse raccontando balle quando ti ha detto che la scelta era stata difficile per lui.»

Strinsi le labbra. «Se lo dici tu.»

Jordan mi guardò con il sopracciglio alzato. «Adesso non diventarmi bellicoso. Adam non è mai stato generoso con le lodi.

Fidati. E la notizia migliore è che la decisione non dipende al cento per cento da lui. Ci stavo pensando in modo strategico.»

Questo, detto dall'uomo che, praticamente da solo, era responsabile per il successo dell'entrata in borsa della società, rendendo milionari me e altri. Non avevo intenzione di ignorare le capacità strategiche di Jordan.

«Ti ascolto.»

Mi diede un'occhiata. «Due cose, in effetti. Hai bisogno di qualcosa di appariscente. Qualcosa che attiri la sua attenzione. Preferibilmente qualcosa di irresistibile nei tuoi piani per la società di VR. Un nuovo gioco che possa travolgere il mercato.» Ci pensai. Con tutto il resto che avevo in ballo… beh, il sonno era sopravvalutato.

Annuii. «Okay. Ci posso pensare. Qual era l'altra cosa?»

Jordan si mise diritto, diventando serio. «Beh, non ti piacerà.»

Sbuffai. «Perfetto. Non vedo l'ora di sentirlo, allora.»

«C'è sempre da tenere in considerazione la possibilità di influenzare il CDA. Tu hai dei… legami familiari impressionanti.» Agitò una mano per fermarmi quando aprii la bocca per protestare. «Ascoltami per favore. Un nuovo investimento. Un afflusso di denaro o una sponsorizzazione.»

Mi tirai indietro. «Da mio padre? Sei fuori di testa?»

Non riuscivo a credere alle mie orecchie. Se c'era qualcuno su questo pianeta, che sapeva qualcosa di padri che non rispettavano i limiti, questo era proprio Jordan.

«Lo so, lo so. Te l'avevo detto che non ti sarebbe piaciuto.»

«Mi conosci abbastanza bene. Apprezzo il tuo consiglio esattamente come lo apprezzeresti tu se qualcuno ti suggerisse di coinvolgere *tuo* padre nei tuoi affari.»

Jordan annuì e sospirò. «Sì, lo so, lo so. Pensaci però. Voglio anch'io veramente che quel posto sia tuo. Ti ho portato fin qua, no?»

Sbuffai, indignato. «Tieni a freno l'ego, fratello. Ci sono arrivato da solo, ma apprezzo il tuo sostegno.»

Jordan mi diede un'occhiata acuta. «OK, ma pensaci.»

Sì, proprio, pensare a come fare in modo che mio padre comprasse il sostegno di Adam. Due parole: *cazzo* e *NO!*

Non ero nemmeno entusiasta del fatto che Jordan avesse capito chi era mio padre. Non gli avevo mai chiesto come l'avesse scoperto. Ma chiaramente Adam *non* lo sapeva, e non volevo che lo scoprisse. Il fatto che mio padre potesse comprare e vendere parecchie volte Adam *e* Jordan, entrambi anch'essi miliardari, non era qualcosa che volevo aggiungere al mio CV.

Ma feci quello che mi aveva chiesto Jordan e ci pensai... per tutta la strada fino a tornare alla Tana.

Avevo il mio lavoro da fare e adesso dovevo anche inventarmi magicamente un progetto speciale per lasciare senza fiato Adam e il CDA.

O qualcosa.

Capitolo Due
Katya

Non avrei mai pensato di cominciare il mio normalissimo martedì circondata da quattro fusti di astronauti. Ma eccomi in loro compagnia mentre camminavamo lungo i corridoi della Draco Multimedia Entertainment, davanti a tutti i memorabilia e i gadget di Dragon Epoch, il nostro videogioco più popolare.

«Wow» disse uno di loro. Mi frugai nel cervello per ricordare il suo nome. Colonnello Noah Sutton. Alto, capelli scuri e con le braccia come tronchi d'albero sotto la maglietta grigia della NASA. Porca paletta. Si era fermato davanti a un display non ancora svelato in fondo alla sala, parte del materiale pubblicitario per la nuova espansione di Dragon Epoch. «Non riconosco quest'area nel gioco. È nuova?»

Il diorama mostrava montagne innevate, un mondo gelato che i giocatori avrebbero presto scoperto a Yondareth, il nome del mondo raffigurato nel nostro gioco. Le Sunderland erano situate sul continente polare del globo, reami riscaldati dalla lava che esistevano sotto chilometri di spesso ghiaccio nelle cappe polari. Solo nella fantasia.

Lo guardai alzando le sopracciglia, impressionata dalla conoscenza del gioco da parte dell'astronauta. Chi sapeva che avessero abbastanza tempo libero per giocare, con tutte le loro ore di addestramento?

Lanciai un'occhiata al mio compagno di tour. Ah, già, c'era anche Lucas con noi, stranamente silenzioso, eccetto quando si lasciava andare a lunghe spiegazioni su ciò che stavano guardando gli astronauti. Sembrava distratto e un po' giù di corda, anche se non riuscivo a capire perché. Inoltre non stava nemmeno facendo molto per essere cordiale con i nostri celebri ospiti.

No, quello lo stava lasciando fare a me. E non era per niente difficile, dopotutto. Stavo nuotando in un mare di muscoli e testosterone. Ciò nonostante, era stato necessario aumentare un po' l'entusiasmo per pareggiare il comportamento di Lucas, più scontroso perfino del solito. L'unico problema era che più flirtavo con gli astronauti, più sembrava diventare cupo. E questo, ovviamente, non faceva altro che spingermi a continuare.

Era quasi una sfida. Quanto poteva diventare scontroso Lucas? Era così che ci comportavamo. Sembrava godessimo nel darci sui nervi a vicenda.

Quindi, perché non continuare a irritarlo flirtando con un paio o anche quattro tizi che erano uno spettacolo per gli occhi?

«Da quanto tempo lavora alla Draco, miss Ellis?» chiese un altro dei bei maschioni… mmm… astronauti. Aveva un accento russo molto sexy ed era veramente enorme. Alto almeno due metri e che fisico! Avevo dimenticato il suo nome. Era qualcosa di insolito e dal suono molto russo.

«Mi chiami Katya» gli dissi.

«Abbreviazione di Ekaterina?» chiese alzando le sopracciglia. «Un bel nome russo.»

Sorrisi. «No, Katharina. A mia madre piaceva semplicemente il nome.»

Il russo rise, guardandomi dalla testa ai piedi e apprezzando lo spettacolo. «Peccato.»

Gli feci l'occhiolino. «Finora nessuno si è lamentato.»

«Torniamo alla mostra» disse Lucas digrignando i denti e dandomi un'altra occhiata cupa. «Per rispondere alla sua domanda, colonnello Sutton, quell'esposizione fa parte della nuova espansione e la state vedendo in anteprima.»

L'unica ragione per cui stavano vedendo almeno quello era che avevano lasciato i telefoni all'ingresso, come avevamo chiesto. Avevano anche firmato un accordo di riservatezza, accettando di non parlare di niente di ciò che avrebbero visto.

Un altro astronauta diede un colpetto sulla schiena a Noah Sutton. Quello lo avevo riconosciuto immediatamente, era la vera celebrità in quel gruppo: il comandante Ryan Tyler. Ma era famoso per un motivo triste. L'anno prima era stato coinvolto nell'orribile incidente sulla Stazione Spaziale Internazionale. Chi avrebbe mai pensato che potesse essere lì, in un tour che stavo guidando alla Draco? Ero un po' in soggezione, a dire il vero. E il mio nervosismo mi portava a essere ancora più effervescente ed estroversa.

Avevo il lavoro migliore al mondo. Giocare ai videogiochi, una delle cose che preferivo, *fatto* . Lavorare nel settore tecnologico, il mio campo di studi per anni, *fatto* . Bei maschioni tutti intorno a me? Quel giorno era un enorme SÌ!

Lucas non contava. La sua scontrosità gli impediva di essere figo.

Una ragazza poteva mettersi nei guai in fretta con Lucas. Non io. No. Comunque non eravamo per niente giusti l'uno per l'altro.

Certo, mi era scappato il suo nome all'ufficio immigrazione quando mi avevano assillata e minacciata di espulsione. Era perché poco prima mi aveva dato il tormento per questioni di lavoro. Il suo nome era semplicemente stato facile da ricordare. Era il primo maschio etero cui avevo pensato quando ero stata messa alle strette.

Ma non stavo cercando una relazione amorosa, né ora né nel futuro immediato. Ero troppo concentrata sul mio lavoro. Avevo degli obiettivi. Una nuova casa, speravo, lì nella soleggiata California del sud e una nuova vita per me che non comprendesse il gran casino che mi ero lasciata alle spalle.

Era un bene che fossi single per un po'.

Ma questo non significava che non potessi flirtare un po' e godere del vantaggio di provocare Lucas, uno dei miei passatempi preferiti.

Lucas riprese a parlare, rispondendo alle domande sulla nuova espansione. «Non vi posso dire niente sull'intreccio. Vi rovinerei il divertimento.»

«Non vi siete stancati del gioco, almeno un po', voglio dire, visto che dovete giocarlo e rigiocarlo per trovare tutti i bachi?»

Lucas sorrise. «Immagino che sia come chiedere a voi se vi siete stancati del volo spaziale dato che passate anni ad addestrarvi sulle stesse attrezzature prima del lancio.»

Il quarto astronauta, quello chiamato Hammer, scoppiò a ridere. «Giusto!»

Mentre Lucas parlava con i ragazzi, studiai di sottecchi il mio collega/marito segreto. Avevo imparato a farlo e lui non se n'era mai accorto. Parecchie delle nuove stagiste provenienti dall'università avevano una cotta per lui. Una gli lasciava perfino bigliettini anonimi che intercettavo quando potevo, per risparmiarle la figuraccia, ovviamente, e per risparmiare a Lucas l'inevitabile imbarazzo.

Okay, potevo riconoscere, senza ammetterlo con nessuno, *mai* , che trovavo Lucas molto sexy.

E non avrei mai permesso ai miei amici di saperlo. Dopo un anno e rotti che chiarivo che Lucas mi faceva diventare matta, non avrebbero mai smesso di prendermi in gito. Se poi avessero scoperto che eravamo segretamente sposati. Oddio. Sarebbe stata la fine. Bzzz. *Game over* .

Entrammo nel magazzino dove c'era tutta l'attrezzatura per la VR della nostra consociata, PurVizion. I ragazzi si entusiasmarono immediatamente.

«È la stessa attrezzatura che usiamo alla XVenture» disse il comandante Tyler, prendendo un visore dal suo piedestallo. «Il software per il nostro simulatore l'ha scritto Adam. Quando lo usiamo, possiamo interagire con ogni tipo di superficie e condizione, e perfino simulare l'assenza di peso quando siamo agganciati a un sistema di carrucole. Lo inserirete nel gioco?»

«Speriamo di riuscirci» disse Lucas raggiante. «È ancora nelle prime fasi dello sviluppo.»

Hammer si inserì nella conversazione. «Fatemi sapere se volete qualche consiglio da esperto. Specialmente se si tratta di uno sparatutto in prima persona.»

Lucas sorrise per la prima volta quella mattina. «Potrei veramente prenderla in parola.»

Ultimamente, il sistema di VR era uno dei suoi argomenti preferiti. Dopotutto era in lizza per dirigere la nuova divisione di VR della Draco Multimedia. Me l'aveva detto il giorno prima mentre andavamo verso le nostre auto. «Al momento stiamo cercando dei modi per integrare la VR nelle nostre interfacce di gioco, lasciandolo però accessibile a tutti i nostri giocatori.»

Dovevo ammettere che era bello vederlo diventare così animato quando un argomento lo eccitava. Era veramente appassionato di videogiochi e ogni tanto buttava lì qualche idea. Alcune facevano veramente schifo, e non avevo mai esitato a dirglielo, altre erano dannatamente buone. Aveva una fervida immaginazione.

Lucas era sempre così imperturbabile che era raro vederlo animato o eccitato per qualcosa. Eccetto i videogiochi.

«Perché non ci dà una dimostrazione, Katya?» chiese il bel russo. «Mi piacerebbe vedere come funziona l'attrezzatura per un videogioco rispetto a come la usiamo noi per l'addestramento.» Mi rivolse un enorme sorriso, che gli restituii.

Carino, così carino. Accidenti… da quanto tempo non avevo un'avventura bollente?

Non potevo ovviamente chiedergli un appuntamento, anche se lo avessi veramente voluto, dato che ero segretamente sposata con il burbero dall'altra parte della stanza. E non potevamo uscire con altra gente, per via delle sue *regole* .

Mi misi il leggero casco con attaccato il visore e le cuffie e infilai le scarpe speciali con i sensori sulle suole. Lucas mi aiutò a salire sul tapis roulant circolare che simulava il movimento del terreno sotto i piedi mentre correvo nel mondo immaginario.

Lucas era attento mentre mi aiutava, controllò tutto due volte. Ma a un certo punto, quando era tra me e i quattro altri tizi, mormorò sottovoce e, incredibilmente, senza muovere le labbra. «Piantala.»

Quando Lucas mi guardò in faccia, io alzai teatralmente gli occhi al cielo e la sua carnagione olivastra si scurì con un accenno di rossore... irritazione? Rabbia? Oh gente, quella reazione era come erba gatta per la mia piantagrane interiore, che in quel momento si sentiva molto soddisfatta.

Feci sporgere il seno e aumentai la gradazione del sorriso. Poi agitai le sopracciglia, prendendo un fucile virtuale. Assumendo una posa da guerriera sexy, lo puntai su Lucas, come fossi Lara Croft.

«Il finto fucile è per gli sparatutto in prima persona, che al momento sono il tipo di gioco più popolare usato con l'attrezzatura per la VR. Li chiamiamo FPS» cominciò Lucas.

«Sanno che cos'è un FPS... sono tutti giocatori e militari, per giunta» dissi. Ehi, magari una volta finita la faccenda del matrimonio segreto avrei potuto farmene uno. Non poteva essere Mia l'unica tra le mie conoscenti a papparsi un nerd sexy. Avrei potuto superarla: astronauta batte miliardario.

Lucas rispose accendendo il sistema di gioco e alzando il volume in modo che potessi sentire solo lui quando parlava nel microfono voice-over. Meschino da parte sua, ovviamente, ma ero decisamente soddisfatta di riuscire a innervosirlo a sufficienza da aprire una crepa nella sua patina di imperturbabilità. Era diventato un gioco per me.

Mi sarei sentita peggio se Lucas non si fosse sentito altrettanto soddisfatto quando la faceva lui.

Quindi esagerai per i ragazzi, giocando la semplice demo. Il programma era stato portato sul sistema operativo della VR per poter dimostrare come si potesse usare l'attrezzatura con un gioco multigiocatore, MMORPG. Ce la misi tutta, per l'azienda, ovviamente. Inclusi perfino qualche drammatico ancheggiamento, qualche scuotimento di sedere e movimenti che mi avrebbero resa più… tremolante, sotto la T-shirt.

Solo immaginare la faccia di Lucas che diventava sempre più rossa bastava a farmi continuare.

Corsi per le piste virtuali nei boschi, avanzai sulla sabbia del deserto, dove il tapis roulant mi rendeva più difficile camminare, come se arrancassi su un terreno instabile. Brandii una bacchetta che nel gioco apparve come una spada. I ragazzi presumibilmente, guardavano ogni mia mossa interagire sullo schermo.

«È finito, Rossa.» La voce di Lucas mi arrivò sul voice-over. «Puoi anche smettere di dare spettacolo e dare una possibilità a loro di giocare.»

Entrambi aiutammo i ragazzi a mettersi l'attrezzatura. C'erano abbastanza postazioni per tutti. Diciamo che non era poi un grande sacrificio stare appiccicata a tutti quei muscoli. Il comandante Ty aveva una ragazza, un'attrice famosa, Keely Dawson, e la loro storia era su tutti i notiziari. Restava comunque più bollente della lava e inoltre era piuttosto gentile. Un tipo normale per quanto fosse famoso e un eroe internazionale.

Lucas e io arretrammo di un passo e guardammo gli astronauti lasciarsi coinvolgere dall'ambiente di gioco, dopo un'esitazione iniziale. Con le cuffie non potevano sentirmi, quindi mi leccai indecentemente le labbra come se mi piacesse guardare i loro sederi. Accanto a me, Lucas sembrava sempre più irritato. Ahh, a volte era fin troppo facile.

«Ricorda solo che tu *non* sei disponibile» mormorò, rigido e con le braccia incrociate sul petto.

Lo guardai. Lucas era così alto che dovevo tirare indietro la testa per fissarlo negli occhi quando era così vicino. Riuscivo a sentire il suo profumo, discreto, come di cuoio con un accenno di bergamotto. «Come potrei dimenticarlo *maritino carissimo*?» Sbattei le ciglia e lui distolse in fretta gli occhi.

Come premere un pulsante. Noi due avevamo più pulsanti da premere per stuzzicarci a vicenda del cruscotto dello shuttle spaziale. E qualche volta rischiavamo di innescare un'esplosione mostruosa che poteva lanciarti in orbita. Era un continuo botta e risposta e non riuscivo a capire perché.

Lo guardai aggrottando la fronte. «Finché continuerai a ricordare che anche *tu* non sei disponibile.»

Lucas sogghignò mentre continuava a monitorare il progresso dei ragazzi sul grande schermo accanto a noi. «Come potrei dimenticarlo?» Ma lo borbottò in un modo che mi fece capire che quella frase significava molto di più per lui che per me.

«Bene, se doveva voler dire che sei stufo dell'astinenza, forse potresti infrangere le tue regole e uscire con qualcuno o roba simile.»

Non ignoravo il sacrificio che stava facendo restando casto dopo avermi sposato per farmi un favore. Cioè, forse mi sarei sentita meglio se avesse potuto far sesso regolarmente, seppure in segreto.

Ma per qualche motivo quel pensiero in effetti mi faceva solo sentire peggio.

Lucas strinse le labbra, esaminando in fretta la stanza. «Non dovresti scherzare su questo argomento. E se qualcuno ti sentisse?»

Mi misi a ridere. «Siamo bloccati fino a tardi al lavoro talmente spesso ultimamente che la gente sta già cominciando a chiamarti il mio marito d'ufficio. Niente di cui preoccuparsi. Mi prendono per quello che faccio meglio: scherzare.»

«Non è l'unica cosa che fai meglio.»

Prima che potessi rispondere notai che, essendo arrivata l'ora di pranzo, altri impiegati erano entrati nel magazzino e stavano guardando con interesse gli astronauti che giocavano. Alcuni di loro li stavano indicando e devo ammettere che erano una visione piuttosto impressionante per chiunque cui piacessero le montagne di muscoli maschili.

Aiutammo i ragazzi a togliersi l'attrezzatura e i gruppetti di persone si accalcarono intorno a noi. Alcuni di loro erano palesemente affascinati. Mi morsi il labbro e chiesi al mio collega di tour. «Adam e Jordan hanno detto qualcosa sul chiedere loro di firmare autografi per i dipendenti?»

Lucas strinse gli occhi, esaminando la stanza mentre avvolgeva un lungo cavo intorno a una cuffia, pronto a ritirarla nel suo contenitore. «No, probabilmente dovremmo portarli via da qui e su nell'atrio. Adam e Jordan dovrebbero tornare presto dalla loro riunione, se non sono già arrivati.»

Non era una cattiva idea. Nasconderli nell'ufficio dell'AD o del DF sarebbe stata una soluzione semplice. Comunque, prima che potessimo portarli via, gli astronauti si erano già infilati in mezzo alla folla. Adesso stavano parlando con i nostri colleghi, firmando autografi e posando per i selfie. Troppo tardi.

Ci volle mezz'ora prima che arrivassero Adam e Jordan e compissero la loro magia, disperdendo la folla. I ragazzi ringraziarono Lucas e me per il nostro aiuto e per il tour divertente. Il russo aveva mormorato qualcosa sottovoce a Lucas che lo aveva fulminato con gli occhi, visibilmente infastidito.

Mmm. Interessante. Poi il russo si avvicinò a me e, dopo avermi ringraziato, mi chiese il mio numero di telefono.

Sbattei gli occhi, sorpresa, con il cuore che batteva a mille e aprii e chiusi la bocca un paio di volte prima di riuscire a dire: «Io...»

Era sexy e la versione più giovane di me avrebbe accettato in un attimo. Ma la realtà di uscire con lui non era invitante come la fantasia, per attraente che fosse.

«Io, uhm, non so nemmeno il suo nome... o non lo ricordo» balbettai.

L'astronauta russo sorrise. «Le insegnerò a pronunciarlo bevendo qualcosa insieme. Che ne dice?»

Arrossii, lusingata, ma in fondo non molto interessata. Questi ragazzoni erano belli da guardare, ma non erano semplicemente il mio tipo. Il fatto poi che Lucas mi stesse lanciando occhiate di fuoco da qualche metro di distanza, mentre parlava con Hammer, presumibilmente di idee per un gioco. «Io, uhm. Grazie, ma non posso.»

Il russo alzò un sopracciglio e diede un'occhiata di sottecchi a Lucas. «Ah, capisco. Non disponibile. Beh, magari cambierà idea. E allora...» Prese un biglietto da visita dalla tasca dei jeans e me lo porse.

Chiusi le dita sul biglietto e sorrisi, ringraziandolo. Seguii con gli occhi i ragazzi che uscivano e quando mi voltai, Lucas mi stava praticamente addosso.

«Beh?» ringhiò.

Sbattei gli occhi. «Che c'è?»

«Hai intenzione di buttarlo, vero?»

Lo fissai furiosa. «Non sei il mio capo. Voglio dire, non nella mia vita personale.»

Lucas alzò un sopracciglio sopra i grandi occhi castani. «Non puoi frequentare nessuno.»

Non avevo nessuna intenzione di uscire con quel tizio, ma non era necessario che Lucas lo sapesse. «Mi ha solo chiesto di andare a bere qualcosa!»

«Non puoi andare a bere niente. Non con altri uomini.»

Incrociai le braccia sul petto. I suoi occhi si abbassarono, si attardarono un po' troppo a lungo sul mio davanzale e poi distolse a fatica lo sguardo.

«Ehi, non essere sessista. Ti ho detto che puoi cercarti qualcuno. Hai il permesso della tua mogliettina.» Alzai il biglietto da visita come per leggerlo solo per farlo infuriare ancora un po'. Lui alzò di colpo la mano e mi afferrò stretto il polso.

Tirai e lui strinse più forte. Lottammo in quel modo, come una specie di braccio di ferro a mezz'aria, fissandoci continuamente. Lui strinse gli occhi. Io lo imitai. Si incupì. Io gli mostrai i denti.

«La violenza domestica non è vista di buon occhio» ringhiai.

«Anche tradire il tuo coniuge» ribatté lui altrettanto in fretta.

E con quello, alzò l'altra mano e mi tolse il biglietto dalle dita. Quando mi lanciai verso di lui per riprenderlo, s'infilò quella dannata cosa nei pantaloni. *Nei pantaloni* . Come un bullo di quinta elementare nel cortile della scuola che cercasse di tenersi i soldi rubati al ragazzino magrolino.

Reagii dandogli uno schiaffo sul braccio. Era sorprendentemente duro. Sapevo che aveva delle belle braccia ma nella maglia con le maniche lunghe a raglan che indossava i suoi muscoli non erano particolarmente evidenti. Ma quando indossava le magliette a maniche corte, notavo come aderivano ai suoi bicipiti. Anche quando mi dicevo e mi imploravo di *non* notarlo, non riuscivo a farne a meno.

Le cose sarebbero state più facili se mi fossi rifiutata di accettare che io, con estrema riluttanza, trovavo Lucas attraente e, fastidiosamente ed esasperatamente... scopabile.

Stava gongolando. Accidenti. Quella pezza da culo mi aveva rubato il trucchetto del reggiseno e aveva usato la sua versione maschile. E accidenti se non avevo voglia di frugare nei suoi jeans per cercare quel biglietto e riprenderlo. Solamente per avere il numero, ovviamente. E magari per frustrarlo ancora un po' di più.

Lucas scosse la testa ridendo. «Non pensarci nemmeno. Lo riavrai quando avrai firmato le carte del divorzio. È per il tuo stesso bene. Se l'immigrazione scoprisse che stai vedendo qualcun altro in segreto, andrebbe tutto a catafascio. E, francamente, non ho sopportato tutte queste stronzate e accettato di non scopare per sei mesi, e passa, solo per veder fallire tutto.»

Soffiai fuori il fiato e alzai le mani, allargando le dita. «Okay, okay. Comunque ho un vibratore. Non mi serve un uomo.»

E, con mia somma soddisfazione, Lucas arrossì come una verginella. Uno a zero per Kat. Invece di rispondere, mi guardò con gli occhi socchiusi.

Mentre mi voltavo per uscire, voltai la testa e gli dissi: «Se fai il bravo, magari ti regalerò una pecora gonfiabile per il tuo compleanno.»

Lui mi rispose con un gesto volgare che sottintendeva che più tardi ci avrebbe pensato da solo. Poveraccio. Quindi gli lanciai la battuta finale prima di dirigermi verso la Tana. «Ricorda di usare un lubrificante, eviterai le irritazioni.»

«Aspetta, Rossa. Ho della posta per te in auto.»

Mi voltai a guardarlo, sorpresa. Mi aveva appena consegnato un pacchetto di lettere il giorno prima. Non aspettavo una consegna fino alla settimana seguente. A questo punto era tutta roba di lavoro e pubblicità. Qualche bolletta o ogni tanto un pacchetto dagli ordini online.

«Beh, dato che detesti infrangere le regole, dubito che sia un invito a controllare il sedile posteriore della tua auto.»

Lucas sbuffò. «Avrei aspettato a dartela fino alla settimana prossima, ma sembrava importante. Viene dal Canada.»

Contrassi le mascelle e sentii il resto del corpo fare lo stesso. Posta dal Canada non era una buona notizia, a meno che qualche mio vecchio amico mi avesse rintracciato, e anche questo poteva essere un problema.

Sbattei gli occhi. «Che tipo di posta? Una lettera?»

Lucas fece spallucce. «Non l'ho aperta. Solo, sembrava... importante. Forse una faccenda che riguarda l'immigrazione, anche se non so di che tipo di posta ufficiale dal Canada potresti aver bisogno. Comunque è chiaramente di uno studio legale.»

Mi sentii stringere lo stomaco e mi sforzai di aprire i pugni perché Lucas stava osservandomi e imitando la mia postura. Con un sospiro, cercai di calmare il battito del mio cuore. Un ufficio legale canadese poteva solo voler dire un paio di cose, nessuna delle quali buona.

Mi sembrava di avere il piombo nello stomaco ma mi voltai per impedirgli di continuare a vedere la mia reazione. Con uno sforzo, finsi di alzare le spalle e mi schiarii la voce. «Mi fermerò accanto alla tua auto dopo il lavoro, come al solito.»

Dopo qualche passo, con lui che mi seguiva da vicino, imbarazzato, Lucas mi fece la domanda: «Va tutto bene? Sei diventata di colpo molto nervosa.»

Uhm. Era proprio da lui diventare tutto gentile dopo essersi comportato come uno stronzo per la mezz'ora precedente. Accelerai il passo perché stavamo per arrivare alla porta della Tana. Una volta aperta avrei avuto una scusa per non rispondergli. Avrei trovato un po' di pace nella mia postazione di lavoro, avvolta dalla pacifica beatitudine degli auricolari per il resto del pomeriggio.

Non ci arrivai mai. Perché nell'attimo in cui arrivai nel nostro spazio mi fermai di colpo, impedendo a Lucas di entrare dietro di me. Porca paletta, c'era uno striscione, e festoni e palloncini. E una… torta sul tavolo della postazione centrale.

Era bianca, con campane nuziali di glassa, azzurre e argento. Sopra, la scritta: *Congratulazioni, Kat & Lucas!*

I nostri colleghi, notando il nostro ingresso, si voltarono verso di noi. Warren afferrò una trombetta appoggiata sulla sua postazione. Cominciò a soffiare con tanta eccitazione che ero sicura che sarebbe svenuto per l'iperventilazione. Gli altri lo imitarono.

Diavolo.

«Che cosa sta succedendo?» sentii Lucas che mormorava dietro di me. Feci un passo indietro e le mie spalle finirono contro il suo torace e non potei non notare la scintilla che scaturì quando successe. Mi staccai in fretta, con il polso che accelerava.

«Un ricevimento di nozze a sorpresa per un matrimonio segreto a sorpresa!»

Joel, uno dei capisquadra del controllo qualità, si alzò dalla sua postazione di fianco alla mia vuota. Gli altri si avvicinarono e ci circondarono immediatamente. Sentii lo stomaco che sprofondava nelle scarpe e mi fu impossibile guardare Lucas.

Come diavolo aveva fatto questa gente a scoprirlo? E quando? E perché. E... *come*?

Spostai nuovamente lo sguardo sulla torta. Era gigantesca, bianca, a uno strato, con una grande scritta azzurra. E in mezzo, una sposa e uno sposo di LEGO. Sul tavolo sotto c'era uno striscione di mylar con la scritta: *Congratulazioni Mr e Mrs!*

Mi sarei lamentata per il gusto scadente, se non fosse stato anche così incredibilmente dolce.

Ovviamente, in quell'ufficio, qualunque scusa per ingozzarsi di torta durante le ore di lavoro era una scusa per festeggiare durante i momenti di stress per le scadenze ravvicinate e le ore tarde fatte per finire i progetti. Avevamo un motto che veniva ripetuto spesso nella Tana. *"Mmm, torta!"*

E per un buon motivo. Portavamo la torta per il giorno degli alberi (coperta di alberelli ovviamente), la giornata dei nonni (per ricordarli e mangiare la torta in loro onore), e perfino per il giorno della marmotta.

Sentivo la tensione e l'animosità che irradiavano dall'uomo dietro di me, quindi allungai una mano e gliela misi sul braccio. Lo stress precedente derivato dalla notizia della lettera dell'avvocato era evaporato. Adesso ero in modalità di gestione, nel senso che dovevo gestire l'improvvisa tensione dell'uomo dietro di me. A giudicare dalle reazioni dei miei colleghi, il gesto era stato interpretato come un tocco tenero tra innamorati, sposati, coniugi... uffa.

Beh, ovviamente non c'era via d'uscita, potevamo solo andare avanti. Come la famosa citazione su come uscire dall'inferno.

«Come... come avete fatto a scoprirlo?» mormorai.

Il mio collega Joel diede un'occhiata imbarazzata a Warren. «Uhm, beh… hai fatto una telefonata, ieri, nel corridoio sul retro. Stavo andando a fare una commissione nell'ufficio spedizioni e ho sentito per caso. Non stavo origliando, lo giuro!»

Si fece avanti Warren, grattandosi la testa rasata. «Pensavamo sarebbe stato un modo carino di mostrarvi che lo sappiamo. Così non dovrete tenerlo segreto e angosciarvi su come dircelo. Ho visto un mucchio di commedie romantiche. So come funzionano i matrimoni segreti. A volte possono essere trappole che danno origine ad *altri* segreti.»

«Premuroso da parte vostra» dichiarò seccamente Lucas. Strinsi le dita sul suo avambraccio come avvertimento. Avremmo dovuto stare attenti. *Molto* attenti. C'era l'imminente colloquio con l'ufficio immigrazione, dopotutto. Avremmo dovuto stare al gioco, ma non c'era un modo semplice di dirlo a Lucas in mezzo di un gruppo di colleghi.

Joel stava sorridendo, con le fossette coperte dalla barbetta corta che diventavano più profonde. «L'avevo predetto l'anno scorso. Cioè, non che le cose sarebbero successe così in fretta, ma… sapete. Avevamo capito tutti che c'era qualcosa in ballo tra voi due.» Annuirono in parecchi. Con nostra somma sorpresa.

Oh, merda.

E, aspettate… *cosa?*

«È stata una decisione presa d'impulso» mi sentii dire. «Sì, siamo stati molto impulsivi!»

Angie, l'unica altra donna che lavorava nella nostra sezione, lanciò un'occhiata indecifrabile a Lucas, mordendosi il piercing sul labbro. «In un certo senso sapevamo che sarebbe successo. Quindi, ehi, mangiamo la torta!» Canterellò l'ultima frase, che in effetti, era un altro dei nostri motti.

Mentre tutti si radunavano intorno alla torta, incrociai lo sguardo di Lucas. Mi guardava con una disperazione in fondo a quei profondi occhi castani... con un'espressione da lepre sotto i fari, certo. Ancora più evidente era la brace di una rabbia latente. *Gulp.*

Il giorno prima mi aveva chiesto espressamente se qualcuno mi aveva sentito e avevo detto di no. Perché era così, per quanto ne sapevo. Avevo preso le solite misure per assicurarmi la privacy. E a quanto pareva non erano state sufficienti.

Più in fretta di quanto potessi dire "matrimonio riparatore" ci stavano porgendo fette di torta su piatti di plastica non ecologica. Erano decorati con fiorellini gialli e rosa e la scritta *Ti amo* tutta intorno al bordo. E altri si stavano passando dei bicchieri trasparenti di sidro frizzante al posto dello champagne. «Siamo al lavoro. Anche se sarebbe bello bere qualcosa di alcolico, forse potremmo farlo venerdì durante l'happy hour» disse Joel.

Sì, certo. Più divertente che farsi togliere un dente... *Oddio* .

Il momento veramente imbarazzante, comunque, arrivò qualche minuto dopo, mentre eravamo tutti attorno ingozzandoci di torta e scambiandoci occhiate sfuggenti. Lucas non alzò una volta gli occhi. E, a essere sincera, non credo di aver mai visto nessuno infilarsi in bocca forchettate di torta così in fretta. Sembrava stesse cercando un modo per inalarla. Joel era accanto a lui e gli fece una domanda, che fece solo aumentare il ritmo di Lucas.

Si sarebbe ingozzato a morte. O forse si sarebbe procurato un coma diabetico.

Ed entrambe le possibilità mi avrebbero reso vedova. Alla veneranda età di ventisei anni.

Aprii la bocca per dargli una scusa per andarsene, senza nemmeno sapere che cosa dire. Forse chiedergli di prendere qualcosa dalla mia auto.

Prima che potessi farlo, Warren cominciò a battere sul lato del bicchiere di plastica con la forchetta di plastica. Guardai stupita lo strano gesto mentre tutti ci sorridevano con le bocche piene di dolce.

«Sapete che cosa significa!» intervenne Joel, con un sorriso sdolcinato.

«In effetti non ho...» cominciai a dire prima che mi interrompessero con una bizzarra cantilena che cominciò piano e crebbe.

«Bacio, bacio, bacio. BACIO. BACIO!»

Bleah! No. «Dovete farlo, come portafortuna» disse Joel.

Adesso ero sicura di essere io quella con l'espressione di una lepre sotto i fari sul volto mentre mi voltavo a guardare Lucas.

Che si piegò legnosamente e mi diede una beccatina sulla guancia. La sua guancia ruvida di barba sfiorò la mia e il mio cuore accelerò. Aveva un profumo pulito e discreto. Sapone e cuoio. Mmm. Era un buon profumo.

Ma i nostri colleghi non erano soddisfatti. «Amico» lo provocò un altro collega «Baciala come si deve.»

«Non sono tipo da smancerie in pubblico» gli rispose seccamente Lucas.

«Nemmeno io» aggiunsi annuendo vigorosamente. «Non sono un tipo romantico.»

Angie sembrò perplessa. «Ma siete innamorati, no? Perché non portate le fedi o non vi comportate come se foste sposati? Cioè, dite di non essere romantici ma poi avete fatto una cosa veramente romantica. Presumo siate andati a Las Vegas nel fine settimana?»

Sbattei le palpebre, restando a bocca aperta. «Io... noi... sì, certo che siamo innamorati» dissi, evitando di guardare qualcuno negli occhi. «Siamo solo stati impulsivi. E abbiamo ordinato gli anelli online. Non sono ancora arrivati.»

Accipicchia . Come facevo a mettermi in situazioni di merda come queste? Era la maledizione dei capelli rossi? Finivo costantemente per imitare Lucy Ricardo, o Anna dai capelli rossi, per via di qualche bizzarra maledizione?

Con la faccia impassibile, Lucas mise da parte il piatto e si voltò verso di me. «Magari solo per questa volta.» E prima che potessi immaginare che cosa stava per fare, mi aveva passato un braccio intorno alla vita e si era chinato per baciarmi.

Appena le nostre labbra si toccarono, tutti intorno a noi fischiarono, o gridarono urrah e applaudirono. Era imbarazzante da morire e sentii il calore salirmi alle guance, al collo... alle labbra. Okay, forse il calore nelle labbra veniva dal contatto con un altro paio di labbra. Sentivo la ruvidità intorno, dove mi graffiavano i peli corti della barba. E serviva solo ad aumentare le sensazioni che mi stavano inondando.

Mi sembrava di scendere a precipizio nella parte più ripida di una montagna russa, alla massima velocità, con il fiato in gola e il cuore che martellava e tutto il resto che fremeva. Tutto sembrava più vivo, giù fino alle parti più intime di me. Lì si formò il calore, bollì e traboccò. Le sue labbra si muovevano sulle mie e... *porca paletta* . Era la sua lingua?

Mentre tutti gli altri intorno a noi ci incitavano, sentii improvvisamente la sua lingua sulla mia. Le punte si toccarono e spinsero insieme, in un incontro di scherma, dove ciascuno cercava di vincere. Il suo bacio sapeva della vaniglia della torta e di qualcosa di speziato, come la cannella. Con mio sommo e imperituro imbarazzo, squittii per la sorpresa e il piacere, sperando che nessuno mi avesse sentito. Ma Lucas sì. Aveva sentito. Gli mancò il fiato per un attimo e spostò la mano con la quale mi teneva la testa. E per solo un secondo, quella mano scese sul mio collo, e le dita si intrecciarono nei miei capelli. Mi accarezzò il lato del collo prima di staccarsi bruscamente.

I nostri occhi si incontrarono e... wow... *il calore* . Un calore come se qualcosa dentro di me si fosse fuso e avesse assunto una forma nuova. Mi fissò negli occhi, e i suoi mi ricordarono una fiamma appena accesa. Viva, famelica, che risucchiava l'aria intorno, cercando disperatamente più ossigeno.

Che cosa diavolo era appena successo?

Sposati da sei mesi, Lucas mi aveva baciato per la prima volta da quando ci eravamo scambiati i voti nuziali. E anche se era stato breve, era stato incredibilmente bollente e spiegava la sensazione liquida nel basso ventre.

Cribbio. Lucas mi aveva eccitato? Con un solo maledetto bacio?

Lucas e io smettemmo di guardarci e lui fissò significativamente l'orologio sulla parete in fondo alla Tana. «Okay, la festa è finita. Basta domande. Non ci sono più segreti. Adesso lo sapete tutti, quindi torniamo al lavoro. Dobbiamo ancora classificare tutti i rapporti di bachi arrivati dai beta tester.»

Dopo i grugniti e le lamentele di rigore, i nostri colleghi obbedirono. Lucas e io ci scambiammo un'altra occhiata, una nella quale io stavo disperatamente cercando di chiedergli *che cazzo* con gli occhi, senza dire una parola. Temevo che mi si vedesse sul volto il panico che stavo provando, ma la sua faccia era calma, la stessa espressione imperturbabile che era così bravo a mantenere. Deliberatamente, mi voltò le spalle e andò alla sua postazione.

Io ero troppo nervosa per sedermi. Invece raccolsi tutti i bicchieri e i piatti e li infilai in un sacco della spazzatura per portarlo nel cassonetto.

Quando tornai, c'era un gruppo di gente dello sviluppo intorno alla torta, come uno stormo di avvoltoi. Si stavano ingozzando di torta e chiacchierando con i collaudatori. Lucas non si vedeva da nessuna parte e quando mi videro assunsero tutti un'espressione estremamente colpevole.

Ovviamente stavano parlando di noi quando ero entrata. Il gruppo si acquietò quando li ignorai e tornai alla mia postazione. Quando Lucas tornò nella stanza, presumibilmente dopo essere andato in bagno, gli sviluppatori si dispersero come gatti bagnati dopo una secchiata di acqua gelida.

Bene, merda. Adesso si comincia . Prevedevo che la notizia circolasse ovunque entro un quarto d'ora. Praticamente riuscivo a sentire tutto il campus della Draco che ronzava intorno a me mentre cercavo di pensare. Guardai il telefono.

Si stava illuminando con un fottio di messaggi.

E prima che lo spegnesse, il telefono di Lucas era quasi caduto dalla scrivania tanto stava vibrando. Ci guardammo negli occhi e io spalancai i miei. Ma lui scosse la testa e riprese a lavorare.

Chiaramente *non* voleva discutere di che cosa avrebbe significato. Avrei potuto cercare di mandargli un messaggio. Ma adesso stava decisamente ignorando il telefono. E probabilmente era l'idea migliore.

Spensi anche il mio. Con il cervello in fiamme, presi carta e un blocchetto di post-it per fare velocemente un elenco. Non era lungo e conteneva solo i nomi di quelli che avrei dovuto contattare alla svelta, prima di trovarmi nella merda fino al collo.

Mentre stavo riflettendo e poi scarabocchiando pensando a tutte le ramificazioni di questo recente sviluppo, entrarono altri che ci fissarono come ebeti per poi tentare di afferrare un po' di torta. Prima che ci riuscissero, però, Lucas li cacciò fuori con la forza e un ringhio infuriato. Poi borbottò, dando un'occhiata acida a tutta la stanza, come sfidando qualcuno a obiettare, che avrebbe voluto che ci fosse una serratura sulla porta della Tana. Qualcuno suggerì di infilare una sedia sotto la maniglia, e anche se non lo fece, Lucas mormorò che forse avrebbe provato anche quello.

Solo che la persona che attraversò la porta subito dopo era qualcuno che non poteva fermare. Perché era Mia, la mia migliore amica.

E dall'espressione sul suo volto aveva già sentito. E sembrava che la notizia l'avesse ferita.

Maledizione, accidenti, cribbio!

Lucas balzò in piedi e si voltò verso di lei prima di rendersi conto che non era solamente un altro fastidioso collega venuto a interrompere la nostra caccia ai bachi.

No, era la moglie del nostro AD, la recentissima signora Drake in persona.

E Lucas non sarebbe riuscito a farla scappare come aveva fatto con gli altri.

«Mia... ciao» disse e poi si voltò immediatamente a guardarmi con un'espressione allarmata sul volto.

Lo sguardo di Mia si posò sulla torta mezza mangiata, lo sposo e la sposa di Lego ora messi come se stessero facendo sesso nella posizione del missionario, frutto del gesto di qualche immaturo e insolente idiota.

I suoi grandi occhi castani tornarono su di me. «Wow, allora è vero? Pensavo fosse uno scherzo.»

Lo era… in un certo senso. Ma non era uno scherzo di cui potessi fare partecipe la moglie del mio capo. Anche se era la mia miglior amica al mondo.

Ma sì, come potevo dirle che quando suo marito mi aveva generosamente offerto un lavoro avevo contraffatto le mie credenziali per poter lavorare illegalmente negli USA?

Il senso di colpa mi travolse, non per la prima volta quando pensai al potenziale danno che avevo causato alla società con la mia losca bravata. Non c'era modo di spiegare a Mia i tanti perché e i come, non adesso. Era stato più facile lavorare qui illegalmente invece di chiedere un visto per ragioni di lavoro, date le mie particolari circostanze. La possibilità di mettere sull'avviso le persone sbagliate riguardo a dov'ero era una costante fonte di ansia per me.

Se lo studio legale della lettera nell'auto di Lucas era quello che pensavo, era possibile che il gioco fosse comunque finito. Alla faccia di nascondermi a sud del confine. Inghiottii il groppo che avevo in gola, ricacciando in fondo la preoccupazione mentre guardavo Mia e mi facevo forza.

Cribbio. Era proprio come la proverbiale palla di neve fuori controllo che rotolava a valle. Cresceva e cresceva, fino a essere grande più di un grattacielo e minacciare di far fuori l'intero villaggio prima di finire la sua corsa a fondovalle.

Presi brevemente in considerazione di dire la verità a Mia perché sapevo di potermi fidare di lei. Ma chiederle di non rivelare un segreto così grosso al suo recentissimo marito nonché mio capo, non era giusto. Non potevo pretenderlo da lei.

Quindi era di nuovo ora di mentire alla grande.

Mi alzai in piedi, gettandomi i capelli oltre le spalle. «Ehi, baby! Che c'è? Hai finito le lezioni all'università per oggi?»

L'abbracciai, dato che era un po' che non la vedevo. Lei non contraccambiò. Invece mi fissò come se fossi pazza.

«Vuoi sederti con me per un minuto nella Fossa?»

Mia fece una smorfia. «È stata completamente sanificata di recente?»

La portai nello spazio in fondo alla nostra sala. La Fossa era un insieme di divani spaiati, poltrone, due materassi futon, un paio di poltrone a sacco che stavano perdendo l'imbottitura ed erano state riparate con il nastro adesivo e un lettino per cani che in quel momento era occupato. Normalmente usavamo quell'area per dormire per qualche ora durante le nostre lunghe settimane lavorative. Era un rifugio necessario per pisolini occasionali che ci aiutavano a superare le lunghe notti, che spesso si prolungavano fino oltre il sorgere del sole.

L'avversione di Mia era dovuta alle insolite decorazioni. Briciole, rifiuti vari, snack rovesciati, scatole vuote di pizza e altri detriti. Dato che la maggior parte degli occupanti era sui vent'anni, o poco più, maschio e con uno scarso livello di civilizzazione, la spazzatura si accumulava a un tasso esponenziale. Fortunatamente era stata pulita quando avevamo rispettato la grande scadenza.

Mi sedetti sul divano di pelle con Mia. Il cane di Lucas alzò la testa dal suo lettino ma batté solo la grande coda morbida sul pavimento, chiedendoci qualche coccola. Passava spesso il tempo con noi in ufficio. Ai dipendenti del nostro reparto piaceva averlo intorno. Tutto il gruppo lo riempiva di coccole, momenti di gioco e parecchie passeggiate al giorno. Aiutava anche noi dandoci l'opportunità, veramente necessaria, di respirare occasionalmente un po' d'aria fresca e fare movimento. O anche solo la possibilità di far riposare gli occhi dopo lunghe ore passate fissando un monitor. Ci piaceva definirlo l'animale di supporto psicologico del controllo qualità e lui era felice di compiacerci. Eravamo l'unico reparto alla Draco che aveva il permesso di tenere una regolare mascotte.

Tutti gli umani a portata d'orecchi stavano lavorando sodo alle loro postazioni, o almeno sembrava stessero lavorando, e avevano le cuffie. Mia mi affrontò appena appoggiai le chiappe sul cuscino. «Che cosa diavolo sta succedendo? Pensavo che tu e Lucas...» Smise di parlare per guardarsi attorno e assicurarsi che lui non fosse in giro. «... vi odiaste.»

Mi morsi il labbro e finsi di sorridere. «Beh, sai che cosa dicono sul confine sottile tra amore e odio, giusto?»

Mia arcuò un sopracciglio, chiaramente incredula. Maledizione, stava diventando più difficile di quanto avessi pensato e non ero pronta.

In un mondo perfetto, non avrei mai dovuto spiegare niente a nessuno perché tutto sarebbe finito in fretta com'era cominciato. Non avremmo mai dovuto comportarci da persone sposate, eccetto che per quelli con cui avremmo avuto il colloquio all'ufficio immigrazione.

Niente finzioni, niente bugie. Solo documenti discreti, una carta verde e poi, a tempo debito, il decreto di divorzio. Tutto concluso tranquillamente senza niente di personale. E nessuno doveva farsi male.

Una tranquilla transazione d'affari. Lucas sognava quel lavoro e io ero contenta di aiutarlo a ottenerlo. Era giusto, perché anche lui mi stava aiutando. Finora ci eravamo attenuti ai patti. Lui era a tanto così dall'ottenere ciò che voleva. E, se tutto andava bene, lo ero anch'io.

Avevamo fatto troppa strada per incasinare tutto adesso. Dovevo arrivare in fondo.

«Che cosa sta *effettivamente* succedendo, Kat? Ti sta ricattando o roba simile? Hai perso una scommessa?» Mia grugnì un pochino quando rise.

Nascosi una smorfia. «È stato un gesto d'impulso. Solo qualcosa che abbiamo fatto quasi per gioco.»

«Quasi... per gioco?» Se le sue sopracciglia fossero salite ancora un po' sarebbero sparite tra i capelli. «Non, uhm, non ha niente a che vedere con il fatto di aver preso il bouquet al mio matrimonio, vero? Ti giuro che non l'ho fatto apposta. Stavo cercando di lanciarlo a Jenna.»

Di colpo mi venne in mente l'immagine del bouquet impigliato tra i miei capelli lunghi, mentre mi facevo prendere dal panico cercando di toglierlo. Nonostante il panico che provavo adesso, non potei fare a meno di ridere all'insinuazione di Mia. «Stai dicendo che pensi che sono caduta preda della speciale magia del bouquet del super amore del matrimonio della super coppia?»

Mia mi guardò perplessa. «Non è quello che intendevo. Volevo solo dire...»

Era ora di passare all'offensiva. «Non tutti hanno una paura folle del matrimonio come avevi tu una volta, Mia. Io sono entusiasta. Lucas è entusiasta. Siamo entrambi felicissimi. Non ci siamo comportati come la gente normale, con un grande ricevimento, ma siamo entrambi nerd informatici, introversi e volevamo solamente qualcosa di discreto.»

Wow. Chi avrebbe mai detto che sarebbe stato così facile dire una bugia così grossa? Se fossi stata Pinocchio, in quel momento la punta del mio naso sarebbe stata a metà strada per Toronto.

Mia scosse la testa, con i lunghi capelli castani che fluttuavano sulle spalle. «Sì, certo. Ovviamente la gente fa le cose in modo diverso, solo che...» Si fermò e poi esitò per un altro lungo momento studiandomi. «Mi dispiace. Sono solo sorpresa. Ma se sei felice lo sono anch'io. Congratulazioni.»

Le sorrisi. «Grazie.»

Mia si chinò in avanti e mi abbracciò, stringendomi forte. Quando si tirò indietro, molta della tensione che c'era stata quando era entrata era evaporata, almeno lo speravo. Mia era molto intelligente e avrei dovuto stare attenta altrimenti mi avrebbe beccata in contraddizione. E dato che come bugiarda facevo schifo, per lei avrebbe potuto essere spaventosamente facile.

«Chi l'avrebbe mai detto... Rossa e Jedi Boy.» Poi grugnì di nuovo, quel piccolo simpatico verso che faceva spesso quando rideva.

Sbuffai in risposta perché, sì, non avevo una spiegazione logica da darle. Sempre meglio dar la colpa a qualcosa di sdolcinato che una neo-sposa come lei si sarebbe bevuta. Dar la colpa al "potere dell'amooooore". Dato che non credevo che un potere simile potesse prevalere sul mio senso logico, mentire diventava più facile.

Avevo imparato fin troppo tempo prima che le persone che in teoria avrebbero dovuto amarti più di tutti erano quelle che potevano anche ferirti di più. E non volevo che nessuno avesse più quel potere su di me.

Diedi un'occhiata al mio smartwatch, sperando che le rammentasse che ero ancora in orario di lavoro, lo stesso lavoro per cui mi pagava suo marito. Mia capì l'antifona.

«Tu devi tornare a lavorare, ma dovremmo vederci presto. È passato troppo tempo. Da quando Adam e io ci siamo sposati e ho cominciato il terzo anno, la mia vita sociale ne ha sofferto. Hai qualcosa in programma per domani sera?»

Mi ringalluzzii, eccitata. «Bello. Noi quattro potremmo riformare il nostro gruppo e giocare a Dragon Epoch. È passato un secolo. Lo farò sapere a Heath quando arriverò a casa...»

Le parole mi erano già uscite di bocca quando mi resi conto di che cosa avevo detto.

L'espressione di Mia cambiò. «Vivi ancora con Heath?»

Oh merda. Meeeerda. Uffa. Sì, gente. Kat fa ufficialmente schifo come bugiarda.

«Non ho ancora trovato il tempo per spostare la mia roba a casa di Lucas. Sai, ho l'attrezzatura per il mio canale Twitch e ho lavorato moltissimo per l'espansione. Mi fermo al suo appartamento ogni sera, lo saluto e prendo la mia roba per il giorno dopo.» Wow, era come se una volta aperto il rubinetto, le bugie uscissero quasi senza sforzo.

Mia scosse la testa. «Non puoi continuare a vivere in questo modo. *Hai* degli amici. Se ci mettiamo insieme, possiamo trasferire tutto in mezza giornata. Questo fine settimana sono libera. Trasferiremo tutta la tua roba.»

Non ero sicura se fosse riuscita a vedermi impallidire, dato che sono nata pallida. Essere una rossa del grande nord bianco ha solo aggiunto bianchezza al mio pallore. Quindi potrebbe non avermi visto perdere colore, ma io riuscivo decisamente a sentire il sangue che defluiva dalla mia faccia.

«Uhm… voi ragazzi siete così presi. Non preoccupatevi per me.»

Mia agitò una mano. «Stupidaggini. Non è un problema. Lo faremo noi. Non è necessario che tu viva in questo modo. E voglio che voi due veniate a cena da noi una volta sistemati e quando abbiamo tutti un po' più di tempo. Non conosco molto bene Lucas e dovremmo conoscerlo meglio il più presto possibile.»

Restai a bocca aperta: «Dovrò controllare l'agenda di Lucas, ma…»

Mia vide un movimento alle mie spalle e annuì, sorridendo. «Chiediglielo adesso. O posso farlo io. Lucas, sei libero una sera della prossima settimana?»

Sentii dei passi alle mie spalle e dovetti lottare per non irrigidirmi. Max si alzò immediatamente dal suo lettino e andò da Lucas, con la coda che si muoveva furiosamente come una bandiera al vento. Lucas si abbassò ad accarezzare distrattamente il cane mentre guardava me e Mia.

«Sì, niente di importante. Devo solo ripulire gli ultimi rapporti sui bachi. Perché?»

«Perché tu e tua *moglie* siete invitati a cena da Adam e me appena avrete un buco.»

«Uhm.» Lucas sbatté gli occhi e mi guardò. «Beh…»

Strinsi i denti prima di allungare una mano per prendere la sua e stringerla, forse un po' troppo. Sentivo gli occhi di Mia su di noi, che studiava attentamente i nostri gesti.

«Tesoro, non sarebbe divertente passare un po' di tempo con un'altra coppia? Non pensarci come a una cena col capo.»

Mia sorrise. «Va tutto bene. Ti manderò un messaggio con la data e l'ora.» Si alzò. «Devo andare ma mi metterò in contatto riguardo il fine settimana. Devo vedere chi riuscirò a radunare per il tuo trasloco.»

«Il tuo trasloco?» chiese Lucas mentre mi alzavo, seguendo l'esempio di Mia. Mentre era momentaneamente distratta ad accarezzare Max sulla testa, diedi un'occhiata significativa a Lucas, che mi guardò perplesso, chiaramente senza capire. Tipico maschio.

«Uhm, Mia pensava che fosse strano che la mia roba fosse ancora nell'appartamento di Heath. Le stavo spiegando che non avevamo trovato il tempo, con le scadenze e gli obiettivi di produttività che dovevamo mantenere per l'espansione.»

Lucas sbatté gli occhi. «Ah, sì, sì... È... sì.» Si passò le mani tra i capelli, con le spalle nuovamente rigide.

«Comunque devo andare.» Mia controllò nuovamente l'orologio. La pietra mostruosa che aveva sulla mano sinistra quasi mi accecò quando il diamante colse un raggio di sole. E questo mi ricordò che dovevamo procurarci degli anelli per mantenere le apparenze. «Vado a dare un bacio veloce al maritino e poi esco. Ci vediamo presto, ragazzi!»

Appena Mia uscì dalla porta della Tana, Lucas mi afferrò il braccio, e nemmeno in modo molto gentile. «Possiamo fare due chiacchiere in privato, zuccherino?»

Alzai di colpo le sopracciglia. Nonostante il vezzeggiativo ridicolo, il suo tono era tutt'altro che leggero. In effetti, sembrava incredibilmente incazzato. Immaginavo di non poterlo biasimare. Era parecchio da scaricargli addosso tutto in una volta.

Merda . Ero sicura che ci sarebbero state urla e recriminazioni. Mi trascinò senza molta delicatezza verso l'uscita. Max, vista l'assenza di umani cui chiedere le coccole, tornò a sdraiarsi sul suo lettino. Mentre uscivamo dalla Tana, sentii per caso un commento sui due "piccioncini" che andavano a "limonare".

Gesù Murphy! Alcuni di quei ragazzini avevano decisamente bisogno di farsi la loro prima donna. Gente, bel modo di mantenere vivo lo stereotipo dei geek.

Lucas non mi lasciò andare il braccio finché arrivammo allo stesso corridoio deserto dove avevo avuto la conversazione telefonica il giorno prima e nel quale, a quanto pareva, mi avevano sentito. Era il nostro posto speciale dove andare per avere un po' di privacy lì intorno. Ma, a quanto pareva, non era così sicuro.

Oppure lo conosceva troppa gente.

Ma Lucas non si fermò lì, no. Uscimmo dalle porte di vetro che si aprivano sul lato del parcheggio, ugualmente deserto a quell'ora, dato che era il punto dove parcheggiavano gli addetti alla manutenzione. Spinse entrambi oltre la porta, aspettando che si richiudesse prima di lasciarmi andare. Era quasi come se pensasse che potessi fuggire urlando all'orizzonte.

A essere sincera, avrei proprio avuto voglia di scappare. Specialmente a causa dell'espressione temporalesca sul suo volto.

«Che cazzo, Kat?» disse a denti stretti.

Io mi massaggiai un nodo di tensione tra le sopracciglia dove sembrava che il dolore stesse arrivando dal nulla. Ed era strano perché non avevo mai e poi mai il mal di testa. Evitando accuratamente il suo sguardo, fissai l'asfalto davanti ai piedi. «Non è colpa mia.»

«Col cazzo che non è colpa tua. Non sei stata abbastanza attenta e hai vuotato il sacco. Non l'hai solo vuotato, ci è esploso in faccia e adesso c'è un casino folle dappertutto.»

Risi nonostante la sua tirata, era impossibile non immaginare l'esplosione e le sue conseguenze.

«Come al solito, non stai prendendo le cose sul serio. Perché non mi sorprende? Quando ho accettato di farlo, avevamo imposto delle regole.»

«*Tu* hai imposto delle regole e mi dispiace, non l'ho fatto apposta. Dovevo dare all'ufficio immigrazione le tue informazioni per l'appuntamento. Ho dovuto chiamare durante le ore d'ufficio perché sono chiusi durante le pochissime ore in cui non sto lavorando o dormendo. Ho fatto la chiamata laggiù.» Indicai l'interno delle porte di vetro da cui eravamo appena usciti. «Dato che praticamente vivo qui, non avevo altra scelta.»

Lucas scosse la testa. «Beh, ovviamente non sei stata abbastanza cauta. Adesso…»

Alzai una mano per fermarlo. «Serve a qualcosa? Nelle riunioni ripeti continuamente che non è il caso di perdere tempo cercando a chi o cosa addossare la colpa. Che dovremmo solo concentrarci a lavorare sui problemi e risolverli. Quindi come ripuliamo tutta la merda che è esplosa?»

Lucas si mise le mani sui fianchi, spostando il peso da un piede all'altro. Dall'espressione sul suo volto non era per niente contento di vedersi ritorcere contro le sue parole. Ma era la verità. Avevamo un enorme problema tra le mani e non c'era tempo per urlarci in faccia rimpallandoci le colpe.

Quindi incrociai le braccia sul petto, raddrizzai le spalle e aspettai la sua risposta.

Capitolo Tre
Lucas

Tentai di ignorare il modo in cui il suo maglione le aderì al petto, mettendo in evidenza il seno perfetto quando incrociò le braccia in quel modo. *Tentai*.

Senza riuscirci. E servì solo a farmi incazzare ancora di più e a rendermi ancora più esasperato con me stesso. Anche in un momento simile non riuscivo a ignorare quanto fosse sexy Kat. La mia mogliettina, ora non tanto segreta.

Una moglie che non potevo vedere nuda né toccare. O portare a letto.

Una moglie alla quale stavo urlando nel parcheggio posteriore dove speravo nessuno ci avrebbe sentiti.

Era come se fossi incastrato in un folle incubo matrimoniale. In questo caso, ero obbligato a sopportare tutti gli svantaggi dell'essere sposato senza nessuno dei vantaggi, come, tanto per dire, sesso regolare con una stupenda donna nuda.

Ero stato sulla maledetta giostra matrimoniale una volta. E almeno, quella volta, il sesso c'era stato. Fino alla fine, ovviamente.

Questa volta ero come il gatto che non riusciva mai a raggiungere il canarino che cantava sopra il piedestallo nella sua gabbia dorata. Potevo solo guardarla da lontano e sbavare. Gesù. Sembravo un pervertito, perfino nella mia testa.

«Bene» dissi, chiudendo il pugno lungo il fianco mentre mi dicevo di piantarla di pensare a come poteva essere nuda. «Bene. Esaminiamo il casino gigante che hai appena creato per entrambi. Perché adesso, a quanto pare, hai intenzione di trasferirti da me?»

Katya mi guardò, sgranando quei grandi occhi azzurri e annuì, come un bambino appena messo in castigo. «Hai una casa grande. Ci sono un paio di stanze che usi solo come ripostigli. Potrei mettere lì il materasso, oppure semplicemente dormire su un materassino gonfiabile. Hai una casa *grande* . Non mi noterai nemmeno.»

Oh, quanto si sbagliava! L'avrei notata costantemente. Anche quando non era sotto i miei occhi. «Ti pagherò perfino l'affitto!» aggiunse in fretta Katya.

E quella fu probabilmente la parte più divertente dell'intera faccenda. Non aveva idea di quanto poco avessi bisogno di soldi. E non solo per i milioni che avevo guadagnato con le azioni della Draco. Ma tutti i soldi che avevo da prima, e che ora mi rifiutavo di toccare.

Il che mi portò all'aspetto seguente di questo casino.

La mia famiglia. Oh Dio! Con il matrimonio reso pubblico, avrei dovuto ammettere con la mia famiglia che mi ero risposato. Almeno questa volta il matrimonio non era costato loro i milioni di dollari che non si erano nemmeno accorti di spendere. E Kat. Lei non aveva la minima idea della famiglia di cui era entrata a far parte.

Non che avessi mai avuto intenzione di farli incontrare. Il matrimonio sarebbe dovuto essere finito e dimenticato prima che dovessimo incontrare qualche parente.

«Le nostre famiglie» dissi finalmente a voce alta.

Katya alzò un sopracciglio color tiziano. «Le famiglie? Che cosa c'entrano?»

Le diedi un'occhiata come se pensassi che era un'idiota solo perché stava facendo quella domanda. «Dovremo dirglielo, Kat. Sono sicuro che i tuoi genitori vorranno conoscermi.»

Lei sbuffò. «Non esserne così sicuro. Hanno altri casini di cui preoccuparsi.»

Uhm. Era strano. Mi resi conto a quel punto che Kat non parlava quasi mai della sua famiglia e che sapevo ben poco, a parte i fatti essenziali. E quelli li conoscevo solo perché erano necessari per il nostro colloquio con l'ufficio immigrazione. Suo padre era un assistente di produzione di documentari e sua madre era un'infermiera. Erano sposati da un po' più di trent'anni e vivevano appena fuori Vancouver, British Columbia, nel sobborgo di Port Coquitlam. A me sembrava gente piacevolmente onesta della classe media.

Aveva anche un fratello, di un anno appena maggiore di lei. Non sapevo praticamente niente di lui, eccetto che non era andato al college e non sembrava lavorasse, e che viveva ancora con i genitori all'età di ventisette anni.

Mi ripromisi di indagare più tardi.

Per il momento, ero troppo preso ad auto-rimproverarmi perché ero così intento a ottenere la promozione che non mi ero soffermato a prendere in considerazione tutte le possibili ramificazioni. Avevo preso delle misure drastiche per tenere qui Kat perché le sue particolari capacità mi avrebbero permesso di rispettare le scadenze e, di conseguenza, di ottenere il lavoro. Kat era la mia arma segreta, anche se non lo sapeva.

Non saremmo riusciti a rispettare le scadenze senza il suo talento, ne ero certo. Quindi non avevo esitato a farmi beffe di una certa istituzione, che comunque non rispettavo, per tenerla qui.

Forse avrei dovuto esitare un po', perché, ovviamente, non avevo riflettuto e pensato a tutte le conseguenze come avrei dovuto.

Mi schiarii la voce. «Beh, dovrò dirlo alla mia famiglia perché verranno sicuramente a saperlo, e presto. Preparati, perché insisteranno per conoscerti immediatamente.»

Katya sbatté gli occhi e poi fece spallucce. «Okay. Va bene. Posso incontrare la tua famiglia, nessun problema, a meno che... a meno che siano serial killer o roba simile.»

Peggio. Erano ricchi. Nel senso che erano pieni di soldi. Nel senso che erano schifosamente ricchi.

Finora, con l'eccezione di Jordan, quello era il segreto che avevo mantenuto meglio. Adesso, chi sapeva che cosa sarebbe successo?

«Ascolta.» Katya parlò prima che potessi rispondere alla sua domanda retorica. Abbassò gli occhi, mettendosi una ciocca fiammeggiante e lucente dietro l'orecchio pallido e delicato. «Mi dispiace veramente che sia successo. Ho preso le stesse precauzioni che avevano funzionato per sei mesi. Ma sono stata sfortunata. Una volta fatto il colloquio con l'ufficio immigrazione e quando avrò ottenuto la carta verde, ti prometto che mi trasferirò subito. In effetti, è un po' che sto facendo economia e risparmiando. Appena riceveremo il bonus per l'espansione, avrò abbastanza soldi per l'acconto per un posto tutto mio. Non sarà una casa grande come la tua, ma sarà mia. Non voglio veramente invadere i tuoi spazi, ma sì, a questo punto siamo incastrati.»

Feci un respiro profondo. Già, incastrati. Con il suo viso stupendo e il suo corpo sexy in giro per la mia casa... *Gesù* . A quanto pareva i miei pensieri erano completamente annebbiati dalla privazione sessuale.

Strinsi le labbra. «Allora ho delle regole.»

Katya sogghignò. «Perché non mi sorprende? Tu hai sempre delle regole.»

«Basta con questi commenti sarcastici.»

Katya sbatté un paio di volte le palpebre, come se non riuscisse a credere alle proprie orecchie. «Ma mi conosci? Ed è una delle regole? Perché ti posso dire da subito...»

Alzai una mano per fermarla. «Non è una delle regole, no. La prima è che dormiremo in camere separate, ovviamente. Dobbiamo accettare di essere completamente vestiti nelle aree comuni della casa. La cucina, il soggiorno e tutto il resto.»

Katya annuì. «Okay. Facile. Per tua fortuna non sono una nudista. Avevamo dei vicini nudisti quand'ero piccola, ed era roba da matti. Non erano giovani e, beh, c'era un afflosciamento generale. E sai, gli inverni a Vancouver non sono caldi.» Finse di rabbrividire. «Fare giardinaggio, poi, Dio, che roba. La faccenda del nudismo non mi tenta nemmeno un po'.»

Grazie al cielo. Non che mi sarebbe dispiaciuto vederla nuda, ovviamente, ma perfino immaginarlo non era un bene per il livello di frustrazione sessuale di cui soffrivo ultimamente. E fare sesso solitario riusciva solo a togliere un po' di tensione. Mi aspettavo che le cose peggiorassero parecchio con lei sotto il mio tetto.

«Okay, allora ci si mette nudi solo nella doccia o nelle nostre stanze.» Katya annuì decisamente, come se le stessi dando istruzioni per il lavoro. «Bene... che altro?»

Deglutii, poi di nuovo severo. «Ritiri la tua roba.»

Katya mi guardò storto. «Non sono *così* orribile.»

«Sei la regina del disordine. Se la tua stanza assomiglia almeno un po' alla tua scrivania, sarà meglio che tenga tutta la tua roba chiusa nella tua stanza a casa mia. Con la porta sempre chiusa.»

«È solo caos organizzato. Io so esattamente dov'è tutto» insistette Katya.

«E come ti ho già detto altre volte...»

«"Il caos esteriore riflette lo stato mentale". Sì, te l'ho sentito dire almeno un milione di volte. Bene, cercherò di non scatenare il tuo disturbo ossessivo compulsivo e le tue tendenze da maniaco della pulizia da stronzo represso.»

Invece di sbuffare, piegai di lato la testa e la fissai. I nostri sguardi si scontrarono e lei alzò la testa, sfidandomi. Poi alzò le sopracciglia ramate come per chiedermi: *tutto lì quello che sai fare?*

Ah, cara miss Ellis, non ne hai idea, vero?

Avevo la testa vuota. La condizione principale era quella sulla nudità. Era la norma più importante cui ero riuscito a pensare. Cercai qualcos'altro. «Porta fuori la pattumiera quando è piena.»

Lei si limitò ad alzare gli occhi al cielo. «Non sono un'incivile.»

Sospirai. «Vieni dalla terra della Tundra, bifolchi e gente che vive negli igloo.»

La mia ricompensa fu una piccola smorfia. Quindi decisi di stuzzicarla ancora un po'. Era uno dei miei passatempi. «Va tutto bene, Rossa. Un giorno il Canada dominerà il mondo e allora tutti gli altri la pagheranno.» Mi assicurai di usare una pronuncia prettamente canadese.

In effetti, mi piaceva il suo accento canadese. Era appena accennato. Quasi irriconoscibile dall'accento tipico della costa ovest degli Stati Uniti, eccetto qualche piccola differenza in alcune parole, che si sentiva solo se si passava del tempo con lei.

In quelle parole, le vocali erano più morbide, più chiuse. Alcune parole avevano un suono meno duro rispetto alla controparte americana. Piccoli indizi, sufficienti a rivelare che non era semplicemente un'altra bella ragazza californiana.

No, lei era una stupenda ragazza canadese.

Una stupenda e assolutamente esasperante ragazza canadese.

Katya strinse gli occhi. «Almeno vengo da un paese che sa che la birra non dovrebbe avere lo stesso sapore del piscio di mucca.»

«Birra e *poutine*. I due capisaldi della *haute cuisine*.»

Fece spallucce, mettendo la mano sulla maniglia. «Hai dimenticato le bistecche d'alce e la zuppa di zampetti, sempre d'alce.»

Zuppa di zampetti d'alce? Sghignazzai. «Esiste veramente una cosa simile?»

Katya soffiò fuori il fiato, scuotendo la testa mentre apriva la porta. «Mi aspettavo che mi chiedessi proprio quello.»

La seguii in quel corridoio posteriore e in qualche modo privato, cercando con tutte le forze di non concentrarmi sul suo sedere mentre camminava davanti a me. *Occhi in alto, Lucas.*

Proprio quando stavamo per girare l'angolo, Katya si fermò, voltandosi verso di me. Successe così di colpo che quasi le finii addosso. Comunque quando riuscii a fermarmi ero a pochi centimetri da lei, che mi guardò negli occhi, allungò la mano e aprì uno dei bottoni della mia camicia con un dito. «Un'ultima regola. Non ci sarà assolutamente mai sesso, in nessuna circostanza, giusto?»

Sbattei gli occhi. «Me lo stai chiedendo o me lo stai dicendo?»

«Beh, voglio dire, già non stiamo facendo sesso con altre persone ma...» indicò noi due, «... siamo sposati. Ci si potrebbe aspettare...»

Scossi la testa deglutendo. «Niente aspettative.»

La sua espressione era illeggibile quando annuì. «Okay, allora immagino che non ci sia bisogno di regole.»

Mi leccai le labbra e alzai le spalle. «Immagino di no.» Ma potevo sempre fantasticare. Non era infrangere le regole. Ovviamente, fantasticare rendeva sempre più difficile rispettare quelle regole, quindi, basta fantasticare.

Nota per me stesso: basta fantasticare.

Stavo forse vedendo un po' di delusione sulla sua faccia quando girò l'angolo prima di me? Forse non mi aveva capito, anche se avevo detto la verità. Non mi aspettavo niente. Mi aveva chiesto un favore ed era alla mia mercé per poter arrivare ad avere il permesso di soggiorno permanente e restare nel paese. Se avessi chiesto o, peggio ancora, preteso di fare sesso, Katya avrebbe potuto sentirsi obbligata. E sarebbe stata una cosa disgustosa.

Questo non significava che non fossi interessato a lei. Non c'era bisogno che lo sapesse. Ed ero bravo a mantenere i segreti. Avevo fatto parecchia pratica.

Svoltato l'angolo, colsi Jordan che usciva dalla Tana con un piatto pieno di torta. Stava parlando con Kat e quando mi vide, alzò significativamente un sopracciglio. *Oddio, ci siamo...*

«Ehi, Lucas, mi stavo congratulando con la tua dolce sposina per il vostro matrimonio a sorpresa.» Spostò il piatto nella mano sinistra e tese la destra per stringere la mia. L'afferrai, gliela strinsi in fretta e poi mi tirai indietro. Kat lo ringraziò ed entrò, dandomi un'altra occhiata imperscrutabile. Non sapevo se fosse in reazione a ciò che le avevo detto nel corridoio o a questo nuovo sviluppo.

Sapevo che non me la sarei cavata con un semplice grazie come aveva fatto Kat, ma tentai comunque. «Grazie, amico. Devo tornare...»

Quando cercai si sorpassarlo, Jordan tese una mano e me la premette sul petto, bloccandomi. «Bella mossa. Non pensavo che mi avessi anticipato. Oppure è successo tutto ieri sera dopo averti parlato?»

Cercai di capire che cosa intendeva dire. Aveva un sorriso scherzoso sul volto, gli occhi nocciola, a volte verdi, a volte marroni che scintillavano maliziosi. A Jordan piaceva scherzare e prendere in giro la gente e a volte era un vero rompiballe. Ma era anche un buon amico.

Comunque non abbastanza perché gli raccontassi la verità.

«Cosa? Pensi che mi sia sposato per aumentare le mie possibilità di carriera?» Ed era esattamente ciò che temevo, ovviamente.

Lui fece spallucce, indifferente, con un ghigno sul volto come per chiedere: *perché non dovrei pensarlo?*

«Mi sembra una mossa un po' drastica» continuai.

Jordan rise. «Il matrimonio è per definizione una decisione drastica.»

Sbattei gli occhi. «Hai condiviso quest'opinione con la tua ragazza?»

«April conosce perfettamente il mio parere.»

Sbuffai, pronto a ignorarlo prima che si mettesse a scavare più a fondo in un territorio pericoloso. «Beh, sai che cosa dicono dei pareri e del buco del culo. Che tutti ne hanno uno, ma che non voglio necessariamente sapere del tuo perché probabilmente puzza.»

Jordan annuì, accettando tranquillamente il mio sfottò, come faceva spesso. Perché per quanto gli piacesse sfottere gli altri, sapeva anche accettare che reciprocassero. In effetti, era il tipo di uomo che ti rispettava se gli tenevi testa, anche insultandolo, purché fosse fatto bene e fosse meritato.

Jordan si chinò verso di me e abbassò la voce. «Ascolta. Lo sai tu e lo so anch'io che sei troppo qualificato per il tuo lavoro attuale. E lo sa perfino Adam. Qualunque spinta extra tu riesca a dargli per fargli capire il tuo impegno avrà il mio pieno sostegno. Perfino se significa sposare la migliore amica della moglie del capo.

Strinsi i denti, con l'irritazione che mi ribolliva dentro. Jordan si tirò indietro, studiando la mia reazione. «So che detesti l'intera faccenda del nepotismo. Ma a volte… quando hai bisogno di un piccolo vantaggio. A volte, cose come questa possono aiutare.»

«Non ho bisogno, né voglio quel tipo di aiuto. E tu, tra tutti, dovresti saperlo bene.»

Un sorriso pacato, un cenno della testa. «Capito.» E quando mi mossi verso la porta per entrare nella Tana, mi fermò di nuovo: «Non ferirla o sarò obbligato a spezzarti entrambe le gambe.»

«Giusto. Sto già tremando dalla paura. Goditi la torta.» Presi un altro appunto mentale. Una volta finito tutto, Kat sarebbe dovuta andare in giro a strombazzare che la nostra separazione consensuale non aveva urtato i sentimenti di nessuno dei due.

Non ci sarebbero stati cuori ammaccati o infranti sia nello stringere sia nel dissolvere il nostro vincolo matrimoniale. Garantito.

Quella sera, arrivai all'ingresso di casa con un piano su come diffondere cautamente la notizia a tutti quelli che facevano parte della mia vita. Avrei dovuto fare in fretta ma prima avevo delle priorità. Era quasi ora di cena e dovevo nutrire immediatamente un cane bavoso e affamato.

Max aspettò pazientemente mentre gli servivo il cibo. Scaldai qualcosa per me al microonde mentre lui spazzava via tutto in tre secondi netti. Stavo componendo mentalmente la lista di tutti quelli che dovevo contattare riguardo a tutto il casino. La mia famiglia avrebbe saputo presto del matrimonio improvviso, quindi dovevo preparare in fretta una storia inventata per scongiurare la tempesta di merda in arrivo.

Feci scorrere i vari messaggi stupiti che erano arrivati, decidendo di rispondere più tardi quando ne arrivò uno nuovo.

Michaela: *Siamo ancora d'accordo per la lezione di piano di sabato? E che cazzo, tu e Kat vi siete veramente sposati oppure è qualche idiota che mi sta facendo uno scherzo?*

Michaela, fino a poco tempo prima la mia coinquilina. Bene, tanto valeva cominciare da lei.

Lucas: *Nessuno scherzo. 100% serio. Ci siamo sposati di nascosto lo scorso fine settimana.*

Feci un respiro profondo dopo averlo scritto. Che cos'era un'altra bugia, in fondo? Kat e io avevamo passato qualche minuto dopo averle consegnato la posta a inventarci una nuova linea temporale per il matrimonio segreto. Tanto valeva vedere se la storia funzionava con Michaela.

Lucas: *Dovrò rimandare. Sabato traslochiamo la sua roba. Ti dispiacerebbe tenere il cane quel giorno? Probabilmente sarebbe sovraeccitato con tutto il movimento.*

Il microonde suonò e aspettai un minuto per togliere il vassoio fumante. Ancora bistecca alla Salisbury. Okay, un giorno avrei effettivamente fatto un vero pasto. La risposta di Michaela arrivò più in fretta di quanto pensassi fosse in grado di scrivere con i pollici.

Michaela: *Uhm. Stiamo parlando della stessa Katya, vero? Capelli rossi, lavora con te al Controllo Qualità. Voi 2 normalmente vi odiate?*

Sospirai. Non prometteva bene per il resto degli altri a cui avrei dovuto dare la notizia.

Lucas: *Sì. Proprio lei. Terrai il cane? Prometto tempo extra al piano, felice di darti tutte le lezioni che vuoi.*

Da quando aveva traslocato, scambiavamo il dog-sitting con le mie lezioni di piano. Era stato bello mantenere una sembianza di vita sociale al di fuori del lavoro. Michaela non lavorava alla Draco, anche se ci lavorava il suo boyfriend, Jeremy, il mio concorrente per il nuovo posto di lavoro. Ciò nonostante, la consideravo comunque un'amica non correlata al lavoro.

Michaela: *Sapevo di aver ragione... quando avevo detto che voi due avreste dovuto scopare e farla finita. Accidenti, siete riusciti a mantenere il segreto dell'anno! Oh! Sono ancora sotto shock. Congratulazioni per il matrimonio però. E sì, sarò lieta di tenere Max durante il trasloco.*

Beh, immagino che un sorpreso divertimento fosse tutto quello che potevo aspettarmi dai miei amici.

La mia famiglia, d'altro canto...

Con un sospiro risoluto, aprii l'app sul telefono e cliccai sul nome di mia madre nei contatti. Sentii un enorme peso nello stomaco quando mi portai il telefono all'orecchio e lo ascoltai suonare. Sperando che finisse in segreteria.

Max alzò il muso fradicio dalla ciotola dell'acqua e si lasciò cadere accanto alla mia sedia. Come al solito, la sua straordinaria abilità di percepire il mio umore era accurata. Offriva prontamente conforto quando giudicava che ne avessi bisogno.

Purtroppo la voce di mia madre risuonò dopo il secondo squillo. «Lucas, finalmente. Sono giorni che aspetto che mi richiami.»

Mi schiarii la voce e raddrizzai la schiena, anche se non poteva vedermi. Poi mi feci forza. «Mamma. Spero che sia seduta. Ho, uhm, delle grandi notizie...»

Poi deglutii la bile che mi era di colpo arrivata in gola e sputai il rospo... almeno la versione prefabbricata sulla nostra storia romantica, il matrimonio, tutto.

Capitolo Quattro
Katya

Arrivai finalmente a casa dal lavoro intorno alle otto di sera, ancora con il telefono spento. Mi fermai nel parcheggio buio dell'appartamento che condividevo con Heath a Orange. Mentre raccoglievo le mie cose, il mio pensiero andò ai folli avvenimenti di quella giornata, ancora incredula per tutto quello che era successo.

Studiai distrattamente l'unica busta che mi aveva consegnato Lucas un'ora prima. Come sospettavo, il mittente stampato sulla busta aveva il logo di uno studio legale di Vancouver che conoscevo bene. Non avevo nessuna voglia di leggere il contenuto, quindi la ficcai in borsa, giurando di infilarla nel distruggidocumenti il più presto possibile, senza leggerla.

Ma mi serviva un momento per riprendere il fiato mentre mi riappoggiavo sul sedile rovinato della vecchia Honda Civic degli anni Novanta che avevo ereditato da Mia. Raddrizzando le spalle, decisi che il modo migliore per distrarmi era affrontare i messaggi sul telefono prima di sfidare il mio, presumibilmente furioso, coinquilino del mondo reale.

Trattenendo il fiato, accesi il telefono e cominciai a scrollare la quantità spaventosa di messaggi in coda.

Tantissimi messaggi , in effetti. Alcuni da persone che conoscevo appena. Alcuni da numeri che non avevo nemmeno tra i contatti che dicevano: "Congratulazioni!" o "Meraviglioso!".

Ma tenni per ultimi quelli dei miei amici più intimi.

Mia mi aveva solo mandato qualche indicazione sul trasloco di sabato nella casa di Lucas e l'ora in cui lei e Adam si sarebbero fatti vivi per prendere le mie scatole. Ma il resto dei messaggi… era un disastro. La maggior parte includeva un "Che cazzo?", un mucchio di punti di domanda e ancor più punti esclamativi.

Piuttosto di ripetermi e copiare e incollare un messaggio generico per ciascuno di loro, aprii una chat di gruppo, con April, Jenna, Alex e sì, perfino con Mia e Heath.

Katya: *Ehi a tutti, grazie per gli auguri. Sì, Lucas e io abbiamo fatto il grande passo. So che è difficile da credere ma… Colpo di fulmine eccetera eccetera, e forse la maledizione del bouquet di Mia che si è impigliato nei miei capelli al suo matrimonio.*

Mia: *Ehiiii, non è giusto. Non l'ho fatto apposta.*

Alex: *Non riesco a credere che l'abbia fatto. Hai sposato Jedi Boy! Significa che otterrai una spada laser tutta per te? Ha usato un trucco mentale Jedi su di te?*

Jenna: *Sembra che probabilmente sia più un sexy-trucco Jedi.*

April: *Accidenti, Mia. Ti avrei pagato qualche centone per dirigere quel coso verso di me, almeno avrei potuto godermi l'espressione terrorizzata sulla faccia di Jordan quando lo afferravo.*

Mia: *Ti piace troppo tormentare quell'uomo. E io adoro ogni minuto in cui lo fai.*

Jenna: *Kat, il minimo che potevi fare era avvisarci, avremmo potuto organizzarti un addio al celibato e assumere uno spogliarellista sexy.*

Heath: *Qualcuno ha parlato di uno spogliarellista sexy?*

Alex: *L'anello! Voglio vedere l'anello!!! Manda una foto subito!*

Mia: *Heath, sapevi della loro storia segreta e me l'hai tenuta nascosta?*

Heath: *Questa cassaforte contiene molti segreti, bambolina. Vuoi veramente che la apra?*

Mia: *Mmm, forse no.*

Alex: *No, davvero, devo vedere una foto dell'anello... ADESSO.*

Katya: *Non è ancora disponibile. Sono in ordine. Manderò la foto appena li abbiamo. Sono stanchissima, signore e signore. Me ne vado a letto.*

April: *Come? È prestissimo.*

Jenna: *Dev'essere tutto quel sesso da novelli sposi che fanno.*

Con un sospiro, infilai il telefono in borsa, sperando di aver almeno mitigato il disastro per quella sera. Di sicuro potevo aspettarmi di peggio.

Come, ad esempio, affrontare il mio coinquilino. Probabilmente sarebbe stato contento esattamente come Lucas che il segreto fosse stato rivelato.

Aprii lentamente la porta dell'appartamento e la richiusi, camminando in punta di piedi, come se potesse servire. Se solo fossi potuta arrivare alla mia stanza senza farmi notare, avrei sbarrato la porta e avrei almeno avuto una protezione fisica. Sfortuna volle che Heath fosse seduto sul divano a guardare un reality show survivalista su History Channel, con le spalle rivolte verso di me mentre attraversavo furtivamente la stanza. Ero a metà strada per la mia stanza quando parlò a voce alta, nel suo tono di baritono profondo, e a denti stretti.

«Questa volta sei in debito con me, Kat, alla grande.»

Aveva ragione. Più che ragione.

***

«Questi li ho comprati io o tu?» Qualche giorno dopo, Heath era nella nostra cucina con un set di bicchieri bordati di linee ondulate blu e arancio, uno per mano. Lo guardai, con il dispenser del nastro adesivo in mano, pronta a sigillare una delle scatole che avevo appena riempito.

«Li ho comprati io ma puoi tenerli. Ne prenderò un servizio nuovo quando comprerò il mio appartamento.» Senza parlare, il mio coinquilino, un metro e novantacinque di muscoli, rimise i bicchieri nell'armadietto sopra il lavandino.

«Oh, già che sei qui, potrei usare la tua altezza per prendermi un po' di quella roba sullo scaffale in cima.»

Heath aprì l'armadietto vicino e piegò la testa. «Qui in alto? Innanzitutto, come diavolo hai fatto a metterli qui?»

Feci spallucce. «Probabilmente sei stato tu. Quel mini robot da cucina e la centrifuga sono miei.»

«Ecco che se ne va il mio programma di cominciare una dieta purificante.» Tirò giù gli apparecchi, raramente usati, avvolgendoci attorno attentamente i cavi per prepararli per gli scatoloni.

«Come se ti servisse una scusa» risposi senza rivelargli che li avevo comprati esattamente per quello scopo e li avevo usati esattamente tre volte. Lo ringraziai e ritirai gli apparecchi in uno scatolone vuoto.

Heath socchiuse gli occhi e mi osservò. «Quanta della tua roba hai intenzione di trasferire là?»

Gli diedi un'occhiata veloce prima di prendere il pennarello ed elencare nel dettaglio il contenuto dello scatolone che avevo appena chiuso. «Tutta.»

Heath mi guardò perplesso. «Ma avete il colloquio fra non molto e se tutto va bene, dovrebbero volerci solo pochi mesi per ottenere la carta verde. Vuoi veramente rifare tutto questo lavoro? Perché non ti limiti a prendere un po' di vestiti e gli articoli da toeletta?»

Mi morsi il labbro, rimettendo il cappuccio alla penna e stringendolo finché sentii il clic. «A parte il fatto che sembrerebbe veramente sospetto, per quelli che mi aiuteranno a traslocare, che stia prendendo solo un paio di scatoloni, dici? Non può sembrare che ci stia andando solo come un ospite o per una cosa temporanea.»

«Sì, ma chi ci farebbe caso?»

«Beh, Mia ha insistito per aiutarmi a spostare la mia roba. E ovviamente ha coinvolto Adam e, capisci che devo farlo apparire reale.» Esitai, poi andai a controllare il resto degli armadietti. Heath intanto si era seduto al tavolo della cucina e si stava passando le dita nei capelli biondo scuro.

«Sei così triste perché me ne vado?» gli chiesi. «Avrei pensato che avresti fatto salti di gioia perché puoi ritrasformare questo posto nel tuo lussurioso nido d'amore.»

Heath mi diede un'occhiataccia, tutt'altro che divertito dalla mia battuta. In effetti, ultimamente era stato un eremita, non era uscito molto. La settimana precedente lo avevo convinto a inserire il suo profilo su una nuova app, solo per ridere. Non c'erano stati contatti finora. Ma era ancora presto, come gli ricordavo quotidianamente.

Almeno adesso passava ancora del tempo con gli amici e non era così depresso come l'anno prima, quando si stava riprendendo da una brutta rottura.

Heath diede un'occhiata alle poche scatole. «Sai, per aver vissuto qui per quanto, un anno e mezzo…? Non hai veramente molta roba.»

Sorrisi. «Sono arrivata dal Canada con solo una valigia di vestiti e non sono mai tornata. Ho molta più roba a casa, ma non mi è mai mancata.»

Heath mi guardò piegando la testa. «Non ti ho mai sentito parlare di casa. Non ti manca?»

Esitai, appoggiando la tazza bianca con il marchio di un popolare software per tenere traccia dei bachi. Era stato un gadget dell'ultimo seminario che avevo frequentato. Ripensai alla domanda di Heath. *Casa.* Era passato parecchio tempo da quando avevo pensato al mondo che mi ero lasciata indietro come *a casa.* Certo, ero cresciuta là e c'era la casa dei miei genitori, ma…

Mi mancava il Canada, certo. La British Columbia e la California erano così vicine culturalmente che le differenze erano minime: un posto usava il sistema metrico mentre l'altro il vecchio sistema. Un posto adorava il baseball e la pallacanestro mentre l'altro venerava la Stanley Cup e tutto ciò che era hockey. In un posto pioveva molto più che nell'altro, ma aveva grandi panorami verdi e montagne. Entrambi avevano un traffico da far schifo.

Ma c'erano tante cose che non mi mancavano di casa. E c'erano solo volute alcune lettere dei legali, arrivate all'improvviso al mio nuovissimo indirizzo per ricordarmelo.

«Una cosa è certa» sospirai, evitando di rispondere alla domanda. «Starò meglio quando avrò finalmente la carta verde in mano e quindi non correrò il rischio di dover lasciare la Draco o mettere te e i tuoi amici nei guai. È stato un favore enorme, e sono ancora in debito con te per avermi procurato i documenti in modo da avere il lavoro.»

Heath sogghignò. «Ho degli amici nei bassifondi.»

Sorrisi. «Certo. Ma le cose saranno molto più facili una volta che sarò qui legittimamente.»

«Per quello dovresti ringraziare Lucas, non me.» Heath fece spallucce, studiandomi con gli occhi curiosi che dicevano che non si era lasciato ingannare dal fatto che avessi eluso la sua domanda.

«Sì, già, troverò il modo.»

Heath inarcò le sopracciglia bionde indicando i miei scatoloni. «Sei sicura?»

Lo imitai, inarcando le mie. «Cosa, trasferirmi da lui? Abbiamo già fatto la parte più difficile sposandoci.»

Heath si mise a ridere. «Sposarsi *non* è la parte difficile. Quella difficile è vivere insieme, senza commettere un crimine. È tutta un'altra storia. E per voi due sarà ancora più dura, visto che vi vedrete ventiquattrore al giorno, sette giorni su sette. Sia a casa sia al lavoro. Preferirei non dovervi vedere in TV, come un caso irrisolto, tu morta e lui in fuga.»

Lo fissai sarcastica. «Che cosa ti fa pensare che non sarebbe il contrario?»

Heath fece un sorrisetto malizioso. «Sì, appena l'ho detto mi sono reso conto che lo scenario più plausibile era il contrario.»

Gli feci l'occhiolino. «Mi conosci così bene.»

«Come farai a riuscire a non ucciderlo? Voi due non andate proprio d'accordo.»

«In ufficio andiamo d'accordo abbastanza da riuscire a fare un sacco di lavoro. La nostra sezione non è mai stata così efficiente.» Poi mi alzai, per andare a imballare le mie cose nel soggiorno. «Inoltre, se diventasse troppo petulante, potrei semplicemente rompergli la mandibola, così dovrebbero immobilizzargliela e non potrebbe parlare. Tutto a posto.»

Heath mi seguì in soggiorno attraverso la porta scorrevole. Avevo solo qualche soprammobile e altre cianfrusaglie, nemmeno sufficienti per riempire uno scatolone. Heath, da tipico scapolo con un po' di soldi, aveva riempito l'appartamento con le apparecchiature elettroniche tecnologicamente più avanzate e tutte le console da gioco conosciute. I miei pochi souvenir e soprammobili di vetro si perdevano lì in mezzo. Presi un po' di plastica a bolle per evitare che si rompessero e cominciai ad avvolgerli con troppi strati.

«Purché nessuno dei due si arrenda alla TSI, andrà tutto bene.»

«TSI? Che cosa significa?»

«Tensione sessuale insoddisfatta» dichiarò come se fosse evidente, passandomi il dispenser di nastro adesivo che io avevo dimenticato in cucina, ma di cui lui si era ricordato.

Esitai, brandendo il dispenser come fosse un'arma. «E che cosa diavolo dovrebbe significare?»

Heath sbuffò. «Significa esattamente ciò che pensi e se non lo ammetti, allora ti dico che non riconosci la realtà.»

Mossi il dispenser come se stessi sparando con una pistola, poi mi piegai per sigillare lo scatolone. «Rifiuto categoricamente ogni tua corrente e irritante ipotesi. Lucas è un collega di lavoro, qualche volta un rivale, che lo sta facendo per aiutare me e se stesso.»

«Uh-uh» disse Heath, con lo scetticismo chiaramente visibile sul volto.

Ispezionai attentamente il nastro adesivo. «Mmm. Mi chiedo se sia possibile usarlo per sigillare gli umani. Vuoi essere il primo a testarlo? O forse potrei spezzarti un osso o due per far pervenire il messaggio.»

Heath sogghignò. «Riservalo al tuo maritino. Ne avrai bisogno e parecchio. O magari per te. Se le labbra sono sigillate non cadrai preda della tentazione di baciarlo.»

Mi bloccai, ricordando il bacio bollente che mi aveva travolto quel pomeriggio. Era arrivato così all'improvviso, quando mi aveva preso tra le braccia per offrire ai nostri dubbiosi colleghi la "prova" che adesso eravamo una coppia. Dalla sua espressione calma e distaccata quando ci eravamo divisi, il bacio non aveva avuto su di lui lo stesso effetto che aveva avuto su di me.

O forse sì?

Lucas era sempre stato bravo a nascondere le sue emozioni. A nascondere ciò che stava pensando. Era quasi impossibile dire che cosa stesse succedendo sotto quella placida superficie.

Heath stava ancora parlando a vanvera e mi fece tornare al presente. «Dai, Kat, non ti sei mai chiesta perché è stato il suo il nome che hai spiattellato quando quelli dell'immigrazione ti stavano facendo il terzo grado? Cioè, sei stata fenomenale e hai pensato in fretta, certo. Ma ci deve essere stata una ragione subconscia perché Lucas sia stato il primo nome che hai pronunciato come tuo supposto fidanzato.

Lo fissai per un momento poi feci spallucce. Un gesto che probabilmente rivelò che la sua domanda mi lasciava tutt'altro che indifferente. Me l'ero chiesta anch'io più di una dozzina di volte da quando era successo.

Messa all'angolo, minacciata di espulsione, la bugia mi era venuta così facilmente, così perfettamente e, a quanto pareva, in modo così convincente, che mi aveva salvato il culo. Ma perché Lucas?

Da qualche parte c'era una risposta ma non avevo voglia di scavare abbastanza in fondo da trovarla. Non ancora.

Invece di soffermarmi sulle ipotesi di Heath, tornai a minacciarlo scherzosamente per farlo stare zitto. «Se non ossa rotte, posso sempre usare la super colla e appiccicarti il culo al sedile del WC.»

Questa volta sembrò capire l'antifona. «Lo faresti davvero. Sei il male assoluto.»

«Il male assoluto e dea del caos, sì. Quindi stai attento.»

Heath fece un respiro profondo e distolse gli occhi.

«Che c'è?» Gli diedi un'occhiata da sotto le ciglia. «Stai cercando di immaginare come fare a cagare stando in piedi da ora in poi?»

«No, mi fa solo paura pensare a come sarà silenzioso questo posto senza di te.

Fece un sorriso triste. Povero Heath. Si era sentito solo ultimamente. «Forza, amico. Pensa a tutti i ragazzi sexy che porterai a casa senza doverti preoccupare di scansare la tua irritante coinquilina.»

Heath strinse le labbra. «Già, magari ho anch'io un po' di TSI da sfogare.»

Agitai le sopracciglia guardandolo. «Raccomando un giocattolo sessuale o due. Aiutano, sai.»

Restammo entrambi in silenzio mentre etichettavo l'ultima scatola. Sbagliai tre volte a scrivere "cianfrusaglie", cancellando ogni tentativo, finché alla fine lo lasciai com'era venuto.

Poi mi schiarii la voce. «Comunque, qual è la tua sincera opinione?»

Heath mi stava guardando con uno dei suoi sopraccigli biondi alzati, con la testa sostenuta dal braccio appoggiato allo schienale del divano. «Sui giocattoli sessuali?»

«Sul sesso.»

Si mise a ridere. «Ho un'opinione molto positiva sul sesso. Sì.»

Strusciai i piedi per un momento, cercando un modo più cauto di porre la domanda, senza riuscirci, accidenti.

«Ahhh, intendevi dire sesso tra te e il tuo maritino? Nel senso di "consumare il matrimonio"?»

Evitai di guardarlo, togliendo un po' di polvere dal tavolino con uno straccio e alzando le spalle per far sembrare la domanda super casuale. «Intendevo dire, sarebbe così brutto?»

«Non lo so. Lucas è un tipo veramente attraente e ti piace. Non sarebbe necessariamente male, per del sesso bollente, comunque.»

Gli voltai la schiena, continuando a "spolverare" ed esitai prima di continuare. «Non è ciò che intendevo. Volevo dire... sarebbe necessariamente una cosa brutta se succedesse?»

Heath era meditabondo e mi diede un'occhiata da sopra la spalla. Sembrava stesse pensando alla domanda, prima di scartarla con un'alzata di spalle. «Come diavolo faccio a saperlo? Voglio dire, purché nessuno dei due sia coinvolto emotivamente. Ed entrambi accettiate che c'è una data di scadenza nella vostra relazione. Ma lavorate insieme quindi se finisce male le cose potrebbero diventare difficili per entrambi, dopo il fatto.»

Ci ripensai un momento, resistendo alla tentazione di sospirare. Non è che avessi in programma di fare sesso con Lucas.

Sì, ci avevo pensato più di una volta. Forse mi ero anche chiesta come sarebbe stato sentire la sua pelle sulla mia, il suo peso sopra di me. Forse avevo anche provato una sensazione di calore… ehm… immaginandolo. Ma non voleva dire niente. Era solo biologia.

Non facevo sesso da quasi un anno e il periodo di magra stava diventando un po' troppo. Ma questa ragazza aveva una volontà di ferro, quindi ce l'avrebbe fatta.

E una volta tornata single, allora, via ai giochi.

Per imballare tutto c'era voluta mezza giornata. Per il trasloco forse un'ora. Sabato pomeriggio, l'assistente di Adam, Nate, arrivò con un camion che era almeno due volte più grande di quello che serviva. Mezz'ora dopo, Adam e Mia arrivarono a casa mia. In un quarto d'ora, Heath, Adam e Nate avevano caricato il materasso e i mobili della camera da letto. Li avevo comprati con il primo stipendio della Draco dopo aver dormito sul divano nel soggiorno di Heath per un mese. Poi fu la volta dei miei pochi miseri scatoloni di libri, ricordi e apparecchiature. Qualche valigia con i vestiti. E fu tutto.

Mente si allontanava, il camion sobbalzava perché era quasi vuoto. Saremmo riusciti a caricare tutto su un pick-up. Lo seguii con la mia Honda per tutti i venti minuti per arrivare alla casa di Lucas a Irvine. E ci volle ancora meno tempo per scaricare i miei beni terreni e impilarli in una delle stanze vuote, che, spiegai in fretta, sarebbe stata usata come "magazzino". Nessuno doveva sapere che avrei dormito in quella stanza per gli ospiti. Avevo chiesto a Lucas il permesso di installare lì la mia attrezzatura per il mio canale Twitch in live-streaming.

«Sì, mettete tutto qui e poi posso disimballare tutto dopo.»

Avevamo cominciato da circa cinque minuti quando Lucas arrivò a casa dal lavoro e non sembrò sorpreso di vederci. Anche se rimase un po' perplesso di vedere che Adam stava veramente dando una mano. Quasi si finirono addosso prima che Lucas appoggiasse in silenzio la sua borsa e cominciasse ad aiutare anche lui.

«Tesoro!» dissi, cercando di usare tutte le mie scarse capacità recitative per farlo sembrare sincero. Mi chinai per un bacetto veloce ma riuscimmo a incasinare pure quello. Lui mirò alla bocca, io a una delle sue guance pelose e i nostri nasi finirono per scontrarsi.

Adam e Mia scoppiarono a ridere. «Mi sa che dovrete perfezionare il saluto "Tesoro sono a casa". »

Poi andammo in un ristorante vicino (non c'erano pub in quella parte di Irvine) e bevemmo qualcosa al bar.

«Grazie per il vostro aiuto. Offro io» disse generosamente Lucas.

Allungai la mano e strinsi la sua dove gli altri potevano vedere facilmente il gesto affettuoso. Sembrava... strano. Non solo perché stavamo recitando ma perché mi sembrava di mentire a due dei miei amici più intimi. Cosa che stavo facendo da un bel po'. Ma questa bugia sembrava più reale.

Ma *c'era* qualcosa... il modo in cui mi sentii quando misi la mano sopra la sua, appoggiata alla coscia muscolosa. Strinsi la mano sulla sua, per amore di autenticità, ovviamente, e per un secondo netto, lo sentii reagire. Il muscolo della coscia sotto i jeans si contrasse, il pollice si agganciò intorno alla mia mano e il polpastrello, velocemente, quasi automaticamente, accarezzò il mio dito.

Sì, sentii fremiti salire lungo il braccio da quel semplice tocco. Era solo il periodo di magra che parlava. Quella lunga marcia attraverso il deserto prima di ottenere le carte del divorzio. Poi sarei stata in grado di trovare qualcuno e scatenarmi. La mia libido voleva scatenarsi e non le piaceva doversi frenare. E le piaceva moltissimo quel semplice tocco dall'uomo che, solo nominalmente, era mio marito.

«Allora, perché non portavi un anello?» scherzò Mia. «Avevate intenzione di tenere segreto il matrimonio o roba simile?»

Lucas si irrigidì accanto a me mentre faceva roteare il suo whiskey col ghiaccio. «Ho gli anelli a casa. È successo tutto così in fretta che non abbiamo deciso che cosa fare.»

Mia si acciglò e guardò il mio drink, poi il mio girovita, poi tornò agli occhi. Porca paletta… pensava che fossi incinta o roba simile? Per neutralizzare eventuali domande in merito alzai il mio boccale di birra e bevvi un lungo sorso. Poi mi leccai la schiuma dal labbro superiore con un sospiro soddisfatto.

«Buona» dissi, trattenendo a fatica il ruttino che voleva scapparmi. Grazie al cielo quel bar aveva una birra canadese alla spina e non avevo dovuto bere il piscio d'asino che in questo paese passava per birra. Meglio il vino.

Mia sorseggiò il suo Cosmo, poi lo mise da parte e si piegò sul tavolo verso di me, con i lunghi capelli castani che le pendevano intorno al viso. «Allora, hai intenzione di mantenere il tuo cognome o diventerai la signora Walker?»

«In effetti, non è Walker è…»

Lucas alzò in fretta la mano e strinse forte la mia. «No, in effetti ha intenzione di mantenere il suo cognome, vero tesoro?»

Sbattei gli occhi. Certo che il suo cognome, l'altro, era un argomento delicato per lui. Come se fosse una specie di segreto. Merda, quel cognome olandese era lungo un chilometro e praticamente impronunciabile, quindi capivo perché preferisse usare Walker. Era molto più semplice. Ma se era solo per questioni di semplicità, perché evitare perfino di menzionare che aveva un altro cognome?

Feci spallucce. Adam era anche il suo capo. Con tutta probabilità conosceva già il cognome legale di Lucas. Adam alzò il suo boccale di birra gelata. «Bene allora, che ne dite di brindare ai novelli sposi?»

Mia ridacchiò. «Quali? Siamo anche noi recenti sposi.»

«In effetti, siamo sposati da quasi otto mesi, quattro giorni e…» fece una pausa. «Sedici ore.»

Mia alzò un sopracciglio e si voltò verso di me. «Vedi che cosa succede quando sposi un ragazzo prodigio? Non dimenticherà mai una data. Non dovrò mai ricordargli il mio compleanno o il nostro anniversario…»

Io risi. «Ma *lui* dovrà ricordarlo a *te*?»

Mia si appoggiò allo schienale, con un'espressione falsamente offesa mentre Adam rideva dentro il boccale. «Fa l'innocentina, ma hai centrato perfettamente il punto. Sarà lei quella che dovrà uscire di corsa, di nascosto, a mezzanotte, per comprarmi qualcosa.»

Mia alzò una mano, con il palmo in fuori all'altezza degli occhi, come per impedire ad Adam di continuare a parlare.

Lui le diede un'occhiata di sottecchi. «Okay, dovrò dormire nella cuccia del cane?»

«La minaccia sarebbe più realistica se aveste veramente un cane» dissi ridendo.

Lucas guardò i nostri amici e poi rise. «A casa nostra non è solo un modo di dire.»

Casa nostra . Osservai Lucas mentre continuava a chiacchierare con i miei amici, sentendomi tutta calda. E mi meravigliai per come gli era uscita facilmente la frase, come se pensasse già a quel posto come nostro.

Sbattei gli occhi. I mesi seguenti sarebbero sicuramente stati i più strani della mia breve vita.

«Ci vorrà un po' per abituarsi» borbottò Lucas quando ci lasciarono davanti a casa. Restammo sui gradini per salutarli, con il braccio di Lucas sulle mie spalle e il mio intorno alla sua vita asciutta, muscolosa. L'immagine perfetta di spontanei novelli sposi.

La casa di Lucas era favolosa, aveva più di ottant'anni e una volta era servita come casa colonica per tutta l'area intorno che era appartenuta all'Irvine Ranch Company. Quindi il resto delle case nell'isolato intorno a noi erano molto più moderne, le tipiche case-clone. Ma questa aveva un ampio portico sostenuto da colonne robuste e tantissimo fascino.

All'interno c'erano mobili su misura, finiture eleganti, modanature di gesso, fasce paracolpi e binari per appendere i quadri alle pareti. Infissi in stile Craftsman, belle lampade Tiffany e stupendi pavimenti in legno. Case simili erano difficili da trovare nel sud della California. Mi sarebbe piaciuto avere il tipo di soldi che serviva per possedere un posto simile, un giorno.

Ma mi sarei accontentata di un appartamentino, come primo acquisto. Un posto tutto mio di cui essere fiera come nuova legittima residente negli Stati Uniti.

Diedi un'occhiata di sottecchi a Lucas che aveva appena aperto la porta d'ingresso. Per un momento imbarazzante sembrammo bloccarci entrambi, senza sapere che cosa fare o dire. Era la prima volta che eravamo da soli, come marito e moglie, in casa sua. Per qualche bizzarro motivo, il mio cuore stava battendo forte come quello di una vergine alla sua prima notte di nozze. Ed era un pensiero ridicolo per me, perché NON ero decisamente vergine.

Lucas fece un respiro profondo ed entrò in casa senza aspettarmi. No, non mi avrebbe portato in braccio oltre la soglia. Non che quella roba mi interessasse veramente. Ora che eravamo da soli, non avevamo bisogno di fingere per nessuno, eccetto gli acari e i granelli di polvere. Sì, avremmo ripetuto la recita per qualche minuto quando Michaela avrebbe riportato Max dopo la giornata passata a casa sua.

Nonostante la recita, dovevo continuare a ricordarmi come fosse ridicolo pensare a Lucas come a mio *marito* . Certo, avevamo pronunciato dei voti a voce alta, dichiarando la nostra intenzione di prenderci reciprocamente come sposi. A parte il fatto che c'era un pezzo di carta firmato per il governo. A parte il fatto che tutti quelli che conoscevamo, eccetto Heath, pensavano, o l'avrebbero pensato molto presto, una volta che l'avessero scoperto, che eravamo sposati sul serio. A parte il fatto che avremmo vissuto insieme in questa casa e saremmo andati al lavoro insieme con la stessa auto.

A parte tutto quello non eravamo *veramente* sposati. No?

Mi strofinai la fronte mentre seguivo Lucas in casa. Tutto quel pensare e riflettere mi aveva fatto venire il mal di testa.

Lucas si mosse decisamente verso la sua stanza, quella padronale. Quando esitai in soggiorno, mi chiamò dal corridoio. «Vieni qua un attimo.»

Uh, lo seguii lentamente. Quando entrai nella sua stanza, che era impeccabile, ovviamente, stava togliendo una scatola dal guardaroba. Una bella scatola di legno, lucida e intarsiata con legni di colori diversi e madreperla. E anche se era stata nel guardaroba, non era nemmeno impolverata.

Questo tizio portava a nuovi livelli la mania della pulizia. Oppure la sua donna delle pulizie era particolarmente attenta. O entrambe le cose.

Lucas appoggiò delicatamente la scatola sul comodino. Mi guardai intorno. Ero stata parecchie volte a casa sua, brevemente, per prendere qualcosa per suo conto o per lasciargli qualcosa. Una volta aveva riunito tutto il reparto del controllo qualità nel suo cortile. Ma non ero mai stata in questa stanza. I mobili sembravano risalire alla prima parte del ventesimo secolo ed erano perfettamente intonati alla casa. O erano mobili antichi o copie ben fatte. Chiunque l'avesse aiutato ad arredare la casa aveva fatto un ottimo lavoro. I lucidi pavimenti di legno erano coperti da favolosi tappeti mediorientali. La casa era così accogliente, comoda.

Due delle camere erano completamente vuote. Ma questa aveva mobili di legno scuro intagliato e un letto matrimoniale di legno di ciliegio con una sovraccoperta bianca e blu elettrico. La grande TV sul muro davanti al letto e accanto al camino di pietra sembrava completamente fuori posto.

Attraverso la porta vidi un favoloso ripiano di marmo nel bagno con vaschette che sembravano grandi ciotole di ceramica. Erano appoggiate sopra il ripiano e avevano grandi rubinetti a collo d'oca di ottone. Intravidi anche parte di un'elegante vasca da bagno con i piedini. Wow. Avevo sempre saputo che la casa era bella, ma non avevo mai avuto l'occasione di apprezzarne i particolari.

Lucas, o quelli che vivevano lì prima di lui, avevano fatto un gran lavoro per restaurare quel posto.

Lucas non faceva caso alla mia ispezione mentre frugava nella scatola di legno.

«Ecco» borbottò finalmente mentre toglieva una scatola portagioielli rivestita di velluto rosso che sembrava vecchia e consunta. L'aprì e controllò il contenuto, poi si voltò e mi guardò con le sopracciglia inarcate. Fece un cenno con la testa, invitandomi ad avvicinarmi.

«Spero che non ci sia bisogno di modificare la misura» aggiunse mentre toglieva un anello e me lo tendeva. Lo guardai senza toccarlo. Era stupendo. Semplicemente bello... non assomigliava a nessun gioiello fabbricato in questo secolo. Era chiaramente antico come la casa e i mobili intorno a noi. Il pezzo, chiaramente un vecchio anello di fidanzamento, aveva un diamante al centro. Non sporgeva come negli anelli moderni, ma era incassato. C'erano piccoli smeraldi triangolari ai due lati e platino o oro bianco lavorato a filigrana. Lo stile sembrava molto art déco.

«Era l'anello nuziale della mia bisnonna. È degli anni '20. Me l'ha dato mia nonna un po' di tempo fa. So che è all'antica e tutto, ma...» Fece spallucce.

Restai a bocca aperta. Il diamante rotondo al centro colse la luce che veniva da sopra e scintillò con tutti i colori dall'interno: rosso, blu, rosa, viola. «Stai scherzando? È mozzafiato.» Era veramente l'anello più bello che avessi mai visto.

Ma scossi la testa quando me lo tese. «Non posso... non posso portarlo. È troppo speciale. È un cimelio di famiglia.»

Lucas mi fissò negli occhi e mi venne un groppo in gola. Chiaramente non avrebbe accettato un no come risposta. «Sei mia moglie, Kat. Prendilo. Ha senso che lo porti.»

«Potremmo semplicemente prendere qualcosa in un banco dei pegni.»

Lucas sbuffò e poi rise. «Non funzionerebbe, specialmente se dovremo convincere la mia famiglia. Dovrai semplicemente portare questo.»

Lo presi lentamente come se potesse svanire, poi lo ispezionai da vicino, studiando l'intricata filigrana sul lato. «Sono… sono spighe di grano queste sui lati?»

«Simboli di fertilità, credo. Questi vecchi anelli erano pieni di simbolismi.»

Feci una smorfia. «Beh, quel simbolismo non è effettivamente applicabile in questo caso. Ci serve un anello con biglietti da tre dollari o unicorni per rappresentare il nostro matrimonio.»

«Ti va bene?»

Alzai gli occhi. «Non ne ho idea.»

Con un sospiro frustrato, Lucas mi strappò l'anello dalle dita e avvolse la mano sul mio polso. «Tendi la mano e vedremo.»

Mi rilassai e lui tirò la mano verso di sé, poi infilò l'anello sul mio anulare mentre il diamante ammiccava verso di me nella luce bassa. Lentamente fece passare l'anello sopra la nocca, come temendo che si incastrasse da un momento all'altro. Era un po' più largo di un anello che avrei portato normalmente, cosa che succedeva raramente, dato che non ero una grande fan dei gioielli, specialmente sulle dita.

Essendo una videogiocatrice, usavo moltissimo la tastiera e tenevo le unghie cortissime. Le mie mani quindi non erano proprio le più pittoresche per mettere in mostra gioielli preziosi. Per non parlare della cicatrice che attraversava le nocche. Era un trofeo che risaliva alla mia infanzia, quando avevo tentato di prendere a pugni mio fratello. Mi ero tagliata la mano sulla ringhiera dietro di lui quando aveva schivato il mio colpo. Venti punti dopo, una lunga cicatrice in rilievo mi aveva segnato per tutta la vita. Si prestava bene alla mia immagine di ragazza dura, quindi era fantastica.

Ma questo delicato gioiello, un pezzo unico, sul mio dito sembrava fuori posto. Come una tiara su un orangutan.

Lo ammirai, voltando la mano da una parte e dall'altra sotto la luce mentre apparentemente Lucas faceva lo stesso. «Wow, è perfetto.»

«È un po' lento, ma posso avvolgere qualcosa sotto per non farlo scivolare.»

Lucas scosse la testa. «Posso chiedere al gioielliere di stringerlo.»

Tirai indietro la mano. «No, non è necessario. Non lo porterò molto a lungo. Dovresti tenerlo per quando ti sposerai sul serio.» Mi morì la voce in gola quando la sua espressione si scurì. Avevo detto qualcosa di sbagliato.

«Tu... tu hai intenzione di sposarti sul serio un giorno, giusto?»

Gli si gonfiarono le guance quando strinse le mascelle. «Il matrimonio è un'istituzione incasinata e obsoleta di cui non esito mai a farmi beffe. A tuo beneficio, devo aggiungere.»

Strano. Wow. Erano sentimenti, uhm, forti. Avrei dovuto scoprire il motivo per cui la pensava in quel modo. Ma chiaramente non era il momento.

«Ma farsi beffe del matrimonio e darmi l'anello della tua bisnonna...»

Lucas scosse la testa. «Non è una grande imposizione. Resterebbe semplicemente chiuso in questa scatola a raccogliere più polvere.» Indicò la cassetta grande che, in effetti, non aveva nemmeno un granello di polvere.

«Tu che cosa porterai?» gli chiesi per stemperare l'improvvisa tensione venuta dal nulla.

Lucas tornò a guardare nella scatoletta di velluto e ne tolse una fede da uomo. «L'anello di mio nonno.» Senza aspettare che lo guardassi se lo infilò sull'anulare.

Inarcai le sopracciglia. «Wow, ti sta perfettamente.»

Lucas strinse le labbra, guardando la fede di oro bianco, semplice ma con un disegno intagliato. Maschile, elegante ma altrimenti disadorna.

Bene. «Oh, metti la mano sul letto per un minuto, devo fare una fotografia. Sto mettendo insieme un album fotografico con un po' di roba per documentare la nostra relazione. Nel caso ci serva mostrare qualcosa per il colloquio. Sarà l'aggiunta perfetta.»

Lucas fece una faccia strana ma obbedì, mettendo la mano sulla bella sovraccoperta. Presi il telefono, poi appoggiai la mia mano sinistra sopra la sua, angolandola in modo che nella foto si vedessero entrambi gli anelli. Piegai la testa, concentrandomi. Mi spostai e la parte posteriore della mia testa gli colpì leggermente il naso. Lucas aspirò forte.

«Oh, mi dispiace.» La sua mano si irrigidì sotto la mia e la levai immediatamente.

Sembrava... furioso. O almeno molto nervoso. Sapevo che tutta la situazione si era trasformata in qualcosa che non si aspettava e che probabilmente era ancora incazzato. Osai alzare gli occhi per guardarlo. Poi mi tirai indietro, leggermente spaventata dall'intensità del suo sguardo. Mi guardava come… come… se volesse prendermi a pugni, o forse divorarmi intera.

Mi tirai indietro ansimando un po'. Ci guardammo negli occhi per lunghi, nervosi minuti, e il mio sguardo scese verso le sue labbra piene. In quel momento, per nessuna ragione logica al mondo, desiderai veramente, *veramente*, che mi baciasse.

Volevo che mi baciasse con una tale intensità che mi chinai in avanti, aprii leggermente la bocca…

Proprio mentre Lucas si tirava indietro di scatto, suonò il campanello.

Lucas si bloccò e sbatté gli occhi, come uscendo da una trance. Distolse gli occhi dalla mia faccia e disse: «Dev'essere Michaela che riporta il cane.»

Sbattei gli occhi, uscendo dalla mia strana trance. Quando Lucas si voltò e uscì dalla stanza, mi diedi una scossa per ricordarmi come avrebbero potuto peggiorare le cose se mi avesse baciato. Se lo avessi baciato a mia volta. Se le nostre lingue si fossero toccate e danzato insieme e se i nostri corpi si fossero premuti troppo vicini.

Avremmo potuto perdere i vestiti e… cadere sul letto e… finire in un groviglio di corpi sudati e senza fiato. Avremmo potuto stirare qualche muscolo o magari perfino sostenere qualche serio danno fisico. Ci sarebbe potuto essere qualche morso, qualche graffio. Sicuramente gemiti e respiro affannoso…

Quindi immagino fosse una buona cosa non aver intrapreso quella strada.

Un vero peccato.

Si aprì la porta di ingresso e sentii il tonfo rivelatore delle zampe e il ticchettio delle unghie sul pavimento di legno, insieme a un pesante respiro canino. Andai incontro ai nuovi arrivati in soggiorno, dove Michaela stava parlando con Lucas. Max, un grosso ed esuberante golden retriever, scattò appena mi vide.

«Ehi, Katya» mi salutò Michaela con un sorriso esitante.

Mi chinai a grattare dietro le orecchie il mio vecchio amico. Era morbido e aveva un buon odore, avendo appena fatto un bagno. Sfortunatamente, mi alitò il suo umido fiato canino proprio in faccia. Mi raddrizzai in fretta e mi voltai a guardare Michaela. Ci eravamo incontrare in qualche altra occasione. Il suo ragazzo, Jeremy, lavorava alla Draco come sviluppatore quindi lei lo aveva accompagnato a diversi eventi legati alla società.

Inoltre avevamo anche passato qualche giorno insieme in un cottage in montagna l'inverno precedente, insieme a diversi altri colleghi.

«Ehi, Kat! Congratulazioni anche a te. Che shock è stato.»

Non sapevo come risponderle ma, da quanto potevo capire, le sue congratulazioni erano sincere. Ci guardammo negli occhi e quando esitai, sgranò gli occhi. «Mi dispiace, volevo solo dire che non me l'aspettavo. Siete stati veramente bravi a tenerlo nascosto, ma sono veramente felice per voi.»

«Oh» dissi ridendo con un'occhiata nervosa a Lucas che, come al solito, aveva la solita espressione imperscrutabile sul volto. «Sì, già, grazie. E lo conosci» dissi indicando Lucas col pollice. «Mio marito è un tipo riservato. E *sorprendentemente* romantico. È stata tutta una sua idea.»

Lucas inarcò un sopracciglio, impassibile alla Spock, ma non mi contraddisse. Comunque riuscii a notare una traccia della prova che era irritato per il mio abbellimento.

Nascosi un sorriso. *Molto meglio* . «In effetti... pensava che avremmo dovuto fare la luna di miele in Giappone in modo da cominciare ad allenarci per diventare dei veri ninja.»

Michaela guardò prima Lucas e poi me e si mise a ridere. «Riesco a immaginarlo...»

«*E* ...» Mi chinai in avanti con aria complice.

Lucas si intromise, chinandosi in avanti. «Ehi, guardate l'ora. Ti devo una cena per aver tenuto Max per tutto il giorno.»

Michaela scosse la testa. «Grazie, ma non è necessario. Mi piace l'accordo che abbiamo. Forse mi potresti dare un po' più di tempo sulla panca. E, ovviamente, più lezioni sono sempre gradite.»

Aggrottai la fronte guardandoli. La panca? Lezioni? Che diavolo voleva dire? Lucas era in segreto un Dominatore o roba simile? Una panca, cioè una panca per le sculacciate? Lezioni? Che *cavolo* ?

Era sul punto di mostrarmi la sua "stanza dei giochi"?

Michaela notò la mia confusione. «Il piano. Non ne ho uno a casa. Solo una piccola tastiera. Quando Lucas e io eravamo coinquilini, lo ascoltavo suonare e mi ha fatto venire voglia di imparare. Ho cominciato tardi ma sono decisa a imparare.»

Diedi un'occhiata a Lucas che aveva una strana espressione sul viso. Era quasi come se stesse trattenendo il fiato, come se temesse che avrei bruciato la nostra copertura o roba simile. Suonava il piano?

Ovviamente avevo notato lo strumento nell'alcova del soggiorno. Non avevo mai collegato la sua presenza al fatto che

Lucas potesse avere un talento nascosto, a parte essere bravo ai videogiochi.

«Ah, bello. Capisco come possa averti ispirato.» Mi schiarii la voce e il mio cuore accelerò. Sapevo parecchio di Lucas, ma evidentemente non *tutto* .

Michaela si scusò quasi subito per tornare a casa e cenare con Jeremy. Abbracciò forte Max e uscì. Il cane, dopo avermi annusato dappertutto, saltò sul divano, ma Lucas lo spedì in fretta sul suo lettino. A quanto pareva anche il cane viveva secondo le stesse regole di pulizia cui dovevo attenermi io. Povero cocco. Avremmo dovuto auto-commiserarci insieme più tardi.

«Così, ah, a quanto pare sei una specie di virtuoso del pianoforte?» gli chiesi scherzosamente.

Lucas sbuffò. «I miei genitori mi hanno obbligato a prendere lezioni da quando avevo quattro anni fino ai diciassette. Me la cavo, ma non sono un virtuoso.»

Lo fissai, perplessa, mentre mi mordicchiavo il labbro inferiore.

Dopo un minuto di silenzio, Lucas scosse la testa. «Che c'è?»

Sbattei gli occhi, irritata. «Beh, accidenti. È una cosa che avrei dovuto sapere, non credi, per il colloquio?»

Lucas mi guardò storto e si voltò per andare in cucina. Lo tallonai.

«C'è altro che devo sapere?»

Lui mi lanciò un'occhiata e poi si abbassò per guardare nel frigorifero. «È impossibile sapere tutto di una persona» rispose.

«Beh, almeno potresti suonare qualcosa per me? In modo che possa almeno parlarne se me lo chiedono?»

Lucas aggrottò la fronte. «È un semplice colloquio in cui faranno solo le domande fondamentali. Che cosa dovrebbero chiederti che possa riguardare una cosa simile?»

Feci spallucce. «Non so. Suona uno strumento musicale? È bravo? Domande abbastanza semplici. Voglio dire, come hai detto, hai sopportato tutto finora solo per fare casino al colloquio?»

Irritato, Lucas chiuse sbattendo la porta del frigorifero e si voltò di scatto. «Va bene.»

Un attimo dopo, ero io quella in cucina, a bocca aperta. Lo seguii in soggiorno, dove era seduto al piano. Era un bello strumento di legno scuro, in un'alcova rialzata in fondo al soggiorno. Alzando il coperchio, mise il piede nella scarpa da corsa su uno dei pedali. Poi allungò le braccia e ruotò le spalle. Mi morsi il labbro osservando quelle mani, con le dita leggermente curve che sfioravano i tasti.

Senza gesti plateali, mi stupì suonando un pezzo classico famoso che riconobbi all'istante, senza saperne il titolo. Le sue dita volavano sulla tastiera mentre il piede premeva a intervalli sul pedale.

Non stava leggendo uno spartito né cambiò espressione. Beh, no, non era completamente vero. I suoi lineamenti, anche se completamente impassibili, sembrarono rilassarsi un po' come il resto della sua postura, specialmente mentre il pezzo continuava.

Guardare le sue dita lunghe e forti volare sui tasti mi fece… qualcosa. Guardare le mani di un uomo scivolare sulla tastiera di un piano era infinitamente più sexy che vederle sulla tastiera di un computer o sul controller di un videogioco. Wow. Come facevo a non sapere che mio marito era un uomo dai talenti nascosti?

Mi sentii invadere dal calore chiedendomi quali altre abilità speciali potesse avere. Magari anche a letto? Suonava bene e quelle mani dovevano essere brave non solo sui tasti di un pianoforte o sulla tastiera di un computer. Come... se fossi io la sua tastiera? Dovetti resistere per non farmi aria con la mano aperta solo immaginandolo. Chi avrebbe mai pensato che il sex appeal di un uomo potesse aumentare in modo esponenziale suonando il pianoforte in modo così magistrale?

Beh... accidenti.

All'improvviso, Lucas si alzò, chiudendo il coperchio del piano. «Niente commenti dalla piccionaia. Adesso lo sai. E ho fame.»

Uscì dalla stanza per andare in cerca di cibo.

«Aspetta...» Lo seguii mentre andava al frigorifero. «Come... cosa...? Puoi spiegarmelo per favore?»

Lucas appoggiò una mano sul frigo e si voltò a guardarmi, alzando un sopracciglio scuro. «Pensavo di averti appena mostrato tutto quello che dovevi sapere.»

«Beh, no. Hai detto che hai preso lezioni per quasi tutta la tua infanzia. Hai suonato un pezzo di Beethoven e poi...»

«Mozart» mi corresse. «*Eine kleine Nachtmusik* .»

«Se sei una specie di prodigio musicale, allora perché...»

«Non lo sono. La mia tecnica è impeccabile, ma non possiedo né emozione né colore.» Sembrava stesse ripetendo la critica di qualcuno al suo stile musicale.

«A me è sembrato eccezionale.»

«Senza offesa, ma non hai esattamente un orecchio abbastanza raffinato da sentire ciò che ho descritto. Non sapevi nemmeno che fosse un pezzo di Mozart.»

Feci spallucce. «So che cos'è bello. Ucciderei per essere capace di suonare in quel modo.»

Il suo sguardo divenne più intenso prima che distogliesse gli occhi e si voltasse nuovamente verso il frigorifero. «Se lo vuoi veramente, fa' quello che sta facendo Michaela e prendi lezioni.»

Lo fissai con gli occhi stretti, bruciante di irritazione. Avrebbe potuto anche dare lezioni su come guadagnarsi un calcio in culo. Mi immaginai mentre facevo esattamente quello e proprio in quel momento.

Lucas sospirò pesantemente e borbottò qualcosa sulla necessità di andare al supermercato, prima di richiudere il frigorifero, a mani vuote.

Scossi la testa. «Ma perché...»

«Perché non sono in tour, in smoking, con un candelabro in mano a suonare per migliaia di persone?» Rise amaramente. «È qualcosa che so fare. Ho preso lezioni perché se lo aspettavano da me. Ho smesso appena ho potuto. Sì, so suonare. Sono tredici anni di lezioni ed esercizio quotidiano. Niente di più.»

Feci spallucce. «Okay. Ma era veramente bello.»

Lucas sospirò e poi sbuffò. «Beh, grazie, sospetto che anche tu abbia qualche talento nascosto di cui non so niente.»

Mi misi a ridere. «Beh, un boyfriend o due mi hanno informato che faccio dei pompini da far uscire di testa.»

L'espressione di Lucas si congelò per un attimo, come se non credesse alle sue orecchie. Risi, avevo sperato almeno in un sorriso. Invece strinse gli occhi e arrossì.

Poi deglutì in modo visibile. «Beh, ti chiederei una dimostrazione ma sai... le regole e tutto il resto.»

Feci un respiro profondo fissandolo negli occhi, stordita dalla tensione che stava crescendo tra di noi. Era arrabbiato? Irritato? Chi lo sapeva.

«Quindi i tuoi genitori ti hanno obbligato a prendere lezioni di piano, eh?»

Lucas fece spallucce. «Faceva bella figura sul CV per il college, come la scuola privata e la squadra di canottaggio. Hanno avuto ciò che desideravano. Sono entrato a Cambridge. Ho odiato ogni secondo di quei due anni prima di trasferirmi a Berkeley. Ma, diavolo, almeno so suonare il piano.»

Di colpo, tutta la simpatia che provavo per lui svanì. «Beh, almeno i tuoi ti hanno incoraggiato ad andare all'università. Puoi esserne grato. I miei hanno fatto fuori i risparmi per la mia istruzione, e non avevo niente. Quando è arrivato il momento, mi dissero di cercarmi un lavoro nel locale supermercato e frequentare un college di tipo professionale. Dicevano anche che era un enorme spreco per una ragazza studiare scienze informatiche, dato che è un campo ad altissima prevalenza maschile.»

Lucas mi guardò come se mi fosse cresciuta un'altra testa. «Che diavolo avevano in testa i tuoi?»

Frenai la risposta amara. *Quanto tempo hai, amico?* Ma mi irritai ancora di più per la compassione che gli vedevo sul volto. No, non mi serviva la compassione del campione degli scorbutici. Non adesso.

«Eh, tipicamente, come ogni brava figlia, li ignorai e studiai comunque informatica.»

Lucas sbatté gli occhi. «Meno male. Ma, cavoli...»

«Comunque» l'interruppi prima di finire in un territorio in cui non volevo inoltrarmi, cioè la mia incasinata famiglia. «Non sono un genio musicale o roba simile, ma posso preparare qualcosa per cena. So cucinare. E tu hai chiaramente fame.»

Lucas indicò il frigorifero. «Lì non c'è niente da mangiare.»

Girai intorno all'isola centrale. Era una stanza dalle attrezzature favolose, nonostante l'età della casa, con tutti gli accessori moderni. Lo spostai con un colpo d'anca e lui si tirò indietro come se gli avessi dato la scossa. Aprii il grande frigorifero e mi presi un attimo per valutare la situazione. Aveva ragione. Non c'era molto. Qualche pezzetto di formaggio d'alta gamma. Mezza dozzina di uova. Un po' di verdura assortita ancora buona: un peperone verde, mezza cipolla, dei funghi freschi. Due piccoli pomodori. Mezzo cartone di latte. Almeno faceva la spesa, anche se mi chiedevo quando avesse il tempo di cucinare per sé dato che passava la vita alla Draco ancora più di me.

Cominciai a raccogliere gli ingredienti e a formulare un piano. «Ti piacciono le omelettes? Posso preparare qualcosa.»

«Uh, sì…»

«Uova, peperoni, un po' di cipolla, un po' di questo formaggio goloso. Posso persino finirla in forno come una frittata. Hai delle patate? E una bella padella?»

Lucas indicò la dispensa. «Penso che ce ne siano un paio.»

Gli chiesi di prenderle e cominciare a lavare e sbucciare mentre io tagliavo. Tornò con qualche patata che aveva già qualche germoglio. Ancora buone da usare.

Circa tre quarti d'ora dopo, mettevo nei piatti fette di frittata fumante e spessa. Ci sedemmo al tavolo della cucina con un set di tovagliette.

Solo allora Lucas notò che avevo risistemato un po' di cose durante il trasloco. Al centro del tavolo c'era un piccolo cactus eretto. L'avevo trovato sui gradini posteriori insieme ad altre piante d'appartamento dall'aspetto malandato. Ma quel piccoletto aveva un significato speciale, quindi l'avevo riportato all'interno. A essere sincera, non mi lasciavo mai scappare l'opportunità di tormentare Lucas.

Il vasetto del cactus aveva ancora il nastro natalizio avvolto intorno. Il fatto che Lucas lo avesse ricevuto in uno scambio di doni improbabili il Natale scorso era interamente dovuto a me. Ora aveva il suo piccolo cactus privato. Lo avevo preso in giro spietatamente per il suo amichetto succulento dalla forma fallica. In effetti, gli avevo anche dato un nome, con sommo dispiacere di Lucas.

Non avevamo idea, durante il nostro soggiorno nel cottage in montagna dove eravamo stati con qualche collega, che saremmo finiti legalmente sposati un mese dopo. Chi avrebbe potuto prevedere un futuro così folle?

Lucas adocchiò la pianta ma non sembrò sorpreso di vederlo. «Ah, vedo che lo hai trovato.»

«Stavi trascurando il povero Cocky il Cazztus.» Gli rivolsi un sorriso sdolcinato. «Non puoi! Cocky è il tuo miglior amico.»

Lucas mi diede un'occhiataccia. «Se non mi avessi appena preparato la cena sarei tentato di piantare Cocky tra le tue lenzuola, per darti una bella sorpresa spinosa.»

«Non pensarci nemmeno, Jedy Boy. Ora mangia.»

Lucas annusò il piatto. «Ha un profumo delizioso. Non l'hai avvelenato, vero?»

Inarcai le sopracciglia con fare misterioso. Lucas cominciò a mangiare e poi si rilassò, chiaramente stupito. «Immagino di non essere l'unico con dei talenti sorprendenti.»

Cominciai a ridere così forte che quasi mi soffocai con le uova. «È solo una frittata. Sono semplicissime da fare, come hai visto.»

Lucas cominciò ingurgitare bocconi di frittata il più velocemente possibile, parlando tra un boccone e l'altro. «Il tuo talento speciale è molto più pratico del mio.» Aspettò un attimo che alzassi gli occhi, poi agitò le sopracciglia. «Ah, e cucini anche benissimo.»

Gli rivolsi un sorriso malizioso. «Peccato che non sperimenterai mai di prima mano l'altro talento.» O magari sì?

Accidenti… dovevo smettere di pensare a quanto era sexy mentre suonava il piano. Come la sua vita domestica sembrasse stabile rispetto alla mia. Come avesse solo qualche anno più di me eppure fosse tanto più bravo a fare l'adulto.

Dovevo smetterla di pensare a lui come a un uomo sexy. Con le mani eleganti dalle dita lunghe che si potevano muovere su una tastiera nel modo in cui avrei voluto si muovessero sul mio corpo, sulla mia pelle nuda.

Oltre a tutto, era un giocatore fenomenale, come dimostrava il fatto che il suo nome fosse sempre presente in cima al tabellone del nostro reparto. Quindi era sexy, dotato, un vero uomo che poteva comportarsi da adulto in modo semi-decente e oltre a tutto era un nerd quasi quanto me.

Dannazione . Era ora di piantarla con quei pensieri e tornare alla realtà. Era un matrimonio senza sesso, come avevamo concordato entrambi, e così doveva rimanere. Nonostante le circostanze che ci avevano obbligato a vivere sotto lo stesso tetto.

«Come mai hai imparato a cucinare così bene?»

Sorrisi. «Food Network. Dovevo cucinare di frequente. I miei genitori erano spesso assenti la sera e mi ero stufata di roba surgelata e avanzi.»

Lucas annuì. «Immagino sia utile sapere queste cose per il colloquio. Solo nel caso servissero.»

«Sei nervoso? Per il colloquio?»

Scosse la testa. «Ho fatto delle ricerche. Non credo che le domande siano così difficili. Il primo colloquio è molto generico. Le domande tipo "che crema per il viso usi" sono le cose di cui parlano nei film. Credo che ce la caveremo bene. Ci conosciamo abbastanza bene e la nostra relazione è ben documentata.»

Al contrario, io stavo cominciando ad avere qualche dubbio proprio su quel colloquio. Stavo imparando un sacco di cose nuove su di lui, dopo solo qualche ora in casa sua. E se ci fossimo dimenticati qualcosa? Avevo pensato di conoscerlo bene. Diavolo, eravamo sposati da sei mesi. Ma stavo scoprendo solo adesso cose nuove su di lui.

«Inoltre» continuò Lucas. «Dobbiamo andare dai miei genitori domani sera, e quel colloquio, al confronto, non sarà niente.»

La mia forchetta sbatté rumorosamente sul piatto quando la lasciai cadere. «Quando avevi intenzioni di dirmelo?»

Lucas alzò le spalle. «Stasera. Non volevo che ti venisse la tremarella. Non ce n'è proprio bisogno.»

Sbattei gli occhi. Logicamente aveva ragione. Ma questo non impediva le improvvise farfalle nello stomaco. «Devo portare qualcosa? Siamo pronti?»

Lucas fece spallucce, some al solito. «Vestiti bene. Sono molto vecchia scuola e le cene di famiglia sono un affare formale.»

«Uhm… ah. Okay.»

Immagino che solo il tempo ci avrebbe detto se saremmo stati o meno convincenti. Se avessimo fallito questo colloquio iniziale, ci avrebbero richiamati e a quel punto sarebbe stato più difficile dare le risposte.

Sbattei gli occhi. Fino ad allora avrei avuto parecchio da studiare nelle prossime due settimane. E l'incontro con i genitori del giorno dopo sarebbe stata la mia iniziazione.

Il mio battesimo di fuoco.

Capitolo Cinque
Lucas

«Allora, che cosa sarà, un simulatore di volo e uno sparatutto in prima persona?» Hammer si portò il bicchiere di carta di caffè alle labbra, bevve un sorso e lo appoggiò.

Fissai dall'altra parte del tavolo, senza guardare il foglio bianco davanti a me, che avrebbe dovuto contenere gli appunti del nostro brainstorming. Solo che finora non c'era niente, salvo qualche scarabocchio, e all'orizzonte non si vedeva nulla. E niente idee per il gioco che mi avrebbe fatto diventare il primo direttore della nuova divisione di RV della Draco.

Cliccai la penna che avevo in mano e mi riappoggiai allo schienale. Le postazioni di lavoro nella Tana erano tutte vuote. C'eravamo solo lui e io al tavolo dell'avanzamento progetti e avevamo un block notes e una penna tra di noi. «È vero che entrambi i formati sono ideali per l'interfaccia con la VR» risposi in tono neutro. Nessuna delle due idee era in qualche modo eccitante, anche se avevano senso.

Hammer annuì. «Beh, posso darti dei consigli per entrambi i format. Sono addestrato al combattimento, oltre a essere un pilota.»

«Ed è esattamente il motivo per cui ho chiesto il tuo aiuto. Lo apprezzo veramente, amico.» Gli diedi un'occhiata e mi agitai sulla sedia. «Ma sto cercando un'idea che li sorprenda. Qualcosa di diverso e di unico.»

«… e che sia fattibile.» Hammer annuì. «Devi sicuramente presentare un'idea che sia possibile produrre. Adam Drake è un genio quando si tratta di programmazione e giochi. Se vai da lui e gli proponi un castello in aria lo capirà immediatamente.»

Mi strofinai la nuca, per alleviare il nodo di tensione che si era formato di colpo e fissai il soffitto. «Lo so… ecco perché non riesco a pensare a niente.»

«Allora, c'è Battle Royale, che è il più famoso sparatutto in prima persona in VR. Potremmo tentare una variazione. Magari più giocatori per volta o una modalità con uno scenario oppure…»

Scarabocchiai quei suggerimenti e poi lasciai cadere la penna che rotolò sul block notes.

Hammer aggrottò la fronte. «Vuoi farlo in un altro momento? Sembri distratto.»

Riportai lo sguardo su di lui, cercando di riprendermi dallo scoraggiamento. «No, amico. Va bene. Grazie per essere venuto ad aiutarmi.»

Hammer fece un sorrisetto sghembo. «Sono un grande fan dei videogiochi, specialmente quelli della Draco. Avevo tempo. E devo ammettere che speravo di vedere ancora un po' di questo posto.»

Mi alzai. «Quello possiamo farlo. In effetti, una passeggiata potrebbe far circolare il sangue e scorrere le idee.»

Ancora una volta stavo scortando un astronauta nei corridoi del campus della Draco. Solo che quel giorno l'avevo tutto per me e potevo chiedergli consiglio, comunque andasse.

«Ho sentito che ti sei appena sposato. Congratulazioni» disse.

Sollevai le sopracciglia, sorpreso. Sembrava strano sentirlo da qualcuno che conoscevo appena. Ancora più strano che sentirlo dai miei amici più intimi. Non sapevo perché. A me non sembrava per niente reale, più che altro perché non lo era. E non mi ero mai preparato mentalmente per affrontare tutta questa penosa recita.

«Uhm, sì, grazie. Ecco, questa è la stanza delle idee.» Lo condussi oltre una stanza senza finestre aperte sull'esterno a parte una minuscola finestrella sulla porta. Non potevo farlo entrare. Durante le ore di lavoro la stanza veniva usata perché i gruppi lavorassero insieme. Ma quando non era occupata, le porte erano aperte perché ogni dipendente potesse postare dei biglietti o scrivere sulle pareti eventuali idee produttive per i giochi o per migliorare la gestione della società. Una volta al mese le idee venivano stampate, riunite, riassunte e presentate ai dirigenti. Da lì in poi non so che cosa ne facessero. Probabilmente finivano nel cestino.

Almeno, nessuna delle mie idee aveva mai visto la luce del giorno. *Non ancora*, mi dissi. C'era una prima volta per tutto.

Questo nuovo lavoro sarebbe stata la mia chance di fare finalmente la differenza.

Hammer sbirciò attraverso la finestrella. «Devo corromperti per farmi entrare in modo da leggere quella roba? Magari aggiungere qualche mio appunto?»

Mi misi a ridere. «I non-dipendenti sono invitati a sottoporre le loro idea tramite il sito web della società. C'è un'opzione apposta con tanto di formulario.»

Attraversammo in fretta le aree più noiose: postazioni, cubicoli, reparti come l'ufficio del personale, gestione rischi ecc.

Ma il magazzino... era lì che cominciava il divertimento, con tutta l'attrezzatura sperimentale e i prototipi.

«Quindi la tua mogliettina è la rossa carina che era con te durante il tour?» chiese e poi aggiunse con una risata: «Kirill resterà deluso.»

Il cosmonauta russo ci stava provando con lei? Bene, tanto meglio allora. Quel tizio sembrava una quercia. Contro ogni logica, ero stato tentato di prenderlo a pugni per aver flirtato sfacciatamente con Kat durante il tour. Doveva veramente avere delle palle d'acciaio.

«Dubito che faccia fatica a trovare donne single disponibili» fu tutto quello che dissi. Come al solito, niente che rivelasse la violenza dei miei pensieri al riguardo. Sì, certo, riuscivo a immaginare di schiacciare la sua testa come un melone tutte le volte che la guardava in modo lascivo, ma era tutto improduttivo.

«Che ne dici di operazioni sotto copertura o le forze speciali?» Cambiai argomento per tornare a ciò di cui stavamo discutendo prima: il mio nuovo progetto. «Una variazione dello sparatutto in prima persona. Invece di correre in giro semplicemente sparando a chiunque, come in Battle Royale, potrebbe trattarsi di agenti sotto copertura in mezzo ad alleati. Dovresti capire quali sono gli agenti.»

Hammer annuì. «Non è una cattiva idea. Non so molto di operazioni sotto copertura però. Ma anche Noah è un grande fan di Dragon Epoch. Ed era un ranger nell'esercito. Potrebbe essere in grado di aiutarti.»

Mi grattai il mento e ci pensai, poi prendemmo l'attrezzatura per la VR e facemmo una breve partita a uno sparatutto. Ovviamente vinse lui.

«Non so che tipo di fucili dovrebbero imitare queste armi virtuali, ma sono un tiratore perfino peggiore con queste che nella vita reale» disse Hammer ridendo. «C'è un motivo per cui sono passato direttamente alla scuola dei piloti collaudatori appena uscito dall'accademia aeronautica.»

Risi mentre ci toglievamo i caschi, gli occhiali, i controller e i guanti.

Hammer mi diede un'occhiata di sottecchi. «Roba difficile il matrimonio. Specialmente quando si lavora insieme.» Sospirò.

Amico. Dimmi qualcosa che non so.

«Da quanto sei sposato?» Lo dissi più che altro per deviare il discorso. Sembrava avesse voglia di parlare e costruire relazioni era importante negli affari. Tanto valeva assecondarlo, purché non diventasse troppo personale. Hammer era una brava persona e volevo sinceramente conoscerlo meglio. Avrebbe potuto essere il mio asso nella manica per arrivare a inventarmi un gioco originale ed eccitante per questa nuova piattaforma.

«Sono *stato* sposato. Al passato. L'inizio è divertente. Quello che viene dopo…» Alzò mestamente le spalle.

«Qualche consiglio per un novellino?» Non avevo voglia di parlare del fatto che in effetti non ero un novellino. Ma la prima volta era stata breve e difficile e il più delle volte sceglievo di ignorare quella parte del mio passato. Mi aveva insegnato una cosa, però. Il matrimonio, quello vero, non l'attuale farsa, decisamente *non* era roba per me.

Meno male che Kat e io sapevamo perfettamente fin dall'inizio che questa cosa non sarebbe durata. Non ci sarebbe nemmeno stato il tempo di incasinare tutto.

Hammer piegò la testa di lato, riflettendo, con l'espressione mortalmente seria. Mi fece quasi sentire in colpa. «Lasciatevi reciprocamente spazio, specialmente quando arrivate a casa dal lavoro dopo una lunga giornata in cui vi siete visti in circostanze stressanti. Lasciala semplicemente respirare.»

«Quindi la tua ex è un'astronauta?»

Hammer scosse la testa. «Una scienziata, ma eravamo nell'aeronautica insieme prima che mi unissi alla NASA. Prima…» Smise di parlare, con una smorfia rivolta a qualcosa che poteva vedere solo lui, poi alzò semplicemente le spalle. «Prima che ci separassimo.»

Ero perplesso. Aveva uno strano modo di parlare della sua ex. Mi aspettavo amarezza o negatività, ma non ce n'erano. «Sembra che siate rimasti in buoni rapporti. Siete ancora amici?»

Hammer scosse la testa. «Non la vedo da anni. Sento solo delle cose… L'ambiente militare non è poi così ampio.»

Passammo un'altra mezzoretta nel magazzino, buttando lì delle idee. Comunque ne avevo a sufficienza per riempire mezza pagina di appunti.

Programmammo di vederci di nuovo quando la sua agenda lo avrebbe permesso. Poi arrivò l'ora di andare a casa dalla mogliettina e vedere che cosa aveva combinato con la mia casa…

Conoscendo quell'esasperante testa rossa, non poteva essere niente di buono.

Capitolo Sei
Katya

Il letto della stanza degli ospiti non era per niente male, matrimoniale con un sovramaterasso morbido che dava l'impressione di dormire su una nuvola. In effetti, era così comodo che non mi importava che il mio materasso fosse rimasto appoggiato a una parete in una delle stanze vuote. Mi ci volle un minuto per ricordare dove fossi quando allungai le braccia sopra la testa, sbattendo le mani contro la testata di legno intagliato. La studiai per un momento mentre la vista sfuocata tornava a fuoco e mi schiarivo la voce.

Era chiaro che Lucas aveva un buon occhio per le cose belle. Raffinate. C'era un'estetica che non mi ero aspettata in questa casa. Non era volgare o ridicola. Non c'erano pareti bianche senza nient'altro che apparecchi elettronici e divani in pelle, come il tipico appartamento da scapolo.

Sembrava che si fosse preso il tempo per studiare bene che cosa metterci. Aveva buon gusto. La casa in sé era stupenda e la storia alle sue spalle era rara in quell'area. E aveva riempito la casa elegante con cose altrettanto eleganti.

Forse un'ex l'aveva aiutato con l'arredamento? Mmm. Avrei dovuto chiederglielo. Ma chi lo sapeva con Lucas? Probabilmente non sarei riuscita ad avere una risposta diretta senza un mucchio di occhiate sdegnate.

Allungai la mano per prendere il telefono, com'era mia abitudine appena mi svegliavo, per controllare gli aggiornamenti, i messaggi e le notizie. La prima cosa che notai fu un messaggio di Lucas nel quale mi informava che era andato al lavoro per qualche ora e che sarebbe tornato dopo mezzogiorno. Poi mi augurava buona fortuna con gli scatoloni.

Sarei potuta restare a letto, godendomi il lusso per un'altra oretta, ma fui interrotta dal cane. Max, non so come, sapeva come aprire a testate la porta della stanza e si avvicinò al letto. Mi spinse contro il naso freddo, insistendo per avere un po' di coccole.

Lo accarezzai per un po', grattandogli le orecchie mentre grugniva la sua approvazione. Ma ogni volta che tentavo di togliere la mano, mi spingeva contro il suo grande naso canino nero, infilandolo insistentemente sotto la mia mano. A quanto pareva, finché ero sdraiata e a portata di naso, ero obbligata a fargli le coccole. Quindi sembrava che avessi una sveglia pelosa come backup nel caso avessi continuato a dormire nonostante tutto. Buono a sapersi. Con un gemito, scesi dal letto e andai in bagno. Grazie al cielo Max non sapeva come aprire a testate anche quella porta. Non avrei mai e poi mai accettato quel tipo di interferenza canina.

Era ora di cominciare e togliere la mia roba dagli scatoloni. Era la cucina che aveva più bisogno di aiuto. Lucas aveva delle apparecchiature favolose, ma era chiaro che non cucinava per sé. Poche pentole e padelle, mancavano perfino le spatole o i cucchiai di legno. Dato che ne avevo una bella serie, spacchettai le scatole etichettate cucina per riempire i suoi ripiani di marmo completamente vuoti.

Poi tolsi le mie apparecchiature elettroniche, qualche oggetto personale per la mia stanza, qualche ricordo e i vestiti. Non sarei rimasta lì a lungo, comunque, vero?

Per colazione, cercai invano delle bustine di tè, poi rinunciai e mi feci una tazza di caffè con la sofisticata macchina di Lucas. Per mangiare, presi una banana. Poi, ancora in pigiama e vestaglia, cominciai a scegliere tra le scatole, decidendo che cosa ficcare nella stanza vuota da usare come magazzino e che cosa potevo tirar fuori.

Avevo accuratamente evitato di guardare gli aggiornamenti e la casella della posta in entrata, insieme a tutti i messaggi che stavano chiedendo perché non stessi trasmettendo su Twitch in live streaming in quei giorni. Avevo messo degli avvisi sul mio canale prima di disinstallare la mia attrezzatura e imballarla per il trasloco. Ma i follower chiedevano a gran voce che tornasse l'Angolo di Persefone, con la sottoscritta, la favolosa videogiocatrice.

A volte era noioso essere così favolosa. Ma solo a volte.

Avevo un gruppetto di follower, pochi ma leali che mi guardavano regolarmente. Adoravano i miei commenti scintillanti e i miei pettegolezzi. La maggior parte preferiva i miei consigli spiritosi e i commenti sulle partite che giocavo, ed ero brava. Non potevo lamentarmi. Su Twitch, ricevevo donazioni e soldi per gli abbonamenti, insieme a un piccolo supplemento per le pubblicità che apparivano mentre trasmettevo. Ricavavo un bell'introito supplementare trasmettendo mentre giocavo, con disappunto di diversi colleghi gelosi.

Ovviamente non trasmettevo mai mentre giocavo a Dragon Epoch. Avrebbe messo in pericolo il mio lavoro. Nessuno dei miei follower sapeva che ero una dipendente della Draco, informazione super-segreta.

Dato che il canale era stato inattivo per parecchi giorni, sentivo la pressione di fornire qualche contenuto ai follower. Mi venne un'idea: perché non mandare in streaming l'installazione della mia attrezzatura, trasmettere mentre collegavo i vari pezzi e preparavo la stanza? In quel modo i miei follower avrebbero avuto una prova dal vivo dei lavori in corso e io avrei avuto qualcosa da trasmettere anche se non avevo niente di pronto per giocare.

Prima di quello, mi ero ripromessa di cominciare bene la giornata con un po' di yoga per sciogliere i muscoli dopo tutto quel movimento. Per non dire come sollievo per tutto lo stress dovuto agli eventi della settimana! Mi infilai i miei leggings verde brillante e blu con la canottiera nera e mi esercitai per un'ora seguendo il video del mio istruttore di yoga preferito su YouTube.

Piena di energia e di eccitazione, pronta a cominciare questa nuova parte della mia vita, andai nella stanza vuota che Lucas mi aveva detto di usare. L'altra stanza conteneva le sue attrezzature: pesi, manubri e un enorme vogatore dall'aspetto costoso. Cercai di non passare troppo tempo immaginandomi i muscoli delle sue braccia che si contraevano mentre lo usava. Mmm…

Per lo streaming, dato che dovevo spostare scatoloni e attrezzature, optai per usare il microfono incorporato nell'auricolare. Essendo una professionista stagionata, installai scrivania e computer in meno di mezz'ora. Poi sistemai le telecamere, una sopra il monitor e una GoPro montata in alto dall'altro lato della stanza.

Immisi le informazioni per il WiFi che Lucas mi aveva generosamente fornito, e poi fui a cavallo. La lucina verde si accese, indicando che ora stavo nuovamente trasmettendo in live streaming.

Stando a qualche passo dal monitor in modo che si potesse vedermi tutta dalla webcam, sorrisi e salutai con la mano. «Ehi, gente. *Sorpresa*! La vostra malvagia sovrana, Persefone, è tornata molto più presto del previsto. Sto cominciando a sistemare l'attrezzatura. Vi piace?» Aprii le braccia e girai su me stessa, indicando la stanza spaziosa. «Bella grande e piena di tante possibilità.» Cogliendo per un attimo la mia immagine nel monitor, mi tolsi una ciocca di capelli dalla faccia.

Poi mi misi al lavoro aprendo le scatole e togliendo le attrezzature. Collegai cavi e apparecchiature ausiliarie, controller, illuminazione, speaker, continuando a chiacchierare mentre lo facevo.

Parlai di tutto, dai componenti dell'impianto che erano esattamente gli stessi dell'installazione che avevo nell'angolo della mia stanza quando trasmettevo dall'appartamento di Heath.

«Allora, che cosa stavo dicendo?» continuai dopo essermi distratta per la reazione sorprendente che stavo avendo sul mio canale. I miei follower sembravano super entusiasti del fatto che fossi nuovamente online! C'erano donazioni che arrivavano e il conteggio dei nuovi abbonati stava salendo velocemente.

«Oh, già. Stavo parlando della mia ultima ossessione, Covert Ops. Ho provato una demo all'ultima convention E3 e non vedo l'ora che lo rilascino. Ancora dieci giorni e quella bellezza sarà pronta per il download su Steam!»

Mi voltai e aprii una piccola scatola con l'etichetta periferiche. Ne avevo di tutti i tipi in effetti, Thrust Master, manopole, volanti, joystick vecchia scuola, un emulatore di PlayStation, Xbox e bacchette per la VR. Li tenevo tutti ben organizzati nei loro supporti, pronti da afferrare quando ne avevo bisogno. Dovevo anche installare la mia PlayStation e la TV. Feci tutto mentre continuavo a chiacchierare a vanvera con il mio pubblico internet invisibile, senza giocare a nessun gioco.

Non avevo tempo per leggere durante lo streaming ma vedevo, dal fondo della stanza che era un giorno da record per i nuovi abbonamenti. Avevo parecchie centinaia di nuovi follower solo da questa mattina. Chi sapeva che guardare qualcuno installare le attrezzature sarebbe stato così interessante?

«Alcuni dei miei suggerimenti per l'installazione del monitor riguardano l'ergonomia, ovviamente. Dovete assicurarvi di non dover allungare il collo o farvi venire il gomito del giocatore o altro…»

La porta si spalancò di colpo e Lucas si precipitò dentro così in fretta da essere quasi un'immagine sfuocata. Aveva qualcosa in mano. Mi voltai a guardarlo, mettendomi le mani sui fianchi.

«Che…»

Ma lui si frappose tra me e la telecamera e gettò una coperta sulla mia testa, avvolgendomela attorno. *Che diavolo…?*

Barcollai all'indietro con uno strillo e caddi sul sedere, con la coperta che oscurava tutto. Idiota! Non era uno scherzo divertente.

«Lucas! Testa di cazzo!» urlai prima di rendermi conto che stava parlando.

E non stava parlando con me.

«Voi piccole merde incivili dovete andare a farvi le seghe su PornStop e lasciare in pace *mia moglie* .»

Lottai contro gli strati di coperta per liberarmi dall'improvviso senso di soffocamento. Dio quanto lo avrei preso a calci in culo!

La mia testa sbucò dalla coperta in tempo per vedere che aveva gettato una felpa sopra la telecamera. Ora stava cercando il pulsante per spegnere il segnale video.

«Lucas!» urlai di nuovo, rimettendomi in piedi e scalciando furente la sua coperta. «Che diavolo stai facendo?»

«Prima, spengo questa robaccia. Poi, appena potrò, darò la caccia ad alcuni indirizzi IP e la farò pagare cara a certi piccoli stronzi arrapati.»

Andai a mettermi accanto a lui, dove si era piegato sulla mia tastiera e stava furiosamente scrivendo. Whoa. La chat andava a un chilometro al minuto e le righe di Lucas erano tutte urlate in maiuscolo.

E gli abbonamenti continuavano ad arrivare, insieme alle donazioni. Una apparve sullo schermo mentre ero lì, cercando di raccogliere le idee.

LuvDosBewbz(.)(.) ha donato 10 $ [Per favore torna, bella signora!]

Sbattei gli occhi, completamente confusa. Lucas stava ancora picchiando furiosamente sui tasti, con i denti stretti, l'espressione tesa e furiosa. Non mi aveva ancora detto una parola dopo aver interrotto la mia trasmissione.

Ma il tono di quella chat era... pfui. Piena di commenti di com'erano favolosi il mio sedere e le mie tette in quella tenuta da yoga. Come i miei follower stessero messaggiando i loro amici perché anche loro vedessero l'ultima sexy ragazza gamer. Un mucchio di gente dichiarava che non vedeva l'ora di guardare regolarmente il mio streaming. Molti presumevano che fossi una novellina che non l'aveva mai fatto e che aveva deciso di far vedere la mercanzia per ottenere spettatori.

Sì, *bleah*. C'erano canali simili ma il mio *non* era uno di quelli.

«Aspetta, quello che cos'è?» dissi, indicando una piccola foto che qualcuno aveva postato nella sezione commenti. Lucas cliccò per espandere il cattura-schermo che aveva fatto qualcuno. Mi chinai più vicino.

«Che cavolo…?» Strizzai gli occhi girando la testa.

«È il tuo seno, a quanto pare» disse lentamente Lucas. Un'immagine perfetta della mia scollatura mentre mi piegavo di fronte alla telecamera per sistemare il microfono. Ero troppo concentrata nel cercare qualcosa di cui parlare e installare la mia roba. Non avevo assolutamente pensato che indossavo ancora la mia tenuta da yoga né a come sarei apparsa davanti alle telecamere.

Lucas fece una smorfia e cliccò su un'altra immagine, espandendola. «E qui ci sono parecchie foto del tuo sedere. Qui sembra che stessi cercando qualcosa in una grossa scatola sul pavimento.» La telecamera aveva beccato la mia inquadratura più popolare, a quanto pareva, perché il mio sedere era proprio in primo piano nella foto.

Mi chinai per leggere la didascalia, *Quel culo!*

Sentii il calore salirmi sul collo e la gola mi sembrò stretta quando cercai di deglutire. Diedi un'occhiata a Lucas. «Io… uhm… immagino di non aver riflettuto sul mio guardaroba.»

Lui sbatté gli occhi, con il volto arrossato dalla rabbia a malapena contenuta. «Ci sono un mucchio di pre-adolescenti sporcaccioni lì fuori, sia fisicamente sia emotivamente. Fatti un favore e non leggere la chat.»

Quindi, ovviamente, i miei occhi andarono immediatamente al riquadro della chat. Prima che Lucas potesse coprirla con una mano, intravidi qualcuno che etichettava Persefone come l'ultima aggiunta alle "Camgirl della Twitch TV".

Mi tirai indietro, disgustata. «Che mucchio di stronzate.»

Non avevo bisogno di ricorrere ad abiti aderenti o mostrare le tette per attirare l'attenzione. Funzionava con altre, e mi stava bene, ma non era il mio stile.

Lucas era rosso in viso e la rabbia era evidente quando mi spostai, presi il mouse e chiusi la finestra.

Rigido, si voltò a guardarmi. «Quei disgustosi idioti stavano fantasticando su tutte le parti del tuo corpo che volevano coprire con la loro sborra.»

Arricciai il naso. «Ewwww. Disgustosi piccoli stronzi.»

Alcuni di quei ragazzini su internet potevano diventare particolarmente volgari quando erano protetti dall'anonimato. E il sessismo nella comunità dei giocatori era una realtà. C'era la possibilità che con questa ripresa avessi rovinato almeno in parte la mia credibilità come giocatrice seria.

Beh, cavoli, perlomeno il live streaming era solo un secondo lavoro.

Lucas si rialzò dalla tastiera e restò immobile a guardarmi. Il suo evidente dispiacere mi stava facendo sentire imbarazzata. «Avevo fatto yoga proprio prima e mi è venuta l'idea di mandare in streaming l'installazione dell'attrezzatura. Ecco perché ero vestita così.»

Lucas scosse la testa. «Avresti dovuto pensarci, Kat. Dovresti anche sapere i pericoli che corrono quelli che trasmettono in streaming. C'è chi fa intervenire le squadre SWAT solo per poter guardare gli streamer venire bloccati e malmenati dal vivo. È roba pericolosa. Per non parlare degli stalker.»

Lo guardai irritata. «Un piccolissimo errore che non ripeterò. Ma non ho intenzione di ridurre lo streaming per paura. Non indosserò ovviamente più la tenuta da yoga anche se è stato un giorno da ricordare per il numero di abbonamenti.» Gli feci la linguaccia e lui sbuffò, uscendo dalla stanza.

Nonostante la mia superficiale irritazione, però, gli ero grata per essersi precipitato a mettere fine alla trasmissione. Non avevo nemmeno idea che mi seguisse su Twitch. Probabilmente aveva ricevuto la notifica che stavo trasmettendo mentre veniva a casa e si era reso conto di ciò che stava succedendo. Sarei potuta andare avanti per un'altra ora se non avesse spento tutto.

Meno male che lo aveva fatto.

Andai in soggiorno per parlargli. «Non ho bisogno di usare il mio davanzale o il sedere per ottenere donazioni o abbonamenti. Sono solo me stessa sul mio canale, una ragazza divertente e spiritosa che gioca. Non mi metto in ghingheri e non indosso un push-up.»

Lucas sbuffò. «Per favore, dimmi che non sei così ingenua da pensare che tutti quanti i tuoi abbonati siano lì per vederti giocare e non per come sei.»

Mi voltai, mani sui fianchi. «Come sono, Lucas?»

Tanto valeva farla fuori, no? Lucas socchiuse gli occhi e mi guardò lentamente dalla testa ai piedi. Non era un'occhiata lasciva, ma mi riscaldò come se mi avesse sfiorato. Scoprii che volevo che mi guardasse, che mi notasse.

Agitai una mano davanti al mio seno. «È qui tutto ciò che valgo? La mia faccia, le tette, il culo?»

Lucas sbatté gli occhi. «È esattamente l'opposto. Ma il fatto che quelle piccole merde arrapate vedano solo quello e non il tuo vero e considerevole talento, è quello che mi fa incazzare.»

Sospirai. «Benvenuto dalla parte delle donne nella comunità dei videogiocatori. Veniamo costantemente trattate come oggetti e mettono regolarmente in dubbio le nostre capacità. La gente presume che l'unica ragione per cui facciamo strada sia perché usiamo apposta i nostri corpi e il nostro aspetto per sostituire le capacità vere.»

«Beh, tu sai che *io* non la penso così. Ma non riconoscere che il tuo aspetto abbia un ruolo è da ipocriti. Sei troppo…» smise di parlare, arrossendo come lo mettesse in imbarazzo ammettere qualunque cosa avesse avuto intenzione di dire.

Lo guardai, speranzosa. Sbatté gli occhi, poi mi fissò anche lui per un lungo, nervoso momento.

Poi si schiarì la voce. «Ho ancora intenzione di dare la caccia a quelle piccole merde e infettare le loro macchine con un malware non rintracciabile.»

Sorrisi, nonostante tutto. Il fatto che volesse proteggermi era tenero. Mi fece quasi, *quasi* , dimenticare il sottinteso che il mio aspetto giocasse un ruolo nella mia popolarità online.

Sarei stata ingenua a pensarla diversamente, immagino. E il suo sottinteso non intendeva assegnare colpe o puntare il dito. Stabiliva solo un fatto. E se l'avesse pensata come quei piccoli giocatori stronzi, in astinenza involontaria e che odiavano le donne, lo avrei capito già da tempo.

«Stai solo cercando di fare pace perché non ti metta in imbarazzo con i tuoi genitori stasera.»

A quel punto Lucas sorrise. «Mettiti solo un vestito elegante, usa i tuoi modi migliori e supererai indenne la serata.»

Alzai un sopracciglio, riflettendo. «Sembrano veramente all'antica.»

«Non ne hai idea.»

Lo adocchiai sospettosa, profondamente certa che ci fosse molto di più che non mi stava dicendo di se stesso, della sua famiglia e della serata in generale. «Quanto elegante?»

Lucas diede un'occhiata all'orologio. «Pensa a qualcosa di formale.»

Mmm. «Beh, ho il vestito che ho indossato al matrimonio di Adam e Mia. È elegante, indicato per un ambiente isolano.»

«Che cosa significa?»

«Beh, è molto carino per un clima caldo. Oggi il tempo è bello quindi non avrò freddo. È di classe, per quanto ne so.»

Lucas fece spallucce.

«Se è carino e ti piace, allora indossalo.»

Finsi di irritarmi e gli risposi seccamente. «Lieta che approvi.» Ma provai una fitta improvvisa di apprensione. Il suo scetticismo e il suo comportamento misterioso mi rendevano sempre più conscia che probabilmente non avrei dovuto fare casini.

Il suo sorriso divenne più ampio. «Non saltare alle conclusioni. Non te l'ho ancora visto addosso.»

Avevo poco più di tre ore prima di dover partire. In circostanze normali avrebbe significato che avevo due ore di troppo. Ma il suo discorso mi innervosì talmente che ci misi molto più del solito per prepararmi. Molto più del solito per truccarmi, tracciando l'eyeliner con la mano che tremava un po'. Era possibile che capissero che non compravo i miei trucchi nei negozi più "in"?

Passai anche molto più tempo curando i capelli, spazzolandoli finché scintillarono, lungo le spalle e giù fino a metà schiena. Avevo bisogno di tagliarli un po' e di colpo mi innervosì la possibilità che li guardassero da vicino e vedessero le doppie punte. Optai per prendere l'arricciacapelli, che non usavo dal matrimonio di Mia, da una scatola che avevo fortunatamente etichettato "Bagno".

Finalmente, ogni ricciolo meticolosamente programmato fu pronto. Tolto qualche peletto alle sopracciglia e con il miglior make-up di cui fossi capace, fui pronta per infilarmi il vestito.

Fortunatamente l'avevo immediatamente appeso nella sua plastica dopo averlo ritirato dalla lavanderia, quindi era pronto da indossare. Era un abito con le spalline sottili, di un morbido tessuto setoso in un delicato azzurro ghiaccio. Era così che l'avevo scelto, per un matrimonio in pieno inverno, anche se nei trenta gradi di caldo dell'isola caraibica. Non era proprio sembrato inverno, ma avevo voluto in qualche modo ricordare quella bella cerimonia di Capodanno.

Inoltre il colore era perfetto per la mia carnagione. Le dava un aspetto luminoso, di porcellana. Ero pallida, sia per il DNA sia per il posto dov'ero nata. E vivere qualche anno in California era solo servito a ricordarmelo. Il sole della California del sud poteva togliere la pelle a chiunque non ci fosse abituato. Eppure l'uso dei filtri solari era una religione qui. Con la mia pelle, dovevo essere particolarmente diligente.

Ci misi due ore a farmi bella e prepararmi, cosa inaudita nella mia solita routine. Ma ero pronta e m'infilai i sandali luccicanti con il tacco alto.

Sentendomi una principessa, ridacchiai guardandomi allo specchio. Vestirmi così capitava così raramente che era quasi un premio. Non ero poi così ragazzaccio da non apprezzare essere femminile e carina una volta ogni tanto. Ma non troppo spesso. Farlo tutti i giorni sarebbe stato maledettamente stancante. La mia routine quotidiana di bellezza raramente durava più di mezz'ora, più che altro perché non ritenevo interessante dedicarvi più tempo.

I miei tacchi risuonarono sul pavimento di legno mentre percorrevo il corridoio verso il salotto. Ero in anticipo di qualche minuto, sperando di battere Lucas, che, lo sapevo dall'ufficio, apprezzava la puntualità. Aveva calcolato la lunghezza del viaggio, l'ora in cui voleva arrivare e mi aveva indicato l'ora in cui dovevo essere pronta.

Ed eccomi qui, cinque minuti in anticipo, con la speranza di essere la prima. Ma no, era già lì, accanto alla porta che guardava il telefono.

Non potevo certo arrivare di nascosto, con i tacchi che facevano lo stesso rumore di una capretta al galoppo. Ma mi fermai lo stesso quando entrai perché...

Perché era così incredibilmente sexy che mi tolse il fiato.

Indossava un completo grigio antracite, con una camicia grigia un po' più chiara. L'unica macchia di colore era una cravatta di seta blu. Ma wow. Non l'avevo mai visto con un completo. Tutti noi dipendenti della Draco ci vestivamo casual al lavoro e per la maggior parte degli eventi che ruotavano intorno al lavoro.

Il vestito gli calzava a pennello e accentuava la sua corporatura perfetta. Avendo fatto canottaggio al college, aveva la parte superiore del corpo ben sviluppata, pur dovendo mantenere un peso contenuto per far parte della squadra. Ovviamente si teneva in forma con quel vogatore, nonostante il lavoro impegnativo. Impressionante. Lo guardai dalla testa ai piedi. Mi ero chiesta più volte come potesse essere sotto i vestiti. E poi mi ero rimproverata per non essere professionale al cento percento, anche nei miei pensieri.

Mi schiarii la voce. «Stai benissimo» dissi sorridendo.

Ma il modo in cui mi stava guardando in quel momento diceva che non ero l'unica a non essere completamente professionale…

Capitolo Sette
Lucas

Ero preparato. Sapevo che sarebbe stata sexy. Kat era sempre sexy, senza nemmeno provarci. Ma non ero pronto per… questo… Era…

Mentalmente scorsi una litania di possibilità da quelle più semplici a quelle più fiorite: splendida, radiosa, mozzafiato, incantevole. Bella. Il vestito era corto, le arrivava a metà coscia e aderiva alle sue curve. Azzurro chiaro luccicante con finiture argento. Perfetto per la sua carnagione. Il corpino era trattenuto da sottili spalline sopra le spalle pallide. La scollatura era profonda, rivelava quasi altrettanto seno di quello che aveva inavvertitamente mostrato al suo pubblico di giocatori eccitati in mattinata.

Ma scacciai in fretta quel pensiero prima che l'irritazione mi travolgesse un'altra volta. I suoi bei capelli rossi luccicavano sullo sfondo del colore del vestito, scivolando oltre le spalle in grossi riccioli sciolti. Non avevo mai visto quel colore di capelli in una persona e all'inizio avevo pensato che non fosse naturale. Mi ero reso conto che era una rossa naturale solo quando avevo notato che le sopracciglia e le ciglia, quando non usava il mascara, erano esattamente dello stesso colore.

Le dava un aspetto ultraterreno, come uno di quegli eterei e misteriosi elfi del gioco Dragon Epoch. Come una creatura di fiaba proveniente dalla parte più profonda di una scura foresta che usava la magia della natura ed era selvaggia e potente come la terra e gli alberi che la circondavano.

Posai gli occhi sulla sua scollatura. Il vestito metteva in mostra le sue straordinarie qualità.

Ed erano qualità stupende, perfette. Le curva rotonda dei suoi seni, la luminosità della pelle parlavano di una morbidezza cremosa che chiedeva di essere toccata. Insieme a un sapore dolce, dolcissimo, che desideravo assaggiare. Ero ossessionato dal pensiero di passare la lingua proprio lì, lungo la valle di seta tra quelle due creste morbide. Lo stato delle cose sotto la mia cintura divenne di colpo scomodo, come un nodo tirato troppo stretto. Ero diventato duro come il legno solo al pensiero di toccarla e assaporarla. Strinsi talmente forte il telefono che quasi lo feci cadere.

Lei era *così* ... e dovevo dividerla con la mia famiglia.

E probabilmente era un bene perché ero maledettamente tentato di fare qualcosa che mi sarebbe piaciuto moltissimo ma che avrei rimpianto più tardi. Avevo già dovuto sopportare una volta l'orribile conclusione di un matrimonio terribile. Non era il caso di affrontare un finale altrettanto incasinato con questo matrimonio finto.

Avevo una nuova moglie, che dovevo presentare a tutta la maledetta famiglia. Ovviamente avevano insistito appena ero stato costretto a rivelare loro il matrimonio a sorpresa. Quindi, che fosse o meno finto, avremmo dovuto portare fino in fondo la sciarada e fingere di essere due novelli sposi.

Sì, certo, non rinunciavo mai alla possibilità di sfottere l'istituzione del matrimonio, quando potevo. Ma non c'era la benché minima possibilità che prendessi in considerazione di farmi impegolare in un altro disastro com'era stato il primo, sia pure solo dal punto di vista legale e temporaneamente.

Ciò nonostante, guardando Kat adesso, non potrei fare a meno di desiderare che ci fosse qualcosa di più tra di noi, oltre a un matrimonio fasullo. Perché… *wow* . Mi ci volle un momento per riprendere fiato e calmare il battito del mio cuore. Ero grato che il lembo della giacca coprisse altre reazioni più viscerali.

«Stai bene» mi sentii dire. Eufemismo dell'anno. Era bella, da mangiare e non solo con gli occhi. Sentii l'acquolina in bocca. Morsi di fame che l'invocavano, insistenti. Talmente forti che quasi avevano creato un coro tutto da soli. Un coro che minacciava di cancellare ogni altro pensiero finché non avessi potuto finalmente toccarla, svestirla, assaggiarla. Affondare tra quelle cosce calde e tornite.

Cazzo. Avevo veramente bisogno di toccarla. Qualunque scusa sarebbe stata buona.

«Andiamo?» dissi dopo un'altra pausa nella quale lottai per riprendere il controllo. Gesù. Avevo visto una bella donna prima d'ora. Avevo visto un mucchio di belle donne. Ero stato sposato con una bella donna.

Ma… era difficile ricordare tutto il resto. Tutte quelle cose del passato. Il passato che volevo dimenticare. E in quel momento Kat lo stava rendendo *veramente* facile.

Normalmente, Kat mi stuzzicava e aveva deciso che la sua missione nella vita era irritarmi da morire. E ci riusciva. Quella sera, apparentemente, la sua missione sarebbe stata di farmi impazzire senza nemmeno volerlo.

Le aprii la porta, da vero gentleman, come mi avevano insegnato a fare automaticamente nella mia vita passata. Le buone maniere del vecchio mondo non muoiono mai. Kat uscì con quei sandali ticchettanti con il cinturino intorno alle sue caviglie sottili e sexy. Non potei fare a meno di appoggiarle la mano sulla schiena per guidarla.

Non ne aveva bisogno. Probabilmente non avrebbe mai pensato di chiederlo.

No. Quel piccolo, semplice tocco era tutto per me. Come per riaffermare che era vera e che, in effetti, era bellissima, oltre ad avere tutte le altre ammirabili (anche se non così visibili) virtù.

E, ancora per un po', era *mia* .

La mia collega. E qualche volta la mia complice. La mia nemesi. Mia moglie, che non potevo toccare. E no, non per qualche legge o regolamento arbitrario. E nemmeno perché avesse insistito lei. No, quella decisione cretina era tutta mia e non avevo nessuno da biasimare perché andavo in bianco, eccetto me stesso.

Sfortunatamente, non avevo tempo per crogiolarmi nella mia tristezza. Andai alla portiera della mia Mercedes Benz blu mezzanotte degli anni Ottanta per aprirla per lei.

«Wow, che gentiluomo» ammise Kat, sorprendentemente senza il solito tono sarcastico. Mi guardò e ammiccò platealmente.

Non avevo quasi mai occasione di portarla in giro. Ci frequentavamo raramente fuori dall'ambiente di lavoro. Certo, avevamo passato notti e notti uno sull'altro (sfortunatamente non in senso letterale) nella Tana quando era necessario. Ogni tanto eravamo stati insieme durante un happy hour del reparto o un party. Avevo raramente occasione di mostrarle le mie qualità. Ma erano talmente radicate in me fin dall'infanzia che non avevo realmente scelta, che volessi o meno mostrarle.

Mentre l'aiutavo a salire in auto, ebbi l'opportunità di godere del vantaggio di dare una bella occhiata dentro il suo vestito. Kat scivolò sul sedile di pelle ammorbidito dal tempo e mi sorrise, cosa che non servì certo a migliorare le cose a sud della mia cintura.

Non mi meravigliava che quegli stronzetti che la guardavano su Twitch avessero perso la testa. Merda. Era talmente sexy che faceva male. Anche solo con la tenuta da yoga addosso.

Accidenti se non stavo segretamente gongolando al pensiero di arrivare alla cena di famiglia con questa donna sexy da morire, presentandola come mia moglie.

Mio cugino avrebbe flirtato apertamente con lei nel suo solito modo sopra le righe. Mio padre avrebbe probabilmente rovesciato il cognac, facendo casino. Probabilmente entrambi avrebbero avuto pensieri impuri per tutto il tempo che passavano in sua presenza.

Ma lei era *mia* . Anche se solo sulla carta. E anche se solo temporaneamente.

«Allora, non riesco a credere di non avertelo mai chiesto ma… dove vivono i tuoi genitori?»

«Contea sud. Coto de Caza.»

Da dietro il volante le diedi un'occhiata furtiva per vedere se il nome aveva fatto risuonare un campanello, ma Kat sembrò non averlo riconosciuto. Bene. Molto meglio così. La sua ignoranza della geografia locale sarebbe servita a renderla meno nervosa. Quella comunità ospitava alcune delle persone più ricche nella California del sud. Lo avrebbe capito appena fossimo arrivati alle case enormi e al complesso recintato con gli accessi controllati. Fortunatamente, a quel punto avrebbe avuto solo qualche minuto per cominciare a preoccuparsi.

Accendendo il motore, uscii sul vialetto e spinsi il pulsante per chiudere il garage. La sua piccola, triste Honda Civic degli anni Novanta era parcheggiata sul vialetto e sembrava derelitta in questo quartiere tra le ibride, le Mercedes e le BMW. Ciò nonostante, l'auto resisteva ancora.

Arrivammo presto sulla superstrada. La guardai mentre osservava la vegetazione inaridita dall'estate delle colline della California del sud che scorrevano fuori dal suo finestrino. Aveva le mani raccolte tranquillamente in grembo, nessun segno di nervosismo o di irrequietezza.

«Stasera non dovrebbe essere niente di che. I miei genitori lo sanno solo da pochi giorni, dopotutto. Ma hanno insistito per conoscerti questo fine settimana appena li ho informati. Non potevo veramente evitarlo.»

Kat annuì, guardandosi le mani strette in grembo. «Nessun problema, lo capisco.»

«I tuoi genitori come hanno reagito?»

Lei esitò a rispondere e le diedi un'occhiata. Sicuramente gliel'aveva detto… Ma non mi era ancora chiara qual era esattamente la situazione con la sua famiglia. Non sembrava che fossero legati e tornai a essere curioso. Forse non si era nemmeno presa la briga di informarli?

Kat si schiarì la voce. «Non li ho ancora sentiti.»

«Hai… hai mandato loro un'e-mail per informarli?» chiesi sorpreso.

«Qualcosa del genere.»

Wow. Le diedi un'occhiata di sottecchi, deciso che l'avrei fatta parlare. Ma non era il momento. Lei mi diede un'occhiata, poi tornò a guardare fuori dal finestrino.

Quando aprii la bocca per risponderle, mi anticipò. «A volte mi mancano gli alberi» disse, inaspettatamente.

«Scusa?»

Si voltò a guardarmi. «Gli unici alberi grandi qui sono le palme. Sono dappertutto, ovviamente. E stanno bene, ma mi mancano gli alberi del Pacifico nord-occidentale. Hanno qualcosa… abeti, aceri, betulle. È tutto così marrone qui durante l'estate, che su al nord è la stagione più verde.»

Tenni gli occhi sulla strada. «Io sono cresciuto qui. Ci sono abituato.»

«Quindi i tuoi genitori vivono ancora nella casa in cui sei cresciuto?»

Una delle case , pensai, ma mi limitai ad annuire in risposta. Meno informazioni le davo in merito, meglio sarebbe stato, probabilmente.

Uscii dalla superstrada e zigzagai per le strade secondarie finendo su una strada a due corsie che portava alle comunità recintate che costituivano Coto de Caza, annidate in alto contro le colline aride e i canyon dell'entroterra della California del sud.

Salimmo su per la collina, passando non una ma due posti di guardia. Se non si era agitata finora, probabilmente il resto della serata sarebbe andato bene.

Capitolo Otto
Katya

Era discreto, ma notai le occhiate che mi dava di tanto in tanto da quando avevamo lasciato la superstrada. L'auto percorreva una strada zigzagante a due corsie che saliva sulle colline. Stava mettendo alla prova le mie reazioni? Mi assicurai di assorbire tutto ciò che mi circondava, tenendo però al minimo le mie reazioni interiori.

Divenne un po' più difficile quando passammo il primo cancello. Era automatizzato. Lucas prese una schedina metallica da dietro l'aletta parasole e la fece passare davanti alla macchina. Un cancello automatico scivolò di lato per permettere all'auto di entrare.

Le case davanti alle quali stavamo passando erano grandi e belle, con cortili anteriori curatissimi e auto costose sui viali. Era un quartiere silenzioso e sembrava snob, fontane, statue ed eleganti topiari praticamente in ogni giardino. C'erano case simili nelle parti più ricche di Vancouver, ma non mi era mai nemmeno capitato di avvicinarmi.

Ma il nervosismo vero, le mani sudate e il cuore che martellava, cominciò quando passammo il secondo cancello all'interno della prima comunità recintata. E questo aveva parecchie guardie in uniforme. Come la fottuta Torre di Londra o roba simile.

Lucas frenò e abbassò il finestrino dalla sua parte. «Van den Hoehnsboek van Lynden.»

Dopo aver puntato una telecamera sull'auto e aver scannerizzato la targa, una delle guardie annuì. Il cappello bianco in stile militare ballonzolò al sole del tardo pomeriggio. «Certo.» E ci lasciò entrare.

Beh… porca paletta. Dove diavolo stavamo andando *adesso* ? Stavamo finendo le colline da scalare.

Se possibile, *queste* case battevano facilmente le altre belle case davanti alle quali eravamo passati.

E avrebbero dovuto giustamente essere chiamate ville da chiunque avesse il concetto di che cos'era una vera "villa". La casa di Adam e Mia qui sarebbe stata al suo posto. Ovviamente sono sicura che preferissero la loro piccola spiaggia privata su un'isola semi-privata nella baia posteriore, ma… *questo panorama* !

Guardai in basso verso le città della contea sud sotto di noi mentre continuavamo a salire sulla collina. A ogni metro che scalavamo, le case aumentavano di dimensioni, volume e valore di centinaia di migliaia di dollari, o almeno lo immaginavo.

Wow . Non volevano veramente che la gentaglia entrasse nel loro piccolo paradiso. Due diversi cancelli… guardie armate. Come facevano i residenti ad arraffare la loro quota annuale dei biscotti delle girl-scout in questo vicinato? Per non parlare poi del dolcetto o scherzetto.

Lucas era cresciuto… *qui* ?

«Tutto bene?» mi chiese dopo lunghi minuti di silenzio. «Sei molto silenziosa.» *Una volta tanto* . Sapevo che stava pensando quell'ultimo pezzo di frase, anche se non lo aveva veramente pronunciato. Ma sì, aveva finalmente trovato il modo di farmi stare zitta.

Avevo praticamente scavato un buco nel mio labbro inferiore e con le braccia incrociate sopra il petto, le dita stavano lasciando dei lividi nella carne.

Quando mi resi conto che non c'era praticamente più collina da scalare, Lucas svoltò in una strada privata. Portava a quella che si potrebbe solo descrivere come una tenuta, non semplicemente una villa.

Caaazzoo! Che diavolo?

Avrei pensato che fosse una specie di scherzo se non avesse sventolato schedine davanti ai macchinari. Per non dire poi di pronunciare il suo cognome come se fosse un accidente di Rockefeller o un Carnegie.

Il viale era lungo, affiancato da una fila apparentemente infinita di palme e culminava in una piazza circolare davanti a una casa enorme. Un valletto si affrettò ad aprirmi la portiera quando Lucas parcheggiò accanto al marciapiede. Guardai verso il lato del guidatore e vidi che Lucas stava scendendo da solo e, curiosamente, adesso stava evitando il mio sguardo. Consegnò le chiavi al valletto che lo salutò per nome e condusse via l'auto per parcheggiarla da qualche altra parte.

Poi mi voltai per guardare a bocca aperta la casa davanti a noi. «Non mi avevi detto che la tua famiglia viveva in un resort sulla collina. Questo è… è un albergo?»

Lucas non rispose, dando un'occhiata indifferente alla struttura massiccia che torreggiava sopra di noi, tutta pietra, vetro e acciaio, linee e curve moderne. La casa in sé era un'opera d'arte.

Tirai indietro la testa mentre continuavo a guardare verso l'alto. C'erano almeno una dozzina di comignoli circolari che grattavano il cielo pomeridiano. Uh. Gulp.

Passai le mani sudate sul tessuto che mi copriva le cosce. Il diamante dell'anello della bisnonna di Lucas scintillò, riflettendo la luce. Quando mi fermai a esaminarlo, fissai lo stato orrendo delle mie cuticole e le unghie spezzate. Mi mancò il fiato. Non ero mai stata così a disagio in vita mia. Non avevo pensato a come sarebbe sembrato questo bel gioiello sulle mie mani non curate.

«Avrei dovuto farmi fare una manicure. O almeno dipingere le unghie.»

Lucas non sembrò preoccupato per lo stato delle mie mani quando mi tese la sua. Gliela presi lentamente e le sue dita avvolsero le mie, tenendole strette quasi come per rassicurarmi. «Non c'è tempo per essere nervosi. Fai solo un bel respiro profondo e segui la corrente.»

Seguire la corrente . Giuuuusto. Gli diedi un'occhiata di traverso, giusto per quello. Lucas colse la mia espressione e inarcò il sopracciglio. Oh, meditavo vendetta per questa stronzata. Sarebbe stata pronta e dolorosa. Speravo lo leggessi nei miei occhi. Avrebbe visto com'era facile seguire la corrente mentre si stava riprendendo da un non metaforico calcio nelle palle.

Salimmo i bassi gradini lungo il sentiero di lastre di pietra disposte geometricamente e divise da stretti rivoli d'acqua. Era progettato in modo che sembrasse stessimo camminando sulle pietre di un ruscello stilizzato, alimentato da una fontana accanto alla porta. Invece di bussare, Lucas abbassò la maniglia ed entrammo; quasi mi aspettavo un portiere in uniforme.

Appena dentro, dovetti ricordarmi di respirare perché quel posto era ancora più stupefacente all'interno che all'esterno. Tirai indietro la testa per riuscire a vedere tutto l'imponente scalone ricurvo con la ringhiera cromata, l'enorme lampadario di cristallo che torreggiava sopra la piscina riflettente rivestita di vetro colorato nel foyer.

Una coppia più anziana, probabilmente sopra i cinquanta, si avvicinò per salutarci. Non sapevo come facessero a sapere che eravamo lì, ma immaginai che doveva essere stato quel valletto a comunicarlo per radio. O forse le guardie al cancello.

O forse era stato il maggiordomo invisibile.

Non sapevo se i VanDenBlaBla avessero o meno un maggiordomo. A quel punto sarebbe stata la rivelazione meno scioccante di tutta la serata.

Fu del tutto involontario, ovviamente, e puramente dovuto al fatto che mi sentivo sopraffatta, ma mi lasciai scappare un «Porca vacca.» C'erano momenti che richiedevano proprio quell'esclamazione universale anche se poco corretta. E questo era decisamente uno di quelli. L'avevo sussurrato sottovoce ma apparentemente la donna l'aveva sentito visto che le sopracciglia perfettamente disegnate si arrampicarono sulla fronte liscia per il botox.

L'abito era un non-colore luccicante, probabilmente di qualche stilista famoso. Portava anche una collana che probabilmente valeva più di tutta la mia casa in Canada. I capelli biondo cenere erano corti, arrivavano giusto intorno alle orecchie e arricciati. Orecchini intonati dall'aspetto maledettamente costoso annidati in ogni orecchio.

Dopo avermi dato una bella occhiata, si rivolse a mio marito. «Lucas, sei finalmente qui.»

Gli baciò entrambe le guance invece di abbracciarlo. Un modo di salutare molto europeo. Le sue maniere mi sembrarono altamente sofisticate, anche se la sua pronuncia sembrava quella normale americana.

«Madre» disse in tono pacato Lucas. «Grazie dell'invito.»

Poi si fece avanti l'uomo per stringergli la mano. «È passato troppo tempo, figliolo.» Era alto, aveva un bel fisico e Lucas gli assomigliava un po', come colori e struttura fisica. I lineamenti erano marcatamente diversi.

Non era possibile non notare la freddezza dei loro saluti. Dopo la stretta di mano imbarazzata, entrambi i genitori mi guardarono come in attesa, senza dire una parola. Forse Lucas doveva presentarmi? Perché era tutto così rigido e formale? Perfino il modo in cui si erano chiamati: "Madre, figliolo" era strano.

Beh, al diavolo. Non era da me.

Mi appiccicai sul volto un enorme sorriso falso e tesi la mano. «Salve, sono Katya.»

A loro favore, devo dire che non ci fu il proverbiale "mano alla gola e stringersi le perle" per il mio saluto informale. La donna mi prese la mano e sorrise. «Sono Elaine e questo è mio marito, Arent.» Poi si chinò in avanti e, appoggiandomi le mani sulle braccia, sfiorò la mia guancia con la sua baciando l'aria. Ripeté il gesto dall'altra parte prima di fare un passo indietro. Rimasi immobile, avvolta dal suo costoso profumo, prima di tirarmi indietro, rigida come un pezzo di legno.

Il padre si fece avanti e mi strinse la mano. I suoi occhi percorsero la mia figura in modo quasi lascivo prima che ammiccasse a suo figlio. Era un cenno di approvazione? *Bleah*.

«È l'abbreviazione di Katharina, vero?» chiese Elaine.

Annuii, con quel ridicolo sorriso ancora impastato sulla faccia. «Sì. Katharina Ellis.»

Senza cambiare la sua non-espressione, Elaine si rivolse a Lucas. «Manterrà il suo cognome?»

«Siamo nel ventunesimo secolo. È quello che fanno le donne adesso» rispose il padre di Lucas prima che potesse farlo uno di noi. «Specialmente visto che nostro figlio preferisce il tuo cognome al mio.»

Lucas fece una smorfia. «Non è qualcosa di cui abbiamo veramente bisogno di parlare adesso.»

Rimasi perplessa. C'era una storia lì sotto. Papà VanDenQualcosa sembrava amareggiato che Lucas non usasse quel cognome olandese extra lungo. Ma non era solo per comodità. Ovviamente il mio recente sposo non era molto bravo a confessare la verità. Questa villa e questa tenuta stavano rivelandosi velocemente ciò che sospettavo fosse solo la punta di un enorme iceberg.

Potevo solo sperare che il nostro stratagemma attentamente programmato e i nostri accordi non soffrissero lo stesso fato del Titanic.

La madre di Lucas si rivolse a me mentre la tensione cresceva tra suo marito e suo figlio. «Siamo così entusiasti di conoscerti. Che meravigliosa sorpresa. Non vediamo l'ora di conoscerti meglio ma, per ora, benvenuta in famiglia. Stiamo servendo lo champagne nel bar all'esterno accanto alla piscina. Te lo mostrerà Lucas.»

Sentendomi non poco sollevata, lasciammo il gelido saluto parentale. Sentii di nuovo la mano di Lucas sulla schiena, come quando mi aveva scortato fuori da casa sua. La sentivo appoggiata lì, esasperante e inesplicabilmente possessiva. Il suo tocco bruciava attraverso la seta fresca del vestito.

Camminammo sotto un passaggio a volta che portava sul retro della casa e a una serie di enormi vetrate aperte che davano su una terrazza lastricata. Borbottai sottovoce. «Più tardi ho intenzione di sbudellarti, amico.»

Uno sbuffo d'aria, come per coprire una risata a sorpresa fu la sua sola reazione. Mosse la mano sulla mia schiena, aumentando la pressione. Avevo voglia di togliergliela con uno schiaffo, ma per qualche motivo non lo feci. Per quanto fossi irritata con lui in quel momento, dovevamo comunque mantenere le apparenze di una coppia di sposi novelli straordinariamente felici.

Attraversammo tutto il passaggio e uscimmo sulla terrazza che dava sulla valle di sotto. Se questa era una semplice cena di famiglia, allora Lucas aveva la famiglia più numerosa che vedessi da molto tempo. C'erano almeno cinquanta persone, con un drink in mano, che ascoltavano musica dal vivo. Erano tutti intorno alla splendida piscina rivestita di piastrelle di vetro piena di composizioni di fiori galleggianti. In effetti, c'erano composizioni floreali bianche dappertutto e l'aria odorava del profumo di rose e ortensie. E c'era perfino una scultura di ghiaccio e una fontana di champagne.

Che diavolo…?

«*Questa* è una piccola riunione di famiglia?» chiesi sussurrando in tono acuto a Lucas mentre andavamo verso il bar con i due baristi in uniforme. Porsero a ciascuno di noi una flûte di champagne, informandoci di aspettare a bere fino al "brindisi speciale".

Brindisi speciale? Che cosa diavolo era? Quando avevo attraversato la soglia magica ero entrata nella versione dal vivo di *Stile di vita dei ricchi e famosi*? E questi auguri allo champagne sarebbero stati accompagnati da sogni al caviale?

Puah. Non avevo mai assaggiato il caviale, ma solo l'idea di mangiare uova di pesce mi faceva rivoltare lo stomaco. Certo, noi della British Columbia amavamo il pesce, ma avrei preferito ogni giorno della settimana un filetto di salmone appena sfornato rispetto a pretenziose uova di pesce.

Diedi un'occhiata a mio marito. Non sembrava entusiasta. Ovviamente, con Lucas non si sapeva mai. Era possibile che avesse quell'espressione impassibile anche al culmine della passione. Forse la sua faccia da orgasmo era esattamente così.

Distolsi in fretta lo sguardo da lui, e i miei pensieri da come poteva apparire al culmine del piacere. Non era un bel posto dove finire, mentalmente, quando si era sessualmente frustrati e bloccati sotto lo stesso tetto con un uomo attraente e irritante fino all'esasperazione.

I genitori di Lucas ci seguirono in fretta al bar dove i baristi consegnarono loro le loro flûte di champagne. Diedi un'occhiata alla pila di tovaglioli sul bar, decorati con scritte di congratulazioni in argento e campane nuziali stilizzate. Rilevai un movimento con la coda dell'occhio e mi voltai, solo per essere accecata da una serie di flash delle macchine fotografiche più grandi che avessi mai visto, due fotografi professionali che si spostavano uno intorno all'altro in una specie di balletto per catturare ogni momento.

Porca paletta… I genitori di Lucas stavano per fare un brindisi per noi davanti a tutta questa enorme folla. Tutte le decorazioni, i beveraggi, il cibo e questo ricevimento era stato organizzato all'ultimo momento.

Di colpo a disagio, abbassai gli occhi. Il padre di Lucas alzò il bicchiere e lo batté leggermente con un cucchiaio per attirare l'attenzione dei presenti. In un attimo, tutti ci stavano fissando.

Il capo della famiglia VanDenEccetera parlò con la voce chiara, impostata, quasi scespiriana. «Cominciamo col dire che possiamo essere stati colti di sorpresa da questa bella nuova aggiunta alla nostra famiglia, ma che le diamo il nostro benvenuto. Tutti voi, questa è la nostra nuova nuora, Katharina Ellis. Unitevi a me per un brindisi per congratularvi e fare gli auguri ai novelli sposi. A Lucas e Katharina.»

Tutti intorno a noi ripeterono il brindisi facendo tintinnare i bicchieri e bevemmo. Si sentirono mormorii che ripetevano gli auguri del mio nuovissimo suocero. Poi qualcuno tra la folla gridò: «Al Barone e alla Baronessa van den Hoehnsboek van Lynden!»

Altri mormorii e un altro sorso. Il mio braccio si bloccò prima di bere il secondo sorso. Era uno scherzo, giusto? Ma se era così… perché nessuno stava ridendo? Diedi un'occhiata a Lucas perché confermasse che era proprio uno scherzo. Ma non stava ridendo. Invece stava lanciando occhiate di fuoco in direzione di chi aveva gridato. E il padre di Lucas aveva l'espressione di qualcuno cui avessero appena pestato un piede. Appoggiò deliberatamente il bicchiere di champagne, senza bere a quel brindisi, qualunque cosa diavolo significasse.

Suo figlio poi ingollò il resto del contenuto del suo bicchiere ma si rifiutò deliberatamente di guardarmi. Forse avrebbe fatto bene anche a lui un bel pestone. L'amico aveva parecchio da spiegarmi.

Qualcuno picchiò sul proprio bicchiere con un cucchiaio e diversamente dalla forchetta da dolce di plastica contro il bicchiere di plastica di sidro frizzante nella Tana, questo risuonò. Una donna in mezzo alla folla gridò: «Bacio!»

Lucas si voltò verso di me alzando le sopracciglia come per chiedermelo. Nonostante fossi estremamente irritata, mi avvicinai a lui, per salvare le apparenze. Ma gli diedi un'occhiata di fuoco quando la sua faccia si avvicinò alla mia per il bacio.

Che la notasse o meno, Lucas non reagì. Almeno era coerente. Mi abbracciò, premendo sulla schiena per tirarmi verso di lui. Io afferrai i risvolti della sua giacca. Poi lui si chinò e premette la bocca sulla mia.

La gente batteva le mani e fischiava e… beh, a quel punto non ci facevo molto caso.

Appena la sua lingua entrò nella mia bocca mi irrigidii. Le sue mani sulla schiena premettero più forte e la sua bocca fece lo stesso, approfondendo il bacio. Per essere un tizio che non mostrava nessuna emozione in superficie, sapeva veramente baciare come un Casanova. Non era una beccatina per soddisfare le masse. Non era una recita. Non era un attore abbastanza bravo per riuscirci.

No, *questo* era qualcosa di più.

Le nostre lingue si toccarono e il calore tra di noi passò dalla mia rabbia latente a qualcosa di torrido. Il suo profumo, il suo sapore, la pressione calda della sua bocca sulla mia. Il desiderio tra di noi divampò, vivo e palpabile, minacciando di appropriarsi del momento. Con l'ultimo brandello di rabbia e senso di disagio per la folla che ci stava guardando, gli diedi una piccola spinta.

Lucas resistette per un momento, quindi dovetti spingere un po' più forte. E nell'attimo in cui le nostre bocche si divisero vidi nei suoi occhi che non era pronto a far finire il bacio. Ci fissammo negli occhi e anche se era stato un bacio meraviglioso, non avevo ancora dimenticato che ero furiosa con lui.

E francamente mi stavo stancando di doverlo baciare per il divertimento e la soddisfazione altrui. I novelli sposi lo facevano continuamente, bla, bla, bla. Ma noi non eravamo i soliti sposini e, diversamente dagli altri, non ci baciavamo mai a meno che fosse per dare spettacolo o dare una conferma a chi ci guardava. Era frustrante, in parecchi modi.

Avevo ancora le guance calde, ma non sarei riuscita a dire se fosse per la rabbia, l'imbarazzo o quel bacio. Probabilmente un confuso miscuglio di tutte e tre le cose. Lo fissai socchiudendo gli occhi e mettendo ancora un po' di veleno nello sguardo. A quel punto Lucas si tirò completamente indietro e mi sentii immediatamente sollevata per la distanza tra di noi, sia fisica sia emotiva. Dopotutto, potevo sempre contare su Lucas perché si mantenesse emotivamente distante.

Potevo ringraziare il cielo per quella certezza.

Non è che non mi fidassi abbastanza di me stessa. Non proprio. Ma era sempre meglio avere un backup. La riservatezza di Lucas, il dono che aveva di saper mantenere la gente a distanza era il nostro asso nella manica. Non avrei potuto scegliere una persona migliore per far funzionare lo stratagemma. Anche se l'avevo deciso d'impulso e in modo completamente inconscio.

Comunque la sua riservatezza l'aveva aiutato a tenere segreto praticamente tutto riguardo la sua vita personale. E *quello* mi infastidiva.

Sarebbe stato utile sapere che i VanDenGenitori erano più ricchi di Creso. E a quanto pareva anche aristocratici stranieri. Che. Diavolo.

I genitori di Lucas, o, come avrei dovuto cominciare a considerarli, i miei suoceri, cominciarono a mischiarsi alla folla e il grosso gruppo si divise in gruppetti più piccoli. Poi praticamente ogni estraneo conosciuto all'umanità che avesse anche un micron di DNA in comune con Lucas mi diede il benvenuto nella famiglia VanDenRicconi. Finsi di essere la principessa Diana, con un sorriso appiccicato sul volto e un'educata stretta di mano. Almeno speravo di nascondere il fatto che dentro di me stavo urlando e il fatto che volevo andarmene da quel posto *tout de suite* .

Una donna bionda, alta, snella, sui trentacinque, dall'aspetto familiare, si avvicinò, con un grande sorriso sul volto. Accanto a lei c'era un uomo attraente, più giovane, che tenne entrambi i loro bicchieri mentre lei mi stringeva la mano.

L'avevo già vista ma non riuscii a decidere quando l'avessi conosciuta. Cominciai immediatamente a frugarmi nella mente per cercare di ricordare quando e in quale contesto.

«Salve. Sono Lindsay Walker, la cugina di Lucas da parte di sua madre. Mi sembri veramente familiare. Lavori alla Draco, vero?»

Ecco , dove l'avevo vista! Era un'amica di Adam... o forse di Jordan? O di entrambi?

Annuii, infilando una ciocca di capelli ribelli dietro l'orecchio e desiderando improvvisamente di averli raccolti alla bell'e meglio. Ma mi sarei sicuramente guadagnata la disapprovazione di tutti gli aristocratici presenti.

Ricordai di colpo dove avevo conosciuto Lindsay. «Sì. Ci siamo già incontrate. Non eri a quella dimostrazione di VR lo scorso anno? Non molto prima che la società entrasse in borsa. Sei un'amica di Adam, se ricordo bene.»

Lei sorrise e diede un'occhiata enigmatica a Lucas, che, prevedibilmente, rimase impassibile. Un attimo... Mia non aveva detto qualcosa sul fatto che Adam e Lindsay si erano frequentati molto tempo prima? Non riuscivo a immaginarlo, nemmeno sforzandomi.

«Lucas è in debito con me per quel piccolo favore.» Lindsay gli rivolse un sorriso scherzoso.

Lucas sbuffò ma non sembrò offeso. «Mi sono guadagnato da solo quel lavoro.»

Lindsay ammiccò. «Certo. Ma ti ho presentato *io* . Solo, ricordati di me quando sarai un famoso progettista di videogiochi.»

Lucas sbuffò di nuovo.

«Non è ciò che conosci, ma chi conosci. Penso sia proprio vero» dissi sorridendo anch'io sarcasticamente a Lucas. Sembrò più irritato con me che con Lindsay.

Anche se non potevo proprio essere io a parlare. Avevo ottenuto il lavoro perché Adam me l'aveva offerto quando avevo lasciato il Canada per venire nella California del sud. Avevo rinunciato a un buon lavoro quando ero venuta a stare con Mia durante le cure per il cancro e la sua convalescenza.

Ma non era stata l'unica ragione per cui me n'ero andata. Era stato un momento fin troppo conveniente per lasciare il mio paese di nascita. Avevo avuto bisogno di voltar pagina, cominciare da capo, in un luogo dove il passato e tutto lo stress relativo non mi avrebbero seguito. E per molto tempo non era successo, grazie al Mostro degli spaghetti volanti, la Grande dea gatta, Pan e il resto del Pantheon. Cercai di non pensare a quella lettera dello studio legale che non avevo mai letto. Speravo che sarebbe stato un caso isolato.

Lindsay sorrise, con gli occhi azzurri che andavano da me a Lucas. «Quindi immagino di potermi prendere indirettamente il merito per la vostra adorabile piccola storia d'amore, visto che vi siete conosciuti al lavoro?»

Storia d'amore, sì, giusto. Più che altro una storia *Dio come ti odio*, nel senso che avrei voluto dargli un pestone proprio in quel momento ma non potevo. Gesù Murphy. Ingollai il resto dello champagne in un sol sorso mentre Lindsay chiacchierava con suo cugino.

Un altro tizio, più basso e con i capelli più chiari di quelli di Lucas, apparve dall'altra parte di Lindsay, mentre il suo annoiatissimo compagno se n'era andato a prendere qualcos'altro da bere. Il nuovo arrivato mi fece l'occhiolino in modo sgradevole e mi rivolse un sorriso malizioso. Sospettai che avesse approfittato pesantemente delle libagioni molto prima che arrivassimo noi.

Il nuovo arrivato diede un colpetto alla spalla di Lindsay, che gli rivolse un'occhiata esasperata, scostandogli la mano. «Non infastidirmi» gli disse lei.

«È il compito primario di un fratello quello di infastidire le sorelle» ribatté lui.

Lucas fece un cenno col mento al nuovo arrivato, ma non sorrise. «Ehi, Henry.» Poi si rivolse a me, senza guardarmi negli occhi e spiegò in fretta. «Il fratello minore di Lindsay, quindi un altro cugino.»

Henry si chinò esageratamente sulla mia mano quando gliela offrii. Poi aumentò ancora la melensaggine baciandone il dorso e ammiccando di nuovo. Puah, questo era veramente un viscido. «Dato che adesso fai parte della nobiltà olandese, signora baronessa.»

Lucas si irrigidì. Quando si raddrizzò, Henry gli rivolse un sorrisetto compiaciuto, con le sopracciglia che andavano velocemente su e giù. Doveva essere una specie di codice tra maschi per dire che soddisfacevo il livello minimo di figaggine, secondo lui. Cielo, quanto erano disgustosi.

«Ehi, Lucas, ti avviso. Sono quasi sicuro di aver visto la tua ex-moglie, nel caso nessuno ti abbia avvertito.»

Le spalle di Lucas divennero rigide e sembrò che qualcuno gli avesse infilato un bastone nel culo talmente a fondo che gli sporgeva dalle narici. Poi ispezionò con gli occhi l'area intorno alla piscina, evitando accuratamente di guardarmi.

Che ca...? Adesso, di colpo, c'era un'ex moglie? Che cosa diavolo era questa stronzata?

Lucas non era mai stato sposato... o sì? Henry stava solo cercando di essere impertinente riferendosi a un'ex-ragazza con quel termine? Tornai a guardare Lucas. Era ora che mi desse qualche spiegazione. E non avevo intenzione di aspettare finché fossimo arrivati a casa. Era troppo, e non era giusto da parte sua continuare a tenermi sulle spine per tutta la sera.

Mi sforzai, *a fatica*, di non digrignare i denti. Ma interruppi Lindsay mentre stava raccontando una storia buffa su un vecchio cliente che aveva fatto causa al cane del suo vicino per aver masticato il tubo dell'acqua.

Mi schiarii forte la voce. «È stato un piacere rivederti, Lindsay e conoscere te, Henry. Ora dovete scusarmi, ma devo andare a incipriarmi il naso. Lucas? Mi potresti indicare dove?»

Lucas mi tolse di mano il bicchiere vuoto, appoggiandolo su un vassoio lì vicino. Poi si scusò con i suoi cugini e si fece strada tra i gruppetti di gente per tornare in casa. Lo tallonai e, fortunatamente, camminava abbastanza in fretta da non essere fermato da nessun invitato beneaugurante.

Una volta dentro casa, gli strinsi forte il braccio muscoloso. Lui si voltò a guardarmi, lievemente sorpreso. «Devo parlare con te in privato, *tesoro*» borbottai a denti stretti, fulminandolo con gli occhi. Lui mi diede un'occhiata ed ebbe il fegato di esitare. Come se temesse quello che avrei potuto fargli in privato.

Abbi paura, amico, molta paura.

Peccato che non indossassi le mie scarpe più a punta. Avrei veramente potuto fare dei danni alla sua zona inguinale con quelle. Diversamente dalla maggior parte dei novelli sposi, quella parte della sua anatomia non mi serviva. Doveva solo essere in grado di parlare e respirare per l'imminente colloquio. Potevo trasformarlo in un eunuco e nessuno lo avrebbe saputo, tranne lui e me.

Lucas ci stava già portando in una parte tranquilla della casa. Lungo un corridoio spoglio in quella che potevo solo descrivere come un'ala "di servizio". Probabilmente una zona in cui i sangue blu della casa non si sarebbero mai degnati di avventurarsi.

Lì non c'erano domestici. Solo la prova che lavoravano in quest'area: una stanza da bagno con un cartello con i turni di servizio. Un calendario sulla parete con note e messaggi. E una gigantesca lavanderia nella quale entrammo.

Avevo visto lavanderie a gettone più piccole di questa riservata ai VanDenBlingBling. Lucas chiuse quasi completamente la porta e poi si voltò a guardarmi con un'espressione seria.

In risposta, divenni ancora più rigida e ripiegai le braccia sul petto. «Che cazzo di cazzo, Lucas?»

Lui fece spallucce. «Mi dispiace. La mia famiglia esagera sempre. Avevano detto "cena di famiglia" e avevo supposto che ci sarebbe stata *solo* la famiglia, non che fosse l'evento sociale dell'anno.»

Sbattei gli occhi. Alla faccia di non capire un accidente.

«Non potrebbe fregarmi meno del ricevimento, Jedy Boy. Ma avrei apprezzato, sai, un preavviso decente su tutte queste stronzate alla Downton Abbey.»

Lui si acciglià, ma non rispose.

«Voglio dire… *questa* è la tua famiglia. Follemente Ricchi Caucasici? Chi diavolo *sei* tu e perché lo scopro solo adesso?»

Lucas alzò nuovamente una spalla, esasperandomi ancora di più e distolse gli occhi come se lo stessi annoiando con la mia isteria femminile. «Non credevo che avrebbe avuto un grande impatto per quel paio di volte in cui probabilmente li vedrai prima che finisca tutto. Se le cose fossero andate secondo i piani, non avresti mai nemmeno dovuto incontrarli.»

Lo guardai a bocca aperta, gesticolando selvaggiamente. «Bel modo di ridare la colpa a me. *Di nuovo* .»

Il suo sguardo era diretto e duro, come una freccia spietata lanciata dalla prima linea. «Sto solo affermando un dato di fatto.»

«Un fatto *alternativo* .»

Lucas si passò le mani tra i capelli, sbuffando.

«Che cosa diavolo stavi cercando di ottenere tenendomi all'oscuro, senza prepararmi. Volevi darmi una lezione per aver involontariamente rivelato che eravamo sposati?»

Lucas sospirò. «Sto solo cercando di minimizzare l'impatto di questa serata e le sue ripercussioni su di te *o* su di me.»

Che diavolo voleva dire?

«Sto solo dicendo che hai avuto quasi un'intera settimana per informarmi che ero entrata a far parte della famiglia reale olandese.»

«Okay allora… la mia famiglia è piena di soldi. Fa differenza? Saranno tutti degli estranei per te l'anno prossimo.»

«E questa faccenda della baronessa? Che diavolo significa poi? Perché ci hanno chiamati il barone e la baronessa VanDenLucasfaschifo?» Lucas strinse i denti, chiaramente irritato dalla mia nuovissima iterazione del suo nome di famiglia.

Si pizzicò la pelle del ponte del naso, e la luce scarsa fece brillare il suo anello nuziale e i gemelli dall'aspetto costoso. «Probabilmente dovrai imparare il nome dato che, essenzialmente, adesso fai parte della famiglia.»

«Tu non lo usi nemmeno. Perché? Per poter essere un aristocratico che cammina in mezzo a noi borghesucci e le sporche masse?»

Lucas strinse le labbra. «Non facciamo parte della famiglia reale.» Poi si portò la mano al collo, come se volesse allentare la cravatta mentre si schiariva la voce. Sbattei gli occhi, perplessa. Poi parlò di nuovo. «Mio padre è un barone.»

«Cosa?»

Lucas sospirò, ancora una volta come se lo stessi annoiando. «I familiari diretti e i loro coniugi ricevono il titolo di cortesia. È così che funziona se fai parte di una famiglia nobile. Mio nonno è emigrato negli Stati Uniti dall'Olanda e sì, aveva un titolo nobiliare, ma non significa più niente. Là la nobiltà è esattamente come tutti gli altri, qui ancora di più. Non usano nemmeno i loro titoli nelle conversazioni e questo rende mio cugino ancora più un coglione per averci annunciato in quel modo.»

Sbattei le palpebre, cercando di comprendere quel flusso di nuove informazioni. «Ma non si sbagliava, vero? È veramente il tuo titolo?»

Lucas esitò, con i pugni che si aprivano e chiudevano lungo i fianchi. Era interessante vederlo in una situazione così, lui così normalmente calmo, composto, volitivo. Ma sì, ero ancora irritata a morte con lui. «Sì.»

Sentii le guance bollenti di rabbia e... shock, immagino. «Cazzo.»

«Già, probabilmente dovrai cominciare a frenarti. L'aristocrazia disapprova le imprecazioni eccessive.»

Oh, stava cercando di essere divertente. Strinsi un pugno e lo alzai, facendo un passo verso di lui, con l'intenzione di chiedergli che ne pensassero della violenza domestica. Lucas sgranò comicamente gli occhi.

Accidenti, se solo non mi fosse servito senza lividi nel poco tempo che mancava al colloquio. E se tecnicamente non fosse stata violenza coniugale, lo avrei preso a calci in culo proprio in quel momento. «Non è il momento per scherzarci su. E che cos'era quella notiziola riguardo a un'ex-moglie?»

Lucas scosse la testa. «Non ho nemmeno il tempo di parlarne adesso.»

Tesi le mani, con il palmo in alto, indicando intorno a noi. «Come, hai intenzione di liquidarmi in questo modo dopo aver tenuto nascosto quel piccolo particolare? Gesù, Lucas...»

«Te ne parlerò più tardi. Ma se Claire si avvicina a te stasera, evitala come la peste.»

La mia faccia bruciava ancora di più. Come diavolo sarei riuscita a farlo? Non avevo nessuna informazione e lui non era corretto. Avevamo il colloquio all'immigrazione tra due brevi settimane. Non solo non sapevo praticamente niente del suo ambiente familiare, ma aveva un'ex-moglie. Una che avrebbe potuto mettermi in difficoltà. «Cazzo. Ho seriamente intenzione di...»

Questa volta cercai di colpirlo. Nonostante le mie parole, non lo feci seriamente. Era solo la salva di avvertimento, perché chiaramente non stava capendo quanto fosse profonda la mia rabbia.

Lucas schivò facilmente per evitare il mio pugno, fissandomi come se fossi pazza.

Non ebbe la possibilità di reagire perché fummo interrotti da un finto ma educato colpetto di tosse che veniva dalla porta. Entrambi voltammo la testa verso l'interruzione.

Era una giovane donna, più o meno alta come me. I capelli scuri erano elegantemente raccolti con delle sottili ciocche lasciate sciolte che le accarezzavano le guance. Era vestita molto elegantemente, dalle Louboutin coperte di cristalli con i tacchi da otto centimetri, al miniabito rosso-arancio che lasciava una spalla scoperta. Come se fosse uscita dalle pagine di moda di People Magazine. O come se fosse stata prelevata da un'escursione di famiglia dei Kardashian-Jenner. Se per escursione di famiglia, si intendeva andare per club fino alle quattro del mattino.

Era l'ex-moglie? Sentii lo stomaco che si stringeva.

I grandi occhi castani studiarono attentamente Lucas e poi me. «Uh, ehi. Mi hanno mandato a cercarvi per la cena. Erano tutti preoccupati e pensavano che foste scappati dal retro. Cosa che non avrebbe veramente sorpreso nessuno.»

No. Invece era stata testimone del nostro "litigio da innamorati" completo di tentativo di colpire Lucas. *Perfetto* .

Lucas si strofinò imbarazzato la guancia. Come se il pugno l'avesse veramente raggiunto.

«Beh, non mentirò dicendo che non mi era passato per la testa.» Poi il suo volto si aprì in un sorriso insolitamente ampio. «Ehi, sorellina, bello vederti.»

Lei inarcò le sopracciglia castano scuro. «Non ti facevi vedere da un pezzo.»

Ero al contempo sollevata che non fosse l'ex-moglie ma anche mortificata perché la nuova arrivata era mia cognata. Sospiro interiore. La giovane donna mi diede un'occhiata e poi guardò Lucas, come per invitarlo a parlare.

Lucas si voltò di scatto verso di me. «Oh, questa è mia sorella, Julia. Julia, questa è Katya, mia moglie.»

Julia sembrò lottare per non sbuffare mentre si faceva avanti per darmi la mano. «Mio fratello ha sempre avuto delle maniere orribili. È meraviglioso conoscerti.» Sorrise un po' a fatica e ispezionò in fretta il mio abbigliamento prima di rivolgersi di nuovo al fratello «Matrimonio segreto? Romantico. Mi sarei arrabbiata di più se mi avessi volutamente escluso dall'organizzazione della cerimonia. Anche se a essere sincera, ne ho avuto abbastanza con il primo. Spero che la cerimonia sia stata piacevole.»

Lucas e io ci guardammo e io rividi gli alberi di palma rossi sulle piastrelle bianche. E lo stupido jingle della pubblicità degli In-N-Out. *Ecco che cosa significa un hamburger.*

«Uhm, sì, è stato un gran matrimonio. Semplice. Avevamo l'ingrediente principale. *L'amore* . Ecco che cosa significa un matrimonio.» Ero così orribilmente tentata di canticchiare l'ultima frase al ritmo del jingle. Ne sarebbe valsa la pena solo per vedere l'espressione sul volto di Lucas.

«Bene» disse Julia, con un altro sorriso finto. «Non vedo l'ora di conoscerti meglio. E spero che signifíchi che ti vedremo più spesso, Lucas. Ma adesso aspettano tutti voi due prima di sedersi a tavola. Siamo piuttosto formali qui con questo tipo di eventi» spiegò.

Julia ci voltò le spalle, probabilmente per alzare gli occhi al cielo e nascondere il suo disprezzo per me. La cosa certa era che mi odiava già. Appena voltata, mandai a Lucas lo sguardo più fulminante che riuscii a trovare.

Lui mi afferrò la mano, intrecciando le dita con le mie e mi tirò con sé.

Una processione per andare a cena. Com'era VanDenDowntonAbbey. Quasi mi chiesi se avrebbe partecipato sua maestà la regina.

CAPITOLO NOVE
LUCAS

«C'è Claire» mi sussurrò Julia all'orecchio e da come Kat aveva girato la testa capii che aveva sentito. «Mi dispiace, l'avevo invitata prima che la mamma mi informasse che si trattava di festeggiare il tuo matrimonio a sorpresa.»

Certo, perché doveva invitarla. *Maledizione*. I miei congiunti sembravano avere una strana difficoltà a riconoscere che Claire non faceva più parte della famiglia. La cosa era particolarmente scioccante, visto il brevissimo tempo in cui ne aveva fatto parte.

La cena fu formale, esattamente come ci aveva informato Julia, seduti, con varie portate, segnaposto e roba del genere. Ero seduto tra mia madre e Kat mentre mio padre, seduto dall'altro suo lato, tempestava mia moglie di domande. Mantenne un flusso costante di chiacchiere durante tutta la cena, e ne sentii la maggior parte perché mia madre quasi non mi parlò. Forse stava tenendo il broncio perché l'avevo tagliata fuori dalla cerimonia nuziale e non l'avevo avvisata abbastanza in anticipo perché potesse tentare di dissuadermi.

O forse stava solo mantenendo le apparenze, da educata padrona di casa. La sua priorità era sempre stata quella di proteggere la sua immagine perfettamente costruita.

A tavola le maniere di Kat erano corrette, con mio sommo sollievo, anche se non usava lo stile continentale che preferiva la mia famiglia. Ma questo non ne faceva un'eccezione tra i tanti ospiti.

«Lavori veramente in contatto con Lucas alla società di videogiochi?» le chiese mio padre.

Kat, che si era appena messa in bocca un boccone di carne, annuì entusiasticamente mentre masticava. «Lavoriamo al reparto del controllo qualità.»

«Quindi state seduti e giocate tutto il giorno? Capisco perché Lucas ami tanto il suo lavoro» disse con una risatina e lo stesso tono insultante che usava da tutta la mia vita. Bello. *Stronzo*.

«In effetti, c'è molto di più» rispose Kat dopo aver deglutito. «Non si tratta di giocare. È un lavoro molto meticoloso. Dobbiamo collaudare ogni aspetto del gioco. In realtà il nostro lavoro è *rompere* il gioco in tutti i modi possibili, per determinarne la durabilità e la giocabilità una volta sul mercato. Ci vuole occhio, un mucchio di pazienza e una particolare attenzione ai dettagli. E di solito deve essere fatto in fretta, abbiamo scadenze molto strette. È il motivo per cui Lucas è così bravo. La sua capacità di concentrarsi sui dettagli è impressionante.»

Aggrottai la fronte, sorpreso. Non l'avevo mai sentita complimentare direttamente le mie capacità. Aveva espresso ammirazione, ogni tanto, più che altro nel ruolo di cheerleader. E non pensavo che fosse perché era una delle due uniche donne che lavoravano nel nostro reparto, no. L'entusiasmo di Kat e la sua etica lavorativa superiore al normale mantenevano alto l'entusiasmo della nostra squadra, pronta per qualunque cosa ci venisse scaraventata addosso. Era perfetta per il gioco di squadra e ci faceva superare gli ostacoli con il suo costante buon umore e la sua energia.

E tutto questo oltre a essere la mia arma segreta.

«È sempre stato così» disse mio padre, guardando Kat con gli occhi socchiusi. «E ne ha fatto buon uso, vedo, insieme al suo gusto impeccabile per le belle donne.»

Disgustoso. Mi chinai per creare una distrazione, in modo che Kat non dovesse ascoltare altre stronzate da parte sua, ma mia madre mi interruppe.

«Porterai Katharina alla riunione di famiglia il mese prossimo, spero» disse dandomi una gomitata.

Le diedi una breve occhiata. Ah, eccolo il motivo per cui stava trattenendo la rabbia nei miei confronti. Voleva qualcosa. Che partecipassimo alla riunione di famiglia. *Sul serio?*

Avrei preferito farmi cavare un dente senza anestesia, a essere sincero.

Io mi sentivo a malapena parte di questa famiglia e avevo seri dubbi che avrebbero fatto sentire minimamente benvenuta Katya. Li conoscevo troppo bene. Adattarsi all'immagine che volevano proiettare al mondo o affrontare la loro ira.

Oppure fare quello che avevo fatto io e sparire per oltre sei mesi.

«Probabilmente no. Abbiamo parecchie cose in ballo quest'estate col lavoro. E Kat ha anche lei dei programmi per quest'estate. E c'è questa nuova posizione lavorativa che...»

«Sarebbe veramente bello darle il benvenuto nella nostra famiglia, Lucas. E vorremmo vedervi di più, ovviamente. Per favore parlagliene.» A quanto pareva non aveva intenzione di lasciarsi scoraggiare.

Digrignai i denti, cercando di gestire l'irritazione per essere stato interrotto. Come sempre, non era minimamente interessata a sentire del mio lavoro o dei miei programmi. Oppure della mia vita in generale, a parte questo nuovo sviluppo. Ero stato stupido a pensare che le cose potessero essere cambiate.

«Vedremo.» Ma non avevo intenzione di sottoporre Kat, o me stesso, a giornate di imbarazzanti festività familiari. Per non parlare poi del rapporto artefatto e, DNA a parte, il nulla che avevamo praticamente in comune.

«Vedo che non stai bevendo il vino, Katharina...» disse mio padre verso la fine della portata principale.

«Ah, uhm, in effetti non sono una bevitrice di vino. Ma mi piace la birra.»

Si sarebbe potuto pensare che avesse ammesso di scuoiare vivi degli animaletti o roba simile. Le teste si voltarono, le posate ricaddero nei piatti, mormorii dappertutto. La gente la fissava. Le sopracciglia di mio padre si arrampicarono sul cranio. *Oh, Dio onnipotente.*

«Dovremo insegnarti a godere alle gioie dell'uva. Quel bicchiere contiene un po' del miglior Cabernet Sauvignon del nostro vigneto di famiglia. Del 2008, credo. Un anno asciutto. Più duro il clima, migliore è il vino.»

Kat sbatté gli occhi, visibilmente scossa. «Il vigneto di famiglia... cioè il vigneto della *vostra* famiglia.»

«Sì, e l'azienda vinicola. A Napa. *Turning Windmill Winery* , fondata nel 1986.»

Kat arrossì fino a diventare rosa cupo. «Ah, allora credo che berrò sicuramente un po' di vino.» Afferrò il bicchiere e scolò mezzo bicchiere in un sol sorso. Dovetti mettermi un pugno davanti alla bocca per coprire la risata che era salita spontanea.

Fortunatamente mia madre non l'aveva vista. Era più concentrata sulla sua conversazione con mia cugina Lindsay e il suo nuovo boyfriend che non sul rozzo tentativo di Kat di assaggiare l'etichetta di famiglia.

Kat riprese finalmente fiato, con tanto di baffi viola e annuì vigorosamente. «Oh, sì, è un vino eccezionale. Così buono.» Poi si tamponò le labbra con un tovagliolo dello stesso colore.

Il resto della cena seguì lo stesso andazzo. Fu particolarmente divertente quando mio padre scoprì che Kat era canadese. Spalancò gli occhi e sembrò che volesse chiederle se andava regolarmente a caccia di alci e se usasse i palchi di corna come decorazioni o se vivesse in una yurta.

Già. Alcune cose non cambiavano mai.

Dopo cena, la gente uscì ordinatamente dalla sala da pranzo e tornò sulla terrazza a guardare il tramonto. Invece di spostarsi con loro, mio padre mi agganciò il braccio e mi chiese di andare nel suo studio. Ah, così, a quanto pareva era ora per il "discorso". Speravo che avesse deciso di evitarlo, ma niente da fare.

E come sfortuna vuole, la prima moglie, non la seconda, mi stava aspettando nel foyer. Anche se sarei stato un illuso a pensare che fosse un caso, perché Claire si stava attardando, mentre gli altri le passavano accanto per andare in terrazza.

«Lucas…»

La guardai, ma mi voltai in fretta, come se la prossima riunione fosse urgente. Diversamente da Kat, Claire era una taglia zero, magra come un chiodo con lucenti capelli scuri. Come per fare effetto, si stava torcendo le mani dalla manicure perfetta. Una volta avevo pensato che fosse bella. Non riusciva nemmeno lontanamente a reggere il confronto con Kat.

Claire era anche una donna che, per molto tempo, non potevo nemmeno guardare senza sentirmi nauseato, frustrato e arrabbiato. Ma mi ero lasciato tutto alle spalle da parecchi anni oramai.

Ora non provavo assolutamente niente. *Grazie al cielo.*

Potevamo anche essere stati sposati una volta, ma da allora era stata una completa estranea per me per dodici volte il tempo che era durato il nostro matrimonio. Se in qualche modo non si fosse attaccata alla mia famiglia non avrei mai più dovuto vederla. Ma, sfortunatamente, così come andavano le cose, appariva praticamente a ogni evento di famiglia, dandomi un ulteriore incentivo a restare lontano.

Quella sera non ero dell'umore giusto nemmeno per salutarla o chiederle come stava. Mi fermai e aspettai quando si piantò sulla mia strada per la performance melodrammatica che mi avrebbe senza dubbio riservato.

«Uhm.» Claire si morse furiosamente il labbro, guardandosi attorno. «Io... io volevo solo congratularmi con te e augurarti tanta felicità. Voi due sembrate molto felici.» Sbatté gli occhi un paio di volte, come per dare l'illusione di lottare contro finte lacrime. Lacrime inesistenti.

Annuii. «Grazie. Sì, siamo molto felici.» E poi mi voltai per andarmene.

Claire mi guardò a bocca aperta. «Non hai niente da dire a *me*? Come, per esempio, che avrei dovuto essere avvertita o roba simile?» Stava praticamente strillando.

Mi voltai, perplesso. «Avvertita? Di che cosa?»

Lei alzò le spalle e abbassò la testa, continuando a sbattere furiosamente gli occhi e questa volta aggiungendo un tremito alla voce. «Sul fatto che ti stavi risposando. In modo che non dovessi sentirlo dalla tua famiglia dopo essere arrivata qui stasera.»

La guardai stupito. «Non avevo nemmeno idea che fossi stata invitata. Quindi no. Non ho niente da dirti.»

Era probabile che avesse già detto a tutti quelli della nostra cerchia quant'ero stato ingiusto. Oppure si era lamentata perché non avevo accettato di riprenderla quando lo aveva voluto... no quando lo aveva *preteso* . Oppure aveva espresso a voce alta il desiderio che io e la mia nuova moglie ci dividessimo prima del nostro primo anniversario di nozze. Rimpiangevo solo il fatto che Claire avrebbe visto avverarsi quella previsione, che le avrebbe confermato che come marito facevo schifo.

Ma comunque non riuscì a far sì che me ne importasse qualcosa.

Strinse gli occhi fino a ridurli a due fessure. «Beh, spero certamente che non la taglierai fuori come...»

«Qui abbiamo finito» la interruppi prima che ricominciasse con il giochetto di assegnare colpe. Eravamo divorziati da sei anni. Non solo era passata tanta acqua sotto i ponti, quell'acqua era arrivata al mare ed era evaporata fino a diventare una tempesta sul Pacifico molto tempo prima. «Addio, Claire.»

Quando le voltai le spalle per dirigermi verso il corridoio che portava allo studio, riuscivo a sentire che era ancor lì, a fissarmi.

Ciò nonostante, mi fermai per un momento davanti alla porta dello studio, inconsciamente raddrizzandomi la giacca prima di entrare. Mio padre era seduto dietro la grande scrivania di quercia che era appartenuta a mio nonno e che, un tempo, aveva avuto il posto d'onore nel grande studio della casa ancestrale a Utrecht. Il cuoio rosso scricchiolò quando si sistemo e indicò con un gesto plateale la comoda poltrona bergère davanti. Vederla mi riportò immediatamente alla mente le sue severe prediche quand'ero un bambino. O le ore di consigli non voluti e non ascoltati che mi ero sorbito da adolescente. Scelsi di non sedermi, ma mi slacciai la giacca e infilai le mani in tasca.

Lui inarcò un sopracciglio senza parlare, e prese un decanter di cristallo intagliato e due bicchieri abbinati. Scotch invecchiato, il suo preferito. Dopo aver versato, spinse il bicchiere verso di me e cominciò immediatamente a sorseggiare il suo. Quasi mi misi a ridere pensando a come sarebbe potuto apparire quell'immagine a un estraneo che fosse entrato, come Kat, con la sua allusione a tutta quella faccenda di Downton Abbey. Tutto ciò che ci mancava erano un paio di sigari cubani, un paio di eleganti giacche da camera di seta e un accento britannico molto snob.

Lasciai il mio bicchiere intatto sul tavolo, mentre lui beveva un lungo sorso dal suo prima di appoggiarlo, dandomi un'occhiata curiosa. Mio padre era sui cinquantacinque e preferiva di gran lunga i manierismi europei e il comportamento della sua aristocratica famiglia del vecchio mondo. Qui nella California del sud, era un anacronismo vivente. La discordanza non sarebbe stata altrettanto evidente se avesse scelto di vivere sull'altra costa del paese. Così com'era, gesti formali e rigidi e la California non andavano molto d'accordo.

Aspettai che parlasse. Era così che ero stato educato e le vecchie abitudini faticavano a morire, anche quando avresti veramente voluto farle fuori.

Mio padre si schiarì rumorosamente la voce e poi alla fine sputò il rospo. «Allora, qual è la storia vera con questa donna. L'hai messa incinta?»

Strinsi le labbra per evitare di sbuffare, per nulla sorpreso che avesse scelto di cominciare con quello.

«Con "questa donna" intendi dire mia *moglie*?»

Lui agitò mollemente la mano, sì, agitò letteralmente la mano con le dita allargate in aria, in un gesto sprezzante. «Sai che cosa intendo dire. Lo sto dicendo solo perché lo pensano tutti.»

Inarcai le sopracciglia. «Ah, davvero?»

Fece spallucce. «Un mucchio di sguardi sul suo punto vita. Forse non l'avevi notato.»

«Ho solo notato gente che ammirava una bella donna.» Era vero che avrei potuto dargli una risposta diretta e mettere a tacere le paure sue e, a quanto pareva del resto del mondo. Ma mi dava non poco piacere farlo sudare un po'.

La figura paterna piegò di lato la testa e mi rivolse quella, che ne ero sicuro, pensava fosse un'occhiata maliziosa. «È vero che le tue mogli diventano progressivamente più carine, devo concedertelo. Speriamo che riesca a far restare questa.»

Ignorai l'evidente frecciata. «Sono sicuro che hai risposto alla tua stessa domanda servendo champagne appena siamo entrati. E ovviamente c'era la faccenda di chiederle perché non bevesse vino a cena.»

Un'altra di quelle sue irritanti strette di spalle. «Volevo solo assicurarmi di non finire nonno a sorpresa.»

«Beh, dalle tempo, e mia sorella potrebbe aiutarti.» Ripiegai le braccia sul petto mi appoggiai alla parete rivestita di librerie. L'odore dei libri riccamente rilegati in cuoio che non aveva mai letto mi salì alle narici. Almeno il personale manteneva le apparenze non permettendo mai che diventassero polverosi.

Il suo sguardo freddo restò su di me finché ruppi il silenzio teso. «A che cosa devo l'onore di questa grande udienza?»

Mio padre si appoggiò allo schienale, sospirò e strinse gli occhi. «Non stai risparmiando il sarcasmo stasera, vero?»

«Possiamo arrivare al sodo, per favore?»

Quando si spostò per accavallare le gambe, in una posa altezzosa, il cuoio protestò scricchiolando. «Non sei proprio nelle condizioni di avere questo atteggiamento. Hai portato questa nuova persona nella nostra famiglia senza un minimo di preavviso. Non ce l'hai nemmeno presentata prima. Pensavo avessi giurato di non sposarti più dopo l'ultima volta. Anche se ti aveva pregato di riprenderla. Hai visto un bel visino e hai permesso ai tuoi ormoni di prendere il sopravvento? Oppure... c'era qualcos'altro?»

Mi grattai la fronte con un'unghia, appena sopra il sopracciglio. «Sembra che tu ti stia ponendo domande sulla mia salute mentale.» *Di nuovo* . «Che cosa viene adesso? Devo aspettarmi la minaccia di farmi internare contro la mia volontà?»

Mio padre strinse gli occhi. «È stato tanto tempo fa...»

«Eppure tiri ancora in ballo Claire e le sue messinscene quando ci siamo separati. Anche quello è successo molto tempo fa. Bella mossa, comunque, invitarla qui stasera. Non è stato imbarazzante, nooo...»

Lui alzò le spalle. «È stata tua madre, non io. È l'amica più intima di Julia.» Mio padre distolse lo sguardo da me e sembrò pensieroso. «Sarò sincero. Il tuo comportamento ci preoccupa.»

Ah, eccola. La *preoccupazione* . Lucas stava avendo "un'altra crisi". Era ora di radunare le truppe e cominciare a strapparci nuovamente i capelli! Che cosa penseranno i vicini?

«L'ultima volta in cui ho controllato, non avevo bisogno di discutere le decisioni importanti della mia vita con voi per farvele approvare. Ho ventisei anni.»

Non gli piacque quel piccolo promemoria. Tutte le mie scelte dal giorno in cui mi ero lasciato alle spalle la mia vecchia vita avevano rinforzato quella convinzione e lo infastidiva ancora regolarmente.

«L'ultima volta in cui ho controllato *io* , sono ancora tuo padre e tu fai ancora parte di questa famiglia. Presentarcela in anticipo sarebbe stata la cosa opportuna da fare.»

Rimasi in silenzio, e ci volle uno sforzo notevole per impedire alle parole di sfuggirmi dalla bocca. *Vi ho dato tutto il preavviso che vi meritavate.* Maledizione. Era un matrimonio finto, certo. Le stronzate che mi stava scaricando addosso, il passato, la sua "preoccupazione" egoistica, non avrebbero dovuto toccarmi.

Invece mi stava facendo ribollire di rabbia repressa, facendo esattamente quello che avevo sperato non facesse, riportare l'attenzione sul mio passato e gettarmelo in faccia.

Il coglione stava sottintendendo che l'unico motivo per cui mi sarei degnato di sposare qualcuno come Katya era perché l'avevo messa incinta. O che le avevo permesso di manipolare me e i miei ormoni. O che ero malato di mente. E questo mi fece incazzare ancora di più. Non sapeva niente né sembrava voler sapere niente di lei. Sua nuora.

Si portò il bicchiere alle labbra per un altro sorso, poi si chinò all'indietro con un lungo sospiro. «Spero che le avrai fatto firmare un accordo prematrimoniale.»

Altro carburante per la brace rabbiosa che minacciava di trasformarsi in fiamme vive. Mi strofinai la guancia e lottai per tenere il sorriso sulle labbra prima di lasciar cadere l'ultima bomba. «Non c'è nessun accordo prematrimoniale.»

Mio padre impallidì visibilmente, con la bocca che si stringeva come se avesse succhiato un limone. *Dieci e lode per l'espressione drammatica, caro padre.*

«Non sarà necessario.» Non riuscii a fare a meno di rigirare ancora un po' il coltello. «Non ho toccato il fondo fiduciario e non ho in programma di farlo.»

Lui si strofinò la fronte. «Nessuno può toccare quei soldi eccetto tu. Non posso farci niente. È stata opera di tuo nonno.»

Con tuo sommo dispiacere, lo so.

«Possono restare dove sono e maturare interessi. Forse se li potrà godere il mio erede, se ne avrò uno.»

Lo sguardo disgustato che mi rivolse mi fece quasi ridere. Chi, sano di mente, avrebbe rifiutato un fondo fiduciario a nove cifre? Ma dato che mio padre aveva deciso molto tempo prima che non avevo la testa a posto, perché non continuare a tenerlo sulle spine?

«Il tuo comportamento negli ultimi sei anni mi ha più che sconcertato. Non ti capisco.»

Annuii freddamente. «Chiaramente.»

Lui scosse la testa con ancora un po' di quella finta preoccupazione. «Lo tratti come fosse un gioco. Anche adesso. Devi crescere. Spero che questa ragazza...»

«Si chiama Katya. Tua nuora, Katya.»

«... sia quella giusta per te e che funzioni. Forse avrai imparato a essere un marito migliore questa volta. Altrimenti sarà un divorzio maledettamente costoso.»

O, non ne aveva idea. *Nemmeno una* . Mi venne in mente una nuova idea. Magari avrei trasferito tutto a lei quando avremmo divorziato. *Problema risolto.*

E questa stronzata riguardo all'essere un marito migliore, anche se faceva male, era divertente, venendo da un uomo la cui fedeltà, negli anni era stata perlomeno dubbia.

«C'è qualcos'altro o posso tornare alla festa e a mia moglie?» Sfortunatamente non riuscii a evitare di mostrare la mia irritazione.

Si alzò, riempì nuovamente il bicchiere e lo alzò, bevve un altro sorso e mi guardò freddamente da sopra il bordo. «Sei libero di fare quello che vuoi, figliolo, è come ti comporti da anni. Peccato che i divorzi esistano solo per i coniugi e non per gli altri membri della famiglia, vero?»

Scosse la testa e mi lasciò lì nel suo studio. Probabilmente l'unico modo per avere l'ultima parola era di andarsene appena l'aveva detta.

Fanculo, Arent van den Hoehnsboek van Lynden.

Andai alla sua scrivania, afferrai il bicchiere di whisky ancora intatto che aveva versato per me o lo scolai tutto. Bruciò così forte che mi vennero le lacrime agli occhi mentre il liquido dal sapore affumicato si faceva strada, rovente, nell'esofago.

Lo pensavano tutti? Che avessi perso la testa. Tolsi il tappo al prezioso decanter e mi versai un altro bicchiere. Insaponare, sciacquare, ripetere.

Ricordi di quel periodo: l'enorme groppo di ansia costante nello stomaco e in gola. Il modo in cui tutto ciò che avevo intrapreso era diventato cenere. Le telefonate continue.

La mancanza di sonno. La morsa intorno al petto che mi rendeva difficile tirare il fiato e che rendeva il successivo quasi impossibile. Strinsi forte gli occhi come se potessi chiudere fuori il caleidoscopio di immagini, sensazioni e parole che mi passavano nella mente. Un altro bicchiere.

Non smisi finché non finii il terzo.

La stanza cominciava a diventare leggermente sfuocata. Il calore si stava diffondendo dentro di me, ma non riusciva a coprire la rabbia interiore. In un certo senso, stavo ancora portando il lutto per il giovane uomo che ero stato una volta. Era stato ucciso la notte in cui le persone di cui mi fidavo di più al mondo mi avevano piantato un coltello nella schiena.

Fanculo anche voi, Claire. Mamma. Julia.

Uscii dallo studio, vagamente conscio di non camminare esattamente in linea retta. Inspiegabilmente, volevo stare accanto a Kat. Di lei mi potevo fidare. Di tutte le persone che c'erano lì, incluse quelle cui dovevo la mia vita, lei era l'unica di cui mi potessi fidare.

Avevamo avuto i nostri momenti ma il suo modo di trattarmi era sempre stato sincero. Sempre. Niente cazzate.

Questa famiglia aveva bisogno di molto meno cazzate. E volevo uscire da questo maledetto mausoleo con Katya. *Subito* .

Avevo bisogno di lei adesso e, per un breve periodo, lei era ancora mia.

Mia.

La trovai sulla terrazza dietro la casa che parlava con mia sorella Julia e le due sue amiche più intime: Claire e la nuova moda del momento di cui non riuscivo mai a ricordare il nome. Una bionda effervescente con una voce che faceva sembrare avesse appena succhiato una tonnellata di elio.

Le tre avevano messo mia moglie con le spalle al muro, anche se Katya non sembrava molto stressata. Strinsi i pugni. Con quello stormo di arpie avrei avuto timore per chiunque al suo posto.

Julia e Comediavolosichiamava, stavano annuendo, invitandola a continuare. Kat beveva piccoli sorsi d'acqua mentre parlava, mentre scrutava discretamente la zona intorno al loro gruppetto. Sembrava che anche lei volesse uscire di scena.

Beh, eccomi qui, il suo cavaliere alla riscossa. Avrei perfino sfidato lo stormo di arpie e la temuta ex per salvarla. Forse lo avrebbe perfino apprezzato.

Ovviamente, il fatto che volessi scappare a gambe levate voleva dire che le mie ragioni non erano esattamente altruistiche. L'avrei portata via dal gruppo e poi avremmo dovuto trovare il modo di andarcene. Riallacciai la giacca e mi avvicinai al gruppetto, mettendo una mano sulla schiena di Kat ed evitando gli sguardi apertamente curiosi delle altre tre donne.

«Lucas!» esclamò mia sorella, sgranando gli occhi. «Stavo giusto ammirando il favoloso vestito di Kat.» Alzò il telefono, che mostrava una fotografia lusinghiera di Kat che doveva aver fatto solo qualche minuto prima. Si rivolse a Kat. «Col tuo permesso, vorrei postarla. I follower del mio marchio di lifestyle lo adoreranno.»

Julia cominciò a scrivere sul telefono come se stesse cominciando il post senza aspettare il permesso di Kat, che sbatté gli occhi, stupita. «Hai un marchio di lifestyle?»

Julia annuì senza alzare la testa. «Mmm, sì. Forse ne avrai sentito parlare? Fløe. F-L-O con la O sbarrata e una E... come: "Go with the Fløe". Il mese scorso avevo più di due milioni di follower, quindi un mucchio di gente vedrà la tua foto. Posso taggarti? Hai un account Instagram, vero?»

Kat sbatté gli occhi come se stesse ancora cercando di digerire la notizia. Erano anni che Julia si proponeva come influencer e ambasciatrice per i marchi. Finalmente, dopo aver raggiunto l'età per entrare in possesso del suo fondo fiduciario, aveva lasciato il college e aveva dato vita al proprio brand. Almeno si interessava a *qualcosa* , anche se significava viaggiare, andare per club, far compere, partecipare ai party e documentare il tutto per i suoi follower.

«Sì, già. Certo. È @PersephoneGamer. È collegato al mio account Twitch.»

Con un sopracciglio alzato, Comediavolosichiamava sussurrò a Julia qualcosa che non sentii. Claire continuava a fissare Kat e me con quella strana espressione di offesa misto a curiosità. Imbarazzante. Dio, ne avevo proprio le tasche piene di quelle stupidaggini.

«Giusto» disse Julia, alzando gli occhi dal telefono. «Sapevo che eri una videogiocatrice. Dovrò dare un'occhiata al tuo canale una volta o l'altra.» mordendosi il labbro, continuò a scrivere il suo post con i pollici. «Scusa, sto aggiungendo gli hashtag. L'hai preso in negozio, vero, non è di uno stilista?»

«Già» rispose Kat. «Se non riesco a pronunciare il nome non lo indosso.» Kat rise, io risi. Le altre tre ci guardarono con espressioni simili alla mortificazione.

«Bene. Scusate l'interruzione, ma devo rubarvi mia moglie.» Katya si voltò a guardarmi facendo un deciso cenno affermativo. Kat era discreta, ma si vedeva che era ancora arrabbiata con me. Non era importante. Dopo tre bicchieri e mezzo dello scotch di mio padre, non c'era molto che potesse turbarmi, nemmeno una moglie furiosa. E un'ex-moglie che se l'era presa male.

Non l'avevo guardata negli occhi, ma sentivo Claire che osservava ogni mio movimento. Il mio braccio intorno alla vita di Kat, che la tirava verso di me. Sentivo tutto il suo corpo contro il mio, come non mi era mai capitato. Dopo l'iniziale reazione di sorpresa, si rilassò contro di me prima di coprirmi con la sua la mano che le avevo appoggiato sul fianco. Le nostre dita si intrecciarono e di colpo...

Il mio corpo pieno d'alcol s'infiammò e bruciò in fretta, desiderando di più. Senza pensarci due volte, mi chinai e piantai un bacio su quel collo morbido e profumato.

E poi successe... Lei rabbrividì contro di me. Quel tremore inviò un lampo di desiderio che mi passò da parte a parte, e mi eccitai in un istante.

Katya mi inviò un'occhiata interrogativa, le guance leggermente rosate, la bocca aperta, il petto che si alzava e si abbassava più in fretta. Non mi ero reso conto di averla involontariamente stretta più forte, quindi allentai la presa con riluttanza. Ma non senza quel promemoria dentro la mia testa che gridava, con tutta la sofisticazione di un Neanderthal. *Mia!* Mia, mia, mia.

Tutta mia.

«Stai bene?» sussurrò Katya quando le altre cominciarono a parlare tra di loro.

Mi chinai anch'io per sussurrare, conscio che il mondo intorno a noi era ancora un po' tremolante. «Andiamo a casa.»

Lei mi fissò, le sue labbra rosa si aprirono di nuovo. Avevo *veramente* voglia di baciarla. Nella mia piacevole foschia alticcia, era tutto ciò che riuscivo a pensare. Volevo sentire quelle labbra su tutto il mio corpo.

Lei mi tirò il braccio e indicò la casa con un cenno della testa, chiedendomi in silenzio di parlare in privato. Forse voleva urlare ancora con me, come aveva fatto prima di cena. Non potevo biasimarla.

E certo non avrei detto di no a restare in privato con lei. Ma non perché volessi parlare.

Kat si liberò lentamente del mio braccio e io la lasciai andare. Ma mi prese la mano e, con un piccolo strattone e salutando il resto del gruppo, mi tirò via con sé.

Una volta all'interno e da soli, si voltò verso di me e dichiarò tranquillamente ciò che era ovvio. «Sei ubriaco e puzzi di whisky.» Risposi allungando la mano verso il suo volto e passando il pollice sul suo labbro inferiore. Quel meraviglioso labbro pieno che doveva essere assaggiato. Kat si scurì in volto e mi schiaffeggiò via la mano. «In questo momento sono ancora super irritata con te.»

Sorrisi e feci spallucce. La sua rabbia doveva attraversare parecchi strati di dolce euforia alcolica per riuscire ad avere un qualsiasi effetto su di me. Ero nello stato perfetto di aver bevuto a sufficienza da sentirmi bene senza scivolare nella malinconia.

«Benvenuta nel mondo degli sposati, Rossa.»

E poi mi buttai a baciarla, nonostante la sua pretesa irritazione con me. In quelle condizioni, scoprii di non poterle resistere, quindi scelsi di non farlo, appena ci fu un minimo accenno di reazione da parte sua, le misi le mani sul collo, tenendole la testa contro la mia.

Il mio corpo contro il suo. La mia bocca sulla sua. Le mani che scivolavano tra i suoi capelli lucidi e folti. Katya alzò le mani per stringere i risvolti della mia giacca per qualche secondo, prima di darmi un forte spintone.

Probabilmente lo meritavo.

«Ho detto che ero irritata. Quello che intendevo dire *veramente* è che sono incazzata» sibilò a voce bassa in modo che nessuno sentisse.

«Kat...»

Sentimmo il rumore di tacchi che si avvicinavano sul pavimento di pietre importate. Prima di voltarmi a vedere chi fosse, me lo fece capire una generosa zaffata del suo profumo da sempre, Chanel No. 5.

Tutto ciò che riuscii a fare fu armeggiare con la giacca perché il mio attuale stato di eccitazione non fosse ovvio, prima di voltarmi a guardare mia madre.

«Vi ho cercato dappertutto. Siete proprio due adorabili piccioncini.» Stava usando il suo tono di voce falso e cantilenante che significava che era irritata o semplicemente arrabbiata per quello che stava succedendo, ma non l'avrebbe mai lasciato capire. E comunque specialmente non alla sua recentissima nuora. Lo riconobbi immediatamente, dopo averlo dovuto sopportare per tutta la vita.

Kat abbassò pudicamente la testa, come se fosse imbarazzata e si tirò in bocca le labbra gonfie.

«È colpa mia» dissi, dopo essermi schiarito la voce. «Mia moglie è così stupenda che non potevo aspettare un momento di più per baciarla.»

Mia madre mi mise una mano sul braccio e sorrise, fece una risatina falsa e si rivolse a Kat. «Ovvio. Sono stata una novella sposa anch'io una volta, sai. Non è passato tanto tempo da non ricordare come ci si sente. Lucas, dopotutto, è il frutto della luna di miele.»

Uffa. Niente ringraziamenti per *quella* immagine mentale.

Mia madre, concentrandosi ancora su Kat, le rivolse uno dei suoi stucchevoli sorrisi da alta società, mentre si metteva la mano libera sul cuore. *Stai calcando un po' la mano, no?*

«Volevo solo dirti ancora una volta che siamo entusiasti di averti nella nostra famiglia.»

Kat spalancò gli occhi, poi sorrise. «Oh, grazie. Che gentile. Sono felice di essere qui.»

Mia madre mi rivolse un'occhiata indecifrabile e poi riprese a parlare in fretta. Mi sentii stringere lo stomaco, che mi avvertì solo qualche secondo prima che le parole le uscissero di bocca.

«Avremo una riunione di famiglia al vigneto, il mese prossimo. Devo chiedertelo, dato che non abbiamo potuto partecipare al matrimonio, ci piacerebbe che ci foste...»

«Mamma, ho già detto che dovremo lavorare...»

Mia madre si voltò in fretta verso di me. «È solo per un lungo weekend. Nessuno, nemmeno tu, ha bisogno di lavorare tanto. E ci saranno parenti che non vedi da secoli, dalla costa est e dall'Olanda.»

Sentii tutti i muscoli tendersi per la rabbia, frustrato per il suo tipico rifiuto di ascoltare qualunque cosa avessi da dire. Kat girò la testa per guardarmi, i nostri sguardi si incrociarono e c'era qualcosa. La rabbia di prima e un po' della sua tipica grinta.

Mi voltai verso mia madre e risposi per impedire a Kat di farlo lei. «Per l'ultima volta...»

«Ci piacerebbe. Sembra meraviglioso» disse Kat, interrompendomi.

Mia madre mi ignorò completamente e si fiondò sulla nuova nuora che probabilmente, perfino adesso, stava già catalogando come alleata. *Cazzo*.

Lanciai un'occhiataccia a Kat e mia madre la colse. «Oh, Lucas, non fare così. Sarà divertente. Romantico. Vi metteremo nella Villa degli Innamorati, per conto vostro. La riunione sarà fantastica con cibo favoloso, giochi e c'è anche la nuova spa che abbiamo appena fatto costruire. Sarà la luna di miele che avreste dovuto avere quando vi siete sposti.»

Perfetto. Altre recriminazioni. Altre aspettative di cui non ero stato all'altezza. Già, perché no? Non li avevo già delusi a sufficienza? Sembrava essere il loro messaggio inespresso praticamente con ogni frase che pronunciavano. E ora la mia unica alleata, Kat, era diventata una voltagabbana.

«Dobbiamo andare, *adesso* » dissi digrignando i denti. A quanto pare avevo usato un tono talmente duro che Kat sembrò scioccata e mia madre... mia madre semplicemente fece un passo indietro e mi guardò in *quel* modo. Quello che diceva *Lucas è pazzo* . L'avevo visto un mucchio di volte negli ultimi sei anni.

Senza dire altro, mi voltai e mi precipitai fuori dalla stanza, direttamente verso l'ingresso. Non me ne fregava un cazzo se Kat mi stesse seguendo. Sentii la parola "bevuto" dietro di me, come se Kat si stesse scusando perché ero ubriaco.

Cosa che mi fece infuriare ancora di più.

Cazzo. Avrei volentieri rischiato di farmi trovare ubriaco al volante dalla polizia se era l'unico modo di svignarmela da lì. Stavo già urlando a uno dei poveri valletti, un tizio nuovo, che non conoscevo, perché mi portasse l'auto.

Kat arrivò alle mie spalle un momento dopo. «Lascia che guidi io.»

«Certo» borbottai. «Per fare il bis che cosa hai intenzione di fare, sfasciarmi l'auto?»

Il valletto ci stava fissando quando si avvicinò il suo capo, Armando, l'autista di famiglia. «Madame vorrebbe che vi accompagnassi a casa. Jerry può seguirci con la sua macchina, signor Lucas.»

Kat sgranò gli occhi e poi mi diede un'occhiata. Io evitai i suoi occhi e mi strofinai la fronte. Dopotutto era il suggerimento più ragionevole. «Sì, va bene. Grazie.»

Poco dopo, i miei genitori ci salutavano davanti all'ingresso. Mio padre mi stava ancora guardando storto e mia madre aveva la sua maschera coraggiosa, con la bocca che tremava solo un po'. E a me, in tutta la mia euforia alcolica, non fregava un fico secco di essere la fonte inesauribile della loro frustrazione, del dispiacere e del digrignar di denti per i miei genitori. Solo perché avevo scelto la vita che volevo invece di quella che avevano programmato per me.

Ci furono saluti frettolosi con Kat che apparentemente si era guadagnata un abbraccio da mia madre e un brusco "benvenuta in famiglia" da parte di mio padre per il disturbo.

Ci sistemammo sul sedile posteriore della limousine e Kat sospirò a lungo. «Porca paletta, ho bisogno di un drink.»

Anch'io. E, da quanto ne sapevo, mio padre non teneva mai alcol in auto. Dopotutto questa non era una limousine per far baldoria, e l'ultima parola che avrei usato per descrivere il viaggio verso casa sarebbe stata *festa* , che fossi o meno piacevolmente brillo.

Capitolo Dieci
Katya

Qualcosa ovviamente lo preoccupava. Cioè lo *preoccupava* veramente. Lucas restò seduto in quella limousine, con i gomiti sulle ginocchia, la fronte nelle mani e le dita infilate tra i capelli scuri, senza mai alzare gli occhi. O era sul punto di vomitare oppure stava cercando di superare un momento molto serio di ansia, causato dalla sua famiglia. Forse erano entrambe le cose.

Ma c'erano cose che preoccupavano anche me... *lui* , per esempio e il suo comportamento durante tutta la serata. Avrei voluto cominciare a urlargli contro e dovetti sforzarmi per frenare la mia bruciante irritazione.

Mi ci volle un minuto per capire qual era il tasto giusto, prima di riuscire a premerlo per far alzare il divisorio tra noi e l'autista. Non era il caso che sentisse tutti i succosi particolari del nostro non-matrimonio. Non ero mai stata in un'auto simile prima di quel momento ma avevo visto abbastanza film per sapere che era possibile. Poi mi schiarii la voce e mi voltai a guardarlo.

Le mani di Lucas, che sostenevano la testa, erano forti, con le vene visibili e una leggera spolverata di peli scuri. Per qualche motivo le trovai affascinanti, e continuai a fissarle anche mentre parlavo in tono severo al loro proprietario.

«Non che tu abbia sentito il bisogno di chiedere la mia opinione, ma il mio riassunto di questa serata sta tutto in due parole. Che cazzo!»

Lucas si massaggiò le tempie con i pollici, premendosi il palmo delle mani sugli occhi. E continuò a non parlare.

«E su una scala da uno a dieci, il tuo voto come marito, stasera, è dannatamente basso.»

«Perfetto, tu e Claire potete formare il club "Lucas è un marito di merda" quando tutto sarà finito. Potrete giocarvi a braccio di ferro la posizione di presidente e vice. Dimmi qualcosa che non so.»

Mi ripiegai strettamente le braccia sul petto. «Già. Quando avevi intenzione di parlarmi di quel fatterello? Dopo aver fallito il colloquio perché non ero nemmeno al corrente del tuo precedente matrimonio?»

Lucas alzò di colpo la testa e mi guardò a occhi stretti. C'era qualcosa in fondo a quegli occhi. Una sofferenza cui non riuscivo a dare un nome e che sapevo essere lì da molto prima che io mettessi piede in quel casino di famiglia. In qualche modo, il fatto di essere tornati lì l'aveva risvegliata.

Potevo identificarmi, e fin troppo facilmente per dire la verità. Ma anche se mi sentivo male per lui, non gli dava la scusa per essere un completo stronzo nei miei confronti.

Lucas parlò a denti stretti. «Non che tu sia stata esattamente aperta riguardo la tua famiglia, vero? I miei suoceri e tuo fratello. Non so praticamente niente di loro. E non ho la minima idea del motivo per cui li stai evitando, tanto da aver abbandonato tutto e aver lasciato il paese. E il motivo per cui ricevere posta da un avvocato della British Columbia ti terrorizza.»

Sbattei gli occhi, ingoiando un po' di senso di colpa a quel promemoria. Sì, stava dicendo la verità, su tutto. Ma adesso non si trattava di me e della mia famiglia.

«Bello rigirare la questione, ma tu non ti sei trovato a faccia a faccia con un ex-coniuge che non sapevi nemmeno esistesse. Né ti succederà mai perché *io* non sono stata mai sposata. Almeno *quello* avresti dovuto menzionarlo.»

Per qualche motivo quella rivelazione, tra tutte, era quella che mi aveva toccato di più, più dei genitori VanDenRichieRich e l'elegante e mondana sorella, più del sofisticato titolo nobiliare europeo e l'enorme villa e il vigneto di famiglia. Oltre a quello... era qualcuno che Lucas aveva sposato anni prima. Presumibilmente per amore. Presumibilmente prima di diventare chiuso in se stesso, amareggiato e cinico riguardo l'intera idea di matrimonio.

Il suo sguardo divenne più intenso. «E che differenza fa se sono stato sposato prima? Questo matrimonio non è nemmeno reale. E forse dovresti essere grata che io pensi che il matrimonio sia una buffonata. Il mio matrimonio con Claire è durato in tutto cinque mesi, per tua informazione. Probabilmente non avrei mai accettato l'idea di sposare te se avessi preso sul serio questa istituzione.»

Wow... sbattei gli occhi un paio di volte. «Quindi per te è tutto una barzelletta?»

Alzò le spalle, ancora rigido. «Che tu abbia bisogno della carta verde, no, non è uno scherzo. O che tu possa mantenere il lavoro che mi ha aiutato moltissimo. Ma sono a favore di prendere in giro un'istituzione ridicola e datata che personalmente detesto. È quella la barzelletta.»

Scossi la testa, perplessa. «Perché sei così amareggiato su tutto? Non hai nemmeno trent'anni.»

Lucas strinse le labbra, fissando diritto davanti a sé. «Ho le mie buone ragioni.»

Mi voltai, fissandolo scocciata. «Forse è ora che le condividi con me, alcune almeno. Dato che adesso riguardano anche me.»

Lucas imprecò a lungo sottovoce, passandosi le dita tra i cappelli ancora un po' di volte. Erano dritti in piedi come una parrucca che dovesse esprimere spavento. Avrei potuto prenderlo in giro, se non fosse già stato così agitato.

«Bene.» Sospirò a lungo, poi si raddrizzò, ricadendo contro lo schienale, sempre rigido. «Perché non darti qualcos'altro per cui prendermi in giro? Quando ero troppo giovane ho fatto un casino e ho preso alcune decisioni idiote per far felici gli altri. È facile amareggiarsi quando si scopre che è quasi impossibile disfare alcuni di quegli errori.»

Mi strofinai la fronte, cercando di frenare la mia irritazione perché ero preoccupata. Il suo tono di voce era così strano... piatto, senza la minima emozione. E non nel suo solito modo emotivamente indisponibile.

«Per tua informazione, non ho intenzione di prenderti in giro.» Poi aspettai un momento prima di chiedergli il seguito. «Quindi tu, uhm, ti sei sposato per far felice gli altri invece di te stesso?» Aggrottai la fronte. Suonava strano. Forse la gente titolata e con un sacco di soldi si comportava ancora in quel modo.

Lucas sospirò e fissò lo sguardo fuori dal finestrino, per evitare di voltarsi verso di me, probabilmente. «Avevo diciannove anni. Era la mia ragazza alle superiori. La cerimonia nuziale è stata l'affare esagerato, ridicolmente costoso che volevano tutti. Ognuno dei motivi che avevo per sposarla era sbagliato.»

Mmm. Mi riappoggiai alla pelle lussuosa del sedile della limousine che squittì quando mi spostai verso Lucas. «Quali erano i motivi, allora?» gli chiesi a voce un po' più bassa di prima.

Più lui sembrava agitato parlandone, più io mi calmavo. E tutto nonostante fossi ancora turbata e incredula per quella strana serata e ancora irritata con lui per i suoi segreti. Comunque ero disposta ad ascoltarlo.

«Idiozia di gioventù. Sembrava la cosa da fare. Ci eravamo conosciuti il secondo anno e stavamo insieme da allora. Ma ero diretto a Cambridge, una completa incognita, un paese straniero. Lei voleva veramente venire con me. Alla mia famiglia piaceva la sua. Lei lo voleva. Loro lo volevano.»

«Lo volevano tutti tranne *te*?»

Lucas fece spallucce. «Io non avevo idea di che cosa volessi. Ero un ragazzino, volevo solo fare felici tutti quelli intorno a me. Essere all'altezza delle aspettative della mia famiglia. Rigare dritto. Essere il bravo primogenito e fare quello che ci si aspettava da me. Finché non ci sono più riuscito. Avevo capito che ridurmi a essere assolutamente infelice per far piacere al mondo intorno a me non era una buona idea. Oltre a quello, non ero pronto per essere un marito... né di Claire né di nessun'altra.»

Rimasi in silenzio mentre Lucas guardava fuori dal finestrino, senza espressione e mi sentii male per lui. Sentivo un'eco della sua storia nella mia. Entrambi eravamo stati motivati a rigare dritto ed essere i figli perfetti, anche se forse per ragioni diverse.

Gli diedi un'altra occhiata. Era difficile per me liberarmi dall'immagine di Claire che lo guardava. Non ci aveva mai tolto gli occhi di dosso ed era stato… spiacevole. Erano separati da sei anni, per l'amor del cielo.

«È possibile che Claire sia ancora innamorata di te?»

Lucas alzò una mano per coprirsi il volto mentre rideva. «Oh, non cercare di leggere nel suo comportamento di oggi qualcosa di diverso dall'auto-commiserazione e dal costante desiderio di attenzione. Non mi ha mai amato più di quanto io amassi lei.»

Scossi la testa. Che casino era? «Beh, in questo caso mi sembra che i tuoi genitori non abbiano tenuto conto dei tuoi sentimenti quando l'hanno invitata questa sera.»

«O dei tuoi, se è per quello. Che cosa sarebbe successo se tu fossi stata veramente una novella sposa innamorata di me? Non ci hanno dato il minimo avvertimento. Non dovrebbe sorprendermi. Claire ha passato parecchio tempo con loro durante gli ultimi sei anni. Vogliono mantenere i rapporti con i suoi genitori e apparire progressisti e generosi. È tutta una questione di apparenze.»

Scossi la testa. «Maledizione, però è talmente insensibile da parte loro non pensare a come ti saresti sentito tu.»

Lucas fece un'altra risata amara. «Non è sorprendente dato che non hanno mai preteso di essere sensibili, né lo penserebbero, nemmeno in un milione di anni. Claire è riuscita a piantare i suoi artigli nella nostra famiglia. È la migliore amica di Julia e la sua compagna di festini.»

«Siete andati tutti alle superiori insieme?»

Si voltò, osservandomi di sottecchi con un sorrisino acido. «Hai appena visto la mia famiglia, pensi che sia andato in una normale scuola superiore anche se avessi voluto?»

Mi morsi il labbro. «Fammi indovinare. Scuola preparatoria di lusso nel New England o roba simile?»

«Bingo! New Hampshire, per essere precisi. Claire veniva dall'Upper East Side New York City. Il distretto finanziario. I miei genitori si considerano di mentalità aperta e inclusiva, abbastanza da accettare i *nouveaux riches* nella loro cerchia.»

Mi misi a ridere e l'auto sterzò bruscamente, probabilmente per evitare una pozzanghera. L'autista disse qualcosa che non riuscii a sentire attraverso il divisorio, probabilmente delle scuse. Persi l'equilibrio e caddi verso Lucas che mi prese tra le braccia altrettanto in fretta mentre cadevo verso di lui. Mi voltai per scusarmi per essergli finita addosso e i nostri volti finirono pericolosamente vicini. Scoppiarono le scintille. Non potevo negare lo sfrigolio e il crepitio tra di noi. E poi c'era il suo odore, quel profumo pulito di bergamotto e cuoio. Così piacevole, così virile.

E, ubriaco o no, col fiato che sapeva di whisky, era ancora magnifico con quel vestito.

Ci fissammo negli occhi e dovetti sforzarmi di deglutire anche mentre mi tiravo lentamente indietro. Anche Lucas sembrava trattenere il fiato. E proprio in quel momento, capii che se non si fosse tirato indietro ci saremmo baciati e poi... beh, non era *quello* che volevo, no?

O sì?

Dopo un minuto di imbarazzo in cui entrambi guardammo fuori dai rispettivi finestrini, Lucas riprese a parlare, con la voce un po' meno tesa di prima. Ora sembrava che avesse raggiunto un certo distacco. Come se stesse raccontando la storia di qualcun altro.

«Comunque, da tutto questo è nato qualcosa di buono. Ho capito che il matrimonio non è per me. Ero giovane e stupido e non ci avevo riflettuto abbastanza. Stavo vivendo la vita di qualcun altro.»

«La vita di chi?»

Alzò le spalle. Strinse la mano appoggiata sul sedile lungo la gamba. «Di Lucas van den Hoehnsboek van Lynden.»

Sbattei gli occhi. «Ma non sei tu?» Gesù, stava per confessarmi di avere un disturbo da personalità multipla o roba simile? Quanti Lucas vivevano in quella testa?

Lui scosse la testa, con le labbra strette. «Non più.»

Aprii la bocca per fargli altre domande ma ci ripensai, dato che sembrava volesse raccontare la sua storia a modo suo.

«Non mi aspetto che capisca basandoti solo sulla minima parte che conosci. Ciò che hai visto stasera era la parte esteriore luccicante, la ricchezza elegante e la vita facile. Ma con quella vita arrivano certe… aspettative.» Lucas scosse la testa, continuando a guardare fuori dal finestrino. «Ho tentato. Ho tentato per tutta la mia maledetta vita di rientrare in quello schema, di fare ciò che si aspettavano da me, frequentare la scuola giusta, studiare le materie giuste, sposare la ragazza giusta. Tutto.» Adesso la sua voce era strozzata, come se gli facesse male lasciare uscire tutto. Restò in silenzio a lungo e osservammo le luci della città che scorrevano oltre il finestrino.

L'auto rallentò di colpo quando lasciammo la superstrada e ci dirigemmo verso casa sulle strade secondarie. Sembrò risvegliarlo da ovunque avesse vagato la sua mente.

Lucas si passò le mani tra i capelli e rise, imbarazzato. «Scusami se divago in questo modo. Era troppa roba da scaricarti addosso in una serata in cui ti era già stato scaricato addosso tanto.»

Imitai il suo atteggiamento. «Beh, l'ho chiesto io.»

Lucas mi diede una breve occhiata, poi appoggiò la testa contro il sedile e fissò il tettuccio buio dell'auto. «Non ne ho veramente mai parlato a voce alta. Non ho avuto nessuno con cui discuterne per molto tempo, o mai, in realtà. O forse ho solo bevuto troppo.»

Arrivammo improvvisamente davanti a casa di Lucas. Prima ancora che Armando potesse scendere per aprirgli la portiera, Lucas aveva già attraversato metà prato. Ringraziò da lontano l'autista che mi aprì gentilmente la portiera.

L'altro autista parcheggiò l'auto di Lucas accanto alla mia sul vialetto e armeggiai per riprendere le chiavi e dargli una mancia. A quel gesto, lui impallidì e rifiutò decisamente perfino di toccare i soldi, agitando la mano come se fossero un pezzo di cacca di cane… o dollari canadesi. Solo un altro dei miei passi falsi da appartenente alla classe media di quella sera.

Cavolo.

Quando riuscii a raggiungere Lucas all'interno, era già accanto al carrello dei vini in soggiorno. Si era tolto la giacca e la cravatta, gettandole sul divano. Max si era alzato dal suo lettino e si era precipitato a salutare il suo umano, infilando il muso sotto la mano libera di Lucas e scodinzolando furiosamente. Lucas accarezzò la testa del cane, distratto, concentrato sull'assortimento che aveva davanti a sé.

Sul carrello c'erano diverse bottiglie di liquore ma, ironicamente, niente vino. A quanto pareva lo usava come un piccolo bar. Era un bel carrello, elegante e con gli specchi. Come se fosse stato un regalo di nozze. Immaginai di colpo Lucas e Claire che controllavano le loro cose per decidere come dividerle. Qual era stato l'aiuto di Claire nell'arredare questo posto, se mai c'era stato?

Lucas si era versato un altro drink e aveva svuotato metà bicchiere in un sol sorso. Merda. Ovviamente stava ancora soffrendo e io non avevo idea di come gestirlo. Dovevo lasciarlo lì seduto a bere e ritirarmi nella mia stanza? O avrei dovuto comportarmi da brava mogliettina e assicurarmi che stesse bene?

Aveva già finito il primo bicchiere e aveva stappato la bottiglia per versarsene un altro. Max annusò l'aria ma si tolse di mezzo mentre io mi avvicinavo a Lucas. Nonostante desiderassi di togliermi il vestito e lavare via il trucco, non potevo semplicemente lasciarlo in quello stato.

Ma una volta accanto a lui, lui si spostò, diretto con decisione verso il piano, con un drink in mano. Max e io lo guardammo entrambi, poi il cane si voltò e attraversò la cucina per uscire in cortile usando la sua porticina.

Dopo un altro lungo sorso di liquore, Lucas si sedette sulla panchetta del piano. Dovevo ammettere che avevo desiderato ascoltarlo, e ancora di più guardarlo, suonare di nuovo, fin dalla prima sera in cui mi aveva rivelato il suo talento.

E dovevo ammirare anche la sua capacità di reggere l'alcol. Cioè, era palesemente ubriaco, ma non barcollava camminando. Aveva ancora quella stessa postura eretta, quasi snob, che mi aveva spinto a chiedermi se fosse in segreto un ballerino o un trapezista. Ora sapevo che il cosiddetto e leggendario "portamento aristocratico" aveva un'origine, con il titolo nobiliare e tutto il resto.

Cominciò a suonare una melodia cupa che non avevo mai sentito, lenta e con un mucchio di note piatte, in quella che sembrava una chiave minore. Non ne sapevo molto di musica ma comunque abbastanza da sapere che era l'equivalente di una sconsolata canzone da ubriaco. Mi spostai accanto a lui, che mi diede un'occhiata imperscrutabile mentre continuava.

Non riuscivo a farne a meno. Mi dispiacevo per lui. Le famiglie potevano essere un tale disastro, completo di tutte le aspettative che ti scaricavano addosso solo per un incidente di nascita o il DNA che condividevi. Ne sapevo abbastanza, anche se la mia famiglia non aveva i milioni ammonticchiati sopra i miliardi messi sopra ai loro titoli aristocratici. Le famiglie potevano far schifo a tutti i livelli della società. Nessuno lo sapeva più di me.

Gli rivolsi un mezzo sorriso d'incoraggiamento e gli misi una mano sulla spalla. «Stai bene? Accidenti, sei teso.» Specialmente visto che era ubriaco... Il suo corpo sembrava fatto da corde attorcigliate intorno a sassi e legate in nodi impossibili da sciogliere.

Lucas non reagì come se il mio tocco gli dispiacesse e neppure rispose. Continuò a suonare la sua lenta, triste e oscura melodia.

«Tu... Potrei massaggiarti la schiena. Il mio coinquilino, beh, il mio ex coinquilino, beh, lo sai. A Heath piacciono i massaggi alla schiena e a quanto pare i miei meritano cinque stelle. È il vantaggio di avermi in casa... se lo vuoi.»

Le sue dita volavano sui tasti. Continuò a non parlare, mi diede solo un'altra occhiata enigmatica con quegli occhi scuri senza fondo e alzò una spalla. Confusa, presi il gesto come un tacito permesso.

Mi spostai dietro di lui. Poi allacciai le dita, feci scrocchiare le nocche, roteai le spalle e il collo come un lottatore professionista sul punto di salire sul ring. Gli appoggiai dolcemente le mani alla base del collo.

La triste melodia continuò ininterrotta, ma finalmente disse con la voce bassa e roca: «Cerca di non strangolarmi.»

«Allettante, ma no.» Abbassai le mani, massaggiando verso il basso, lungo il collo estremamente teso fin dove si univa alle spalle. Disegnai dei piccoli cerchi attraverso il tessuto morbido e scivoloso della sua camicia.

Lucas mancò la prima nota quando i miei pollici scesero dal collo, lavorando parallele alla spina dorsale. Era rosso in volto, presumibilmente per l'ebbrezza. Mancò la seconda nota quando la punta delle mie dita toccò la base dell'attaccatura dei capelli. Quella nota mancata arrivò con una brusca inspirazione.

E mentre continuavo scendendo lungo il collo, era chiaro che invece di rilassarsi stava solo diventando più teso. Di colpo, mancò un gruppo di note tutte insieme, poi smise del tutto di suonare. Forse fu quando le mie dita scivolarono sotto la sua mandibola mentre disegnavo piccoli cerchi con i pollici sotto il lobo delle orecchie. La pelle sembrava calda e ruvida di barba nonostante si fosse rasato prima di uscire per la "cena di famiglia" o qualunque etichetta si potesse attribuire a quella sceneggiata.

Lucas era seduto, completamente immobile, con le dita allargate sui tasti senza suonare. Respirai a fondo, allargando le mani. «Mi dispiace. Non ti piaceva?» avevo le mani appoggiate leggermente sulle sue spalle, ma prima che potessi fare un altro gesto, allungò la mano destra e mi afferrò il polso. La presa era ferma, stretta... possessiva.

«Mi piaceva. Mi piaceva troppo» mormorò con la voce bassa e soffocata.

Poi si alzò e si voltò verso di me. Ci fissammo e il respiro si congelò nei miei polmoni. Era visibilmente eccitato. Si notava, anche se avevo giurato di tenere gli occhi fissi sulla sua faccia.

Non dovevo nemmeno dare un'occhiata *laggiù* per verificare la mia valutazione. I suoi occhi scuri mi stavano riducendo in cenere dov'ero, scavandomi fino in fondo. Sostenni quello sguardo scuro con il mio e deglutii, sperando che mi toccasse. Sperando che desse inizio a qualcosa.

«Vuoi... vuoi parlare ancora di ciò che ti turba?» La mia voce era un sussurro roco.

Sapevo maledettamente bene che non voleva parlare, ma che altro avrei dovuto dire? *Per favore toglimi i vestiti e deciditi finalmente a scoparmi?* Sì, forse avrei voluto dirglielo. Forse stavo bruciando dov'ero, desiderando disperatamente di sentire quelle mani forti e capaci su tutto il mio corpo. Ma non lo dissi. Non potevo dirglielo.

Il suo sguardo era intenso, una cosa viva, un tocco palpabile. E la sua voce, quando parlò, era roca di desiderio. «Non voglio parlare... assolutamente.» Allungò la mano che in quel momento non mi teneva il polso, e passò il pollice lungo la mia guancia. Poi passò la mano intorno al mio collo e tirò dolcemente, abbassando la mia testa verso la sua.

Con un gemito sorpreso, mi buttai. Il bacio mi bruciò dal collo, lungo la spina dorsale giù fino al centro del mio corpo dove le braci eruppero in fiamme. Il seno doleva cercando il suo tocco e mi venne la pelle d'oca dappertutto.

Ci riuscì solo con un bacio. Dovevo ammetterlo, nessun altro ci era mai riuscito così in fretta. O aveva preso in segreto un dottorato in baci o c'era qualcosa in lui e me e il nostro stare insieme. Una scintilla e un crepitio. Un'energia a lenta combustione che c'era sempre stata e che ora stava finalmente facendo scintille.

Forse era come una reazione chimica che ribolliva e fumava nel momento in cui due sostanze inerti venivano in contatto. Eravamo come l'ammoniaca e l'acido cloridrico, due reagenti che si scaldavano e fumavano appena si univano.

Lucas staccò le labbra solo per parlare. Stavamo entrambi respirando forte, con gli sbuffi d'aria calda e umida che si mescolavano, addensando l'aria tra di noi. Era incredibile che riuscisse a formare le parole. «Voglio assaggiarti *dappertutto* .»

La sua voce era urgente, famelica, piena di calore e desiderio. Richiuse il coperchio sopra la tastiera con un tonfo. Una spinta della gamba fece scivolare via la panchetta. Poi, senza più una barriera tra di noi, mi tirò contro di lui.

«Hai bevuto...» mormorai contro le sue labbra quando furono di nuovo sulle mie.

«Ma tu no. E so che cosa desideravo da molto più che solo stasera. Non è un impulso improvviso che viene dal nulla. Che sapore hai?»

Deglutii e tutto dentro di me sprofondò, risucchiato verso terra, con il mondo che ruotava solo un po'. E fui anche immediatamente ubriaca, intossicata dalla sua bocca e dalle sue labbra insistenti. Che adesso stavano avviluppando il lobo del mio orecchio, che formicolava di desiderio.

Santo cielo. Come... prima di rendermi conto di quello che stavo facendo, avevo già le braccia intorno al suo collo e lo stavo tenendo vicino. Come se fosse una zattera di salvataggio e mi stessi aggrappando per salvarmi la vita, invece dei suoi preliminari quasi perfetti. Quest'uomo sarebbe riuscito a togliere a baci lo sfrigolio da una padella di bacon che friggeva.

E mi stava cucinando esattamente nel modo in cui mi voleva.

E io ero completamente d'accordo mentre lasciavo che la corrente di questo fiume mi afferrasse e mi portasse dovunque voleva. Voleva assaggiarmi? Io volevo che mi assaggiasse. *Perfetto.*

Lucas fece scivolare le labbra lungo il lato del mio collo, mordicchiando la pelle sensibile e le mani scesero lungo la schiena appoggiandosi al mio sedere. Dovette chinarsi leggermente per riuscirci. Lucas era alto e io ero un po' più bassa della media. Forse avrei dovuto tenere la panchetta del pianoforte e usarla come rialzo.

Luca sembrò avere un'idea simile quando decise di aggiustare la presa e sollevarmi contro di sé con la gonna a fazzoletto del mio vestito che si arricciava intorno alla vita. E le nostre bocche erano nuovamente incollate in una feroce battaglia di lingue. Lucas emise un basso ringhio e io un lieve sospiro in risposta.

Stavo andando a fuoco e speravo che ci saremmo trasferiti alla svelta nella sua stanza per spegnere l'incendio.

Ma a quanto pareva lui non voleva nemmeno arrivare così lontano. Invece mi sollevò ancora un po' e mi appoggiò sulla superficie del pianoforte a coda. Il tessuto setoso del mio vestito scivolò facilmente sul ripiano nero lucido dello strumento e i miei piedi penzolarono davanti. Diedi un colpetto per togliermi le scarpe.

Sesso sul piano. «Fa molto *Pretty woman*» sussurrai, quasi tremando per i folli pensieri erotici su quello che stava per avvenire. Le mie mutandine erano già fradicie.

I suoi occhi scuri si fissarono nei miei mentre passava una mano calda lungo la gamba. «Se andava bene per quel tizio nel film, va bene anche per me» rispose.

Senza esitare un attimo, Lucas rialzò l'orlo del vestito oltre i fianchi e mi tolse le mutandine, gettandole sul pavimento. Fui di colpo molto lieta di essere stata particolarmente attenta a rasarmi quel pomeriggio. Le sue mani scivolarono sulla pelle liscia e si fermarono sui fianchi, tirandomi verso il bordo del piano.

Poi si abbassò per baciarmi l'interno della coscia. Fiorì ancora la pelle d'oca dove si posò la sua bocca e la sua lingua premette sulla pelle tenera. Lasciai andare il fiato, senza nemmeno rendermi conto di averlo trattenuto finché dovetti inspirare di nuovo. Lucas mi mise una mano sul ginocchio, spingendolo di lato, allargandomi le gambe.

Oh Dio, oh Dio. Lo stava facendo. Stava per… Non riuscivo nemmeno a completare il pensiero, avevo il cervello in fiamme e il cuore che batteva forte; eccitazione bollente, entusiasmo gelato e forse anche un po' di paura. Poi che cosa sarebbe successo?

Aspettavo da tempo una bella rotolata tra le lenzuola. Era passato troppo tempo. Tutto lavoro e niente divertimento rendevano la vita una noia, ma…

Così sarebbero cambiate le cose? Avremmo superato un limite da cui non saremmo potuti tornare indietro? Era un errore? E perché diavolo mi stavo angosciando quando la sua bocca… e quella stupenda mandibola e il mento si avvicinavano sempre di più al mio punto più intimo. Oddio. Chiusi gli occhi e mi lasciai andare sul piano, appoggiandomi sui gomiti.

Le mani di Lucas erano ferme, sicure ma gentili e mi accarezzavano in un modo che dimostrava la sua esperienza. L'aveva fatto, e tante volte e se mi avesse baciato lì come mi aveva baciato la bocca, ero in dirittura di arrivo verso un impressionante finale orgasmico della serata.

«Lucas» dissi senza fiato, con le gambe che si tendevano di colpo.

Lui si fermò, ma non alzò la testa. Invece aspettò. Quando non dissi niente mi chiese. «Vuoi che smetta?»

Deglutii, con la testa che girava, la gola stretta e il corpo con la tensione che aumentava, pronto a esplodere. Ero supersensibile a tutto ciò che stava intorno, incluso il lieve tocco dell'aria. «No... e tu?»

«Cazzo, no. Voglio continuare ad assaporarti fin quando verrai sulla mia lingua. Voglio sapere se sarà favoloso come immaginavo.»

Restai a bocca aperta. «Tu... l'hai immaginato?»

La sua bocca tornò nel punto in cui si univamo le mie cosce e la sua lingua uscì per leccarmi lì. Risucchiai il fiato.

«Sì, e tutte le volte tu eri più sexy della volta prima.»

Aveva fantasticato su di me? Più di una volta? Con la lingua sciolta dal whisky stava ammettendo liberamente un mucchio di cose. *Coraggio olandese* , così chiamavano il coraggio dato dall'alcol. Quasi risi all'ironia di quel pensiero.

Per quanto riguardava me, non avevo intenzione di mettere a nudo la miriade di sogni erotici e altri, ahem, momenti privati quando la sua bella faccia mi era venuta spontaneamente in mente. Ma dimenticai tutto quando la sua bocca calda si chiuse sul mio sesso, il fiato caldo che prometteva il paradiso.

Sospirai. «È una bell'impresa. Non so se riuscirò a essere all'altezza di una fantasia. Spero che non ti aspetti...»

«Lo sei già, Kat. Lo sei già.» Mi infilò un dito e ansimai. Poi un altro. Alzò per un attimo gli occhi per guardarmi in faccia, come per giudicare la mia reazione. Poi continuò, come se fosse soddisfatto di ciò che vedeva. Divise le mie labbra con il pollice e all'improvviso la sua bocca mi coprì, succhiando implacabile il mio clitoride. *Porca paletta.*

La mano sul mio ginocchio spinse ancora un po' e io ubbidii con entrambe le ginocchia, dandogli un accesso completo. La testa mi ricadde all'indietro, penzolando dal collo. Dietro le palpebre chiuse c'erano brillanti luci stroboscopiche, di concerto con la sua bocca sulla mia parte più sensibile. Il mio equilibrio roteò e volteggiò, perso completamente nelle sensazioni. Sentivo dappertutto ogni guizzo della lingua che diventava piombo fuso alla base della mia spina dorsale.

Giuro su Dio che quasi dimenticai come respirare. Sono sicura di aver dimenticato il mio nome. Tutto ciò che esisteva era la mano sulla mia gamba, le dita che scivolavano ritmicamente dentro e fuori di me, la sua bocca bollente che succhiava. La lingua che lambiva incessante quell'infuocato fascio di nervi.

Da zero a cento, da eccitata a essere sul punto di venire in meno di un minuto. Gesù Murphy. Era come la Daytona degli orgasmi.

«Di' il mio nome» disse brusco Lucas, mentre ansimavo cercando aria. Gesù, non riuscivo a dire assolutamente niente. Né pensavo di sapere più parlare inglese.

Lucas si fermò, le dita immobili e tolse la bocca. Dentro di me tutto era così teso, appeso a un precipizio e lui stava giocando con me, facendomi aspettare. Alzai un braccio per usare la mano e finire da sola. Lucas la schiaffeggiò via facilmente. «Dillo, Kat.»

Mi passai la lingua sulle labbra screpolate con il sangue che ribolliva nelle vene. Incapace di concentrarmi su qualunque cosa non fosse la dolce pressione che cresceva. Ero così vicina a quella fremente, elusiva esplosione. *Così vicina.* «Lucas» mormorai.

Lui mi leccò di nuovo e io gridai. Così bollente eppure non c'ero ancora. Non abbastanza pressione, non abbastanza contatto. «Non basta» dissi, senza fiato.

Lucas rise. Una risata secca. Sembrava gli piacesse il livello di controllo che aveva su di me e se non fossi stata così vinta, mi sarei irritata. Spostai nuovamente la mano per toccarmi e Lucas mi prese il polso.

«Di' che sei mia» disse a denti stretti.

Spalancai gli occhi, scioccata e irrigidii le gambe.

«Lucas...»

Lui abbassò nuovamente la testa, succhiò ancora una volta e mi si rovesciarono gli occhi nella testa, con le palpebre che sbattevano. Eccolo che arrivava. In cima a un'ondata mostruosa sul punto di infrangersi e inghiottirmi tutta intera. Oh, Dio. Cazzo. Sì. *Sì*. Sono tua, Lucas. Sono tua. Fammi venire. *Fammi venire.*

Il mio corpo si tese, spinto a una nuova vetta di piacere. Ansimando, risucchiai l'aria come se avessi trattenuto il fiato da ore. Una scarica di piacere, di beatitudine ed euforia esausta che piovevano su di me come goccioline di nebbia in una perfetta mattina d'autunno nel Pacifico nordorientale. Ogni grammo di tensione residua svanì.

Fissai la modanatura di gesso del soffitto vecchia maniera, con gli angoli smussati. Che. Cosa. Cazzo. Era. Appena. Successo?

Lucas si raddrizzò e mi fissò con aria interrogativa e un sorrisetto quasi arrogante. Come se fosse piuttosto compiaciuto per avermi fatto perdere la testa. E per esserci riuscito così in fretta.

In quel momento, sdraiata lì con le ossa e i muscoli che sembravano fatti di gelatina, ero d'accordo che avesse il diritto di essere un po' arrogante. Il tizio ci sapeva fare. Che altro avrebbe potuto fare con parti del suo corpo ancora più interessanti della bocca?

Mi appoggiai lentamente ai gomiti mentre Lucas tirava l'orlo della gonna per coprirmi di nuovo. Evitò il mio sguardo e con un sospiro si voltò per lasciarsi cadere su un divano lì vicino.

Sbattei gli occhi. Non aveva niente da dire dopo quello che era successo? E come cavolo era successo? Da quanto sapevo, era irritato con me e si era praticamente riversato whisky nel gargarozzo più in fretta che poteva.

Ma ne avevo ricavato un orgasmo da favola, quindi chi ero io per protestare? Il meno che potessi fare era offrirmi di restituire il favore perché… a essere onesta, lo desideravo veramente. Per non dire che dopo sei mesi di matrimonio, ero più che curiosa di vedere che arma avesse mio marito nelle mutande.

Il pensiero fece accelerare il battito mentre nel mio corpo languido e soddisfatto filtrava un'altra ondata di eccitazione. Mi misi seduta e poi scivolai attentamente giù dal piano.

Lucas era crollato goffamente di traverso sul divano, quindi mi avvicinai da dietro e gli baciai il collo, passando la lingua lungo l'orecchio. «È il mio turno di assaggiare quel cazzo che stavi premendomi contro poco fa.» Lucas emise un basso gemito, la sua testa ricadde di lato e io mi spostai per inginocchiarmi davanti a lui sul divano. Famelica, cercai di aprirgli la cerniera, faticando all'inizio per raddrizzarla in modo da muovere il cursore. Lucas restò in silenzio e, nonostante le mie difficoltà, non mi aiutò. Mi assicurai di aggiungere una palpatina ai miei sforzi. Era ancora duro come una roccia e sentii l'eccitazione che mi saliva alla gola.

Non sarebbe riuscito a battermi nel settore della soddisfazione orale. Era la mia chance di mostrargli perché le mie abilità nella fellatio erano considerate molto superiori alla media. Presto si sarebbe dimenato e avrebbe ansimato sotto il potere della mia possente e meravigliosa lingua.

Cercai di infilare la mano attraverso l'apertura della patta, ma era scomodo, quindi gli slacciai i pantaloni. E proprio quando stavo per posare gli occhi sul mio premio, sentii riverberare un sonoro russare dal suo petto. Alzai la testa di scatto. *Che ca...*

Lucas aveva gli occhi chiusi, la bocca aperta, la testa piegata di lato contro lo schienale del divano. Continuò a russare. Sbattei gli occhi, lo punzecchiai forte sul petto qualche volta per svegliarlo, ma non reagì.

Beh... *merda* .

Mi crollarono le spalle, sconfitta e mi arresi, allacciandogli con cura i pantaloni. Poi gli tolsi le scarpe e lo voltai dolcemente sul fianco. Non c'era modo di riuscire a portarlo a letto. Doveva pesare quasi il doppio di me.

Dopo aver preso un cuscino e una coperta dal suo letto, misi un bicchiere d'acqua sul tavolino. Poi cercai di metterlo più comodo possibile. Fatto quello, ripresi le scarpe da sotto il piano e mi ritirai nella mia stanza solitaria per crollare.

Frustrante? Sì, Ma comunque ne ero uscita meglio io... quindi non mi sarei lamentata troppo. Domani era sempre un altro giorno per sdebitarmi con lui o magari perfino... per finire orizzontali.

Un'immagine di Lucas e me aggrovigliati tra le lenzuola nel suo elegante letto di legno. Che bell'immagine per intrattenermi mentre scivolavo nella la-la-land di un altro sogno erotico.

CAPITOLO UNDICI
LUCAS

UN OSCURO SCOZZESE UNA VOLTA AVEVA DETTO CHE SE l'amore faceva girare il mondo, lo scotch lo faceva girare due volte più in fretta. Dovevo dire che quella mattina ero d'accordo con lui. Anche se al momento era stato piacevole, lo scotch mi stava causando un mucchio di rimpianti, e di lunedì, oltre a tutto.

Aprii a fatica gli occhi, avevo le labbra incrostate di bava secca per aver respirato con la bocca aperta tutta la notte. Probabilmente la mia faccia avrebbe portato l'impronta quadrettata della stoffa del divano per il resto della giornata.

Per non parlare poi del concerto di marimba che stava avvenendo in quel momento tra le mie tempie pulsanti. In circostanze normali, avrei maledetto il fatto di essermi fatto tutto da solo mentre tossivo e strofinavo gli occhi per togliere la sabbia. Ma il ricordo dell'incredibile finale di una serata da schifo lo rendeva troppo difficile.

Risucchiai il fiato ricordando la pelle liscia e morbida di Kat. Le sue gambe pallide che penzolavano davanti al piano. La sensazione delle sue cosce di seta contro le mie guance, il suo sapore. Il modo in cui aveva reagito. *Cazzo*. Era venuta così forte, così in fretta che mi aveva travolto, quasi letteralmente. Dovevo aver perso i sensi solo qualche minuto dopo. Ma che bel modo di andare...

Merda. Adesso la mia testa non era l'unica parte del corpo che pulsava.

Mi strofinai la fronte, cercando di alleviare il dolore sordo, riflettendo su che cosa diavolo aveva portato a quell'impressionante punto esclamativo alla fine della giornata. Avrei dovuto rimproverarmi per aver superato un limite che io stesso avevo imposto e mantenuto a fatica per mesi. Ma non me la sentivo proprio di farlo.

Avevo desiderato sentire il suo sapore praticamente dal primo momento in cui l'avevo vista, quasi due anni prima. Quei favolosi capelli fiammeggianti, quei magnifici occhi azzurri intelligenti. Quello spirito, il fascino della socievole ragazzaccia. Sì, mi faceva impazzire tutti i giorni con le sue prese in giro e i suoi tentativi di innervosirmi. Ma mi piaceva rendere pan per focaccia, a volte esagerando.

E tutto quello si era dimostrato essere solo un lungo, protratto, frustrante esercizio quotidiano di preliminari senza la giusta conclusione.

E finalmente la notte prima, ubriaco fradicio, avevo avuto la chance di sentirla gemere. Dire il mio nome e guardarla mentre veniva e sapere che ero stato io a farlo. Maledizione, ero eccitato e stavo già pensando ai modi in cui avrei potuto riprendere da dove eravamo rimasti. Didascalia: alla prossima puntata.

I miei pensieri fin troppo piacevoli furono interrotti da un suono non familiare eppure insistente e un ronzio ancora più irritante sul legno del mio tavolino.

Che ca...?

Era la sveglia su un telefono. Buttandomi sul mio telefono non vidi niente. Poi mi girai con un gemito, e il mondo girò con me. Mentre il suono insisteva, tastai intorno sul tavolino, cercando l'altro telefono. Per qualche maledetto motivo, Kat doveva aver messo una sveglia per quella mattina. Premetti freneticamente ogni tasto disponibile per far smettere quella maledetta cosa. Gesù, Kat, non era a quello che servivano le radiosveglie?

Max entrò dalla direzione della mia stanza, avendo scelto, immagino, di dormire sul suo lettino nonostante io mi fossi accampato sul divano. Cominciò a premere il naso sulla mia faccia, soffiandomi contro il suo fiato caldo e umido.

A quel punto, oltre al mal di testa subentrò la nausea. *Grazie mille, cane.*

Sbattei gli occhi guardando lo schermo una volta smessi il ronzio e la sveglia. Il telefono di Kat era bloccato, ovviamente, ma lo schermo illuminato mi feriva gli occhi. Riflettei sull'ora, le sei e mezzo del mattino di un lunedì. I miei occhi andarono automaticamente al messaggio non letto appena sotto. Ficcanaso, certo. Ma era un'azione inconscia nata dall'abitudine di guardare il mio schermo.

Una volta letto il messaggio, però, desiderai di non averlo fatto.

Astro russo sexy: *Ehi, Rossa. Siamo ancora d'accordo per un caffè dopo il lavoro? Hai bisogno di un passaggio?*

Il nome del contatto era *Astro russo sexy* , seguito da cinque stelline d'oro. Digrignai immediatamente i denti, riuscendo solo a mandare altro dolore alle mie tempie pulsanti. Sentii il calore salirmi al collo e, se non fossi stato attento, avrei corso il rischio di perdere le staffe. L'aveva chiamata con il *mio* soprannome, Rossa. E fu esattamente quello il colore che vidi mentre la rabbia mi stringeva in fretta la gola fino a soffocarmi.

Cazzo.

Ovviamente, questo significava che Kat aveva chiamato il cosmonauta russo che aveva flirtato a tutta birra con lei durante il tour al campus della Draco. Nonostante avessi stracciato il suo biglietto da visita giorni prima.

Maledizione.

Spostai il muso di Max dalla mia faccia, poi me la coprii con le mani, premendo il palmo sulle palpebre chiuse, come se ordinare al dolore di andarsene potesse aiutarmi. Sì, certo. Il dolore fisico, forse. Ma stavo ribollendo ed ero scosso per quello che avrebbe tranquillamente potuto essere, ma probabilmente non era, un messaggio innocente.

Eravamo d'accordo di non frequentare altra gente e quindi lei stava infrangendo le regole. Avevo il diritto di irritarmi. Ma questa sensazione di nausea alla bocca dello stomaco e il fuoco alla base della gola non erano solo irritazione. Era un vulcano di ardente gelosia che minacciava di eruttare da un momento all'altro.

Stavo immaginando quel dannato russo che se l'arruffianava, l'affascinava, offrendole il caffè e poi mettendole le mani addosso.

Cazzo no. Cazzo, no.

Con un ringhio furioso, balzai in piedi e andai verso la mia camera. Lasciai cadere cuscino e coperta sul letto prima di andare in bagno. Mentre completavo la mia routine mattutina, unita a un paio di indispensabili pillole antidolorifiche e un bicchierone d'acqua, ero ancora rigido per la rabbia.

Nel mio cervello, la gelosia stava bruciando un'autostrada nei miei pensieri, lasciando in cenere tutto il resto. Tanto che, nella doccia, alzai la temperatura dell'acqua a quasi ustionante. Anche quando era sul punto di diventare spiacevole, la lasciai scorrere su tutto il corpo finché divenne gelida. Avevo svuotato il serbatoio dell'acqua calda per una fottuta doccia sprecata. Non ne avevo ricavato niente, eccetto l'ossessione crescente di immaginare Kat con il cosmonauta russo.

Che diavolo stava pensando quando aveva deciso di uscire con lui?

Se fosse stata una cosa innocente o solo amichevole, me ne avrebbe parlato. No. Me lo stava nascondendo.

E non era la prima donna nella mia vita a farlo.

Passai il rasoio sulla mandibola e sul mento, evitando per un pelo di aprirmi la carotide per sbaglio. Frustrato, non riuscii a evitare di pensare all'*altra* volta. La mattina in cui avevo trovato delle notifiche sul telefono di Claire da parte di uno dei miei amici più intimi a Cambridge. Solo per hackerare quel maledetto coso (per trovare la sua password erano bastati esattamente tre tentativi) e scoprire due mesi di messaggi tra i due. Cominciavano innocenti, per passare a dare sfogo alle frustrazioni, fino a diventare inappropriati per una novella sposa e poi indubbiamente infedeli.

Il giorno in cui li avevo letti mi ero sentito vuoto, apatico e, stranamente, inspiegabilmente sollevato. *Sollevato* che la mia recentissima moglie stesse professando il suo amore per qualcun altro, anche se era un amico.

Feci un respiro profondo e penoso, studiando nello specchio la mia faccia rasata a metà. Quei ricordi arrivavano sull'onda di altri, più cupi, più spiacevoli: l'inizio della fine della mia vecchia vita. Non avevo odiato tutto di quella vita. E sentivo ancora la mancanza di alcune parti della mia giovinezza.

Ma non abbastanza da volerle riavere. *Quello mai* .

Gettai il rasoio dopo aver asciugato il sangue per la seconda volta, e aver incerottato la faccia. Cercai di non pensare alla differenza di come aver trovato questo messaggio mi faceva sentire, rispetto a quella volta. Non c'era sollievo nel trovare questo sul telefono di Kat. Niente apatia o indifferenza. Tutto il contrario, a dire il vero.

Quell'*unico* messaggio mi aveva trasformato in una fornace di rabbia cieca e stavo già tramando i modi per impedire che quest'appuntamento per un caffè avvenisse.

In effetti, mi importava di più questo incidente con una moglie finta di quanto mi fosse importato con Claire. Perché avevo incasinato tutto.

Perché sapevo benissimo che non era il caso di farmi coinvolgere sessualmente con Katya. E finché non si era trasferita a casa mia, passando quindi ventiquattro ore al giorno per sette giorni la settimana con me, ero riuscito a tenerla a distanza di sicurezza.

Ma meno di quarantotto ore da quando si era trasferita e già avevo la bocca tra le sue gambe favolose. Se non fossi svenuto, ero sicuro che saremmo andati molto più avanti. Solo il pensiero di cosa sarebbe potuto essere mi stava eccitando, nonostante la rabbia.

La desideravo troppo.

E da troppo tempo.

E proprio quello era il motivo per cui non avrei mai dovuto averla.

Mi vestii in fretta, con un paio di jeans e una t-shirt e presi un paio di sneakers, con i movimenti rigidi e scattosi. Dato che erano le sette passate, probabilmente avrei dovuto svegliarla perché si preparasse per il lavoro. Ma la parte più meschina di me non voleva nemmeno vederla in quel momento.

Maledizione, non era spassoso? Potevi cambiare il nome, i tuoi obiettivi. Potevi cambiare completamente la direzione in cui pensavi di andare come adulto. Potevi cambiare la tua precedente visione del futuro. Ma dovevi comunque appoggiarti e fidarti degli altri. E non eri in grado di controllare ciò che facevano. E nonostante quanto volessi cambiare, la storia poteva comunque ripetersi.

Forse ero solo un marito schifoso che portava le sue mogli, vere *e* finte, a tradirlo. Qual era il termine secondo le psicobubbole? Emotivamente indisponibile. L'avevo sentito qualche centinaio di volte mentre affrontavo il mio primo divorzio e la susseguente psicoterapia.

Stavo infilando le mie ultime cose nello zaino, deciso a far colazione alla caffetteria della Draco e mangiare alla scrivania, quando Kat uscì dalla cucina. Era completamente vestita per l'ufficio, con i lunghi capelli lucenti spazzolati che scintillavano sopra le spalle.

«Accidenti, eccolo.» Prese il telefono dal tavolino. Quando mi guardò con quei favolosi occhi azzurri, le sue labbra piene si aprirono in un gran sorriso. «Ehi tu! Buongiorno. Ti senti bene? Potrei prepararti un Caesar se non stessimo andando al lavoro.»

«Un Caesar?» risposi seccamente, un po' più in fretta di quanto avessi inteso. Presi il mio telefono e lo infilai nella tasca dello zaino. «Che diavolo è?»

«Oh, scusa. Penso che voi qui lo chiamiate un Bloody Mary. Buono per il dopo sbronza.»

Feci una smorfia. «No, grazie.» Non ero dell'umore giusto per altre chiacchiere, quindi mi voltai e abbassai la maniglia per uscire.

Guardai indietro e vidi che Kat aveva gli occhi sul telefono. Esitai mentre lo sbloccava, morbosamente curioso di vedere la sua reazione al messaggio. Avrebbe confermato i miei sospetti? A quanto pareva, mi piaceva farmi del male.

Lesse velocemente il messaggio, aggrottando un po' la fronte. Poi scrisse in fretta una risposta. «Merda, avevo dimenticato di avere un appuntamento per un caffè con quel cosmonauta russo.»

«Appuntamento romantico?» Non riuscii a farne a meno. La frase mi era uscita di bocca da sola.

Mi diede un'occhiata di traverso. «Non direi. Ha avuto il mio numero da Jordan. A quanto pare un suo amico vuole aprire un canale Twitch e vuole dei consigli da me. Non voglio nemmeno andare. Gli ho scritto che volevo rimandare perché avevo il mal di testa da dopo sbronza.»

«Non hai bevuto ieri sera» dissi, lottando per ignorare l'immensa ondata di sollievo che mi aveva travolto. Non voleva andare. Non c'era niente tra lei e il cosmonauta.

Ma comunque, il fatto indiscutibile che avessi quasi perso la testa quando avevo temuto il contrario mi stava innervosendo parecchio.

«Andiamo a lavorare insieme?» Kat si mise in tasca il telefono e mi guardò speranzosa. Nessuna discussione e nemmeno un'allusione ai fatti della sera prima. Si comportava in modo calmo, controllato, indifferente.

Deglutii, con il cervello in fiamme. «Io vado in bicicletta. Ci vediamo tra un po'.»

Lei mi tese la mano. «Almeno posso portarti lo zaino in auto.»

«Va bene così. Ciao.»

Kat restò di sasso, a guardarmi con gli occhi sgranati mentre aprivo la porta, chiudendomela alle spalle. Sul gradino, mi fermai e feci un respiro profondo. *Maledizione*. Questa donna mi stava già facendo perdere la testa. *Controllati, Lucas. Tieni gli occhi sul tuo obiettivo.*

Con rigida determinazione, presi la bici in garage, sfrecciando sulla strada come un pipistrello uscito da Mordor. Il viaggio sarebbe durato di più e non avevo avuto in programma di prendere la bici quel mattino. Ma era stata una comoda scusa per evitare di restare seduto in auto con Kat.

Non vidi Kat fino all'ora di pranzo perché rimasi in riunione per quasi tutta la mattina. Grazie al cielo il mal di testa era diminuito. Ma i miei pensieri, la mia reazione ossessiva di quella mattina a un messaggio innocuo, mi stava veramente scuotendo fino in fondo.

E sapevo, mentre la giornata passava, di non poter rischiare di trovarmi di nuovo in quella posizione, in nessun caso. Per quanto desiderassi scoparla.

E desideravo veramente, *veramente*, scopare Kat.

Ma dovevo smettere di pensarci e di ripensare alla sera prima, quando l'avevo stesa sul piano, le gambe lisce e setose aperte per me...

Maledizionecazzoadessopiantala.

La guardai appena quando si avvicinò alla mia postazione, sedendosi accanto a me. «Come ti senti? Passato il mal di testa?»

Fissai il monitor, caricando rapporti sui bachi man mano che arrivavano. «Non l'ho mai avuto» risposi, mentendo.

Una pausa. «Va tutto bene? Non sei... non sei agitato per quello che è successo ieri sera, vero?»

Abbassai gli occhi sulla tastiera, poi li riportai sul monitor. Avrei voluto poter chiudere le narici facilmente come potevo chiudere gli occhi perché il suo profumo, come sempre, era meraviglioso. Quell'aroma di cocco e noce moscata era inebriante, probabilmente quattro volte l'effetto da capogiro dello scotch. Si chinò in avanti e i suoi capelli setosi mi fecero il solletico al braccio. Lo tirai indietro come se mi avesse bruciato. Poi si tirò indietro anche lei.

«Ah, okay, quindi la risposta è sì.» Dato che era ora della pausa pranzo, non c'era quasi nessuno nella Tana e quelli che c'erano avevano le cuffie. La sua voce era comunque abbastanza bassa perché nessuno intorno a noi ci sentisse, anche senza cuffie.

Comunque smise di parlare e quando non dissi niente, il suo tono divenne di ghiaccio. «Wow, Lucas. Non avrei mai pensato di dirlo proprio di te, ma sei un tale cliché.»

Mi morsi il labbro, ma, da bravo stronzo, continuai a non parlare. Non le diedi nemmeno un'occhiata.

Sbuffando indignata, strusciò la sedia sul pavimento e si alzò, precipitandosi fuori dalla Tana. Una volta chiusa la porta, mi presi il volto tra le mani. Dio, ero un coglione di merda. Le dovevo perlomeno un minimo di spiegazione. Ma, comunque, era meglio così.

Sarebbe stato meglio così. Tenendola a distanza la stavo proteggendo. Sì, e stavo anche proteggendo me stesso.

Se si gioca con la lava è facilissimo finire immolati. E Kat? Lei era puro magma fuso, fino al colore dei suoi capelli.

La giornata diventò una lunga tirata dopo la pausa pranzo. Non avevo portato con me il cane, visto che all'ultimo minuto avevo deciso per la bicicletta come mezzo di trasporto. Mandai un messaggio a Michaela perché andasse a controllarlo. Rispose che era già per strada per andare a casa mia a esercitarsi al piano, quindi era tutto ok. Quando uscii era quasi ora di cena. Non avevamo piani per la cena e non riuscii a trovare Kat prima di uscire. Immaginai che fosse già andata a casa.

Quindi quando arrivai alla porta d'ingresso, con una manciata di posta in mano, non fui sorpreso di vedere gente in anticamera. Ma mi aspettavo che fossero Michaela e Kat. Invece Michaela era seduta di fronte e due tizi che non avevo mai visto prima. Chiudendo la porta, appoggiai lo zaino. Max trotterellò da dove stava cercando di farsi coccolare dai nuovi arrivati. Mentre mi chinavo per dargli una grattatina, studiai i due tizi.

Non erano amici di Michaela, a giudicare il modo nervoso in cui lei era seduta sul bordo del divano. E uno di loro sembrava un po' rozzo, l'archetipo del ragazzino che aveva smesso di andare a scuola perché fumava troppa erba tutte le mattine. Indossava una maglietta nera di una band metal degli anni '80, jeans strappati, catene che pendevano dalle tasche e stivali da motociclista.

L'altro sembrava abbastanza giovanile e dalla faccia pulita. Comunque non certo il meglio vestito, con i jeans a vita bassa e una t-shirt piuttosto lisa, ma si alzò immediatamente dalla sedia per avvicinarsi a me con un sorriso.

«Ehi, fratello. Hai un cane figo! Adoro i cani.» Max tornò dal tizio che lo ricompensò con altre grattatine. Finora lo sconosciuto aveva almeno un amico, qui.

Appoggiai il mucchietto di posta, e colsi la prima lettera in cima. Era un'altra delle lettere dello studio legale indirizzata a Katya.

Poi mi rivolsi al visitatore. «Ti conosco? O sei qui per distribuire opuscoli religiosi perché in quel caso… no grazie.»

Quello dalla faccia da ragazzino gettò indietro la testa e rise come se fosse la cosa più divertente che avesse mai sentito. Forse pensava che stessi scherzando.

«Sono Derek.» Spostò la mano che stava grattando la testa di Max e me la tese per stringere la mia. «Tu devi essere Luke, vero? È un piacere conoscerti.» Sorrise, mostrando una fossetta come se sapesse che c'era e che era il suo tratto migliore.

Aggrottai la fronte ma presi ugualmente la mano, perché… le buone maniere… C'era qualcosa di familiare in quegli occhi azzurro vivo…

«Lucas» lo corressi laconicamente. Derek? Derek chi? Non conoscevo nessun Derek.

Lui esitò, poi sgranò gli occhi. «Oh, scusa.» Ah, eccolo. L'accento canadese quando pronunciò quella parola era inconfondibile. «Immagino che Kat non ti abbia mai parlato di me? Sono tuo cognato, Derek Ellis.»

«Ah sì.» Ero confuso, non capivo perché Kat non mi avesse avvisato che suo fratello si sarebbe fatto vivo. Forse era quello che aveva tentato di dirmi a pranzo, quando l'avevo completamente ignorata. «Scusa, è stata una lunga giornata e non ho collegato le cose. Katya in effetti mi ha parlato molto di te.» Avrebbe potuto essere la verità se "molto" avesse significato "niente del tutto".

Spostai lo sguardo su Michaela, che sembrava avere decisamente voglia di andarsene. «Grazie per aver fatto uscire il cane.»

«Quando vuoi.» Michaela si alzò in fretta, afferrò la borsa e si diresse verso l'uscita. «Grazie, come sempre, per avermi lasciato usare il piano.»

Michaela aprì la porta ma fu bloccata da Kat, che aveva le chiavi in mano come se stesse per aprire. Prima che potesse dire qualcosa a Michaela o a me, le caddero gli occhi su suo fratello.

La sua espressione divenne immediatamente cupa, mentre passava accanto a Michaela senza dire una parola. La mia amica se ne andò di corsa, ovviamente aveva percepito l'atmosfera nella stanza e non vedeva l'ora di scappare. Quasi desiderai di andarmene con lei. L'amico pezzente di Derek, seduto sul divano e che non aveva detto niente, si ringalluzzì quando vide entrare Kat, che guardò entrambi con un'espressione di sorpresa e irritazione quasi comica.

«Che cosa ci fai qui?» ringhiò rivolta al fratello, che aggrottò le sopracciglia, confuso. «E io che ero tutto fiero di averti fatto una sorpresa. Ma immagino che non fosse una buona idea? Comunque è bello vederti.»

«Ehi, micetta» disse l'altro tizio con un grande sorriso. Il vezzeggiativo, e il modo in cui la guardava, mi fecero immediatamente ribollire il sangue.

«Non chiamarmi così, Mike.» Kat si precipitò in cucina, passandoci davanti.

I due si guardarono e Mike cominciò a ridere. «È *arrabbiata.*»

Derek gli diede un'occhiata di avvertimento e poi si rivolse a me. «Allora, è imbarazzante...»

Prima che potessi rispondere, Kat era tornata nella stanza con noi, dopo aver lasciato le sue cose in cucina. Restò lì, di fronte a suo fratello, con le braccia incrociate sul petto. «Che cosa ci fai qui?» ripeté, ignorando completamente lo stronzo sul divano.

Derek sembrò sorpreso e spalancò gli occhi. «Non riesco a credere che sia ancora arrabbiata con me. Sono passati quasi due anni. Ho sentito che ti sei sposata...»

«Dal tuo avvocato? È stato il tuo avvocato a dirtelo?»

Mike si spostò a disagio sul divano e Derek evitò di guardarlo. La tensione nell'aria era abbastanza spessa da poterla tagliare con uno spadone magico. Avrei voluto andarmene e lasciare che se la cavassero tra di loro, ma sarebbe stato ipocrita da parte mia, visto tutte le assurdità della mia famiglia cui l'avevo appena assoggettata.

«Dai, non fare così. I nostri genitori erano preoccupati. Te ne sei andata in un altro paese e ti sei sposata. E non ci hai detto niente. È come se non esistessimo più.»

Kat inarcò un sopracciglio. «Allora perché non sono venuti *loro* ?»

«La mamma avrebbe voluto, ma non poteva assentarsi dal lavoro. Sta facendo dei doppi turni all'ospedale. E papà è nel mezzo di un grosso progetto per una docuserie. Mi sono offerto volontario e la mamma ti ha perfino preparato un pacco regalo.» Mi diede una breve occhiata. «Inoltre avevo voglia di conoscere il mio nuovo cognato e vedere un po' dell'assolata California.»

A ogni notizia che dava a Kat, lei sembrava diventare più tesa.

Mi feci avanti, guardando le loro borse. «È tardi per cercare una stanza da qualche parte. Restate pure qui. Vi avverto, però, non ho una stanza degli ospiti pronta, ma abbiamo qualche materasso gonfiabile.»

Forse lo feci per essere gentile e alleviare la tensione, forse lo feci per vendicarmi di avermi costretto a quella merdosa riunione di famiglia che ossessionava tanto mia madre. O forse perché avere altra gente in casa sarebbe stato più sicuro. Diminuiva la probabilità che ripetessimo il giochetto della sera prima. In quel momento non ero proprio sicuro di quale fosse il vero motivo.

Gli occhi di Kat divennero enormi prima che riuscissi a parlare. Derek si spostò accanto a lei e le mise un braccio sulle spalle. «Dai, sorellina, tregua? Per favore? Vengo in pace, portando Aero Bar e tavolette di toffee Mackintosh. E anche patatine di tutti i gusti, Smarties e caramelle gommose. Ho sentito che non si trovano negli States.»

Kat strinse i denti. «Sei tu quello a cui piace il toffee, non io.»

«Allora ti aiuterò a mangiare quello… O magari piacerà a Lucas. Condividere con lui un po' della nostra cultura, eh? Ma puoi sbafarti tutte le tavolette Aero e le patatine e l'altra roba. Un mucchio di cibo spazzatura. Mi dispiace di non averti portato le ciambelle fresche di Timmy, ma non sarebbero durate.»

Kat sembrava ancora più pallida. Abbassò lo sguardo sul pavimento davanti a sé. Non l'avevo mai vista così, come se non sapesse nemmeno che cosa dire. Derek doveva averlo notato, stava aggrottando le sopracciglia color tiziano.

Mi guardò. «Grazie per l'invito, Lucas. Molto gentile da parte tua e siamo felici di accettare la tua ospitalità.»

Kat si districò gentilmente dal braccio di suo fratello e lui lo lasciò cadere. Wow. Era bizzarro. Non la tensione evidente tra i due, ma il completo cambiamento del comportamento di Kat.

«Senza offesa, ma non riesco a capire come tu abbia avuto il permesso di uscire dal paese» disse a denti stretti.

Uhm. Questa frase e quella sull'avvocato mi fece pensare a quelle buste. Ne era appena arrivata un'altra. Avevano qualcosa a che fare con suo fratello? O avevano entrambi dei problemi? O forse era una causa legale di qualche tipo? I canadesi erano litigiosi come gli americani? Non ne avevo idea.

«Abbiamo preso un'auto e abbiamo guidato. Non è stato difficile.» Derek piegò la testa come per cogliere lo sguardo di Kat, sorridendole. «Dai, sorellina, è tutto a posto? Perché se è così, mi è stato ordinato di fare un selfie con te appena ti avessi visto e mandarlo a mamma.»

Kat sbuffò quando Derek si mise nuovamente di fianco a lei e alzò il telefono verso i loro volti. Kat si mise una ciocca di capelli dietro l'orecchio e accennò un sorriso per il selfie.

Mentre Derek armeggiava col suo telefono, presumibilmente per mandare la foto a sua madre, Kat si rivolse a me, indicando la mia stanza. «Baby, posso parlarti in privato per un attimo?»

Annuii e la seguii lungo il corridoio verso la mia camera, lanciando un'occhiata ai nostri strani ospiti. Stavano entrambi armeggiando con i loro telefoni senza fare caso a noi.

Aspettai, dopo aver chiuso la porta.

Kat rilassò immediatamente cadere le spalle e si passò una mano nei folti e lunghi capelli, spingendoli indietro. Seguii i suoi movimenti, come un cane che seguisse la pista del bocconcino preferito davanti al suo naso. Arrivò, come al solito, il potente desiderio di toccare quei capelli. Lo scacciai e mi concentrai sulla situazione che stavamo affrontando.

«Che diavolo stavi pensando quando li hai invitati a restare qui?» mi chiese Kat dopo un momento.

Sbattei gli occhi. «Stavo cercando di essere gentile con un membro della tua famiglia. Inoltre tuo fratello sembra un tipo a posto. Il suo amico mi sembra un po' rozzo ma...» Alzai le spalle. Il suo atteggiamento cambiò, lo sguardo si indurì e francamente non capivo. «Che c'è? Volevi veramente che mandassi via tuo fratello?»

Lei scosse distrattamente la testa e guardò il soffitto. «Non lo so. Solo... penso che sia una cattiva idea.»

«Che c'è di male nel permettergli di fare una breve visita. Resta qui per qualche giorno, si annoia. Poi lo facciamo sloggiare in modo da riprendere il nostro lavoro e le nostre vite. E questo include un certo colloquio che ci sarà presto. Andrà tutto *bene*.»

Il suo sguardo, se possibile, si fece ancora più duro. «Ti rendi conto che pensano che il nostro sia un vero matrimonio, vero?»

Alzai le spalle. «Sì, lo pensa anche la mia famiglia.»

Lei sbatté gli occhi come se fossi un idiota. «E che significa che se loro dormiranno qui, noi dovremo dormire nella stessa stanza. Nello stesso letto.» Indicò il mio letto come per sottolinearlo.

Seguii con gli occhi il dito che puntava verso il mio letto perfettamente rifatto. Che, a essere sincero, non vedeva una donna da un mucchio di tempo. L'ultima donna che avevo frequentato, oltre un anno prima, voleva che passassimo la notte a casa sua, cosa che non avevo fatto spesso, perché non mi piaceva. Dopo il divorzio nessuno aveva passato la notte con me a casa mia.

Ma ora Kat doveva fare proprio quello. A causa della mia stessa stupidità, eravamo passati dal dover recitare solo al lavoro e per le occasioni speciali, a doverlo fare ventiquattrore al giorno sette giorni su sette.

Dato che non c'era stato assolutamente niente che potesse essere definito "una recita" tra di noi la sera prima, sul piano, ci stavamo avviando su una china pericolosa. Sbattei gli occhi, fissando il letto, poi mi voltai verso Kat e feci un respiro profondo.

«Io, uhm, penso che potremmo cavarcela per una notte o due.»

Kat fece un versaccio. «Finché una notte o due diventeranno una settimana, o un mese. Tu non conosci mio fratello. È come la gramigna, difficile liberarsene e riappare dappertutto.»

Guardai di nuovo il letto, cercando con tutte le mie forze di togliermi dalla mente com'era stato sentirla sotto le mani e la lingua la sera prima. Il suono che aveva fatto venendo, gemiti profondi e uno squittio acuto quando aveva arcuato la schiena. *Merda*.

Il letto era grande, ma non abbastanza da evitare ciò che in realtà non volevo evitare. Volevo il suo corpo stupendo e rigoglioso premuto contro di me mentre dormivamo. Volevo sentire il profumo di cocco dei suoi capelli sparsi sul mio cuscino. Di colpo mi chiesi se dormisse con un minuscolo négligé o della biancheria sexy. Non sarebbe stato in carattere con la solita Kat… ma, una volta raffigurata così, non potevo più cancellare l'immagine.

Maledizione. In che cosa mi ero ficcato?

Katya si batté l'indice contro le labbra dato che evidentemente stava riflettendo e non aveva idea di dove fossero finiti i miei pensieri. «Forse tra qualche giorno potremmo far venire i disinfestatori.»

Scoppiai a ridere. «I disinfestatori per liberarsi dai familiari indesiderati. Se non ci ha già pensato nessuno, qualcuno dovrebbe farlo. Farebbero milioni.»

«Oppure potremmo sempre trasferirci.»

«Mmm.» Io stavo già cercando un modo di evitare di dividere un letto. Non avevo veramente altre idee. Non c'era abbastanza spazio sul pavimento per metterci un materasso gonfiabile, e ne avevo solo due, che presumibilmente sarebbero serviti per i nostri ospiti.

Forse un sacco a pelo? Sul pavimento di legno sarebbero stati dolori. Sarei andato in giro come un ottantenne dopo un paio di notti così.

Mi passai una mano tra i capelli. «Okay, puoi dormire qui, ma... ci sono delle regole.»

Katya sbuffò e ripiegò le mani sul petto, il che, ovviamente fece tirare la maglia proprio intorno a quei seni perfetti. Quel petto delizioso che non avevo ancora avuto l'occasione di toccare, prendere quei seni nel palmo delle mani, la morbida... *cazzo* .

«Ovvio che tu abbia delle regole, perché non dovresti? Avevamo delle regole per quando ci saremmo sposati...»

«E tu hai infranto la più importante, sul mantenere il segreto...»

Katya fece una smorfia ma continuò a parlare senza farmi caso. «Regole per vivere qui, e, vorrei aggiungere, le ho seguite tutte. Sei *tu* quello che li ha invitati a restare qui e ci hai messi in questa situazione.»

Scossi la testa. «Abbiamo bisogno di regole, specialmente adesso.» Non c'era bisogno che aggiungessi che non potevamo permetterci un altro scivolone come quello della sera prima. Era stata completamente colpa *mia* , ma comunque… Le regole erano più per me che per lei, ovviamente.

«Dobbiamo essere completamente coperti a letto, sopra e sotto. Niente négligé sexy.»

Le sopracciglia color tiziano scattarono verso l'alto. «Merda, speravo tu indossassi qualcosa di pizzo nero e rete…»

Le rivolsi una delle mie occhiate "non-dire-cazzate", quelle che normalmente riservavo per l'ufficio. E lei reagì con la sua solita espressione, quella che diceva: "non-me-ne-frega-un-fico-secco delle-tue-occhiate-severe".

Mi agitò un dito in faccia. «Guarda, io non indosso niente del genere a letto, ma non sopporto niente sulle gambe quando dormo. Mi fa impazzire. Una vecchia camicia da notte di cotone va benissimo.»

«Okay. Bene, allora puoi prendere la parte destra del letto. Normalmente dormo comunque a sinistra.»

«La parte destra? È il lato in cui dormiva Claire?»

Ignorai il commento sarcastico e continuai a contare sulle dita. «Io faccio la doccia la sera. Tu puoi farla dopo di me o puoi farla al mattino.»

Katya scosse la testa, alzando gli occhi al cielo. «Mi sta bene il mattino, qualcos'altro? Ho il permesso di russare?»

«Russi?»

Il suo sguardo azzurro ghiaccio era freddo come le lande desolate del nord. «No.» sbatté le ciglia. «Poi che cosa vuoi, devo portare una cuffietta, tipo *Il racconto dell'ancella* ? Sia benedetto il frutto?»

Sbuffai. «Datti una calmata. Sto solo… non voglio…»

«Non vuoi che ti seduca spudoratamente come ho fatto ieri sera, capisco.»

Mi strofinai la fronte. «Non è assolutamente ciò che penso sia successo.»

Kat alzò le mani. «Visto che hai chiarito che non vuoi parlarne, come faccio a sapere che cosa pensi?»

«Solo che ho fatto un casino e mi sento in colpa. Ecco quello che penso. Mi dispiace.»

Katya sbatté gli occhi, scioccata per la mia improvvisa ammissione e le mie scuse. Non era una cosa che succedesse normalmente quando stavamo battibeccando come al solito. Ma non c'era niente di tipico in ciò che era successo tra di noi la sera prima.

«Okay» disse lentamente, come se stesse aspettando una battuta finale acida da parte mia. Che non arrivò mai.

«Ero ubriaco e so che non è una scusa per infrangere le regole. Non succederà più.»

Katya abbassò gli occhi e fissò la parete in fondo, come se si stesse concentrando o fosse soprappensiero. Ma, una volta tanto, non ribatté. Grazie al cielo, perché sinceramente, stavo facendo del mio meglio.

«Allora c'è qualcosa che devo sapere su tuo fratello e il suo amico?»

Katya tornò da dov'era con la mente e mi guardò preoccupata. «Uhm, cioè?»

Agitai vagamente una mano in aria. «Non so, qual è la sua storia? Voglio dire hai fatto riferimento al suo avvocato e sei sembrata sorpresa che abbia potuto lasciare il paese. È in qualche guaio? E Mike assomiglia a un gangster motociclista fallito. Devo rinchiudere la roba di valore?»

Katya tornò seria, mi guardò negli occhi per un attimo e poi distolse lo sguardo. «Sinceramente non so quale sia lo stato legale di Derek in questo momento. È passato più di un anno ma le cose non erano proprio a posto quando sono partita. Cercherò di scoprire i particolari visto che resterà qui con noi. E sì, devi sicuramente nascondere le cose di valore. E parlando di chiudere, è possibile chiudere a chiave la porta della stanza degli ospiti? Preferirei che non l'aprissero e si chiedessero perché c'è tutta la mia roba.»

Mi grattai una guancia, riflettendo. Aveva eluso la domanda, ma era stato giusto quello, un modo per aggirare l'argomento senza in sostanza rispondere. Avrei avuto tempo per scavare più a fondo più tardi, almeno speravo.

«La porta ha una serratura con la chiave. La cercherò in modo che possa chiuderla dall'esterno.»

Katya esitò, poi fece un passo verso di me. «So che ero irritata perché li avevi invitati a restare qui, ma è stato gentile da parte tua. E così, grazie per averlo fatto.»

Contro ogni buon senso, allungai la mano e le toccai il braccio. «Lo faremo funzionare, Kat. Non preoccuparti. E se vedrà la tua roba nella stanza degli ospiti, potrai dirgli semplicemente che ieri sera ero ubriaco e russavo talmente forte che avevi dovuto trasferirti.»

Katya si morse il labbro. «Non farò niente per farli restare comodi. Solo i materassi gonfiabili e qualche coperta sul pavimento nella sala da pranzo. Forse li convincerà ad andarsene presto.»

Annuii. «Buona idea. Li faremo sloggiare appena possibile e tutto tornerà alla normalità.» Qualunque cosa fosse la normalità.

Dividere il letto per qualche notte senza poterla toccare per me sarebbe stato allenarmi all'insonnia. Ma avevo fatto la mia parte per metterci in questo casino. Tanto valeva fare quello che potevo per uscirne.

Volevo aiutarla. Non potevo fare a meno di volerlo, a essere sincero. Ed ero piuttosto sicuro che se me l'avesse chiesto, sarei andato ben oltre al piccolo inconveniente di dividere questa stanza con me per qualche notte.

Se questo fosse stato un matrimonio vero, sarei stato veramente nei guai.

Grazie al cielo non lo era.

Capitolo Dodici
Katya

PORCA PALETTA. CHE DIAVOLO ERA SUCCESSO? L'universo doveva aver pensato che non bastava un bel mix di minaccia di espulsione, un matrimonio in fretta a furia per metterci una pezza e la rivelazione a sorpresa che il matrimonio segreto non lo era più? Oh, e il fatto che la famiglia di mio marito facesse parte della nobiltà europea. Adesso dovevamo anche aggiungerci la mia famiglia incasinata e disfunzionale. Tutto per un perfetto stufato di merda.

Ottimo, uhm. Bleah.

Mike sembrava scioccato che non ci fosse birra in frigorifero. Interruppi Lucas prima che si offrisse di andare a prendere sei lattine nel più vicino negozio di liquori. E, con mio sommo sollievo, nessuno dei due insistette. Derek non reagì in nessun modo, facendo nascere in me una scintilla di speranza nonostante il mio generale scetticismo.

«Ehi, bel cactus» osservò mio fratello, accennando a Cocky in mezzo al tavolo. Guardare l'irritazione che apparve sul volto di Lucas fu l'unico momento gradevole della serata.

Dire che non avevo appetito era un eufemismo, né per tutte quelle stronzate *né* per la pizza che avevamo ordinato per nutrire i nostri inaspettati ospiti. Mi si fermò tutto sullo stomaco come piombo e parlai pochissimo durante la cena.

Studiai mio fratello mentre era occupato a parlare con gli altri due. Sembrava lo stesso vecchio Derek. Divertente, dolce e chiacchierone. Poteva essere un ragazzo fantastico quando non c'era la sua montagna di problemi a pesare addosso a lui e a chiunque gli volesse bene.

Nessuno, guardandolo in quel momento, con il suo atteggiamento rilassato e i suoi sorrisi avrebbe saputo che poteva anche essere la persona più egoista su questo pianeta. E che tutti quelli che gli volevano bene aspettavano il cambiamento, tante volte promesso e mai arrivato.

Sbattei gli occhi, ancora ferita dal fatto che fosse stato lui, e non mamma o papà, a venire o a contattarmi in qualche altro modo. Visto che avevano trovato il mio indirizzo, allora potevano altrettanto facilmente trovare il mio numero di telefono o il mio indirizzo e-mail. Avrebbero potuto contattarmi direttamente. Invece avevano mandato Derek e un pacco-dono di cibo spazzatura.

E faceva male anche quello. Erano totalmente presi dal loro lavoro, ovviamente. E quelle lettere su carta elegantemente goffrata che continuavo a ricevere dai costosi avvocati di Vancouver ne erano senz'altro il motivo. Quella vecchia ondata di amarezza profonda mi ricordò che anche quello era colpa di Derek.

E non c'erano dubbi che la sua visita fosse collegata ai guai legali e a tutte le ragioni per cui avevo innanzitutto mollato tutte quelle cagate. Già, quella ero io, Katya la coraggiosa, che era scappata dal suo paese natio piuttosto di farsi valere.

Ma come aveva detto Lucas, la visita era solo per un breve periodo. Potevo sopravvivere a tutto per un po', no? Diavolo, ero sposata in segreto con l'uomo più scorbutico sulla terra da quasi sette mesi oramai. Doveva pur essere la prova che ce la potevo fare!

Sistemai i nostri ospiti nella stanza vuota appena oltre la cucina, quella che avrebbe dovuto essere la sala da pranzo che Lucas non aveva mai arredato. Aveva il pavimento di legno e pareti bianche vuote. Diedi loro i materassini gonfiabili di Lucas ma finsi di non sapere niente di pompe a mano, anche se ne avevo vista una nel ripostiglio proprio accanto ai materassini. Oh, bene, avrebbero semplicemente dovuto gonfiarli usando i polmoni.

Mio fratello ebbe il buon senso di tenere la bocca chiusa, anche se il suo amico Mike si lamentò a voce alta. Non me ne fregava niente di quello che pensava *lui*. Per me era sempre stato il nemico pubblico numero uno, e l'eminente persecutore della sorellina del suo migliore amico.

Sospirai, scaricando in un mucchio anche le lenzuola piegate e le coperte che aveva offerto Lucas. I ragazzi alzarono gli occhi dai loro telefoni quando borbottai: «Se vi serve altro, ci sono degli asciugamani nell'armadio della biancheria.»

«Avete una bella casa qui, sorellina. L'avete appena comprata?»

Scossi la testa. «Lucas vive qui da qualche anno. Io mi sono trasferita quando ci siamo sposati.»

«Avete fatto in fretta.» Mike mise da parte il telefono. Gli diedi un'occhiataccia, poi mi voltai. A chi diavolo interessava che cosa aveva da dire quella testa di cazzo? Non a me. Né gli chiesi di chiarire che cosa intendesse dire. Lui continuò nonostante l'occhiataccia che gli avevo dato, alzando gli occhi su di me. «Voi due che vi sposate, volevo dire. Perché non convivere per un po' prima. Che motivo c'era di affrettare il matrimonio?»

Piccolo stronzo provocatore. Faceva sempre così. E per aggiungere il danno alla beffa di presentarsi inaspettatamente alla mia porta, Derek aveva portato Mike con sé. Lui e Derek erano stati culo e camicia fin dai giorni della scuola media. A mio parere una gran parte dei problemi di Derek era frutto della pessima influenza di Mike, ma i miei genitori non mi avevano mai dato retta. Erano forse intervenuti qualche volta? Mai.

«Oh, mi dispiace, Mike. Sei arrabbiato perché non sono più disponibile? Come facevo a sapere che eri pazzamente innamorato di me in tutti questi anni?» Era un vago riferimento a quella volta che aveva avuto il fegato di chiedermi di uscire con lui. Era stato abbastanza disgustoso da comportarsi come se fosse un suo diritto stare con me, visto tutto il tempo che aveva passato con la mia famiglia. Avevo solo sedici anni e ovviamente non avevo mai nemmeno pensato a Mike in quel modo. E, com'era prevedibile, il suo comportamento era peggiorato ulteriormente quando avevo seccamente rifiutato.

Mike si mise a ridere. «Wow, la gattina ha gli artigli. Spero che li usi solo per graffiare la schiena del tuo maritino.»

Lo ignorai, andai all'armadio, ne tolsi qualche cuscino e invece di buttarli sulla pila delle coperte, li lanciai addosso a Mike. Mirando proprio alla sua stupida testa vuota. Lui ringhiò un "troia", sottovoce quando uno lo colpì diritto in faccia e io sorrisi, fiera di me stessa.

«Cavolo, amico, lasciala in pace.» Finalmente Derek alzò gli occhi dal suo telefono per rimbrottare il suo amico. *Grazie per esserti fatto avanti, fratellone*. Digrignai i denti.

«Allora. Domani mattina Lucas e io usciremo alle sette e mezzo per andare a lavorare. Dovrete andarvene da casa. Andate a fare tutte le cose da turisti. Non ho intenzione di mentire, però, qui la vita costa cara. Il biglietto per un giorno a Disneyland da solo costa un braccio e una gamba. E con il tasso di cambio che c'è, è ancora di più in dollari canadesi. Tanto per dire.»

Diedi un'occhiata di sottecchi a Derek, sospettando fortemente che mamma e papà avessero finanziato il suo viaggio, oltre a tutto il resto. *Perfetto*. Aiutare qualcuno a lasciare il paese con i loro soldi. Infrangere la libertà vigilata. Così tipico di loro. Di *tutti* loro.

Derek sorrise. «Beh, sai quanto detesti alzarmi presto la mattina, ma ce la faremo. Peccato tu non possa venire con noi a Disneyland. La mamma mi ha dato i soldi per comprare due biglietti per te. Non puoi prendere un giorno libero a breve?» Mi limitai a scuotere la testa. Probabilmente avrei potuto, ma non volevo. Derek fece spallucce. «Vabbè, ti lasceremo i soldi in modo che possiate andare per conto vostro quando vorrete.»

Scossi la testa. «Grazie, ma non è il caso. Dubito che avremo tempo per andarci a breve.»

Derek abbassò gli occhi e annuì. «È un peccato. Dovresti decisamente prenderti un po' di tempo per godere la vita ogni tanto. Buonanotte, sorellina. Dormi bene.»

Mi voltai verso la porta. Mike si mise a parlare, rivolto a Derek, ma ovviamente con l'intenzione che sentissi. «Magari domani possiamo andare in un negozio di cannabis. Ci servirà dopo aver dormito sul pavimento. Cioè, se i due piccioncini non ci tengono svegli tutta la notte scopando.»

Non mi voltai, né lasciai intendere che l'avevo sentito. Niente che potesse dargli anche un solo grammo di soddisfazione. Era dura, perché avrei voluto prenderlo a calci in faccia. Il suo brutto muso era proprio all'altezza giusta, dopotutto. Era sempre stato un tale rompiballe, sempre ad aizzare Derek perché trovasse un nuovo modo per terrorizzarmi.

Mi fermai per un momento nella mia stanza degli ospiti, presi la camicia da notte e i vestiti per il giorno dopo. Usai la chiave che mi aveva dato Lucas e chiusi la stanza in modo che non andassero a curiosare e cominciassero a fare domande. Poi tolsi tutti gli articoli da toilette dal bagno lì accanto e li portai in quello di Lucas.

Quando arrivai nella stanza padronale, la porta di Lucas era socchiusa, ma la stanza era vuota, tranne Max che mi guardò pigramente dal suo lettino. Entrai in silenzio e lo compensai con qualche grattatina di pancia. Notando che la porta del bagno era chiusa, appoggiai la mia roba sul letto. Poi aspettai pazientemente il mio turno, ma sembrava che ci stesse mettendo un secolo. Mi aveva avvertito che gli piaceva fare la doccia di sera.

Ma che cos'altro gli stava prendendo tanto tempo, se non era la doccia più lunga nella storia delle docce? Si stava vestendo? Rasando? Togliendosi un pelo per volta con una pinzetta? Contava le piastrelle sul pavimento? Che cosa?

Di colpo me lo immaginai con nient'altro che un asciugamano intorno alla vita, il torace muscoloso coperto di vapore e magari qualche gocciolina d'acqua. Anche se ci stava mettendo una vita là dentro, ne approfittai mentalmente. Sdraiata sul letto, fissai il soffitto e mi viziai con un po' di visualizzazione. Le sue braccia favolose, i bicipiti guizzanti mentre alzava il braccio per rasarsi. Mi chiesi se avesse le fossette alla base della spina dorsale. Si allenava regolarmente oppure era in forma solo perché era stato un atleta quand'era più giovane?

Nonostante i pensieri piacevoli, stavo ancora ribollendo per il commento merdoso di Mike riguardo al sesso rumoroso. Voleva sesso rumoroso per tenerlo sveglio tutta la notte? Sarei stata più che felice di accontentarlo, anche solo per farlo contento. Alzandomi, andai alla porta, la socchiusi e cominciai a gemere per finta, tipo Meg Ryan in *Harry ti presento Sally* . «Oh, baby, sì, sì!» Stavo praticamente ululando. Cercai di far sbattere la testata del letto ma non si mosse, solidi mobili antichi di legno, probabilmente fatti usando sequoie millenarie.

Cercai di picchiare sulla parete. Niente da fare… era una casa vecchia e questo significava che le pareti erano robuste. Il suono non passava. Neanche un po'.

Quindi tornai alla porta per strillare ancora un po'. «Oh, oh, oh, sì baby. Più forte!» aggiungendo un ululato ultraterreno per buona misura prima di chiudere la porta.

Silenzio, eccetto le vecchie cerniere che cigolarono. Mi voltai e vidi Lucas sulla porta del bagno. Stringeva la maniglia come se fosse l'impugnatura dello scudo che un cavaliere brandiva per proteggersi da un attacco invisibile. Aveva gli occhi spalancati, più grandi del normale.

Arrossii come un pomodoro e sbattei gli occhi, cercando di spiegare. «Io, uh. Beh, loro, Mike, uh…»

Lucas inarcò le sopracciglia e annuì, aspettando che sputassi il rospo.

Io sbuffai e indicai rigidamente il bagno. «Hai finito lì dentro?»

Lui entrò nella stanza indossando un pigiama blu di cotone. Aveva ancora le pieghe e sembrava inamidato, come se l'avesse appena tolto dalla scatola. Come se glielo avesse regalato sua nonna per Natale e lui l'avesse immediatamente riposto in un cassetto perché... di solito dormiva nudo o roba simile.

Era più sexy di quanto mi fossi aspettata sembrasse un uomo in pigiama di cotone. C'era qualcosa di così... pulito e perbene e onesto in lui normalmente. Il pigiama serviva solo a confermare quell'immagine. Ma non c'era stato niente di pulito e disciplinato in quello che mi aveva fatto la sua bocca la sera prima, mentre ero sdraiata sul pianoforte, con i suoi occhi che bruciavano come carboni ardenti. Deglutii.

Lui indicò il bagno vuoto. «Tutto tuo.»

Non avevo molto da fare, tranne lavarmi la faccia e cambiarmi. Avevo fatto la doccia quella mattina, come al solito. Ma quando rientrai nella stanza, mi resi conto di colpo di quanto poteva essere piccolo un letto matrimoniale. Specialmente se si doveva dividerlo con un partner con cui non si faceva sesso. In aggiunta a un'insana quantità di tensione sessuale insoddisfatta.

Mi fermai di fianco al letto e Lucas alzò gli occhi dall'e-book sul suo tablet.

«Uhm, allora come facciamo?» Mi schiarii la voce. «Uno di testa e uno di piedi, oppure io sopra le coperte e tu sotto? Oppure...»

Lucas sbatté gli occhi e sbuffò. «Vieni a letto. Cercherò di controllare i miei impulsi.»

Strinsi le labbra, chiedendomi se sarei riuscita a controllare i miei.

Com'ero arrivata ad aspettarmi da Lucas, le lenzuola erano lavate di fresco e di qualità superiore. Probabilmente lenzuola finissime di cotone biologico raccolto a mano in Tunisia e tessuto dalle vergini. Erano paradisiache contro la mia pelle. Mi infilai sotto, poi mi voltai sul fianco per guardarlo in faccia.

Appoggiai la testa a una mano e studiai per un momento il suo profilo, mentre smanettava con il suo tablet.

Quando sentì che lo fissavo, voltò la testa e fissò il suo sguardo scuro e risoluto su di me.

I nostri occhi si incontrarono e l'aria sembrò farsi più densa tra di noi. Studiai la frangia scura delle ciglia intorno ai suoi occhi mentre il suo sguardo si attardava sul mio viso per fermarsi poi sulle labbra.

Deglutii. Deglutì. Il silenzio continuò…

La luce sul suo volto cambiò quando si spense lo schermo del tablet e continuammo a guardarci, tormentati dai fantasmi di ciò che era rimasto inconcluso la sera prima. Anche se non avrei saputo trovare la parola per descrivere ciò che era successo la sera prima.

No… no.

L'avevo sentito dappertutto. Di colpo aumentò la pressione tra le mie gambe, nello stomaco. Tutto dentro di me si scaldò al ricordo di come mi aveva fatto sentire. E quanto desideravo che lo rifacesse.

E quanto mi sarebbe piaciuto fare lo stesso a lui.

Chiaramente si era spaventato a morte, dato il brusco gelo in ufficio.

Ciò nonostante, vacillai, chinandomi in avanti, appena un po'. Come spinta da un forte vento. E quel minuscolo movimento ruppe l'incantesimo. Lucas si mise immediatamente seduto e si voltò per appoggiare il tablet sul comodino. E con un arcigno «Buona notte» spense la lampada e mi voltò la schiena. Rimasi lì, senza sapere esattamente che cosa pensare, a sbattere le palpebre al buio. Dopo qualche minuto, Lucas inspirava ed espirava lentamente, nel ritmo tranquillo del sonno.

Con un sospiro, ricaddi sulla schiena e fissai il soffitto per ore. Sarebbe stato un miracolo riuscire a dormire quella notte, con tutto quello che era successo. I miei pensieri saltavano da una cosa all'altra. Tutte le ansie del passato, unite all'energia del presente e alla tensione che avevo sperato Lucas mi aiutasse ad alleviare.

Non riuscivo a togliermi dalla testa l'improvvisa apparizione di Derek. Dopo quasi due anni di silenzio assoluto da parte dei membri della mia famiglia. Improvvisamente lui, proprio lui, si faceva vivo come se non fosse passato nemmeno un giorno. Come se non avessi fatto le valigie nel bel mezzo della notte e non me ne fossi andata senza nemmeno salutare.

Questo viaggio non era semplicemente una vacanza per vedere Hollywood, visitare spiagge famose o gironzolare per i parchi di divertimento. C'era qualcosa in ballo. E quasi di sicuro avrebbe incluso farmi pressione perché tornassi in Canada e a tutte le faccende inconcluse che mi ero lasciata indietro. Era scontato.

Nemmeno per sogno.

Non funzionava niente... non continuare a voltarmi su un fianco e poi l'altro, non sistemare il cuscino, non alzarmi per usare il bagno, e quasi calpestare il cane al buio. Rimasi lì per ore, insonne, con i pensieri che correvano come auto tutte uguali che si inseguivano per tornanti e strade di montagna. All'improvviso desiderai di poter rinunciare e andare a sfogarmi un po' con un videogioco. Ma avrei dovuto passare per la sala da pranzo e chissà che cosa stavano facendo là i due idioti. Dovevo mantenere l'illusione che stessimo felicemente dormendo, abbracciati, dopo un po' di favoloso sesso coniugale.

Dio, avrei avuto bisogno di un po' di sesso, coniugale, semi acrobatico o anche noiosamente alla missionaria. A quel punto non ero molto schizzinosa.

Invece mi calmai ascoltando il ritmo regolare del respiro di Lucas e fissando le ombre riflesse sulla finestra dalla piscina del vicino. Mi sentii quasi confortata. Come se non dovessi affrontare tutto da sola.

Ma forse era tutta solo un'illusione.

Ciò nonostante, i miei occhi finalmente si chiusero dopo le quattro del mattino.

Capitolo Tredici
Lucas

Era chiaro che Katya non aveva quasi dormito. Non glielo avrei mai detto, ma mi aveva svegliato un paio di volte con la sua irrequietezza quella notte. Era passato un bel po' da quando avevo condiviso un letto, cioè letteralmente dormito accanto a qualcuno in un letto. L'esperienza dell'ultima notte era stata uno strano ritorno ai miei giorni da sposato.

O, immagino, a quegli altri giorni da sposato.

Eravamo silenziosi quella mattina, non dicemmo quasi una parola. Katya era stata previdente e aveva preparato i vestiti, e la lasciai andare in bagno per prima, vestendomi mentre lei faceva la doccia e poi facendo il caffè.

I nostri ospiti a sorpresa stavano ancora dormendo. Lasciai che se ne occupasse Kat, cosa che fece, svegliandoli prima della colazione e praticamente spedendoli via dopo averli nutriti. Si lamentarono ma finalmente, dopo qualche insistenza, uscirono di casa con noi.

Derek si fermò sui gradini mentre chiudevamo. «Ci vediamo stasera, eh? A che ora smettete di lavorare?»

«In teoria alle cinque» disse seccamente Katya. «Non che riusciamo spesso a tornare a quell'ora.»

«Il traffico?»

«Lunghe ore di lavoro, straordinari. Un sacco di lavoro da fare.»

Mike sbuffò. «Ma perché? Giocate tutto il giorno. Non è che stiate salvando delle vite o roba simile.»

Parlar male del lavoro delle persone che ti stavano ospitando non è una bella cosa. Mmm. Questo tizio, Mike, non mancava mai di piacermi sempre meno tutte le volte che apriva bocca.

Derek accarezzò la testa del cane, ci salutò amabilmente e diede un'occhiata enigmatica al suo amico. Il fratello di Kat sembrava una brava persona ma, cavolo, riusciva a innervosire sua sorella e a farle contrarre i muscoli peggio di quelli delle mie spalle dopo un'ora sul vogatore.

I due si avviarono sul marciapiede verso una berlina malconcia che avevano appena guidato per oltre duemila chilometri per arrivare qua. Presi Kat per il braccio e la indirizzai verso la mia auto. Lei mi guardò con una domanda negli occhi, ma non chiese nulla. Dovevamo mantenere le apparenze, dopotutto e non solo per i due idioti che avevamo in casa, ma anche per i nostri colleghi.

Le aprii la portiera e Kat salì senza dire una parola. Poi mi spostai dietro per far salire Max al suo solito posto, cosa che fece tutto contento. Andare al lavoro con me per lui era una grande avventura, ma penso che i miei colleghi fossero più delusi di lui quando non lo portavo.

«Sei silenziosa questa mattina» dissi quando eravamo per strada da qualche minuto. Il campus della Draco non era lontano, circa un quarto d'ora quando partivamo a quest'ora del mattino.

«Mi dispiace per questa cosa degli ospiti a sorpresa. E grazie per essere stato così gentile.»

Alzai le spalle. «Trattare con i parenti del coniuge è una delle cose che non puoi evitare quando sei sposato.» Gesù, mi sentivo un grande esperto di matrimonio, quasi un manuale, con tutte le mie stupide osservazioni. Come se il mio primo giro su quella particolare giostra non mi avesse completamente rovinato riguardo a quell'istituzione, mentre invece era proprio così.

Avevo giurato di non rifarlo. Invece, eccomi qui.

Le diedi un'occhiata. Aveva le dita strettamente intrecciate in grembo, chiaramente tesa. «Stai bene? Non hai dormito molto stanotte.»

Kat si voltò verso di me, con il viso pulito e i suoi magnifici capelli raccolti in una singola treccia stretta aderente allo scalpo che le scendeva tra le scapole. Era anche pallida, dato che portava solo una minima traccia di trucco. Ma era bellissima, come sempre. Avrebbe dovuto mettersi un sacco sulla testa e sul resto del corpo per nasconderlo.

Afferrai un po' più stretto il volante e mi rammentai per la milionesima volta di non continuare a pensare a quanto ero attratto da lei. Inseguire quei pensieri era pericoloso e portava quasi certamente a pericolosi capitomboli.

«Ho un mucchio di cose per la testa. Kyle mi chiederà di confermare la sua catena di missioni di classe A. Di nuovo.»

Mi frugai nella mente, cercando i rapporti sui bachi di quella parte di codice. Erano stati incredibilmente problematici quando Kat li aveva segnalati la prima volta. Codice scritto alla carlona e pieno di refusi ed errori, mi aveva detto, ovviamente quando gli sviluppatori non potevano sentirci.

Perché per gli sviluppatori noi eravamo il nemico numero uno. Eravamo quelli che dicevano loro quando avevano fatto casino, e la cosa non era gradita, per niente.

«E tu non pensi che siano pronti per uscire con il nuovo aggiornamento del gioco?»

Katya strinse i denti, poi si guardò le mani, allargando le dita. «Non ci sono nemmeno vicini.»

«Allora diglielo.» Non è che avesse mai avuto problemi a farlo prima d'ora. «Quei cambiamenti non possono andare online finché non ottiene il nostro OK, e lui lo sa.»

«Già, era veramente incazzato e francamente oggi non me la sento di trattare con lui.»

Rimasi sorpreso. Non era da lei. Il nostro tipo di lavoro richiedeva un carattere forte. Dovevamo tenere testa agli sviluppatori, ai capi progetto, e, a volte, anche ai dirigenti della società. Quando non potevamo garantire la qualità del progetto non potevamo permettere che uscisse. Era uno dei motivi per cui lei faceva così bene il suo lavoro. Era determinata come pochi. *Di solito* .

Kat sbuffò, cercando di ridere. «Oh, lo sa. Ma invece di tentare di baciarmi il culo per ottenere il mio OK, si sta comportando un po'...»

«Come un coglione?»

«Cerca di intimidirmi» finì lei contemporaneamente a me. Poi aggrottò le sopracciglia per qualche preoccupazione inespressa e fissò di nuovo fuori dal finestrino.

«Allora, fa lo stronzo con te?» La domanda sembrò un po' più decisa alle mie orecchie di quanto avessi inteso. Katya mi rivolse un'occhiata indecifrabile ma se la mia reazione l'aveva sorpresa non lo diede a vedere.

Improvvisamente si mise a giocherellare con l'anello nuziale, rigirandolo sul dito, poi passando una mano sui jeans che coprivano le sue belle gambe. Poi una mano finì sulla maniglia, l'altra sul freno di stazionamento, continuando a premere e a rilasciare oziosamente il pulsante in cima.

Senza nemmeno pensarci, misi la mano sopra la sua, avvolgendola completamente. «Non preoccuparti, Kat. Ce la puoi fare. E ti sosterrò se cerca di intimidirti in qualche modo. Ce la puoi fare.»

Katya si voltò a guardarmi, ancora pallida ma con qualcosa di nuovo negli occhi... gratitudine? Apprezzamento? «Grazie» sussurrò.

Ma sapevo che non era ciò che la tormentava veramente. No, la fonte dei suoi problemi ci avrebbe sbattuto in faccia appena fossimo tornati dai nostri indesiderati ospiti. C'era definitivamente qualcosa in ballo tra lei e suo fratello, e il resto della famiglia, se era per quello.

Forse avrebbe sputato il rospo. O forse sarei stato obbligato a chiederglielo direttamente.

Come sempre, in ufficio ci dividemmo. Io in riunione, lei per i faccia a faccia con gli sviluppatori che si appoggiavano a lei per i test strutturali. Kat era preziosa per il nostro settore grazie della sua estesa conoscenza della programmazione. Era in grado di guardare le linee di codice insieme al prodotto finito e prevedere potenziali problemi. Si diceva che avrebbe gestito una sua squadra di tester strutturali, se non addirittura l'intero reparto, se, Dio volendo, avrei mai ottenuto la promozione che agognavo.

E proprio per parlare di quello, il mio autonominatosi "tutore" per il nuovo lavoro si fece vivo dopo l'ultima riunione di quella mattina mentre mangiavo un boccone alla caffetteria. Jordan si accomodò su una sedia al mio tavolo, con una mela in mano, mentre finivo di scrivere alcuni appunti sul mio tablet. Non alzai nemmeno gli occhi.

«Ehi, giovane padawan. Come va la vita da sposato?»

«Una meraviglia» risposi seccamente.

Finii quello che stavo facendo e chiusi l'app. Spingendo da parte il tablet, mi voltai a guardarlo. Jordan aveva un gomito sul tavolo, un pugno sotto il mento e mi fissava mentre masticava pensieroso la mela.

«Hai lavorato ancora un po' sulla tua idea per la nuova società? Il tempo stringe e io voglio che abbia tu il lavoro.»

Lo imitai, stringendo gli occhi e appoggiando il mento sulla mano. «E perché è così importante per te che ottenga io il lavoro?»

Jordan alzò una spalla con indifferenza, appoggiandosi allo schienale e distogliendo gli occhi. «Perché siamo amici? Non basta?» Diede un morso alla mela e masticò, evitando di guardarmi.

«Sto lavorando con uno degli astronauti. Abbiamo avuto alcune idee.»

Con la coda dell'occhio intravidi qualcuno che si avvicinava. Alzammo entrambi gli occhi vedendo Jeremy. La concorrenza. Fece un cenno di saluto a Jordan, sorridendo nervosamente. Jordan gli fece segno di sedersi, ma Jeremy scosse la testa battendosi sul polso. Doveva avere una scadenza imminente.

«Sono venuto solo a prendere qualcosa da mangiare alla scrivania mentre finisco.» Jeremy poi si rivolse a me. «Volevo solo ringraziarti per i link che mi hai mandato. Unreal Engine è una grande idea.»

Annuii. «Certo, amico. Nessun disturbo. In bocca al lupo. Saluta Michaela per me.»

Jeremy storse leggermente la bocca e il viso si indurì. Mmm. C'era qualcosa che non andava? Diedi un'occhiata a Jordan. Se anche c'era qualcosa, non glielo avrei chiesto in quel momento. Jordan e Jeremy non erano così intimi.

«Beh, con tutte le idee che hai, vedo che la concorrenza è veramente dura» disse Jeremy con una risatina. «Pensavo di avere già il lavoro in tasca finché non hai rispettato quella scadenza impossibile. E adesso che stai mostrando questo lato creativo...»

Alzai un sopracciglio. «Non fare quella faccia sorpresa.»

Jeremy si mise a ridere. «È che sono abituato a te che mi urli in faccia per i bachi, tutto il tempo. Non sapevo che sapessi fare tutta quell'altra roba.»

Jordan osservava il nostro scambio di battute, masticando in silenzio la sua mela e diventando sempre più imbronciato.

«Comunque non volevo interrompere. Goditi il pranzo.» Jeremy guardò me e poi Jordan, per poi tornare a guardare me, come se gli fosse venuto il sospetto che Jordan potesse essere parziale nei miei confronti. Poi alzò una mano e se ne andò mentre io restai a guardare per un momento la sua figura che si allontanava.

Che strano concorrere per lo stesso lavoro di alto livello, una cosa a cui lavoravo da anni, con un amico. Il risultato di questa gara avrebbe cambiato drammaticamente una delle nostre vite e probabilmente influenzato negativamente per sempre la nostra amicizia.

Quando tornai a guardare Jordan, lui mi stava scrutando a occhi socchiusi. Sorpreso gli chiesi: «Che c'è?»

«Grazie per il suggerimento? Che diavolo vorrebbe dire?» Divenne di colpo sospettoso. «Non gli stai dando suggerimenti e idee, vero?»

Feci spallucce. «Mi ha aiutato anche lui. Non ci stiamo scannando.»

Jordan appoggiò il torsolo della mela su un tovagliolo e si pulì le mani. Poi si voltò a guardarmi con quella che sembrava pazienza forzata, come se stesse per spiegare qualcosa per la quarta volta a un ragazzino di dieci anni. «Sono affari, Lucas. Con le parole di uno delle mie figure di riferimento, il presidente e co-fondatore della Nike: *gli affari sono una guerra senza pallottole*. Sono spietati per loro natura.»

Scossi la testa. «Jeremy è un amico. Non ho intenzione di fargli guerra.»

Jordan inarcò un sopracciglio. «Sto puntando sul cavallo sbagliato?»

Mi misi a ridere. «Non sono né un soldato né un cavallo. Datti una calmata.»

Jordan scosse la testa, cercando di non sorridere. «Ovviamente il matrimonio ti ha rammollito. Dobbiamo lavorare per indurirti un po', padawan.»

«Piantala con i tuoi riferimenti a Star Wars, Obi-Wan.» Jordan sapeva, come sapevano tutti quelli che mi conoscevano, che non sopportavo quelle allusioni. Non si poteva passare tutta la vita da adulto e farsi chiamare Lucas Walker e non sentire qualcosa di simile a quelle battute quasi ogni giorno della settimana.

Jordan si allontanò dal tavolo con un ghigno da stronzo. «Usa la forza, Luke. Cioè, Lucas.»

«Fanculo» gli dissi bonariamente mentre mi salutava con la mano andandosene.

Quanto tornai nella Tana, Kat non era alla sua postazione. Immaginai che fosse impegnata con i suoi programmi. Improvvisamente Kyle, uno degli sviluppatori, apparve al mio fianco con il suo tablet. «Ho bisogno che la soluzione di questi bachi venga approvata oggi.»

Gli diedi un'occhiata e poi controllai la checklist sul suo tablet. «Dovrai aspettare che lo faccia Katya. Non posso scavalcarla.»

Lui mi fissò come incredulo per un momento, poi fece una smorfia. «*Non puoi* o *non vuoi*? Che cosa c'è, hai paura che ti dia un colpo in testa con una padella?»

Continuai a scrivere, non volevo nemmeno degnare il suo commento di una risposta.

Kyle sospirò, frustrato. «Katya è impossibile. Non posso risolvere la cosa con te?»

Voltai la sedia verso di lui, impassibile. «No, non puoi. E se non accetta il tuo controllo qualità allora ci sarà una buona ragione. Non è un capriccio.»

Kyle mi guardò malizioso. «Ah, giusto. Devi mantenere accesi i fuochi a casa? Prendere le difese della mogliettina?»

«Hai finito con il tuo capriccio da pre-adolescente?»

Kyle strinse gli occhi. «Non puoi farmi un favore per questa volta? Non ce la faccio con lei.»

Tamburreggiai le dita sulla scrivania, aspettando impazientemente che questa conversazione finisse, provando di colpo simpatia per Kat che doveva confrontarsi quotidianamente con questo atteggiamento. Ricordai la sua stanca rassegnazione la mattina in auto, il modo in cui si era agitata nervosamente, temendo il comportamento aggressivo di Kyle. Normalmente era una tigre, capace di difendere se stessa e anche gli altri quando ne sentiva il bisogno. Ma quella mattina non tanto…

«Allora forse hai bisogno di impegnarti con la programmazione, in modo che non sia così piena di bachi. Katya fa il suo lavoro e lo fa bene e il mio giudizio sul suo lavoro non ha niente a che vedere con il fatto che siamo sposati. Capito?» Kyle aprì la bocca per interrompermi ma lo ignorai. «Se questo gioco viene rilasciato con dei problemi, ci sono le palle di tutti in gioco, amico.»

Kyle sorrise a trentadue denti. «Beh, non quelle di Katya, perché non le ha.»

«Grazie per la lezione di anatomia.» Bastardo sessista.

«Ho una lista di cose da fare lunga un chilometro» piagnucolò.

«Allora fai quello che facciamo noi e lavora tutta la notte finché avrai finito. Oppure di' al tuo capo che hai troppa roba sul piatto. Ma quando avrai a che fare con il controllo qualità, lo farai rispettosamente o dovrai risponderne a me. Perché Katya è una collega estremamente competente e non perché sono sposato con lei. Capito?»

«Fanculo. Come vuoi.» Alzò le braccia come arrendendosi, poi riprese il suo tablet.

«È così che facciamo qui» dissi parlando alla sua schiena e avrei potuto giurare di sentirgli dire "schiavo della figa" nella sfilza di parole che borbottava sottovoce.

Perché ovviamente… coglione. Gesù. Sapevo che c'era un sessismo rampante e tossico nell'industria dei videogiochi. Conoscevo il fatto, intellettualmente, ma mi infastidì parecchio vederlo in azione. Vedermelo buttato in faccia, specialmente riguardo a qualcuno cui tenevo.

Sbattei le palpebre. Quel pensiero era apparso prima che potessi mentalmente cancellarlo. Mi corressi con forza. Non tenevo a Kat più di quanto tenessi al resto della mia squadra. *Ecco.*

Confrontarmi con il fatto che altri avevano la vita più dura della mia. Le donne e le minoranze nell'industria dei videogiochi dovevano lavorare due volte più sodo, o comunque di più, per guadagnarsi il rispetto. Mi strofinai la mandibola, poi gli occhi stanchi, decidendo di parlarne ai miei superiori alla prima occasione.

Giurai di fare le cose in modo diverso in quella divisione, se fossi stato abbastanza fortunato da ottenere la promozione.

Presi il telefono e mandai un messaggio a Kat. Volevo essere presente quando avrebbe parlato con Kyle dei suoi bachi. Poi tornai al lavoro.

Mezz'ora dopo non aveva ancora risposto. Fermai Warren e gli chiesi se l'avesse vista. «Sì, sta sonnecchiando nella Fossa da mezzogiorno, è crollata sul divano.» Poi mi rivolse un sorriso malizioso. «Dev'essere tutto quel sesso da novelli sposi che l'ha sfinita. Avete provato le posizioni canadesi?»

«Le *cosa* ?»

Lui annuì, completamente serio. «C'è un intero sito dedicato a quello. Atti sessuali canadesi. Sai, Full Mounties, o magari la Presa dell'orso polare? Lo Sciogli igloo?»

Sbuffai e mi alzai. «Cresci, Warren.»

«Amico! Che ne dici di Winnipeg nella sua Regina?» mi chiese mentre mi allontanavo.

Gli risposi mostrandogli il dito medio da sopra la spalla.

«Esattamente» disse ridendo come un pazzo.

Che cosa diavolo significava poi? Gesù, avevano perso la testa tutti quanti in questo posto solo perché Kat e io ci eravamo sposati? Tutte le coppie che lavoravano insieme dovevano affrontare queste stronzate oppure era solo perché quella era la centrale dei nerd?

Normalmente ero fiero della mia tessera da geek, ma non quel giorno.

Trovai Kat spaparanzata sul divano nella Fossa, che dormiva profondamente sdraiata sulla pancia, con i capelli lunghi che si erano sciolti e che le coprivano la faccia. Sapendo che aveva passato una brutta nottata, esitai a svegliarla. Non che io avessi dormito molto meglio di lei. Il solo pensiero del suo corpo così vicino al mio, nel mio letto, mi aveva distratto troppo per dormire.

Nel passato fin troppo recente, avevo avuto una fantasia o due su di lei lì, nel mio letto. Ma non con quella sottile camicia da notte verde che aveva solo lasciato intravedere le curve che c'erano sotto. No, nella mia testa lei era lì, con la pelle bianca contro le lenzuola blu scuro. Quei favolosi, lucenti capelli rossi sparsi sul cuscino candido. E in ognuna di quelle fantasie, quel corpo nudo e tentatore era sotto il mio. E quella pelle era morbida esattamente come sembrava.

Dio solo sapeva quanto avrei voluto toccarla per vedere se la realtà era all'altezza delle mie fantasie.

La notte prima, quando era seduta a guardarmi mentre leggevo sul mio tablet, aveva aperto quelle labbra e si era chinata verso di me, quasi come se volesse darmi il bacio della buonanotte. Era stato troppo. Troppo simile a come cominciavano sempre le mie fantasie. E la mia reazione fisica a quel momento mi aveva fatto voltare di colpo e spegnere la luce più in fretta che potevo.

Perché sapevo che se mi fossi chinato anch'io, sarei stato perduto. Senza un modo per tirarmi indietro di nuovo.

Cedere all'attrazione sarebbe stato permettere di essere trascinato in un vortice di marea, rischiando la rovina. Ed ero riuscito a scamparla una volta, solo perché avevo perso i sensi, esausto dalla bravata alimentata dallo scotch.

Non sarei mai più stato così fortunato.

E per il resto delle notti, per quante fossero, in cui avremmo dovuto dividere un letto, sarebbe stata una tortura, squisita, certo, ma comunque una tortura.

Prevedevo un mucchio di docce nel mio prossimo futuro. Almeno sarei uscito da questa prova estremamente pulito.

Mi sedetti accanto a lei sul divano, sperando che il movimento la svegliasse, ma dormiva profondamente. Quindi le scostai i capelli dalla faccia, lentamente, delicatamente, come se stessi per rivelare un capolavoro d'arte a lungo nascosto sotto pile di detriti. E il suo volto era proprio quello. La pelle luminosa, il naso sottile e leggermente all'insù, le sopracciglia folte dello stesso colore dei capelli lucenti… quelle labbra. Quelle labbra deliziose, labbra da baciare. *Così allettanti…*

Mentre infilavo la ciocca di capelli dietro l'orecchio, passai il pollice sullo zigomo alto e prominente. Era così carina. *Così pericolosa* .

«Kat» dissi a voce bassa. «Katya, svegliati.»

Le sue palpebre vibrarono e poi si aprirono. Quegli occhi azzurri mi misero immediatamente a fuoco mentre mi guardava socchiudendoli, poi Kat si contorse, stiracchiandosi lentamente come un gatto, con la maglia che tirava contro il petto, le gambe tornite allargate. E adesso non stavo solo ammirando la sua bellezza… stavo reagendo in un modo sessualmente molto frustrato. Voltandomi per nascondere l'erezione nei miei pantaloni, strinsi i denti, scoraggiato. Maledizione, era pericoloso anche solo aprirmi così poco.

Mi alzai. «Ti sei addormentata» dissi seccamente, senza guardarla. «Non ti paghiamo per sonnecchiare sul lavoro.»

Katya sospirò. «Signor sì, signore.» Poi si alzò dal divano, sbattendo gli occhi e piegando il collo prima da una parte e poi dall'altra. Era veramente andata.

«È venuto Kyle e non dovrebbe più fare lo stronzo con te. Ma non voglio che lo veda senza di me, solo per sicurezza.»

Kat soffiò fuori il fiato, poi mi guardò con un'espressione illeggibile. «Grazie.»

«Prego. Andremo a casa alle cinque.» E me ne andai.

Già, ero stato più burbero di quanto avessi inteso e non era colpa sua il fatto che trovassi così difficile resisterle. Ma avevo una volontà di ferro e *avrei* resistito. Sarei riuscito dove avevo fallito prima.

Quando arrivammo a casa, il contingente degli ospiti era seduto sul gradino a bere birra, con una confezione da 24 in terra tra di loro. Avevano i jeans arrotolati sui polpacci e Mike portava un berretto da baseball rosso degli Angels che doveva aver preso nel vicino negozio di souvenir.

«Questa birra americana sa di piscio d'alce. Non capisco perché ne abbiamo comprate ventiquattro» disse Mike mentre ci avvicinavamo.

«Come se tu sapessi che sapore ha il piscio d'alce» disse il fratello di Kat.

«Non si poteva nemmeno bere sulla spiaggia. Che cazzata.»

Kat si irrigidì quando ci fermammo, fissando il fratello con gli occhi ostili.

«Com'è andata la vostra giornata?» chiesi in tono neutrale quando il suo silenzio rese la situazione un po' imbarazzante.

«Siamo andati in spiaggia. Bella. Qualcosa con il nome spagnolo, come la birra. Corona de la...»

«Corona del Mar» lo corresse Katya. «E no, non si può bere alcol su nessuna spiaggia qui. Esattamente come a casa.»

«Beh, a casa c'è sempre un modo» disse Mike con un sorrisetto. «Ma qui non abbiamo osato. I poliziotti americani sono fuori di testa. Ha tolto tutto il divertimento alla spiaggia.»

Un'altra lunga pausa prima che Kat si rivolgesse a suo fratello. «Tu non dovresti bere *del tutto* .»

«Siamo in vacanza» rispose Derek in tono un po' piagnucoloso. «È la mia prima volta in Cali. Dacci tregua, sorellina.»

Uh. Già, nessuno di quelli che ci vivevano la chiamavano *Cali*. La sua espressione sembrava un po' provocatoria quando guardò negli occhi sua sorella e bevve un altro sorso dalla bottiglia.

Kat incrociò le braccia sul petto. «E mamma e papà hanno speso migliaia e migliaia di dollari in riabilitazione per che cosa, esattamente?»

Derek sbuffò, incrociando gli occhi, ma non le rispose. Lui e Mike si diedero un'occhiata ed entrambi scoppiarono a ridere, come se avessero previsto che Kat avrebbe detto qualcosa del genere e la stessero prendendo in giro.

Cominciai a innervosirmi e dovetti farmi forza per non dire qualcosa che avrei rimpianto.

Quando Kat continuò a fissarlo con un'espressione di condanna, Derek appoggiò la bottiglia vuota sul gradino e alzò le braccia, rassegnato. «Va bene, va bene. È l'unica che ho bevuto. Prometto di fare il bravo e di non berne più.»

Mike alzò la bottiglia con una risata. «Io non faccio promesse.»

Si alzarono quando salii i gradini per aprire la porta. Entrai e la tenni aperta per loro. Nessuno di loro disse una parola a Kat quando lei restò lì, con lo stesso atteggiamento rigido. Mike però si assicurò di prendere il resto del cartone per portarlo dentro con loro.

«Sto morendo di fame. Che cosa c'è per cena?»

Con un lungo sospiro rassegnato, Kat si chinò a prendere le bottiglie che avevano lasciato sul gradino. Poi le sue spalle si afflosciarono, come se stesse avvizzendo davanti ai miei occhi. Come se la ragazza di ferro ne avesse finalmente avuto abbastanza e dovesse mostrare la sua stanchezza. Io ribollivo in silenzio, risentito.

Maledizione. I prossimi giorni sarebbero stati difficili. Probabilmente avrei dovuto cominciare a tracannare qualcosa di più forte della birra per superarli. Sfortunatamente, sembrava che lo scotch mi facesse fare cose molto inappropriate a mia moglie, quindi anche quello era escluso.

Capitolo Quattordici
Katya

PREPARAI DEGLI SPAGHETTI USANDO IL SUGO PRONTO, anche se ero tentata di gettare a quei due la pizza fredda avanzata dalla sera prima. Digrignai i denti per tutto il tempo, cercando un modo per farli andar via. Gli ultimi due anni non avevano minimamente cambiato Derek. E Mike sarebbe stato sempre lo stupido stronzo che era, anche dopo l'apocalisse.

Anche mentre ero china sopra la pentola della pasta che cuoceva, avevo le lacrime che mi pungevano gli occhi, lo stesso vecchio risentimento che cresceva. Mamma e papà che mi dicevano di non potersi permettere la nuova console per i videogiochi che avevo aspettato pazientemente ed era l'unica cosa che avevo chiesto per Natale. Avevo ricevuto dei vestiti, comprati in saldo. La console costava troppi soldi perché Derek era nel nuovo centro privato di riabilitazione che costava una fortuna. Oppure dovevano pagare la parcella degli avvocati o qualunque cosa fosse per quel mese.

Ricordai improvvisamente quella domenica pomeriggio in cui ero tornata da un fine settimana in campeggio sull'isola vicino a Victoria con i miei amici. Non avevo notato che la mia auto non era nel solito posto dove la parcheggiavo. Ma quando ero entrata in casa, mia madre mi era venuta incontro torcendosi le mani. Mi aveva detto piangendo che Derek aveva avuto un incidente d'auto e che era appena uscito dall'ospedale. Ma stava bene, per fortuna.

Oh, e, tra parentesi, l'auto per cui avevo risparmiato per mesi e a cui non doveva assolutamente avvicinarsi? Già, gli avevano consegnato le chiavi appena ero andata fuori città e il permesso di usarla quando aveva frignato per ore. La mia povera piccola Ford Focus non era stata fortunata come Derek. Non era sopravvissuta quando mio fratello, ubriaco o fatto, l'aveva fatta finire contro un palo del telefono.

Ah, e, sorpresa, sorpresa. I genitori non avevano abbastanza soldi per coprire la differenza con l'assegno dell'assicurazione per l'auto distrutta. Quindi avrei dovuto lavorare ancora di più per comprarne un'altra. E tutto mentre mi facevo sballottare sui mezzi pubblici, men che stellari, di Vancouver per andare al mio lavoro, al terzo turno. Oppure scroccavo un passaggio agli amici, quando potevo.

I gruzzoletti che guadagnavo facendo la babysitter o altri lavoretti mentre ero alle superiori… li nascondevo dove pensavo nessuno potesse trovarle. Derek ci riusciva sempre. E prendeva sempre *tutto* .

E ora era lì, con l'audacia di tracannare birra sul mio portico, comportandosi come se fosse un suo diritto avere tutto ciò che io avevo *guadagnato* . Di nuovo.

Feci un respiro profondo, ripromettendomi di trovare un gruppo Al-Anon locale, quello degli Alcolisti Anonimi riservato ai familiari. Quegli incontri mi avevano aiutato a superare alcuni dei momenti peggiori a casa, quando li vivevo quotidianamente. Avevo imparato molto tempo prima che Derek non sarebbe mai cambiato, che gli volessi bene o meno.

Non quando tutti intorno a lui gli permettevano di essere il colossale coglione egoista che era.

E anche adesso che stavo ribollendo di rabbia nei suoi confronti, mi attanagliava il senso di colpa per quello che stavo pensando riguardo al mio stesso fratello.

Il ragazzino con cui avevo condiviso tante avventure quando eravamo molto giovani. Eravamo amici. Avevamo imparato a usare uno skateboard insieme. Andavamo in bicicletta. Lo stracciavo regolarmente a qualsiasi videogioco giocassimo insieme. C'erano solo undici mesi di differenza tra di noi. Praticamente gemelli, diceva mia madre scherzando.

E anche se lui era il più vecchio, ero sempre stata io quella più responsabile. Per tutta la nostra vita, tutti avevano chiuso un occhio con Derek.

E non potevo fare a meno di sentirmi amareggiata, specialmente adesso. Specialmente perché i suoi casini mi erano costati la mia casa, i miei amici di lunga data, la mia città natale. Il mio maledetto paese.

Mentre gli spaghetti cuocevano, ribollivo di rabbia e risentimento come quella pentola di pasta.

«Va tutto bene?» chiese Lucas avvicinandosi e quasi saltai in orbita per la sorpresa. «Scusa, non intendevo spaventarti. Non ho fatto piano, te l'assicuro.»

Sospirai. «No» dissi con la voce che tremava, conscia che il cuore stava correndo a qualche chilometro al minuto. «Ero solo pensierosa, immagino.» Pensieri profondamente, amaramente, furiosi.

«Non vorrei offenderti, ma… tuo fratello si comporta sempre così con te?»

Controllai la pasta per vedere se fosse già *al dente* , ma era ancora troppo dura. Mi voltai a guardare Lucas. «Se con "così" intendi dire come se si sentisse in diritto di comportarsi da stronzo, allora sì. Praticamente sempre.»

Lucas si massaggiò pensieroso la mandibola. «Okay. C'è qualcosa che posso fare per alleviare questo senso di imbarazzo?»

«Grazie per averlo chiesto, ma sarà così finché non se ne andranno.» Lucas mi guardò lavorare mentre mi spostavo dal fornello al forno dove stavo tostando il pane all'aglio.

«Dovresti scoprire quando hanno intenzione di farlo. Preferirei che fosse presto.»

Inarcai le sopracciglia guardandolo. «Ti avevo avvisato. Spero che il fatto che dorma nella tua stanza non sia veramente troppo da sopportare.»

Quando alzai gli occhi, ci guardammo a lungo. Momenti tesi senza parole. Nessun suono, eccetto l'acqua che bolliva e il borbottio della salsa sul fornello.

Ma ci stavamo dicendo moltissimo. Per un breve minuto vidi il lampo della scintilla che si era accesa nei suoi occhi la sera della cena con la sua famiglia. La notte in cui ci eravamo baciati con tanta passione. La notte in cui mi aveva fatto sentire così meravigliosamente bene sul suo pianoforte.

Quello era tra i primi nella classifica dei miei migliori momenti sessuali finora. E pensare che era stato un breve incontro, e una prima volta, tra di noi. Non potevo fare a meno di avere voglia di sapere come sarebbe stato se avessimo continuato.

E, maledizione, volevo di più. E a quanto pareva anche lui.

Ma avrebbe resistito con ogni fibra del suo essere.

Vedevo anche quello, nei suoi occhi, nel modo freddo e distaccato in cui si comportava qualche volta. Quando cercava di trattenersi dall'essere gentile e aperto. Come se qualunque altro comportamento potesse esporlo al pericolo.

Non mi vergognavo di ammettere che desideravo follemente lo stesso pericolo che lui stava evitando. Con un respiro profondo, distolsi gli occhi e gli chiesi di portare in tavola il cestino del pane all'aglio.

I nostri ospiti mangiarono con gusto e, prevedibilmente, lasciarono i piatti sul tavolo. Erano troppo distratti, a quanto pareva, dopo aver scoperto il sistema di console collegato a una nuovissima TV 4K in soggiorno e la sua notevole libreria di videogiochi. Lucas, sempre paziente, andò ad aiutarli a usarlo. Forse aveva capito che li avrebbe tenuti occupati e lontani dai guai.

Non li conosceva come li conoscevo io, però.

E io? Io finii di sparecchiare dopo aver cucinato. Mi diede il tempo di tramare come liberarmi di loro.

Chiamare i disinfestatori?

O qualcuno per ridipingere le pareti interne?

O un accalappiacani per portarli nel posto in cui meritavano davvero di vivere?

A suo credito, Lucas arrivò quando avevo quasi finito e mi aiutò. Finì per me, caricando la lavastoviglie e ringraziandomi cortesemente per la cena deliziosa. Raggiungemmo per un po' i rimbambiti in soggiorno mentre continuavano a giocare. Ebbero perfino il fegato di chiedere a Lucas i codici per le scorciatoie, ma lui non li accontentò.

Facevano veramente schifo a praticamente ogni tipo di videogioco. Quando dissi loro che volevo giocare anch'io, Derek cominciò volutamente un gioco senza aggiungere me. Ma allungò il controller a Lucas e si alzò.

«Devo usare il bagno e vorrei parlare con Kat per un minuto, se non ti dispiace.»

Diedi un'occhiata a Lucas, che a sua volta mi guardò come per chiedermi se era okay umiliare completamente Mike.

«Voglio solo fare due chiacchiere» insistette Derek. Gli diedi un'occhiata e sospirai. «Okay, va bene.»

Quando ebbe usato il bagno, ci incontrammo nella sala da pranzo vuota, dove avevano dormito. Lucas aveva portato un paio di cuscinoni per loro comodità. Derek si lasciò cadere su uno di quelli e io presi una sedia dalla cucina.

Se dovevo precipitarmi fuori di lì sbuffando, non volevo dover lottare per alzarmi da un cuscino. Quando tornai, aveva il suo borsone in grembo e stava frugando dentro. Dopo un momento, ne tolse una scatola sigillata con il nastro adesivo e me la tese. C'era il mio nome scritto nella grafia inconfondibile di mia madre.

«Il tuo pacco dono di cibo spazzatura canadese, come promesso. Anche se non ti dispiacerà condividere un po' di toffee con me...»

Strappai il nastro adesivo e aprii la scatola. I miei sensi furono assaliti dall'odore dei dolci, in particolare del cioccolato al latte con le bolle d'aria delle barrette Aero. Mi riportò alla mente il ricordo di quando mi fermavo al negozio all'angolo in fondo alla strada per comprare il latte o altre provviste per la cena. Mi viziavo e usavo le monetine per comprarmi un po' di conforto sotto forma di cioccolato. Una ragazza doveva pur regalarsi qualche barretta di cioccolato di qualità ogni tanto.

Presi una tavoletta di toffee e la gettai a Derek, che fece il gesto tradizionale di sbatterla sul pavimento. Beh, il sistema abituale era di sbatterle contro il muro, ma era troppo lontano. Poi aprì l'involucro esterno, togliendone i pezzetti pronti da mettere in bocca.

Mi tese la confezione, ma scossi la testa. «Non mi piace come si appiccica ai denti.» Frugai nuovamente nella scatola, oltre i pacchetti di patatine e dolci. Niente lettera né biglietti. Solo una scatola di cibo spazzatura?

«Hai visto? Ho messo uno sticker dei Canucks per te. Che c'è?» chiese Derek una volta inghiottito il suo pezzo di toffee. «Abbiamo dimenticato qualcosa?»

Alzai gli occhi e scossi la testa. «Pensavo solo che la mamma avrebbe inserito un biglietto o roba simile.»

Derek esitò, con gli occhi sulla scatola e mi diede un'occhiata incerta. «Lei, uh, penso che volesse farlo. Ma... non sa che cosa pensare. Non sa a che punto sono lei e papà con te. Sai, dato che non ci hai contattato e volevano lasciarti il tuo spazio e la tua indipendenza. E...» Esitò come per riflettere su qualcosa, poi frugò nell'involucro e prese un triangolino di toffee, masticandolo lentamente.

«E cosa?» insistetti, inarcando le sopracciglia.

«Penso che la mamma si senta un po' in colpa per come sono rimaste le cose. Data la discussione che avete avuto. E tu ti sei arrabbiata tanto. Poi non ha mai avuto il modo di trovare una soluzione perché... te n'eri andata.»

Sbattei gli occhi guardando Derek, osservandolo raccontare questa versione degli eventi successi durante l'ultimo fine settimana a casa della mia famiglia. Sembrava così triste, sia per se stesso, sia raccontando anche la tristezza di nostra madre. Si sentiva in colpa? E perché mi sentivo *io* in colpa? Io ero del tutto giustificata quando tutti e tre mi puntavano il dito addosso e mi fissavano chiedendomi di fare una cosa sbagliata, maledizione.

Feci un respiro profondo, ma non risposi, con la tristezza che all'improvviso mi stava attanagliando lo stomaco. Pensavano tutti che avessi *desiderato* lasciare le cose in quel modo? Che proprio io sarei stata quella che distruggeva la famiglia? Perché… perché… strinsi le mani sulla scatola.

«La mamma dice che le manchi moltissimo. Anche a papà, ovviamente. Sei sempre stata la sua preferita.»

Come potevo essere la sua preferita, o quella della mamma, quando si accorgevano appena che esistevo? Io ero l'altra, la figlia di cui non dovevano preoccuparsi perché non dava problemi. Quella di cui avevano completamente dimenticato il sedicesimo compleanno perché Derek aveva dovuto fare una lavanda gastrica in ospedale.

Mio fratello mise da parte il resto del toffee appoggiandolo con cura sopra il suo materassino gonfiabile e si voltò a guardarmi con le mani sulle ginocchia. «Non hai mai pensato di tornare magari per una visita. Potremmo chiarire le cose. Restare in contatto. Le cose non devono per forza restare così.»

Mi ripiegai le braccia sul petto mentre parlava e sentii le spalle che salivano come per proteggermi. La mia sola reazione, comunque, fu di scuotere forte la testa.

«Non hai pensato a come sarebbe facile? Cioè, quanto potresti aiutarmi…»

A quel punto divenni rigida come un pezzo di legno. Era quello che aveva sempre voluto. Perché era venuto fin qua. Ecco. Non era quello che salvava la famiglia. L'unica cosa che stava cercando di salvare era la propria pelle.

«Dai, Kat, solo questa cosa e sparisce tutto per tutti noi. E potresti farlo. *Tu* . Non vuoi che Lucas conosca il resto della nostra famiglia?»

Mi alzai e appoggiai la scatola sulla sedia. Non ero obbligata ad ascoltarlo e non lo avrei fatto. «Basta Derek» dissi a denti stretti. Sentivo la pressione che saliva e il battito del cuore nelle tempie.

Derek balzò fuori dal cuscinone più in fretta di quanto avrei pensato fosse possibile e mi prese il braccio appena sopra il gomito per fermarmi. «Dai, Kat. Ti sto pregando. Ho bisogno del tuo aiuto. Solo questa volta.»

Solo questa volta . Merda. Quante volte avevo sentito quella frase? Strinsi i pugni e mi liberai il braccio con uno strattone. «Rifallo e ti darò una ginocchiata nelle palle da fartele arrivare in bocca.»

Derek arrossì e aprì la bocca per rispondere animatamente quando il parquet scricchiolò nel corridoio. Lucas emerse dalla parte buia, verso il soggiorno.

Guardò Derek e poi me e chiese. «Va tutto bene?»

Io deglutii e Derek restò immobile, dandomi un'occhiata. «Uhm, sì» dissi, un po' affannata. «Stava cercando di rubarmi gli Smarties e gli ho detto di comprarsi i suoi. Mi ha appena dato il mio pacco dono e adesso vuole già saccheggiarlo.»

Lucas guardò Derek per tutto il tempo in cui parlai e capii che non la stava bevendo. Era troppo intelligente per cascarci. E io non ero una bugiarda tanto brava da cavarmela, cosa che rendeva l'intera faccenda ancora più ironica.

Sentii una risata salirmi in gola, nata dall'ironia e dall'angoscia e da tutto quello che era successo nella mia vita come risultato di una decisione. Scappare e lasciarmi i guai alle spalle. I guai ti trovavano sempre, prima o poi. Non importava quanto o dove scappassi.

Finsi uno sbadiglio ridicolo, portando i pugni ancora stretti sopra la testa. «Gente, sono distrutta. Penso che andrò a letto. Voi divertitevi con i videogiochi. Il gioco in cui Derek fa meno schifo è Mario Kart.»

«Ehi, non sono *così* male» protestò Derek. La sua voce sembrava normale, come se non fosse successo niente di negativo tra di noi solo un momento prima.

Lucas non disse niente, facendosi da parte quando Derek si avviò verso il soggiorno. Gli feci segno di seguirlo. «Vai. Io sto bene.»

Poi mi voltai e andai a prendere alcune cose dalla mia stanza per il mattino seguente, spostandole nella stanza di Lucas. Dovevo mantenere le apparenze, dopotutto.

Ignorai il peso enorme che sentivo nello stomaco dopo la conversazione con Derek. Mi concentrai su quello di cui avevo bisogno per la mattina dopo, spingendo i pensieri molesti in fondo alla mente, più in fondo che potevo. Non avrei permesso a Derek di manipolarmi come faceva sempre.

Maledizione. Dovevo partecipare a un incontro del Al-Anon per poter tirare fuori tutto. Mi ripromisi di cercare su Google un centro vicino appena fossi stata in camera. Nel frattempo, dovevo decidere che cosa indossare per la notte e per l'ufficio. Decisamente non dovevo pensare a quanto desiderassi veramente che Lucas mi distraesse, con le sue mani e con quella bocca da sogno.

Il diavoletto sulla mia spalla mi stava dicendo di prendere una camicia da notte provocante. Qualcosa con le spalline sottili e il pizzo sul corpino. Avrebbe potuto essere classificata come "négligé", una cosa che aveva espressamente proibito? Le regole esistevano per essere infrante, giusto? Forse ne avrei ricavato un orgasmo. O due. Avevo un mucchio di tensione da sfogare.

Invece ascoltai l'angioletto sull'altra spalla e presi la stessa camicia da notte sciupata, di cotone, che avevo indossato la notte prima. Era larga e mi copriva dal collo fino alle ginocchia. Nessuno poteva trovarmi seducente con quella indosso.

Nonostante i miei sforzi di arrivare in camera prima di lui, Lucas era già in bagno quando arrivai. Forse ci avevo messo più di quanto pensassi ad ascoltare l'angelo e il diavolo che discutevano tra di loro mentre ero di fronte alla cassettiera, bloccata dall'indecisione.

Rimasi seduta e aspettai per parecchi minuti, ma in generale ero solo seccata per Derek e le sue continue richieste. Era stancante perfino pensarci. Avrei voluto semplicemente infilarmi nel letto appena possibile. Ma Lucas non sarebbe uscito per almeno dieci o quindici minuti.

Frustrata, mi spogliai proprio lì in mezzo alla stanza, decisa a rannicchiarmi nel letto e crollare esausta. Ma poi mi resi conto che avevo veramente bisogno di mettermi la crema idratante.

Il tempo secco in California era spesso un disastro per la mia pelle e ultimamente il tasso di umidità era stato particolarmente basso. Quindi presi il flacone di crema idratante e cominciai a spalmarla sui gomiti, le braccia e le ginocchia. Massaggiando per farla penetrare, annusai con piacere il leggero profumo di cocco e gelsomino che mi saliva al naso.

A quanto pareva, non feci abbastanza attenzione a quanto tempo ci stavo mettendo. Né sentii la doccia che si fermava, perché ero nuda come un verme quando la porta del bagno si aprì. Dopotutto, il diavoletto aveva vinto. Potevo sentirlo che festeggiava da qualche parte in un angolo in fondo alla mia testa.

Lucas si fermò sulla porta. Io mi immobilizzai dov'ero, voltata direttamente verso di lui.

Lucas mi percorse con lo sguardo dalla testa ai piedi e io non ebbi nemmeno la decenza di arrossire. Cioè, non l'avevo programmato, ma diavolo se mi sarei precipitata a coprirmi, urlando e chiedendogli di chiudere gli occhi. Invece, lasciai che si saziassero. Erano come fiamme che si allungavano verso di me e mi bruciavano. Ovunque cadesse il suo sguardo, mi scottava come un incendio fuori controllo. Assetato come il deserto del Mojave.

La cosa mi eccitava come niente altro prima.

I capezzoli si contrassero e Lucas distolse lentamente lo sguardo, quasi come se gli facesse fisicamente male farlo, ma continuò a non parlare.

Presi la camicia da notte e la infilai, mormorando delle scuse.

Lui tenne gli occhi fissi sul pavimento e si allontanò dalla porta. «Tutto tuo» disse con la voce un po' strozzata.

Era arrabbiato? Pensava che l'avessi fatto apposta perché non stavo strillando con finto pudore? Mi lavai in fretta la faccia e i denti, spazzolai i capelli e fu tutto.

Le luci erano spente e Lucas era già a letto con la schiena voltata verso di me. M'infilati cautamente tra quelle lenzuola lisce, attenta a non toccarlo nemmeno per caso. Anche se il diavoletto stava sicuramente premendo perché lo facessi, quel malizioso folletto.

Poi mi schiarii la voce. «Mi dispiace. Non avevo in programma che mi vedessi così.»

Lucas non disse niente per un momento, poi si voltò a guardarmi. «Perché pensavi che avrei potuto sospettarlo?»

«Non lo so. Forse perché non mi sono comportata come se fossi scandalizzata e turbata che mi avessi visto?»

«Come mai no?»

Feci spallucce. «Non mi è sembrato strano che mi vedessi nuda. Sembrava naturale. Siamo sposati, dopotutto.»

«Sì, ma non è reale.»

«Mmm.» Il mio cuore accelerò. Mi sembrava sempre più vero man mano che passavano i giorni, ma non osai dirglielo. Mi avrebbe tagliato fuori, come la mattina dopo la cena con i suoi. Lucas era un caso da manuale di maschio emotivamente indisponibile. Solo che non lo era. E quando non lo era, per me era particolarmente interessante. Come un mistero da risolvere per il quale avrei volentieri sacrificato il sonno.

«Potrebbe piacermi un po' della roba vera, adesso» dissi infine a voce bassa. Nella luce bassa, i nostri occhi si incontrarono e restarono lì. Stavo immaginando che il suo sguardo si stesse facendo più intenso e che la lingua uscisse a bagnare le labbra?

Di certo non stavo immaginandolo quando allungò una mano per passare leggermente il pollice sul mio labbro inferiore. Poteva anche essere un gesto innocente, ma il mio corpo lo recepì come il tocco più erotico che avesse mai provato. Il mio labbro tremò e il pollice smise di muoversi. Poi si spinse dentro la mia bocca. Gli chiusi le labbra intorno e Lucas emise un basso gemito, quasi un ringhio.

«Non possiamo» sussurrò.

Accarezzai con la lingua il polpastrello, girandoci attorno. Forse mostrargli un po' delle mie abilità nascoste di cui mi ero vantata così facilmente qualche giorno prima. Sapevo come fare un pompino da far uscire di testa un uomo. Ero dannatamente brava.

E gliene dovevo comunque uno. Forse potevo mettermi alla pari per la beatitudine orale che mi aveva regalato sul suo pianoforte.

Il suo respiro sembrava un po' più affannoso adesso, più palesemente eccitato.

«Dovremmo» dissi quando tolse lentamente il pollice. Poi, sentendomi sfacciata e pronta, gli presi la mano e me la portai al seno, premendola forte sul capezzolo eretto.

Il respiro affannoso aumentò, in parte era il mio, a essere onesti, e il suo pollice strofinò il capezzolo attraverso il cotone sottile della mia camicia da notte. Emisi anch'io un gemito e la sua testa si avvicinò lentamente alla mia.

Appena due millisecondi prima che le nostre bocche si incontrassero, dal soggiorno arrivò un forte tonfo e un rumore di vetri infranti. Ci fermammo di colpo, ci fissammo scioccati, ricordando i nostri improbabili ospiti attraverso una nebbia di desiderio.

Mi precipitai fuori dal letto e corsi verso la porta, lungo il corridoio, seguendo il suono di risate divertite e l'odore dolce, nauseante e familiare della marijuana.

Gesù Murphy. Quegli stronzi stavano fumando proprio in casa nostra. Aprendo la porta, li guardai furiosa. I due stavano ridendo e giocando sulla console, ignorando il casino che avevano fatto con i vetri rotti sul pavimento di legno tra di loro.

Mi guardarono, poi si guardarono e le loro risate aumentarono di volume. Mike aveva in mano i controller e

Derek un sigaro acceso. «Ah, ehi, sorellina, puoi pulire qui. È caduta.»

Guardai il casino di vetri rotti e poi tornai a fissarlo. «No, puoi farlo tu, dopo aver spento quel sigaro. E, cazzo, non fumare erba qui in casa mia.»

«È legale qui, giusto. Siamo in Cali. È tutto legale.»

«Non è legale in casa mia. Non sopporto quella puzza. Spegnilo.»

«Gesù, Kat, non è il caso di diventare cattiva.» Ma non fece nemmeno finta di voler spegnere quella cosa puzzolente e Mike continuò a giocare come se non avessi detto niente. Presi il bicchiere mezzo pieno di birra prima che potesse dare un calcio anche a quello, poi gli strappai di mano il sigaro e lo spensi nella birra.

«Che cazzo!» esclamò Derek mettendosi seduto. «Non avevo finito con quello.»

«Adesso sì. Solo perché mamma e papà ti permettono di fumare tutta l'erba che vuoi non significa che tu abbia il diritto di farlo qui. Questa è casa *mia* . Non puoi appestarla con le tue canne.»

Lucas entrò nella stanza con una scopa e una paletta, ma prima che potesse cominciare a raccogliere i cocci, alzai una mano. «Fallo fare a loro.»

I due ospiti si guardarono e cominciarono nuovamente a ridere. Poi Mike si voltò, cercò di guardare intorno a me per vedere lo schermo. «Ti dispiace? Mi stai bloccando.»

Invece andai alla presa e tolsi la spina della console. «Game over.»

«Stronza!» mormorò Derek.

L'imprecazione di Mike fu molto peggiore, una bella parola per una donna che cominciava per t. Due volte in un giorno. Perfetto.

Lucas gettò a terra la scopa e la paletta facendo rumore ed entrambi i ragazzi quasi se la fecero addosso per lo shock, fissandolo con gli occhi sgranati. «*No*. Non ti rivolgerai mai, *mai* a lei in quel modo. Chiedi scusa.»

«È mia sorella.» Come se quello gli desse il diritto di maltrattarmi. Derek si mise eretto, come se stesse pensando di affrontare Lucas. Che non si tirò indietro, gli occhi che lampeggiavano di rabbia. «E io sono suo marito. Sei a casa mia. Non chiamarla mai più in quel modo o ne risponderai a me e non ti piacerà quello che farò.»

Indicò la scopa e la paletta sul pavimento. «Alza il culo. Pulisci quel casino e chiedi scusa a tua sorella.» Poi guardò Mike. «E ovviamente vale anche per te, a meno che stanotte voglia dormire per strada. E non chiamare più mia moglie in quel modo.»

Guardai Lucas, scioccata, mentre era lì, che torreggiava sopra quello stronzo di mio fratello, teso come una corda di violino. Sembrava pronto a far seguire la sua richiesta con qualcosa di fisico, se necessario.

E mi fece qualcosa. Un'emozione così forte che mi strinse la gola, tanto da non riuscire a parlare. Sbattendo gli occhi, sentii appena quando Derek borbottò delle scuse e cominciò a malincuore a scopare il casino che aveva fatto.

Fecero un lavoro di merda, ovviamente, ma se ne andarono in fretta dal soggiorno per rintanarsi sui loro materassini gonfiabili. Mi piegai per finire il lavoro, ma Lucas mi prese di mano la scopa e finì lui.

Avevo un tale groppo in gola che non riuscii nemmeno a ringraziarlo.

Presi un bicchiere d'acqua in cucina e tornai in camera. Bevendolo, cercai di fare ordine nel turbinio di emozioni che mi avevano travolto. Ero felice? Triste? Ansiosa?

Non ne avevo idea.

Era una tempesta di emozioni, unica e perfetta, che mi girava attorno come un enorme tornado che stesse spazzando la prateria.

Ero lì, immobile in mezzo alla stanza, quando Lucas rientrò chiudendosi la porta alle spalle. Mi si mise accanto, guardandomi in faccia. «Ehi, va tutto bene?»

E, ridicolmente, (e fu una sorpresa anche per me) scoppiai in lacrime. Sarebbe stato più scioccante per la gente che mi conosceva da una vita, che sapeva che non piangevo mai. Nemmeno quando la mia tartaruga era morta, quando avevo tredici anni, anche se mi ero sentita così triste e piena di rimpianto che avrei dovuto piangere. Non quando Derek aveva rotto il Nintendo DS, anche se avevo risparmiato per una vita le mance per i compleanni e le feste per poterlo comprare.

No, l'emozione che provavo di solito era la rabbia che mi rendeva solo più motivata.

Non cedevo, andavo oltre. E per me piangere voleva dire cedere, soccombere. Era una debolezza.

Ma in quel momento, stavo piangendo disperatamente, e mi sentivo oltremodo umiliata.

«Kat, ehi.» Lucas mi tolse di mano il bicchiere e lo appoggiò sulla cassettiera. Poi mi mise un braccio intorno e io nascosi immediatamente la faccia nel suo petto, procedendo a macchiare il suo pigiama con le lacrime e il muco. Non c'era niente di delicato in quelle lacrime. No, era un pianto orribile, completo di singulti e grugniti gutturali qua e là. Lucas rimase immobile e sopportò tutto.

Dopo qualche minuto mi calmai abbastanza da notare alcune cose. Il modo in cui mi teneva, con la mano che accarezzava lentamente la schiena. Avanti e indietro, da una scapola all'altra, senza dire una parola. Così paziente.

Comincia a tirare su col naso e fu il momento in cui capii che dovevo cercare dei fazzolettini. Lucas mi anticipò, staccandosi per prenderne una scatola dalla cassettiera. Affondai il volto in parecchi fazzolettini, soffiando abbastanza muco da far galleggiare il Titanic. Senza dire una parola, andai in bagno e mi lavai la faccia, controllandomi nello specchio sopra il lavello.

Avevo gli occhi e il naso gonfi. Soffiai ancora qualche volta il naso nel fazzoletto per riuscire a respirare meglio. Anche se sospettavo che se mi fossi addormentata in fretta, avrei russato come un grizzly ibernato. Non una bella immagine da dare al mio finto sexy marito.

Quando tornai nella stanza, potei anch'io vedere inaspettatamente un po' di pelle. Luca si era tolto la parte sopra bagnata del pigiama. A torso nudo, era andato a prenderne un'altra. Mi fermai a guardarlo. Aveva un bel corpo. Non esageratamente muscoloso, ma decisamente atletico, definito e sodo dagli anni passati a fare canottaggio alle superiori e al college. Le braccia erano stupende e mi fecero pensare che i pesi sul pavimento in soggiorno non fossero solo una decorazione. E il suo torace… le spalle larghe, i pettorali muscolosi.

Oddio. Mmm…

Aveva una leggera spolverata di peli sul petto e una sottile striscia sullo stomaco piatto che finiva dentro i pantaloni del pigiama. *Bava* . Mi notò mentre si metteva la maglia, esitando prima di infilare le braccia. Mi aveva colto ad adocchiarlo e invece di essere imbarazzata e cercare di nasconderlo, gli sorrisi.

Pan per focaccia. Aveva dato anche lui una bella occhiata. Solo che lui aveva visto il mio "pane" e io non avevo ancora visto la sua "focaccia". Mentre la t-shirt candida scivolava sul suo stomaco, Lucas mi restituì il sorriso.

«Ti senti meglio adesso?»

Annuii.

Restammo lì, silenziosi e imbarazzati. A quanto pareva nessuno dei due sapeva che cosa dire. Quindi tentai di spiegare. «Mi dispiace.»

Lucas fece spallucce. «Non puoi controllare tuo fratello.»

Scossi la testa. «No, voglio dire, il mio pianto non è stato solo brutto. È stato repellente. E tu mi hai permesso di sbrodolarti addosso.»

Lucas fece ancora spallucce. «Immagino che avessi bisogno di sfogarti da un po'.»

Sospirai e mi avvicinai, fermandomi quando ebbi il letto contro le gambe. Ci stavamo guardando, con solo il letto tra di noi. «Grazie.»

Lui si batté sulla spalla. «È una spalla quasi decente su cui piangere.»

Scossi la testa, continuando a guardarlo con quell'ingenuo senso di meraviglia che non avevo smesso di provare nei suoi confronti da quando aveva strigliato mio fratello per mio conto. «No, non quello, cioè, grazie anche per quello. Ma intendo l'altra cosa. Nessuno aveva mai preso le mie difese in quel modo.»

Lucas sembrò sorpreso. «Nessuno?»

Scossi la testa. «No.»

«Nemmeno i tuoi genitori?»

Feci una risata amara. Se solo avesse saputo. «Specialmente non loro.»

«Come, gli permettevano semplicemente di metterti i piedi in testa in quel modo?»

Mi sfregai la fronte con la mano. «Gli permettevano di mettere i piedi in testa a tutti in quel modo. Tutti avevano troppa paura di rimproverarlo perché... non so... lui non può sopportarlo o roba simile. Ha avuto tutto l'aiuto e dato che ero quella equilibrata, io venivo semplicemente ignorata.»

I suoi occhi scuri mi studiarono la faccia, come cercando qualcosa. Era così bello da far male. E dato che gli occhi mi facevano già male dal recente sfogo, il mio sguardo cadde sul letto tra di noi. Volevo le sue braccia confortanti intorno a me. Era stato così bello per quei pochi minuti, avere un promemoria che non ero da sola al mondo. Almeno per un breve momento.

Il suo volto si fece scuro. «La tua famiglia mi sembra inetta.»

Mi sedetti sul bordo del letto con un sospiro. «Immagino che tu non sia estraneo a questa sensazione.»

«Io, ah» Si sedette sul bordo del letto dalla sua parte e si passò le dita tra i capelli. «Ho sentito una parte della tua conversazione con tuo fratello. Non intendevo origliare.»

Sospirai. «Va tutto bene. L'avevo immaginato.» Fissai la parete perché ero troppo imbarazzata per guardarlo.

«Sei... sei in qualche guaio?»

Sbattei gli occhi, sorpresa, poi mi voltai a guardarlo. Doveva aver sentito più di quanto pensassi. «In effetti, non ne sono sicura.»

«È di quello che trattavano le lettere dell'avvocato?»

Strinsi le labbra. «Sinceramente non lo so. Le ho distrutte senza leggerle.»

Lucas aggrottò la fronte, con il volto sempre più cupo. «Posso aiutarti in qualche modo?»

Chiusi gli occhi per un attimo e poi li aprii e di colpo mi sentii di nuovo travolta da un senso di sconfitta. «Mi hai già aiutato. Probabilmente più di quanto meritassi.»

E con quello mi lasciai andare sul letto e fissai il soffitto, con l'emozione che mi chiudeva nuovamente la gola. Assurdamente, le lacrime minacciarono di scendere di nuovo, mi bruciavano in fondo agli occhi e dovetti sbatterli furiosamente.

Lucas mi osservò, poi si sdraiò dalla sua parte e tese una mano per afferrarmi una spalla. «Ehi, giudicherò io che cosa meriti, capito? Lo risolveremo insieme.»

Senza nemmeno pensare a quello che stavo facendo, gli coprii la mano con la mia. Le nostre dita si intrecciarono immediatamente. Poi Lucas allungò la mano libera per spegnere la luce.

Una volta spenta la luce, non esitai un altro secondo. Non ci riuscivo. Mi girai verso di lui e gli misi un braccio addosso, in una specie di abbraccio da sdraiati. Lentamente, lui liberò il braccio e me lo appoggiò sulla schiena, battendo piano per rassicurarmi.

Poi mi baciò i capelli. Chiusi gli occhi. *Così*. Era così bello.

E bastò quello. Ero persa, grazie a quel semplice gesto, come fosse la ciliegina su quella meravigliosa torta di uomo. Voltai la testa e un secondo dopo avevo la bocca sulla sua e ci stavamo baciando, il bacio più furiosamente bollente cui avessi mai partecipato. Le bocche unite, brucianti, ricominciando da dove avevamo smesso prima di essere così bruscamente interrotti.

Grazie al cielo! Pensavo di dover rinunciare alla pomiciata del secolo e forse a qualcosa di più. La sua bocca si muoveva sulla mia, sempre più possessiva ogni volta che premeva le labbra, a ogni tocco della sua lingua sulla mia. Man mano che continuavamo, Lucas prendeva sempre più il controllo, togliendolo a me come se stesse rimpossessandoci dolcemente di un oggetto inadatto dalle mani di un bambino.

La sua bocca era sicura, ferma ma gentile. Appassionata, sexy, eppure c'era qualcos'altro dietro, quasi una perdita di controllo. Perfino ora che tra di noi stava nascendo un enorme calore, capivo che si stava trattenendo.

E la prima cosa che volevo sapere era, se *questo* significata trattenersi, che cosa sarebbe successo quando si fosse lasciato andare? E come diavolo sarei riuscita a farglielo fare, e *in fretta*?

Perché... wow.

Mi stava facendo bruciare viva, solo baciandomi. Quanto poteva aumentare il calore? Ogni tocco delle sue labbra mi pulsava lungo le terminazioni nervose per raccogliersi in un turbinio bollente di eccitazione nel basso ventre.

Il mio equilibrio svanì e il mondo si mise a girare quando la sua mano scese lungo il braccio e mi coprì il seno, accarezzandolo con un tocco esperto. Quando le dita si concentrarono sul capezzolo, massaggiandolo e stuzzicandolo, inarcai la schiena e inghiottii uno squittio scioccato.

In pochi minuti stava controllando tutto, il mio corpo, il mio piacere, tutto. Ed ero pronta ad arrendermi più che volontariamente. In effetti, sarei stata disposta ad agitare le mie mutandine come bandiera bianca, se le avessi indossate, ovviamente.

Lucas sembrò ricordare quel fatto quando la sua mano si spostò, oltrepassando la vita per andare sulla coscia, poi sul sedere in una carezza molto approfondita. Con un ringhio che gli veniva dal fondo della gola, fiondò più in fondo la lingua e mosse la mano per afferrare l'orlo della camicia da notte.

Oh Dio, *sì*. Prendi pure il comando, mio generale. Gemetti contro le sue labbra e la pressione del suo bacio aumentò, con la lingua che mi assaporava profondamente. Mi ricordò quello che mi aveva fatto la sera sul piano con quella lingua talentuosa. Il ricordo portò un fiotto caldo di eccitazione alla giuntura tra le cosce. Se mi avesse spinto sulla schiena in quel momento e mi fosse salito sopra, sarei stata pronta per lui senza bisogno di nemmeno un secondo di preparazione.

Ero *così* pronta per il sesso. Per *lui*, specialmente.

Era decisamente ora che rendessimo vero questo matrimonio. Almeno questa parte. La sua mano percorse verso l'alto la mia coscia con una certa determinazione. Nel frattempo, io avevo deciso che meritava un contrattacco studiato. Tolsi la mano dai suoi capelli per viaggiare decisamente sul torace, lo stomaco piatto e duro per fermarsi sull'oggetto della mia infinita curiosità.

Non avevo mai provato più soddisfazione di quando sentii Lucas inspirare di colpo reagendo al mio tocco. Lo afferrai attraverso il tessuto sottile del suo pigiama, facendo finalmente la conoscenza, dopo più di sei mesi di matrimonio, del consistente membro di mio marito.

E, porca paletta, non rimasi delusa.

Era lungo e spesso e completamente rigido. Mi sentii ancora più gratificata, sapendo che erano stati il mio corpo, i miei baci e il mio tocco a evocare questa reazione in lui. Sì certo, era riuscito a farmi bagnare in due secondi netti, ma anch'io l'avevo fatto diventare duro come il granito nello stesso tempo.

A parte la brevissima pausa quando l'avevo toccato per la prima volta, Lucas non aveva interrotto la sua missione. Continuò a risalire con la mano lungo la gamba, sotto la camicia da notte, fino a portarla sul fianco. Pelle su pelle, calore bruciante mischiato a sudore appiccicoso. Inarcai di nuovo la schiena, premendo il seno contro il suo torace muscoloso. Se non avessi avuto un orgasmo in fretta sarei potuta esplodere per la pressione che continuava a crescere dentro di me. Dappertutto, dietro i capezzoli, nella pancia, nelle mie parti intime. Tutto gridava per avere uno sfogo.

Cazzo, volevo anch'io la pelle sotto le mani. Infilai la mano nei pantaloni del pigiama, poi nei boxer e reclamai immediatamente il mio premio. Lucas spinse avanti i fianchi, infilando una gamba tra le mie. Il suo fianco coprì il mio, premendomi sulla schiena. Non lo lasciai andare. Invece feci scivolare la mano su e giù su quella pelle morbida, con le dita che esploravano la liscia geografia del suo membro.

Le dimensioni mi eccitavano, non lo nego. Avevo sospettato che potesse avere qualcosa di un buon calibro, ma non avevo avuto modo di saperlo finora. E sì, dicono le dimensioni non contano, bla, bla, bla. Ma, *maledizione* , era… impressionante. Erano sempre quelli tranquilli e burberi che sembravano regalare le sorprese più grandi. E la *sorpresa* di Lucas era sicuramente grande, valeva veramente la pena di esplorarla.

Il suo respiro era affrettato e caldo, il battito del suo cuore sotto le labbra, dove le avevo appoggiate alla sua gola, sembrava voler uscire dalle vene. Sembrava come se, per un momento, il generale avesse intenzione di cedermi il comando.

Ma fu solo per un momento.

Poi la sua mano scivolò tra le mie gambe, la bocca scese a succhiare un capezzolo attraverso la camicia da notte e tornò al comando. Inarcai di nuovo la schiena sotto questi stimoli più potenti, poi tirai l'elastico intorno alla scollatura, tirando in basso il tessuto per denudarmi il petto. Con un gemito, Lucas tenne abbassata la camicia e mi divorò il capezzolo, risucchiandolo ferocemente nella sua bocca.

Nell'eccitazione però era rotolato sopra di me, impedendomi di continuare a tenere la mia presa su di lui, cosa frustrante. Con la mano libera gli spinsi indietro la spalla, obbligandolo a tornare al suo posto, per poter continuare la mia esplorazione.

Non avevo intenzione di permettere che restasse un'altra esperienza a senso unico.

Le nostre bocche si stavano trovando di nuovo, con baci umidi, con l'aiuto della lingua tra le guance e il collo, le palpebre e le clavicole. Non lasciavamo scoperta nessuna base.

Era una vera zona di guerra, completa di piccole esplosioni di piacere. Poi le sue dita entrarono, e mi allargò le gambe per avere spazio. E io continuavo ad accarezzarlo sul serio. Lucas aveva il respiro affannoso, affrettato e il mio lo imitava.

«Ho intenzione di farti venire di nuovo» dichiarò.

«Ho intenzione anch'io di farti venire» fu la mia risposta.

«Prima tu, Kat.» A conferma delle sue parole, le sue dita fecero qualcosa al mio interno, si intrecciarono o si curvarono, non lo so. Raggiunse un punto che pochi uomini conoscevano, almeno secondo la mia esperienza. *Porca paletta* .

Tutto il mio corpo si irrigidì con nuove, intense ondate di piacere. Accidenti, aveva ragione, sarei venuta prima io e molto, *molto* , presto. Poi entrò in gioco il pollice, che dava dei colpetti al mio clitoride di concerto con le altre dita, dita agili mantenute forti e abili suonando il piano.

Ero uno strumento nelle sue mani.

Vedevo meteore brucianti attraversare i cieli neri dietro le palpebre chiuse. Smisi di respirare appena prima che ondate dopo andate di un orgasmo soddisfatto mi travolgessero, intenso come quello che era riuscito a darmi con la sua bocca la sera prima.

Uhm. Che cazzo…

Non mi aveva ancora nemmeno scopato eppure mi aveva regalato due dei migliori orgasmi che avessi mai avuto. Sarei potuta rotolare sulla schiena e dimenticare tutto, affogando in una beatitudine residua quasi altrettanto potente dell'orgasmo stesso. L'avrei fatto, se non avessi avuto la mano così stretta intorno al suo cazzo. Era quasi come se mi stessi aggrappando per sopravvivere, un fatto che mi rammentò la mia promessa.

Volevo che venisse anche lui. Quindi, invece di rotolare via, mi chinai in avanti e posai la bocca sulla sua, poi spostai le labbra sulle guance ruvide di barba per sussurrargli all'orecchio. «Adesso è il tuo turno, Lucas. Vieni dentro di me.»

Gli mancò il fiato per un momento, come se il suggerimento fosse inatteso. Come se avesse già immaginato che non ci sarebbe stato sesso con penetrazione tra di noi. Ero sul punto di togliergli quell'illusione proprio in quel momento.

«Per favore, Lucas, ti voglio dentro di me.»

«No» disse bruscamente, come se gli facesse male dirlo. Sospirò forte. «Non possiamo.»

Gli succhiai il lobo dell'orecchio, raccogliendo le munizioni per il mio assalto. «Possiamo. *Dovremmo* . Non riesco più ad aspettare di sentire *questo* dentro di me.» Gli diedi una strizzata per non lasciare dubbi su che cosa intendessi.

«Cazzo» disse con la voce soffocata, poi mise la mano sopra la mia, mostrandomi come muoverla, come piaceva a lui. «Così, Kat.»

«Ma…»

«No. Non scoperemo stasera.» La sua voce era spezzata e concitata. Il tono… irremovibile.

Sbuffai per la frustrazione e lui si tirò indietro, cercando di leggere la mia espressione alla luce scarsa. «Fammi venire così» disse con la stessa voce che non ammetteva repliche. Come l'ordine di un generale.

Quindi mossi la mano, accarezzando il suo cazzo dolcemente, lentamente, tentando deliberatamente di farlo ammattire. Lucas respirava irregolarmente contro il mio collo, mentre con le mani mi esplorava il seno.

Ma quando non cominciai a variare le carezze, divenne frenetico, strofinandosi contro il mio fianco. «Più in fretta» borbottò.

Dopo un altro mezzo secondo di protesta, obbedii, accelerando, godendomi la sensazione del suo cazzo che si inturgidiva ancora di più nella mia mano mentre si avvicinava al suo orgasmo.

Ma non gli bastava. Negli ultimi pochi secondi prima dell'orgasmo, mi spinse sulla schiena, si posizionò tra le mie gambe e si sfregò contro di me, frenetico e selvaggio. Quando si irrigidì e trattenne il fiato, trovò il suo sfogo, versando sperma caldo sulla mia camicia da notte.

Vabbè, quella notte avrei dormito nuda. E sarei stata veramente sorpresa se non avesse portato a fare ancora sesso.

Lucas si alzò quasi immediatamente dal letto e andò in bagno a prendere delle lavette per ripulirci. Senza curarmi di ciò che avrebbe visto, mi tolsi la camicia da notte. «Non è stata una mossa intelligente, se non volevi rivedermi nuda» dissi scherzosamente con un sorrisino malizioso. Il diavoletto sulla mia spalla avrebbe approvato di cuore, se non fosse già andato a dormire per quella notte.

Senza guardarmi, Lucas andò alla cassettiera, prese un altro paio di pantaloni del pigiama e una t-shirt grande che mi gettò. Poi sparì in bagno.

Sospirai, aspettandomi un'altra dose del gelo emotivamente indisponibile post sesso che mi aveva già riservato.

Quando tornò non fu esattamente così. Più un dolce imbarazzo. Lo guardai prima che spegnesse la luce, la stanchezza era evidente nei suoi occhi.

«Perché non potevamo…?» gli chiesi.

«Potremmo discuterne domani? Quando non sarò così esausto?»

«Sì… certo. Sì» mormorai, ancora perplessa.

Con la luce spenta, Lucas si addormentò in pochi minuti. Uffa, non esattamente la manovra "mi volto e mi addormento" dei maschi da secoli, ma ci andava abbastanza vicino. Fissai il soffitto, continuando a crogiolarmi nella mia piacevole scarica di dopamina, ma desiderandone già di più.

Non eravamo alla pari, dopotutto. Gli dovevo ancora un pompino. Forse il giorno dopo. E con rinnovata eccitazione, cominciai a fantasticare come sarebbe potuto accadere… e come sarebbe stato.

Quell'idea non invitava veramente il sonno, e finii per non essere in grado di finire tra le braccia di Morfeo per ore. Ma fu comunque un modo piacevole di soffrire d'insonnia.

Capitolo Quindici
Lucas

A PRII GLI OCCHI VENTI MINUTI PRIMA CHE SUONASSE LA sveglia e invece di balzare fuori dal letto e andare in bagno, fissai il bel viso di Katya. Non mi stancavo mai di guardarla e, in quel modo, potevo fare il pieno, senza che ci fossero domande. Dopo qualche minuto dovetti combattere la voglia di scostare quei cappelli color ruggine dal volto. Volevo toccare quella guancia morbida, passare il pollice su quelle labbra rosate e piene.

Wow, era stupenda… perfino spettinata e senza trucco, con le lunghe ciglia color cannella appoggiate pacificamente sulle guance pallide. Il suo respiro leggero e il modo in cui mi aveva toccato la sera prima… qualcosa si svegliò, sostituendo quelle sensazioni tenere.

Eccitazione, bollente e vorticosa. La desideravo di nuovo. Beh, in effetti, mi corressi, la volevo *ancora*. L'orgasmo della sera prima era stata solo una pallida ombra di quello che sapevo sarebbe stato se avessi ceduto alla sua richiesta, se fossi venuto dentro di lei. Il solo pensiero mi caricò come una scarica elettrica. I soliti impulsi che accompagnavano l'erezione mattutina divennero qualcosa di più, più imperiosi, quasi dolorosi. Avevo voglia di farla sdraiare gentilmente sulla schiena e assaggiarla di nuovo. E poi volevo placare la mia sete in profondità dentro il suo calore, cavalcare quelle cosce morbide e setose fino all'orgasmo.

Accidenti... forse un'altra doccia extra lunga questa mattina avrebbe risolto il problema. Farmi una sega poteva alleviare la tensione, ma avevo bisogno che questa donna smettesse di stare nel mio letto appena possibile, altrimenti avrei sicuramente ceduto alla tentazione quella sera stessa.

E non potevo. Non potevamo. In quel momento, lei era in debito con me per il favore che le avevo fatto e non potevo permettere che succedesse perché c'era uno squilibrio di poteri. Non doveva pagare la mia collaborazione con il suo corpo.

Ma, per l'amor di Dio, non ero un santo. Potevo dire di no solo fino a un certo punto.

Quando uscii dalla doccia, ricordai in ritardo che, distratto com'ero, non avevo preso i vestiti della giornata. Normalmente mi facevo la doccia la sera e non avevo bisogno di rifarla. Era stata una decisione presa d'impulso mentre ero già in bagno. Ero saltato nella doccia nella speranza che mi aiutasse a superare tutto. Quello, o restare a letto e cominciare quella che sarebbe sicuramente stata una pazzesca sessione di sesso mattutino.

Con un asciugamano intorno alla vita, tornai in silenzio nella stanza e guardai la sveglia. Normalmente Katya si svegliava a quell'ora, ma avevo spento la sveglia in anticipo. L'avrei svegliata dopo essermi vestito, quindi lasciai cadere l'asciugamano e cominciai a togliere i vestiti dalla cassettiera.

«Mmm. Bello spettacolo» mormorò Katya dal letto, dal quale aveva una visuale completa del mio sedere nudo. Mi infilai in fretta i boxer prima di voltarmi.

«Due lune piene, questa mattina» disse scherzando.

Katya sorrise, stiracchiandosi con tutto il corpo con movimenti quasi felini. Mille percento sexy.

«Vieni qua» disse.

No. Non avevo intenzione di avvicinarmi a lei quando ero solo parzialmente vestito e lei era sdraiata in quel modo.

«Possiamo parlare per un minuto? Oppure preferisci che mi alzi e vada in bagno nuda per avere la tua attenzione?»

Feci un respiro profondo. M'infilai i jeans e poi mi avvicinai al letto. Lei batté sul mio lato, come se volesse che mi sedessi. Nel frattempo, cercò di mettersi seduta, appoggiandosi ai gomiti. La sua maglia, *la mia maglia* , era enorme su di lei e la scollatura scese fino a mostrare una bella fetta di seno pallido, appena sopra il capezzolo. Sembrava che non se ne fosse accorta, quindi cercai di tenere gli occhi sopra la scollatura.

«Che c'è?» le chiesi, come se non lo sapessi.

«Possiamo parlare di ieri sera?»

Guardai la sveglia. «Non abbiamo molto tempo.»

«Non ci vorrà molto. Volevo solo sapere...»

«Perché non siamo arrivati fino in fondo ieri sera?»

Katya scoppiò a ridere. «Gesù. Da come parli sembra che siamo due sedicenni. Ma sì. Cioè, non ho intenzione di fingere di fare la ritrosa e dire che è perché non mi desideri. Perché so che non è così.»

Mi mordicchiai l'interno del labbro. Proprio da Kat. Sincera come sempre. Niente pretese, niente giochini. Nessun tentativo di manipolazione. Non cercava complimenti nonostante se li meritasse quasi tutti.

«Non pensavo che fosse saggio buttarsi in qualcosa così senza...»

«… discuterne prima?» Kat annuì, spalancando gli occhi, speranzosa. «Ecco il motivo per cui voglio discuterne *adesso* .»

«Mi sono buttato in passato ed è stato uno dei più grossi errori della mia vita. Non voglio più buttarmi.»

Kat aggrottò leggermente la fronte e poi annuì. «Okay. Allora di che cosa dovremmo discutere? Prendo la pillola e sono pulita. Mi sono fatta controllare dopo il mio ultimo… dall'ultima volta.»

L'ultima volta. Sentii una fitta lancinante di gelosia al pensiero di un altro tizio che aveva avuto ciò che mi ero negato la sera prima. Che volevo sempre più ogni giorno che passava e che non volevo permettermi di avere.

«Uh, uh. Non è veramente ciò di cui volevo discutere, anche se è importante. Anch'io sono pulito ed è passato un bel po'.»

Kat sbatté gli occhi, come se fosse sorpresa.

Mi schiarii la voce. «Ma c'è di più. Non mi piace… non credo che dovremmo cominciare qualcosa di fisico.»

La sua espressione si scurì. «Beh, notizia lampo. Abbiamo già fatto roba fisica. E hai cominciato tu.»

Mi passai la mano tra i capelli, digrignando i denti tanto da contrarre i muscoli delle mascelle. «Intendevo dire che non dovremmo andare oltre.»

«Perché…?»

«Perché lavoriamo insieme…»

«Ma siamo sposati.»

Scossi la testa. «Ma divorzieremo, ricordi? E fidati, lavorare insieme sarà molto più che imbarazzante se avremo avuto una relazione fisica e poi le mettessimo fine.»

Le sue sopracciglia quasi si unirono. «Perché preoccuparsi dell'imbarazzo? Io non me ne sono mai preoccupata. Chi se ne frega?»

«Non m'importa veramente di che cosa pensano gli altri» dissi facendo spallucce. «Parlo delle nostre emozioni... di...» Mi schiarii la voce, cercando le parole.

Kat strinse gli occhi. «Le nostre emozioni? Temi che mi lasci coinvolgere emotivamente?»

Le diedi un'occhiata veloce. Non mi preoccupavo solo per lei, ma non avevo problemi a lasciarglielo credere.

«Inoltre non voglio che pensi che ti aspetti di fare sesso come pagamento per questa faccenda del matrimonio.»

Di nuovo quella nuvola scura sul volto. Si sollevò mettendosi seduta. «E perché diavolo dovrei pensarlo?»

Feci spallucce. «Perché c'è uno squilibrio di poteri. Come se fossi il tuo capo...»

«Se tu fossi il mio capo, dovrei prenderti a calci in culo ogni sacrosanto giorno. Ma questa faccenda del *pagamento* ... si basa sul supposto che non mi piacerebbe o non vorrei fare sesso e che ci starei solo a tuo beneficio.»

Mi bloccai. Immagino che avesse ragione.

Kat si chinò verso di me e potei godermi la visione completa del suo decolté da acquolina in bocca. Distolsi gli occhi con riluttanza, furioso con il mio stesso corpo e la mia costante reazione nei confronti di Kat. Non avevo un grammo di controllo quando si trattava di lei. *E* avevo già avuto due orgasmi nelle precedenti dieci ore che non erano stati sufficienti a togliermi dalla mente quanto la desiderassi. Ero ancora affamato come un predatore durante la stagione della migrazione degli gnu.

«Notizia lampo. Anche alle ragazze piace il sesso. Alcune di noi lo adorano addirittura.»

Oddio. Quella era proprio l'ultima cosa che avevo bisogno di sentire. Sbattendo gli occhi, mi passai la mano tra i capelli. Mi sentivo molto più traballante di prima, solo ricordando com'era quando aveva avuto l'orgasmo. «Sì, già. Credo di aver detto una stupidaggine.»

Katya scosse la testa. «Non sei almeno un po' curioso di sapere come saremmo insieme?»

Curioso? No. Direi piuttosto ossessionato. Strinsi le labbra. «Penso solo che ci potrebbero potenzialmente essere dei problemi.»

«Abbiamo una data concordata di scadenza, no? Amici come prima.» Abbassò lo sguardo sulle mie labbra e si leccò lentamente le sue con quella diabolica lingua rosa. La lingua che mi aveva sconvolto i sensi la sera prima. Quella che mi aveva fatto venire voglia di gettare al vento la prudenza.

Ma tutte le volte, *ogni maledetta volta* , in cui l'avevo fatto in passato, era finita in un disastro. E cercare di districarmi da quei disastri aveva sempre stretto ancora più la tagliola. Non era passato poi tanto tempo da quando avevo dovuto disfarmi completamente della mia vecchia vita per guadagnarmi la libertà.

Non ero pronto a rifarlo. Perché questa volta avevo molto di più da perdere. Troppo cose cui tenevo.

E con Kat, lo sapevo, semplicemente lo sapevo, che sarebbe stato molto peggio. Mi avrebbe travolto, sarebbe passata nella mia vita come un incendio lampo, lì in un attimo e poi sparito, portando distruzione dovunque toccasse. Senza nemmeno farlo intenzionalmente e senza poi nemmeno rendersi conto di averlo fatto.

Feci un respiro profondo. «Penso che sia meglio se andiamo piano, qualunque cosa decidiamo.»

La bocca si curvò in un sorriso, seduttivo, pensai. «Sei mesi di matrimonio non è andare abbastanza piano per te?»

Non è reale . Quasi lo dissi. Non volevo continuare a ripeterglielo. Lo sapeva maledettamente bene da sola. *Non è reale*, stava per diventare il mio maledetto mantra per un po', mentre vivevamo insieme, mentre eravamo sposati.

Non è reale. *Non è reale* .

«Ci devo pensare. Devo pensare a un mucchio di cose.» Mi spostai per evitare di guardare dentro la maglia. «Nel frattempo, volevo chiederti se vorresti lasciare che mi occupi io di tuo fratello e del suo amico cannaiolo.»

Sembrò curiosa. «Occuparti come? Vuoi sfidarli a duello o roba simile?»

«No, intendo dire… farli andare via da qui ed evitare altre stronzate come quelle di ieri sera. Mi sta seriamente facendo incazzare vedere come ti trattano.»

Il suo volto si distese e quei grandi occhi azzurri diventarono ancora più grandi mentre mi studiava. Non disse niente per un po', come riflettendo sulla risposta da darmi. Poi annuì in silenzio. «Sì, mi piacerebbe. Grazie.»

Mi alzai, presi la maglietta e me la misi. «È ora di andare. Penso che dovremo fare colazione alla caffetteria al lavoro.»

«Bleah» disse Kat, ma scese dal letto. Uscii dalla stanza poco dopo per prendere le mie cose, ed evitare un'altra occhiata a quel favoloso corpo nudo. Dovevo essere completamente pazzo se cercavo di evitare la visione di tutta quella pelle bianca e liscia. La curva dei fianchi, il magnifico seno sodo. Il rosa pallido dei capezzoli. La sottile striscia dove si univano le gambe che dimostrava che era una rossa naturale.

Ricordarlo mi fece tornare eretto. Mi ero fatto una sega meno di un'ora prima. Era come se avessi ancora diciotto anni, di nuovo continuamente eccitato.

Andai anche a svegliare i nostri ospiti scansafatiche e farli preparare. Dire che erano riluttanti è un eufemismo. Finii per trasmettere i Queen a tutto volume dai miei altoparlanti. Finalmente cominciarono a muoversi durante *Bohemian Rhapsody*.

«Che cosa diavolo è uno Scaramouche, poi?» sentii che chiedeva Mike a Derek mentre barcollavano verso il bagno degli ospiti.

Kat mi raggiunse poco dopo, con i favolosi capelli ramati spazzolati che splendevano sopra la sua felpa verde militare. Spostò la testa e li vidi: i succhiotti che le avevo lasciato sul collo la sera prima.

Accidenti. Mi eccitarono come poche altre cose, eccetto le sue mani su di me, ovviamente. Quei piccoli promemoria della mia bocca che l'assaggiava, le mie mani sul suo seno rotondo e morbido. Il modo in cui si muoveva contro di me, il modo in cui gemeva quando veniva.

Accidenti. Questa erezione a quanto pareva non sarebbe mai scomparsa. Kat avrebbe dovuto avere l'avvertenza che c'era sui flaconi di Viagra, sul fatto di causare erezioni che potevano durare più di quattro ore. Sembrava che per il prossimo futuro avrei sofferto di un perpetuo alzabandiera.

Cercando disperatamente un modo per farle lasciare la mia casa e in fretta, il mio cervello cominciò a galoppare. La prima cosa da fare era rimandarla nella stanza degli ospiti. E non potevo farlo finché i nostri indesiderati ospiti non se ne fossero andati.

«Ragazzi» dissi quando stavano raccogliendo le loro cose per la giornata. Presi il portafogli e ne tolsi qualche banconota. «Ne abbiamo parlato e pensiamo che sia meglio che stiate in un albergo qui vicino.» Consegnai loro il foglio che avevo appena stampato. «Qui ci sono cinque posti vicini, con buone recensioni.» Tesi loro le banconote. «E qualcosa per aiutarvi con il costo della stanza.»

I due si guardarono e quando Derek aprì la bocca per protestare, alzai una mano. «No, ve ne andate. Non voglio una ripetizione di quello che è successo ieri sera. E non mi piace come parlate a mia moglie. Cerchiamo di andare d'accordo, okay? Passeremo del tempo con voi dopo il lavoro e nel fine settimana. Possiamo portarvi a Hollywood o a Disneyland.»

Kat entrò nella stanza con la borsa in spalla alla fine del mio discorsetto. L'occhiata che le rivolse Derek era di pura sofferenza. «Ti sta bene che tuo marito ci stia buttando fuori?»

Lei si fermò e lo guardò negli occhi e vidi qualcosa nella sua espressione, come se stesse istintivamente reagendo ai sentimenti feriti di Derek. Poi scosse la testa, come riscuotendosi. «Ieri sera avete esagerato. Quando avete tirato fuori l'erba, avete preso voi la decisione che non eravate ospiti adatti a restare qui.»

Derek prese il foglio ma rifiutò i soldi, dicendo che ne aveva abbastanza. Kat non insistette, quindi rimisi le banconote nel portafogli. «Preparerò la cena stasera. Dammi il tuo numero e ti farò sapere quando saremo a casa.»

Mike sbuffò e Derek alzò una spalla. «Offriamo noi, per farci perdonare. Se questa città ha un ristorante cinese almeno decente, ti porterò il tuo preferito. Pollo con gli anacardi.» Rivolse un sorriso tremulo a sua sorella quando lei tese una mano per avere il telefono in modo da inserirvi il proprio numero. Potevo sentire da dov'ero che stava esitando.

Ma non c'era nessuna possibilità al mondo che permettessi loro di restare in modo che potessero trattarla male come avevano fatto la sera prima. Altrimenti lo avrei fatto finire in ospedale, dopo la prima cosa merdosa che avrebbe inevitabilmente fatto o detto a sua sorella. Era tutto così strano. Kat, che non accettava stronzate da nessuna delle teste di cazzo con cui lavoravamo, sembrava veramente avere un debole per quel buono a nulla di suo fratello.

I due raccolsero la loro roba continuando a brontolare, più che altro Mike. Derek sembrava più rassegnato al suo fato. Ma abbracciò Kat mentre usciva. «Ci vediamo presto, sorellina.»

Poi uscì, con la testa bassa, fissando tristemente per terra mentre andavano verso l'auto. Kat lo guardò con un'espressione indecifrabile negli occhi azzurri e un'espressione complessa in volto. Come se avesse quindici cose che galoppavano nei suoi pensieri tutte contemporaneamente.

Feci salire il cane e una Kat insolitamente taciturna in auto e, tranne l'ansimare continuo di Max e qualche rumore stradale, l'interno dell'auto rimase silenzioso. Viaggiammo per i grandi boulevard di Irvine, tutti ornati di spartitraffico artistici e alberi accuratamente piantumati. Irvine era la quintessenza di comunità pianificata. Molti si lamentavano della sua mancanza di carattere, ma a me piaceva il suo aspetto ordinato. Una città pulita, tranquilla.

Kat non si era mossa, una mano stretta in un pugno, nell'altra il telefono che faceva scorrere con il pollice.

«Che c'è?» le chiesi dopo un po'.

Kat fece un respiro profondo. «Sto cercando un gruppo qui vicino.»

La guardai senza capire. «Un gruppo di...? Esasperanti espatriati canadesi dai capelli rossi?»

Lei mi diede un'occhiata di traverso, poi esitò, abbassando il telefono. «Al-Anon.»

Sbattei gli occhi. «Non è per chi soffre di una dipendenza?» C'era qualcosa che non mi stava dicendo? Forse aveva gli stessi problemi del fratello?

«No, quelli sono gli AA, o NA o altre organizzazioni a seconda del tipo di dipendenza, alcol o narcotici. Al-Anon, Nar-Anon, etc. sono per i membri delle famiglie o gli amici di chi ha queste dipendenze.»

Non la guardai. «Ah.»

«Penso proprio che partecipare a una riunione mi farebbe bene in questo momento.»

Inarcai un sopracciglio. «Ci andavi spesso? Quando vivevi in Canada?»

Lei fece spallucce. «Sì, per un po'. Al college. Non ne avevo mai sentito parlare e c'era un gruppo nel campus del mio college. Ho cominciato ad andarci e a parlare con gli altri. Mi aiutava a sentirmi meno sola.»

Annuii. «Ne deduco che i tuoi genitori non ci sono mai andati.»

«Mio padre ha partecipato a una riunione, dichiarando poi che erano un mucchio di stronzate e non è più tornato. Mia madre aveva rifiutato fin dall'inizio. Detestano qualunque cosa possa remotamente assomigliare alle maniere forti. Preferiscono l'approccio morbido, continuare a viziarlo, già, perché ha funzionato così bene con lui.» La sua voce era dura e amara, una cosa che non avevo sentito spesso.

Pensai alla conversazione che avevo sentito per caso la sera prima, il modo in cui Derek l'aveva affrontata, afferrata e la stava pregando di fare qualcosa per lui. *Solo questa volta* , aveva detto. *Potresti veramente aiutarmi.*

Decisi per un approccio delicato invece di scavare a fondo nell'argomento che la sera prima aveva accantonato con leggerezza. «Derek sembra veramente volere che tu torni in Canada. Va tutto bene con i tuoi genitori?»

Kat mi diede un'occhiata prima di ricominciare ad armeggiare con il telefono. «Immagino stiano bene. Non mi ha detto molto.»

Percorremmo un altro isolato prima che riuscissi a formulare un'altra domanda nella mente e capire come modificarla in modo che non sembrasse minacciosa. «C'è qualcosa che dovrei sapere? Per esempio, perché hai lasciato il Canada?»

Lei voltò la testa e mi guardò, poi parlò, con la voce priva di espressione, «Sono partita perché Mia era malata. La mia miglior amica aveva bisogno di me.»

L'avevo già sentito, quindi non mi sorprese che lo ripetesse. «È l'unica ragione?»

Kat sbatté gli occhi e strinse forte il telefono. «Perché me lo stai chiedendo?»

«Perché ho bisogno di sapere. Non hai pensato che l'immigrazione potrebbe fare un controllo su di te nel tuo paese, giusto? Se c'è qualcosa…»

Si irritò. «Ho ricevuto i documenti per il controllo e li ho compilati e rinviati. Sono pulita. Non sono una criminale in fuga, se è questo che stai chiedendo.»

Sbuffai e misi la freccia per svoltare nel parcheggio della Draco. Max abbaiò eccitato. Adorava venire al lavoro con me perché significava essere viziato da tutti.

«So che non sei una criminale. Solo... voglio solo dire che sono qui, se vuoi parlare. Di tuo fratello o di qualunque altra cosa.»

Kat accennò un sorriso. «Grazie.»

Aggrottai la fronte, riflettendo sui due giorni precedenti mentre scendevo dall'auto, prendevo la borsa e il guinzaglio del cane e la chiudevo. Guardai i capelli lucenti di Kat che ondeggiavano sulla schiena mentre la seguivo verso l'entrata principale dell'edificio.

C'era qualcosa di strano in ballo con la sua famiglia, e non solo il modo orribile in cui Derek trattava sua sorella. C'era qualcosa che riguardava i suoi genitori. Sembrava che Derek facesse il buono e il cattivo tempo con tutti, inclusi i suoi genitori. Doveva essere stato uno schifo crescere in quel modo.

Ovviamente, chi ero io per parlare? I miei genitori erano stati così presi dalle loro vite e dalla loro immagine. Ed erano ossessionati dal modo in cui i loro due figli dovevano adattarsi come accessori a quell'immagine. Dubitavo ci avessero mai visto come persone reali.

Già, la trappola da cui ero riuscito a fuggire, praticamente staccandomi una gamba a morsi per liberarmi, non era cominciata con il matrimonio con Claire, condannato in partenza. I miei piedi erano stati serrati in quella tagliola d'acciaio molto prima.

La stessa malinconia opprimente tornava a pesare su di me solo ripensandoci e dovetti rammentarmi che apparteneva al passato. A un passato che, speravo, sarebbe presto diventato lontano.

A pranzo, Warren si avvicinò e mi batté sulla spalla. «Devi averne provata una nuova ieri sera, fratello. Ho visto il suo collo. Ben fatto.» Tese un pugno perché lo battessi. Io mi limitai a guardarlo, feci una specie di ringhio e lui lo tirò indietro. «Dio, essere in grado di fare sesso con una ragazza sexy tutte le volte che vuoi. Deve essere una favola essere sposati.»

Già, tutte le volte che volevo. *Certo*. Perché era solo *quello* che significava il matrimonio.

«Torna ai tuoi bachi, Warren» ringhiai, «se non vuoi che ti anticipi le scadenze.»

Mi imbattei in Kat solo poche volte. Era strana. Distante e un po' distratta. E aveva mantenuto le distanze.

Non sapevo se fosse per via del nostro discorso di quella mattina, per via di ciò che aveva detto suo fratello o per le mie domande al riguardo. Ero quasi deciso a farmi raccontare la storia che c'era dietro. Ma se avessi scavato a fondo nella sua vita e lei nella mia, avrebbe potuto essere più difficile separarle di nuovo.

Come mi rammentavo praticamente tutti i giorni, questo matrimonio aveva una data di scadenza. Meglio mantenere le distanze e uscirne indenne. Dopotutto sapevo di poterlo fare, restare emotivamente distante. Potevo anche essere un pessimo marito, e sapevo di esserlo stato la prima volta, ma speravo che saremmo stati dei favolosi ex.

Trovai una sala riunioni vuota e allargai sul tavolo i miei appunti e i bozzetti del gioco in VR, lavorandoci per un'ora circa. Kat entrò a cercarmi verso le cinque. Guardò il tavolo, poi me, mettendosi dietro l'orecchio una ciocca di quei favolosi capelli. «Uhm, ehi. Allora stai ancora lavorando?»

«Hai sentito tuo fratello? Vuole ancora che ci troviamo a cena?»

Kat scosse la testa. «Non l'ho sentito e a essere sincera, anche se ha parlato di portare cibo cinese, normalmente sono solo parole. Se non mi manderà prima lui un messaggio, lo contatterò io più tardi stasera per parlare del fine settimana.»

Fece qualche passo avanti nella stanza quando qualcosa colse la sua attenzione. Prese uno dei fogli coperti dai miei scarabocchi, socchiudendo gli occhi mentre cercava di leggere.

«È questa la roba su cui sta lavorando, da presentare ai dirigenti? Per quel nuovo posto?»

Mi schiarii la gola, desiderando di colpo di poterle strappare di mano gli appunti, stranamente imbarazzato, senza sapere il perché. Probabilmente perché quando si trattava di videogiochi, avevo un altissimo rispetto per la sua opinione e questo progetto non era abbastanza sviluppato per poterle chiedere dei commenti.

Kat appoggiò il fianco tornito contro il tavolo mentre studiava gli appunti, poi, senza parlare, appoggiò il foglio e ne prese un altro. La guardai mentre i suoi occhi azzurri scendevano fino in fondo alla pagina e lei si mordicchiava distrattamente l'unghia del pollice. Era splendida, perfino quando non tentava nemmeno.

«Mmm» mormorò, prendendo un altro foglio. «Capisco a cosa stai puntando, un mix tra lo sparatutto in prima persona Battle Royale e un gioco sandbox, non lineare in modo da poter progettare il tuo fortino nascondiglio. Interessante.»

Mi appoggiai allo schienale e feci ruotare la matita tra le dita, irritato. «Lo detesti.»

Katya si ritrasse, sorpresa. «Nooo. Non direi. Penso solo che potrebbe essere più… originale. Più in linea con la Draco?»

La guardai irritato. «Ma è proprio questo il punto. Sto cercando di dimostrare che la Draco può espandersi oltre la sua idea originale di Dragon Epoch.»

Katya fece spallucce. «Sì, certo, ma…»

«Ma?»

Lei mi fissò negli occhi, poi si chinò in avanti, con i capelli morbidi che mi sfioravano il viso. Me li ero avvolti intorno alle mani la sera prima mentre la baciavo, la toccavo e la facevo gemere. Era stato così sexy quando mi aveva toccato e aveva accarezzato il mio cazzo, come se l'avesse fatto centinaia di volte. La sua sollecitudine, il volersi assicurare che avessi il mio orgasmo dopo aver avuto il suo era piuttosto dolce, in effetti.

E molto apprezzati.

Indicò uno dei miei fogli. «Perché non renderlo un gioco sparatutto medievale incorporando i cecchini. Non c'è una sezione giocatore contro giocatore in Dragon Epoch, quindi perché non dare alla gente la possibilità di lottare uno contro l'altro in questo gioco. I fortini che possono costruire possono essere di tipo medievale. Ci potrebbe essere una fase di raccolta di risorse, come in Minecraft. E di costruzione e progettazione del terreno. Il gioco potrebbe cominciare su un terreno comune e poi estendersi su aree progettate dal giocatore.»

«E con che cosa sparerebbero, se non hanno i moderni fucili d'assalto?»

«Oh, è facile. La solita roba: arco e frecce, balestre, bacchette magiche e bastoni. Puoi sparare missili magici, piogge di meteore, palle di fuoco o perfino qualche versione steampunk di primitive granate a mano. O qualunque altra cosa: lance, shuriken, boomerang. Qualunque cosa.»

Mi misi diritto e la fissai per un momento. Poi presi il primo foglio bianco e cominciai a scrivere tutto. Era un'idea maledettamente brillante. Katya cominciò di nuovo a parlare. «Potresti anche collegarlo a Dragon Epoch. Lasciare che la gente trasferisca quello che ha costruito o vinto nel gioco principale una volta che abbia guadagnato un certo numero di punti o uccisioni, o roba simile. E magari anche integrare le loro creazioni in Dragon Epoch, se vogliono.»

Lei continuò a parlare. Io continuai a prendere appunti.

«E, sai, per la prossima fase, potresti tentare di fare un'app per i telefonini. Come fosse la nostra versione di Pokemon Go. La gente potrebbe andare in giro nel loro vicinato e trovare tesori o armi o materiale da costruzione da integrare nel gioco. Mantieni la fantasia medievale in modo che sia tutto fluido e si integri con gli altri giochi. In quel modo puoi anche riusare il folklore di Dragon Epoch. Avere storie che si intrecciano e missioni che si sovrappongono. Incoraggeresti i giocatori esistenti a estendere il loro interesse ad altri prodotti Draco invece di essere qualcosa di completamente nuovo come uno sparatutto contemporaneo o qualcosa di futuristico. Inoltre di quelli ce n'è già un mucchio. E non è il caso di mettersi in concorrenza.»

Annuii, scribacchiai, annuii ancora. Lei mi guardava in silenzio. «Oppure puoi scartare completamente questa idea. Non mi offenderò.»

«Perché dovrei farlo? È una buona idea.»

Lei si gettò i capelli oltre la spalla e il gesto mandò un soffio di meraviglioso odore di cocco. «Beh, la tua idea iniziale era buona, io ho solo aggiunto dei dettagli.»

Non dissi niente, continuai solamente a prendere appunti.

Sentii il suo sguardo sulla faccia. «Sei stressato per questa faccenda, vero?»

La guardai brevemente, continuando a scrivere. «Voglio davvero questo lavoro, Kat.»

«Sì, lo so. Credi in te stesso. Hai una buona possibilità di ottenerlo.»

Sbuffai forte.

Kat sorrise. «Almeno hai un fondo fiduciario su cui ricadere se non l'otterrai.» Fece una faccia come se intendesse abbassarsi o nascondersi in previsione della mia reazione alla sua battuta.

Socchiusi gli occhi e scossi la testa. «Sei fortunata perché so che stai scherzando.»

Kat si morse il labbro. «Sono un po' curiosa. Quanto vale quella roba?»

Le diedi un'occhiata di sottecchi. «Meglio che tu non lo sappia. Non spreco il mio tempo pensandoci.»

Si sedette sul tavolo, davanti a me, con una gamba che ondeggiava avanti e indietro e l'altra appoggiata al pavimento. «Perché?»

«Mio padre si è basato completamente sulla fortuna che aveva ereditato per farsi strada nella vita. Io sono un uomo migliore. E di certo non ho bisogno di quell'eredità per avere successo.»

Kat mi studiò con le braccia incrociate sul petto e la testa piegata di lato. «Quindi stai cercando di dimostrare il tuo valore.»

Risi. «Non ho niente da dimostrargli. È piuttosto disgustato dalla scelta che ho fatto di lasciarmi quella vita alle spalle e sporcarmi le mani lavorando per qualcun altro.»

Kat scosse la testa, sorridendo bonariamente. «No, non a lui. Ma hai parecchio da dimostrare a te stesso.»

«Forse» dissi guardandola.

«Ho una buona sensazione. Penso che l'otterrai. E no, non perché sono amica di Mia. È solo una sensazione.»

«Beh, ho bisogno di più di una sensazione per sentirmi meglio, con tutta quest'attesa.»

«Fai solo del tuo meglio per trasmettere la tua visione, perché è super. Adam può aver cominciato come programmatore. Ma in realtà è un *visionario* . Questa società, questo gioco sono il prodotto della sua visione. E tu *puoi* essere il visionario che vuole vedere. Non importa che tu sia al Controllo Qualità e Jeremy sia uno sviluppatore.»

Le rivolsi un sorriso, in un certo senso rincuorato dal suo discorsetto d'incoraggiamento. «Grazie.»

Kat si alzò. «Quando avrai finito la documentazione per il progetto, sarò lieta di dare un'occhiata, se vuoi.»

Mi mise una mano rassicurante sulla spalla, poi la fece scivolare parzialmente lungo il mio braccio, che strinse prima di lasciarmi andare. Il suo tocco mi bruciò attraverso la maglia e deglutii in fretta.

E poi si voltò e uscì. Fissai a lungo la porta, chiedendomi perché fosse così difficile respirare. Come se l'aria fresca fosse stata tutta risucchiata dalla stanza e avesse seguito la sua presenza solare quando era uscita.

Con i nostri indesiderati ospiti fuori di casa, ci incontrammo ancora qualche volta. Una volta per portarli a Hollywood per fare del turismo sulla Walk of Fame. E una volta a Disneyland, cui noi due dedicammo mezza giornata, lasciando che loro si godessero il resto.

Poco dopo sparirono. Ma avevo notato che Kat aveva scelto di non restare mai da sola con suo fratello. Lui menzionò più volte come desiderasse che lei tornasse presto in Canada. E Kat si innervosiva tutte le volte che lo diceva.

Quindi fui veramente sollevato quando finalmente si misero in viaggio qualche giorno dopo.

Il nostro tempo insieme come marito e moglie, dopo l'era degli sgraditi ospiti, tornò alla normalità. Kat tornò nella sua stanza di notte, grazie al cielo, e io dormii da solo. Anche se non tanto bene. Rimanevo a letto per ore tutte le notti, desiderandola al mio fianco, desiderando sentire il suo corpo accanto al mio. Sotto le mie mani. Con la voglia di toccare quei capelli di seta. Era stata nel mio letto solo per due notti, ma mi ero abituato in fretta.

Eravamo cordiali, ma mantenevamo le distanze. Kat abbandonò la discussione sul diventare "fisici" e io non la toccai nemmeno con un palo da tre metri. Era già una tentazione fin troppo deliziosa ora che dormiva a quattro metri di distanza e con una parete in mezzo.

Ma qualche volta entravo in soggiorno e lei stava facendo yoga, con un paio di leggings e una canottiera, con il sederino sodo per aria. O, nei fine settimana, se ne andava in giro in vestaglia, mezza aperta, mostrando la biancheria di pizzo.

Per non dire niente dell'incidente quando aveva tentato di riparare un rubinetto che perdeva nel bagno degli ospiti e si era spruzzata acqua su tutta la sottile maglietta. I capezzoli eretti erano visibili come se fosse stata nuda quando venne innocentemente a chiedermi gli attrezzi. Gesù. Avevo un bell'attrezzo duro che volevo disperatamente che maneggiasse. *Un'altra volta.*

Perfino il suono dei suoi movimenti dall'altra parte della parete era sufficiente per tenermi sveglio di notte. Mi ossessionava il pensiero di che cosa stesse facendo, che cosa avesse indosso, se indossasse qualcosa. In che posizione dormiva.

Maledizione. La frustrazione sessuale sembrava il mio normale modo di vivere in quei giorni. Masturbarmi una, due o tre volte nella doccia proprio non bastava. La desideravo giorno e notte e la cosa mi stava facendo impazzire. E le docce fredde non servivano a niente. Era un mito ridicolo. Un'enorme bugia. Tutto quello che facevano le docce fredde era lasciarti gelato, tremante, e incazzato e ancora sessualmente frustrato.

Per combattere queste tentazioni, passavo lunghissime ore in ufficio e ricominciammo ad andare e venire dall'ufficio ognuno per conto proprio. Stabilimmo un modo di vivere e una vita matrimoniale rilassati ma distaccati.

Eravamo alle ultime settimane d'estate quando fummo convocati all'ufficio immigrazione per il nostro inevitabile colloquio. Se le cose fossero andate bene, sarebbe stato l'unico. E dato che fummo in grado di dimostrare facilmente una relazione lunga più di un anno prima del matrimonio, le cose andarono lisce. Non ci fu bisogno di imparare a memoria che tipo di crema idratante o di dentifricio usasse oppure (oddio no!) quante volte facevamo sesso o roba simile.

Il funzionario dell'ufficio immigrazione ci assicurò che non prevedeva problemi da parte loro e che avrebbe raccomandato che a Kat fosse concessa la carta verde. Festeggiammo con dei frullati dopo il colloquio, poi tornammo al lavoro, dove entrambi facemmo le ore piccole per recuperare il pomeriggio di assenza.

Le cose stavano andando bene e la nostra data di scadenza, qualunque fosse, si stava avvicinando. Avevo contato su un senso di sollievo. Ma non arrivò mai. Invece, mi sembrava di avere un pezzo di piombo nello stomaco. Come se stessi aspettando che calasse di nuovo l'accetta.

Perché il passato me lo aveva radicato nella mente. Proprio quando le cose cominciavano a migliorare, succedeva sempre qualcosa che incasinava tutto, anche se quel qualcosa era provocato dalle mie stesse stupide decisioni.

C'era da sperare che l'accetta non cadesse in testa a nessuno dei due.

CAPITOLO SEDICI
KATYA

RICEVEMMO LA PRIMA LETTERA, DA COPPIA SPOSATA, che non arrivasse dall'ufficio immigrazione. La busta sovradimensionata, in spessa carta pergamena era indirizzata al *Signor e Signora Lucas van den Hoehnsboek van Lynden* , in perfetta calligrafia. La busta in sé era foderata di foglia d'oro e l'invito che conteneva era stampato in oro in rilievo. Si stava sposando qualcuno?

Mi irritai per il vecchio modo di indirizzare la busta, solo il nome di Lucas, non entrambi, poi le sopracciglia mi salirono in cima alla fronte e lì restarono quando notai che nell'invito si riferivano a noi come barone e baronessa.

Ehi… wow… allora non era solo uno scherzo. Ero veramente, anche se temporaneamente, entrata a far parte di una famiglia aristocratica europea. E avevano dei titoli e roba simile. E *io* avevo un titolo… wow. Ed ero sicura che nessuno di loro avesse mai detto qualcosa come *ehi, wow* .

Scoprii, leggendo, che non era un invito a un matrimonio, ma la convocazione alla riunione di famiglia a Napa Valley cui mi ero impegnata per entrambi a partecipare. La famiglia VanDenPiùRicchiDegliDei a quanto pareva mandava inviti stampati ai loro stessi figli.

Merda. Nella mia rabbia, avevo obbligato tutti e due a partecipare a quella cosa folle. Era passato più di un mese da quando mi ero sentita messa con le spalle al muro e lasciata volutamente all'oscuro delle condizioni sociali della famiglia di Lucas.

E da allora mi ero calmata ma, purtroppo, l'impegno restava. E dovevo ammettere che cominciavo a provare un po' di panico, specialmente quando mostrai l'invito a Lucas appena arrivò a casa. Lui gli diede un'occhiata, fece spallucce e andò a mettere la sua roba nella sua stanza senza dire una parola.

«Allora… potremmo sempre tirarci indietro» disse quando tornò e si sedette sul divano accanto a me. «Ho già dato loro buca più di una volta. Non me ne importa.»

Feci un sorrisino sghembo. «Ti prenderei in parola, ma è arrivato questo, nella busta insieme all'invito.» Gli passai il post-it che avevo trovato.

Diceva: *Per favore, dite che verrete e non mi lascerete da sola ad affrontare i lupi. Per favore - J.*

Lucas si mise a ridere. «Uhm, sembra che mia madre abbia costretto Julia a preparare le buste.»

Lo guardai stupita. «È una brutta cosa? Cioè, mi sembrava che le piacesse quello stile di vita.»

Lucas si voltò a guardarmi e si morse il labbro. «Le apparenze a volte ingannano. Nessuno può veramente sapere se qualcuno è in difficoltà solo guardando la superficie. Lei e mia madre non sono mai andate d'accordo.»

Ci pensai un momento, ponendomi qualche domanda su sua sorella. L'unica volta in cui l'avevo incontrata, sembrava appena uscita dalla vecchia serie televisiva *Gossip Girl*. Ne aveva tutte le caratteristiche, inclusi gli abiti firmati, il fondo fiduciario, l'aspetto giusto e perfino un aristocratico nome europeo a completare l'immagine. Immagino fosse facile pensare che qualcuno che aveva tutto quello fosse felice della sua vita.

«Bene, mi dispiace, ci ho messo nei pasticci, ma immagino che a questo punto siamo obbligati ad andare, no?» gli chiesi, alzando le sopracciglia e sperando silenziosamente che mi contraddicesse.

Ma no, a quanto pareva non voleva veramente lasciare Julia ai lupi. *Sospirone* .

Scosse la testa. «Andremo. Se saremo fortunati, potremmo andarcene presto.»

Lessi velocemente la serie di attività programmate e sentii il livello d'ansia che cresceva. A quanto pareva, sarebbe stato un affare lungo una settimana, completo di gite, turismo, gare sportive, tornei di giochi, assaggi di vino e… un ballo a tema? Merda. Immagino che fosse il karma venuto a mordermi il culo per aver voluto prendermela con il mio neo-marito. *Mea culpa.*

A quel punto, Max saltò sul divano in mezzo a noi e m'infilò il naso sotto la mano, chiedendo delle grattatine. Prima che Lucas potesse ordinargli di scendere, avvolsi le braccia intorno al pelosone e lo tirai verso di me. «Ho un'idea! Che ne dici se vai tu a fare atto di presenza e io starò a casa a curare Max?»

Lucas mi diede un'occhiata di traverso. «Chi la fa l'aspetti. Ci hai ficcato tu in questo guaio. E io non ho nessuna intenzione di presentarmi senza di te. Inoltre Max va al campeggio per cani e gli piace da matti.»

Sogghignai. «Se mi lasci fuori da questa trappola, prometto di non dire ai nostri colleghi che lo chiami campeggio per cani.»

Lucas si alzò dal divano, prese il telefono e cominciò a scorrere i contatti. «Niente da fare, Rossa. Ho cercato di avvertirti. Ci hai messo tu nei casini quindi verrai.»

Max spinse la testa verso di me, alzandola per farsi grattare il mento e io obbedii, fissando la schiena di mio marito che si allontanava, finché sparì in cucina. Poi mi rivolsi al cane. «Beh, dimmi se Lucas non fa schifo» borbottai.

«L'ho sentito!» fu la risposta dalla cucina.

Torsi le labbra per la frustrazione.

Bene. Ma se dovevo andare a fare quella stronzata, avrei dovuto fare tutto per bene. Forse avrei dovuto avere un atteggiamento più Zen. Dopotutto, sarebbero stati i miei suoceri solo per un breve periodo. Per qualche motivo, m'importava più di quanto avrebbe dovuto.

Riuscii a riunire la mia banda e farmi aiutare durante un affare molto meno formale la settimana seguente.

Adam e Mia diedero un party in piscina per i loro amici più intimi, quindi anche me e il mio maritino. Lucas sembrava un po' nervoso riguardo all'unirsi alla "cerchia ristretta". Ma, ehi, gli dava un assaggio di che cosa avrei provato io durante la festa con la *sua* cerchia ristretta.

Era una serata calda verso la fine dell'estate e sinceramente ero entusiasta di vedere di nuovo i miei amici. Non avevamo quasi mai tempo. Mia ci stava dando dentro con la facoltà di medicina. Tutta la gente della Draco faceva le ore piccole per preparare la nuova espansione. E le mie amiche, Jenna e April, erano impegnate a finire l'università.

Jenna ci stava intrattenendo con delle storie sulla sua esperienza di studentessa-insegnante mentre lavorava alla sua abilitazione. Le mancavano solo pochi mesi prima di poter essere in grado di insegnare scienze nelle scuole pubbliche. Rideva, con i pallidi occhi azzurri che scintillavano. «Già, è stato imbarazzante sentirsi chiedere il lasciapassare in una scuola in cui sto insegnando. Il tizio si è rifiutato di credere che non fossi una studentessa finché uno dei miei studenti è riuscito a evitarmi di essere spedita nell'ufficio del preside.»

Jenna, April e Mia si stavano rilassando nella vasca idromassaggio, ciascuna con in mano un bicchiere di vino bianco. Io ero seduta sul cemento intorno alla vasca, con solo le gambe dentro l'acqua calda spumeggiante. Mia mi diede un'occhiata e si accigliò. «Vieni a sederti qui con noi.»

Scossi la testa. «Mi scioglierei. Il mio sangue canadese non sopporta tutto quel calore.» Era già una calda serata di agosto e sudavo da quando eravamo arrivati. I ragazzi avevano avuto l'idea giusta. Erano nell'acqua più fresca, e molto più rinfrescante, della piscina, a galleggiare sui gonfiabili o seduti nell'acqua più bassa a bere birra.

Qualcuno si lasciò cadere accanto a me con il suo bicchiere di sangria gelata. Alex era abbronzata e favolosa nel suo bikini turchese. «Ehi tu. Non ho ancora avuto l'occasione di ammirare il tuo sasso, lo sai?»

Cortesemente tesi la mano perché vedesse il favoloso anello antico che mi aveva dato Lucas. Avevo la possibilità di portarlo ancora per un po', finché durava il mio ruolo di finta moglie.

«Ooh! È stupendo. Così unico. È antico?»

Agitai le dita per far scintillare il diamante. «Sì apparteneva alla bisnonna di Lucas, in Olanda. Si era sposata durante i ruggenti anni Venti.»

Alex si chinò per dare un'altra occhiata. «Così bello. Così intricato. Riesco a immaginare le feste e i bei vestiti a vita bassa con le perline e le frange e i gentiluomini che ballavano il Charleston.»

Mi portai l'anello agli occhi. «Io? Più che altro mi incuriosisce la donna che lo portava prima di me. Quali erano i suoi sogni e le sue speranze? Era felice? Mi chiedo come fosse l'uomo che glielo aveva dato. L'amava veramente e la voleva per l'eternità, anche una volta persa la bellezza per l'età?»

Alex sorrise. «Chi avrebbe mai detto che sei un tipo romantico, Kat?»

Abbassai la testa, imbarazzata. «Mi hai beccato. Per favore non diffondere la notizia. Ho una reputazione da mantenere.»

«Sono così contenta che tu sia felice. Ho sentito che tu e Lucas non andavate d'accordo in ufficio. Ma, accidenti, non ti biasimo per aver cambiato idea. Il tuo maritino è un bocconcino.»

Quasi dimenticai di ringraziarla per il complimento perché mi distrasse un movimento sulla sinistra. Voltai la testa, sentendomi osservata. Come previsto colsi lo sguardo di Lucas. Era seduto vicino, sul gradino più in basso accanto a Jordan a bere una birra. Ma non era molto lontano da noi. Il modo in cui mi guardò, poi abbassò gli occhi sull'anello con un sorriso rivelò chiaramente che aveva sentito quello che avevo detto.

E, non so perché, mi rese improvvisamente timida. Specialmente se pensava che stessi diventando romantica ed espansiva, come aveva dichiarato Alex. Uffa, non un buon momento per Kat la dura di mostrare il suo cuore di tenero marshmallow. Ce la mettevo tutta per tenerlo nascosto. Ma sembrava che in quei giorni, la tenerezza volesse fuoriuscire e prendere il comando.

Non molto dopo, mentre tornavo dal bagno del portico, Heath si avvicinò dicendomi: «Vieni a prendere qualcosa da mangiare, così possiamo parlare.»

Lo seguii al tavolo coperto da un assortimento di ogni tipo di stuzzichini immaginabili. Patatine, salsa e guacamole, verdure croccanti e diversi tipi di insalata. Affettati e uova alla diavola, sandwich fantasiosi.

«Va tutto bene?» chiese Heath.

Aveva un aspetto migliore di quanto vedessi da parecchio tempo. Aveva ripreso quasi tutto il peso che aveva perso dopo l'orribile rottura dell'anno prima e chiaramente aveva ripreso ad allenarsi. Il suo corpo era muscoloso, senza un grammo di grasso extra in nessun punto. Con quell'aspetto, dubitavo avesse difficoltà a trovare qualcuno da portare a letto. «Va tutto bene. Solo tu e io non parliamo molto di recente.»

In effetti, erano passate settimane. Ed era strano perché eravamo abituati a vederci tutti i giorni, come coinquilini. Sentii una fitta di rimpianto per non essermi messa in contatto regolarmente. Probabilmente sarebbe stato lo stesso molto presto anche con Lucas. Come sarebbe stato quando non ci saremmo più visti ogni giorno, fuori dall'ambiente di lavoro? Sentii una fitta a quel pensiero. Rimpianto? Apprensione? Chi lo sapeva?

«Mi dispiace. Il lavoro mi ha travolto. E tutte le altre cose. Il colloquio con l'immigrazione e tutto il resto.»

Accennai con la testa al tipo sexy che Heath aveva portato con sé. Un ispanico *estremamente* in forma e bello, sui venticinque con capelli scuri ricci e favolosi denti bianchi e diritti. Aveva attirato gli sguardi delle donne nel suo Speedo. «Chi è lo schianto che hai portato con te? Non me l'hai nemmeno presentato.»

«Perché tu e il maritino siete arrivati tardi. È Adan.»

«*Un altro* Adam?»

«No, *Adan* , con la N. Ci frequentiamo da qualche settimana. Probabilmente resterà in piscina tutta la sera. È un gran nuotatore.»

Agitai le sopracciglia guardando Heath. «Speriamo che sia grande anche da qualche altra parte.»

Heath mi rivolse un'occhiata che diceva: ovvio, altrimenti non sarebbe qui.

Ridacchiammo e io misi qualche oliva verde sul suo piatto. Heath detestava le olive verdi, quindi imprecò e le tirò nel mio piatto. «A proposito di quello. Devi sputare il rospo sul quel tuo bel maritino. Che cos'ha nei boxer? Lo hai già scoperto?»

«Molto furbo, Hank.» Gli sorrisi chiamandolo con il nomignolo irritante che a volte usavo per irritarlo. Era nato da un errore sul suo bicchiere di caffè da Starbucks. A volte la gente aveva difficoltà a capire il suo nome, quindi Hank era rimasto. Ovviamente, avevo convinto Mia a chiamarlo Hank e più lo irritava più insistevamo a usarlo.

Lui ignorò il nomignolo e si attenne al suo argomento preferito: i peni. «Non dirmi che non hai ancora fatto un giro sul suo joystick. Pensavo che ci sarebbe voluto al massimo una settimana di vita sotto lo stesso tetto.»

Feci un lungo sospiro.

«Una signora non rivela mai niente.»

«Allora meno male che tu non sei una signora.»

«Non ho niente da dirti.»

«Dai, nemmeno una bella pomiciata? La tensione sessuale tra di voi è spessa come le cosce di Henry Cavill.»

Lo guardai, scettica. «E l'hai colta guardandoci dall'altra parte della piscina?»

«Potrebbe coglierla perfino un fottuto cane guida sordo e cieco.»

Lo zittii quando William ci raggiunse al tavolo per prendere un po' di patatine e di salsa e metterle su un piatto di carta. Fece un cenno di saluto a entrambi. «Come va?»

«Ehi, William. Ho i soldi che ti devo. Accetti un assegno, vero?» gli chiese Heath.

William sembrò sorpreso. «Ricordo perfettamente di averti detto che avrei fatto il lavoro pro bono.»

Aggrottai la fronte. Che cosa significava? Heath mi diede un'occhiata. «Ha fatto del lavoro artistico per un sito web che ho appena riprogettato.» Tornò a rivolgersi a William. «E no, non l'accetto. Gli artisti non dovrebbero lavorare gratis.»

Il cugino di Adam fece spallucce. «Non era lavoro. Era un favore per un amico.»

«Allora ti spedirò l'assegno» disse Heath alla figura che si allontanava.

William si fermò e voltò la testa. «E io lo strapperò.»

Heath borbottò qualcosa sulla testardaggine di quell'uomo. Io tenni gli occhi fissi su William, seduto accanto alla sua amatissima Jenna, che divideva con lei le patatine e la salsa. Lei lo ricompensò con un bacetto sul collo e lui sorrise.

Era migliorato moltissimo. Un tempo sarebbe stato lui a insistere di seguire le regole. Fai un lavoro, vieni pagato. Ma si era lasciato andare moltissimo nell'ultimo anno. Senza dubbio era stata l'influenza di Jenna su di lui. Tornai a guardare il mio amico biondo, mentre mi chiedevo che influenza avesse potuto avere William su Jenna. Ed era sempre così?

Mia aveva cambiato Adam e viceversa? E che dire di April e Jordan?

E anche Lucas avrebbe finito per avere un effetto a lungo termine su di me? O eravamo destinati ad andare ciascuno per la propria strada e diventare nuovamente degli estranei? Sembrava così strano pensarlo, perfino ora. Non eravamo intimi, ma mi sembrava di conoscerlo almeno bene come gli altri miei amici, meglio, in qualche caso. Saremmo rimasti amici? O saremmo tornati a essere rivali in ufficio? O forse, se non ci fossimo più visti, saremmo diventati degli estranei.

Stavo ancora servendomi al tavolo quando Heath mi abbandonò e andò ad attaccare Adan con un tuffo a bomba nella parte profonda della piscina. Mia venne a raggiungermi poco dopo. Era favolosa in un bikini nero a righe argento, i lunghi capelli scuri raccolti in un'alta coda di cavallo. Suo marito non trovava necessario nascondere il fatto che la spogliava con gli occhi dovunque lei si trovasse nel cortile.

Lo notò anche lei e agitò il polso verso di lui, con il pollice e il mignolo distesi nel gesto che significava. «Vai tra...» Adam rise e tornò alla sua conversazione con April.

Di colpo la musica sulla playlist anni '80 di Adam passò alle prime note familiari di *Never gonna give you up* . Ah, solo Adam Drake poteva fare un rick-rolling al suo stesso party. Colsi lo sguardo di Lucas e indicai uno degli altoparlanti. Sembrò capire, e rise. *Stanno suonando la nostra canzone* , avrei voluto dirgli. Ma avrebbe significato condividere con tutti gli altri il nostro scherzo privato.

Anche se, a pensarci bene, tutto il nostro matrimonio era stato uno scherzo privato, no? Peccato non mi sembrasse uno scherzo divertente quando ero a letto da sola di notte. Con la mente sovraeccitata, rivivevo il ricordo dei suoi baci, delle sue mani sul mio corpo.

Mia sorrise radiosa a suo marito e poi si voltò verso di me. «Non si può portarlo da nessuna parte.»

Annuii, giustamente impressionata. «Otto mesi di matrimonio e siete ancora veri e propri cani in calore. Mi piace.»

Mia mi diede una gomitata. «Non giudicare. Ogni volta che sorprendo il tuo maritino a guardarti, mi ricorda un lupo affamato che fissa una bistecca al sangue appena fuori della sua portata.»

Riuscii immediatamente a sentire il calore che mi saliva al viso e sapevo di arrossire come una ciliegia. A volte essere una rossa era veramente scomodo, specialmente quando si cercava di nascondere certe emozioni.

«Davvero?» Feci spallucce e sorrisi come se sapessi perfettamente di che cosa stava parlando, nonostante il fatto che non fosse così. Diedi un'occhiata nella direzione di Lucas, che però era tutto preso dalla conversazione con Jordan.

«Come vanno le cose? Ti stai adattando alla vita matrimoniale? Voglio dire... è stato tutto così improvviso per voi. Sono ancora meravigliata.»

«Beh, immagino di avere qualche tendenza all'impulsività, come quando sono venuta a trovarti appena ho scoperto che eri malata, ricordi?»

Mia sorrise e mi mise un braccio intorno alle spalle. «Non hai idea di che cosa abbia significato per me. È stato un gesto stupendo e così generoso. Hai abbandonato tutto solo per me. Quando ci eravamo viste di persona solo una volta.»

Feci spallucce e distolsi lo sguardo. Ero stata felice di farlo quando avevo scoperto che Mia aveva il cancro. Ma ciò che non le avevo mai detto era che serviva anche ai miei scopi. Dovevo andarmene dalla città, diavolo, dal paese, ed evitare i miei stessi problemi a casa. Per evitare la situazione impossibile nella quale mi stava mettendo la mia famiglia.

Ciò che Mia vedeva come una dimostrazione di generosità era in realtà la mia codardia in azione.

Le restituii l'abbraccio. «Beh, sai, sono stata felice di farlo. E ora sono qui.»

«E qui è dove hai trovato il tuo vero amore!» esclamò sorridendo. E, ancora una volta, evitai di guardarla negli occhi. *Già*. Mi sentii pugnalare da un'emozione acuta. Non faceva male, dichiarava solo che era lì ed era troppo forte per essere ignorata.

«Che cosa succede qui?» chiese April, apparendo all'improvviso alle spalle di Mia. «Una società di mutuo apprezzamento e non mi avete invitato?»

April era stupenda con un costume intero viola scuro con le paillettes, un indumento pensato più per mettere in mostra la sua figura perfetta sulla spiaggia che non per nuotare. E dato che i suoi lucenti capelli scuri sembravano perfetti, era chiaro che aveva passato il tempo su un gonfiabile e non in acqua.

Grazie a Dio! La scusa perfetta per cambiare argomento. «Amica, devi provare il guacamole» dissi. «L'ha preparato la mamma di Alex ed è buono da morire.»

April si premette le mani sullo stomaco piatto. «Uhm, sono così sazia che non posso mangiare nient'altro per un po'. Ehi, Jordan sta guardando da questa parte? Voglio spaventarlo con tutti i miei oooh e aaah per il tuo anello. Tra parentesi, è bello, ma non voglio fare tutta la scena se non mi sta guardando terrorizzato, ma fingendo che vada tutto bene.»

Mia sghignazzò. «Sei subdola e brillante.»

April le fece l'occhiolino. «Sfrutterò ogni possibilità che ho di mettere in agitazione la mia Bestia.»

«Ti farò sapere quando guarda da questa parte e possiamo cominciare lo show.» Risi insieme a loro. «Nel frattempo, possiamo parlare di quanto sia strano che Heath stia frequentando uno schianto dai capelli e gli occhi scuri che si chiama Adan? Sta frequentando tuo marito per procura?»

Mia arricciò le labbra, come se non le fosse venuto in mente. «Non glielo direi mai, nemmeno in un milione di anni, ma è un po' inquietante.»

«Assicurati solo che Adam e Adan non restino chiusi da soli in una stanza. Il contatto stretto potrebbe far implodere l'universo, tipo lo scontro tra materia e antimateria» dissi ridacchiando.

«Forse è solo Bizarro Adam, ricordate il clone 'al contrario' di Superman? Bizarro Superman?» ribatté Mia ed entrambe ridemmo mentre April ci guardava stupita.

«Mettetegli un elegante pizzetto e potrebbe essere L'Adam dell'Universo dello specchio, ricordi, Star Trek?»

April diede un'occhiataccia a entrambe. «Voi due siete troppo geek per questa nerd libresca.»

Alex e Jenna raggiunsero il resto di noi ragazze intorno al tavolo degli stuzzichini mentre i ragazzi restavano in piscina. Appena riuscimmo discretamente ad attirare l'attenzione di Jordan, mi assicurai di stendere la mano mentre April fissava incantata il mio anello. Quando guardammo di nuovo, Jordan aveva distolto gli occhi. Ci mettemmo lo stesso a ridere.

«Allora, che cosa succede qui?» chiese Jenna mentre riempiva il suo bicchiere di limonata. «Vi state scambiando le vostre impressioni sulla vita matrimoniale?»

Mia e io ci scambiammo un'occhiata e io sorseggiai il mio tè freddo. «Esatto.»

«Qualche informazione utile sulla "specie maschile" che potrebbe servirci?» chiese Jenna.

Mia torse la bocca. «Essere sposati, in un certo senso, è vedere come viene fatto il salame.»

Tutte scoppiammo a ridere mentre Mia, che a quanto pareva aveva "sentito" con un certo ritardo quello che aveva detto, arrossì come il bikini rosso di Jenna. «Non parlavo di *quel* salame.»

«E tu, Kat? Che cosa hai scoperto di nuovo del tuo nuovo maritino?» chiese Jenna.

«Beh, la cosa più scioccante è stata scoprire che in effetti è un membro della nobiltà europea» dissi con aria impassibile. Tutte le ragazze pensarono fosse solo un'altra battuta divertente. Le disillusi immediatamente. Gli occhi azzurro scuro di April diventarono due grandi monete scintillanti. «Cosa, sul serio? Che tipo di nobiltà?»

«Suo padre è un barone olandese, credo…»

Due secondi dopo, April aveva in mano il telefono. Dio solo sapeva da dove l'aveva preso. Il suo costume aveva una tasca segreta nel reggiseno o qualcosa di simile?

«Il cognome è Walker, giusto?» Le dita con la manicure perfetta cominciarono a volare sulla superficie di vetro del telefono. «Non sembra molto olandese.»

«Uhm, no. In effetti quello è il suo secondo nome.»

Mia voltò di scatto la testa verso di me. «Cosa? Come se avesse un'identità segreta?»

Feci spallucce, guardando Lucas che stava parlando con alcuni altri tizi in piscina. Gli sarebbe scocciato che lo avessi divulgato? Non aveva mai detto niente sul fatto di tenerlo segreto.

«Immagino che trovi più facile usare il suo secondo nome. E non vuole che si facciano storie, quindi promettetemi che lo terrete per voi.»

Le ragazze annuirono o dichiararono di essere d'accordo e poi April mi tese il telefono. «Solo per soddisfare la nostra curiosità, però...»

Scrissi il cognome di Lucas su Google, dopo essermi frugata nel cervello per ricordarmi come si scriveva. Era ridicolo che non avessi pensato io stessa a cercare la sua famiglia su Google. Una volta riavuto il telefono, April premette il tasto della ricerca e spalancò gli occhi. «Porca paletta! Non stavi scherzando. Sede ancestrale della famiglia a Utrecht. Quella non è una villa, è un castello. Wow, è favoloso.»

Passò il telefono alle altre che continuarono a scrollare la ricerca: cronache mondane, titoloni, il marchio di lifestyle personale di Julia e gli account sui social media.

Jenna cliccò su uno dei link. «Questo riguarda il vostro matrimonio.»

Fui sorpresa. Era incredibilmente strano. «Davvero?» La sua famiglia aveva annunciato in qualche modo il nostro matrimonio? Tesi la mano per avere il telefono dopo aver visto Jenna scrollare la pagina con un'espressione chiaramente confusa.

Era il matrimonio di Lucas, giusto. Il suo primo. Con Claire. E sembrava che la sua famiglia non avesse badato a spese per quell'evento. Per dire una spesa a sette o otto cifre. Wow. Il vestito sembrava qualcosa che avrebbe potuto indossare qualcuno della cerchia intima della duchessa di Cambridge. Certamente un abito firmato, sicuramente su misura.

Affascinante, e lui era stupendo. Che bella coppia era, sotto l'arco fiorito di un gazebo nel vigneto di famiglia. Mi si strinse lo stomaco.

Cliccai sulla X per chiudere la finestra sul browser del telefono. Non volevo dare spiegazioni quella sera. «Ah, dev'essere un cugino.» Restituii il telefono ad April.

Lei si rimise in tasca il telefono. Da quella breve occhiata, però, avevo visto, insieme alle fotografie, l'annuncio formale del matrimonio. Chiaramente, a giudicare dai particolari, era stato "l 'evento mondano" con un budget all'altezza.

E sembrava così giovane in quelle fotografie. Viso fresco e così distante dall'espressione cinica di adesso. Era *così* bello in tight, e *sorrideva* . Mi faceva male pensare che era rimasto stoicamente seduto davanti a me e aveva firmato i documenti del nostro matrimonio in un fast food. Nemmeno il barlume di una scintilla di un riflesso di eleganza da nessuna parte. Mi chiesi com'era stato quel Lucas meno cinico e stoico.

Le ragazze adesso stavano parlando di vacanze in Europa. Si chiedevano come sarebbe stato per noi se fossimo "tornati" in Olanda dove vivevano gli altri rami della sua aristocratica famiglia. Mia dovette proprio aggiungere come le era piaciuto il suo breve soggiorno ad Amsterdam qualche anno prima.

«La sua riunione di famiglia» borbottai tra me e me. Le teste si voltarono.

«Cosa? Andrete in Olanda? Incontrerete la famiglia reale?»

«No.» Scossi la testa. «Napa Valley, dove la sua famiglia ha un vigneto e un'azienda vinicola.»

April e Mia si guardarono, con le bocche che formavano una O perfetta. Poi entrambe si voltarono verso di me. «Quando?»

Feci una smorfia. «Tra due settimane. Sono parecchio nervosa e sono sicura di non avere il guardaroba giusto.» E adesso era ancora più importante, dopo aver visto quel dannato matrimonio su Internet ed essermi resa conto come erano stati abbaglianti insieme. Giurai che mi sarei presentata con un aspetto due volte più abbagliante, se possibile.

April si rianimò, di colpo molto interessata. «Il dottore è arrivato e prescrive un po' di shopping terapia.»

Mi strofinai la fronte. «Non lo so. Ho bisogno anche di un vestito tipo ruggenti anni Venti.»

«Per una festa a tema?» Gli occhi di April s'illuminarono come i fuochi d'artificio di Disneyland. «Un abito déco, vita bassa con un sacco di perline e paillettes e una fascia con le piume. Scarpe in tinta e guanti di seta che arrivano oltre il gomito. Oh, mio Dio, saresti così carina con i capelli raccolti in modo da sembrare un caschetto. Toni gioiello, qualsiasi tinta eccetto il rosso, con i tuoi capelli il verde smeraldo o il blu brillante sarebbero perfetti. Il nero ti sbatterebbe troppo con la tua pelle pallida.»

Sbattei gli occhi guardandola. «Posso prenderti in prestito per fare shopping nei prossimi giorni?»

Il suo sorriso divenne più radioso. «Temevo che non l'avresti mai chiesto. Ma verrò solo se sosterrai la mia frottola che stiamo andando a vedere abiti da sposa.»

Scoppiammo tutti a ridere e tutte le teste si voltarono verso Jordan che ci fissava dall'altra parte della piscina con l'espressione di una lepre sotto i fari. Ci fece ridere ancora più forte. Poco dopo fissammo di incontrarci durante il fine settimana per uno straziante giro di shopping. April avrebbe fatto da consulente e Mia mi avrebbe accompagnato come sostegno morale.

Grazie al cielo per le mie amiche.

Verso la fine del party la gente cominciò a salutarsi. Heath e Adan furono i primi ad andarsene, ovviamente verso pascoli più verdi, probabilmente un club alla moda, per la serata. Heath mi diede uno dei suoi abbracci da orso.

«Ricorda di non pensare troppo» mi mormorò all'orecchio quando nessuno poteva sentirci. «Pensa a provare quel joystick.»

Lo colpii. Forte. Poi Heath rise mentre se ne andava, con la mano sul sedere di Adan.

***

Il fine settimana, fedeli alla parola data, Mia, April e io ci incontrammo a Fashion Island a Newport Beach, spesso chiamata, in modo non molto amichevole, Fascist Island. Quel posto era l'antitesi di ciò che ero io, quella che comprava la maggior parte dei vestiti in negozi di seconda mano o nei mercatini dell'usato.

Sapevo che Mia la pensava come me. Una volta era stata una studentessa a bolletta e dentro di sé era più in sintonia col mio mondo che non col fatto di essere la moglie di un miliardario a Newport Beach. Quindi era lì come sostegno morale e per tenermi la mano. April si stava comportando come se fosse la mia personal shopper e consulente di moda.

E, oddio, quella ragazza aveva occhio. Chiese alle commesse di portarci una selezione di quello che stavamo cercando, in base alla sua descrizione. Poi, con aria autoritaria, mise il veto su qualunque cosa non approvasse, prima ancora che io lo vedessi.

Fui felice di lasciarla fare ed era evidente che era abituata a quel mondo.

E dopo alcune ore di metti e togli, consegnai la mia carta di credito. Probabilmente la poverina squittì un po' quando passò attraverso la macchina. Il mio limite lo permetteva. E nel mio fondo per comprare una casa avevo soldi più che a sufficienza per coprirlo. Ma era il mio fondo per un appartamento... il mio sogno di avere una casa tutta mia in un posto dove gli appartamenti costavano l'equivalente del PIL di una piccola nazione.

«Okay» dichiarò April mentre si strofinava le mani, soddisfatta del suo lavoro. «Adesso andremo nei negozi di antiquariato in centro a Orange per cercare la bigiotteria e poi possiamo finire nel negozio di intimo.»

«Intimo?» le chiesi allarmata.

«Agent Provocateur, credo.» Mi fece l'occhiolino. «Hai detto che tua suocera vuole offrirvi la luna di miele che non avete avuto, giusto? E comunque, che cosa vorresti indossare sotto quel favoloso vestito anni Venti? Tanto vale prendere due piccioni con una fava e stendere tuo marito... in più di un senso.»

Okay, non sarebbe stato male avere un po' di bella biancheria intima. Era passato parecchio tempo da quando pensavo a qualcosa di diverso del cotone durevole e comodo per fare qualche pisolino quando passavamo tutta la notte nella Tana. Ma non l'avrei comprata perché la vedesse e l'apprezzasse Lucas.

Il mio matrimonio era un lungo e arido deserto sessuale. Non per mia scelta. Ma dovevo accettare il fatto che Lucas si fosse impuntato e avesse detto no. E no voleva dire *no*.

Comprai lo stesso la lingerie di lusso. Non importava se avrei saputo solo io di avere quelle cose stupende sotto il mio sontuoso vestito. Mi facevano sentire più carina, sexy, più sicura di me. Quindi avevano un valore per me, anche se nessun altro le avrebbe mai viste.

La mia povera carta di credito aveva preso un bel colpo. Ma se voleva dire che avrei avuto un assaggio del mio stesso glamour e non sarei diventata fonte di imbarazzo per il mio maritino, in segreto un aristocratico europeo, allora ne valeva la pena.

Mentre uscivamo dall'ultimo negozio, April si morse il labbro, fissando le mie borse. «Ahh, è praticamente una favola. Mi fa quasi venire le lacrime agli occhi.»

Capitolo Diciassette
Lucas

L A SETTIMANA DOPO IL PARTY IN PISCINA, JORDAN MI mandò un messaggio, chiedendomi di andare a correre con lui, e lo assecondai. Ci incontrammo nella sua elegante casa sulla spiaggia nell'area Wedge di Newport Beach. Se non fosse stata così lontana avrei camminato, dato che trovare un parcheggio accanto a casa sua era normalmente quasi impossibile.

Era una giornata calda, perfetta per la spiaggia, i surfisti erano fuori in massa, e ne stavano approfittando. Mi chiesi distrattamente come mai Jordan avesse optato per una corsa invece di fare surf, il suo tipo di allenamento preferito. Lo capii quando cominciammo a parlare. Immagino che non avremmo potuto chiacchierare molto cercando l'onda.

Mi interrogò a fondo sui miei progressi nel Grande-Progetto-Che-Avrebbe-Steso-Il-Consiglio-Di-Amministrazione. Parole e maiuscole sue. Poi, soddisfatto di quello che aveva sentito, mentre eravamo sul portico dopo la corsa, svuotò una bottiglia d'acqua e mi passò un asciugamano per asciugarmi il sudore dalla faccia.

«Allora, ho sentito tramite il tam-tam dei pettegolezzi che fai parte della famiglia reale, o roba simile.»

Aggrottai la fronte, scuotendo la testa, poi mi portai la bottiglia alla bocca, bevendo con entusiasmo.

Jordan continuò a parlare. «Sapevo che tuo padre era carico di soldi, ma non sapevo che avesse un titolo nobiliare.»

Inspirai un attimo prima di deglutire e poi cominciai a sputacchiare e tossire, innescando una serie di respiri affannosi, portando Jordan a cominciare, inutilmente, a battermi sulla schiena.

«Smettila!» riuscii finalmente a dire con la voce roca una volta ripreso abbastanza fiato da parlare.

Mi asciugai dagli angoli degli occhi le lacrime causate dall'accesso di tosse mentre Jordan mi osservava attentamente. «Hai un problema col bere.»

Sbuffai. «Divertente. Chi ti ha parlato del titolo di mio padre?»

Jordan piegò la testa, fissandomi. «Amico, tua moglie ha vuotato il sacco con le sue amiche al party in piscina la settimana scorsa. Le donne parlano. Non c'è niente da fare. Poi loro lo hanno riferito ai loro compagni.»

Strinsi gli occhi. *Accidenti, Kat!* «Lo ha detto a Mia?»

Jordan capì immediatamente quello che stavo pensando. «Non agitarti, Lucas. Dubito che ad Adam interessi un fico secco del tuo sangue blu. Però le ragazze sono rimaste giustamente impressionate, a sentire April. Hai perso l'occasione di usare quel fatterello per scopare quanto volevi.» Fece spallucce. «Ah, ma tua moglie è sexy, quindi immagino che non sia stata una totale perdita.»

Sospirai. «Non tutti la pensano come te, Jordan.»

Ripensai a quell'informazione mentre viaggiavo verso casa, irritato con Kat per aver vuotato il sacco, un'altra volta. Anche se, frugando nella memoria, dovevo dire di non averle esplicitamente proibito di dirlo a qualcuno.

Kat preparò la cena e decisi di non affrontare l'argomento. Che senso aveva? Prima o poi le avrei fatto sapere come mi sentivo. Ma la pasta al pesto e l'insalata Caesar erano deliziose, quindi preferii lasciar spegnere la mia irritazione prima di dire qualcosa. Da quando si era trasferita da me, mangiavo meglio di quanto mangiassi da anni. «Grazie per aver preparato la cena. Ai piatti penso io» le dissi, dopo una cena tranquilla durante la quale non parlammo molto.

Dalla cucina, sentii Kat che andava in camera sua, dove aveva installato la sua attrezzatura di gioco e per lo streaming. Mentre pulivo, la mia mente cercava di ripassare le cose a cui dovevo lavorare quella sera per preparare la proposta e il progetto del gioco.

Una volta tornato alla mia scrivania in soggiorno, vagliai la pila di posta che non guardavo dal venerdì precedente. Trovai un'altra lettera dello studio legale indirizzata a Kat, con il timbro URGENTE in rosso sulla busta.

Mmm. Aveva detto di aver stracciato le altre lettere senza leggerle, ignorandole volutamente. Era veramente nei guai? Era sicuramente coinvolto suo fratello ma perché stavano cercando lei? E aveva qualcosa a che fare con l'insistenza di Derek che Kat tornasse in Canada? Esitai con in mano la busta, tentato di aprirla io stesso e dare un'occhiata.

La mia coscienza ebbe la meglio. Anche se fossimo stati veramente sposati, in ogni senso, non avrei avuto il diritto di confiscare la sua posta e leggerla se non c'era il mio nome sulla busta. E non c'era.

La cosa migliore che potevo fare era consegnargliela di persona e chiederle direttamente di che cosa si trattava. Mi doveva una risposta sincera, dopotutto, dato che aveva rivelato il mio segreto-non-molto-segreto alla sua cerchia di amiche. Non ero più così irritato, ora che erano passate alcune ore, ma almeno potevo usarlo come leva per ottenere qualche risposta da lei.

Bussai alla sua porta e lei mi chiese immediatamente di entrare. Tolse gli occhi dal monitor e sorrise. «Ehi.»

Era in piena "modalità giocatrice", anche se non stava trasmettendo sul suo canale. In testa aveva la sua nuovissima e impressionante cuffia Sennheiser, con il microfono appena sopra le labbra piene. I capelli lucenti erano raccolti in una semplice treccia. E aveva un paio di pantaloncini alla Daisy Duke che mettevano in mostra chilometri di pallide gambe tornite per la gioia dei miei occhi.

Non stava rendendo più facile questa situazione di frustrazione sessuale, maledizione. E ora, di colpo, stavo rimpiangendo di essere entrato.

«Stai facendo qualcosa?» Diedi un'occhiata allo schermo e le mie sopracciglia partirono verso l'attaccatura dei capelli. Era collegata a Dragon Epoch. Dallo sfondo capivo che stava usando la versione online e non il materiale da testare non ancora pubblicato. Inoltre usare il server dei tester da casa era difficile e richiedeva un permesso, a causa delle possibili falle nella sicurezza. Giocava veramente per divertimento?

«Che c'è?» chiese, spostando uno degli auricolari dall'orecchio diafano. «No, no, lo sto chiedendo al mio maritino, non a te, idiota» disse al microfono. «Aspetta un attimo, mi scollego. Oltre a tutto gli altri due non si sono ancora collegati, quindi datti una calmata.» Si voltò verso il PC e premette il tasto "mute".

Scossi la testa, con gli occhi incollati al monitor. «Come fai a non avere la nausea per il gioco dopo averci lavorato tutto il giorno?»

Kat fece spallucce, continuando a sorridere. «Il mio gruppo regolare, quello con cui ho cominciato a giocare quando era ancora in open beta, si collegherà stasera per una delle rarissime serate di gioco. Non la perderei per niente al mondo. Vuoi unirti a noi? Hai un personaggio sul server Omni nei livelli superiori?»

«Non ne ho idea. Io. Uhm, ho bisogno di parlare con te della posta, se hai un minuto.»

Katya mi guardò incuriosita, poi si tolse la cuffia e ruotò la sedia per guardarmi. Io presi uno sgabello per sedermi al suo livello. «Sì, ho ancora circa dieci minuti prima che si colleghino gli altri due.»

Le consegnai la busta. «Hai ricevuto un'altra lettera dallo studio legale e penso veramente che dovresti aprirla.»

Kat si accigliò, poi mi diede un'occhiata. La domanda inespressa era: sono affari tuoi?

«Per favore, potresti farlo? Mi farebbe stare più tranquillo. Hai detto che non avevi idea se fossi o meno nei guai. Vorrei saperlo. Mi piacerebbe aiutarti.»

I suoi grandi occhi azzurri rimasero fissi su di me per un lungo momento, imperscrutabili, prima che sbattesse gli occhi e prendesse la lettera con una piccola alzata di spalle. Infilò il dito sotto il lembo della busta e la strappò. Il foglio di pesante carta di lino le cadde in grembo.

Kat lo raccolse come se fosse un serpente pronto a morderla, poi aprì il foglio e lesse in fretta la pagina. Una volta finito, accartocciò il foglio in una mano, stringendo i denti.

«Va tutto bene?»

Lei alzò un sopracciglio rossiccio e poi fece una palla con la lettera accartocciata e la busta. «Te lo dirò solo se accetterai di giocare con il mio gruppo stasera.»

«Dragon Epoch?» chiesi poco convinto.

Lei sbuffò. «No, Donkey Kong. Sì, certo DE.»

Fissai lo schermo alle sue spalle. Il pensiero di giocare a DE per divertimento sinceramente non mi eccitava, ma feci spallucce. «Che diavolo, va bene.» Tornai a guardarla. «Ora dimmi che cosa sta succedendo.»

«Non sono nei guai. E tu non capiresti perché è una lunga storia, ma vogliono che torni in Canada per una causa in cui è coinvolto mio fratello. Stanno minacciando di emettere un mandato di comparizione nei miei confronti, ma non m'interessa perché non sono più in Canada. E non ho intenzione di tornarci dopo aver avuto la carta verde. Soddisfatto?»

Mi chinai in avanti. «Ti stai volontariamente esiliando dal Canada? Sembra drastico.»

«Ho risposto alla tua domanda.» Tornò a girarsi verso il monitor dove si stava formando il suo gruppo. «Torna qui con il tuo laptop e usa i tuoi privilegi di amministratore per trasferire un personaggio su Omni.»

Ben conscio che avesse evitato di darmi qualunque particolare importante, ma almeno sapendo che mi aveva in qualche modo tranquillizzato, feci quello che mi chiedeva. Tornai subito con il mio laptop e la cuffia e mi sedetti accanto a lei. Ci vollero pochi minuti per avere un personaggio al livello giusto, pronto per entrare a far parte del loro gruppo.

Stavo per incontrare il gruppo di gioco di Kat e, non so perché, la cosa mi innervosiva. Dopo aver cliccato per accettare il loro invito, sistemai le cuffie e Kat, disse: «Ehi, gente, c'è il mio maritino online, è l'assassino oscuro, Teakwood.»

Uhm, non avevo fatto attenzione al nome del mio personaggio. Ne avevo letteralmente dozzine, usati principalmente per testare il gioco per conto mio, dopo il rilascio. Ma il nome di questo personaggio, legno di teak, era molto adatto, visto lo stato delle cose al di sotto della mia cintura praticamente per tutto il tempo in cui ero sveglio, e a volte non solo. E principalmente a causa della donna sexy seduta accanto a me.

Mi schiarii la voce e parlai nel microfono. «Salve a tutti.»

«Ehi, Wood» disse una voce maschile. «È bello incontrare finalmente il signor Persephone. Sono Fragged, il Tank, il carrarmato. Abbiamo il CC, controllo della folla, Eloisa, la nostra incantatrice spirituale. Il DPS è quello strano monaco laggiù FallenOne. E, ovviamente non dimentichiamo la nostra guaritrice, la tua amata mogliettina.»

Strano. La voce mi sembrava familiare. Kat mi diede un'occhiata di sottecchi con un sorrisino sul volto, probabilmente stava aspettando che mi mettessi in imbarazzo da solo. «Bene, io faccio il gioco di squadra e seguirò la corrente. A che missioni state lavorando?»

Da lì, cominciammo a conoscerci per il quarto d'ora seguente. Anche gli altri due erano amichevoli. Ma, stupidamente, l'ovvio mi sfuggì finché non ci facemmo strada in una battaglia particolarmente cruenta.

«Continuano ad aggiungersi mostri. Mia, bloccali!» disse Fragged, il Tank.

Mi voltai di scatto verso Kat che cominciò a ridere irrefrenabilmente, anche se continuava a picchiare sui tasti per dispensare i suoi incantesimi guaritori. Mia, uh? Non mi meravigliava che sembrassero così familiari. Li conoscevo già tutti.

«Quindi immagino che FallenOne sia Adam? E Fragged è Heath» borbottai a Kat, che aveva appena avuto il tempo di inviare una guarigione a Fragged prima che cascasse morto.

«Maledizione, Kat. Non così all'ultimo momento la prossima volta, per favore» si lamentò lui.

«Ero distratta» disse, continuando a ridere, con le lacrime che le scendevano sulle guance. «Lo scherzo è finito. Sa chi siete.»

«Ci hai messo abbastanza tempo» disse Mia, ovvero Eloise. «È stato Heath a rovinare tutto. Troppe lamentele usando il mio vero nome.»

«Se fossi stata in grado di controllare i mostri non ci sarebbero stati problemi» ribatté Heath. «Stavano cominciando a convergere su Kat.»

Mi strofinai la fronte, perplesso. «Voi giocate regolarmente insieme?»

«Una volta sì» disse FallenOne/Adam. «Adesso succede raramente dato che le nostre agende sono tutte incasinate.»

Rimasi sorpreso. Ero scioccato, specialmente da Adam e Kat. Mi stupiva che si divertissero ancora a quel livello con un gioco su cui noi tutti lavoravamo durante il giorno, come parte del nostro lavoro. Specialmente Adam, che doveva conoscere tutti i segreti del gioco. I membri del suo gruppo non glieli avevano già estorti tutti?

«Devi raccontarmi la storia di come è cominciato» dissi a Kat quando ci scollegammo. Cominciai a raccogliere le mie cose. Stava diventando tardi e avevamo davanti un'altra lunga e stancante giornata di lavoro.

Kat mi guardò, costernata. «Non giochi mai solo per divertirti?»

Sospirai e scossi la testa. «Rischi del mestiere, immagino. Ho perso la passione che provavo all'inizio per DE.»

Lei fece spallucce. «Beh, sai, non ci vuole molto per innamorarsi di nuovo. Specialmente quando è più questione delle persone con cui giochi che non il gioco in se stesso.»

«È così che vi siete incontrati voi quattro? Nel gioco?» chiesi.

Lei annuì, poi il suo volto si fece scuro e alzò le spalle. «In effetti Heath e Mia si conoscono da sempre. Fin da quando non erano ancora adolescenti. Hanno cominciato a giocare insieme a DE durante la fase beta, come me, che giocavo mentre facevo un lavoro veramente noioso, nel turno di notte in un centro dati. Giocavamo tutti a orari strani.»

«Quindi... Adam stava giocando al suo stesso gioco e si è imbattuto in tutti voi? Sapevate chi era?»

Kat scosse la testa, sorridendo «No, divertente, no? Che Adam e Mia si siano messi insieme a causa del gioco. Tante storie romantiche sono cominciate e finite giocando insieme.»

Mi misi a ridere. «Conosci gente che si è lasciata a causa del gioco?»

Kat annuì. «Oh, sì. Perfino gente nella nostra gilda. Drammi a go-go. C'era questa coppia sposata che giocava insieme. Erano giocatori forti, giocavano sempre. L'uomo era il nostro raid leader. Sua moglie cominciò a unirsi a gruppi diversi e poi s'innamorò di un altro dei tizi della gilda. Alla fine decise di lasciare suo marito. Voglio dire, abitavano a mezzo continente di distanza l'uno dall'altro, quindi non era una vera e propria relazione, ma...»

M'irrigidii. «Era una relazione.» Mi si strinse lo stomaco tanto mi era familiare quella storia. Mi identificavo troppo con il marito raid leader. Impegnato, preso da tutto quello che aveva in ballo, probabilmente col lavoro, le esigenze della vita reale e quelle del gioco, che poteva anche diventare un altro lavoro. E lei, che si sentiva trascurata e cercava conforto altrove.

Sì, riconoscevo fin troppo bene la storia. «Tradire è sempre tradire, le relazioni emotive possono essere deleterie come una fisica.» Afferrai la mia roba con un po' più di energia di quanto avessi inteso e mi alzai. Kat si alzò con me, appoggiando la sua cuffia così in fretta da farla cadere sul pavimento. La ignorò.

«Whoa, ehi! Va tutto bene?»

Voltai di scatto la testa verso di lei. «Cosa? Perché non dovrebbe andare tutto bene?»

Kat spalancò gli occhi. «Perché stai parlando a voce *molto* alta ed è ovvio che ti è salita la pressione di almeno cento punti. Sei anche rosso come un'aragosta.»

Invece di rispondere, mi piegai a raccogliere la sua costosa cuffia con la mano libera e l'appoggiai delicatamente sulla sua scrivania.

«La tua ex... mmm... ti ha tradito?»

Strinsi le labbra. «Dipende se credi che le relazioni emotive significhino o meno tradire.»

Lei fece una smorfia e abbassò la testa. Non ne volevo più parlare. Sentivo il mal di testa che minacciava di arrivare ed ero esausto per la lunga giornata.

«Buonanotte» mormorai e uscii in silenzio, depositando la bracciata di roba sul mio letto.

Non avevo ancora avuto il tempo di prendere la mia roba dalla cassettiera per prepararmi ad andare a letto quando notai un movimento sulla porta. Kat era lì, ancora splendida con quella maglietta rosa aderente e pantaloncini cortissimi. Aveva il mento abbassato, gli occhi azzurri enormi e dispiaciuti.

«Lucas, scusami.»

Mi fermai dov'ero e la guardai avvicinarsi. «Non hai niente di cui scusarti.»

Kat scosse la testa. «Le mie parole ti hanno ferito. Nessuno mi ha mai tradito, che io sappia almeno, e non ho idea di come ci si senta. Mi-mi dispiace.»

Distolsi lo sguardo. «Non è solo il fatto di essere traditi. È stato un brutto momento della mia vita in tutti i sensi. Non avevo ancora idea di chi fossi come persona e mi ero accollato troppo. Alla fine non sono riuscito a gestirlo e...» Scossi la testa. «Immagino di aver sopravvalutato la mia forza. Almeno è ciò che dissero tutti quelli intorno a me allora.»

Kat rimase talmente sorpresa che la fronte si arricciò. «Cosa... la gente biasimava te per il *suo* tradimento? E dicevano che *tu* eri debole? Roba da matti. Spero che non ci abbia creduto.»

Feci un respiro profondo, ricordando con distacco quei giorni e gli orribili strascichi. E la sensazione nel mio corpo che tutto fosse così pesante da non volermi muovere, da non riuscire a scendere dal letto perfino per fare le cose più semplici. E come quelle sensazioni mi avessero fatto sentire ancora peggio.

Avevo la voce roca quando parlai di nuovo. «Non è stato un buon momento.»

Kat fece un altro passo verso di me, con gli occhi ancora sgranati, compassionevoli. Allungò una mano verso il mio volto, poi sembrò ripensarci e lo lasciò cadere lentamente. «È tutto passato e tu sei meraviglioso e non dovresti più sentirti giù per quelle stronzate, mai. Ti meriti molto di più, Lucas.»

Qualcosa dentro di me si stava muovendo, cambiando, sciogliendo. I muri che avevo costruito intorno a quei sentimenti profondi per tenermi al sicuro tremolarono solo un po'. Desideravo solo tirare Kat verso di me, abbracciarla, odorare i suoi capelli e strofinarli contro la mia guancia. Crogiolarmi nel conforto che mi dava la sua presenza.

Avrei dovuto dirle di andarsene. Avrei dovuto respingerla. Era a meno di tre metri dal mio letto ed era *così* meravigliosa. Sentire solo una volta il profumo dolce e caldo dei suoi capelli. Tutto ciò a cui riuscivo a pensare era quanto la desiderassi di nuovo nel mio letto, senza vestiti tra di noi. Volevo solo dimenticare…

Esitai e lei fece un altro passo verso di me. Era come se fossimo collegati, come se una corda invisibile ci stesse tirando l'uno verso l'altro, stringendo a poco a poco il nodo.

Sbattei gli occhi, cercando di spezzare l'incantesimo. «È tardi, dovremmo andare a letto.»

Kat si morse il labbro e annuì lentamente. «Okay.» Poi sospirò. «Ma prima…» Si alzò sulla punta dei piedi e mi mise le braccia intorno al collo, premendo quel corpo sensuale contro il mio in uno stretto abbraccio, con i capelli che mi accarezzavano la guancia. L'odore caldo del cocco salato. *Dio* . «Buonanotte, Lucas. Grazie di tutto.»

Petto contro petto. I suoi capezzoli si contrassero attraverso il tessuto leggero della t-shirt. Quelle punte dure premute contro il mio torace mi eccitarono immediatamente. *Maledizione* . Mi tirai indietro.

Con un piccolo sorriso imbarazzato, Kat abbassò la testa e si voltò per uscire. Qualcosa dentro di me quasi mi diceva di seguirla. Le cose erano molto più facili quando ci lamentavamo l'uno dell'altro, oppure cercavano il modo di innervosirci o farci incazzare a vicenda. Le cose erano più facili quando lei era a distanza di sicurezza.

Quando potevo ammirare, anche se in segreto, quanto fosse meravigliosa in praticamente tutti i sensi, con la barriera dei nostri insulti sarcastici fermamente al suo posto tra di noi.

Ma, Dio, quelle mura stavano crollando. E in fretta. Non importava quanto continuassi a ripetermi tutto quello che era andato male l'ultima volta. Non era solo il tradimento di Claire, ma il suo drammatico appello ai membri della mia famiglia perché la riprendessi. Poi la pressione universale, le dita puntate. E tutto quello non era niente rispetto al fatto di rendermi improvvisamente conto di aver vissuto la vita di qualcun altro per vent'anni. Di aver passato ogni secondo di quegli anni cercando di compiacere tutti quelli intorno a me, fallendo e riprovandoci con ancora più determinazione.

Solo per scoprire che, facendolo, avevo annullato me stesso.

I mesi di depressione che mi avevano divorato l'anima, la strada lunga e difficile per tirarmene fuori. I ponti che avuto dovuto tagliare per arrivarci.

Non lo avrei mai più permesso. Non *potevo* permettere che si ripetesse. E sì, Kat non era Claire. Ma lei avrebbe potuto ferirmi molto più profondamente.

Giorno dopo giorno diventava più difficile resisterle. E quella sera, la fantasia della giocatrice sexy con il cuore d'oro era diventata reale e la posta era schizzata alle stelle.

Ritirata tattica. Ecco che cos'era. Qualunque cosa non fosse distanziarmi da Kat significava pericolo.

Pregavo perché ottenesse presto la carta verde. Altrimenti avrei ceduto e ci sarei cascato, con tutto il potenziale di incasinare sul serio le nostre vie.

O forse stavo semplicemente perdendo la testa.

Capitolo Diciotto
Katya

Il volo verso Sacramento, un aeroporto commerciale vicino alla Napa Valley, durò solo novanta minuti. Poco dopo eravamo per strada, su un'auto a noleggio, per le due ore che ci volevano per arrivare al vigneto di famiglia. Per strada per incontrare i genitori di Lucas... un'altra volta.

Speravo che le cose sarebbero andate meglio questa volta. Adesso ero armata di conoscenza. Anche se non sapevo tutto, almeno pensavo di cavarmela meglio con le dinamiche che avevo incontrato la sera di quella disastrosa cena di famiglia.

«Hai avuto notizie della promozione? Cioè, so che me lo diresti se lo sapessi, ma... mi stavo solo chiedendo a che punto era.»

Lucas aveva gli occhi puntati sulla strada, ma strinse per un attimo le labbra, con le spalle che si irrigidivano. Ovviamente la faccenda lo innervosiva. Aveva sentito qualcosa?

«Ho sottoposto la mia proposta ad Adam e Jordan questa mattina. Tutta la presentazione, con le slide, gli obiettivi e la documentazione di un campione del gioco. Hanno tutto quello che avevano chiesto. Jeremy ha fatto lo stesso, quindi aspettiamo. Immagino che ci vorrà parecchio perché prendano una decisione.»

Annuii. «Per quello che vale, terrò le dita incrociate per te.»

Lucas mi diede un'occhiata di sottecchi e mi ringraziò a voce bassa.

Dato che ero soggetta al mal d'auto, non potevo leggere sul telefono e quindi osservai la campagna che sfilava accanto a noi. Diversamente dal sud urbanizzato della California, il panorama era molto più gradevole da guardare.

Ma questa mancanza di cose da fare mi portò a pensare, e ad agitarmi. Okay, forse ero un po' nervosa. Mi spostai sul sedile, intrecciai le dita, le sciolsi. Mi divertii un sacco a girare e rigirare il mio anello, girare e rigirare, girare e rigirare…

«Finirà per caderti dal dito se non la smetti. Sapevo che avrei dovuto farlo stringere per adattarlo al tuo dito.»

Alzai di colpo le sopracciglia e diedi un'occhiata a Lucas. Non mi ero resa conto che avesse distolto gli occhi dalla strada nemmeno per un microsecondo. Era un autista un po' maniacale, le mani esattamente nella posizione delle due meno dieci, posizione dei piedi da manuale, occhiate regolari allo specchietto retrovisore, il pacchetto completo, insomma.

«Ti prometto che non lo perderò. Mi ucciderebbe. È talmente bello e ha tanta storia. Inoltre non è nemmeno mio.»

Tesi la mano e agitai le dita per cogliere la luce sul diamante. Poi fui colpita da un pensiero vagante e diedi un'occhiata a Lucas. «Claire… Claire portava questo anello quando eravate sposati?»

Invece di arrabbiarsi per averla menzionata, Lucas sbuffò. «L'ho chiesta in moglie con quell'anello. Credo sia l'unica volta in cui lo abbia visto. Non lo voleva e insistette che gliene comprassi uno nuovo.»

Tirai indietro la mano e guardai attentamente l'anello. Era stupendo e unico e… Scossi la testa.

«Voleva un diamante più grosso e a quanto pare non le piacciono le cose vecchie. Quello ha la pietra originale e sono contento di averlo salvato perché sembra che tu lo apprezzi molto più di quanto avrebbe mai potuto fare lei.»

Guardai di nuovo l'anello, sbattendo gli occhi. Io lo apprezzavo, certo, ma probabilmente glielo avrei restituito tra poco. Non c'era nessuna possibilità che potessi tenerlo, anche se mi piaceva moltissimo. Sentii una strana fitta di qualcosa, forse un senso di perdita. Strano provarlo per un anello.

«Ti ho sentito parlare dell'anello alle tue amiche, al party. Erano pensieri carini, sulla mia bisnonna e il resto. È il motivo per cui volevo tenerlo da parte per un mio futuro matrimonio. Ma, a essere sinceri, sono contento che Claire non l'abbia accettato, così non è stato contaminato da tutto quel casino.»

Tenni gli occhi puntati sull'anello. «Claire è poi finita con il tipo con cui ti aveva tradito?»

«Nooo» rispose Lucas sbuffando di nuovo. «Tutto quel casino è finito in niente. Non sono sicuro se lui ricambiasse i sentimenti oppure se entrambi abbiano perso interesse una volta che io me ne sono andato disgustato. Lei è tornata strisciando da me, però, implorando che le dessi un'altra chance.»

Non dissi niente, anche se ero perplessa.

«A quel punto ero già tornato negli USA. Con tutto quello che stava succedendo, mi avevano tolto dalla squadra di canottaggio. Poi finii per essere bocciato nei corsi che frequentavo. Quindi saltai sul primo aereo e me ne andai. Lei chiamò la mia famiglia, lamentandosi che l'avevo abbandonata da sola in Inghilterra.»

«Wow» disse, francamente sorpresa.

«Già. Invece di tornare dai suoi genitori a New York, volò in California per ottenere che la mia famiglia facesse pressione su di me perché la riprendessi.»

Fissai il suo bel profilo, affascinata dalla storia. «Tu che cosa hai fatto?»

Lucas fece un respiro, poi un altro, lanciandomi un'occhiata di sottecchi. «Avevo dei... problemi di salute a quel punto e tutta quella storia li stava peggiorando. Quindi me ne andai, senza dire a nessuno dov'ero diretto, svanii, semplicemente, per quanto ne sapevano loro.»

Okay, allora, *quello* , sembrava incredibilmente familiare. Perché avevo fatto una cosa quasi identica. Per ragioni completamente diverse, ma comunque... Era quasi inquietante quanto le nostre vite fossero state parallele. Avevamo quasi la stessa età, nati in paesi diversi e classi sociali completamente differenti. Eppure le nostre vite si erano svolte come linee parallele, senza mai intersecarsi sullo stesso piano. Fino a un punto fatidico, in cui si erano incontrate. Come se la buona sorte e la geometria si fossero messe insieme per formare questa strana cosa che eravamo Lucas e io. Questo legame effimero, temporaneo che avevamo creato.

E presto si sarebbero divise ancora. Forse saremmo tornati a essere parallele destinate a non intersecarsi mai più.

Mi sentii di colpo un peso sul cuore.

«Che c'è? Sei pallida. La mia storia era così orribile?»

Accennai un sorriso per rassicurarlo, ma decisi di sviare il discorso invece di dirgli quello che stavo veramente pensando. «Allora, quando hai lasciato la tua famiglia e sei scomparso, è stato allora che hai cambiato il cognome in Walker?»

Lui distolse lo sguardo, quasi come se sapesse che stavo cercando di eludere la domanda. «Walker è sempre stato il mio nome. Il mio secondo nome. Ho semplicemente abbandonato il cognome.»

«Vuoi dire *tutti* quei cognomi. Ce ne sono un mucchio.» Mi schiarii la voce, rendendola più profonda per imitare il monologo all'inizio di ogni episodio di *Arrow* . «Il mio nome è Lucas Walker. E sono andato da Lian-Yu perché dovevo diventare qualcun altro. Diventare *qualcos'altro* .»

Anche Lucas sorrise appena, senza rispondere.

«Quindi fondamentalmente sei l'identità segreta di un supereroe.»

«Mmm. Immagino sia un gradino più su di Jedy Boy. Lo accetto.»

Viaggiammo in silenzio per cinque o dieci minuti. I nostri corpi ondeggiavano all'unisono secondo le curve della strada, le salite e le discese. Stavamo attraversando delle colline e la strada stava diventando più tortuosa. Dato che eravamo alla fine dell'estate, quelle che avrebbero dovuto essere colline verdi ed erbose erano paesaggi secchi e ingialliti contro un cielo azzurro pallido. Come se tutti i colori fossero sbiaditi.

Avevo bisogno di un po' d'aria quindi abbassai un pochino il finestrino. I capelli cominciarono a danzarmi intorno alle spalle come serpenti color rame e non potei fare a meno di ridere.

Lucas rise con me.

Gli diedi un'occhiata furtiva. «Allora… mentivo un momento fa quando ho detto che mi stavo chiedendo del tuo cambio di nome.»

Lucas alzò le sopracciglia, ma non si mostrò sorpreso. «Ah sì?»

«Sì… facevo la timida. Perché stavo avendo pensieri profondi su quanto siamo simili. Ho fatto la stessa cosa che hai fatto tu, ho lasciato la casa della mia famiglia e per quanto ne sapevano loro sono solo scomparsa. Sono venuta in California perché Mia era malata, ma me ne sarei comunque andata. Le circostanze mi hanno solo dato la risposta su dove andare. Ma sapevo di dovermene andare. Anche se solo a causa della mia codardia.»

Lucas non batté ciglio, continuando a fissare la strada. «Non credo ci sia un solo grammo di codardia in tutto il tuo corpo, Katya Ellis.»

«Sono vigliacca quando si tratta della mia famiglia. Andarmene è stato più facile di dire no.»

«A che cosa hai detto "no"?»

Mi sentii stringere lo stomaco. Oh, Dio. Mi avrebbe giudicato? Avrebbe pensato che ero una persona orribile come avevano fatto la mia famiglia, e alcuni dei miei amici? A volte pensavo anch'io di essere una persona orribile. Non ci sarebbe voluto un grande sforzo da parte mia per impedire conseguenze spiacevoli per Derek. Anche se le meritava.

«Mio fratello si è messo nei guai e la mia famiglia ce l'ha con me perché mi sono rifiutata di aiutarlo, insistendo che avrei potuto farlo. Invece di puntare i piedi me ne sono andata.» Avevo il cuore che batteva come un tamburo. Wow. Non ne avevo mai parlato con nessuno nella mia "nuova" vita. Perché gli stavo dando volontariamente questa informazione?

Forse perché anche lui mi aveva aperto il suo cuore? Per qualche ragione continuavo a pensare che fosse incredibilmente importante essere alla pari con lui in tutto. E non solo sul sesso. Anche se restare alla pari in fatto di sesso era molto più piacevole.

E questo mi ricordò che gli dovevo ancora un orgasmo.

«Aspetta, cosa? Come avresti dovuto aiutarlo? E che tipo di guaio?»

Respirai a fondo. «È una lunga e brutta storia di cui non vado fiera» dissi, cercando di svicolare.

Lucas mi diede un'occhiataccia, anche se non riuscivo a capire se era irritato con me o con la mia famiglia. «Mi sembra che qualunque cosa ci sia in ballo non sia proprio colpa tua.»

Sentii lo stomaco che tentava di rovesciarsi. Afferrai il mio bicchierone di limonata, anche se sapevo che era praticamente vuoto e succhiai rumorosamente fino all'ultima goccia il ghiaccio sciolto. Perché gliene avevo parlato? Ero solo riuscita a sembrare una completa idiota e una smidollata, oltre a essere una codarda.

«Oramai dovresti sapere che ho il complesso della perfezione. Cioè, lavoriamo insieme da troppo tempo per negare di averlo notato.»

Lucas fece un lieve cenno affermativo, con gli occhi ancora incollati sulla strada. «Oh, l'ho notato. E ne ho approfittato alla grande.»

«Punto a essere sempre perfetta in tutto quello che faccio, il lavoro, perfino i videogiochi, ed è una pressione enorme. È dovuto al fatto di essere cresciuta in quella casa. Tutto ruotava intorno a Derek e alle sue cazzate. *Tutto* . Al college ho perfino dovuto cancellare un importante laboratorio per una delle mie classi perché i miei genitori avevano programmato una seduta di terapia familiare nello stesso giorno e non volevano spostarla. E ovviamente, la terapia di famiglia era per Derek. Per aiutarlo a stare meglio. Quindi, come potevo dire di no?»

«Ed era giusto che lo facessero?»

Sbuffai. «Dovresti sapere meglio di chiunque altro che "giusto" non comincia nemmeno a descriverlo. E un po' di quella pressione veniva da me stessa, capisci? Sai, c'era solo un anno tra di noi. Abbiamo frequentato la stessa scuola e avevo molti degli insegnanti che aveva avuto lui l'anno prima. In classe lui si comportava malissimo, bigiava, si addormentava o era comunque un gran rompiballe. Entrare in classe il primo giorno di scuola l'anno successivo non era mai facile per me. Diciamo che quegli insegnanti avevano un sacco di pregiudizi, si aspettavano che fossi una casinista come lui. Dovevo lavorare il doppio per dimostrare di non essere come lui e far loro superare il pregiudizio iniziale. Alcuni non ci riuscivano.»

Lucas piegò di lato la testa, riflettendo, ma non disse niente. Fu sufficiente a incoraggiarmi per continuare.

«Immagino che quello che sto dicendo è che ti capisco quando dici che cercavi di compiacere tutti eccetto te stesso. Io stavo facendo la stessa cosa, anche se non ci avevo mai pensato in quel modo. In un certo senso avevo l'idea di dover essere perfetta perché mio fratello era una tale delusione. E nonostante tutto era lui a ricevere tutte le attenzioni.»

Lucas distolse gli occhi dalla strada per darmi una lunga occhiata perplessa. C'era qualcosa di ponderato in quello sguardo. Non era né altezzoso né critico. Né trepidante o sulla difensiva. C'era qualcosa lì, quando alzai gli occhi e incrociai quel suo sguardo composto. Un clic così potente che quasi lo si era sentito.

Uno scambio di silenziosa comprensione, non senza un po' di emozione. Una *svolta* .

Lucas annuì pensieroso e riportò lo sguardo sulla strada. Senza pensarci, posai la mano sulla sua, appoggiata al cambio. Quasi immediatamente, il suo pollice accarezzò leggermente il mio mignolo. Un semplice, delicato gesto di solidarietà, o di ringraziamento.

Quando ruppe il silenzio e parlò, fu quasi scioccante interrompere la silenziosa comprensione cui eravamo arrivati. La sua voce sembrava diversa, come se ci fosse qualche emozione dietro le parole. «Sei troppo dura con te stessa. Lo riconosco perché faccio la stessa cosa anch'io.»

«È vero. Cioè, mi hai detto la sera della cena dai tuoi genitori che eri un marito orribile. Non puoi biasimare te stesso per il *suo* tradimento.»

Lucas sbatté gli occhi. «Voglio pensare di essere abbastanza maturo da dire che avevamo entrambi una parte di colpa per il fallimento di quel matrimonio. Certo, è stato il suo tradimento a farlo finire, ma non era stato granché fin dall'inizio. Sono stato io a cominciare e poi non ho trovato il tempo per prendermi veramente cura della relazione. Quella parte è colpa mia. Claire è stata una pessima moglie ma questo non significa che fossi meno orribile io come marito. Tutta la faccenda mi ha insegnato una sola cosa. Non ero destinato a essere un uomo sposato, beh, non nel vero senso della parola, almeno.»

Mi morsi il labbro, rimuginando su quelle parole, non so per quale motivo, irritata per l'indirizzo che aveva preso la conversazione. Era ora di cambiarlo. «Con noi due così fissati sulla perfezione, non mi meraviglia che siamo entrambi finiti a fare i tester di videogiochi. Ossessionati dal trovare e ripulire ogni imperfezione.»

Lucas sorrise, d'accordo con me. «Dubito che gli sviluppatori la pensino a quel modo.»

«Fanculo agli sviluppatori. Sono un branco di piagnucoloni» sbuffai.

Per la prima volta in tutto il viaggio, Lucas gettò indietro la testa e rise. «Ti darò metà del mio prossimo stipendio se glielo dirai in faccia quanto torneremo.»

Mentre lasciavamo l'area di Sacramento, la radio passò su una stazione di vecchie canzoni. Avevo prestato poca attenzione finché non era cominciato un familiare ritmo sintetizzato. Sì, era Rick Astley che cantava alla sua innamorata, giurando che non l'avrebbe mai lasciata, delusa o abbandonata.

Non riuscii a resistere. Alzai il volume e cantai con lui, dando una gomitata a Lucas. «Amico, stanno suonando la nostra canzone. Non ti vengono le lacrime agli occhi, pieno di nostalgia per il nostro matrimonio in quel fast food e tutto quel ballare elegante che non abbiamo fatto?»

Lucas ringhiò: «Cazzo, odio questa canzone.»

«Accettalo, Lucas. È la nostra canzone. Semplicemente non ti piace quando i geek del controllo qualità complottano e il loro unico obiettivo diventa infastidirti con questa canzone tutte le volte che tu li irriti con i programmi o le scadenze. Hanno bisogno di vendicarsi bonariamente in qualche modo per tutte le volte in cui rimandi loro i rapporti incompleti.»

Lucas fece spallucce. «La maledizione della perfezione.»

«Parlando di matrimoni, devo ammettere di aver visto qualche foto del tuo primo su Internet. Voglio dire, quanti paesini avreste potuto mantenere per un anno con il budget per quel matrimonio?»

«Non è stata una mia idea. E il fatto che mi abbia cercato su Google è un po' inquietante.» Raddrizzò le spalle e gettò indietro la testa come fosse una donna altezzosa che lanciasse i capelli sopra la spalla. «Perché sei così ossessionata da me?» chiese, imitando la voce di Regina la Mean Girl.

Dovetti piegarmi in due, ansimando per le risate. Lucas sorrise, sembrando soddisfatto perché l'avevo trovato così divertente. Ultimamente i suoi sorrisi erano stati molto rari.

«Oddio, quell'imitazione è stata straordinaria.» Dopo essermi asciugata le lacrime, abbassai il volume della radio, risparmiando altre sofferenze alle sue orecchie.

«Però ho una questione in sospeso con te. Hai parlato alle tue amiche del titolo nobiliare.» Voce secca e faccia serissima.

Oh, merda. Beh, l'aveva saputo in fretta. Mi morsi il labbro voltandomi verso di lui. «Mi dispiace. Sei arrabbiato?»

Mi diede un'occhiataccia, poi fece un sorrisino sghembo. «Beh, la cosa non mi piace, ma non sono esattamente arrabbiato. Solo non rifarlo.»

«Chi ha fatto la spia?»

«Jordan.»

«Non mi sorprende assolutamente. Penso proprio che mi vendicherò di lui»

Lucas scosse la testa. «Aspetta finché avrò avuto il lavoro, per favore.»

«Se mi prendessi io tutte le colpe?»

«Rossa, finora hai dei pessimi precedenti nel mantenere i segreti.»

Torsi la bocca. Mmm. «Giusta osservazione.» Lucas colpì un piccolo dosso e la mia vescica fece del suo meglio per ricordarmi che c'era e che era piena. Quel bicchierone di limonata stava tornando a perseguitarmi. «Ascolta per favore, non arrabbiarti, ma mi serve una sosta.»

Sbuffando in modo esagerato, Lucas accettò la mia richiesta. «Stai diventando sempre più una rompiballe, lo sai?»

Alzai una mano verso di lui per placarlo. «Mi farò perdonare, lo giuro.»

Un sopracciglio scuro si alzò seducente. Dio, era sexy. «Mmm, la cosa mi interessa. Come?»

«Penserò a qualcosa. Ma ti piacerà.»

Svoltò all'uscita successiva e trovò quasi subito un'area di servizio pulita e quasi deserta. La mia vescica gli fu decisamente grata.

Adesso eravamo a circa mezz'ora dal vigneto, così mi informò Lucas quando controllò il GPS. Sfruttammo la sosta per sgranchirci entrambi le gambe. Sembrava che Lucas non avesse fretta di arrivare a destinazione. Quasi come un condannato a morte sulla strada verso il patibolo.

Tornando dal bagno, gli comprai una piccola scatola di Oreo al limone da un distributore e gliela offrii. «Guarda e ammira. Mi sto facendo perdonare.»

A voler essere sincera, non avevo assolutamente idea se gli piacessero gli Oreo al limone, ma io ne ero diventata dipendente da quando ero arrivata negli USA. In Canada c'erano solo i gusti più noiosi. Avevo scoperto che la mia patria adottiva era un paradiso di Oreo di tutti i tipi e avevo già assaggiato diciassette dei venticinque gusti.

A quanto pareva, a Lucas non piacevano. Meglio per me, potevo mangiare tutto il pacchetto. «Dovrai semplicemente trovare un altro modo per farti perdonare.» Lo disse guardandomi con gli occhi socchiusi.

«Oh, avrei qualche idea, ma sono tutte sulla lista delle cose che non si possono fare, secondo te.» Gli feci l'occhiolino, poi mi leccai le labbra in modo sensuale. Si meritava di essere preso un po' in giro.

Per tutta risposta, Lucas mi diede un'occhiataccia, anche se stava arrossendo. Poi si rimise gli occhiali da sole.

Prima di tornare in auto, feci un giro completo su me stessa per vedere il panorama. Dalla vegetazione e dal paesaggio, non sembrava quasi di essere ancora in California. Feci un respiro profondo, apprezzando l'aria fresca che sapeva di buono. E c'erano realmente degli alberi, oltre agli onnipresenti cipressi italiani e alle palme giù al sud. Alzai le braccia per stiracchiarmi, sentendo la piacevole brezza sulla faccia. Anche l'estate era più fresca lì più a nord?

Intercettai lo sguardo di Lucas e mi fermai di colpo. Non mi ero resa conto che mi stesse guardando. I nostri occhi si incontrarono e io sentii... qualcosa.

Il cuore accelerò un po'. Il sangue probabilmente era corso verso la mia faccia, scaldandomi la pelle in modo piacevole. Forse gli sorrisi. E il diavoletto sulla mia spalla potrebbe aver fatto un balletto e sussurrato qualche idea maliziosa al mio orecchio. Che tipino terribile!

Mi spiegai, quasi senza fiato. «Scusa, è solo che ci sono tanti alberi qui. È così diverso da dove viviamo.»

«Siamo a ottocento chilometri da casa.»

Dietro la protezione dei suoi occhiali da sole, era tornata la strana impassibilità. La stessa freddezza distaccata che non si poteva dire non fosse gentile... più che altro riservata.

«Che cosa c'è che non va? Sei veramente arrabbiato con me per aver parlato del tuo titolo?»

Lucas mi guardò sbattendo gli occhi, poi aprì l'auto e aspettò di chiudere la portiera dalla mia parte prima di rimettersi al volante.

Non mi aspettavo che rispondesse alla mia domanda, visto il tempo che era passato. Ma lo fece mentre usciva dal parcheggio e si dirigeva verso la rampa per tornare sulla superstrada.

«No» disse. «Ma se dovesse venir fuori al lavoro, toccherà a te tirarcene fuori, capito? Non mi interessa che storia ti inventerai. Puoi dire che è stato uno scherzo, che hai mentito, qualunque cosa.»

Annuii, osservandolo attentamente. «Okay. Mi sembra giusto.»

Non parlammo mentre mangiucchiavo i biscotti. Lucas uscì dalla superstrada e percorremmo la tortuosa strada a due corsie della Pope Valley, passando davanti ad ancora più alberi. Qui si vedevano i vigneti proprio ai lati della strada. Rigogliosi alberelli verdi che sembravano coprire ogni centimetro quadrato di terreno che potesse ospitarli. Erano piantati in file ordinate che risalivano i pendii naturali delle colline. Come onde di un oceano enorme e fertile, che arrivavano al cielo.

E, purtroppo, qua e là si intravedevano colline lontane o appezzamenti di terreno che portavano ancora le ferite di un incendio devastante. Avevano attraversato la valle negli ultimi anni, lasciandosi dietro la loro impronta brulla e bruciata. Venendo dalla British Columbia, non ero estranea agli effetti devastanti degli incendi boschivi.

Voltai la testa da una parte e dall'altra, piegandomi per riuscire a vedere, oltre il parabrezza, il cielo azzurro vivo punteggiato da soffici nuvolette. All'orizzonte, sia a destra sia a sinistra, si intravedevano le sagome delle montagne azzurrine. «È bello qui.»

«Non affezionarti troppo al bel tempo che hai appena apprezzato nella parte sud della valle. Il vigneto Groenveld è nella parte più a nord della valle che, in estate, può diventare più calda dell'inferno.»

«Aspetta, pensavo che tuo padre avesse detto che si chiama Turning Windmill?»

«Quella è la cantina, il posto dove fanno il vino. Il vigneto è dove crescono le viti.»

Avevamo superato molti dei grandi vigneti e cantine sulla strada principale. Alcune ampie e opulente, una che sembrava un enorme castello medievale toscano, altre che ricordavano romantiche tenute europee.

Mi cadde lo sguardo sulle sue mani sul volante. Quelle mani sexy, forti, con le vene in evidenza, in quel momento stavano stringendo il volante fino ad avere le nocche bianche. Chiaramente l'amico *non* era felice di dover passare una settimana con i suoi genitori. Cercai di pensare a un modo per farlo smettere di pensarci. Una brava videogiocatrice sapeva sempre come utilizzare le sue capacità per ottenere il risultato.

«Allora, come ha fatto una famiglia aristocratica olandese a finire per possedere una cantina in California? Come mai non nel sud della Francia o un posto simile?»

«Mio nonno si era innamorato della California del nord quando frequentava Stanford. È lui che ha comprato la cantina. Lo aiutò suo padre a comprarla, visto che lui era ancora giovane, e rimase un socio occulto. Mio nonno tornò in Olanda ma là non era felice, quindi portò sua moglie e i suoi figli in California, a vivere qui. Mio padre è nato a Utrecht ma è cresciuto qui. Non gli interessava minimamente restare in campagna a coltivare le viti. Se n'è andato appena ha potuto e adesso tratta vigneto e azienda vinicola come un lavoretto secondario. Solo una piccola parte del suo impero economico.»

«Un vero magnate vecchia scuola, eh?»

«Così prevedibile, vero?»

Strinsi le labbra. «Non è quello che stavo pensando, ma tu li conosci e io no.»

«Intendevo dire… che cosa di loro non è un cliché? Mio padre ha avuto successo, usando i soldi ereditati e moltiplicandoli da bravo uomo d'affari. Mia madre era una modella che posava per le riviste di moda. Si sono incontrati a qualche evento dell'alta società e si sono sposati sei mesi dopo. Hanno avuto i due figli prescritti, uno per genere, e poi hanno continuato a vivere insieme la vita dei membri dell'alta società. Mio padre tratta la gente che ha intorno come marionette e trofei. Non lo sopporta nessuno ma tutti fingono che non sia così.»

Uhm. Era un giudizio severo. Le labbra sexy di Lucas erano arricciate, come se avesse assaggiato qualcosa di orribile e non riuscisse a togliersi il cattivo sapore dalla bocca.

Misi di nuovo la mano sopra la sua, questa volta stringendo le dita. «Sai, la famiglia non è solo la gente della casa in cui sei nato. C'è la famiglia in cui nasci e quella che scegli.»

Lucas aggrottò la fronte ma non mi guardò, tenendo gli occhi fissi sulla strada. Strinsi più forte le dita sulle sue. «So che tra di noi non è reale. Ma, almeno per ora, siamo veramente sposati. E mentre siamo sposati siamo una famiglia. La famiglia che abbiamo *scelto* , che è ancora più speciale. E finché sarò io la tua famiglia, ti proteggerò le spalle.»

Lucas non disse niente, ma capii che mi aveva sentito forte e chiaro quando le sue dita si strinsero sulle mie. Fece un respiro profondo, poi sospirò e deglutì, come se avesse preso una decisione. Poi voltò la mano a palmo in su e intrecciammo le dita. Non aveva bisogno di ringraziarmi, non doveva dirmi che apprezzava il gesto. Le dita intorno alle mie dicevano tutto allo stesso modo. In un modo *migliore*, in effetti.

E forse sarebbe servito ad attenuare un po' il nervosismo che provava da giorni, nell'attesa. Immaginai che questo periodo sarebbe stato il più lungo che passava in compagnia della sua famiglia negli ultimi sei anni. Da quando si era lasciato la sua vecchia vita alle spalle.

«Vale anche per me...» cominciò a dire a voce bassa.

«Lo sapevo già. Mi hai coperto le spalle con mio fratello e te ne sono stata veramente grata.»

Poco dopo Lucas mi lasciò andare la mano e la rimise sul volante. Poi rallentò, svoltò in una strada lastricata a una sola corsia che portava a una serie di edifici in lontananza. Seguimmo il lungo viale, fiancheggiato da vecchie querce sempreverdi. Si curvavano e si chinavano per proteggere il viale con il loro fogliame ombroso. Ma non era un semplice vialetto. Ci volle un bel po' per riuscire a vedere oltre i grossi tronchi scuri e l'ombra confortevole e uscire al sole accecante.

Porca paletta. L'edificio centrale era enorme e... assomigliava a un palazzo tolto pari pari dalla valle della Loira durante il rinascimento francese. Di colpo fui lieta di non tenere più la mano di Lucas. Sarebbe stato seriamente imbarazzante che sentisse quanto stavo sudando. Quando pensai che non stesse guardando, mi strofinai di nascosto il palmo della mano sui jeans.

Beh, eccolo, grande e con tanto di viale circolare, una facciata torreggiante punteggiata di parapetti, fregi e cornicioni. *E* un'enorme fontana che raffigurava divinità greche nude intente a folleggiare. Un'altra prova, se mai ce n'era bisogno, che avevo sposato qualcuno *mooolto* al di sopra della mia classe sociale ed economica. La cosa non mi intimidiva. No. *Nemmeno un po'*.

«Tutto bene?» Apparentemente Lucas aveva notato il mio pallore e il modo in cui mi ero aggrappata ai bordi del sedile.

Mi voltai verso di lui, con gli occhi sgranati. «Hai un sacchetto di carta a portata di mano per combattere l'iperventilazione?»

Lucas si mise a ridere. «Ci hai ficcato tu in questa situazione, Rossa. Fattene una ragione.»

Già... e poi c'era un'altra cosa. Probabilmente avremmo dovuto dividere un letto di nuovo mentre eravamo lì. E beh... l'ultima volta aveva quasi portato alla consumazione spontanea del nostro matrimonio.

Ma Lucas aveva chiarito perfettamente che non ci sarebbe stato niente del genere.

E non contava quanto fosse appetibile il suo sedere in quei jeans scuri o il modo in cui la t-shirt aderiva ai suoi bicipiti ben sviluppati. O il modo in cui quegli occhi castani incorniciati dalle folte ciglia scure mi osservavano come se *volesse divorarmi*.

Niente da fare.

Ma una ragazza poteva fantasticare, no?

All'arrivo, ci salutarono un maggiordomo e uno chauffeur. Lo chauffeur prese la nostra auto per parcheggiarla Dio solo sa dove in quella sconfinata tenuta. E già, giusto, *un maggiordomo*. E non il maggiordomo principale, ma il *nostro maggiordomo personale*, a quanto pareva.

Diedi di gomito a Lucas mentre entravamo in casa seguendo il nostro maggiordomo, il signor Deleon. «Perché abbiamo un maggiordomo?»

«Perché siano nella casa degli ospiti, che ha un suo maggiordomo.» Come se fosse così e basta, come se fosse sufficiente per farmi capire. E *capii*, più di quanto avessi fatto fino a quel momento, che Lucas e io venivamo da due mondi completamente diversi.

«Oh.»

All'interno, fummo ricevuti in modo formale, perché era l'unico modo in cui potevo descriverlo in un posto simile, dalla madre di Lucas e da sua sorella, Julia. Suo padre, a quanto pareva, stava giocando a golf.

Una macchina fotografica cliccò incessantemente mentre ci avvicinavamo. Mia suocera si chinò e baciò l'aria accanto alle mie guance, con le dita inanellate appoggiate leggermente sulle mie spalle, come se il tessuto della mia t-shirt potesse sporcarle. Il suo profumo non era opprimente, ma molto più forte di quello che incontravo normalmente. E indossava un completo pantaloni firmato, trucco perfetto e tacchi alti, come se fosse appena uscita da un consiglio di amministrazione invece di essere in vacanza.

«Ah, eccoli finalmente.» Altri clic della macchina fotografica e poi dal gruppo accanto al fotografo si fece avanti una donna. Chiese alla madre di Lucas di baciarmi di nuovo in modo da poterci riprendere da un'altra angolazione.

Diedi un'occhiata a Lucas che stava fissando il gruppo come fossero marziani appena atterrati con il loro disco volante. Chiaramente quindi non si trattava di una cosa regolare.

Voglio dire, erano talmente entusiasti perché Lucas era lì da dover documentare ufficialmente l'occasione per la posterità?

«Il figliol prodigo è arrivato.» Julia abbracciò il fratello, sorridendo. «È ora di uccidere il vitello grasso.»

Elaine van den Hoehnsboek van Lynden fulminò la figlia con gli occhi. «Julia, *per favore* .» Sua madre indicò con un cenno della testa il fotografo e gli altri due che stazionavano lì vicino, mentre una di loro prendeva appunti sul tablet con uno stilo. Elaine si rivolse alla donna che scriveva e si appiccicò un sorriso sul volto. «È la nostra piccola burlona.» Poi rivolgendosi a Lucas e a me mormorò sottovoce. «Non fatele caso.»

Elaine porse una guancia a suo figlio per il bacio di rito e lui obbedì come di dovere.

Uhm. Osservai l'espressione divertita di Julia e la rigida reazione di Lucas alla fredda formalità di sua madre. L'imbarazzo era forte in questa famiglia.

Elaine alzò la voce in modo da farsi sentire facilmente. «Sono così eccitata di avervi messo nella Villa degli Innamorati. Spero che ti piacerà, Katharina.» Ah, già, Lucas mi aveva avvertito anche sull'uso dei nomi completi. Sua madre non credeva ai nomignoli. Agitò una mano in direzione del gruppetto dei tre. «Questa è Georgina Weldon e...» Elaine esitò.

La donna, Georgina, si fece avanti. Era bassa e robusta, sui quarantacinque con una massa di capelli corti e ricci, castani striati di grigio che le ricadevano sulla fronte ma erano rasati ai lati. «Il mio fotografo, Gary Spencer. E la sua assistente, Sarah.» Indicò gli altri due, un tizio dall'aspetto hipster, completo di barba e chignon da uomo, sui venticinque anni. Accanto a lui c'era una ragazza in età da college con cappelli scuri diritti, che indossava una giacca di jeans sopra un miniabito. «Siamo così felici di lavorare all'articolo del *New American Monthly* sulla vostra riunione di famiglia. Sarà un lungo articolo sulla nobiltà in America. E voi siete i novelli sposi! Mi piacerebbe se ricavaste un po' di tempo per un'intervista con entrambi.»

Okay. Che cosa stava succedendo?

Lucas sembrava non meno confuso di prima. E in questo caso ero esattamente alla pari con lui. Ci voltammo entrambi verso

Elaine. Qual era il motivo per cui non ci aveva avvertiti? Doveva averlo saputo. Probabilmente da mesi.

A meno che… a meno che il motivo per cui non ce l'aveva detto era perché pensava che Lucas non sarebbe venuto. E il motivo per cui aveva così bisogno che Lucas e io fossimo presenti. Ricordai le cose che mi aveva detto Lucas in auto, su come le apparenze fossero tutto per loro.

Beh… merda.

Dovevamo ovviamente avere l'espressione di prigionieri in fuga beccati dal riflettore.

Mia suocera aveva un sorriso radioso ma falsissimo incollato sul volto. «Venite, vi faccio fare un giro. Possiamo parlarne dopo. Abbiamo tutta la settimana.»

Presi la mano di Lucas e la seguimmo mentre entrava nel foyer dell'edificio principale. Lucas era rigido accanto a me, chiaramente furioso con sua madre, anche se lo nascondeva bene.

«Certo. Mi piace tutto ciò che ho visto finora. È impressionante.» Diedi un'occhiata alle finestre con i vetri smerigliati sopra la porta. Era tutto così luminoso con il marmo bianco dappertutto, la statua di onice sul plinto di alabastro al centro. Quadri stupendi sulle pareti, qualità da museo. Senza dubbio autentici e incredibilmente costosi.

E il lampadario! L'apertura in alto, un oculus, permetteva alla luce del sole di riflettersi sui cristalli. Non era elettrico, da quanto potevo capire. Solo brillante e scintillante alla luce e proiettava piccoli arcobaleni sulle superfici luccicanti del pavimento e delle pareti del foyer.

La madre di Lucas mi colse a fissarlo a bocca aperta. «Viene dall'Austria. Sono cristalli Swarovski. È alimentato dalla luce solare.

«Porca paletta. Oh, scusate… che bello.» Elaine mi fissò impassibile. Il fotografo continuava a scattare dalla porta e io cominciai ad agitarmi. Guardai Lucas, pregandolo silenziosamente di portarmi via da quella situazione strana e imbarazzante. «Volevo dire che non ho mai visto niente di simile. È meraviglioso, uhm, e…»

Lucas mi strinse la mano. «Siamo un po' stanchi e vorremmo darci una rinfrescata…»

Elaine s'illuminò. «Certo, certo. Deleon ha già portato le vostre cose alla villa. Ricordi dov'è? Vuoi un golf cart?»

«Grazie, preferiamo sgranchirci le gambe.»

Lucas mi guidò attraverso un salotto elegante che sembrava uscire dal set di *The Crown*, e poi su un balcone fuori dalle porte a vetri. Dava su uno stravagante giardino alla francese, completo di cespugli tagliati in forme geometriche, vialetti lastricati e macchie di colore dalle aiuole accuratamente progettate.

Non potei farne a meno. Imprecai ancora un po' di volte. Invece di zittirmi, Lucas si mise a ridere. «In un certo senso, in questo momento vorrei vedere tutta questa roba attraverso i tuoi occhi» disse a bassa voce.

«I miei occhi sono un tantino abbagliati, se devo essere sincera.»

Lui non disse niente, continuando a guardarmi e sorridendo.

A sinistra del viale, colsi il riflesso di una piscina enorme e scintillante, contornata da rocce chiare e da quello che sembrava un complesso sistema di cascate. Direttamente di fronte a noi, in fondo al lungo giardino c'erano altri edifici, e, più lontano sulla destra quella che sembrava un'antica rimessa per le carrozze. Lucas indicò in quella direzione. «La villa è laggiù, oltre la rimessa.»

«È una bella passeggiata.»

Lucas sospirò. «Tra qualche giorno sarai così contenta della privacy che non ti importerà di dover camminare per arrivarci.»

Gli rivolsi un'occhiata. «Parlando di privacy, che cosa pensi di quella faccenda della giornalista e del fotografo?»

Lucas scosse la testa e il suo sorriso svanì. «Penso che sia la vera ragione per cui mia madre ci aveva praticamente implorato di venire a questa riunione. Avevo pensato che la sua insistenza fosse strana. Immaginavo che non dormisse la notte pensando che cosa avrebbero pensato i cugini e gli zii se non ci fossimo presentati. Una cosa come questa francamente non mi era nemmeno venuta in mente.»

«È così strano...»

«Già.» Lucas annuì. «Spero che siano così occupati con tutte le altre persone che ci lasceranno in pace o perlomeno che non faranno molta attenzione alla gente giovane. Non c'è molta gente della nostra età che legge quella rivista. O qualunque rivista.»

«Giusto. Inoltre, se non lo faranno, potremo sempre pretendere la nostra privacy, visto che è la nostra "luna di miele", eccetera eccetera.»

La passeggiata durò meno di quanto pensassi e il nostro *maggiordomo*, il signor Deleon ci salutò alla porta. Che strano il pensiero che noi due, che passavamo spesso la notte completamente vestiti, riversi sul divano malconcio in ufficio, avessimo un maggiordomo per l'intera settimana.

Il signor Deleon ci fece fare un tour della casa. La villa, in effetti, era più grande della casa in cui ero cresciuta. Cucina completa, sala da pranzo formale e salotto, ufficio e palestra al piano inferiore. Camera da letto e una stanza per il tempo libero/sala giochi al piano superiore. E in cima, la parte migliore di quel posto meraviglioso, un giardino pensile che imitava un giardino all'italiana. Diedi solo un'occhiata, ma mi ripromisi di esplorarlo più tardi, appena avessi avuto tempo.

Avemmo comunque solo il tempo di rinfrescarci per una cena informale con gli invitati che erano arrivati presto. La maggior parte degli ospiti sarebbe arrivata in serata o l'indomani mattina. La cena fu tranquilla, anche se Lucas non sembrò troppo felice della presenza non solo della sua ex-moglie, ma anche dei suoi genitori.

E io che pensavo che la *mia* famiglia fosse stramba.

Fortunatamente c'era abbastanza gente da fungere da barriera, ma non potei evitare di notare la mancanza di sensibilità dimostrata dalla famiglia di Lucas con quell'invito. Trattarli come se fossero ancora di famiglia e riservare più rispetto ai loro sentimenti che non a quelli del figlio che si era appena risposato e alla nuora.

Dopo cena, facemmo un'altra passeggiata e poi tornammo alla villa. Quella sera crollai nel letto mentre Lucas era ancora sotto la doccia. E quando venne a letto, mi accorsi appena che si sdraiava. Ero in quello strano territorio in cui la mia realtà era più che altro frutto dei miei sogni dorati. Come, ad esempio, quel tocco leggero come una piuma sul mio viso era quasi sicuramente solo la mia immaginazione al lavoro. E forse anche la sensazione del pollice che sfiorava la mia guancia, come se quel pollice l'avesse fatto ogni notte durante l'anno passato. Quando chiaramente così non era. Quindi era quasi sicuramente un sogno.

Quasi. Sicuramente.

Il risultato di essermi addormentata presto fu che spalancai gli occhi appena prima dell'alba. E per quanto cercassi di richiuderli non ci riuscii. I pensieri cominciarono ad affollarsi nella mia mente nell'attimo in cui mi svegliai. Il respiro di Lucas era ancora quel calmo e regolare inspirare ed espirare del sonno profondo. Scesi dal letto il più silenziosamente possibile e m'infilai un paio di shorts e una maglietta. Normalmente, avrei preferito fare un po' di yoga per svegliarmi meglio. Ma quella mattina avevo un desiderio ancora maggiore di stare all'aperto. Non vedevo l'ora di esplorare i dintorni e la maggior parte dei giardini di cui avevo solo colto un'occhiata il giorno prima. L'aria era pulita e fresca per il momento e cominciai a vagare per il "sentiero nella foresta" accuratamente progettato appena fuori dal giardino principale. Non assomigliava per niente alle foreste del Pacifico nord occidentale, ma in questo boschetto c'erano alcune sequoie giganti che prosperavano in California. Non crescevano più a nord, per via del freddo. Erano alberi impressionanti, perfino per una ragazza cresciuta tra gli alberi per tutta la sua vita.

Il boschetto era circondato da tutti i lati eccetto uno, da filari di viti. Sul quarto lato, mi ritrovai a camminare sul sentiero di ghiaietto argilloso di un giardino alla francese. C'era perfino un labirinto di siepi.

Il sole era sorto e scintillava in cielo ore dopo quando arrivai all'entrata laterale dell'edificio principale. Quasi tornai indietro prima di mettere piede sul marciapiede, finché sentii una sbuffata di disgusto e un singhiozzo trattenuto.

Incuriosita, feci dietro front e sbirciai dall'angolo accanto a un vialetto di servizio. Lì c'era Julia, la sorella di Lucas, con jeans firmati, stivali di Prada, un foulard di Hermès perfettamente annodato e una borsa di Louis Vuitton sulla spalla. Aveva in mano il telefono, completo di custodia scintillante e stava disperatamente premendo le icone con l'indice.

Mi schiarii la voce. «Ehi! Bello trovarti qui.»

Julia voltò di colpo la testa nella mia direzione. Spalancò gli occhi e impallidì un po', come inorridita perché ero lì, testimone di qualunque cosa stessi vedendo. Forse stava per organizzare la sua grande fuga? Forse si stava solo comportando da persona normale ed era stata colta sul fatto. Chi lo sapeva?

Sembrò riprendersi alla svelta e indicò rigidamente il telefono. «Riesci a credere che Uber non mandi un'auto qui? Siamo troppo fuori nei bricchi.»

«Nei *cosa* ?»

Julia sospirò. «Non so come lo dicono i canadesi: Timbuctù? In mezzo al nulla?»

«Oh» annuii, capendo di colpo. Noi diciamo nelle lande.»

Ero perplessa. Perché aveva bisogno di un Uber? Non aveva la sua auto, o le auto, più probabilmente, o perfino uno dei tanti autisti della tenuta che potevano portarla ovunque volesse andare? Molto probabilmente per uno shopping d'emergenza o roba simile.

«Hai bisogno di un passaggio? Tua mamma ha detto che un autista potrebbe…»

Julia alzò una mano. «Non voglio che i miei genitori sappiano dove vado. *Grazie tante* .» Guardò il suo telefono come riflettendo, mordendosi il labbro. «È una cosa che ho veramente bisogno di fare senza che comincino a ficcanasare. Specialmente con quella giornalista che ci ronza intorno.»

Colsi un lampo di colore attaccato a uno degli anelli sulla cinghia della borsa. Un disco rosso di qualche tipo. Aveva qualcosa di familiare.

«Beh, dovrei...» Feci un passo indietro.

In quello stesso momento, Julia s'irrigidì mentre continuava a pigiare sul telefono. «Merda, di questo passo la riunione sarà finita prima che la stupida macchina arrivi qui.»

Riunione? Piegai la testa, guardando di nuovo il disco rosso e notando la forma di un triangolo sulla superficie.

Una medaglia di sobrietà. Julia era in riabilitazione. Quella rossa significava da un mese. E aveva una riunione. Di colpo mi sentii male per aver pensato che il suo bisogno di allontanarsi fosse uno shopping d'emergenza. Ero colpevole perché avevo giudicato in fretta, come chiunque altro, immagino.

«Cancella l'Uber» dissi, tendendole la mano. «Lucas e io abbiamo noleggiato un'auto. Potrei farmela portare dal valletto e accompagnarti io.»

Julia mi guardò sgranando gli occhi. «Oh, potresti veramente. Grazie. Ho solo bisogno di...»

Mi disegnai una croce sul cuore. «Non dirò una parola a nessuno.»

Ci guardammo negli occhi e Julia sorrise. Poi mi disse come fare per avere la macchina e fermò un domestico perché ci aiutasse. Poco dopo eravamo per strada e fui lieta che Lucas avesse preso a noleggio l'auto a nome di entrambi.

«Hai l'indirizzo? Posso inserirlo nel GPS.»

«Ce l'ho sul telefono.» Premette un tasto sul telefono e cominciammo subito a sentire le istruzioni robotiche dettate da una voce androgina.

Il viaggio di ritorno alla città di Napa dalla nostra parte della valle durò un po' più di mezz'ora e restammo in silenzio. Julia passò la maggior parte del tempo scorrendo i messaggi e scrivendo sul telefono.

La lasciai fuori da una piccola chiesa in città. Julia mi suggerì quello che potevo fare nell'ora seguente.

«Non preoccuparti. Troverò qualcosa da fare.» Le sorrisi. «Buona riunione.»

Lei aggrottò le sopracciglia, poi mi ringraziò e si allontanò a passo svelto, saltellando sui tacchi mentre attraversava il marciapiede. Io percorsi la via principale della città. I negozi avevano appena aperto e i turisti cominciavano a invadere le strade.

Sentii lo stomaco che brontolava eppure ero passata davanti a ben tre bar. Non ero una gran bevitrice di caffè, ma una tazza di tè mi sarebbe piaciuta. Sfortunatamente, gli americani e il tè non andavano d'accordo. Non ero riuscita a berne una buona tazza da quando avevo lasciato il Canada.

Per ammazzare il tempo, entrai nel centro di informazioni turistiche e presi una copia di tutto quello che sembrava moderatamente interessante. Dovevo avere un piano pronto per quando Lucas avrebbe (sicuramente) perso la pazienza, o la testa, a causa della sua famiglia. Saremmo potuti andare a fare delle passeggiate, o un tour dei vigneti o perfino fare un'ascesa in pallone o andare a una sorgente naturale a Calistoga.

Uscii con una bella manciata di lucidi dépliant e delle scuse sulle labbra per tutti quegli alberi che avevano rinunciato alla loro vita per la loro creazione. Poi entrai in un dozzinale negozio di souvenir, decisa a prendere qualcosa per Lucas. Quasi in fondo al negozio, c'erano delle piantine succulente con i nomi delle località vicine scritti a colori vivaci sui vasetti. Presi due vasetti di mini cactus a palla, ridacchiando tra me e me e pagai in fretta.

Tornando verso la chiesa poco dopo, mi domandai oziosamente quant'era affollata la riunione. Era un incontro degli alcolisti anonimi nel cuore della regione del vino in California, dopotutto... forse era un problema particolarmente grave da quelle parti?

Un po' più di un'ora dopo, Julia e io eravamo in auto e stavamo tornando nella tenuta di famiglia. Lei sembrava molto più tranquilla, grazie al cielo, e speravo che la riunione le avesse fatto bene. Ma non le chiesi niente.

«Se avrai bisogno di tornare di nuovo nei prossimi giorni, mentre sarò qui, sarò lieta di darti ancora un passaggio. È un viaggio piacevole e mi è piaciuto girare in città.»

Julia giocherellò con la cinghia della borsa, fissando fuori dal finestrino. Il suo telefono doveva essere scarico. Si voltò lentamente verso di me. «Ne deduco che sai che riunione era?»

«Ho visto la medaglia rossa sulla tua borsa. Ero abituata a frequentare gli Al-Anon. L'ho riconosciuto.» Tenni gli occhi fissi sulla strada ed evitai di guardarla in modo da non metterla a disagio.

Colsi un movimento di sottecchi, quando doveva aver spostato la mano sulla medaglia in questione. «Ah, bello. L'ho messa lì per ostentarlo ai miei genitori. Non che sappiano che cosa significa. Non volevano che seguissi il programma per via del mio "alto profilo". Qualcuno potrebbe averne sentore, che orrore! E scriverne dove occhi curiosi avrebbero potuto vederlo. Il raccapriccio. Volevano che mi facessi ricoverare in un centro di riabilitazione privato e isolato.»

La guardai stupita. «Non ti incoraggiano?»

Julia si buttò una ciocca di capelli scuri oltre la spalla. «L'eufemismo del secolo. Specialmente per il "tempismo sbagliato", per via dei giornalisti e di tutti i membri della famiglia estesa. Devo fare tutto da sola. Nemmeno i miei amici mi approvano. Perché non sono più *divertente* se non *faccio baldoria* con loro. Come se ci fosse solo quello nella vita. Claire e Liz non hanno mai smesso di lamentarsi da quando sono arrivate.»

Uhm. Un altro motivo per disprezzare l'ex di Lucas. Ragioni che sembravano accumularsi piuttosto facilmente. «Mi dispiace. Dev'essere così difficile. E con la grande festa in arrivo.»

«Sì, esattamente. Mi servirebbe tutto il sostegno possibile e non ne ottengo nemmeno una briciola. Claire mi ha già detto che dovrei prendermi "una serata libera" e divertirmi.»

Sapevo che significava superare i limiti, ma dovevo proprio chiederglielo. «È saggio averla qui per la riunione di famiglia quando è così presto nel tuo cammino di riabilitazione?»

Julia mi diede un'occhiata sospettosa. Probabilmente pensava che fosse solo il tipico caso di gelosia della seconda moglie. Mi resi anche conto che probabilmente non conosceva la storia che conoscevo io su quanto fosse stato veramente orribile quel matrimonio.

«È complicato. È un'amica. E anche la sua famiglia è molto vicina alla mia. Cioè... penso che i miei genitori si sentano in qualche modo responsabili per il disastro che si è rivelato il matrimonio suo e di Lucas.»

La mia assoluta confusione e incredulità dovevano essere evidenti sul mio viso perché Julia parlò di nuovo, cercando di rispondere alle mie domande inespresse.

«Intendo dire, nessuno incolpa Lucas. Emotivamente non era in un bel momento, o roba simile. Ma è stato difficile anche per

Claire. Quando le cose sono peggiorate con la sua depressione, lui se n'è semplicemente andato ed è sparito. Nessuno di noi ha saputo se fosse vivo o morto, per un anno. Specialmente con i suoi problemi. Avrebbe potuto farsi del male, sai?»

Sbattei gli occhi. Che ca...? Sapevo della scomparsa. E Lucas aveva menzionato qualcosa sui problemi di salute, ma mi era sembrato che parlasse della salute fisica, non mentale. La faccenda sembrava più seria di come l'aveva raccontata lui.

Julia ovviamente lesse la confusione sul mio volto. Si mise una mano davanti alla bocca. «Gesù, ho la lingua troppo lunga, ho parlato troppo. Magari Lucas non voleva che lo sapessi.»

Mi sforzai di sorridere e alzai le spalle. «Oh no, siamo completamente aperti e ci diciamo tutto.» Quando diavolo ero diventata una bugiarda così brava? «Solo, mi rattrista tutte le volte che sento parlare di quel periodo della sua vita. Come dev'essere stato triste.»

«La depressione situazionale non è uno scherzo.»

«No, decisamente no.» Feci un respiro profondo e giurai di fare una chiacchierata con Lucas. Dovevo assicurarmi che stesse bene e non stesse scivolando di nuovo in depressione mentre era esposto ai membri piuttosto insensibili della sua famiglia.

Mi voltai di nuovo a guardarla. «Allora, hai pronta una strategia per la festa? Il tuo sponsor è disponibile? Puoi contattarlo?»

Julia annuì. «Sì, sì. Mi ha detto che posso chiamarla ogni volta che ne avrò bisogno questo fine settimana. Perfino se sono le due del mattino. Sono andata in riabilitazione perché mi hanno fermato per guida in stato di ebbrezza. Mi hanno sospeso la patente. È il motivo per cui non potevo venire da sola a queste riunioni.» Si strinse nelle spalle come se ricordarlo la rattristasse di colpo.

«Ma stai facendo un buon lavoro» la incoraggiai. «Un mese di sobrietà è impressionante.»

Julia annuì, giocherellando ancora con la medaglia. «Trentacinque giorni, per essere esatti. Ci devo lavorare. Ma per quanto riguarda mia madre e mio padre, è finito. È tutto ciò di cui avevo bisogno per "sistemarmi". Semplicemente non capiscono. Nessuno qui lo capisce.»

«Io sono qui. So che non ci conosciamo bene ma posso certamente sostenerti. E tuo fratello...»

Julia alzò una mano. «*Non* dirlo a Lucas, per favore.»

«Oh.» Riportai lo sguardo su di lei, che scosse la testa. Sembrava spaventata. «Non preoccuparti. Hai la mia parola. Non glielo dirò. Ma ti assicuro che ti sosterrebbe. Sarebbe anche fiero di te.»

Julia sospirò e si voltò a guardare fuori dal finestrino. «Sì, forse una volta sarebbe stato così, ma ci siamo allontanati da un bel po'.»

Non avevo assolutamente idea di che cosa dire, quindi riportai semplicemente l'attenzione sulla strada. Toccava a lei decidere se voleva continuare la conversazione.

E non ci volle molto. «Allora, ti dispiace se ti chiedo perché, o a causa di chi frequentavi gli Al-Anon?»

Esitai solo per un secondo netto. Si era aperta con me, tanto valeva restituirle il favore.

«Mio fratello. E i nostri genitori non sono molto diversi dai tuoi.» Meno i conti correnti zeppi di soldi. Non lo aggiunsi a voce alta. «Vogliono che tutto sparisca senza realmente lavorare perché succeda. Ma lui faceva solo promesse a vuoto quando frequentava il programma.» Non volevo scendere in particolari su tutte le volte in cui aveva smesso e ricominciato. Insieme a tutti i tentativi di riabilitazione, tutte promesse vuote da parte sua.

La riabilitazione era difficile. Era una cosa per cui si doveva lottare e Derek non aveva mai dovuto lottare per niente in vita sua.

«I tuoi genitori frequentavano le riunioni con te?»

Scossi la testa. «L'ho fatto per me stessa, in effetti. Cominciavo a provare risentimento nei suoi confronti.»

Lei annuì, frugando in borsa per cercare il telefono, poi lo tolse, controllò lo schermo e lo rimise dentro. «Ti è servito?»

Feci spallucce. «Sì, un po'. I rapporti di famiglia sono difficili, tanto per cominciare. Aggiungi una dipendenza e...»

Julia sospirò. «Già, esattamente il motivo per cui non riesco veramente a pensare di parlarne con mio fratello.»

Annuii. «Potresti scoprire che non ti giudicherà come credi.»

«Sì, beh.» Fece spallucce. «In realtà lo invidio. Era quello intelligente. Tutti insistono a incolpare il suo stato mentale in quel momento, ma ha fatto quello che doveva, lasciandosi alle spalle tutta questa merda prima che potesse intrappolarlo. Ha ricostruito la sua vita in modo da non dover cambiare lui per conformarsi.»

«Sono sicura che non sia troppo tardi anche per te.»

Ci fu una pausa. «Forse no.»

Ribollii di rabbia per conto suo per tutto il viaggio fino a casa. Per la mancanza di sostegno da parte dei suoi genitori e dei suoi amici. Com'era possibile che i comportamenti inadeguati e le dipendenze fossero più accettate della lotta per migliorare la propria vita?

Mi ricordai che era il caso anche dei miei genitori. Ma invece di fare loro il lavoro, volevano che pagassi io il prezzo per proteggere Derek. Si trattava sempre di viziare e proteggere Derek. Di cambiare le proprie vite per proteggere il mostro che li aveva negli artigli. Derek era un tossicodipendente e un alcolista e finché non avesse deciso da solo di fare ciò che era necessario, non c'era niente che potessi fare io per cambiare la situazione. E, nel frattempo, avevamo progressivamente rovinato le nostre vite per stargli accanto e afferrarlo quando cadeva.

Io avevo preso la decisione irrevocabile di cambiare il destino che i miei genitori avevano scritto per me. Ma aveva significato tagliar fuori tutto ciò che era tossico. Nausea, rimpianto e stanchezza per tutta la faccenda si annodavano nel mio stomaco come gli ingredienti di una tempesta perfetta, che attirava tutto verso di sé, in cerchi sempre più stretti. Non mi ero mai sentita più sola in vita mia che durante il volo verso la California, dopo aver lasciato i miei amici, la mia famiglia e anche la maggior parte delle mie cose.

Ci fermammo in un garage che mi aveva indicato Julia, invece che davanti a casa, per stare alla larga dagli occhi curiosi. Lei sorrise e mi ringraziò, poi fece una cosa stranamente sorprendente e anche tenera.

Allungò una mano e mi toccò la spalla. «Mi piacciono i tuoi capelli. Hanno un colore meraviglioso. Hai un costume per il party a tema Gatsby?»

Annuii.

«Mi sono concentrata sul tema e tutti i particolari, per togliermi dalla testa la festa vera e propria. Oggi pomeriggio arriverà la mia truccatrice e parrucchiera. Posso mandartela? Vorrei fare qualcosa di carino per ringraziarti per oggi.»

Sorrisi. «Julia, davvero, non hai bisogno di comprare il mio silenzio. Ti prometto...»

Julia spalancò gli occhi. «Oh, so che non dirai niente. Solo... preferirei che approfittassi tu della sua competenza invece delle mie amiche che non mi sostengono. Che ci pensino da sole ai loro capelli e al trucco.»

E con quelle parole, aprì la portiera e se ne andò. La guardai allontanarsi, confusa (e anche un po' stravolta) da quello che mi aveva detto di se stessa e di ciò che aveva rivelato in modo così casuale della salute mentale di suo fratello dopo il divorzio. Era così difficile capire che cosa succedeva dietro la facciata di calma esteriore di mio marito. Si teneva tutto dentro, eccetto forse la scontrosità e il sarcasmo.

Gesù. Non mi meravigliava che fosse stato così arrabbiato quando avevo accettato di partecipare a questa riunione, andando contro i suoi desideri. Ingoiai un grosso groppo di senso di colpa. Gli dovevo delle scuse. E gli dovevo anche di essere più aperta con lui, perché non potevo pretenderlo da lui e non esserlo io.

Quando tornai alla villa, avevo un feroce mal di testa e un atteggiamento scontroso. Inoltre avevo assolutamente bisogno di fare un pisolino nonostante le lunghe ore di sonno della notte prima.

E pochissimo tempo per tutte quelle cose.

CAPITOLO DICIANNOVE
LUCAS

DORMII TROPPO A LUNGO ALLA VILLA E QUANDO MI svegliai, Kat se n'era andata. Mi alzai, mi lavai i denti e seguii la solita routine mattutina. Allenamento sul vogatore nella palestra al piano di sotto. Colazione con frutta, dolci e caffè che ci aveva lasciato il maggiordomo.

E Katya non era tornata.

Controllai il telefono ma non c'erano messaggi. Quindi gliene mandai uno io.

Kat entrò circa cinque minuti dopo aver premuto "invia", senza aver risposto al mio messaggio. Con un sospiro esasperato, si lasciò cadere sul divano in soggiorno. La trovai lì, spaparanzata sul divano, con i lunghi capelli ramati allargati intorno al suo bel viso.

«Ehi» le dissi, mentre si toglieva con un calcio le scarpe da tennis e metteva i piedi sul tavolino di vetro. «Dov'eri?»

Kat si massaggiò la fronte. «Sta già cominciando a fare caldo lì fuori. Ero andata a fare una passeggiata e ho incontrato tua sorella. Aveva bisogno di un passaggio per andare a Napa, quindi l'ho accompagnata con l'auto a noleggio.»

Sbuffai. «Shopping d'emergenza o servizio fotografico per Instagram?»

Kat si raddrizzò e mi guardò. Sembrava già stanca e non era ancora mezzogiorno. «Dovresti concederle una tregua.»

Strano. «Voi due state legando?»

Kat sospirò, premendosi le mani sugli occhi come se avesse il mal di testa. «Abbiamo dell'aspirina?»

«Controllo.» Guardai in entrambi i bagni, quello al piano di sotto e quello della nostra camera, ed entrambi gli armadietti dei medicinali erano vuoti. Quindi mandai un messaggio a Deleon chiedendogli di portarci l'aspirina. Kat ricevette l'aspirina e una bottiglia di acqua fredda meno di dieci minuti dopo.

«Vuoi sdraiarti per un po'? Posso fare in modo da evitare qualunque cosa sia prevista per oggi pomeriggio. Sono sicuro che sia una degustazione di vini o roba simile.» Kat esitò per un momento. Mi sedetti sul divano accanto a lei. «Manderò un messaggio a mia madre per dirle che non ti senti bene.»

Kat si raddrizzò e si voltò verso di me, con il viso a pochi centimetri, come se stesse cercando qualcosa nei miei occhi. O sul mio naso, il mento e il resto dei miei lineamenti, da vicino e intimamente. Profumava di sole e noci di cocco calde.

«Dimmelo, sinceramente, Lucas. Essere qui con la tua famiglia per una settimana, finirà per essere una causa scatenante?»

«Causa scatenante per che cosa? Vestirmi di nero e ascoltare Barry Manilow?»

«La depressione» rispose Kat a voce bassa.

Uh. Quindi Julia aveva avuto il tempo di far danni. Sospirai e tornai ad appoggiarmi. «Non so esattamente che cosa ti abbia detto Julia, ma sto bene.»

«*Adesso*.» Kat soffiò fuori rumorosamente il fiato. «Ma mi sento responsabile per averci cacciato in questa situazione e averti riportato in quest'ambiente. Non lo sapevo, ma comunque mi sono comportata in modo meschino perché mi avevi irritato, e mi dispiace. Possiamo...»

«Smettila, Kat. Sto bene.»

Lei chiuse per un attimo gli occhi. «Vorrei solo che me l'avessi detto, avrei potuto...»

A quel punto l'affrontai. «C'è parecchio che non ci siamo detti, vero?»

Kat sbatté gli occhi, guardandomi prima in un occhio e poi nell'altro. Mi presi un minuto per apprezzare come fossero belli e azzurri i suoi. Era difficile capire il suo umore. Sembrava tesa ma anche triste.

«Hai ragione. Non ti ho detto tutto quello che mi sta succedendo. Quindi non avrei dovuto aspettarmi...» Smise lentamente di parlare.

Piegai la testa, studiandola. Si stava *veramente* comportando in modo strano. «Stai bene? Sei rimasta fuori al caldo troppo a lungo o qualcosa del genere?»

Kat si tirò indietro ma continuò a mantenere quell'espressione impassibile che cominciava a preoccuparmi. Magari c'era qualcosa che non andava...

«Sono piuttosto sicura che se tornerò in Canada potrei essere in guai seri.» Fece un respiro profondo, come se quel fatto fosse stato un fardello troppo grande per lei per troppo tempo. Forse era così?

«Okay, che cos'hai fatto?»

Kat si morse il labbro. «Non è quello che ho fatto. È quello che non ho fatto.»

Scossi la testa. «Sono confuso.»

Lei fissò il soffitto, persa in contemplazione, sfregandosi un punto tra gli occhi, come se il mal di testa le desse ancora fastidio. «Qualche mese prima che lasciassi il Canada, mio fratello si è lasciato coinvolgere in qualcosa più grande di lui. Aveva questo gruppo di amici che conoscevamo appena. Sospetto che fossero loro che gli fornivano qualunque robaccia stesse prendendo. Comunque, non conosco le circostanze esatte, ma è stato coinvolto in una rapina e ripreso dalle telecamere con alcuni altri.»

Wow. Ero perplesso. Derek non mi era parso una cima ma non mi era nemmeno sembrato un criminale. Annuii, incoraggiandola a continuare.

Lei strinse i denti per un momento, come se stesse ricordando qualcosa che la infuriava in modo particolare. La guardai, stranamente affascinato, mentre cominciava ad avvolgere una lunga ciocca di capelli ramati sul dito indice. La guardai avvolgerla, svolgerla, avvolgerla di nuovo.

«La faccenda è che le immagini erano sfocate o l'illuminazione era scarsa o, non so. Derek non era immediatamente riconoscibile, anche se lo erano alcuni altri coinvolti. Ma i tizi catturati furono felici di dire che faceva parte del gruppo, non so per quale motivo, forse per patteggiare, o qualcosa di simile.»

Mi spostai sul divano, continuando a osservare quella ciocca di capelli. «E questo che ha a che fare con te?»

Kat strinse le labbra. «Ci sto arrivando... allora, quelli che l'avevano coinvolto, ovviamente non avevano prove certe che Derek fosse con loro. Era stato abbastanza furbo da non mandare messaggi e non c'era nient'altro che lo legasse alla rapina. Nessuna prova. Ma Derek non aveva nemmeno un alibi. A noi giurò su tutto quello che poteva che era innocente, ma capii immediatamente, dal fatto che di colpo era pieno di soldi, che era probabile che fosse coinvolto. Trovavo difficile credere che i suoi amici gli avessero dato parte del bottino senza che avesse partecipato. Ovviamente i miei genitori gli credettero al cento percento.»

«Mi sa che sarà meglio che si diano una svegliata e la smettano di negare la realtà.»

Kat fece una mezza risata e poi alzò gli occhi. Con mio dispiacere, lasciò andare quella ciocca di capelli e invece cominciò a girare e rigirare l'anello.

Mi chiesi se non avesse intenzione di continuare con la storia o, nel caso avesse cambiato discorso, se fosse il caso di insistere. Rimase in silenzio così a lungo che pensai non avrebbe finito.

Ma tirò a lungo e rumorosamente il fiato, quasi come se stesse lottando con qualche emozione profonda. «Sono così convinti che sia innocente che hanno assunto un avvocato veramente costoso per fargli seguire il suo caso. Hanno dovuto chiedere dei prestiti e ipotecare la casa e lavorare ancora più ore per pagare le parcelle.»

La sua voce si indurì, qualcosa tra la rabbia, la frustrazione e il dolore. «Ma Derek non aveva un alibi quella sera. E aveva bisogno di qualcosa a prova di bomba. Qualcosa di documentabile. Quindi gli avvocati fecero qualche indagine e si resero conto che io stavo trasmettendo in streaming su Twitch la sera in questione. Esattamente nel momento in cui accadeva tutto...» Fece un altro respiro tremante e io mi tirai su, preoccupato. «Quindi dissero che avrei potuto essere una testimone importante, se avessi parlato e giurato che Derek era rimasto a casa con me per tutta la sera. Le nostre stanze sono proprio una di fronte all'altra. In teoria sarei stata in grado di vederlo, o comunque notare che c'era, mentre trasmettevo dal vivo.»

«Ma lui non c'era...» dissi a denti stretti, la sensazione di nausea nello stomaco che mi diceva dove andavamo a parare.

«No, non c'era. In effetti, non l'avevo visto per tutto il giorno, da quando ero tornata dal lavoro al mattino, allora facevo il turno di notte. Di solito arrivavo a casa, mangiavo e poi crollavo fino a metà pomeriggio. Poi mi alzavo, facevo qualcosa in casa o mi allenavo o trasmettevo su Twitch. Dato che quella notte non avrei lavorato, la trasmissione era durata più a lungo del solito. Non vidi Derek fino al giorno dopo.»

«Quindi, ovviamente, gli avvocati stanno spingendo perché testimoni in suo favore.»

Kat scosse la testa. «L'hanno suggerito in modo indiretto. Sai "... se dovesse dire alle autorità che era con lei tutta la sera...". Ma i miei genitori si sono avventati su quello e hanno cominciato a insistere che era quello che dovevo fare.»

«Ah, certo, solo giurare il falso.»

Kat alzò un braccio e si grattò la guancia con la mano tremante, deglutendo ferocemente. Se non l'avessi conosciuta bene, avrei detto che stava per piangere e mosse qualcosa dentro di me. Se suo padre fosse stato nella stanza in quel momento, probabilmente lo avrei preso a pugni. I suoi genitori, le persone che avrebbero dovuto aver cura di lei, si aspettavano invece di metterla legalmente in pericolo per salvare la pelle a quell'inetto di suo fratello.

«Quando li informai che non lo avrei fatto persero la testa. Mia madre mi urlava contro e mio padre minacciava di togliermi l'auto e le mie apparecchiature elettroniche, il computer, tutto. E guarda che avevo pagato quasi tutto io con il mio lavoro. L'unico motivo per cui vivevo in casa era perché avevo dovuto lasciare gli appartamenti poco costosi per studenti una volta laureata. La vita a Vancouver costa una fortuna. Avevo intenzione di risparmiare per avere un posto tutto mio. È stato il più grande errore della mia vita tornare a vivere con loro perché tutti i problemi di Derek erano ancora lì ed erano peggiorati.»

Le presi la mano, che tremava visibilmente e la coprii con la mia. «Mi dispiace. È stata una cosa orribile da parte loro farti pressione in quel modo.»

«È come sono sempre andate le cose in tutta la mia vita da quando Derek ha cominciato a drogarsi. Gli hanno sempre fornito un luogo sicuro su cui atterrare, anche se l'errore era gravissimo. E gli hanno solo permesso di continuare a rifarlo. Ho puntato i piedi. E dato che aveva già dei piccoli reati alle spalle, se venisse condannato probabilmente dovrebbe veramente passare del tempo in carcere. I miei genitori hanno cercato di farmi sentire in colpa. "Vuoi che tuo fratello marcisca in prigione? Che razza di persona sei? È sola una piccola cosa che devi dire e puoi salvarlo."

«E più mi rifiutavo, più andavano fuori di testa e minacciavano. Quindi alla fine ho preso solo una valigia, ho raccolto la mia roba e sono partita al mattino prestissimo, mentre dormivano ancora tutti. Poi ho preso un volo per LA.»

«Quindi le lettere dello studio legale… sono loro che cercano di convincerti a tornare e a testimoniare?»

Kat annuì. «Sì, vogliono una deposizione, per fornire un alibi. Non mi hanno trovato per un po'. Poi, non so come, di colpo le lettere hanno cominciato ad arrivare. Penso che debbano aver usato un investigatore per rintracciarmi.»

«Scommetterei che sono loro che hanno fatto la soffiata all'ufficio immigrazione degli Stati Uniti riguardo la tua situazione lavorativa. Eri stata segnalata e quando hanno controllato il tuo passaporto, al ritorno dal matrimonio di Adam e Mia, si è alzata la bandierina rossa.

Le apparve una piccola ruga tra le sopracciglia. «Sì, lo avevo sospettato anch'io. E ultimamente le lettere sono peggiorate. Dicono che se non risponderò al mandato di comparizione, diventerà un'ingiunzione e sarò arrestata o accusato di oltraggio alla corte.»

Si morse il labbro per un momento e squittì. «Non riesco a credere che siano arrivati a questo punto. Che i miei genitori preferirebbero vedere arrestata me al posto di Derek. Io non ho mai fatto niente di male. Per l'amor del cielo, rispetto perfino i limiti di velocità.»

«Vieni qua» dissi, avvicinandomi a lei e prendendola tra le braccia. Stava tremando. Non stava piangendo, ma era chiaramente sconvolta. La tenni vicina e chiusi gli occhi. Quei capelli di seta mi accarezzarono le guance. C'erano dei sentimenti che mi si stavano accumulando nel petto: simpatia, comprensione e solidarietà per lei. E qualcosa di più, volevo proteggerla dagli stronzi che non meritavano di essere imparentati con lei.

Non meritavano assolutamente di averla nella loro vita.

Fanculo a loro. Fanculo a *tutti* loro. Strinsi automaticamente le braccia e il suo corpo si rilassò immediatamente contro il mio. «So che cosa significa sentirsi traditi dai tuoi stessi genitori. Ma fa decisamente schifo. Hai tutti i diritti di essere sconvolta.»

«Non mi giudichi?»

«Giudicarti? Perché dovrei giudicarti? Hai fatto la cosa giusta.»

«Perché non ci vorrebbe molto per salvare mio fratello da una cosa che per lui potrebbe essere molto brutta.»

«Dall'affrontare le conseguenze... È come quando i miei genitori mi gridavano di riprendere Claire, quando toccava a lei affrontare le conseguenze del suo comportamento. E non curandosi assolutamente del mio benessere. Vedevano quel periodo come debolezza o un errore di giudizio. Secondo loro ero "mentalmente instabile" e non riuscivano a gestirlo. Quando è una cosa che succede a migliaia, probabilmente perfino a milioni, di persone in questo paese.»

Mi tirai indietro in modo da poterla guardare. Tranne il pallore, sembrava stesse bene e aveva gli occhi asciutti.

La presi per le spalle. Mi guardò con quei magnifici occhi azzurri. Ci fissammo negli occhi. «Quando smettono di curarsi del tuo benessere e della tua felicità, non sono più degni di te.»

Qualcosa si spostò dentro di me, o si aprì. Come una serratura testarda, arrugginita che finalmente ruotasse i cilindri, con le cerniere che scricchiolavano dopo essere rimaste chiuse e piene di ruggine. E la chiave che era riuscita a farlo così in fretta? La sua sincerità, pura e aperta. Il fatto che avesse condiviso con *me* le sue paure più profonde. Il fatto che si fidasse tanto di me...

Tremai anch'io, cercando di respirare a fondo, lasciai cadere le mani poi mi staccai completamente. L'avvertimento che mi ero ripetuto da quando si era trasferita da me stava urlando nella mia mente. Era pericolosa. Mi ero avvicinato troppo e i segnali di pericolo non erano solo la paranoia che parlava nella mia testa.

Era la realtà, maledizione. Non avevo ascoltato i miei stessi avvertimenti.

Kat sbatté gli occhi e mi mise una mano sulla guancia. «Siamo una famiglia, Lucas. Almeno ancora per un po'. E io ti guarderò le spalle.»

Mi si strinse la gola ed emerse un'emozione nuova, sconosciuta. Tutta l'esasperazione che avevo provato nei suoi confronti scomparve. Mi chinai in avanti, senza rendermene conto finché non l'ebbi fatto e la baciai sulla fronte. «Sei dolce.»

Poi feci la cosa logica: scappai a gambe levate. Okay, non corsi via veramente. Invece mi alzai lentamente e lasciai con calma la stanza, usando una puntata in bagno come scusa per districarmi dalla presa che aveva su di me.

Avevo una miriade di emozioni che mi turbinavano in petto e avevo bisogno di un minuto (o mille) per rimettere ordine. Non me la cavavo bene con le emozioni, quindi ci sarebbe probabilmente voluto un bel po' per gestirle prima di poterle rimettere in freezer.

Sfortunatamente, Kat si alzò e mi seguì su per le scale e in camera. *Maledizione*. Avrei dovuto trovare una scusa per mettere un po' di distanza tra di noi e in fretta.

Un attimo dopo Kat era accanto a me e mi stava abbracciando. Appoggiò la testa contro la mia spalla e io restai lì, come un pezzo di legno, con le braccia tese lungo i fianchi. «Grazie, Lucas. Grazie per essere stato lì per me. E voglio che tu sappia che ci sarò anch'io per te.»

«Per il tempo che ci resta, giusto?» Dovevo dirlo. Dovevo rammentare a entrambi che non era una cosa destinata a durare. Non lo era mai stata. Qualcosa dentro di me, in fondo, avrebbe voluto contraddirlo. Ma *questo* ... questa era la mia testa che ricordava al resto di me che l'avevamo inciso nella pietra fin dall'inizio. «Sai… visto che il divorzio è praticamente in agenda quando avrai ottenuto la carta verde.»

Kat alzò la testa, guardandomi in faccia, frugandomi negli occhi. Non si sentiva offesa. Chiaramente capiva ciò che stavo dicendo, ma non si tirò indietro. Al contrario, si alzò sulla punta dei piedi e mi baciò sulla guancia. «Non riesco a raggiungere la fronte, quindi devi accontentarti di questo. Ecco, adesso siamo pari.»

Lottai per non sorridere, abbassai la testa e la baciai di nuovo sulla guancia. Quella guancia morbida e fragrante. I suoi meravigliosi capelli mi accarezzarono la faccia e il calore cominciò a salire. «No, non è vero.»

Il viso di Kat si oscurò e colsi una scintilla nei suoi occhi, la stessa che si accendeva tutte le volte che si scatenava una rivalità. Diavolo, chi volevo prendere in giro? Noi due eravamo sempre in competizione. Prima che potesse perfino pensare, Kat era di nuovo in punta di piedi e questa volta mi stava baciando sulle labbra. Un bacio lungo, insistente. Caldo, invitante, ma a bocca chiusa.

Quando ricadde sulla pianta dei piedi, la seguii, con la bocca mai più distante dalla sua di un paio di centimetri. Era tanto che volevo baciare quelle labbra, con la smania di un uomo sott'acqua che cercasse ossigeno da troppo tempo. Come un bambino sperduto che cercasse casa sua.

Le labbra di Kat si aprirono in fretta, facilmente, e spinsi la lingua nella sua bocca, aggressivo, con la voglia di assaggiarla. Strinsi forte le mani sulle sue braccia, non volevo lasciar andare quel tesoro appena trovato. La saccheggiai, come un pirata senza scrupoli che non aveva intenzione di fermarsi finché non avesse avuto ciò che voleva.

Kat mi finì addosso mentre angolava la testa per soddisfare le mie pretese, reagendo con la stessa prontezza. Quell'ansimare, quel sospiro. Fui duro e pronto in pochi secondi.

Era troppo sexy per il suo stesso bene... *e per il mio*.

Era anche generosa, e sincera.

E dolce.

E Kat...

Era *lei* come sapevo da quando l'avevo conosciuta, era irresistibile, praticamente in tutti i sensi. E avevo combattuto una bella battaglia.

Ma non avevo intenzione di continuare a combattere. Conoscevamo entrambi il limite, la data di scadenza. Non avevo intenzione di resistere a ciò che entrambi desideravamo tanto. Fino ad allora, c'era troppo da esplorare, troppo da assaporare.

Le infilai le mani sotto la maglietta, passandole sulla pelle morbida della vita e dietro, sulla schiena. Lei si premette contro di me, sospirando, passandomi le mani tra i capelli. Lentamente, senza staccare la bocca dalla sua, guidai entrambi verso il letto.

Kat capì in fretta e si mosse con me. I nostri baci diventarono più profondi, più bollenti e disperati. Volevo... no, *avevo bisogno*, di essere dentro di lei. Ne avevo bisogno come dell'acqua, del cibo e dell'aria. E sentivo quel bisogno su tutta la pelle, infiammata, dolente, febbrile, come se la pungessero milioni di spilli.

Non avevo mai desiderato una donna come volevo lei.

Qui c'è il pericolo, come quelle antiche carte geografiche che ai margini avevano immagini di mitiche bestie e l'avvertimento *hic sunt dracones*.

Lei era un pericolo, ed era lì di fronte a me, sotto forma di una piccola rossa dalle forme piene, con il cuore più grande che avessi mai incontrato. Cervello, bellezza e compassione, una combinazione maledettamente pericolosa. E io avevo le vele al vento, pronto a viaggiare oltre i confini della mappa, che ci fossero o meno i draghi.

E non me ne importava niente.

Uno strattone al colletto e mi tolsi la maglietta, lasciandola cadere sul pavimento. Chiusi gli occhi e assaporai la sensazione delle sue mani mentre esplorava il mio corpo. Kat passò il palmo delle mani sul mio petto, i capezzoli, giù sullo stomaco, intorno alla schiena, le spalle. Non tralasciò niente.

«Ti voglio» sussurrò. Due semplici parole che entrarono nel mio sistema come una droga, direttamente nel sangue. *Febbricitante.* Avrei potuto traboccare se non mi fossi immerso in lei presto.

Le infilai le dita tra i capelli, afferrandoli. Le tirai dolcemente indietro la testa per guardarla in faccia. «Ho intenzione di scoparti, Kat.»

I suoi occhi si scurirono, le pupille si dilatarono. Erano di un azzurro così pallido che riuscii immediatamente a vedere la sua reazione. *E* il modo in cui ondeggiò verso di me. *E* il modo in cui le mancò il fiato. In un attimo, si tolse la maglietta, il reggiseno seguì il mucchietto di vestiti sul pavimento.

Poi portò le mani alla mia patta, cercando di abbassare la cerniera. Le cose erano un po' strette laggiù e le sue mani sfiorarono la mia erezione. Non riuscii a nascondere il gemito. L'aiutai a slacciare i pantaloni e li scalciai via come se fossero in fiamme. Di certo sembrava che lo fosse la mia pelle.

Kat allungò la mano e mi accarezzò attraverso i boxer e l'afferrai di nuovo, tirandola contro di me. Poi piegai entrambi verso il letto, finendole sopra nel modo più gentile possibile. Poi fui nudo e lei quasi, indossava ancora gli shorts.

Sarebbero spariti presto, ma avevo un po' da recuperare. Affondai la bocca sul suo seno, prendendo in bocca un capezzolo mentre manipolavo l'altro con le dita. Succhiai forte, sentendo tutto il mio corpo diventare vivo mentre lei ansimava e inarcava la schiena, con i capezzoli immediatamente eretti.

Oddio. Com'ero riuscito a restarle lontano per così tanto tempo. Qualche settimana prima, lei aveva chiarito che voleva fare sesso con me. Aveva dormito nel mio letto con nient'altro che una sottile camicia da notte. Eppure, da vero idiota, avevo perlopiù tenuto lontane le mani. Non sapevo di avere una simile forza di volontà. Non ero mai stato tentato in quel modo in passato.

Ma avrei dovuto avere una forza di volontà più resistente del costume di Iron Man e più potente del martello di Thor, Mjolnir, per non arrendermi. I suoi sospiri, la pelle liscia, la schiena inarcata, le dita affondate nelle mie spalle.

Quanto tempo era passato da quando me n'ero andato per salire le scale, per togliermi fisicamente dalla tentazione che era Kat? Ore? Minuti?

Mi sembrava che il tempo si fosse fermato e che lei e io fossimo nel nostro minuscolo universo, ignari del movimento delle nuvole, del sole e delle stelle; di tutto il mondo naturale intorno a noi. Solo godendo reciprocamente dei nostri corpi. Le parole non servivano.

L'altro capezzolo reagì con lo stesso entusiasmo del primo e ora Kat stava sfregando i fianchi contro di me, gemendo. Infilai la mano tra le sue gambe, strofinandola forte attraverso gli shorts.

All'improvviso, inspirando forte, Kat si mise seduta, con una mano sulla mia spalla.

Ecco, pensai. Ci siamo. Era lei quella sana di mente, che metteva un freno a quest'autobus senza controllo che si precipitava giù dalla montagna a centocinquanta chilometri l'ora. Nonostante il pensiero razionale, la delusione che mi travolse quasi mi soffocò.

Finché mi resi conto che mi stava facendo rotolare sulla schiena per potersi mettere a cavalcioni.

Oddio, proprio quando pensavo che le cose non potessero diventare più bollenti, ecco che ci riuscivano.

Kat si piegò in avanti, baciandomi furiosamente, con le labbra piene che coprivano le mie, la lingua che si tuffava nella mia bocca, le mani sulle spalle per poi scendere lungo le braccia. Lentamente, si spostò sulla mandibola, poi mi baciò il collo. I suoi capelli ricadevano sulla mia pelle come liquida seta. Meraviglioso. Vi affondai le mani, intrecciandoli tra le dita.

Poi Kat spostò la testa più in basso, sul petto, imitando i miei gesti. Alzai le mani per coprirle il seno generoso. Erano sodi e morbidi, i capezzoli rosa pallido contro la pelle luminosa. Una festa per gli occhi e per i sensi.

Volevo annegare in quell'oceano, spazzato via oltre quel limite pericoloso. Non potevo immaginare un modo migliore di andare incontro alla mia fine che sprofondato in questa donna.

Poi la sua bocca toccò il mio stomaco, il mio ombelico, affondandoci la lingua. E più giù. Le dita si avvolsero intorno al mio cazzo e poi di colpo mi stava leccando come un gelato, come se non potesse averne abbastanza.

Contrassi i muscoli dello stomaco. E la tensione dentro di me volò alle stelle. *Cazzo* !

Con gli occhi fissi nei miei, studiava contenta la mia reazione mentre premeva lentamente le labbra piene intorno al glande e le apriva. Il calore e il piacere invasero il mio corpo come un'onda calma dello stesso oceano che aveva minacciato di affogarmi. Volevo chiudere gli occhi e godere la sensazione della sua bocca e delle sue mani su di me ma non riuscivo a staccare gli occhi dai suoi. Sembravano affamati e predatori, come se appartenessero a una lupa.

Non solo mi stava facendo il miglior pompino che avessi mai sperimentato in vita mia, ma era anche chiaro che le piaceva moltissimo. Da aggiungere alla sua già impressionante lista di successi.

«Il tuo cazzo è favoloso» mormorò quando staccò la bocca. «Non me ne stancherei mai.»

Tirai indietro la testa e fissai il soffitto, riprendendo fiato abbastanza da riuscire a rispondere. La sua bocca era molto più favolosa dal mio cazzo, quello era certo. Ma prima che potessi dirlo, la sua bocca fu nuovamente su di me, spingendomi in fondo, con la lingua che scorreva sulla parte anteriore.

La guardai di nuovo, osservando quella testa ramata che andava su e giù, ogni tanto un gemito che accompagnava i miei respiri affannosi. Sapeva quando rallentare e quando accelerare di nuovo. Come se leggesse i miei segnali

Era passato così tanto tempo da quando avevo fatto sesso che non sarei durato. Ma sembrava che Kat sapesse gestire anche quello. Alzai i fianchi e avrei voluto prendere il controllo, spingere la sua testa su e giù. Volevo venire nella sua bocca e sarebbe successo da un momento all'altro. Chiusi stretti gli occhi e...

Quello fu il momento in cui cominciarono a bussare alla porta e suonare il campanello.

Caaaaaaazzzzo!

Kat alzò di colpo la testa. Fu come innaffiarmi con l'acqua gelata. «Chi è? Dovremmo...?»

«Cazzo, no!» urlai in preda alla frustrazione, coprendomi la faccia con le mani.

«Ma...»

«Noooo» la interruppi di nuovo. Cristo. Era stato così bello...

Poi cominciò a suonare il mio telefono. Perché mancava solo quello. Lo ignorai.

Kat raccolse il telefono e lesse l'ID. «È Julia.»

«Lucas?» Sentii una voce che chiamava da sotto. La voce di mia madre.

Katya saltò giù dal letto, e cercò di rivestirsi il più in fretta possibile.

Io restai lì, premendomi le mani sugli occhi. Perfetto. Giusto un altro motivo per avercela con mia madre. Potevo aggiungere anche ammosciarmi il cazzo alla lunga lista. Perché no?

A quanto pareva non avevo letto bene il programma, come scoprii una volta rivestito e raggiunto Katya dabbasso. Mia madre, mia sorella e alcuni altri ci aspettavano accanto alla cucina. Kat aveva già offerto loro delle bibite e stavano chiacchierando.

Julia sorrise, poi rise quando mi vide. «Wow, sembra che qualcuno si sia appena alzato dal letto.» I suoi occhi andarono a Kat, poi a me, curiosi.

Beh, per quanto ne sapevano loro eravamo due novelli sposi. Che pensassero pure che eravamo sul punto di scopare.

E, cazzo, quanto mi dispiaceva non esserci riuscito.

Ma non importava perché dovemmo scappare e raggiungere il resto di un grosso gruppo per un tour "divertente" intorno al vigneto e alla vinicola. Oltre a dover partecipare a una degustazione di vini prima di cena.

Avrei preferito passare un po' di tempo "privato" con mia moglie. Perché adesso il pensiero mi stava ossessionando.

Quando si sedette accanto a me in uno dei pickup, stile carro di fieno, che erano stati noleggiati per portarci in giro, riuscivo solo ad ammirare il suo stupendo profilo. Aveva alzato la faccia verso il sole, con gli occhi chiusi e quella cascata di seta rossa che le correva lungo la schiena.

«I colori del paesaggio sono così belli qui» disse. «Vedi come sono stratificati? Il verde brillante dell'erba e dei vigneti, il giallo e il marrone delle colline, le montagne bluastre in lontananza e il cielo azzurro chiaro. È come un dipinto.»

«Sì.» Io continuai a fissare lei e ignorai il punto che stava indicando. «Incredibilmente bello.»

Quando tornò a guardarmi, mi sorrise, capendo chiaramente che non mi interessava la bellezza del paesaggio.

«Fai il bravo» mi sussurrò.

«Ho fatto il bravo per troppo tempo…» risposi prima che il pick-up svoltasse su una strada secondaria e lei rivolgesse altrove la sua attenzione.

La degustazione dei vini andò bene come poteva andare una degustazione. Di solito le trovavo noiose e pretenziose, anche se apprezzavo il vino in sé.

Dall'altra parte del patio dove eravamo, raggruppati intorno a tavolini alti, intravidi il fotografo hipster con lo chignon, e questo significava che la giornalista era vicina da qualche parte, probabilmente agli ordini di mia madre. Studiai velocemente la lista dei vini, vagamente conscio che la macchina fotografica era rimasta puntata verso di noi per qualche minuto. Quando alzai nuovamente gli occhi, mi resi conto che non era puntata su di *noi*. Il tizio con lo chignon stava chiaramente fotografando Kat. Tutte le volte che si voltava di profilo o nella sua direzione, si sentivano clic veloci che lo rendevano ovvio.

Lei comunque non si era resa assolutamente conto di essere diventata l'ultima ossessione del fotografo. Con una risata e sottovoce, Katya ammise: «Non ho idea di cosa dovrei fare con questa.» Fissò una scheda segnapunti completamene vuota.

Mi spostai dall'altro lato, bloccando il fotografo, non senza soddisfazione. *Non pensarci nemmeno, tizio. Lei è mia* . Vedendo sventato il suo tentativo, il fotografo rivolse l'attenzione a qualcos'altro. Io voltai la scheda segnapunti e cominciai una veloce partita di Tris con lei.

«Non preoccuparti.» Misi la mia prima X. «Quasi tutti qui sono sulla stessa barca. Stanno solo fingendo.»

Kat sembrò perplessa e dubbiosa. Scribacchiò una O. «Davvero? Mostramelo…»

Lasciai perdere il gioco e presi per lo stelo un calice da degustazione del nostro Cabernet Sauvignon del 2016. Poi lo roteai, tenendola alla luce con un gesto snob del polso. «Colore violetto intenso. Nessuna traccia di imbrunimento.»

Poi alzai un sopracciglio e, con il naso in aria, annusai il bordo, con la mia migliore imitazione di un coglione. Kat rise e fu musica per le mie orecchie. «Bouquet ben sviluppato. Corposo con sentori di frutti di bosco, cedro e note di caffè.»

«Caffè…?» ripeté Kat, chinandosi per annusare, poi arricciò il suo bel nasino guardandomi. «Io non sento niente del genere.»

«Reggimi il gioco, fai attenzione.»

Lei sorrise e annuì di nuovo. «Okay, e…?»

Ne presi un piccolissimo sorso, trattenendolo a lungo in bocca con le labbra a cul di gallina. Facendo appositamente la faccia più insulsa possibile, arricciai il naso mentre lei ridacchiava. «E il sapore? Frutti rossi. Non ne ho mai abbastanza di frutti rossi» dissi indicando i suoi capelli con un cenno della testa.

Ci guardammo negli occhi. I miei bruciarono nei suoi. Se avessi avuto una scusa per prenderla per mano e andare a trovare un posto privato da qualche parte, lo avrei fatto in un attimo. Perché, accidenti, la porta tra di noi che era stata chiusa a chiave, adesso era spalancata. E l'unica cosa che desideravo fare in quel momento, e per almeno un altro paio di giorni, era scopare mia moglie. *E* farla venire, mentre mormorava gemendo il mio nome. Tutte le volte che potevo.

«Sì, mi piace il sapore dei frutti rossi... è tutto quello che voglio assaporare per i prossimi giorni... o settimane e settimane.»

Il calore sembrò aumentare tra di noi e di colpo ci fu tensione nell'aria. Kat deglutì e poi si morse il labbro.

«In questo momento sembri un po' spaventata» osservai.

Kat fece un sorrisino sghembo. «Sì, in un certo senso... perché credo di aver creato un mostro.»

Le agganciai un braccio intorno alla vita e la tirai verso di me, e non mi importava se qualcuno ci stesse guardando. Dopotutto eravamo novelli sposi. Forse il tizio con lo chignon sarebbe stato alla larga se avesse dato una bella occhiata a noi due appiccicati. Le sussurrai all'orecchio: «È possibile. Un mostro che vuole solo sentirti gemere... e chiedere di averne ancora.»

Kat spalancò gli occhi e, per un momento, si sciolse contro di me finché fummo interrotti da Julia che aveva una bottiglia di acqua fresca in ogni mano. «Oggi sono la portatrice d'acqua. Qualcuno di voi ha bisogno di bagnarsi la gola o ripulire il palato?»

Sfortunatamente, accanto a lei c'era Claire che era concentrata su Kat. Oh oh.

«Come mai non stai partecipando alla degustazione?» chiesi a mia sorella.

Lei e Kat si scambiarono una lunga occhiata, poi Julia fece spallucce, asciugandosi le mani dalla condensa mentre prendevamo le bottiglie d'acqua. «Sto facendo una pausa.»

«Per sempre» sbuffò Claire.

Kat appoggiò sul tavolo il bicchiere di vino e toccò la mia bottiglia d'acqua con la sua, facendo un brindisi. «Penso che mi unirò a Julia e farò anch'io una pausa.»

Julia le rivolse un sorriso radioso, poi si chinò e l'abbracciò. Che cosa diavolo stava succedendo? Avevano passato qualche ora insieme quella mattina e di colpo erano diventate amiche intime? Qualcosa di oscuro si formò in fondo al mio stomaco. Era un po' di innocente cameratismo o la storia si stava ripetendo?

Anche Claire le stava guardando. E non cercò nemmeno di nascondere la paura nei suoi occhi. Poi lanciò un'occhiata velenosa a Kat prima di afferrare il braccio di Julia e blaterare di qualche pettegolezzo che aveva visto postato online.

Kat sorseggiò l'acqua mentre le guardava con un'espressione perplessa.

«Se fossi in te, starei il più lontano possibile da quel disastro» le dissi.

Lei si voltò a guardarmi. «Tua sorella non è un disastro. Sta cercando con tutte le sue forze di migliorare. Probabilmente le piacerebbe avere il tuo sostegno.»

Aggrottai le sopracciglia. «Stavo parlando di Claire. Conosco l'occhiata che ti ha dato. Gli artigli usciranno da un momento all'altro.»

Kat piegò di lato la testa con un sorriso strafottente sulle belle labbra. «Oh, non ho paura di lei. Per niente. Che faccia pure.»

Questa è la mia Rossa , pensai quasi automaticamente, prima di rendermi conto che stavo pensando a lei come se fosse mia. E che, in un certo senso, l'avevo sempre pensato.

Non c'era niente che la sconcertasse. Era una vera dura… solo che non lo era. La sera in cui aveva pianto tra le mie braccia era la prova che non troppo sotto quella maschera di durezza c'era una donna vulnerabile e compassionevole.

E sotto quegli short di jeans che le fasciavano i fianchi, c'era un corpo sexy che volevo conoscere intimamente nei giorni successivi. A cominciare dal momento in cui saremmo rientrati nella villa degli ospiti quella sera.

Non ci restava poi tanto tempo. Perché non approfittare di quello che avevamo?

Solo che non tornammo nella villa fino a molto tardi. C'era il nuoto al tramonto, la cena e le ridicole sciarade. E tutte quelle attività idiote mettevano una barriera tra lei e me, qualche orgasmo e un mucchio di goduria senza vestiti.

Intorno alle dieci, Kat si avviò per rientrare ma mia madre mi ordinò di aiutarla con qualche lavoretto per il ricevimento della sera dopo.

Non mi ci volle molto per capire il vero motivo per cui ero lì. Mentre stavo leggendole i nomi perché li scrivesse sui cartoncini segnaposto, mi appoggiò una mano sul polso.

«La giornalista ha già fissato l'intervista per te e Katharina? Ricorda anche dopo il piccolo brunch, domenica per noi cinque, ci sarà un servizio fotografico. Assicuratevi di arrivare vestiti in modo adeguato.»

«Non ho molto da dire alla giornalista. Ti avverto che non sarò molto loquace.»

Lei voltò la testa, chiaramente irritata, ma non discusse. Le lessi qualche altro nome a denti stretti. Poi mi interruppe di nuovo. A questo punto non avremmo finito fino alle tre del mattino e io ero già stanco morto.

«Dovresti anche fare uno sforzo con Claire e la sua famiglia. Darebbe un'impressione migliore, specialmente con i nostri ospiti intorno.»

Mi sforzai di non sbuffare e chiedere sarcasticamente perché Claire e la sua famiglia erano stati invitati alla *nostra* riunione di famiglia. Specialmente visto che lei non faceva più parte della famiglia da sei anni.

«Hai scelto tu di averla qui. E ci saranno delle conseguenze. Lei si porta appresso i drammi dovunque vada. E io dovrei, non so come, mitigarne gli effetti? Beh, l'ho fatto sei anni fa. Divorziando da lei. Adesso è un problema tuo.» Appoggiai sul tavolo la sua stupida lista. Avevo *chiuso* .

Con un cenno di saluto a un cugino olandese che stava aiutando mia madre, mi voltai e me ne andai. Poi restai fuori nella fresca aria notturna, sperando che prendermi un momento e respirarne un po' mi avrebbe aiutato a calmarmi.

Mia madre non mancava mai di farmi salire la pressione, ma la lunga camminata servì a qualcosa.

Quando arrivai alla villa, Kat stava dormendo profondamente nel nostro letto.

Lo ammetto, non mi sforzai di non fare rumore mentre procedevo con la mia routine serale, doccia inclusa, sperando che si svegliasse. Ma lei non si mosse nemmeno. Doveva essere esausta dopo la giornata fitta di attività. Ma, maledizione, quell'erezione persistente non mi avrebbe lasciato dormire.

Quando la raggiunsi a letto, le voltai la schiena e mi sforzai di pensare a tutto meno che a lei. Comunque non potevo evitare di essere conscio del suo corpo accanto a me. Ascoltavo ogni inspirazione ed espirazione, assaporavo la sensazione del suo fiato sulla nuca.

Il mio ultimo pensiero fu che se non l'avessi avuta molto presto, avrei *veramente* potuto perdere la testa.

Quando mi svegliai, di nuovo tardi, lei non era a letto. *Maledizione* . Dovevo legarla al letto per riuscire a ottenere qualcosa?

Quel pensiero non aiutò la mia erezione mattutina. Immaginai di legarle i polsi sopra la testa mentre io facevo quello che volevo con il suo corpo…

Maledizione. Mi passai la mano tra i capelli, poi mi alzai per vestirmi. Un'altra giornata con questa stronzata della riunione di famiglia, a sorridere tutto il tempo, senza che ci fosse una pausa per, letteralmente, sedurre mia moglie.

Giornata al centro benessere. Perfetto. *Solo perfetto* . Il massaggio di coppia semi nudi e il tempo da soli nella sauna privata non fece niente per alleviare la tensione. Anche se riuscii a cominciare una pomiciata spinta, letteralmente bollente, nella sauna, finché Kat non si arrese.

«Il mio povero sangue canadese non riesce a sopportare questo calore» ansimò mentre usciva, avvolgendo l'asciugamano bianco intorno al seno generoso e ai fianchi e… maledizione. Era così sexy.

«Il seguito alla prossima puntata?» le chiesi.

Lei mi rivolse un sorriso malizioso. «Oh, sì!»

Et voilà , di nuovo una scomoda erezione per il resto del pomeriggio.

Mentre Kat spariva per prepararsi, mi collegai alla VPN e lavorai un po'. Il mio costume e io eravamo relegati a un'altra stanza degli ospiti per le preparazioni.

Avevo chiesto al maggiordomo di prepararci dei cocktail pre-cena al bar, Sea Breeze, brezza marina, vodka e succo di mirtillo rosso, che ritenevo adatti all'occasione. Gli avevo anche dato delle istruzioni semi-segrete per il dopo party. Era ora che ci godessimo quel giardino pensile privato. Se, no, *quando* , sarei riuscito a portarla via dalla festa per godercelo.

Deleon funse anche da valletto, vecchio stile, quando mi aiutò a mettermi il frac. Per restare in tema Gatsby, aveva una giacca a code stile 1920, cravatta bianca, ed era autentico quanto possibile, fino ai gemelli con i diamanti incastonati (presi a noleggio), in stile art déco.

Deleon stava giusto spazzolandomi la giacca quando Kat scese le scale seguita dalla parrucchiera e truccatrice che Julia le aveva mandato per aiutarla.

E, accidenti, era maledettamente, fottutamente bella. Non pensavo che quella perfezione potesse essere migliorata, ma eccola.

Il vestito aderiva alle sue curve e si fermava sopra le ginocchia. Ogni passo che faceva e ogni movimento erano accompagnati dalla frangia nera che danzava a comando. L'abito era blu pavone con le paillettes dorate, verdi e viola cucite a forma di piume di pavone. Le spalle erano coperte da maniche ad aletta, ornate da frange. E la scollatura del corpino scendeva molto in basso, mettendo in mostra le curve generose del suo petto. Indossava guanti di raso in tinta che arrivavano oltre i gomiti.

La parrucchiera aveva raccolto i capelli lucenti di Kat in modo da farli sembrare un caschetto stile anni 20. E la fascia sulla fronte era tempestata di pietre luccicanti e piume di pavone.

Deliziosa.

E, con sommo rammarico, mi resi conto che la giacca del frac era inutile per nascondere un'erezione. Dato che sarei stato con lei tutta la sera, a tramare i modi per portarla a letto, avrei dovuto inventarmi dei modi creativi per coprirla.

Capitolo Venti
Katya

MIO MARITO ERA DECISAMENTE UNO SCHIANTO quella sera. Non una frase che mi sarei aspettata di dire tra me e me all'inizio dell'anno, ma… non era stato un anno tipico nella mia pur breve vita. La giacca del frac e il gilet bianco sotto mettevano in risalto la sua figura perfetta, aderendo alle spalle larghe da canottiere e stringendosi sulla vita sopra i fianchi snelli.

Sembrava il perfetto gentleman galante. Alto, scuro, capelli ondulati. Perfino i guanti bianchi. Da mangiare.

«Bene, signor Barone van den Hoehnsboek van Lynden» dissi, prendendo il drink che mi offriva e portandolo alle labbra mentre lo guardavo di nuovo dalla testa ai piedi. Era sexy… molto sexy.

Lui inarcò le sopracciglia.

Lo guardai sbattendo le palpebre. «L'ho finalmente pronunciato bene?»

«Sì. Ma non serve il "signor" se usi il titolo, cosa che preferirei non facessi, tra l'altro.»

«Non userò il titolo se non ti piace.» Mi spostai davanti a lui, premendo il petto contro il suo. «Ma stasera hai veramente l'aspetto di un aristocratico europeo.»

Lui mi prese il mento e mi alzò la testa per guardarmi negli occhi. «E tu sei semplicemente meravigliosa.»

Lo disse con una tale intensità che quasi sentii le parole che mi trapassavano come frecce accese, che divamparono dentro di me. Sinceramente, le mie mutandine minacciarono di fondersi proprio lì. Abbassai le palpebre, mi bruciava la gola. Per un secondo, fantasticai di risalire di sopra, toglierci quegli abiti eleganti e dare il via alla nostra festa privata per un po'.

Ma no, giocare a fingere di essere nei ruggenti anni Venti sarebbe stato divertente. E quante volte sarebbe capitato a due tester di videogiochi della Draco Multimedia Entertainment di cambiare pelle ed entrare in un altro mondo?

«Non chiedermi nemmeno quanto mi è costato questo vestito.»

I suoi occhi lasciarono una traccia bruciante sul mio vestito, dal collo alle ginocchia. «Qualunque sia stato il prezzo, ne vale ogni centesimo.»

Sorrisi e lui si spostò, offrendomi il braccio. Faceva ancora piuttosto caldo in quella parte della valle, non mi serviva lo scialle che avevo comprato con il vestito. Bene, sarei andata a braccia nude, scollatura in vista e tutto. Vista la reazione di Lucas, come entrata non sarebbe stata malaccio.

Gli presi il braccio e lui mi guidò alla porta. Con sommo divertimento di entrambi, il signor Deleon ci stava aspettando al volante di un golf cart per portarci al salone da ballo della residenza principale. Ridemmo e scherzammo mentre ci accompagnava attraverso il vigneto.

«Ho sentito parlare parecchio olandese da quando siamo arrivati.»

«Beh, sì. Ho un mucchio di parenti che sono arrivati dall'Olanda.»

Lo guardai incuriosita. «Non me lo hai mai detto... parli l'olandese?»

Lucas scosse la testa. «Lo capisco quasi tutto ma lo parlo solo per fare un minimo di conversazione.»

«Mmm, non credo di sapere nemmeno una parola di olandese. Aspetta, no. Ho imparato una parola guardando *Friends* . Gunther chiamava Ross un *ezel* .»

Lucas si mise a ridere. «Un asino? Non credo che ti servirà stasera.»

«Mah, non si sa mai. Okay, come si dice salve?»

«Stasera puoi dire *goedenavond.* Buona sera.»

Lo ripetei un po' di volte finché disse che la pronuncia era giusta.

«Okay. Adesso dimmi in fretta come si dice arrivederci per quando ce ne dobbiamo andare.»

«Avrai fretta di andare?» Mi guardò inarcando le sopracciglia, fingendosi sorpreso.

«Non fingere che non avrai fretta anche tu, Jedi boy. Ora dimmelo.»

«Okay. Arrivederci è *tot ziens.* » Ripetei un po' di volte anche quello.

Lasciai la mano appoggiata leggermente sulla coscia di mio marito... finché lui la tolse dolcemente. A giudicare dal rigonfiamento nei suoi pantaloni non era difficile capire perché. Giurai di fare la brava quella sera, quasi... Avevo dato la serata libera al diavoletto sulla mia spalla fino a dopo il ballo. Non era il caso di tormentarlo finché non fossimo ritornati alla villa.

E anche se mi aspettavo di divertirmi a quel party elegante, speravo che tornassimo presto. Non c'era momento migliore del futuro molto prossimo per arrivare alle parti più appaganti del matrimonio, giusto?

Il grande salone da ballo era mozzafiato. Tutte le lampade erano accese, ogni lampadario scintillava, l'enorme pavimento di parquet luccicava dorato sotto la loro luce. Enormi composizioni floreali allineate a intervalli studiati. Eleganti drappeggi nei colori del tramonto estivo, ruggine carico, oro e viola, pendevano dal soppalco, da dove gli spettatori erano raggruppati accanto alla ringhiera di ferro battuto per guardare il piano di sotto.

Fummo perfino annunciati dal maggiordomo principale, con i titoli e tutto. La giornalista era lì vicino e il fotografo catturò tutto. Anche se era una tantum, essere annunciata come baronessa di fronte a una folla di gente fu un'emozione che non mi sarei mai aspettata di desiderare. Le teste si voltarono verso di noi mentre scendevamo le scale per arrivare al piano principale. Era tutto talmente Downton Abbey che mi aspettavo il cenno di approvazione di Carson o il sorriso fiero della signora Hughes. Scossi la testa per risvegliarmi dal sogno.

Questo era il mondo in cui Lucas era cresciuto e che aveva sommariamente respinto. Perché non permetteva che qualcuno se ne staccasse per diventare la persona che voleva essere. Era godibile, una tantum, ma non riuscivo a immaginare che fosse la mia vita.

Il party era appena cominciato quando arrivammo. Sul patio posteriore venivano serviti cocktail e stuzzichini mentre in cielo il sole stava calando, con le nostre ombre lunghe che si estendevano dietro di noi mentre ammiravamo gli spettacolosi colori all'orizzonte. Un quartetto d'archi che suonava arie di Vivaldi ci accompagnò nei ruggenti anni Venti mentre gli invitati chiacchieravano e ridevano.

Mi assicurai di restare incollata al fianco di mio marito e chiesi un altro Sea Breeze in onore della sua sollecitudine. Qualche sorso di quello alla villa mi aveva lasciato una sensazione di piacevole calore. Per non parlare della botta di coraggio per superare quella serata circondata da dozzine di persone che non conoscevo.

Julia apparve proprio quando Lucas si allontanò per prendere da bere. Lui esitò quasi volesse chiederle che cosa voleva bere, ma lo interruppi, dicendogli che dovevo parlare con Julia da sola.

Lei mi prese la mano e la strinse. «Grazie.» Indossava un vestito rosso con le paillettes argento e un mucchio di piume rosse fluttuanti dappertutto.

«*Goedenavond*» le dissi con un sorriso, per impressionarla.

Lei sorrise. «Goedenavond! Hoe gaat het me je?»

Il mio sorriso svanì. «Uhm, sei andata oltre la mia conoscenza dell'olandese.»

Si mise a ridere. «Te l'ha insegnato Lucas? Ti ha detto che abbiamo dovuto frequentare una scuola di olandese per anni quando eravamo più giovani?»

La guardai sorpresa. «Dice che lo parla appena.»

«Sta mentendo. Comunque ero venuta a dirti che stai da Dio! Quel vestito. Quei colori su di te... sono al bacio.» Si portò le dita raggruppate alle labbra, le baciò rumorosamente e allargò le dita, nel bacio dello chef.

Io allungai una mano e lisciai una delle piume sulla sua spalla. «Beh, anche tu. Oh, a volte vorrei vivere in un periodo in cui le donne potevano vestirsi così tutto il tempo, finché ricordo i particolari, tipo che non potevano votare, niente pillola anticoncezionale e gli orrori della segregazione.»

Julia sorrise. «Dovremmo dar vita a un movimento per riportare in auge la moda anni '20, senza tutte le cose orribili associate a quel periodo.» Mi guardò attentamente in viso. «Violet ha fatto un ottimo lavoro con i capelli e anche il trucco… Avrò bisogno di qualche fotografia per…»

Alzai una mano. «Niente social media per me, se non ti dispiace. Il mio server Discord è pieno di gente che si lamenta perché non ho trasmesso molto ultimamente. Preferirei non rendere pubblico che ho una vita oltre il mio lavoro e lo streaming online. Potrebbe esserci una sommossa.»

Julia mi puntò un dito addosso. «È consentito avere una vita al di fuori di quello che i tuoi follower dicono che dovresti fare. Non puoi lavorare ventiquattro ore al giorno per sette giorni la settimana. Guarda me…» sottolineò con un sorriso timido.

Le misi dolcemente una mano sul braccio. «Noi donne con le palle dobbiamo sostenerci a vicenda. Te la stai cavando alla grande, Julia. Continua così.»

La sua mano libera si appoggiò sopra la mia. «Ti ho appena conosciuta e sei già una cognata meravigliosa. Grazie.»

Già, fu la prima volta in cui mi sentii in colpa. Perché sapevo che era una cosa temporanea, certo, e non mi ero mai illusa pensando che potesse essere qualcosa di diverso. E anche Lucas ne era consapevole, come aveva dichiarato il giorno prima.

Ma Julia non lo sapeva. Era giusto che creassi dei rapporti che non avevo intenzione di mantenere una volta che avessi avuto in mano la carta verde?

Com'era prevedibile, Claire apparve accanto a Julia e passò lo sguardo da Julia a me e di nuovo a lei. «Oh, che cos'è, due cognate che imparano a conoscersi?» Si rivolse poi a Julia. «Ricordi tutte le volte che ci imbucavamo alle feste quando mi ero appena fidanzata con Lucas? Faccio fatica a richiamare alla mente i particolari, ma ricordo che ci divertivamo un sacco.»

Mi impastai sul volto il finto sorriso più ridicolo che potessi inventarmi. «Sì, perdere i sensi e svegliarsi con fiumi di vomito sugli abiti firmati dev'essere stato *un sogno* .»

Julia soffocò una risata fragorosa e Claire mi guardò a occhi sgranati come se fossi un visitatore dal pianeta Blergh.

Grazie al cielo, il mio maritino super figo e disinvolto apparve con i nostri cocktail. Feci l'occhiolino a Julia dicendole: «Scusateci.»

«Che cosa stava succedendo?» chiese Lucas quando restammo da soli.

Bevvi un sorso del mio cocktail, alzando gli occhi. «Oh, stavo solo liberandomi dei parassiti.»

Lucas guardò nella direzione da cui eravamo venuti. «Potresti non averlo ancora capito, ma Claire è un parassita molto persistente.»

Inarcai le sopracciglia, continuando a bere. «Non preoccuparti. Tu ti sei liberato dal mio parassita per me, io posso fare la stessa cosa per te.»

Lucas scoppiò a ridere. «In bocca al lupo. Ha affondato per bene gli artigli in questa famiglia.»

Quel commento mi preoccupò e ci stavo ancora riflettendo quando fummo chiamati a tavola. Chiaramente a Claire non andava la trasformazione di Julia e si stava comportando come se fosse una minaccia personale per lei. Ovviamente, se Julia avesse smesso di frequentare le feste, quale ruolo avrebbe avuto Claire nella sua vita? Forse era solo su quello che si basava la loro amicizia.

La cena fu piacevole e fui lieta che questa volta fossimo seduti l'uno accanto all'altro. Flirtai spudoratamente con Lucas, appoggiandogli la mano sulla coscia tra una portata e l'altra. Lui lasciò le olive nel suo piatto e quando chiesi di averle io, prese la forchetta.

«No, usa le dita» mormorai in modo che mi sentisse solo lui.

Se anche fu scioccato o sorpreso non lo diede a vedere. Prese un'oliva tra l'indice e il pollice, la sollevò per me e io mi chinai in avanti, prendendola in bocca insieme a metà del suo dito. Gli calarono le palpebre, con gli occhi che ardevano mentre mi tiravo lentamente indietro. Masticai e deglutii senza distogliere lo sguardo.

Senza che dovessi chiederglielo, prese un'altra oliva e rifece il gesto. La gente ci vedeva, ne ero certa, ma non importava a nessuno dei due. Eravamo entrambi troppo ossessionati dal pensiero di ciò che sarebbe successo nell'attimo in cui saremmo rimasti da soli quella sera perché ce ne importasse.

Perché stava per *succedere* , dopo quasi sette mesi di matrimonio.

Dopo cena c'era il ballo e anche se Lucas aveva dichiarato con fermezza che non era un ballerino, riuscii a convincerlo a fare qualche lento. Ballava bene, cosa che non mi stupì affatto. Sembrava essere il tipo di persona capace di fare bene qualunque cosa gli si chiedesse. O almeno farlo in modo competente.

A un certo punto, parecchi dei suoi cugini si avvicinarono per chiacchierare. Ne approfittai per andarmi a incipriare il naso, come dicevano negli anni Venti. Sentii uno di loro che diceva: «Amico, tua moglie è da sballo. Fortunello.»

Per lusinghiero che fosse, finsi di non sentire, andai in bagno e poi mi attardai al bar per lasciar loro il tempo di parlare per un po'. Perché ce ne saremmo andati, e presto. Se dovevo fingere una caviglia slogata o un mal di testa da svenire, okay, ma ce ne saremmo andati e ci saremmo presi quel tempo da soli più che mai necessario.

Stavo fantasticando di togliergli quel frac pezzo per pezzo, quando sentii qualcuno accanto a me. Una donna dai capelli scuri.

Indossava un abito rosa conchiglia e argento. Mi voltai e guardai apertamente l'ex di Lucas, esattamente come mi stava guardando lei, squadrandomi dalla testa ai piedi.

Sorseggiai il mio drink e le sorrisi. Eccola, finalmente, la mia chance di fare un po' di disinfestazione. Ma non sarei stata una stronza, a meno che cominciasse lei per prima.

La prima regola della stronzaggine. Non esserlo mai per primi, poi non avere paura di esserlo fino in fondo. Perché chi fa la stronza a voce più alta e meglio, sarà l'ultima a restare in piedi.

Continuai a sorseggiare lentamente il mio drink e mi impastai un sorriso innocente sul viso mentre Claire continuava la sua aperta ispezione. «Stanca di ballare?» si decise a chiedere con quella che supponevo fosse una risata sarcastica.

«Non ancora, ma ci sto arrivando.»

Lei alzò le sopracciglia. «Oh, sei davvero riuscita a farlo ballare?» Prese il suo drink appena lo appoggiarono sul bancone, poi fece un finto brindisi verso di me, bevendo un lungo sorso il suo Martini. «Beh, complimenti a te, se sei riuscita a sgelare quel grande iceberg che è Lucas. Il Signor Emotivamente Indisponibile in persona.»

Se , detto con una buona dose di scetticismo. Bevvi ancora un sorso, riflettendo. «Non l'ho mai trovato un iceberg. È più come le acque chete, sai. Profonde, ma se non ci si preoccupa di guardare sotto la superficie, non lo si saprà mai.»

Lei mi guardò torva e finì il suo Martini, appoggiando il bicchiere vuoto. Poi si spostò più vicino, come per cominciare una lunga conversazione. *Diavolo no* , il mio drink era quasi finito e me ne sarei andata appena bevuta l'ultima goccia.

Claire alzò la testa, come se parlasse dall'alto della sua autorità in materia di relazioni. «Beh, ti auguro buona fortuna con l'iceberg, o l'acqua cheta o qualunque cosa sia. Più di quella che ho avuto io, credimi. Spero sinceramente che si prenda cura di te meglio di quanto abbia fatto con me.» Si appoggiò la mano sul cuore come per sottolineare quella "sincerità".

«Prendersi cura di te?» La guardai incredula. «Cos'è, volevi un marito o un paparino? Grazie per gli auguri, ma non servono. Sono pazza di lui. *Tot ziens* .» Finii le ultime gocce del mio drink e appoggiai il bicchiere. E dato che sono una stronza meschina, aggiunsi «*Ezel* .»

Claire sembrava completamente confusa mentre mi guardava. *Bene* .

Wow. Nessuna meraviglia che Lucas pensasse di essere stato un cattivo marito per lei. Chi diavolo poteva aspettarsi tanto da un ragazzo di diciannove anni? Di "prendersi cura" di un'altra persona fisicamente adulta, almeno in teoria. Non riuscivo a concepire l'idea di cercare un compagno per farmi da genitore. Avevo già due genitori ed erano a dir tanto mediocri. Che strana idea del matrimonio. Scossi la testa. Non valeva nemmeno la pena di pensarci.

Trovai Lucas qualche minuto dopo e gli sussurrai all'orecchio che ero sul punto di slogarmi terribilmente una caviglia. Che lo invitavo con urgenza a portarmi fuori di lì prima che accadesse. Riuscii anche a infilare la mano nel frac e a passargli le unghie sulla schiena.

Lui perse non più di trenta secondi, il tempo di appoggiare il suo bicchiere, chinarsi verso i suoi cugini e sussurrare qualcosa per poi passarmi il braccio intorno alla vita.

Con la mano sulla schiena, mi guidò con cura mentre scendevo le scale sui tacchi alti. Era confortante e mi diede i brividi al pensiero di ciò che sarebbe venuto dopo. La passeggiata non era breve e appena arrivammo al marciapiede diedi le scarpe a Lucas perché le portasse; non volevo assolutamente fare tutta quella strada con quei tacchi. Ciò nonostante non ci dicemmo praticamente niente, godendoci l'attesa del piacere.

Ero conscia del suo respiro, di ogni volta che le nostre braccia o il dorso delle nostre mani si sfioravano. Ogni contatto accendeva un nuovo punto di calore tra di noi. L'unico suono, oltre a quelli della notte intorno a noi, erano i suoi passi. Quando arrivammo al bordo del prato di fronte alla villa, Lucas mi prese in braccio e mi portò per l'ultimo piccolo tratto.

Gli misi le braccia intorno al collo mentre lui mi teneva salda contro il petto, e mi portava come se non pesassi più di un sacchetto del fast food. «Mr Walker...» dissi con il mio miglior accento di bella del sud. «Potrei correre il rischio di innamorarmi di voi se continuate così.»

Lucas rise quando arrivammo alla porta e tentò di aprirla con me in braccio. Finii per chiedere aiuto bussando forte. Il sostituto di Deleon arrivò in meno di un minuto per farci entrare. A quel punto Lucas mi aveva rimesso a terra, ma restavo premuta contro di lui.

«Al piano di sopra è tutto pronto, signor Lucas» disse il maggiordomo con un cenno di saluto.

Mi voltai a guardare Lucas, che si stava deliberatamente togliendo i gemelli. Lui sorrise, facendo a sua volta un cenno al maggiordomo. «Grazie. E può avere la serata libera. Ringrazi Deleon per me.»

L'uomo sorrise. «Certamente. Ha il mio numero se le serve qualcosa.»

Aspettai finché se ne fu andato prima di tornare a guardare Lucas, che aveva un sorrisetto compiaciuto sul volto. Finì di togliersi i gemelli, lasciandoli cadere rumorosamente su un piatto di vetro, poi si tolse la giacca e cominciò ad arrotolarsi le maniche.

Lo guardai incuriosita. «Che cosa sta succedendo?»

Il suo sorriso divenne più ampio. «Vedrai.»

«Non sono abituata a vederti sorridere tanto. Penso che dovrei avere molta, molta paura.»

Lucas si tolse le scarpe, mettendole accanto alle mie, poi si slacciò il cravattino. Aveva ancora il gilet e la camicia bianchi con i pantaloni neri con i doppi galloni di raso all'esterno delle gambe. Ora si era arrotolato le maniche, mettendo in mostra i muscoli degli avambracci.

Il procedimento "scioglimutande" era ufficialmente cominciato. Mi leccai le labbra e pensai a come non eravamo stati in grado di completare quello che avevamo cominciato il giorno prima. Lucas era indubbiamente ancora meno contento di me di quel fatto.

Ora si stava sfilando il cravattino e slacciando i primi due bottoni del colletto. Poi allungò una mano aperta verso di me. «Vieni.»

Gli presi la mano, guardandola maliziosamente. «Sì, in effetti, voglio *veramente* venire.»

Lucas scoppiò in una risata e mi tirò verso le scale. Salimmo al piano della camera e io mi tolsi i lunghi guanti di raso, gettandoli sul letto. Poi Lucas mi fece salire un altro piano e arrivammo al giardino pensile privato. Un lato era occupato da una piccola piscina infinity, magnificamente piastrellata, che confinava con il bordo del tetto. Permetteva al nuotatore di guardare oltre il ciglio dall'interno della piscina. E intorno ai tre lati c'erano grandi pergole di legno drappeggiate con tessuti trasparenti. Appesi c'erano cestini di fiori e rampicanti. C'erano bassi muretti, per assicurare la privacy, anche se non c'era nessun edificio della stessa altezza nelle vicinanze.

Diverse fontane contribuivano a quell'effetto ultraterreno, con tanto di divinità greche che svuotavano all'infinito brocche d'acqua nella piscina. E una che aveva delle ciotole concentriche d'acciaio che risuonavano man mano che si riempivano. Il rumore costante dei rivoli d'acqua mi rilassò quasi immediatamente.

Accidenti, avrei potuto vivere lì. Non sarebbe stato per niente difficile.

C'erano dei lettini intorno alla piscina ma Lucas mi accompagnò in un'area che non si vedeva né dal basso né intorno a noi. C'era uno spesso e morbido materasso futon steso sotto le stelle, con coperte e cuscini. Accanto, un vassoio con cibo e bevande, con tanto di secchiello di ghiaccio e una bottiglia di champagne. C'erano cubetti di formaggio e pasticcini fantasiosi, cioccolatini e macarons di tutti i colori dell'arcobaleno. Il tutto sotto la luce dorata e tremolante di basse e spesse candele.

Wow.

Cioè... volevo dire... aveva fatto tutto il possibile. «È bellissimo» mormorai fissando intorno a me con gli occhi sgranati. *E maledettamente romantico* . Nessun precedente boyfriend aveva mai fatto niente di simile per me. Il massimo che avevo avuto era il tramonto e un sacchetto di fish and chips su una coperta sulla spiaggia di English Bay.

Ero uscita con tizi maledettamente poco creativi in passato. Oppure Lucas li aveva semplicemente eclissati. E senza sforzo, a quanto pareva.

Rabbrividii quando si spostò verso la coperta. Lui guardò indietro, non gli sfuggiva nulla. «Hai freddo? Ti posso avvolgere una coperta intorno.»

Gli sorrisi ritrosa, con la testa bassa e gli occhi alzati verso di lui. «Penso che preferirei avere le tua braccia intorno al posto di una coperta.»

Lui mi restituì il sorriso e aprì le braccia perché mi avvicinassi. Non faceva veramente freddo e il calore del suo corpo si fuse immediatamente con il mio. Aveva un profumo meraviglioso, di legni pregiati, cedro. Gli affondai il volto nella spalla coperta dalla camicia.

«Mi dispiace se ti ho trascinato via da qualcosa cui tenevi» dissi.

«A me no» rispose, poi spostò la testa ed ero quasi certa che mi avesse baciato i capelli. Tirai indietro la testa per guardarlo, con il cuore che mi batteva in gola, sorrisi timidamente e sorrise anche lui prima di abbassare la testa e baciarmi.

Si tirò indietro in fretta prima che potesse diventare più intenso. «Vorrei scioglierti i capelli, ma non saprei da dove cominciare.»

Risi e alzai le braccia, togliendo parecchie delle mollette che la parrucchiera aveva usato per l'acconciatura. Non avevo ancora finito quando Lucas cominciò a intrecciare le dita tra i miei capelli con un lungo sospiro. «Così belli. I tuoi capelli sono stupendi.»

Feci un sorrisino sghembo. «Il mio miglior attributo.»

Lucas mi guardò nuovamente negli occhi, mortalmente serio, smettendo di muovere le mani. «Non si avvicinano nemmeno a essere il tuo attributo migliore, Rossa.»

Tirai indietro la testa e chiusi gli occhi, godendo della sensazione delle sue mani e crogiolandomi nella calda sensazione del suo complimento sincero. Avevamo battibeccato e giostrato per più di un anno invece di darci veramente battaglia. A quel punto, nessuno dei due avrebbe ammesso che erano solo preliminari.

Prima che me ne accorgessi, la sua bocca tornò sulla mia, premendola, aprendola, dapprima gentilmente. Sapeva di whisky e cannella. E quando la sua lingua entrò nella mia bocca, quel bacio crebbe di intensità come un'auto da corsa che arrivasse a una strada aperta, con il guidatore che premeva sull'acceleratore. E mi sentii sprofondare lo stomaco, proprio come se fossi un passeggero su quell'auto. Mi mancò il fiato e il mondo si capovolse mentre continuava a baciarmi lasciandomi boccheggiante.

Stavamo entrambi respirando affannosamente quando si tirò indietro abbastanza da riuscire a parlare. «Voglio veramente,

veramente arrendermi e fare quello che desidero da morire da mesi.»

«Allora fallo» dissi, con la voce ugualmente spezzata. «Perché è esattamente quello che volevo anch'io.»

«Non ci resta molto tempo, Kat.»

«Mmm, quindi sappiamo in anticipo quando finirà. Non è poi così terribile…»

Lui inspirò di nuovo dal naso, come se volesse annusare ancora i miei capelli. «Dovremmo avere delle regole.»

Mi misi a ridere. «Basta regole, Jedi Boy. È ora di mettersi nudi.»

Abbassò le mani sulle mie spalle, accarezzandole leggermente prima di voltarmi bruscamente con la schiena voltata verso di lui. Aprì lentamente la cerniera del vestito e l'aria fresca colpì la pelle nuda della schiena, facendomi venire la pelle d'oca. Passò una mano sulla spina dorsale e affondò la bocca nel punto in cui il collo si univa alla spalla. Mille spilli, una scarica di elettricità così potente che tremai. Spostai il mento perché potesse arrivare meglio al collo. Infilò le mani dentro il vestito.

«Eri la donna più bella al ballo stasera. Ogni uomo ti stava guardando e io ero il bastardo presuntuoso che sapeva che era mia moglie che stavano fissando.»

«Sei un tale bugiardo» dissi ridendo. «C'erano un mucchio di belle donne stasera.»

«Non ne ho notata nemmeno una» ribatté lui mentre la bocca scivolava lungo il collo, moltiplicando la pelle d'oca almeno per quattro. Le sensazioni mi stavano travolgendo più in fretta di quanto riuscissi a elaborarle, mandando desiderio incandescente giù fino in fondo.

«L'unica cosa che pensavo era com'eri sexy con il frac. O, e l'altra cosa era quanto sarebbe stato più sexy finalmente togliertelo, spogliarti.»

Lucas si mise a ridere.

Mi voltai e lo guardai, alzando una mano per accarezzargli la guancia. «E non riuscivo a smettere di pensare quanto sarà bello.»

I suoi occhi castani si scurirono per l'eccitazione. «Cazzo, sì» mormorò prima di togliermi dalle spalle il vestito con un gesto deciso. Cadde in una pozza ai miei piedi.

Adesso indossavo solo la biancheria intima inspirata agli anni Venti. Un reggicalze di pizzo nero che sorreggeva le calze nere. E pensare che quando li avevo comprati non pensavo li avrebbe mai visti.

Adesso stava facendo più che solo guardarli. Mi stava praticamente scopando con gli occhi. I suoi occhi bruciavano di fame febbrile e avrei giurato che avesse smesso di respirare. «Gesù» disse con la voce roca.

Scavalcai il vestito, ma prima che potessi piegarmi per recuperarlo dal pavimento, Lucas si chinò e lo drappeggiò con un gesto riverente sul braccio. Poi lo portò al lettino più vicino e lo appoggiò delicatamente. Si slacciò il gilet bianco e fece lo stesso. Poi tolse dalle spalle le sottili bretelle nere che avevano sorretto i pantaloni e tornò da me.

«Ero impaziente di averti nuda ma adesso penso che mi godrò la tua vista così per un po'» disse sorridendo.

Alzai la mano e cominciai a slacciargli la camicia, con le dita che volavano a ogni successivo bottone smaltato. Lucas se la tolse e la gettò sul lettino appena finii con i bottoni. Poi la maglietta, che si passò dalla testa e scartò allo stesso modo. Finalmente era a torso nudo, grazie a tutti gli dei.

Era passato così tanto tempo da quando ero andata a letto con un uomo che quasi mi chiesi se mi sarei ricordata come farlo bene. Di sicuro aveva apprezzato il pompino il giorno prima, finché non si era trasformato in una fellatio-interrupta dall'invasione della villa da parte della sua famiglia.

Gli passai le mani sul torace muscoloso, leggendolo con le dita e imparando di più come gli piaceva essere toccato a ogni minuto che passava. Lucas ci guidò verso la coperta stesa e i cuscini.

Ci sdraiammo sul futon, uno di fronte all'altro ma nessuno dei due prese una coperta, nonostante il fresco. Le nostre bocche si unirono di nuovo e le sue mani andarono oltre le spalle, sulla schiena, mi afferrarono il sedere per tirarmi contro di lui. La sua erezione era dura come la roccia e, come sapevo già, più grande del normale.

«Non vedo l'ora di sentirti dentro di me» gemetti contro il suo collo.

Il suo cazzo si erse ancora, come se non mi fossi ancora accorta della sua esistenza. Wow.

Lucas infilò le dita nel reggiseno di pizzo, spingendolo di lato per arrivare al capezzolo, con cui giocherellò spietatamente finché gridai, dimenandomi. Gocce di metallo fuso corsero per tutti i nervi.

La bocca sostituì in fretta le dita, con i denti che grattavano dolcemente contro le terminazioni nervose. «Ero già condannato nello stesso momento in cui ti dicevo che non avremmo dovuto fare sesso» mormorò contro di me. «Non avevo la minima speranza di resisterti.»

«Mmm, certo che sai come dire tutte le cose giuste.» Sorrisi, poi infilai la mano sotto la cintura per afferrargli il sedere sodo. Cavolo, perfino i muscoli del suo sedere erano più tonici di qualunque parte del mio corpo. Avrei potuto sentirmi a disagio e dirmi che dovevo allenarmi di più. Ma Lucas era stato piuttosto esplicito su quanto gli piacesse il mio corpo esattamente com'era.

Lucas allungò una mano e con un gesto veloce che mi disse che era più esperto di quanto lasciasse intendere, mi slacciò il reggiseno. Io lo tolsi e lui si prese parecchi minuti per dirmi senza parole quanto gli piacesse il mio corpo, e più in particolare le mie tette. Come se non riuscisse a lasciarle stare, e io mi godetti ogni minuto. Con un capezzolo nella sua bocca, apprezzai il brusco passaggio della lingua e i denti che mordicchiavano, mentre rotolava saldamente l'altro tra le dita.

Riuscii solo a restare lì, tra gemiti e rantoli perché era stupefacente. Le mie mutandine di pizzo adesso erano fradicie e mi stavo sfregando contro di lui attraverso i pantaloni del frac.

«Giuro che se non sei nudo entro dieci secondi ti strapperò quei pantaloni dalle gambe» dissi a fatica, stringendo i denti.

Lucas si tirò indietro e mi sorrise. «Ai tuoi ordini.»

Si slacciò la patta e se li tolse. Poi, mentre si chinava all'indietro per gettarli sul mucchio di vestiti scartati, allungai la mano e accarezzai la sua erezione attraverso i boxer. E fu il suo turno di ansimare.

«È ora di darsi da fare, Jedi Boy. Sfodera la tua spada laser.»

Lucas gettò indietro la testa e rise di cuore. «Terribile, Rossa. Roba da sfigati.»

«Farò qualunque cosa ti faccia metter nudo e dentro di me appena possibile.»

Poi si tolse i boxer e abbassò la mano per slacciarmi il reggicalze. Buffo, ebbe più difficoltà che col reggiseno. Comprensibile. Dubitavo che molte delle sue precedenti partner avessero indossato spesso un reggicalze e le calze. Lo aiutai, in modo che facesse più in fretta.

Una volta slacciato e staccato il reggicalze dalle calze e dopo essermelo tolto, alzai il sedere per togliermi anche le mutandine.

E finalmente restammo entrambi nudi. Allo stesso tempo. Nello stesso posto, e premuti uno contro l'altro. Lui era duro e io bagnata. E, a meno di qualche bizzarro disastro naturale, come un attacco alieno o una gigantesca meteora che cadesse dal cielo, o un grande terremoto o uno tsunami, stava per succedere.

Finalmente!

Mi feci strada baciandolo lungo il torace, ma Lucas mi fermò prima che arrivassi alla destinazione che mi ero prefissata.

«No.» Ci fece rotolare, portando la mia bocca sulla sua. Adesso era sopra, e stava infilando una gamba tra le mie. Quando alzò la testa, mi fissò negli occhi. I suoi erano scuri di desiderio e scintillavano riflettendo la luce delle candele.

«Basta aspettare. Finalmente potrò fare quello su cui fantastico da un anno.»

Deglutii in modo quasi comico. Ero stata così rumorosa che probabilmente mi avevano sentito in un altro codice di avviamento postale.

«Spero che tu abbia portato la tua arma più potente per questo raid» dissi ridendo. Già. Ero *quel* tipo di persona, la nerd sdolcinata che faceva battute sui videogiochi durante il sesso.

«Oh?» disse Lucas, con un'espressione tra il divertito e il confuso.

«Già, perché ne avrai bisogno per distruggermi.»

Lucas rise e poi mi prese il volto per altri baci, con la lingua che uscì per aumentare il calore. «Penso che tu sapessi perfettamente che cosa può fare la mia *arma* quando l'hai presa in bocca ieri.»

«Mmm. Sì. Sarà una sensazione meravigliosa.»

«Stai per scoprirlo.»

E poi era tra le mie gambe e stava entrando. Lentamente. Come se fossi una vergine e avesse paura di farmi male. Spinsi in alto i fianchi per togliergli quell'idea, casomai l'avesse avuta.

Una volta dentro, dovetti nascondere un sussulto sorpreso. Era grosso, come già sapevo, e non potevo negare che la sensazione fosse soddisfacente. Ma non bastava ancora. Era fermo e mi osservava. Mi mossi contro di lui per prima.

Gememmo all'unisono e chiusi gli occhi. Chiusi fuori tutto, eccetto le sensazioni. Il peso di Lucas sopra di me, il suo membro dentro di me che mi allargava e mi faceva bruciare con una dolce pressione, con il desiderio folle di arrivare all'euforia dell'orgasmo.

«Dio, è così bello» disse Lucas roco, quasi senza fiato, accelerando i movimenti.

A quel punto, avevo superato la capacità di dare una risposta verbale.

Ma presto cominciammo una conversazione piena di significato, sensazioni e perfino emozioni, ma completamente senza parole. Le dichiarazioni, le domande e le risposte erano le carezze, i movimenti delle bocche e delle lingue e la pressione che cresceva nei nostri fianchi che si muovevano all'unisono.

Il picco di pressione arrivò in fretta e Lucas aumentò il passo, come se potesse sentire che ero vicina. Le sue labbra erano incollate sulle mie e attutivano i miei gemiti di piacere.

Poi la pressione arrivò a un grado tale che gridai il suo nome contro la sua bocca. Il nodo si strinse sempre di più e il piacere invase tutto il mio corpo salendo e poi diffondendosi in ondate intense, pulsanti. La mia schiena si arcuò, anche se il suo corpo la premeva e ondulai contro di lui mentre gli spasmi si allargavano come i cerchi concentrici intorno a un sassolino caduto nell'acqua.

Chiusi gli occhi e notai appena quando Lucas smise di muoversi e uscì da me. Non ero nemmeno sicura che avesse finito ma restai lì, fiacca e nello splendore del dopo-orgasmo, ignara di tutto. Poi mi resi conto che aveva la testa tra le mie gambe, e la sua lingua aveva trovato il mio clitoride. Tutto il mio corpo si tese nuovamente e lui mi allargò le gambe senza parlare, continuando con il contatto finché venni un'altra volta in pochi minuti.

Quest'orgasmo mi fece dimenticare come si parlava, diavolo, perfino come respirare. Lucas si spostò per sdraiarsi di nuovo accanto a me, ma allungò la mano per farmi rotolare dolcemente sul fianco, con la schiena rivolta verso di lui. Notai immediatamente che era ancora eretto. Avevo perso la testa così completamente da pensare di essermi persa il suo orgasmo. Non era ancora arrivato.

Mi penetrò da dietro, tenendomi stretta. Mi sussurrò cose sconce all'orecchio dicendomi che non ne aveva mai abbastanza di me, com'era eccitante per lui ascoltarmi venire, le sensazioni che gli davo. Contrassi tutti i muscoli sotto la vita e a quel punto perse il controllo, emettendo tremante il fiato e arrivando al suo orgasmo.

Già, venne una sola volta contro il mio orgasmo multiplo, ma si capiva che era stato uno di quelli buoni. Gli ci volle parecchio per tornare a terra, teso e librandosi sopra di me per un lungo momento, finché fu completamente spento e mi crollò addosso, esausto.

Nessuno dei due disse niente per dieci minuti buoni, mentre fissavamo il cielo nero, le stelle pallide e scintillanti ed elaboravamo quello che era successo. Lucas mi diede di gomito quando cominciai ad appisolarmi. E facemmo a turno per ripulirci nel bagno lì vicino prima di tornare di corsa sotto le coperte.

Il mio ultimo pensiero prima di scivolare nel sonno fu... che non vedevo l'ora di rifarlo.

Capitolo Ventuno
LUCAS

L A NOTTE ERA DIVENTATA PIÙ FREDDA. FU LA PRIMA COSA che notai quando mi svegliai. Cercando l'orologio, mi resi conto che in effetti era mattino presto. Kat era fusa contro il mio fianco, rannicchiata come se avesse freddo anche se eravamo al caldo sotto le coperte.

Ma non fu divertente alzarsi per usare il bagno ancora completamente nudo. Non mi restava molta scelta, se non volevo infilarmi il frac che mi ero tolto. Ma quando tornai al nostro piccolo nido d'amore sul tetto, Kat stava tremando di freddo pur continuando a dormire.

Le misi una mano sulla spalla e le sussurrai tra i capelli. «Kat, vieni, andiamo dentro.»

Lei si strinse più forte nella coperta, scuotendo la testa assonnata. «Non voglio.»

«Dai, fatti aiutare. Il letto sarà più comodo.»

«Mmm» gemette, ma mi mise obbediente le braccia intorno al collo, con gli occhi ancora sigillati. La presi in braccio, mi alzai e andai alle scale per tornare al piano di sotto. Prima di arrivarci, Kat si era svegliata e mi stava guardando in silenzio.

La depositai nella sua parte del letto ma lei non mi tolse le braccia dal collo. Cercai di rialzarmi.

«Che cosa c'è che non va?»

Lei sbatté le palpebre, fissandomi direttamente negli occhi. «Vuoi un po' d'acqua?»

Lei si schiarì la voce e strinse le braccia che aveva intorno al mio collo, attirandomi verso di lei. «Voglio… di più.»

Le nostre bocche si unirono e ci baciammo, il suo petto si alzò, cercando il mio per premersi contro. Quando lo feci, strillò protestando, dicendo che la mia pelle era gelata.

«È il motivo per cui stavo cercando di scendere qui.»

Un pigro sorriso fiorì sul suo viso. «Allora permettimi di scaldarti.»

Quando mi sdraiai accanto a lei, mi spinse sulla schiena e si allargò su di me con la sua pelle calda. Era favoloso e senza pensarci due volte, le misi le braccia intorno la vita e la strinsi a me. Quei lunghi capelli di seta, drappeggiati sul mio volto, sul collo e le spalle, odoravano come un giardino tropicale. Gesù, passai dall'avere freddo ad andare a fuoco in meno di un minuto.

Katya si mise cavalcioni, come aveva fatto il giorno prima, ma invece di abbassarsi, spostò i fianchi fino a che furono contro i miei. Poi scivolò in basso finché entrai, eretto come se non avessi appena fatto sesso, e in modo estremamente soddisfacente, solo qualche ora prima.

Ero tornato a essere un pozzo senza fondo di desiderio, con la sensazione dei suoi fianchi sotto le mie mani che ruotavano e scivolavano sopra di me. Sprofondato nel suo umido calore, stavo esplorando euforico quella giungla dimenticata.

Kat si afferrò con le mani alla testata dal letto dietro di me mentre aumentava il ritmo dei suoi movimenti e io tenevo i seni che rimbalzavano nel palmo delle mani, stuzzicandoli, accarezzandoli. Erano così morbidi, cedevoli, come il resto di lei.

Ma, fondamentalmente, lei era una donna forte, feroce, sfacciatamente alla ricerca del proprio piacere.

Inarcò la schiena, con il seno che scivolava via dalle mie mani. Mentre gridava il proprio orgasmo, guidai i suoi fianchi sopra di me finché anch'io m'innalzai e poi crollai con lei.

Caduta libera. Incapace di respirare, di pensare, la tenni stretta, spingendomi dentro finché non finii. Poi, esausto, con un residuo di euforia e tutti i sensi accesi, ogni muscolo si rilassò.

La guardai mentre si spostava, ricadendo nel letto accanto a me, senza fiato, sudata. Chi diavolo era e che cosa mi stava facendo?

Che cosa mi aveva già fatto, contro ogni buon senso?

Tirando il fiato, e mi sembrava di respirare dopo anni, sentii le palpebre farsi pesanti e stanche. Kat stava dicendo qualcosa sottovoce, ma il mondo stava già scomparendo intorno a me, ed era troppo tardi per rispondere.

«Forse tutti quanti in ufficio avevano ragione, dopotutto. Forse avevamo veramente bisogno di scopare e farla finita.»

Il mattino arrivò troppo presto. Ci svegliammo con solo mezz'ora per prepararci per la "favolosa" colazione di famiglia sulla terrazza posteriore della residenza principale. Dato che avevo completamente dimenticato di mettere la sveglia, fu un miracolo che non continuassimo a dormire. Kat mi aveva completamente stremato e sentivo ogni muscolo beatamente usato e indolenzito.

Ma non potevo negare la sensazione euforica di aver fatto un sesso fantastico la notte prima. Specialmente dopo un lungo periodo in cui ne avevo fatto a meno.

Dopo esserci preparati in fretta, e a Kat era servito pochissimo per essere bella, ci incamminammo per andare a fare colazione. Kat si fermò nel vigneto, con i capelli sciolti che si arricciavano sulle spalle nude. Indossava un abito blu scuro senza maniche, con la gonna a pieghe e scarpe da tennis bianche.

Il sentiero passava accanto alle viti verdi e rigogliose, cariche di grappoli viola. E anche lei sembrava rigenerata e fresca come una soleggiata mattina di primavera. Quando si fermò e si guardò intorno, con la bocca leggermente aperta per la meraviglia, mi lanciò un'occhiata. «È così maledettamente bello qui.» Con il suo solito sorrisetto malizioso, alzò il telefono: «Selfie!»

Si strinse a me, tenendo il telefono a distanza di braccio per riuscire a riprendere entrambi. Il profumo dei suoi capelli era così inebriante che quasi barcollai.

«Uffa. Detesto questa angolazione, ma voglio riprendere il cielo sullo sfondo.» Atteggiò le labbra a un sorriso per la fotografia. «Dai, sorridi per l'amor del cielo. È una fotografia, non il tuo funerale.»

Premette il pulsante parecchie volte, chiedendomi di sorridere di più. «Stiamo andando a fare un altro pasto con i miei genitori, che diavolo c'è da sorridere?» le chiesi a denti stretti.

«Dai, brontolone. Qualcuno potrebbe dire che hai bisogno di farti una scopata, ma io so che non è vero.»

«Forse sto cercando di ottenere un altro pompino per dopo.» Mi abbassai per darle una beccatina sulla guancia e lei riprese anche quella.

«Ancora qualche foto. Dobbiamo farne una con le labbra a paperella.»

«Le labbra a paperella?»

«Ehi, non sarebbe una foto da social media se non avessimo le labbra a paperella.»

Lei fece sporgere le labbra come se stesse per baciare un porcospino. «Dai, forza, sporgi le labbra.»

«A me sembra più una faccia da pompino.»

Kat sbuffò. «Labbra a paperella altrimenti le tue possibilità di avere un pompino scendono del 100%.»

Spinsi in fuori le labbra più che potevo nell'imitazione più ridicola dell'uccello acquatico col becco più sciocco che potessi immaginare. «Puoi chiamarmi Daffy Duck per il resto della giornata se è il prezzo di un pompino.»

«Una forte motivazione. È quello che ci vuole» cinguettò allegramente Kat. «E io che volevo solo vederti di nuovo col tuo pigiama blu.»

«Ti piace, eh?»

Kat rise, facendo scorrere le foto che aveva appena fatto e guardandole una per una. «Sì! Mi manca.» Mi guardò con i suoi pallidi occhi azzurri. «Dimmi solo una cosa? Era un regalo?»

Sorrisi. «In effetti sì.»

«Di tua nonna?»

Scosse la testa, perplesso. «Mia zia.»

«Per Natale?»

«Perché lo chiedi?»

Kat ritirò il telefono sorridendo. «Ero solo curiosa. Ma non stavo scherzando sul fatto di volertelo vedere indosso stasera. In modo da potertelo togliere.»

«Okay. Non devi chiedermelo due volte quando me lo chiedi in quel modo.»

Kat camminò davanti a me per tutto il resto del percorso fino alla residenza principale. La osservai, lucenti capelli di fuoco al sole, le mani ficcate nelle tasche di quell'abitino a pieghe. Non l'avevo mai vista indossare un vestito prima di sposarci. Non avevo idea di che cosa mi fossi perso, nonostante il fatto che avesse un sedere da favola nei jeans che preferiva per venire al lavoro.

Scesi con gli occhi sulla vita sottile e li fissai su quel sedere pieno e rotondo. Non riuscivo a smettere di pensare al sesso bollente della notte prima. Tutto quel parlare di pompini mi aveva fatto immaginare quella stupenda testa rossa che si muoveva sopra di me. Bastò quello per eccitarmi come se non facessi sesso da settimane.

Al diavolo la colazione. Volevo prenderla per mano, tornare alla villa degli ospiti e passare l'intera giornata scopando mia moglie in ogni posizione immaginabile. Sexy e sudata. Elettrica e instancabile che si dimenava sotto di me.

Ieri notte avevo aperto il vaso di Pandora.

Ma nonostante quei ricordi bollenti, altri pensieri, più bui mi si affollarono nella mente. Era il modo in cui funzionava il mio cervello, almeno questa versione più vecchia, più cinica di me. Non potevo ignorare la sensazione di nausea in fondo allo stomaco. L'allarme in fondo alla mente che mi diceva che, a giudicare dal passato, tutto poteva andar male e che probabilmente sarebbe successo. E quando fosse successo, sarebbe stato un disastro, *un vero disastro*.

Ed era il motivo per cui dovevo continuamente ricordare, a me stesso e a lei, che avevamo una data di scadenza. E il fatto che una volta lasciata Napa, dovevamo lasciarcela alle spalle, anche se ci sarebbero voluti ancora molti mesi prima che lei ottenesse la carta verde e poi il divorzio.

Perché se le cose tra di noi erano esplose, allora potevano anche finire in niente altrettanto in fretta.

Non avevo intenzione di ripetere il passato. Non mi sarei più messo in una situazione simile, dover fare le sedute di psicoterapia e tutto l'altro difficile lavoro. Mi ero ricostruito la vita. *Un'altra* vita, dopo la distruzione lasciata da un'altra moglie.

Anche se le cose mi sembravano diverse, io ero lo stesso uomo che era stato un marito schifoso per Claire. E avevo giurato di non ripetere più quell'errore.

Eppure eccomi qui. Avevo imposto un mucchio di regole per evitarlo, ma…

La sera prima e la mattina, nessuno avrebbe potuto dire che questo sarebbe dovuto essere un matrimonio solo sulla carta. Perché avevamo di sicuro fatto un lavoro meraviglioso comportandoci come se fosse una cosa vera.

Arrivammo al giardino più in alto, come ci avevano chiesto. Avevano preparato un grande tavolo rotondo di ferro battuto sotto un grande ombrellone. Il punto era perfetto: in cime alle scale, vicino a una fontana zampillante, circondato da vasi di fiori. Il personale aveva preparato la tavola alla perfezione, come se fosse il punto focale del perfetto ricevimento in giardino, con tanto di targhette segnaposto. Lì accanto c'era un altro tavolo pieno di cibo, in stile buffet.

Solo per noi cinque. Beh, era lo stile di mia madre. Non faceva mai le cose a metà, e aveva anche un motivo più importante del solito per mettercela tutta. La giornalista, l'assistente e il fotografo aspettavano lì vicino, ovviamente.

I miei genitori però non si vedevano da nessuna parte.

Julia arrivò poco dopo di noi, con i capelli scuri raccolti in una coda di cavallo sotto un berretto da baseball di raso nero, gli occhi coperti da occhiali giganti a specchio e il rossetto rosso della stessa tonalità delle ciliegie stampate sul pagliaccetto che indossava. In passato quei colori e gli occhiali avrebbero nascosto un dopo-sbronza o gli occhi iniettati di sangue, ma mi resi conto che non vedevo Julia bere da quando eravamo arrivati.

Julia aveva una copia del Vogue francese sotto il braccio. Appoggiò la rivista accanto al suo posto a tavola, si tolse gli occhiali e appoggiò anche quelli.

«Ehi! Buongiorno piccioncini» cinguettò con la voce più allegra che le avessi mai sentito usare. Wow. Sembrava una persona diversa rispetto all'adolescente imbronciata e cinica che conoscevo così bene. A quanto pareva, la mia sorellina era cresciuta.

Julia poi prese uno dei tovaglioli colorati che era stato accuratamente piegato e lo appoggiò accanto alla sua roba. Spostò la testa da una parte e dall'altra, studiando la sua piccola natura morta prima di prendere il telefono e scattare qualche foto. Tutto ciò che le mancava era la flûte di champagne d'ordinanza per completare l'immagine dello *Stile di vita dei ricchi e famosi-su-Internet* .

Poi Julia puntò il telefono verso me e Kat. «Gli sposini felici che fanno colazione» mormorò come didascalia mentre scattava.

«Questa *non* la devi pubblicare. Avere quei tizi costantemente attorno è già abbastanza irritante.» Indicai con lo sguardo il gruppetto dei tre che gironzolavano accanto ai grandi cespugli, apparentemente aspettando che arrivassero i miei genitori. Il fotografo però aveva già la macchina fotografica puntata su mia moglie.

Avrei scambiato qualche *parola* con lui molto presto.

Julia aggrottò le sopracciglia. «Non posto tutte le foto che faccio. A volte voglio solo avere un'istantanea. Inoltre tua moglie è bella.»

Diedi un'occhiata a Kat. Era vero, ovviamente. Avevo sempre pensato che fosse bella. E non era mai stata più bella, con la luce del mattino che la colpiva con quell'angolazione, in quel vestito, con la leggerissima brezza che faceva danzare i suoi capelli.

Ciò nonostante, la preferivo nuda e stesa su una coperta sotto di me.

Julia si sedette e cominciò immediatamente a scorrere le foto che aveva fatto. Vidi di sottecchi uno del gruppo della rivista che si avvicinava. Voltai in fretta la testa, pronto a dare una girata al fotografo con lo chignon quando vidi che era la giornalista. Come diavolo si chiamava…

«Katharina e Lucas? Mi chiedevo se potessi mettere in programma un po' di tempo con voi dopo il brunch? Voi state nella villa degli innamorati, vero? Le due di questo pomeriggio andrebbero bene? Vi prometto che non vi ruberò troppo tempo, solo alcune istantanee di voi in conversazione e qualche domanda che ho già preparato. Sua madre le ha già lette e approvate.»

Guardi Kat negli occhi ed esitai. Sembrava entusiasta quanto me. «Beh…»

«Sono liberi. Non c'è niente in programma fino a questa sera. Il torneo di bridge e i fuochi d'artificio ci saranno solo dopo cena.» Dichiarò mia madre con il suo accento snob da classe superiore. Eliminare ogni traccia delle praterie del Midwest dalla sua immagine era stato il lavoro di tutta la sua vita. Sembrava che si fosse fatta viva giusto in tempo per obbligarci a questa stupida cosa, contro la nostra volontà.

Strinsi gli occhi guardandola. «Come fai a sapere che non abbiamo fatto dei programmi per conto nostro?»

Mia madre mi ignorò completamente mentre controllava la tavola da dietro i suoi occhiali ingioiellati di Bulgari.

«Julia, ripiega il tovagliolo e togli le tue cose dal tavolo! Fotograferanno tutto e c'è una ragione se l'ho fatto apparecchiare in questo modo» ordinò con *quella* voce. Quella che faceva istintivamente raddrizzare la schiena a mia sorella e a me, prima ancora che potessimo pensare a che cosa stavamo facendo.

Gli occhi azzurri di Kat andarono da me a Julia e ritorno. La giornalista parlò in quel momento. «Oh, cominciate pure a fare colazione e faremo delle istantanee finché arriveremo al brindisi. Poi ci saranno le foto in posa.»

Un brindisi? Improvvisamente accanto a Katya apparve un domestico in uniforme che versò lo champagne in un bicchiere mentre un altro dietro di lui era pronto con una caraffa di succo d'arancia. Mimosa. Perfetto. Detestavo lo champagne.

Julia si alzò in fretta, facendo segno a Kat di andare con lei al buffet per riempire i loro piatti. Le seguii mentre mia madre dava istruzioni alla giornalista e al fotografo.

«Nessuno tocchi lo champagne. È per il brindisi» ordinò mia madre.

Che diavolo era quel brindisi? Stava cercando di far passare la faccenda come qualcosa di elitario che facevamo normalmente?

Restammo seduti in silenzio mentre i genitori sceglievano con calma il loro cibo. Il fotografo ballonzolava intorno al tavolo, scattando foto. Oh Dio, dire che era irritante era poco. Quando si avvicinò per concentrarsi su Kat che stava bevendo dell'acqua, mi avvicinai in fretta, appoggiando deliberatamente la gamba destra della sedia sul suo piede.

«Ahi!» strillò, saltellando indietro e dandomi un'occhiataccia.

«Le mie scuse» mormorai, nascondendo un sogghigno dietro il tovagliolo. Speravo che avesse capito che lo stavo avvertendo di restare lontano da Kat. Altrimenti sarei dovuto diventare più antipatico. Anche Kat sembrava aver notato la sua fissazione. C'era gratitudine nei suoi occhi quando mi guardò e sorrise? Poi si spostò in modo da non essere nel suo campo visivo. Solo allora il fotografo si spostò, cominciando a prendere campi lunghi del giardino. Fissai furioso la sua schiena. *Che cretino* .

Accanto a me, Julia sembrava agitata, si spostava sulla sedia e dava occasionalmente delle occhiate alle schiene dei nostri genitori. Guardammo tutti quando i due membri più vecchi della famiglia tornarono al tavolo con i piatti pieni.

Mia madre appoggiò accuratamente il piatto al suo posto, poi risistemò le posate. «Arent, il brindisi?» disse a mio padre, poi fece un cenno alla giornalista e ai suoi lacchè. «Stiamo per cominciare.»

L'espressione di mio padre s'incupì, come se non fosse d'accordo con questa dimostrazione di... qualunque cosa fosse. Grandiosità elitaria? Con le labbra strette, appoggiò la forchetta che aveva appena preso in mano. Sospirando, si alzò e si schiarì la voce.

La giornalista si avvicinò. «Okay, vi chiediamo di cooperare solo per questa prima parte, il brindisi del barone alla sua famiglia. Vorremmo fare delle foto a tutti che alzano contemporaneamente le flûte e provare diverse angolazioni, per via della luce. Quindi se non vi dispiace muovervi lentamente e fermarvi quando ve lo chiediamo? E poi quando è il momento di bere, bevete un piccolo sorso e tenete fermo il bicchiere. Una volta finita questa parte, potrete continuare il vostro brunch come al solito, ma pensiamo veramente che il brindisi sarebbe un bel punto centrale per l'articolo.»

Uffa. Vabbè. Sarebbe stato un miracolo se non mi avessero beccato a sbuffare in ogni singola fotografia. Ma ero stato costretto a fare cose molto più insulse di questa e sarebbe finita presto.

E avevo Kat con me per sopportarla, grazie al cielo. Ma lei non mi stava guardando. Era intensamente concentrata e guardava Julia con attenzione.

Mio padre prese la flûte di champagne e la inclinò verso di noi, invitandoci a fare lo stesso. Ero sicuro che la prossima frase a uscire dalla sua bocca sarebbe stata sdolcinata e artificiosa. A meno che si degnasse di stupirmi.

«A qualcuno dà fastidio se faccio il brindisi con il mio bicchiere d'acqua?» chiese in fretta Kat proprio mentre Arent era sul punto di dar luogo alla sua espulsione di aria calda. Mio padre la fissò. Dalla sua espressione si sarebbe potuto pensare che gli avesse chiesto se poteva mangiare una zolla di terriccio dell'aiuola invece della colazione nel suo piatto.

Lui sbatté gli occhi e mia madre la schernì. «Sarebbe meglio se avessi la flûte...» Si voltò a guardare il tizio dallo chignon per farselo confermare e la giornalista fu d'accordo che la foto sarebbe venuta meglio se tutti avessero avuto in mano una flûte. Kat fece una smorfia e appoggiò il calice, prendendo la flûte. Sembrava preoccupata, pensierosa.

Che diavolo stava succedendo? Forse detestava profondamente i Mimosa.

Mio padre sproloquiò sulla riunione di famiglia e il luogo dov'era cresciuto e il legame della nostra famiglia con la terra, sull'onorare le nostre tradizioni, bla bla bla. Ancora più bla bla

bla. Finalmente, con un breve cenno della testa in direzione di Kat, disse: «E benvenuta al più recente membro della nostra famiglia, Katharina. Speriamo che resti qui a lungo.» Sbattei gli occhi. Ciò che non aveva aggiunto era chiaro: *diversamente dall'ultima* .

«Okay e potete cominciare a bere piccoli sorsi?» intervenne la giornalista. «Ci sposteremo intorno al tavolo e faremo le foto. Vogliamo qualche foto d'effetto, quindi dateci cinque minuti, ok?»

Ci portammo tutti le flûte alla bocca, eccetto Julia. Ma Kat, vedendo l'esitazione di Julia, appoggiò anche lei la flûte sul tavolo.

«C'è un problema?» chiese mia madre.

Kat incrociò le braccia sul petto. «Non ho intenzione di bere alcolici a quest'ora e, in effetti, penso che ci devono essere abbastanza belle fotografie tra quelle che hanno fatto perché possano scegliere. Quindi non c'è bisogno che beviamo, specialmente se non ne abbiamo voglia. O almeno, permettete a chi non vuol bere di riempire il bicchiere solo con succo d'arancia.»

Mia madre impallidì mentre voltava di scatto la testa verso Julia. Mia sorella non aveva detto una parola ma aveva la testa bassa, le spalle ingobbite e sembrava molto a disagio.

Mio padre sbuffò. «Sai, vorrei veramente far colazione prima del prossimo secolo.»

Al contempo, mia madre scosse la testa, fissando sua figlia. «Adesso non è il momento di concentrarci su di te, Julia. Ci sono dei giornalisti. Ora smettila di fare storie per qualche sorso di champagne e fai il gioco di squadra.»

Appoggiai la mia flûte, non tanto per solidarietà quanto perché mi si stava stancando il braccio. Qual era il problema di Julia? Sembrava agitata, vicina alle lacrime.

La giornalista e il fotografo si stavano guardando. Katya arrossì intensamente e negli occhi aveva uno sguardo che riconobbi immediatamente. L'avevo avuto spesso indirizzato verso di me, in passato. Non prometteva bene per mia madre. E di colpo fui estremamente curioso di vedere che cosa avrebbero fatto i miei genitori messi di fronte all'ira funesta di Kat.

«Perché è tutto così difficile? Stai diventando terribile come tuo fratello» ringhiò mio padre. E appoggiò con forza la sua flûte sul tavolo. Il bicchiere si rovesciò, e l'arancio si allargò sulla tovaglia bianchissima, inzuppando parte del suo pane tostato. Bene. Il karma era veramente uno stronzo.

«Per una volta, vorrei vedere la mia progenie avere successo in qualcosa invece di essere dei marmocchi piagnucolosi e viziati che si crogiolano nel loro dolore. Specialmente sapendo che hanno avuto su un piatto d'argento tutto quello che potevano desiderare.»

Wow. Lo stronzo non ci andava piano. Mi morsi la lingua. Non era il caso di perdere la calma in quel momento. Non avevo niente da dimostrare e sicuramente non sarei rimasto seduto a quel tavolo continuando a mangiare dopo quella dichiarazione. Per quanto mi riguardava, la colazione era finita. Mi tolsi il tovagliolo, lo appoggiai sul tavolo e allungai la mano per prendere quella di Kat. Ma lei non mi stava guardando e dubito perfino che fosse conscia della mia presenza.

Se le occhiate potevano uccidere, in quel preciso momento sarei rimasto orfano. Gli occhi di Kat stavano praticamente lanciando fiamme azzurre. «Penso che debba essere completamente ignorante per non vedere che i suoi figli hanno successo proprio davanti ai suoi occhi. *Nonostante* lei.» Il suo sguardo andò per un attimo a mia madre che la guardava esterrefatta, con la bocca aperta. «E lei.»

Mio padre si irrigidì, non avvezzo alla sfida. Il mio primo istinto fu di avvertire Kat che mio padre non valeva lo sforzo, né il fiato che lei stava sprecando.

«Lucas è in lizza per un lavoro molto prestigioso, come capo di una nuovissima divisione della nostra società. È uno dei migliori dipendenti che abbiamo e anche uno dei più intelligenti.»

«Adesso non è il momento!» sibilò mia madre. Il gruppo dei giornalisti si era tirato indietro, ma la giornalista stava furiosamente prendendo appunti e il fotografo stava discretamente scattando foto dello scontro.

A quanto pareva, a mio padre non importava un fico secco del pubblico e gli interessava solo di prendere verbalmente a schiaffi mia moglie. «Sono lieto che abbia un'opinione così alta di lui, visto che lo conosci da poco. Ma prima che lo incontrassi, Lucas aveva fallito in praticamente tutto, incluso un matrimonio con una donna molto per bene. Spero solo, per il tuo bene, Katharina, che Lucas non saboti quello che ha adesso. Ha già buttato via tutti i vantaggi che aveva avuto nella sua vita per andare in incognito a fare un qualche lavoro inutile in un cubicolo. Non parliamo poi delle volte in cui per lui era troppo difficile anche solo alzarsi dal letto.»

Kat lo guardò sbattendo le palpebre, sbalordita, con gli occhi azzurri che minacciavano morte. Le avvolsi le dita intorno al polso e tirai. Non avevo intenzione di lasciarmi coinvolgere in questa stronzata, e nemmeno lei, se appena potevo evitarlo.

«Non ne vale la pena» mormorai. Julia annuì, confermando la mia dichiarazione, ma Kat strattonò la mano, liberandola.

«Ne vale la pena per *te.*» Poi si rivolse a Julia. «E anche per te.»

Poi affrontò mio padre. Mia madre era gelata dall'orrore e lanciava occhiate ai giornalisti. Si capiva che stava cercando un modo per farli accompagnare via da lì.

Kat sembrava un toro che fosse appena stato provocato con un gigantesco drappo rosso.

«Perché dice cose così terribili? È offensivo.»

«Assolutamente no» ribatté il vecchio.

«Allora tiri fuori la testa dal culo e la smetta di comportarsi così con i suoi figli.»

Mia madre lasciò cadere la flûte che si frantumò sul pavimento. Ma questo non interruppe lo scontro. Portò solo altra gente, di corsa e domestici per pulire. E i giornalisti non se ne andavano.

«Conosco Julia da solo poche settimane, ma so che anche quello che ha detto di lei è sbagliato. Forse se si fosse preso la briga di *conoscere* i suoi figli, come persone, saprebbe quanto *lei* sia inetto. Ma probabilmente non lo ammetterà mai perché non le importa nulla di loro.»

Mio padre adesso stava perdendo la calma, col volto che diventava rosso. Fece un gesto legnoso verso mia sorella e me. «Mi importa abbastanza da essere deluso dal fatto che una sia un'ubriacona e l'altro un musone sfigato. Non è riuscito a trovare una motivazione per scendere dal letto per settimane e ha dovuto cambiare tutto di se stesso per poter funzionare. Dai a un figlio tutto ciò di cui lui o lei hanno bisogno e lo sprecano, a quanto pare.»

Julia alzò di scatto la testa, con la bocca aperta e le lacrime che brillavano negli occhi. «Non posso...» S'interruppe quando la voce tremò. Poi prese gli occhiali da sole e se li mise.

Kat era in piedi e, se fosse stato possibile, avrebbe probabilmente affrontato mio padre faccia a faccia, se non ci fossero stati due metri di tavolo tra di loro. «Come cazzo osa?» Stava praticamente strillando.

Gli occhi di mio padre quasi schizzarono fuori dalla testa e si tirò indietro, con le narici che fremevano. Almeno quella sfuriata lo aveva reso temporaneamente muto. Peccato non fosse una cosa permanente.

«Julia e Lucas stanno facendo del loro meglio e se la cavano alla grande...»

«... certo, se credi ai premi di consolazione...»

«Io credo ai genitori velenosi e lei è sicuramente uno di loro. Le interessa più come apparirà agli altri il fatto che i suoi figli siano in riabilitazione che non preoccuparsi di come aiutarli a star meglio. O di che cosa ha fatto *lei* , innanzi tutto, per contribuire ai loro problemi.»

Poi si voltò a fissare mia madre, la cui mortificazione era ben visibile sul volto e dalla postura. Lei non si mosse, palesemente terrorizzata.

«Dovreste mettervi entrambi in ginocchio e piangere di gratitudine perché Lucas e Julia hanno avuto la forza di affrontare i loro demoni e li hanno superati. Alcune famiglie non sono così fortunate. *L'amore severo* è una stronzata. E non è *amore* . Quindi, se è quello che state cercando di fare, siete *voi* quelli che stanno fallendo. Di brutto.»

Mi alzai in fretta, mettendomi accanto a lei, notando che stava tremando. Mio padre aveva una strana espressione sul volto, un misto di orrore e soddisfazione. La presi per un braccio. «Adesso basta. Se mai vorrai che sia presente a un evento di famiglia, ti scuserai con lei e smetterai di provocare mia moglie per arrivare a me.»

«Tua moglie ha un vocabolario interessante.»

«Mia moglie è interessante in tutti i sensi, ed è più di quello che possa dire di te e della tua insulsa prevedibilità. Ma sii lieto di essere un uomo mediocre di mezz'età che non ha niente di cui essere fiero oltre ai soldi che ha ereditato dai suoi antenati che avevano lavorato sodo.» E con quelle parole, misi un braccio sulle spalle di Kat, che stava ancora tremando, e la guidai lontano dal tavolo. Julia gettò il proprio tovagliolo senza dire una parola e ci seguì.

Non riuscii a resistere a una velenosa battuta finale. «Ah, e il mio fondo fiduciario, quello di cui ti preoccupi tanto. Andrà agli enti di beneficenza che sceglierà Kat. Fino all'ultimo soldo. E mi godrò il pensiero di te che stai ribollendo perché non ci puoi fare un cazzo di niente.»

Julia ci accompagnò alla villa e fu una camminata silenziosa e tetra.   Sembravamo tutti e tre persi nei nostri pensieri forse per lo shock di quello scontro acceso e spiacevole.

Quando arrivammo alla villa, mi rivolsi a Julia. Sotto gli occhiali da sole, le guance erano rigate di lacrime. L'abbracciai. «Mi dispiace. Non sapevo che cosa stavi passando. Non ascoltare quello stronzo. Sono così fiero di te.» Poi la tenni stretta mentre singhiozzava.

La feci sedere sul divano in soggiorno, tenendola stretta finché i singhiozzi si calmarono. Kat doveva essere uscita discretamente, lasciandoci soli a parlare. Una volta calmatosi il pianto, le presi una bottiglia d'acqua, poi restammo seduti a parlare. A parlare *veramente*. Come non facevamo da anni.

Di... tutto.

Ore dopo, quando Julia si era lavata la faccia ed era andata a fare le valigie, andai a cercare Katya. Era a letto e stava parlando via Skype con Mia. Quando mi vide, voltò il tablet verso di me. «Saluta Lucas!» disse.

Sullo schermo, Mia rise e salutò con la mano. «Ehi, Lucas. Ti stai divertendo a bere tutto il vino?»

Feci una smorfia e le restituii il saluto. «Ehi, Mia. Non basterebbe tutto il vino del mondo per risolvere i problemi di famiglia.»

Lei rise e distolse gli occhi. Mi colpì di colpo il fatto che Adam potesse essere nella stanza e che magari avesse sentito. Non volevo dargli l'impressione sbagliata, qualunque essa fosse. Buon Dio. Aveva la mia presentazione sulla scrivania da cinque giorni e non avevo ancora sentito niente. Non che mi aspettassi una risposta così presto.

Fortunatamente ero stato troppo occupato, per la maggior parte felicemente, per preoccuparmene mentre eravamo a Napa. Ma vedere Mia sullo schermo me lo ricordò di colpo e mi sentii stringere lo stomaco. Avrei saputo se avevo avuto o meno il lavoro. E probabilmente molto presto.

«Ehi. Devo andare» disse Mia. «Ci vediamo a pranzo uno di questi giorni, Kat?»

Kat rivolse di nuovo lo schermo verso di sé. «Assolutamente obbligatorio. La settimana prossima.»

«Bene. Buon ritorno a casa tra qualche giorno.»

Kat sospirò. «Vorrei che tornassimo a casa prima.»

«Ehi, perché, così puoi tornare prima a lavorare?» disse ridendo Mia.

Kat gemette e chiuse la chiamata, mettendo da parte il tablet. La gonna del vestito era risalita lungo la coscia tornita e pallida mentre era sdraiata sul letto, a piedi nudi. Sembrava anche un po' arruffata, come se avesse fatto un pisolino. I capelli erano una nuvola cannella intorno alle spalle e la pelle era luminosa, le guance rosate. Sembrava assolutamente...

Scopabile.

Ed era quello che volevo fare. Di nuovo. Appena possibile. Solo ricordare la sensazione di quelle gambe forti avvolte intorno ai miei fianchi mentre ero dentro di lei mi eccitò, all'istante.

Per coprire la reazione del mio corpo mi sedetti sul mio lato del letto.

«Come sta Julia?» Kat rotolò sul fianco per guardarmi.

Sorrisi. «Sta bene. Ha fatto un bel pianto. Grazie per averci dato il tempo di parlare. Io... è passato molto tempo. Sono colpevole come i miei genitori per non essermi reso conto che è molto più profonda di quanto pensassi. Riesco a vedere il cambiamento che sta avvenendo in lei.»

Kat si morse il labbro e mi guardò con gli occhi sgranati. «Quindi nessuno dei due è arrabbiato con me?»

«Arrabbiato con te? Perché?» le chiesi stupito, tirandomi indietro.

«Perché si capiva che voi due volevate semplicemente ignorare vostro padre. Ma io l'ho affrontato comunque. Mi dispiace, ma quando vedo qualcuno che ne maltratta un altro, devo farmi avanti. Mi sono infuriata troppo e non sono riuscita a tirarmi indietro.»

«Tu ti fai avanti quando maltrattano gli altri ma non quando sei tu a essere maltrattata...»

Riapparve quell'adorabile ruga tra le sopracciglia e Kat guardò nel vuoto, riflettendo. «Hai ragione. Non ci ho mai pensato in quel modo. Immagino sia perché i miei genitori si sono sempre schierati con Derek, e quindi mi sono stancata di lottare? È... È più facile prendere le difese degli altri che di me stessa.»

«A un certo punto, col tempo, hai cominciato a pensare che *tu* non ne valevi la pena.»

Kat mi guardò. «Sono contenta che tu fossi lì l'ultima volta. Immagino che ora siamo pari.»

Scoppiai a ridere. «È importante per te, vero, che siamo almeno pari, o che tu sia in testa. Non riesci a sopportarlo quando sono in vantaggio io.»

Lei annuì. «Esatto.»

«Beh, nessuno dei due è arrabbiato con te e Julia ti è super grata che l'abbia difesa. Si prenderà un po' di tempo per decidere quale sarà il suo prossimo passo riguardo ai nostri genitori e mi chiederà consiglio. Penso che starà bene.»

Kat tenne gli occhi fissi sui miei, con lo sguardo che diventava più intenso. «Julia mi piace moltissimo. Ma non l'ho fatto per lei.»

La fissai a mia volta, vedendo... *qualcosa* nella profondità di quegli occhi azzurro-cielo. Di colpo ci fu una sensazione intensa, come di una caduta libera, una specie di sensazione mozzafiato, esilarante, con il cuore che usciva dal petto che quasi mi travolse.

Era quello che mi faceva Katya.

Mi schiarii la voce dopo una pausa troppo lunga. «Beh... grazie.»

Lei sorrise e allungò una mano per coprire la mia. «Te l'ho detto, siamo una famiglia, anche se è solo una cosa temporanea. E in famiglia ci si copre le spalle e ci si sostiene l'un l'altro. Nel tipo di famiglia giusto, almeno.»

Aggrottai le sopracciglia, fissando quella mano che copriva la mia senza fare una mossa per rispondere al suo tocco. Curiosamente, trovavo perfino difficile parlare.

Kat piegò la testa verso di me. «Non siamo stati molto fortunati tu e io in fatto di famiglia. Ma siamo svegli e gentili e delle brave persone. Possiamo prenderci cura l'uno dell'altro.»

Deglutii con la gola chiusa, sorprendentemente commosso dalla sua dichiarazione. Provai a guardarla negli occhi e quando i nostri sguardi si incontrarono, Kat sorrise dolcemente.

Senza rendermi conto di quello che stavo facendo, alzai la mano e accarezzai la sua guancia morbida. Dio, era meravigliosa, e non solo da guardare e non solo sotto le coperte. E mi resi conto che il fatto che mi avesse irritato in passato era perché l'avevo sempre saputo. Era meravigliosa. Troppo per snobbarla o ignorarla, quindi avevo deciso di respingerla. Di continuo.

In modo che non potesse rovesciare il delicato equilibrio che ero riuscito a ottenere nella mia vita.

«Posso fare lo stesso per te, sai. Esserci per te, per esempio, se deciderai di tornare in Canada e affrontare la tua famiglia. Te lo devo per tutte le stronzate che hai dovuto sopportare questo fine settimana.»

Questa volta il suo sorriso mostrò i suoi denti bianchi e diritti. «Forse ti prenderò in parola, quando potrò lasciare il paese legalmente.»

«Verrò con te. Potrai comprarmi una di quelle famose ciambelle di cui parlavi sempre. Tom qualcosa o qualcos'altro.»

«Tim Hortons.» Il suo sorriso divenne più ampio e si chinò in avanti, buttandomi le braccia intorno al collo con l'esuberanza di una ragazzina. Il profumo fresco dei suoi capelli mi inondò e mi colpì quasi fisicamente. Quando si tirò indietro, lottai per evitare che il mio viso mostrasse la mia reazione.

Avevo dei segreti, certo. Segreti per lei e alcuni anche per me stesso. Come, per esempio che diavolo era la sensazione che provavo in quel momento? Era come se una parte del mio cervello stesso urlando per il panico e il resto fosse semplicemente congelato, senza assolutamente sapere che cosa fare o pensare.

Suonò il telefono. Lieto per l'interruzione di queste riflessioni interiori, mi alzai dal letto e andai a prenderlo sulla cassettiera. Era un messaggio di mia sorella, che lessi per poi mettermi a ridere. Sapevo che c'era un motivo per cui le volevo bene.

«Che c'è?» chiese Kat incuriosita.

«Non ho idea di come abbia fatto, ma Julia è riuscita a requisire il jet privato che aveva noleggiato mio padre. Partirà stasera e vuole sapere se ci serve un passaggio.»

Kat s'illuminò. «Quindi non dovremo restare qui altri tre giorni. Bello. Andiamo.»

Feci un gesto con la mano per fermarla mentre mandavo un messaggio al maggiordomo. «Beh, Deleon vorrà sicuramente prepararci i bagagli, ma io preferisco che restituisca l'auto a noleggio. Possiamo facilmente pensarci noi a buttare la nostra roba nelle valigie. Ma l'aereo non parte fino a mezzanotte, il che significa che non dobbiamo partire fino alle dieci. E questo ci lascia un problema…» Alzai gli occhi. «Abbiamo quasi sei ore e niente da fare.»

Sul volto di Kat apparve lentamente un sorriso. «Oh, sono sicura che troveremo qualcosa da fare per passare il tempo.»

Oh, sì. Proprio quello che speravo dicesse. Dentro di me ogni muscolo si tese per l'entusiasmo. Ripiegai le braccia sul petto. «Mi sembra di ricordare che ti piace essere alla pari, o perfino in vantaggio, ma...»

«Ma...?»

«Non siamo esattamente alla pari per quanto riguarda il sesso orale, vero? E non ho ancora avuto la possibilità di scoprire quel talento nascosto di cui ti sei vantata.»

Kat si alzò, senza esitare, venne dov'ero accanto alla cassettiera e mi mise la mano sul petto. Il punto in cui mi toccava sembrò andare a fuoco. Quando alzò la testa per guardarmi in faccia, la sua ammirazione era palese. «Beh, non è assolutamente accettabile. Fatti forza, Jedi Boy, perché sto per farti esplodere.»

Sorrisi. «Lo chiameresti... un trucco Jedi?»

«Più una scopata Jedi, direi.» Poi mi mise le mani sulla fibbia della cintura. Continuando a fissarmi negli occhi, slacciò la cintura, leccandosi le labbra piene. Mi abbassò facilmente i pantaloni e poi i boxer. Fremevo per l'eccitazione e avevo la gola così stretta da non riuscire a deglutire. Ero quasi travolto dall'attesa della sua bocca su di me. Di vederla in ginocchio di fronte a me. Di vederla prendermi in profondità mentre stringeva le labbra intorno alla base del mio cazzo.

Accarezzò la mia erezione e soffiò fuori il fiato mentre ci guardavamo negli occhi. Poi s'inginocchiò lentamente, come se stesse fluttuando. Tirai indietro la testa quando sentii il suo fiato caldo sulla pelle sensibile, ero talmente duro da sentire quasi dolore.

Quando il calore e l'umidità della sua bocca si chiusero su di me, quasi finii di colpo.

«*Cazzo*» ansimai, talmente impreparato alla sensazione nonostante me l'aspettassi esattamente così. E come con tutto il resto, la realtà era molto superiore a qualunque fantasia avessi fatto su di lei. Non pensavo che mi sarei lasciato trasportare in un modo tale da poter cadere, ma, accidenti, non si sa mai. Una volta che la sua lingua fosse entrata in gioco non sarei più stato responsabile per le mie azioni.

Kat fece scivolare la bocca, prendendomi più in profondità e, giuro su Dio, non riuscivo a guardarla. Se l'avessi fatto, sarebbe durato molto meno di quanto volessi. Avevamo scopato due volte nelle ultime ventiquattr'ore e non aveva nemmeno cominciato a smorzare il desiderio. In effetti, la volevo più di prima, ora che sapevo come poteva essere tra di noi.

Abbassai le mani sui suoi capelli morbidi, godendomi la sensazione di sentirli scivolare e serpeggiare tra le dita. La sua lingua passò sul lato inferiore del mio membro e in meno di un minuto, ero già sul punto di venire.

Strinsi le dita sui suoi capelli. La staccai, risucchiando il fiato e cercando di non odiarmi troppo perché stavo tirandomi fuori da quella bocca sexy e calda. Ma dovevo fare qualcosa, altrimenti sarei durato talmente poco da essere imbarazzante.

La sollevai e Kat aveva un'espressione piuttosto perplessa sul viso. Ovviamente nessuno l'aveva mai fatto prima, rifiutato un accidente di favoloso pompino.

Ma volevo di più. Più pelle cremosa, più dei suoi sospiri e dei gemiti di piacere, più di quelle cosce di seta avvolte intorno a me. Volevo il suo clitoride nella mia bocca, che pulsava. Decidere io il *suo* orgasmo.

«Tocca a me» dissi in risposta alla domanda inespressa sul suo volto.

La sua espressione passò da sorpresa perplessa a eccitazione sognante. Le misi la mano dietro la schiena, abbassando la cerniera più in fretta che potevo. Lei fece scivolare il vestito dalle spalle e poi si voltò verso il letto, tirandomi con sé. Quando arrivammo, le tolsi in fretta le mutandine e mi sfilai in fretta la maglia.

Poi, con una mano sulla sua spalla, la spinsi seduta sul letto, inginocchiandomi tra le sue gambe. Con un'altra forte spinta, la feci sdraiare davanti a me, con le gambe che pendevano dalla sponda. Kat ansimò sorpresa ma allargò le gambe. A quanto pareva le andava bene. Non persi tempo a mettermi tra quelle cosce morbide e bianche. Mi piegai e coprii il suo clitoride con la bocca, succhiando. Uno squittio soffocato di sorpresa, una forte inspirazione, il lungo gemito mentre la leccavo senza sosta. Erano la sola ricompensa che cercavo.

Il mio corpo tremava di desiderio ogni volta che lei sospirava febbrilmente, e gemeva il mio nome con la voce arrochita.

La mia eccitazione aumentò, ero teso, dolorante, con il corpo in allerta. I muscoli delle gambe di Kat si tendevano e si rilassavano. Si afferrava alle lenzuola, torcendole nei pugni. Aveva il respiro pesante, affannoso, punteggiato da gemiti di piacere quasi animalistici. E tutto questo era per merito mio... e mi stava distruggendo.

E in quel momento, ritenevo le sue stupende reazioni una delle mie conquiste più importanti.

«Lucas, sto per venire!» disse mezzo secondo prima di inarcare la schiena, tendendosi come una corda di violino, con il fiato mozzo. Succhiai ancora un po' e lei urlò. *Forte* . «Oddio, oddio… oooh.» Continuava a ripeterlo come un mantra.

Sì . Avrebbe dovuto sapere che non le avrei mai permesso di superarmi in questo nostro piccolo gioco.

Quando mi tirai indietro e la guardai, sudata e spenta e aggrovigliata nelle lenzuola, sentii una brama, una pressione intensa come non ricordavo di aver mai provato. Avevo di nuovo bisogno di lei a un livello tale che avrebbe potuto spaventarmi se mi fossi permesso di rimuginarci sopra.

Ma tutto ciò che volevo fare in quel momento era affondare nel suo calore e sentirla dimenarsi sotto di me. Si era appena ripresa, aveva aperto finalmente gli occhi per guardarmi con un sorriso dolce e beato.

La presi per le spalle e, senza dire una parola, la feci voltare, intento a soddisfare il mio bisogno. Piegandomi, le agganciai un braccio intorno alla vita, alzandole i fianchi verso di me. Poi mi misi in posizione per una spinta forte e veloce.

Avevo fantasticato più di una volta di prenderla in questo modo. Mi spinsi dentro di lei con tutta l'energia nata dalla frustrazione di un anno di desiderio bollente e insoddisfatto.

Kat espirò bruscamente. Le avevo letteralmente tolto il fiato. *Bene* , eravamo in due. Con spinte forti, violente, mi tirai indietro per poi rientrare. Ancora. Veloce, feroce, duro. E quando lei cadde in avanti, la sollevai di nuovo contro di me solo per ricominciare a martellare la sua schiena. Spingere, sfregare, spingere.

La mia mente si perse da qualche parte, persa nella sensazione del suo stretto calore avvolto intorno a me, la sensazione della sua pelle sudata sotto le mani. Chiusi gli occhi, felicemente perso in lei.

Capitolo Ventidue
Katya

Cazzo. Oh porca paletta. Era... non riuscivo a raccogliere i pensieri. Stavo annegando nel piacere così presto dopo l'orgasmo da sogno che mi aveva dato. Adesso mi aveva voltato sullo stomaco e stava mantenendo un passo spietato. Le sensazioni erano così intense che non riuscivo a riprendere il fiato.

Chi poteva immaginare che il calmo, distaccato Lucas potesse essere un tale animale a letto?

Io certo non l'avevo sospettato, anche se potrei averne fantasticato più di una volta. Era decisamente abbastanza in forma da sostenere quel ritmo vertiginoso e a quel punto, io stavo solo mantenendo la posizione, passivamente, in un certo senso.

Mi facevano male le braccia perché mi stavo sostenendo, spingendomi indietro per andare incontro a ogni feroce spinta. Ciò nonostante, sentivo la pressione che saliva di nuovo. Sbalordita, mi resi conto che stavo per venire un'altra volta.

E quasi come lo avvertisse, Lucas si fermò talmente di colpo che ansimai. Mi mise gentilmente una mano intorno alla gola e mi tirò verso l'alto. Adesso ero in ginocchio, con la schiena premuta contro il suo petto ansante. Eravamo entrambi coperti di sudore, fusi insieme. E anche se non si stava muovendo, era ancora dentro di me. Mi contorsi e lui mi avvolse l'altro braccio intorno alla vita per tenermi ferma.

Avvicinò la bocca al mio orecchio. «Sei talmente sexy, Kat. Mi fai perdere la testa.»

Invece di rispondere a parole, cercai di nuovo di muovermi contro di lui. Ero stata così vicino, accidenti e, avida, volevo un altro orgasmo. Il modo in cui mi stava tenendo, con il pollice che tracciava la colonna del collo, senza stringere troppo. Lo trovavo incredibilmente erotico.

«Dimmi che cosa vuoi» disse roco.

«Fammi venire, accidenti.»

«Vuoi venire? Ancora? Sei così ingorda.»

Allungai un braccio sopra la spalla per afferrargli la testa. Piegando indietro la mia, lo attirai in un bacio bollente, febbrile, con la lingua che affondava nella sua bocca. E intanto il torace di entrambi si muoveva all'unisono, espandendosi e contraendosi in cerca di aria. Mentre mi tiravo indietro per interrompere il bacio, affondai i denti. Gli piaceva... lo capii dal modo in cui s'impennò dentro di me.

«Cazzo» mormorò Lucas.

«Già, adesso scopami, forte.»

Lui si spinse dentro di me, poi si fermò, trattenendosi. «Ti piace? Ne vuoi ancora?»

Sgroppai contro di lui. «Non fare il gradasso.»

Senza esitare, la mano che mi teneva in vita scese verso il clitoride, strofinandomi lì mentre i suoi fianchi ruotavano in piccoli cerchi. Oddio, il piacere mi travolse di nuovo. Ci volle meno di un minuto e quella corsa verso l'orgasmo sembrò un tornado, un vortice urlante che si era formato chissà dove per risucchiarmi. Gridai il suo nome, con la schiena inarcata. Lui s'impennò di nuovo, con la testa buttata indietro per assaporare la sensazione del mio orgasmo mentre mormorava il suo roco: «Sì.»

Crollai in avanti sul letto e Lucas mi sostenne mentre arrivava in fondo anche lui. Venne irrigidendosi, ansimando forte. E lo sentii… dappertutto. Dove eravamo uniti, su ogni centimetro quadrato della mia pelle, in fondo a me.

Quando si sistemò di fianco a me non disse una parola, mi prese solo tra le braccia, la mia schiena contro il suo petto, tenendomi stretta. Restammo lì, a goderci la fresca brezza pomeridiana che soffiava da una finestra aperta. Mi appisolai, pensando solo che doveva essere quello il vero appagamento. Non l'avevo mai provato e dovevo ammetterlo, mi sarebbe piaciuto provarlo ancora parecchie volte.

Dormicchiai per forse mezz'ora prima di ricominciare a muovermi. Ero affamata, dato che non ero riuscita a fare quell'accidente di brunch e non avevamo mangiato una volta rientrati.

Lucas non era a letto con me. La porta del bagno era chiusa e la doccia era in funzione. Mi alzai e saccheggiai il frigorifero, felice di trovare gli avanzi dell'avventura sul giardino pensile della sera prima accuratamente riposti. Grazie al cielo per gli angeli invisibili, conosciuti anche come i maggiordomi personali degli ospiti.

Wow, era proprio vero? Era questa la mia vita, seppure per poco? Grandiose feste a tema, sesso romantico a bordo piscina in un giardino pensile e viaggi in aerei privati?

La dolce vita! Chi ci avrebbe mai pensato? La piccola Kat Ellis da PoCo, il sobborgo di Vancouver, una baronessa che volava sui jet privati.

Dopo lo snack e dopo essermi vestita e aver fatto le valigie, eravamo pronti per andare in aeroporto ma avevo quasi dimenticato il souvenir molto speciale che avevo comprato a Napa. «Ehi, *marito*» gorgheggiai. «Ti ho preso un regalo speciale.»

Lucas mi guardò sospettoso. «Perché mi sembra improvvisamente che dovrei avere molta paura?»

Gli rivolsi un sorriso sdolcinato, tolsi le mani da dietro la schiena, ciascuna con un cactus rotondo in miniatura. «Guarda, amici per Cocky. Potremmo sistemarli in un modo molto... suggestivo, se vuoi.»

Lucas socchiuse gli occhi, fissando il mio regalo, ma si capiva che stava cercando di non ridere. Non voleva darmi la soddisfazione, ma si vedeva che era veramente divertito. «Qualcuno potrebbe pensare che tu abbia una fissazione per il pene.»

Feci una smorfia. «Questa è la cosa più stupida che abbia mai sentito. È palese che io *ho* una fissazione per il pene. Cavoli. Tu dovresti saperlo meglio di tutti.»

C'era quell'espressione sulla sua faccia. Non riuscivo a definirla con sicurezza, divertimento, certo, ma anche qualcosa di simile all'ammirazione. Mi assicurai di imballare con cura i tesori appena trovati in modo che sopravvivessero al volo e potessero unirsi al loro amico Cocky il Cazztus come centrotavola.

Arrivare a casa fu semplice come Ho-ordinato-il-mio-Gulfstream-privato-con-il-pilota-e-l'assistente-di-volo-personali. Erano solo novanta minuti di volo dall'aeroporto esclusivo di Napa, seguito da un veloce viaggio sulla superstrada per arrivare a casa.

Una volta a casa crollammo, esausti. Erano quasi le tre del mattino.

Non riuscimmo a dormire fino a tardi, purtroppo. Quindi la mattina seguente entrambi ci muovevamo per la casa come zombie. Lucas si era alzato prima di me, aveva fatto una corsa per prendere delle provviste, in modo che avessimo almeno pane tostato e latte per colazione. Io stavo rassettando la casa quando suonò il campanello.

Era arrivata Michaela e corsi ad aprire. Max quasi mi travolse per l'eccitazione, scodinzolando come un matto, la bocca aperta e piena di bava. Mi inginocchiai e lo abbracciai e lo baciai. «Ehi, cucciolo? Ti sei divertito al campeggio?»

Michaela scoppiò a ridere. «Come un pazzo. Ha perfino qualche nuova amichetta.»

Staccai dal collare il guinzaglio che mi porgeva Michaela. «Max, sei proprio un gran cane!»

«Penso che gli dispiacesse venir via prima, ma Lucas mi ha mandato un messaggio ieri dicendomi che sareste tornati prima del previsto. Sapevo che il cane gli sarebbe mancato, quindi ho deciso di fargli un favore e andare a prenderlo.»

Accarezzai la testa del cane. «Entra. Lucas tornerà da un minuto all'altro con la colazione.»

Michaela scosse la testa. «Sto per cominciare un lavoro nuovo all'università e devo andarci, quindi non posso restare. Ma ho immaginato che avreste voluto la posta.» Mi porse la borsa di tela che aveva sulla spalla.

La presi e le feci gli auguri per il nuovo lavoro. Lucas stava arrivando dal viale quando lei si voltò per andarsene. Si parlarono per qualche minuto mentre andavo a buttare la posta sul tavolo. Lucas entrò in cucina poco dopo con le provviste. *E* una scatola di ciambelle.»

Non erano male. Dopo aver visto l'indirizzo sulla scatola mi resi conto che aveva fatto un po' di strada per trovarle. Dopo la discussione sulle ciambelle di Timmy che avevamo avuto il giorno prima, il gesto gentile mi colpì veramente.

Eppure, quando glielo dissi, fece spallucce, impassibile. Si rifiutava di ammettere di aver fatto qualcosa di carino. Lo studiai di sottecchi. Sembrava stesse ritornando a essere il solito burbero. Come se quel fine settimana non ci fosse mai stato.

Ma io sapevo che non era così. Perché *c'era stato* .

Lucas cominciò a sfogliare la posta che Michaela aveva raccolto mentre eravamo via. La sistemò in mucchietti. Circolari e pubblicità. Bollette. E poi, senza parlare, prese una spessa busta bianca e la mise sul tavolo di fronte a me mentre finivo la mia ultima ciambella.

Lessi l'intestazione, sbattei gli occhi e la rilessi.

«Ufficio immigrazione. Oh merda, e se dicesse che il tuo paese non mi vuole?»

Lui mi guardò alzando un sopracciglio. «Hai fatto qualcosa in particolare per cui potrebbero non volerti?»

Mi morsi nervosamente il labbro, dandogli un'occhiata spaventata. Avevo il cuore che batteva come se avessi appena svaligiato un negozio di liquori e fossi scappata a piedi. Lo sentivo in gola. «E se volessero un altro colloquio? E se hanno pensato che mentissimo sul nostro matrimonio?»

Lucas fece una smorfia. «Immagino che potremmo mandar loro un video di noi che facciamo sesso.»

Scossi la testa. «Non è divertente. Inoltre nessuno di loro si merita di vedermi nuda.»

«Vero.» Indicò la busta. «Smettila di cercare di indovinare e apri quella maledetta cosa.»

Non ci riuscivo. Ero così spaventata che mi venne improvvisamente voglia di fare pipì. Ma se mi fossi alzata, le ginocchia avrebbero potuto tremare troppo. E... senza dire un'altra parola, spinsi la busta verso Lucas. «Fallo tu e in fretta, prima che io vomiti dappertutto.»

Lucas mi fissò a lungo, poi aggrottò la fronte. «La notizia, qualunque sia, sarà migliore se viene da me invece che da un pezzo di carta?»

«Lucaaaaaasssss, per favore!»

Lui sospirò a lungo e prese la busta. «Va bene, va bene.»

Strappò la busta, dispiegò la lettera e cominciò a leggere in silenzio. Non avevo mai visto nessuno leggere così lentamente, davvero. O senza mostrare la minima reazione. Era come fosse una statua a leggere quella cosa. E si sarebbe potuto pensare che fosse stampata su un nastro per telescrivente o roba simile. Come se stesse aspettando che si svolgesse man mano davanti ai suoi occhi, una parola per volta. Lesse, e lesse. I suoi occhi arrivarono fino in fondo senza che dicesse una sola maledetta parola.

Non riuscii più a trattenermi. «Lucas!»

Appoggiò la lettera, intrecciò le dita e mi guardò gravemente. Mi sentii cadere le stomaco fino ai piedi. «Beh, hanno deciso... di permetterti di restare in questo paese.»

Non credetti alle mie orecchie. «Cosa?»

«La tua carta verde arriverà per raccomandata nelle prossime quarantotto ore.»

Aprii la bocca, ma non ne uscì alcun suono. Ero congelata. Allora... era tutto a posto?

Ora Lucas sembrava veramente preoccupato. Si chinò verso di me e parlò a voce veramente alta. «Puoi restare, Kat. Sei qui legalmente.»

Afferrai la lettera e la lessi e rilessi. No, decisamente non mi stava prendendo per il culo. Sentii ogni singolo muscolo del mio corpo rilassarsi. Ma una parte di me, anche se felice e grata, si sentiva anche un po' in colpa. Appoggiai la lettera, riflettendo.

«Anche se ci sono voluti mesi, sembra che sarebbe dovuto essere più difficile, quando si vedono i notiziari…» Mi interruppi di colpo, quasi in lacrime, ricordando le immagini che avevo visto. Gente alla frontiera che cercava asilo dopo aver viaggiato per migliaia di chilometri per arrivare lì. Separati dalle loro famiglie, dai loro bambini.

Sentii le lacrime bruciarmi gli occhi. Sarei dovuta essere contenta per me stessa, giusto? Ma perché? Meritavo più di chiunque di loro di ottenere di restare, in modo relativamente facile? La stessa cosa per cui loro avevano lottato con le unghie e con i denti, semplicemente per sopravvivere? Strinsi i denti, cercando di non piangere.

Lucas sembrava perplesso. «Sembri triste.»

Scossi la testa. «Ci sono tante persone che cercano di entrare in questo paese. Tanti che sono in difficoltà e hanno bisogno di asilo, perché è stato così facile per me?»

Lui allungò la mano e prese la mia. «Non lo chiamerei così *facile*.»

Spinsi via la lettera, di colpo con un po' di nausea. «Parlo in modo relativo. Avevo un vantaggio… perché sono bianca e parlo inglese come prima lingua. Ho un'istruzione e sono stata in grado di permettermi un grande avvocato.»

Lucas annuì. «Sì, avevi dei vantaggi. Ma capisco perché ti senti turbata.»

Feci spallucce. «Vorrei soltanto poter fare qualcosa. Mi sento impotente.»

«Mmm. Sì, la carta verde significa che puoi restare qui, ma non hai il diritto di votare. Ma ci potrebbero essere altre cose utili che puoi fare.»

Cominciai ad arrotolarmi i capelli sulle dita, con le idee che mi scorrevano nella mente. Sapevo che avrei dovuto essere felice. E questo mi faceva sentire un'ingrata. Aargh!

«Mi sento malissimo, voglio aiutare gli altri.»

Lucas mi rivolse un sorrisino sghembo. «Beh, non potrai sposare qualcun altro fin dopo il nostro divorzio.»

Sapevo che stava cercando di scherzare per sollevarmi il morale. O forse pensava che non gli fossi grata per quello che aveva fatto per me, ed era tanto. Gli presi la mano. «Grazie, ho apprezzato moltissimo quello che hai fatto per me. Ma ora devo trovare un modo per ricambiare. Penso al volontariato. E quando riceverò il bonus di quest'anno, lo donerò a un fondo per il sostegno legale, o a un'associazione per i diritti civili.»

Lucas mi guardò piegando di lato la testa. «Oppure puoi aiutarmi a decidere a quali enti di beneficenza possiamo devolvere i soldi del mio fondo fiduciario. Non era solo una battuta rivolta a mio padre. Ero serio. Non voglio quei soldi.»

Quasi mi tolse il fiato. Mi servì un momento per riprendermi. «Lo faresti davvero?»

«Sì. Sono d'accordo con te. Dovremmo dare il nostro aiuto dove possiamo. Perché non chiedi la sua opinione a Jenna? Non lavora a un centro per i rifugiati? Scommetto che sa dove servirebbero i fondi.»

Mi alzai, mi piegai e lo abbracciai. «Sono ottime idee. Grazie.»

Lui alzò una mano e mi batté rigidamente sul braccio, chiaramente a disagio, mentre lo abbracciavo. Esitai. Era ovvio che essere tornati a casa dopo il nostro fine settimana lo metteva in imbarazzo.

Eravamo rimasti uno accanto all'altro costantemente per gli ultimi quattro giorni, forse gli serviva il suo spazio. Mi tirai indietro, pronta ad allontanarmi e andare magari a rinchiudermi nella mia stanza dei videogiochi per un po', per superare lo strano avvilimento che sentivo.

Quando lo feci, Lucas mi prese il polso e mi tenne ferma. «Non hai guardato tutta la tua posta.»

Guardai sul tavolo e vidi non meno di tre identiche buste della stessa elegante carta di lino color avorio. Le riconobbi immediatamente. Venivano dagli avvocati di mio fratello. Wow, stavano diventando sempre più prolifici con le loro lettere.

«Le passerò nel trita-documenti.»

«Penso che dovresti prima dare un'occhiata. Sono preoccupato, ora che so esattamente che cosa ti aspetta lassù... Non credo sia una buona idea ignorarli e basta. E se decidessero di contattare il governo degli Stati Uniti e minacciare la tua carta verde?»

Sbattei gli occhi, sentendomi cadere un altro peso addosso. La conclusione che queste stesse persone potessero essere responsabili per i miei problemi con l'immigrazione degli Stati Uniti mi diede da pensare. Se era vero, non avrebbero avuto scrupoli nemmeno a cercare di farmi revocare la carta verde che ero appena riuscita a ottenere.

Mi risedetti immediatamente, sentendomi come uno pneumatico che avesse perso tutta l'aria. Aveva ragione.

Mi chinai in avanti, massaggiandomi la fronte. Il solo pensiero di fare qualcosa al riguardo mi sfiancava.

«Quando arriverà la carta verde, sarai libera di lasciare il paese e tornare senza problemi.» Lucas dichiarò quello che già sapevo. «Qual è il tuo piano, Kat? Hai intenzione di non tornare mai più in Canada?»

Senza parlare, raccolsi le lettere in un mucchietto davanti a me e cominciai sistematicamente ad aprirle e leggerle. Dopo averne letta una, la passavo a Lucas, poi aprivo quella successiva mentre lui leggeva la prima. Alla terza, mi appoggiai allo schienale, sentendomi ancora più stanca di prima. Ogni lettera diventava più insistente. L'ultima lettera dichiarava che l'ufficio del *Crown Counsel* aveva ricevuto il mio indirizzo e altre informazioni. Che avrei presto ricevuto un mandato di comparizione per una *examination for discovery*, se già non l'avevo ricevuto.

Lucas scosse la testa, guardando l'ultima lettera, poi prendendo quella prima per leggerla di nuovo. «Non capisco questi termini legali canadesi. *Crown Counsel*? *Examination for discovery*?»

Mi leccai le labbra. «Non sono un'esperta del sistema americano, ma ho guardato tutte le puntate dello show *The good wife* l'anno scorso. Un *Crown Counsel* è quello che negli Stati Uniti chiamate un Procuratore. Una *examination for discovery* qui viene chiamata deposizione.»

«Quindi...»

«Il procuratore vuole sapere se sono una testimone attendibile per la difesa. E se lo sono, vogliono sapere quello che so per quando mi faranno il contro-interrogatorio nel processo.»

Lucas mi fissò. «Ma tu sai e io so che non sei un testimone per la difesa. Non hai idea di dove fosse tuo fratello.»

Mi morsi il labbro superiore e mi strinsi nelle braccia. «Esatto.»

«Quindi se ci vai e glielo dici, te li toglierai di dosso.»

I nostri sguardi si incrociarono e restammo a guardarci, io con il petto che sembrava farsi sempre più stretto e il cuore che correva. Sì, stava cercando di dimostrarmi come poteva essere facile. Come avrei potuto liberarmi del fardello che mi stavo portando addosso.

Ma c'era un altro fardello e, per quanto fossi frustrata, arrabbiata e ferita, non sapevo come trattarlo. Una pazzia, davvero, pensare alla tua stessa famiglia come a un fardello. E una volta che l'avessi fatto, li avrei effettivamente tagliati fuori dalla mia vita, probabilmente per sempre.

«Kat» disse sommessamente Lucas.

Denti stretti e lacrime che mi bruciavano gli occhi. Sbattei furiosamente le palpebre. «No» dissi, con la voce bassa e tremante. «So quello che hai intenzione di dire.»

Lucas allungò la mano a palmo in su, aspettando la mia, ma quando non la mossi la ritirò lentamente. «Tengo molto a te. Voglio che tu riesca a liberarti. So che lo vuoi…»

«Non è così semplice» mormorai.

Sorprendendomi, Lucas rimase in silenzio per un lungo momento prima di continuare. «So anche quello. La tua situazione è diversa dalla mia di allora, ma ci sono delle similitudini. Una differenza importante, però, è che tu non sei sola. Sarò con te per ogni passo che dovrai intraprendere.»

Era difficile deglutire e stavo per diventare molto emotiva. E, accidenti, avevo già perso il controllo una volta davanti a lui. Non doveva vederlo un'altra volta. Quell'orribile unico pianto a dirotto era più che sufficiente da sopportare per chiunque per una vita intera.

«Devo andare a pensarci per un po'. Mi collegherò e andrò a uccidere un po' di roba nel gioco. Mi aiuta sempre a pensare.»

Lucas sorrise. Solo un vero giocatore avrebbe capito quel modo di pensare e Lucas era assolutamente un vero giocatore.

Passarono le ore e controllai l'orologio, mi feci strada da sola attraverso due missioni difficili e usai quel tempo per pensare fino in fondo a ogni possibile scenario nella situazione della mia famiglia. Sembrava tutto così facile e logico nel modo in cui lo aveva detto Lucas. Non c'erano dubbi.

E Lucas stesso. Era meraviglioso. Sì, si stava comportando in un modo un po' strano, ma lo imputavo al nostro ritorno alla vita reale. Per non parlare del confronto straziante con i suoi genitori del giorno prima. Chiunque sarebbe stato distratto dopo una cosa simile.

Ma la sua gentilezza, la sua ammissione che teneva a me, la sua offerta di essere con me quando finalmente avrei affrontato i miei demoni... erano le cose cui non riuscivo a smettere di pensare.

In fondo al mio cuore le emozioni ribollivano e mi ponevo domande, facevo ipotesi. Non solo i miei pensieri stavano correndo e facendo testacoda come auto impazzite lungo uno stretto sentiero, ma i miei sentimenti stavano straboccando e mischiandosi. Il vecchio e il nuovo. Dover tagliare i ponti con la mia vita precedente e affrontare le strane ed eccitanti prospettive che prometteva la nuova vita.

Ero pronta?

Ero un tipo tosto. Avevo fatto tanto strada, e da sola. Ma non volevo continuare così.

Giocai ancora un po' e arrivò il primo pomeriggio. Avevamo portato a spasso il cane in silenzio e poi mangiato qualcosa. I miei occhi vagarono verso l'orologio, conscia che avrei potuto sistemare tutto con una telefonata. Il numero di telefono era stampato su ciascuna di quelle lettere dello studio legale sul tavolo della cucina.

Mi mordicchiai il labbro e diedi un'occhiata a Lucas che non aveva più insistito dopo avergli detto che mi serviva tempo per pensare. «Allora, se facessi quella telefonata. Dovrei andare in Canada. Abbastanza presto. Probabilmente tra una settimana o due.»

Lui annuì. «Sì.»

«Ma c'è il lavoro» cercai di svicolare.

«Beh, abbiamo chiesto una settimana di ferie e stiamo tornando tre giorni prima. Potremmo decidere di rientrare domani e spiegare che ci servono alcuni giorni la settimana prossima. È un volo breve, no?»

«Circa tre ore.»

Lucas annuì, riflettendo. «Potremmo partire la mattina e tu potresti andare direttamente all'ufficio del Proc... ehm, del *Crown Counsel*. Entrare, rispondere alle domande...»

«Per la *examination for discovery*, ci devono essere anche gli avvocati di mio fratello. Devono esserci per il controinterrogatorio. E anche Derek avrebbe il diritto di esserci se lo vuole.»

«Ma non i tuoi genitori, se succede come qui. O chiunque altro, giusto?»

Annuii, confermando.

«E non saresti obbligata a parlare con i suoi avvocati prima di aver fatto la tua dichiarazione.»

Sospirai. «Giusto. Li chiamerò e vedrò quando possono fissare una data, prima di perdere il coraggio.»

Con mio sgomento, il mio telefono era completamente scarico, quindi Lucas sbloccò il suo e me lo passò. «Ce la farai, Kat, ricordati che sei un tipo tosto.»

Feci il numero, mi portai il telefono all'orecchio e, senza rendermi conto di quello che stavo facendo, gli presi la mano. Lui strinse la mia, forte, rassicurandomi in silenzio che era lì. Mi copriva le spalle. Eravamo una famiglia ed era così che ci comportavamo.

Strinsi anch'io forte la sua quando qualcuno rispose e chiesi della persona indicata nella lettera. La telefonata fu sorprendentemente breve, ma erano più che concilianti. Fissarono un appuntamento per la deposizione il giovedì successivo alle tredici.

Gli avvocati di Derek avrebbero ricevuto la notifica, e anche Derek, e avrebbero mandato qualcuno per controinterrogarmi dopo la mia deposizione e le domande del procuratore.

Lucas mi osservò attentamente per tutto il tempo in cui parlai, poi fece alcune domande per chiarire la faccenda appena chiusi la telefonata.

Dopo un attimo, restammo seduti in silenzio... Poi Lucas respirò a fondo e mi guardò ancora con aperta ammirazione. Lo sguardo che mi aveva fatto delle cose... l'ultima volta in cui mi aveva guardato così.

«Sei formidabile, lo sai?» disse sommessamente.

E, di colpo, quell'emozione era sul punto di traboccare un'alta volta. Gli occhi che pungevano, la gola chiusa. Tutto che si torceva e si stringeva dentro di me. Balzai fuori dalla sedia e gli gettai le braccia al collo. Lui mi afferrò e mi tenne mentre gli cadevo in grembo.

Lo strinsi forte come se non volessi più lasciarlo andare, seppellendo il naso che bruciava nella maglia appena lavata... quel suo odore di sapone. La sensazione di quelle braccia forti intorno a me, la sua fiducia nella mia forza. Erano le stesse cose per cui mi avevano continuamente criticato mentre crescevo, e Lucas mi stava apertamente mostrando che erano qualità ammirevoli, desiderabili. Apprezzate.

Voltai la testa e poi, senza pensarci, gli baciai il collo, la guancia ruvida. La sensazione della barba corta che sfregava contro la mia pelle accese una nuova passione in me. Avevo bisogno di lui, di stare tra le sue braccia, di sentire le sue mani, la sua bocca e il suo corpo su di me. Avevo bisogno di adorarlo ed essere adorata da lui.

Ci baciammo a lungo, appassionatamente. Non era solo desiderio. No. C'era qualcosa di più che non c'era mai stato prima. In quel momento capii che cos'era.

Oddio. Mi ero innamorata di quell'uomo. Innamorata pazza. Eppure era successo così lentamente e gradualmente che sembrava quasi fosse cominciato nel momento in cui ci eravamo conosciuti, più di un anno prima.

Ma ciò che c'era tra di noi e che c'era stato da tanto tempo, senza che il mio cuore idiota lo riconoscesse, per me non era più un mistero.

Amore . Semplice, genuina ammirazione per quell'uomo, per tutto ciò che era e per tutto ciò che aveva fatto per me, che fosse o meno per altruismo.

Aprii la bocca, approfondendo il bacio finché Lucas mi spinse gentilmente le spalle, separandoci. Eravamo entrambi senza fiato e lui sembrava… stordito, diviso e un bel po' confuso.

Aggrottò la fronte, scuotendo la testa. «Non possiamo. È…» I suoi occhi scuri fissi nei miei. «Non staremo assieme ancora per molto tempo.»

Cercai di capire l'espressione sul suo volto. «Sì, è quello che avevamo concordato all'inizio, vero? Restare insieme fino a quando avessi ricevuto la carta verde. Ma…» abbassai gli occhi sul suo petto che si alzava e abbassava, pensando bene alle mie prossime parole.

Lucas sembrò restare senza fiato per un attimo a quel *ma* , ma non disse niente.

Tornai a guardarlo negli occhi, decisa, con feroce determinazione. *Ricorda che sei un tipo tosto, Kat* . Mi tornarono in mente le sue parole. Aveva ragione. *Avevo* il coraggio di dirlo, maledizione. E lo dissi.

Feci un respiro profondo, decisa a tirar fuori tutto. «Lucas… sono innamorata di te.»

Capitolo Ventitré
Lucas

SE MAI C'ERA STATO UN MOMENTO IN CUI RIMASI SENZA parole, fu proprio quello. Porca vacca. Era l'ultima cosa che mi aspettavo uscisse dalla bocca di Kat e invece. *Sono innamorata di te*. Quelle quattro parole restarono sospese nell'aria tra di noi come una barriera, come un fumogeno, oscurando tutto.

Lasciai uscire lentamente il fiato. Sembravo un palloncino che fosse stato lasciato andare prima di legarlo. Sentivo il cuore sbattere in petto. «Io, uhm, non ho idea di che cosa dire al riguardo.»

Kat sbatté gli occhi e si tirò indietro, guardandomi attentamente con gli occhi sgranati.

Wow, bella mossa, cretino.

«Tu non devi dire niente. Solo… ho pensato di dovertelo dire.»

Avevo il cuore che batteva a raffica, il palmo delle mani sudato. La classica reazione "combatti o fuggi".

Kat spalancò gli occhi. «Lucas?»

Deglutii. Stava diventando più difficile respirare lì o ero solo io?

«Lucas, ci sei? Stai bene?»

Alzai gli occhi su di lei. «Io... uhm... credo che porterò Max a fare una passeggiata. Ho bisogno di pensare.»

Kat ritrasse le labbra in bocca, mordendole, poi annuì. «Okay, lui ne sarà entusiasta.» In effetti il cane, sentendo la parola con la P arrivò trotterellando verso di me, scodinzolando felice. Eravamo appena stati fuori, ma era un avido bastardo e quanto pareva, un'altra passeggiata era proprio quello che voleva.

Presi il suo guinzaglio e lo attaccai al collare. Katya mi seguì in anticamera mentre uscivo. «Prima che tu vada...»

Mi fermai e mi voltai, aspettando.

«Volevo dirti che non ti devi sentire sotto pressione. Voglio dire, prenditi tutto il tempo che vuoi. Possiamo aspettare a parlarne fino a che sarai pronto.»

Cazzo . Sarei mai stato pronto ad avere quella conversazione con lei?

Grugnii qualcosa e uscii con il cane, camminando lungo il marciapiede più in fretta del solito. Max non era molto contento, perché non poteva fermarsi e annusare ogni albero, ma trotterellò ubbidiente per starmi al passo.

Se solo mi fossi attenuto alle regole con lei... quelle regole così attentamente studiate... adesso sarebbe andato tutto bene. Non sarebbe successo niente di simile.

Sì, giusto . Perché era così che funzionavano i cuori. Maledizione.

Non avevo idea di come funzionassero i cuori ma *sapevo* che non potevo rifarlo. Non potevo deluderla e lo avrei inevitabilmente fatto perché il passato aveva dimostrato che facevo schifo come marito.

Inoltre non c'era la minima possibilità che riuscissi a sopportare di venire deluso da lei, se mai fosse successo.

Non che pensassi che mi avrebbe fatto quello che mi aveva fatto Claire. *Ma* , ed era un grosso *ma* , una volta che questa cosa tra lei e me avesse fatto fiasco, e sarebbe inevitabilmente successo, non riuscivo a *non* immaginare che cosa avrebbe fatto a me.

I pezzi che avevo dovuto rimettere insieme dopo Claire e tutte le conseguenze del dramma familiare, non erano niente in confronto a ciò che mi avrebbe fatto perdere Kat in quel modo. Adesso stavo correndo e abbassai gli occhi su Max, che mi stava felicemente al passo.

Max, che aveva fatto parte della mia terapia, parte del mio miglioramento. Ero andato a vedere uno psicologo nei primi sei mesi dopo aver abbandonato la casa di famiglia e aver ricominciato nella nuova università. C'era voluto tempo per guarire e per certi versi non c'ero mai riuscito del tutto. Prendermi cura di un cucciolo mi aveva aiutato. Ed ero grato a Max perché era stato lì per me e c'era ancora.

Perché non mi ero attenuto al piano originale? Il piano studiato per tenerci a distanza, che ci avrebbe visti lasciarci in termini amichevoli.

Già, avevo incasinato tutto, ma era ora di tornare alle mie regole. Avevamo sempre avuto una data di scadenza, Kat e io. In modo che le cose non finissero per bruciarci.

In modo da poter mantenere un minimo di amicizia dopo questo. In modo da poter lavorare insieme in modo produttivo. In modo da non ferirla come avrei inevitabilmente fatto. Doveva finire come avevamo programmato.

E anche mentre me lo dicevo, con i piedi che battevano il marciapiede con regolarità, sapevo che era una bugia. Quando mi dicevo che i sentimenti non erano reciproci, *sapevo* di mentire. Quando mi dicevo che Katya non era niente di più di una collega fidata e rispettata... Era una bugia.

Era amore? Chi lo sapeva. Non credevo nemmeno di esserne capace. L'amore non era per me. E, *diavolo,* il matrimonio non faceva per me.

Kat restò nella sua stanza dei giochi per quasi tutta la notte. Cenai da solo e non so nemmeno se lei avesse mangiato o che cosa le stava passando per la testa. Ma, come un codardo, evitai di avvicinarla e le lasciai fare le sue cose. E io mi occupai delle mie.

Era così che doveva andare fin dall'inizio.

Kat fu gentile e cordiale al mattino, quando ci preparammo e andammo a lavorare come d'accordo. Era quasi come se non avessimo mai avuto la conversazione che non era mai stata conclusa. *Quasi*. Qualcosa non era proprio a posto.

Kat era più silenziosa del solito. Oppure non mi stava guardando come prima, o allo stesso modo. Oppure, cazzo, forse era solo la mia immaginazione.

Parlammo di altre cose mentre andavamo in auto al lavoro, con il cane. Almeno avevamo la giornata lavorativa per tenerci occupati, quindi non mi sarei fissato su che cosa dirle quando avremmo ripreso l'argomento.

Fui preso in fretta da altri problemi.

La voce che eravamo tornati in anticipo dalla vacanza era girata in fretta. Ricevetti un messaggio da Jordan, che voleva vedermi nel suo ufficio il più presto possibile. Andai nell'area dell'atrio interno dove c'erano gli uffici eleganti dei dirigenti e dei direttori. La sua assistente non era alla scrivania, quindi bussai.

Jordan l'aprì in fretta, ma non mi fece segno di entrare. «Andiamo alla porta accanto.»

Fissai per un attimo la porta dell'ufficio di Adam. «Non mi avevi detto che avremmo incontrato Adam.»

Ero vestito normalmente per una giornata di lavoro: jeans e la maglia del concerto di una band sconosciuta che si era divisa un decennio prima. La lisciai con le mani, sentendomi di colpo a disagio. Non era così che volevo apparire al grande capo che non aveva ancora deciso se avrei o meno avuto il lavoro agognato.

Jordan mi afferrò per la spalla e mi condusse verso l'ufficio dell'AD. «Va bene così, vieni e basta.»

«Se mi dirà qualcosa su come sono vestito, ti farò il culo in un incontro di braccio di ferro davanti alla tua ragazza. *Poi* ti verserò della birra gelata negli shorts» dissi a denti stretti.

«Mi sta bene. April non mi tiene intorno per i miei bicipiti, se capisci che cosa intendo dire.» Ammiccò disgustosamente e spalancò la porta dell'ufficio di Adam senza bussare.

Digrignai i denti e gli diedi un'occhiataccia, superandolo per entrare nell'ufficio. «Sanno sempre tutti quello che intendi dire, Jordan.»

Adam stava finendo una telefonata quando entrammo ma non parve sorpreso o stupito che Jordan fosse entrato in quel modo. In effetti, si stava comportando come se Jordan lo facesse tutti i giorni.

Adam si voltò verso la finestra, finì la telefonata e poi si infilò in tasca il telefono. Notai con sollievo che anche lui era vestito in modo informale: jeans e una polo.

«Allora, Lucas, come stai? Sembra che abbia bisogno di un po' di caffè.»

Mi passai una mano nei capelli, imbarazzato e cercai di ignorare la risatina di Jordan, che era rimasto al mio fianco. Mi sarei vendicato più tardi, anche se voleva dire avvolgere nella plastica l'orinatoio nel suo bagno personale. Avrei usato scherzi da confraternita, se necessario.

«Sto bene.» Quando la mia voce si spezzò, la schiarii. «Va tutto bene. Ho solo fatto tardi stanotte.»

Adam sorrise. «La mogliettina ti tiene sveglio fino a tardi?»

Già, era proprio così, ma non, sfortunatamente, come intendeva Adam. No, avevo solo ripensato ossessivamente per tutta la notte a come uscire incolume, e senza spezzarle il cuore dalla situazione in cui ci trovavamo.

Tutte le soluzioni avevano puntato su *impossibile* .

Ciò nonostante, cercai un modo per dargli una risposta corretta. Adam e Jordan si guardarono in faccia e cominciarono a ridere. «Va tutto bene, Lucas. Ti stavamo solo prendendo un po' per il culo.» Adam sorrise.

Bene, speravo che non fosse solo l'antipasto di merda di un intero pranzo di merda a base di pessime notizie. Mi schiarii la gola, preoccupato mentre Adam sembrava studiarmi.

«Allora, giovedì prossimo c'è la riunione trimestrale del consiglio di amministrazione...»

Annuii.

«Vorrei che tu e Jeremy presentaste loro i vostri progetti e le slide.»

«Significa che dovrai mettere un completo quel giorno» si intromise inutilmente Jordan.

«Okay, posso farlo. C'è una tabella di marcia, uhm...» Esitai a fare direttamente la domanda.

Adam sorrise. «Beh, che resti tra noi tre e te lo sto dicendo in modo strettamente confidenziale, ma i dirigenti hanno accettato la tua visione e i tuoi progetti. Il consiglio vuole vedere i due concorrenti per fare le loro raccomandazioni. Jeremy riceverà anche lui buone notizie, anche se non quella che si aspettava riguardo questo lavoro. Ma silenzio anche su quello. Gli parlerò tra non molto.»

Scossi la testa, senza capire. «Vuoi dire…»

«Hai avuto il lavoro, padawan…» disse Jordan.

«… in attesa dell'approvazione del consiglio, *se* la riunione andrà bene. Sì. È tuo. Sarai il nuovo direttore della Draco VR» confermò Adam.

Mi attraversò una scarica di… qualcosa, prima di registrare le sue parole. Vittoria? Incredulità? Sollievo o emozione inebriante?

Probabilmente un po' di tutto, mischiato assieme. Scossi la testa e quasi gli chiesi di ripetere le parole. Da parte loro, Jordan e Adam sembravano osservare attentamente le mie reazioni. Jordan mi mise la mano sulla spalla. «Hai bisogno di un momento?»

Scossi via la sua mano e invece gli battei il pugno, poi presi la mano che mi stava tendendo Adam. «Benvenuto a bordo, Lucas. Sarà una giostra infernale, ma spero che ti piacerà.»

Di colpo non riuscii a contenere il sorriso. Roba da far male alle guance. Whoa, whoa. Era… whoa!

Mi si affollarono nella mente tutte le cose che dovevo fare prima di cominciare il nuovo lavoro, tutte le persone a cui dovevo dirlo.

Mi fermai con quel pensiero in testa. «Riguardo a non dirlo a nessuno…»

«Devi farle giurare di mantenere il segreto» rispose Adam, capendo immediatamente a chi mi riferivo. «In circostanze normali non avrei problemi sul fatto di dirlo immediatamente ai coniugi, ma lei lavora qui. E ci sono buone notizie in arrivo anche per lei, ma aspetterò e gliele darò io direttamente, se non ti dispiace.»

Annuii. «Certo, certo.» Speravo significasse che avrebbe avuto il nuovissimo lavoro di verifica strutturale di cui stavano parlando, creato appositamente per lei. Lo avrebbe svolto magnificamente.

Jordan mi riaccompagnò alla Tana, sparando un "consiglio prezioso" dopo l'altro per la presentazione al consiglio. Niente da dire al riguardo. Fino a quel momento i suoi consigli erano stati validi, tanto da farmi ottenere il lavoro... o forse era stato il mio duro lavoro.

Mi diede una pacca sulla spalla appena prima di aprire la porta. «Ancora congratulazioni, Lucas. Adam è rimasto affascinato dalle tue idee. Specialmente quella sulla versione Draco del Pokemon Go.»

Una cosa era certa, non avrei mai ottenuto quel lavoro senza Katya. Prima con il suo aiuto nel rispettare la scadenza... il motivo originario per cui l'avevo sposata per tenerla negli Stati Uniti. E poi con i suoi suggerimenti per il mio progetto. Erano stati azzeccati e li avevo usati tutti, con qualche abbellimento qua e là. Mi chiesi se ci fosse un modo per ringraziarla. Se potessi comprarle qualcosa di speciale, oppure...

Forse, mentre eravamo in Canada, avrei potuto portarla a cena in qualche bel posto.

Presumendo che volesse ancora avermi intorno dopo il modo in cui avevo reagito alla sua ammissione di amarmi. Doveva essersi sbagliata. Confusa. Erano le uniche cose cui riuscivo a pensare. L'amore non era mai stato nei piani.

Decisi di aspettare e vuotare il sacco mentre andavamo a casa. Meglio parlarne in privato. Specialmente da quando il corridoio segreto era stato compromesso, come aveva inavvertitamente dimostrato lei mesi prima, quando era venuta alla luce la notizia del nostro matrimonio.

Dato che era buio, era un po' difficile capire la sua espressione. Ma sembrava si stesse comportando normalmente, anche se non nel solito modo esuberante.

«Allora, questo pomeriggio Jordan mi ha fatto chiamare» cominciai.

Lei alzò gli occhi dal telefono e si voltò verso di me. «Sì? Aveva qualche notizia?»

«Beh, quando sono andato nel suo ufficio, mi ha accompagnato in quello di Adam e...»

«Oh mio Dio! Lo sapevo. Sapevo che ce l'avresti fatta!»

La guardai sorpreso. «Cosa? Cioè, come...?»

«Se mi stessi raccontando la storia perché non avevi ottenuto il lavoro ti staresti comportando come il figlio dell'amore tra Scrooge e il Grinch. In effetti, quello era il tuo comportamento normale.»

Sbuffai. «Accurato... immagino.»

«Oh, scusa. Ti ho derubato della possibilità di darmi la buona notizia?»

Scossi la testa. «No, va bene.»

«Beh, stai guidando, quindi rimanderò l'abbraccio per congratularmi per quando saremo scesi dall'auto.»

Sorrisi. «Grazie.»

«Ah, durante la pausa ho comprato i biglietti aerei per la settimana prossima e ho prenotato un albergo a prezzi ragionevoli che non è nella parte malfamata della città. Gente, quando sono cresciuti tanto i prezzi degli alberghi di Vancouver? Immagino che avrei potuto guardare a PoCo, ma non me la sono sentita di rischiare di incontrare gente che conosco.»

«PoCo?»

«Port Coquitlam. È il nomignolo della mia città natale.»

Quando scendemmo dall'auto e liberai Max dal sedile posteriore, Kat girò intorno all'auto e spalancò le braccia. «Sono coooosì eccitata per te. Te lo meritavi. Finora questa settimana è stata così bella per noi!»

Mi avvolse le braccia intorno. La sua felicità era sincera e contagiosa e fece aumentare esponenzialmente la gioia che stavo provando. La strinsi forte, chiudendo per un attimo gli occhi, godendomi il profumo dei suoi capelli, la sensazione delle sue curve premute contro di me.

Qualcosa si mosse dentro di me. Avevo le parole sulle labbra. La mia espressione di gratitudine, il forte senso che ci eravamo riusciti insieme. Il lavoro di squadra che avevo sentito di poter fare con lei e altro.

Ma l'ammissione del giorno prima dei suoi sentimenti era come un enorme blocco stradale tra di noi. Con le tavole incrociate dipinte di colori vivaci e le luci lampeggianti. Ma dall'altra parte di quella barriera riuscivo ancora a vedere noi. *Insieme*. Felici, che lo facevamo durare.

Una fitta di dolore quasi fisico mi colpì il petto quando pensai di tornare a casa dopo una lunga giornata di lavoro, da solo. E a lei che viveva da qualche altra parte. Mi sarei sentito perso tra quelle quattro mura da solo. Sentivo la gola chiusa e maledissi la mia stupidità per non averla tenuta a distanza. Per essermi permesso di provare qualcosa…

Perché in quel momento volevo chiederle di provarci con me. Di restare. Di vedere dove saremmo potuti arrivare. Sembrava la scintilla dell'inizio di qualcosa di grande. Era possibile?

Oppure avremmo dovuto attenerci al piano A e lasciar perdere intanto che era possibile?

La seguii in casa mentre lei parlava alla velocità della luce, chiedendo particolari del lavoro, e, sorprendentemente, erano parecchi.

«Beh, non è ancora ufficiale e, a proposito, Adam mi ha specificatamente chiesto di farti giurare che manterrai il segreto.»

Lei si fece il segno di una croce sul petto. «Acqua in bocca.» Si sedette sul divano e cominciò a dare grattatine al cane, che si stava prostituendo per avere il suo affetto, come al solito. «Quando diventerà ufficiale? Dovremmo fare una festa.»

Sospirai. «Beh, mi fanno fare questa stupida presentazione al consiglio di amministrazione giovedì mattina. La cosa non mi entusiasma ma…»

Mi fermai. Il suo volto si era scurito all'istante. Avevo detto qualcosa di sbagliato?

«Giovedì mattina… intendi il prossimo giovedì mattina?»

Oh, merda. Mi sentii stringere lo stomaco ricordando ciò di cui avrei dovuto rendermi conto molto prima. Mi strofinai la fronte con il palmo della mano. «Kat, mi dispiace. Non me n'ero reso conto.»

Lei sbatté gli occhi e il suo atteggiamento rivelò immediatamente che si stava richiudendo in se stessa. Tolse la mano dal cane, che continuò a stuzzicarla con il naso.

«Max, vai a sdraiarti» dissi seccamente.

Il cane ubbidì, dandomi un'occhiata mentre andava. Kat si alzò di scatto dal divano e lo seguì, poi andò diritta in cucina. Quando ci arrivai io, lei tolse una bottiglia d'acqua dal frigorifero, l'aprì e la svuotò a metà mentre guardavo.

«Mi dispiace. Possiamo chiamare domani e far spostare la deposizione...»

Kat scosse la testa. «No, non possiamo farlo. Gli avvocati di Derek hanno confermato e ci saranno anche loro. Si sono procurati una stenotipista indipendente e una troupe videografica per documentarla. Inoltre ho già i biglietti aerei e l'albergo. Non puoi chiedere ad Adam di spostare la riunione del CDA?»

No. Non solo non potevo, non volevo chiederglielo. «Quelle riunioni sono fissate con mesi d'anticipo. I membri del consiglio sono gli amministratori delegati e i dirigenti di altre società. Sarebbe orribile da parte mia...»

Lei mi guardò sbattendo gli occhi. «Cosa? Lasciare il paese per un urgente affare di famiglia? Non lo capirebbero e non chiuderebbero un occhio?»

Feci un respiro tremante e mi passai le dita tra i capelli. Merda. Le avevo promesso che ci sarei stato per lei e adesso... adesso non potevo farlo.

«Non so che cosa fare. Mi dispiace.»

In quel momento mi sentii uno schifo come amico. E il peggior marito di sempre. Perché cambiare il ruolino di marcia?

Una sola occhiata al suo viso pallido, gli occhi spalancati mentre pensava a fare, da sola, tutto ciò che doveva fare mi fece torcere le budella.

Ecco. Quello era il motivo per cui non avrei mai dovuto essere un uomo sposato. Deludevo le donne nella mia vita. E avevo deluso Kat dopo averla convinta a fare la cosa di cui aveva talmente tanta paura da aver messo in programma di non tornare mai più in Canada pur di non doverla fare.

Ed eccomi, che mi stavo tirando indietro.

Ma, sinceramente, non vedevo via d'uscita, eccetto clonarmi.

Scossi la testa. «Mi dispiace, Kat.»

Quando sbatté gli occhi, erano pieni di lacrime. «Beh, mi avevi avvisato, no? Che non eri bravo a fare il marito. Peccato che tu non abbia colto quest'occasione per migliorare.»

Un pugno invisibile nello stomaco. Mi tolse il fiato. Non era niente di più di quanto mi ero (e le avevo) detto parecchie volte. Ma per qualche motivo sentirmelo dire da lei, con quella voce tremante e ferita, mi bucò come una freccia.

Non credo che avrebbe potuto darmi un colpo più basso se mi avesse preso a calci nelle palle.

Capitolo Ventiquattro
Katya

S EMBRAVA CHE GLI AVESSI DATO UN PUGNO IN FACCIA. E dovevo ammetterlo, in un certo senso era quello che volevo fare, anche se una parte di me continuava a rimproverarmi perché ero arrabbiata. Era stato solo un errore. Comunque faceva schifo che non prendesse nemmeno in considerazione la possibilità di fare qualcosa.

Non che potessi pensare a una soluzione proprio in quel momento, ma, accidenti, non pensavo di essere così irragionevole aspettandomi che almeno tentasse. Chiaramente non era quello che voleva.

E, certo, probabilmente aveva a che fare con il fatto che gli avevo detto che ero innamorata di lui. Che diavolo stavo pensando, dirlo a quel modo? Probabilmente era dal giorno prima che dentro di sé stava urlando e contando i giorni che mancavano al mio trasferimento. *Merda*.

Non piangerò. Non piangerò. Non piangerò.

Lucas distolse gli occhi, trattenendo il fiato, poi sembrò prendere una decisione. «Te l'avevo detto fin dall'inizio. Te l'ho ricordato a Napa. Avevamo sempre...»

«... avuto una data di scadenza. Lo so. Sembra che questo matrimonio sia invecchiato in fretta come il latte.»

Il pomo d'Adamo di Lucas si mosse su e giù quando deglutì. «Riguardo a ieri...»

Scossi la testa. «Non voglio parlare di ieri e nemmeno tu. Sei troppo occupato a far avverare la tua stessa profezia e io non voglio averci niente a che fare.» Lucas sembrò perplesso, quindi mi spiegai. «Ti sei convinto da solo che eri stato un pessimo marito per Claire e che quindi saresti stato un pessimo marito per chiunque altro. E questo significa che non vuoi nemmeno provarci.»

«Non ho intenzione di negarlo. Te l'ho sempre detto.»

Alzai le mani, frustrata. «Lucas! Avevi diciannove anni, eri un ragazzino. Lei si aspettava che ti prendessi cura di lei, come una bambina. Non eri suo padre e non meritavi che ti addossasse quel peso. Stavi ancora cercando di capire come essere un adulto, cominciando la tua vita al college e tutto il resto.»

Feci un respiro profondo per riprendere il controllo. La mia voce stava crescendo di volume e non volevo che diventasse uno scontro a chi urlava di più. Ma, accidenti, lui e la sua testardaggine mi stavano veramente irritando. «Ma adesso sei un uomo adulto. Un uomo che si è fatto da solo e che sa quello che vuole. Hai buttato via tutti gli orpelli e i vantaggi che ti venivano dalla tua famiglia e dalla tua infanzia. Hai scelto una strada tua, ti sei costruito una carriera e stai avendo successo. Non sei più la stessa persona che ha abbandonato tutto dopo il tuo primo matrimonio. E io *non* sono la tua prima moglie. Sono un'adulta che non ha bisogno né vuole che qualcuno si prenda cura di me. Lo faccio da sola.»

Lucas aprì la bocca per protestare, ma alzai una mano per fermarlo. Non avevo ancora finito.

«Sei un collaudatore di videogiochi, sai che cos'è un errore di logica nella programmazione. Beh, li hanno anche i cervelli umani. E tu avevi un enorme errore di logica da qualche parte nel tuo cervello quando hai divorziato da Claire. Ti sei inventato questa convinzione che a causa di quell'unico caso con quell'unica donna, tu non ce la puoi fare. O non vuoi.»

Lucas scosse la testa. «Ti ho detto in che condizioni mi aveva lasciato, che quel fallimento, tra tutti gli altri fallimenti mi aveva messo a terra. Mi ci è voluto tutto quello che avevo per rimettermi in piedi. Non posso semplicemente rischiare di rifarlo.»

Scossi tristemente la testa. «Non ci sono garanzie nella vita, mai. Conosci quel vecchio detto che l'unico modo sicuro di non vincere mai una partita è non giocare mai? Questo sei tu, che prendi la palla e vai a casa perché hai paura.»

Lucas parlò a denti stretti. «Non c'è niente di sbagliato nell'avere paura. Non c'è niente di sbagliato nel non voler deludere la gente a cui tieni. Non voglio deluderti eppure è inevitabile. Tutta questa situazione è una delusione che ti sto dando. Vedi? La profezia si è avverata.»

«Beh, io ho paura di andare in Canada e affrontare la mia famiglia. Ma sai una cosa? Lo farò. E ora sembra che dovrò farlo da sola. Fanculo. Lo farò. Sono terrorizzata ma lo farò.»

Lucas scosse la testa guardandomi, con un'emozione vera sul viso, per la prima volta. Pensai perfino di vedere qualcosa nei suoi occhi, forse lo stavo immaginando. O forse desideravo solamente di averlo visto davvero: le lacrime che li velavano.

Lucas strinse il pugno e lo batté sul ripiano accanto a lui. «Non posso essere responsabile per la felicità di un'altra persona, Kat. È quello che mi ha fatto affondare la prima volta. Deludere tutte quelle persone. Non posso e non voglio essere responsabile per la tua felicità.»

Sbattei le palpebre per scacciare le lacrime, che però scesero lo stesso lungo le guance. Mi rifiutai di asciugarle. «Certo che non sei responsabile per la mia felicità. Ma sei responsabile per la *tua* . E solo tu sai, in cuor tuo, come arrivarci.»

Tirai il fiato e, con orrore, mi resi conto che assomigliava a un singhiozzo. Premendomi il dorso della mano sulla bocca, mi voltai e uscii dalla cucina, diretta nella mia stanza. Lucas non mi fermò.

Appena arrivai nella camera, capii che non c'era modo che riuscissi a passare un'altra notte in quella casa. Semplicemente non potevo. Mi avrebbe fatto troppo male. Era abbastanza brutto che dovessimo incrociarci al lavoro tutti i giorni. Forse una volta che si fosse impratichito un po' con il nuovo lavoro, non l'avrei visto molto in giro. Ma fino ad allora...

No, me ne dovevo andare. Presi il telefono e mandai un messaggio a Heath e, senza aspettare la sua risposta, presi la mia malandata sacca da campeggio e cominciai a infilarci le cose essenziali. I vestiti per i giorni successivi, ogni cosa di cui avrei avuto bisogno. Se Heath non poteva accogliermi, avrei contattato qualche altro amico. O, diavolo, avrei attinto ai miei fondi per l'appartamento e sarei rimasta in albergo fino al momento di partire per il Canada.

Andai in bagno e raccolsi le mie cose anche lì. Parecchie cose erano ancora impacchettate dal viaggio a Napa quindi fu facile. Avrei provato a tornare per prendere alcune altre cose prima del viaggio. Avrei sicuramente avuto bisogno di una giacca più pesante dato che l'autunno era certamente arrivato nel nordovest mentre nel sud della California faceva ancora molto caldo.

Avevo quasi finito quando vidi un'ombra con l'angolo dell'occhio e mi voltai, Lucas riempiva la soglia, con le mani appoggiate sugli stipiti.

Chiusi la cerniera della sacca e mi raddrizzai, scostando una ciocca di capelli dagli occhi.

I suoi occhi si puntarono sulla sacca. «Te ne stai andando?»

«Ho pensato che fosse meglio» dissi sommessamente. «Sai, perché tanto stiamo per scadere.»

Lui sbatté gli occhi, con la bocca dura. Sembrava fosse sul punto di protestare. «Non è necessario che te ne vada.»

«Sì, invece. Non c'è più bisogno di fingere. Abbiamo avuto entrambi quello che volevamo, no? Io la carta verde. Tu il lavoro. Adesso dovremmo tornare alla nostra vita reale.»

Aggrottò le sopracciglia, come se non capisse. «La vita reale?»

«La nostra vita precedente, sì.»

Il mio telefono fece un bip. La risposta di Heath convogliava la sua confusione alla mia richiesta di restare da lui per qualche giorno, ma era più che felice di ospitarmi. Era tutto quello di cui avevo bisogno. Scrissi una risposta e schiacciai invia.

Lucas non si era mosso.

«Dove vai?»

«Da Heath finché dovrò partire per il Canada. E dopo…» feci spallucce. Aspettai e ancora non si spostò, guardandomi con quegli intensi occhi scuri. Controllai di avere tutto e colsi il lampo del diamante che avevo al dito.

Ah già. Beh, maledizione, dovevo restituirlo, vero? Merda.

Me lo sfilai dal dito, poi lo alzai in modo che vedesse che lo stavo appoggiando con cura sul comodino vuoto. «Ricordati di ritirarlo in modo da non perderlo.»

Nessuna risposta. Era come una statua. Era un momento strano e pesante. Mi misi le cinghie della sacca sulla spalla, afferrai la borsa e lo zaino e mi diressi verso la porta.

E verso di lui.

Lucas non si mosse. Mi fermai di colpo, guardandolo. «Puoi farti da parte, per favore?»

Gli occhi di Lucas erano pieni di emozioni e parole non dette. Stavano ribollendo come uno stufato, come una pentola a pressione senza valvola di sfogo.

«Resta» disse a voce bassa.

«Perché?» gli chiesi perplessa.

«Perché non voglio essere il tizio che ha buttato la moglie per strada. Puoi restare finché sarà finalizzato il divorzio.»

Risposta sbagliata, fenomeno. «Non ho motivi per restare. Voglio andare e non mi stai buttando fuori. E non sarò per strada.» Esitai, poi deglutii. Lui non si era ancora mosso.

«Lasciami andare, Lucas» dissi infine.

Lucas strinse le labbra e si fece da parte, guardandomi passare. Io sollevai i bagagli ingombranti e li lasciai cadere davanti alla porta mentre cercavo le mie chiavi.

Mi voltai verso di lui. «Io… uhm. Va bene se lascio qui il resto della mia roba per un po'? Finché deciderò dove andrò?»

Il suo volto era inespressivo, gli occhi continuavano a bruciare, la postura tesa, sulla difensiva, con le spalle e braccia rigide e pugni chiusi. «Va bene.»

«È meglio così e ora puoi tornare alla tua vita da single prima possibile.»

Lucas si limitò a guardarmi. «Quando sarà il momento farò preparare i documenti per il divorzio e te li farò avere.»

Avrei probabilmente dovuto ringraziarlo. Dopotutto, sarebbe stata una seccatura dovermi occupare della documentazione legale. Avrei dovuto ringraziarlo, ma non lo feci. Non ci riuscivo.

«Addio.» E me ne andai.

Mezz'ora dopo scendevo dall'auto nel parcheggio del condominio di Heath.

Con un sospiro, tolsi le borse dal bagagliaio. Era meglio così, come avevo detto a Lucas. La rottura netta mi avrebbe dato tempo. Per che cosa non lo sapevo… Ma il tempo guariva tutte le ferite, no?

Heath mi salutò abbracciandomi e preparandomi il mio tè preferito. Ci raccontammo gli ultimi avvenimenti e gli spiegai perché ero lì.

«Allora, che cosa significa?» chiese Heath. «Cioè… tu hai avuto la carta verde, lui il lavoro. È andato tutto come volevate, giusto. Perché sembri così maledettamente triste?»

Lo studiai da sopra il bordo della mia tazza mentre bevevo un sorso del liquido caldo e fragrante. Accidenti, mi era mancato il tè. Il tè *vero* , non il solito facsimile americano.

«Wow, è tè importato, quello vero. È così buono.» Un buon modo per evitare di rispondere alla domanda.

Heath si acciglò. «Sei innamorata cotta di lui, vero?»

Sbattei gli occhi. Wow. Niente preamboli, nessun avvertimento. Quell'accusa lanciatami addosso così, che risuonava sulle pareti e sulle superfici piatte dell'appartamento.

Scossi la testa. «Io non…»

Heath sorrise. «Tu sì. Che cos'è successo quando gliel'hai detto?»

Feci un respiro profondo. «È andato a fare una passeggiata con il cane ed è rimasto fuori per un'ora. Poi non ne abbiamo più parlato.»

«Mmm.» Heath si grattò il pizzetto. «Classico caso di negazione della verità.»

«Che cosa starebbe negando? Non ha niente da negare.»

Heath mi guardò come se fossi un'idiota. «Ah, no? Ragazza, l'ho osservato tutte le volte in cui siamo stati insieme. Quel tizio è pazzo di te. Lo è da molto prima di questa faccenda del matrimonio. Perché altrimenti avrebbe accettato di farlo?»

Scossi la testa. «Aveva bisogno che restassi nel paese per aiutarlo a ottenere il lavoro. Cioè, è carino da parte tua dirlo, Heath. Ma in questo momento non posso fare la ragazzina malata d'amore con una margherita in mano che conta "m'ama, non m'ama". Non posso giocare a quel gioco. Non con tutto quello che ho in ballo.»

Heath mi guardò, completamente perso. «Credo che tu debba mettermi al corrente.»

Quindi mi presi un'ora, e un'altra tazza di tè, per raccontargli tutto. La visita di mio fratello. Il motivo per cui dovevo andare in Canada. Tutto.

«Porca vacca» borbottò Heath quando finii. «È...» Scosse la testa. «Ragazza, se avessi avuto un po' di preavviso avrei preso qualche giorno libero e sarei venuto con te. Avresti potuto farmi da guida. Non sono mai stato in Canada.»

Mi appoggiai a lui e lo abbracciai forte. «Mi sarebbe piaciuto. Ma sai una cosa? Mi sto abituando all'idea. Non è la mia cosa preferita da fare, ma ci andrò e lo farò e smetterò di avere paura. E non dovrò più scappare. Farò la dura.»

Heath mi abbracciò anche lui. «Mi dispiace per il consiglio amoroso che non volevi. Non so perché ultimamente finisco sempre a fare il consigliere romantico, ma eccomi qui. La colpa è di Mia.»

Risi. «Povera Mia.»

Heath fece una smorfia. «No, povero *me* . Mia sta benissimo. Ma, seriamente, un giorno e molto presto, una di voi ragazze dovrà diventare la *mia* consigliera romantica, quando incontrerò il fusto dei miei sogni.»

«Ti assicuro che non è il caso che sia *io* a darti consigli!»

Poco dopo mi addormentai su un materasso gonfiabile nella mia vecchia stanza a casa di Heath.

Al lavoro tenni un basso profilo. Non potevamo esattamente evitarci, ma non facevamo nemmeno uno sforzo per chiacchierare. Due giorni dopo essermene andata, Lucas mi consegnò una busta, dicendomi che aveva firmato la ricevuta della mia carta verde quand'era arrivata.

Quindi eccolo, il modo per tornare nella nazione che avevo lasciato. Quello almeno era un peso che mi ero tolta dalle spalle e mi sentivo un po' euforica. Una preoccupazione in meno riguardo al mio viaggio in Canada.

Arrivato il fine settimana, decisi di prendermi alcuni giorni liberi extra e non tornare al lavoro prima di partire. Stava semplicemente diventando troppo difficile vederlo, sapendo che era in procinto di tornare al modo in cui stavano le cose prima. Che avrebbe pensato lui a far preparare i documenti per il divorzio. Che la sua vita stava andando avanti.

Una volta tornata, speravo che Lucas sarebbe stato impegnato nel suo nuovo lavoro in un altro edificio e che le possibilità di vederci sarebbero diventate scarse.

Cercai una riunione degli Al-Anon nella zona e partecipai e, una volta tanto, raccontai una forma abbreviata della mia storia al gruppo. Mi sostennero e ne ricavai un po' di forza. Stavo facendo la cosa giusta.

I giorni passavano e l'ansia di mettermi in viaggio e farla finita aumentava.

E mettermi tutto alle spalle. E speravo che sarebbero successe altre cose e avrebbero fatto parte di un passato lontano, ma sicuro.

Capitolo Venticinque
Lucas

KAT NON SI ERA PRESENTATA AL LAVORO. QUANDO avevo discretamente parlato con l'ufficio personale, mi avevano informato che aveva preso qualche giorno di ferie. Dato che era il lunedì prima del suo viaggio in Canada, immaginai che sarebbe rimasta assente per tutta la settimana.

Ma comunque... non sapere dov'era mi stava lentamente facendo impazzire. Kat non era presente sui social media, parte della paranoia di tenere un basso profilo. Dato che tutta la sua attrezzatura era ancora a casa mia, non appariva come videogiocatrice e il suo canale Twitch era chiuso.

E così io ero completamente al buio e stavo perdendo la testa.

Certo, stavo lavorando alla mia presentazione per il CDA, ma non dormivo e sicuramente non stavo mangiando come avrei dovuto.

E quella casa vuota, eccetto il risuonare delle unghie del cane sui pavimenti di legno e gli altri normali suoni di una casa mi stavano portando alla follia. Tutto era piatto, grigio e vuoto.

E Kat se n'era andata. Aveva lasciato un vuoto grande come lei in praticamente in ogni aspetto della mia vita.

Bene, era quello che volevo, giusto?

Perché ero un gigantesco idiota. Perché, perfino adesso, dopo tutto quello che c'era stato, non avevo una risposta per la sua ammissione aperta e schietta. *Sono innamorata di te* .

Quelle parole, dette con quella voce chiara, coraggiosa mi risuonarono nella mente per la millesima volta. Indelebili come i sentimenti che evocava. Paura, panico, un'ondata di... sollievo? Soddisfazione? Diniego.

La sera prima della grande riunione ero sul divano, stavo sfogliando le slide per l'ennesima volta. Avevo portato a casa qualcosa da un fast food per cena e poi avevo fatto una passeggiata con il cane. Facevo scorrere le immagini sul tablet, con la mente vuota, sforzandomi di concentrarmi, quando qualcuno bussò alla porta.

Per un secondo netto di adrenalina mista a speranza, pensai che potesse essere Kat. Sapevo che doveva prendere un aereo l'indomani mattina presto, ma forse era passata a prendere alcune delle sue cose?

Quando guardai dallo spioncino, non era lei. Era Julia. Dopo un momento per smaltire la profonda delusione, aprii la porta.

Mia sorella entrò in casa mia per la prima volta da mesi, comunque da prima che Kat si trasferisse da me. Erano passati solo due mesi? Era cambiato tanto da allora.

Adesso stavo misurando la mia vita in Prima di Kat e Dopo Kat. Che cosa voleva dire? Julia si guardò intorno nervosamente prima che la invitassi a sedersi. Si passò il palmo delle mani sui pantaloni, come per asciugarlo e si sedette sul bordo. «Ehi, come stai?» chiese dopo un momento, quando finalmente mi sedetti su una poltrona in diagonale rispetto a lei. «Mi dispiace essere arrivata così. È stato... beh, stavo cercando di raccogliere il coraggio di farlo e ho immaginato che salire in auto e venire qua sarebbe stato il modo più facile. Quindi mi dispiace di essermi presentata senza preavviso. È… è un brutto momento?»

Feci spallucce. Avere lì Julia poteva aiutarmi a farmi passare l'umore nero e alleviare il senso di vuoto della casa. «No. Va tutto bene. Che cosa posso fare per te?»

Julia lanciò un'occhiata verso la cucina e poi tornò a rivolgersi a me. «Katya è a casa? Vorrei parlare un po' con entrambi, in realtà. In effetti, è lei il motivo principale per cui sono qui.»

Sottosopra, mi agitai un po', ma la bugia mi venne facilmente. «No, non c'è. Si sta preparando ad andare a far visita alla sua famiglia a Vancouver domani.»

Julia sembrò sorpresa. «Non vai con lei? Non hai nemmeno ancora conosciuto i tuoi suoceri, vero?»

Agitai una mano con indifferenza. «Domani ho una presentazione importante. Una riunione cui non posso mancare. Il nuovo lavoro che voglio con tutto me stesso dipende da questa presentazione. Lei capisce.» E anche se come bugiardo facevo veramente schifo, Julia ci credette. Di solito capiva subito quando stavo dicendo cazzate, ma quella sera sembrava preoccupata. E più nervosa di come l'avessi mai vista.

Le avrei offerto un bicchiere di vino, ma grazie a Kat sapevo che non era il caso.

«Beh, posso parlare anche solo con te. Volevo… scusarmi.»

La guardai sorpresa. «Perché? Pensavo ne avessimo discusso quando abbiamo parlato alla villa. Va tutto bene. Non devi chiedere perdono a me per i tuoi problemi con l'alcool.»

Lei scosse veementemente la testa, con i capelli scuri che le frustavano le spalle. «No. È più specifico. Voglio chiederti scusa per Claire.»

Mi appoggiai allo schienale della poltrona, alzando un sopracciglio. «E adesso che cos'ha fatto?»

Julia quasi si mise a ridere. «No. Volevo dire... mi sento in colpa. Per tutti gli anni in cui ho mantenuto la sua amicizia. All'inizio erano stati la mamma e il papà a incoraggiarmi, ma poi lei è diventata una persona su cui potevo contare per divertirmi. Qualcuno con cui partecipare alle feste, fare bisboccia.»

Alzai le spalle. «Una complice, un fattore abilitante.»

Julia annuì. «Già. E per tutto il tempo, anche se sapevo quanto ti facesse male, il tuo matrimonio andato all'aria insieme alla depressione. Ero egoista e me la tenevo accanto per le mie ragioni. Certo, aiutava la famiglia a salvare la faccia, facendo sembrare amichevole la separazione, anche se non era così. Sono sicura che i nostri genitori sperassero che tu e lei vi riappacificaste, prima o poi. Incolpavano te per tutto. Ma Claire si è lasciata sfuggire abbastanza negli anni da farmi capire che non era così. Però ai nostri genitori interessa solo come appaiono le cose. E voi due che vi separate cinque mesi dopo un matrimonio da dodici milioni di dollari altamente pubblicizzato era l'ultimo pomodoro tirato loro in faccia.»

Sbuffai. «Come se non lo sapessi.»

Julia si morse il labbro e mi guardò con gli occhi sgranati. «Ho avuto un ruolo importante nel ferirti. Mi dispiace.»

Feci un respiro profondo. Non volevo esaminare l'insieme di emozioni che mi ribollivano dentro. «Scuse accettate.»

Julia si strofinò le mani sulle ginocchia. «Me la stai facendo passare liscia.»

«Sei mia sorella. Ti voglio bene. E voglio che stia meglio.»

Il suo volto si scurì di colpo. «Grazie, ma... è difficile non sentirsi in colpa sapendo che non ti ho sostenuto quando ne avevi bisogno.»

Strinsi i denti. «Non ho mai avuto un problema con te e col modo in cui hai affrontato la situazione. Entrambi abbiamo fatto quello che potevamo. Eravamo troppo presi a cercare di essere all'altezza della *loro* visione di come *dovevamo* essere per capire che cosa volevamo realmente per noi stessi.»

Le apparve un'ombra di sorriso sul volto. «Ma tu l'hai capito un po' di tempo fa. Te la stai cavando molto meglio e sono fiera di te. E non so dirti quanto sia contenta che tu abbia trovato qualcuno che ti rende felice come fa Katya. Anche se mi piace veramente tanto, sono anche un po' gelosa di quello che avete voi due.»

Un pugno nello stomaco. Eccolo. Il *suo* nome. La *sua* essenza. Perfino questa conversazione con mia sorella era possibile solo grazie alla presenza di Katya nella mia vita. Nei pochi mesi in cui avevamo vissuto insieme come coppia, aveva lasciato un marchio indelebile sulla mia vita.

Non dovevo aver nascosto i miei pensieri bene come credevo perché Julia piegò la testa e si accigliò. «Va tutto bene? Con lei?»

La guardai per un attimo e... presi in considerazione di continuare a mentire. Volevo farlo. Ma davanti alla sua completa sincerità con me, non potevo farlo e continuare a sentirmi un essere umano degno di questo nome.

Esitai, mi morsi il labbro e Julia mi tese una mano. «Non devi parlare dei vostri affari privati con me. Solo... qualunque cosa sia, spero che troviate una soluzione perché state veramente bene insieme e...»

«Era finto» dichiarai in tono monocorde.

Julia aprì la bocca, la richiuse e poi fece una smorfia. «Aspetta, cosa?»

Feci un respiro profondo per farmi forza e poi sputai il rospo. Una volta cominciato, uscì tutto, come un diluvio.

«Ci siamo sposati per... convenienza. Serviva a entrambi per il nostro lavoro.» Julia non aveva bisogno di conoscere i particolari. «Era un matrimonio solo in apparenza.»

Lei sbatté gli occhi, quindi continuai a blaterare.

«Inizialmente era stata una sua idea. Ho accettato di aiutarla dato che serviva anche a me. Doveva rimanere un segreto ma... beh, non serve che tu sappia tutto. E per favore, se potessi tenerlo per te...»

Il volto di Julia si era man mano scurito durante il mio monologo, ma all'improvviso esplose mentre continuavo a parlare. «Stronzate!»

«Scusami?»

«No, niente da fare. Non è assolutamente possibile che fosse finto.»

Mi strofinai la fronte con il palmo della mano, infilando le dita tra i capelli per la frustrazione, ma non dissi niente. L'ultima cosa che volevo in quel momento era una discussione con mia sorella.

Specialmente quando una parte di me, una parte riluttante, era d'accordo con lei.

«Guarda, non ho intenzione di scavare nella tua vita privata. Non è affar mio il motivo per cui voi due vi siete sposati. Ma se vi separate credendo che adesso il vostro rapporto sia finto, allora siete solo due idioti.»

«Ehi, grazie» mormorai.

Julia mi interruppe. «Non sto cercando di essere cattiva, Lucas. Sto solo dicendo che se la lasci andare, allora stai buttando via qualcosa di bello. È stato orrendo con Claire e ancora peggio quando tutti cercavano di farti pressione perché restassi con lei. Quindi non vorrei veramente superare i limiti. Ma… tu la ami. E molto chiaramente anche lei ama te.»

Distolsi gli occhi, incapace di negare che una morsa mi stava stringendo il petto. E la fitta che avevo provato quando Kat aveva ammesso proprio quei sentimenti. Mi passai le mani sul volto per guadagnare un po' di tempo.

Avrei voluto poter semplicemente sbattere fuori Julia. O magari farle capire chiaramente che avrebbe dovuto andarsene.

Come se mi avesse letto nella mente, lei si alzò. «Non posso e non voglio dirti come vivere la tua vita. Mi dispiace. Tu sei sempre stato gentile con me al riguardo.»

Mi alzai e l'accompagnai alla porta e improvvisamente mi trovai tra le braccia di mia sorella. «Sei stato un buon fratello per me» mormorò nella mia spalla.

«Mediocre, al massimo» le risposi.

Lei fece un passo indietro e mi guardò. «Non sminuirti, Lucas. Meriti di essere felice. Meriti di vivere la tua vita e ignorare le stronzate cui ci hanno costretto i nostri genitori. Meriti Kat. È la cosa migliore che ti sia mai capitata.»

Deglutii ma non dissi niente e lei distolse gli occhi, togliendosi i capelli scuri dalla spalla.

Dopo una pausa piena d'imbarazzo, sospirai pesantemente. «Trasferisciti, Julia. Allontanati da loro e trova un gruppo di amici che ti sostengono. Fai quello che rende felice te, non loro.»

«Lo sto già facendo, fratellone. Il piano è già in funzione.»

Sorrise e le battei sulla spalla. «Allora non preoccuparti per me, sorellina. Andrà tutto bene. Concentrati solo sullo stare meglio.»

Lei mi fissò ancora a lungo e capivo che avrebbe avuto ancora una montagna di cose da dirmi. Grazie al cielo tenne la bocca chiusa, ci abbracciammo e ci salutammo, mettendo in programma un pranzo insieme per la settimana successiva.

Speravo che per allora avrebbe lasciato cadere l'idea che inseguissi Kat per salvare un finto matrimonio di cui in primo luogo non avrebbe dovuto sapere niente.

Quella sensazione di dolore, il fatto che sentissi la mancanza di Kat era solo questione di amicizia. Nient'altro. Decisamente non quel mitico unicorno che chiamavano *amore* .

Non ero pronto a esaminare la cosa più da vicino. Perfino in quel momento. Le ferite del passato, il potenziale di un altro profondo tuffo nella depressione erano troppo reali. Non potevo permettermi di caderci un'altra volta. Non potevo permettermi di provarla un'altra volta. Né ora né mai.

Resistetti al desiderio di mandare un messaggio a Kat prima del suo volo la mattina di giovedì. Invece mi preparai, indossando il mio abito migliore mentre ripercorrevo con la mente i punti che volevo sottolineare per la riunione del CDA.

Ogni singola volta che pensavo di esserci, qualcosa mi ricordava Kat. Qualcosa che aveva lasciato in giro per casa, la tazza del *Signore degli Anelli* che le piaceva usare per il suo tè accanto al lavandino. O un lungo capello rosso su un cuscino.

Ma mi obbligai a smettere di pensare a lei o di chiedermi dov'era e che cosa stava succedendo. Trovavo troppo difficile concentrarmi.

E anche il sonno non era dei migliori.

Faceva tutto schifo senza di lei, ma rifiutavo la verità, insistendo che queste sensazioni erano temporanee. Sarebbe tornata presto e avremmo dato vita a un diverso tipo di relazione, consapevolmente disaccoppiata, per usare quel gergo insulso. Sì, consapevole. Sì, disaccoppiato.

Uffa. Quel pensiero non mi confortava molto.

Arrivai al lavoro molto presto, aspettando che il consiglio si riunisse. Stavo facendo scorrere le mie slide quando si avvicinò Warren. Maledizione, non ero dell'umore giusto per qualche altra battuta sulle posizioni sessuali canadesi.

Alzai una mano senza guardarlo. «Sarà meglio che sia importante, altrimenti ti raddoppio il carico di lavoro a cominciare da cinque minuti da adesso.»

Warren fece una pausa, alzando il suo telefono. «Beh, uhm, è strano. È un messaggio da tua moglie ma non so perché l'abbia mandato a me. E non capisco che cosa significa.»

Gli presi il telefono dalla mano senza dire una parola. Poi, ovviamente, dovetti sbloccarlo. Lo alzai verso il suo volto e il messaggio apparve immediatamente.

Kat: *Ehi, Warren, puoi per favore informare chiunque sia il responsabile del controllo qualità che avrò bisogno di un'altra settimana libera? Ho già informato l'ufficio del personale, ma ho bisogno di passare a qualcuno un paio di progetti, o spostare la scadenza.*

«Che cosa significa "chiunque sia il responsabile del controllo qualità?" Sei tu, no? O hai perso il lavoro?»

Controllai l'orario del messaggio, un po' più di mezz'ora prima. Poi gli restituii il telefono, borbottando qualcosa per farlo andare via. Avevo lo stomaco sottosopra e riuscivo a sentire il sangue defluire dalle guance.

Che diavolo significava? E perché aveva mandato il messaggio a Warren invece che a me? Beh, era una domanda stupida, ovviamente non voleva comunicare con me. Oppure pensava che fossi già alla riunione, oppure...

Se ricordavo bene, in quel momento era già in volo, o lo sarebbe stata presto. Presi il mio telefono e la chiamai.

La chiamata andò direttamente in segreteria. Facendo un respiro profondo e con tutta la calma che riuscii a racimolare, le chiesi di richiamarmi appena possibile. Probabilmente non l'avrebbe fatto per parecchio tempo. Avrebbe avuto altre cose per la testa.

All'improvviso mi apparve l'immagine mentale di lei che volava su quell'aereo da sola, probabilmente incastrata tra due burberi uomini d'affari o una famiglia rumorosa mentre i nervi la stavano mangiando viva. Ricordai come tremava quando mi aveva raccontato l'intera storia delle costanti cattive decisioni di Derek. E come la sua intera famiglia, la gente di cui presumibilmente lei si fidava di più al mondo, era rimasta lì, aspettandosi e pretendendo che lei commettesse un crimine per coprirlo.

Nessuno dei suoi amici in California aveva idea di che cosa stesse affrontando. Solo io. E avevo giurato di essere al suo fianco. L'avevo spinta io a farlo, per cominciare.

Che cazzo ci fai qui seduto, mentre lei è su un aereo, Lucas?

E perché aveva bisogno di un'altra settimana? Che cosa aveva intenzione di fare? Stava pensando di restare in Canada ora che aveva risparmiato un po' di soldi e poteva permettersi un appartamento per sé?

Forse trovare un nuovo, eccitante lavoro come programmatrice oppure... avevo il cervello in fiamme. Avevo completamente dimenticato le slide. Prima di tutto sarei andato a prenderla per riportarla indietro.

Prima ancora di rendermi conto di che cosa stessi facendo, avevo raccolto le mie cose ed ero diretto all'ufficio di Jordan. Di solito arrivava comunque presto e anche se la riunione non sarebbe cominciata per un'altra ora, avevo bisogno di contattarlo.

La sua assistente non era ancora arrivata, quindi mi trovai di nuovo a bussare alla sua porta. Mi invitò a entrare. Era sulla porta del bagno di fronte a uno specchio, a farsi il nodo della cravatta.

«Padawan! Bello vederti tutto elegante per il tuo grande giorno.» Tornò alla cravatta. «Non me la sono sentita di indossare questa roba per venire in ufficio, quindi sono arrivato vestito casual.» Tirò la cravatta color petrolio. Poi la esaminò allo specchio, la raddrizzò e si sistemò il colletto.

«Devo andare» dissi con la voce roca.

Lui aggrottò la fronte e si allontanò dallo specchio, indicando il bagno. «Non so perché sei venuto fin qua per usare il bagno, ma va bene, eccolo. Presto saprai che cosa significa avere un bagno privato.»

Sbattei gli occhi e ricominciai. «No, volevo dire che devo andarmene. Devo andare all'aeroporto. Per favore, puoi... puoi solo dire ad Adam che mi dispiace? E... devo andare.»

Jordan adesso mi stava fissando come se avessi spontaneamente preso fuoco.

«Non so esattamente che cos'è uscito dalla tua bocca, ma non vai da nessuna parte.»

Tirai il fiato, cercando di capire come spiegarmi senza rivelare ciò che Kat mi aveva detto in confidenza. «Sì. Devo andare, adesso. Kat ha dovuto lasciare il paese questa mattina, per un urgente affare di famiglia. Devo stare con lei. Vado. Fai quello che devi fare.» Così mi voltai e me ne andai.

Jordan entrò in azione, aprendo il cassetto della sua scrivania. Prese le sue chiavi e il telefono e mi seguì. «Parlamene mentre andiamo all'aeroporto. E mi dovrai aiutare a capire come fare per evitare che Adam diventi una supernova e dia il lavoro a Jeremy.»

Mentre uscivamo, l'assistente di Jordan stava giusto arrivando in ufficio e appoggiando la valigetta. «Jordan, volevo farti sapere che sono arrivata un po' prima per preparare tutto per il CDA...»

Lui alzò una mano. «Susan, prendi carta e penna. Prima di tutto, rimanda la riunione di almeno mezz'ora, di più se ci riesci.» Susan aprì la bocca, ma Jordan continuò a parlare. «Poi ho bisogno che mi trovi il prossimo volo per...?» Si voltò a guardarmi.

Lo dissi a Susan. «Vancouver, British Columbia.»

Jordan strinse le labbra. «Merda, un volo internazionale. Avevo dimenticato che è una Canuk. Devo portarlo a Los Angeles. Probabilmente da Santa Ana c'è un solo volo al giorno.» Controllò l'orologio. «Dobbiamo andare *adesso*. Possiamo usare la corsia preferenziale ed è giovedì mattina, quindi non dovrebbe essere troppo un casino. Trova il primo volo a due ore da adesso.» Si rivolse a me: «Avrai bisogno del passaporto, amico.»

Imprecai. Era a casa. «Dovremo fare una deviazione.»

Jordan si voltò verso l'ingresso, seguendomi mentre urlava a Susan: «Resta appiccicata al telefono. Ci sono altre cose che dovrai fare.»

Poi ci precipitammo fuori dall'edificio per andare al parcheggio. Jordan si rifiutò di guidare il mio "pezzo di merda". Fanculo a lui. Era una Mercedes 500L in perfetto stato di manutenzione.

Prendemmo invece il suo enorme SUV. Sarebbe stato il mezzo ideale se avessimo dovuto andare per strade di montagna o guadare qualche fiume impetuoso. Comunque, quel coso funzionava come un carrarmato e appena metteva in funzione la freccia, le altre auto si tiravano da parte. Bene così.

«Adesso dimmi che cosa diavolo sta succedendo» mi chiese Jordan. Aveva appena finito di latrare altri ordini a Susan usando il vivavoce e disse alla sua auto di mandare un messaggio ad Adam perché ritardasse la riunione. Con un nodo allo stomaco, guardai lo schermo sul cruscotto, aspettando la risposta da un momento all'altro.

«L'ho delusa. Lei... ha davanti a sé una faccenda molto difficile di cui deve occuparsi a casa e le avevo promesso che l'avrei accompagnata. Avevamo preso gli accordi la settimana scorsa, il giorno prima di tornare in ufficio...»

«Quindi il giorno prima che scoprissi di questa riunione e della presentazione. Okay, ma non puoi andare stasera per incontrarti con lei? Perché proprio adesso?»

Mi passai le mani tra i capelli. «Perché sono un idiota e avrei dovuto essere sull'aereo con lei fin dal principio. È una faccenda legale, ha l'appuntamento questo pomeriggio e le avevo promesso che sarei stato lì con lei.»

Jordan scosse la testa, chiaramente insoddisfatto. «Vorrei che me ne avessi parlato subito. Non so che cosa avrei potuto fare ma sarebbe stato meglio di *questo* . Sinceramente, fratello, non sono nemmeno sicuro di riuscire a salvarti il lavoro quando Adam lo scoprirà. Non la prenderà bene. Spero che ti piacesse il tuo vecchio lavoro al controllo qualità.»

Staccai gli occhi dal cruscotto per guardare Jordan. Era mortalmente serio, non aveva la solita espressione scherzosa e impudente. Credetti a ogni singola cosa che aveva detto. Ma vedere il mio futuro, di nuovo al controllo qualità e confrontarlo con il futuro che mi ero visto davanti negli ultimi giorni mi rendeva solo più sicuro. Mi si chiuse la gola per l'emozione e dovetti schiarirla prima di riuscire a parlare.

«Sai una cosa? Sceglierei di essere un cercabachi fino alla pensione piuttosto di vivere il resto della mia vita senza di lei.»

Jordan inarcò le sopracciglia e annuì. «Mi sembra giusto. Mi ricorda un volo notturno last minute che ho preso da New York per Los Angeles per ragioni simili. Bene, si va allora.» Pestò sull'acceleratore ed ero sicuro che stessimo infrangendo qualche limite di velocità.

«Vedrò che cosa posso fare con Adam, ma non sperarci troppo, eh?»

Annuii. «Capisco. E sono disposto ad accettarlo.» Poi, quando stavo per ringraziarlo, si sentì il bip sul cruscotto. C'erano parecchi messaggi che stavano arrivando tutti insieme, da Adam, da Susan e perfino uno da April.

Non molto dopo, Jordan mi scaricò al terminal della linea aerea su cui Susan mi aveva prenotato il biglietto. Avevo il passaporto, il portafogli, la valigetta con il laptop e il tablet. E praticamente nient'altro.

Fortuna volle che fossi su un aereo tre quarti d'ora dopo essere arrivato. Ma Katya adesso aveva tre ore di vantaggio su di me e probabilmente stava atterrando mentre io decollavo. E sarebbe andata direttamente nell'ufficio del *Crown Counsel* a Port Coquitlam.

Fortunatamente ero riuscito a ottenere l'indirizzo con una semplice ricerca su Google. Quindi sapevo dove dovevo andare appena atterrato.

Sarei decisamente arrivato troppo tardi per stare con lei durante la deposizione.

Speravo in Dio, però, di non arrivare troppo tardi per *noi*.

Capitolo Ventisei
Katya

Con fredda, ferrea determinazione, scesi dall'aereo, passai la dogana con il mio trolley e uscii per cercare un taxi. Ed ero lì, di nuovo nella mia città natale, dopo un paio d'anni di assenza. Guardai verso nord, come succedeva spesso nelle mattinate limpide come quella. Lungo la linea dell'orizzonte, i miei occhi seguirono la sagoma familiare dei *Lions* , i leoni, che vigilavano sulla città distesa sotto di loro. Quei due picchi nelle montagne del North Shore erano l'unico segno che mi serviva per sapere che ero a casa.

Ogni sensazione che avrei potuto avere guardandoli in altre circostanze, al momento era attutita dallo strano torpore che provavo dentro di me. Decisa, mi rammentai che non potevo vacillare finché non avessi assolto quell'ultima incombenza. Finché non fosse stata chiarita la faccenda in sospeso da cui ero fuggita quasi due anni prima.

Forse avevo lasciato la città come una ragazzina spaventata, ma stavo tornando come una donna adulta. Una vera dura.

Ricorda che sei un tipo tosto, Kat . E anche se faceva male pensare a Lucas, le sue parole mi aiutavano ad andare avanti, e mi scorrevano continuamente nella mente come un mantra.

Come avevo programmato, arrivai all'ufficio del *Crown Counsel* un'ora prima. Ritirarono la mia borsa e mi accompagnarono nella sala degli interrogatori, dove chiesi di potermi sedere in anticipo. La mia famiglia avrebbe sicuramente accompagnato Derek, ma anche se lui aveva il diritto di essere nella stanza mentre mi interrogavano, i miei genitori non potevano essere presenti. Non volevo ascoltare i loro discorsi mirati a farmi sentire in colpa. Non volevo essere sottoposta alle pressioni che mi avrebbero sicuramente fatto. Non volevo che mi deludessero profondamente ancora una volta.

Dovevo solo tirarla fuori: la verità. La *mia* verità. E farla finita.

La gente andava e veniva, una stenotipista sistemò la sua macchina, la troupe videografica fece lo stesso, assicurandosi che la luce e il suono fossero ottimali. Poco dopo arrivarono il pubblico ministero e la squadra degli avvocati della difesa. Tenni gli occhi bassi, mi sedetti e feci quello che mi chiedevano finché arrivò il momento di rispondere alle domande.

Derek aveva tentato di avvicinarsi prima dell'interrogatorio, ma avevo tenuto gli occhi bassi e non gli avevo parlato, non lo avevo nemmeno guardato. Non potevo. Perché sapevo che avrei vacillato e mi avrebbe fatto male al cuore. E avrei voluto fare di tutto per aiutarlo. Come avevo fatto tante volte, per tutta la mia vita.

Ma mettermi giuridicamente a rischio non era la risposta. E sicuramente non lo avrebbe aiutato. Quindi, quando mi fecero giurare, dissi la verità. Solo allora osai guardare Derek. I nostri occhi si incontrarono per un breve secondo prima che lui si nascondesse la faccia nelle mani. Era finita, finalmente. E lo sapeva anche lui.

Sbattei le palpebre per scacciare le lacrime, conscia che stavo tremando, anche se non sapevo se fosse per i nervi o perché non mangiavo dalla sera prima. L'interrogatorio finì quasi subito e gli altri raccolsero le loro cose e cominciarono a parlare tra di loro. Io ero in mezzo a tutti. Da sola.

«Stai bene, mia cara? C'è qualcuno che posso chiamare per te?» Alzai gli occhi sulla faccia gentile di una donna di mezz'età, membro della squadra del pubblico ministero.

Scossi la testa. «Sono da sola, ma sto bene.»

Ciò nonostante, andò a prendermi un bicchiere d'acqua, che sorseggiai. Derek a quel punto era uscito e ora tutto ciò che mi restava da fare era chiamare un taxi per andare in albergo. Poi chi sapeva che cosa avrei fatto? Avevo un'intera settimana libera.

Forse avrei cercato qualcuno dei miei vecchi amici, sarei andata a trovare mia zia.

C'era la possibilità che non avrei mai più messo piede in quella bella città.

Fuori dalla sala riunioni, mi guardai intorno con le palpebre abbassate mentre tenevo la faccia puntata sul telefono. Stavo cercando il numero di un servizio di taxi e cercando allo stesso tempo di non imbattermi nei miei genitori.

Notai sbalordita che non c'erano e che anche mio fratello se n'era già andato. Era possibile che Derek si fosse fatto accompagnare da un amico. Forse i nostri genitori non lo sapevano nemmeno. Anche se sembrava strano. Di colpo mi sentii leggera, stordita dal sollievo.

Ero solo a qualche chilometro da casa. Sarebbe stato bello andare a prendere alcune delle mie cose. Ma volevo veramente rischiare l'inevitabile scontro con loro?

Uscii a passo deciso dalla porta, nel pomeriggio pieno di sole e decisi che non ne valeva la pena. Avevo vissuto senza quelle cose fino a quel momento, potevo continuare, forse per sempre.

Quella strana miscela di sollievo e senso di solitudine mi stava facendo qualcosa però. Mentre scendevo la sovrabbondanza di gradini di cemento verso il marciapiede, sentivo le lacrime che mi pungevano gli occhi.

Sarebbe passata anche questa.

Ricorda che sei un tipo tosto.

Il momento in cui pensai a quella frase, fu il momento in cui li vidi: tre figure su una panchina di cemento lì vicino. Appena mi videro arrivare in fondo alle scale, si alzarono tutti e tre.

Mia madre, mio padre e, proprio in mezzo a loro, Derek.

Mi bloccai e gli aghi dietro gli occhi esplosero, acuti e dolorosi. Mi si appannò la vista e la gola si chiuse. Maledizione. Non era il momento migliore per scoppiare in lacrime come una ragazzina.

Non quando stavo cercando di essere un tipo tosto.

Restai ferma mentre loro si avvicinavano lentamente, con Derek che restava un po' indietro. Tirai su forte con il naso e sbattei gli occhi, poi ammisi che avevo bisogno di asciugarmi in fretta le guance con il dorso della mano.

Mio padre era proprio di fronte a me. Mia madre un po' di lato, un po' dietro lui.

«Katya» disse. «Come stai?»

Tirando su col naso un'altra volta, imbarazzata, distolsi gli occhi da mia madre, che mi stava esaminando, e guardai mio padre. «Sono stata meglio.»

«Mi sei mancata, ragazzina. Perché non hai mai chiamato?»

Deglutii e mi infilai le mani in tasca. «Avevo l'impressione che *O sostieni questa famiglia o te ne vai per sempre* significasse, che sì, me ne andavo per sempre.»

Mio padre trasalì, chiaramente non gli era piaciuto che gli ripetessi le sue parole quasi due anni dopo. Poi parlò mia madre. «Derek ci stava giusto dicendo che hai fatto tutta questa strada solo per dire a tutti che non hai intenzione di aiutarlo.»

Mi schiarii la voce e mi voltai a guardarla. «Sono tornata per dire la verità. Non so dove fosse quella notte e ho dovuto farlo perché i vostri costosissimi avvocati mi hanno rintracciato e stavano facendo di tutto per farmi buttare fuori dagli Stati Uniti. Non mi è piaciuto nemmeno quel trucchetto. Forse adesso avrete capito che non sono più una ragazzina che potete intimidire. Forse non vi sono mancata nemmeno un po'. Specialmente se le prime cose che avete da dirmi sono quanto vi dispiace che non abbia commesso un crimine solo per parare il culo a Derek.»

Mia madre cercò di zittirmi e questo mi fece solo arrabbiare di più.

«No, non ho intenzione di restare zitta adesso. Anche adesso non capite che ciò che mi avete chiesto di fare era odioso e sbagliato. Sono vostra figlia, maledizione!»

«Kat, non parlare a tua madre in quel modo» disse seccamente mio padre.

«Allora lei non dovrebbe parlare con me come sta facendo. Sembra aver dimenticato di avere due figli, non uno solo.»

Dietro di loro, vedevo Derek che aveva cominciato a camminare avanti e indietro, torcendosi le mani. Distolsi gli occhi.

«C'era qualcosa di importante che volevate dirmi? Me ne sto andando» dissi infine.

«Non andare via. Vieni a casa, ragazzina, ti prometto che saremo educati.»

«Non c'è più niente che voglia, lì. Sto ancora veramente male per il modo in cui mi avete trattata, quindi non credo di poterlo fare.»

Mia madre scosse la testa guardandomi, arricciando le labbra disgustata. «Hai sempre pensato a te e solo a te stessa, non è vero, Katya. Oh, come ho fatto a crescere una ragazza così egoista? Tuo fratello è malato. Non hai ascoltato nemmeno per un momento quello che dicevano durante la terapia di famiglia? È malato!»

Mi spuntarono nuove lacrime e adesso Derek si era fermato e ci stava guardando parlare di lui come se non fosse nemmeno lì. «Sì, è malato. E mi fa male al cuore…» La mia voce si spezzò in un singhiozzo. «E mi ha spezzato il cuore tante e tante volte. E ogni volta che prometteva di fare qualcosa per migliorare, speravo, contro ogni speranza, che quella volta, quell'unica volta, sarebbe stata quella giusta. E poi ci ricadeva, tutte le volte. E invece di imparare quello che dovevate fare per essere la rete di supporto di cui ha bisogno, lo avete aiutato a continuare a comportarsi allo stesso modo. Derek potrà essere quello con le dipendenze, ma tutta questa famiglia è malata. Voi due siete diventati suoi complici, sapete solo facilitare le sue dipendenze.»

Adesso era mio padre che cercava di zittirmi perché la mia voce stava salendo di volume e c'era gente sul passaggio pedonale lì vicino. Una madre che spingeva la carrozzina del suo bambino aveva gli occhi inchiodati su di noi, tanto che rischiò di sbattere contro un palo. Vidi con la coda dell'occhio un uomo con un abito scuro che scendeva dal marciapiede e veniva direttamente verso di noi. Forse era un dipendente del tribunale che veniva a minacciarci di disturbo della quiete pubblica o roba del genere.

Eravamo in Canada, dopotutto e non era forse vero che tutto il mondo sapeva che eravamo educati, allegri e amichevoli? Non c'era niente di allegro o amichevole in quello che succedeva su quel passaggio pedonale.

«Ti ho detto che non ho intenzione di restare zitta. Se hai intenzione di restare lì e accusarmi di essere egoista…»

Improvvisamente, l'uomo in abito scuro fu accanto a me e mi teneva il braccio. Mio padre voltò di scatto la testa verso il nuovo arrivo, con un'espressione furiosa.

Alzai gli occhi sull'uomo accanto a me e quasi caddi quando vidi chi era. *Lucas* . Mi sentii travolgere da un'ondata di tanti sentimenti diversi: confusione, gioia, sollievo, l'impressione di essere stata tradita. Sbattei le palpebre.

Forse mi stavo immaginando le cose. Era solo un'allucinazione.

«Salve» disse dopo essersi schiarito la voce. «Sono Lucas Walker, vostro genero.» e poi, come se nulla fosse, strinse la mano ai miei sbalorditi genitori.

Lucas poi salutò con la mano Derek, che lo stava fissando. «Ehi Derek.»

Mio fratello abbassò gli occhi sull'asfalto. «Ehi, Lucas.»

«Sono venuto a portar via mia moglie da qualunque cosa stia succedendo. Non merita questo trattamento. È lei quella che ha fatto la cosa giusta. Ed è stato sbagliato da parte vostra chiederle di fare diversamente.»

Papà guardava Lucas come se non avesse idea di che cosa dire e mia madre stava piangendo. Meraviglioso. Questa famiglia… saremmo stati un caso perfetto per lo show di Jerry Springer se avessimo avuto qualcosa di simile in Canada. E mi avrebbe messo in imbarazzo che Lucas fosse testimone della scenata se non avessi visto lo stesso tipo di orribile comportamento da parte dei suoi genitori.

Lucas mi tirò leggermente il braccio, cercando di portarmi via, ma tutto ciò che riuscivo a fare era guardarli con quei folli sentimenti confusi. Dovevo andarmene senza una parola, come avevo fatto in passato?

Mi sembrava sbagliato non dire niente.

«Siete la mia famiglia. Lo sarete sempre. Ma questo non significa che avete il diritto di dirmi come vivere la mia vita. Deciderò io che cosa fare per essere felice. E se non potete più volermi bene, allora mi dispiace per voi e troverò delle persone che mi vorranno veramente bene.»

Sembrava che qualcosa fosse esploso in faccia a mia madre e a mio padre. Erano chiaramente traumatizzati. L'unico che non lo era mio fratello, che finalmente si era raddrizzato e mi osservava.

E la cosa più sbalorditiva di tutte era che aveva le lacrime che gli scendevano sulle guance. Si avvicinò lentamente e sentii Lucas che si irrigidiva al mio fianco, pronto a tutto. Ma conoscevo Derek. Era incasinato ed egoista per la maggior parte del tempo ma non era violento. Non mi aveva mai picchiato, nemmeno quando era strafatto.

Si fermò proprio davanti a me, piangendo senza vergogna e senza cercare di asciugarsi la faccia. «Kat» disse con la voce arrochita che si spezzava. «Mi dispiace, sorellina. Mi dispiace di averti coinvolto in questo modo. Mi dispiace di aver spezzato questa famiglia. Mi dispiace.»

Oddio. Adesso stavo perdendo di nuovo il controllo. Avevo la sensazione di aver ingoiato una manciata di chiodi. Non piangevo tanto da... beh da quella volta nel soggiorno di Lucas il mese prima. Mi facevano male gli occhi e le guance erano irritate dalle lacrime salate.

Uffa . Sarebbe stato molto più facile se avessi semplicemente potuto odiare Derek.

Ma gli volevo bene.

Era mio fratello. Era un disastro, era malato. Ma era Derek. *E io gli volevo bene* .

Allungai la mano e gli afferrai la sua, stringendola e guardandolo diritto negli occhi attraverso le lacrime. Attinsi a tutte le lezioni che avevo imparato dalle riunioni degli Al-Anon, dalla terapia che avevo fatto io stessa e le mie letture. «Se mi vuoi bene… se vuoi bene a tutti noi, facci il miglior regalo possibile. *Guarisci* . Cambia. Ma non farlo per noi. Fallo per te stesso.»

Avevo sentito che avrebbe potuto essere condannato fino a due anni di carcere se l'avessero incriminato. E anche se il pensiero di mio fratello in prigione mi faceva star male, sapevo che niente di ciò che avrei potuto fare, perfino se *avessi* mentito, lo avrebbe fatto migliorare. Doveva decidere di lottare e nessuno poteva farlo per lui.

Derek si nascose la faccia tra le mani e mia madre lo confortò. E, per una volta, non mi risentii. Lei e io probabilmente non l'avremmo mai vista allo stesso modo, ma non importava più. Ero una donna adulta e avevo la mia vita da vivere.

«Arrivederci, mamma, papà. Quando e se vorrete.»

Feci un passo indietro e Lucas mi seguì, con un braccio intorno alle mie spalle. Poi ci fece voltare, in modo che ci allontanassimo da loro. Non mi chiamarono.

E io non mi voltai indietro.

Invece continuai a camminare. E, prima che me ne rendessi conto, mi ero appoggiata a Lucas, mettendogli la testa sulla spalla. Lui strinse il braccio e continuammo a camminare.

Sapevo che c'era un parco vicino, con un sentiero per le passeggiate. Avrei presto preso un taxi per l'albergo, ma per il momento avevo solo bisogno di allontanarmi.

E avevo bisogno di sapere perché diavolo era qui.

Una volta al sicuro lungo il sentiero alberato, mi fermai. A intervalli di circa cinquanta metri c'erano delle panchine di legno, bidoni coperti per la spazzatura e distributori di sacchetti per le cacche dei cani. Ma a mezzogiorno di un giorno lavorativo, non c'era quasi nessuno.

Guardai Lucas e lui si fermò, fissandomi e permettendomi di districarmi dal suo braccio.

Aveva la borsa del laptop sulla spalla e cominciò a cercare nella tasca anteriore finché ne tolse un tovagliolino sgualcito ma pulito di un In-n-Out.

Lo ringraziai e cominciai ad asciugarmi la faccia. Soffiai il naso così forte da poter chiamare in soccorso dei piccoli animali. «Wow, il tovagliolo mi sta dando dei flashback sulla nostra favolosa cerimonia nuziale.»

«Ne ho un altro. Ecco.» Cercò di prendermi quello sporco di moccio ma non glielo permisi. Che schifo. Perché lo voleva? «Lascia che lo butti via io.»

Invece me lo infilai in tasca. «Perché sei qui? Cos'è successo alla tua presentazione?»

Lucas esitò, fissandomi e poi respirando profondamente prima di parlare. «Non è importante quello che è successo alla presentazione. La cosa importante è che avevo fatto un casino mostruoso lasciandoti venire qua da sola dopo averti promesso che ti sarei stato vicino.»

Mi strofinai gli occhi che bruciavano.

«Beh, come vedi me la sono cavata da sola.» Aspirai una grande boccata d'aria. «Ma sono contenta che tu sia arrivato proprio in quel momento. Mi sentivo terribilmente da sola in quella stradina.»

Lucas scosse la testa. «Mi dispiace, Kat. Vorrei essere stato lì con te.»

«In un certo senso c'eri, o almeno c'erano le tue parole, che mi ricordavano che sono un tipo tosto. E che potevo farcela da sola.»

Lucas esitò e lo guardai. Sembrava super nervoso. Mi fissava negli occhi. Sono sicura che fossero una visione: mascara colante, rossi e gonfi. Non aveva un vero e proprio bagaglio con sé e io avevo ancora solo il mio trolley, che mi ero trascinata dietro per tutto il tempo. «Probabilmente dovrei muovermi. È abbastanza tardi da poter fare il check-in in albergo e ho veramente bisogno di fare un pisolino…»

«Possiamo… possiamo sederci su quella panchina? Solo per un minuto.»

«Penso di aver già avuto la mia quota di confronti esageratamente emotivi per oggi.»

Lucas sembrò sconfitto. «Non è un confronto. Voglio solo…»

Sospirai. «Okay, va bene. Mi siederò lì e ascolterò quello che hai da dirmi. Hai fatto un lungo viaggio e sembra che non abbia nemmeno portato una valigia… Avevi un piano?»

Lucas si voltò e andò verso la panchina senza rispondere alla mia domanda. Lo seguii, con il mio trolley al seguito. Si sedette e gli diedi un po' di spazio, sedendomi in fondo dalla parte opposta.

Lui lo notò e vidi che aveva stretto i denti. Potete scommetterci che fossi ancora incazzata con lui. Era lì ed era una cosa meravigliosa e gli ero grata, ma era veramente cambiato qualcosa?

«Devo ammettere alcune cose.»

Ripiegai le braccia sul petto e chinai la testa verso di lui. «Okay.»

«Non mi sto innamorando di te.» Sbattei le palpebre, accettando la fitta di dolore che mi attraversò, ma prima che potessi dire qualcosa, Lucas continuò a parlare. «Perché mi ero già innamorato di te molto tempo fa.»

Aggrottai le sopracciglia talmente forte che minacciarono di formare un monociglio permanente. «Uhm, cosa?»

«Kat, penso di essermi innamorato di te la prima settimana in cui ci siamo incontrati. Allora non lo sapevo. Non l'avevo ammesso perché ero così deciso a non fidarmi più dei miei sentimenti. Avevano fatto cilecca una volta. Ed era stato un insuccesso epico, che mi era costato tantissimo.»

Aprii la bocca per interromperlo, ma Lucas alzò una mano. «Per favore, lasciami proseguire. Poi potrai dire tutto quello che vorrai.»

Chiusi in fretta la bocca e gli indicai di continuare.

«Ho sempre cercato di allontanarti fin da quando ci siamo conosciuti. A volte sono stato un odioso stronzo, ma cercavo di proteggere me stesso. Sapevo che mi avresti distrutto se mi fossi permesso di avvicinarmi a te.» Accidenti, era difficile non interromperlo o non rispondere, ma feci quello che mi chiedeva.

Ripensai alle volte di cui parlava, il suo comportamento scontroso, a volte prepotente. Il costante ping-pong degli insulti. Restituivo quello che ricevevo, a volte anche di più. Ma per tutto quel tempo ero stata così sicura che mi odiasse, oppure che mi tollerasse solo per necessità.

Eccetto quelle poche volte in cui l'avevo colto a guardarmi con qualcosa di diverso dall'odio. Non era desiderio, anche se a volte avevo visto anche quello. Altre volte mi aveva guardato con quella stessa espressione che ultimamente avevo visto tante volte sul suo volto. Ammirazione, rispetto e a volte perfino orgoglio.

Scossi la testa.

«So che è difficile da credere. Lo so, sono il ritratto da manuale di chi mente a se stesso. Ed è esattamente quello che ero. Io… io mi ero costruito quelle altissime mura intorno ed ero sicuro al loro interno. Ma dovevo tenerti lontana perché tu le avresti abbattute come se fossero state di carta velina. Non una palla demolitrice, non uno schiacciasassi, ma una bomba da cento megatoni avvolta in una supernova.»

Sbattei gli occhi, le emozioni e i sentimenti un po' acciaccati che avevo provato nei giorni precedenti facevano ancora male. E come tutti i punti dolenti, non volevano essere stuzzicati o punzecchiati.

Mi tirai indietro, abbracciandomi da sola. Voleva parlare di muri? Beh, io avevo bisogno di protezione perché mi sentivo nuda e vulnerabile e…

Senza dire un'altra parola, Lucas si alzò dalla panchina, si allontanò di un passo, si passò le mani tra i capelli poi si voltò, proprio di fronte a me. Si mise in ginocchio davanti alla panchina dov'ero seduta.

«Tu sei, senza alcun dubbio, la cosa migliore che mi sia mai capitata. E sono stato uno stupido idiota a respingerti in quel modo perché temevo quello che mi stavi facendo senza nemmeno rendertene conto.»

Su quella panchina lo fissai, con gli occhi sgranati, sbalordita. Aprii la bocca. Che cosa potevo dire? Mi leccai le labbra.

Lucas mi prese le mani. «Grazie per avermi lasciato tirar fuori tutto. Non ti merito nemmeno, non dopo averti deluso come ho fatto. Non dopo averti ferito. Ma farò lo stronzo un'altra volta e te lo chiederò comunque… Puoi darci un'altra possibilità?»

Aprii la bocca e la richiusi, sbalordita. Ci guardammo negli occhi e restammo lì. Non riuscivo a respirare e diavolo, sembrava veramente che anche lui stesse trattenendo il fiato. Forse saremmo morti entrambi per mancanza di ossigeno e a un certo punto in primavera, un ignaro jogger si sarebbe imbattuto in noi, gelati e poi sgelati in quell'esatta posizione. E avrebbero avviato un'indagine per scoprire perché eravamo morti.

E la causa sarebbe stata la pura e semplice stupidità. Da entrambe le parti.

Mi morsi il labbro. «Ci dovranno essere delle regole…» cominciai.

Lucas abbassò le sopracciglia, preoccupato e annuì lentamente.

«Sai perché le regole mi piacciono tanto…» continuai. «E so istituire delle regole molto meglio di quanto sappia fare tu.»

Lucas sbatté gli occhi. La preoccupazione era svanita. Cominciava a capire.

«Prima che tu me le dica, sono d'accordo con tutte.»

«È una cosa saggia?» Lucas infilò la mano in tasca, ne tolse qualcosa, poi mi tirò la mano verso di se. M'infilò l'anello al dito, senza parlare.

«L'anello di tua nonna» ansimai sorpresa.

«No. È il *tuo* anello. Da far adattare appena possibile. Non posso chiederti di sposarmi perché siamo già sposati. E chiederti di non divorziare sembra fare le cose al contrario.»

Tirai indietro la mano e studiai per un momento il diamante che lampeggiava. «Ora parlami del lavoro, perché ho il vago sospetto che fossi in ufficio per fare la tua presentazione e sia venuto via per prendere un aereo.»

Lucas annuì. «Esatto.»

Lo guardi aspettando che si spiegasse. Non lo fece. «Beh, cos'è successo? Hai perso il lavoro?»

Lucas non esitò nemmeno. «Non lo so. È probabile.»

«Non sembra che te ne importi molto.»

Con gli occhi fissi nei miei, Lucas mi guardò, mi guardò veramente come se fosse la prima volta. Come se stesse posando gli occhi su una maestosa opera d'arte. I suoi occhi tracciarono il contorno del mio viso, l'attaccatura dei capelli, il collo, le orecchie. Come se stesse assorbendo tutto.

Qualcosa nel modo in cui mi stava guardando mi rubò le parole, mi bloccò la gola. E c'era quella pressione dentro il petto, come se di colpo mi facesse male il cuore a ogni battito.

«Era una questione di prospettive, Kat. Volevo quel lavoro, sì. Lo volevo veramente. Ma, cavolo, non mi è più importato un fico secco di ottenerlo o no una volta che te ne sei andata. Era come...» Scosse la testa. «Come se non valesse la pena di avere niente se tu non eri lì a condividerlo con me.»

Beh, a proposito di frasi struggenti. Le mie spalle cedettero e la spina dorsale si ammorbidì e io mi sciolsi direttamente contro di lui, piegandomi in avanti e mettendogli le braccia intorno al collo per tirarlo vicino e farmi baciare.

Ci baciammo e continuammo a farlo, le bocche che si aprivano e le labbra che si fondevano insieme, parlando il linguaggio dell'amore che era stato così difficile esprimere a parole.

Tenni la sua testa contro la mia e lui aveva le mani strette intorno alla mia vita, mentre mi tirava vicino. Un attimo ed eravamo premuti uno contro l'altro, e senza fiato. Le nostre labbra si staccarono e avevo le lacrime sulle guance. Lucas espirò forte, sorpreso e allungò la mano per asciugarle. «Per favore, non piangere più, bellissima Katya. Passerò il resto della mia vita ad assicurarmi che tu non abbia più un motivo per piangere.»

«Anche se sarai incastrato nella Tana con me a cercare bachi per il resto delle nostre vite?»

«Rossa, se è con te, sarà dieci volte più divertente di qualunque altra cosa.»

Gli passai il pollice sulla guancia e sorrisi. «Hai decisamente rovinato le ginocchia dei tuoi pantaloni eleganti.»

Lucas sorrise. «Ne valeva la pena.» Prese la mia mano sinistra, quella con l'anello che mi aveva dato e la baciò. In quel momento notai che lui aveva ancora il suo anello. Non se l'era mai tolto.

«Allora, se te ne sei semplicemente andato dalla riunione e sei andato all'aeroporto, come hai fatto ad avere il mio anello con te?»

Lucas sorrise. «Ho dovuto fare una corsa a casa a prendere il passaporto per venire qua. Ne ho approfittato per prendere l'anello.»

Di colpo, mentre me lo raffiguravo che correva in giro per la casa a prendere roba, mi venne in mente un'altra cosa. «E il cane? Non hai lasciato Max a casa da solo, vero?»

Scosse la testa e sorrise. «Stanotte gli faranno da babysitter Jordan e April. Domani Michaela lo andrà a prendere e lo riporterà al campeggio per cani per rivedere le sue amichette. Ho sentito che una di loro è una barboncina.»

Mi misi a ridere. «Sai, la prima volta in cui ci siamo incontrati, pensavo che fossi così sexy… poi apristi bocca e mi dicesti una completa stronzata.»

«La ricordi?»

Annuii. «Sì. Dicesti: "Non è il caso di essere così sorridenti. Siamo seri qui al controllo qualità e sarà meglio che sia seria anche tu."»

«Wow, che stronzo» ammise.

«Giusto?» Scossi la testa. «Jedy Boy.»

«Rossa.»

Mi passò nuovamente il pollice sulla mano, poi si alzò in piedi, sedendosi sulla panca accanto a me. Si portò nuovamente quella mano alla bocca, baciandola come avrebbe fatto un gentiluomo di una volta con la sua dama.

«È troppo tardi perché ti offra il matrimonio dei tuoi sogni, ma possiamo dare un grande ricevimento per festeggiare… magari rinnovare i voti, se vuoi.»

Sbuffai. «Mi conosci abbastanza bene da sapere come la penso al riguardo.»

«Che sarebbe una cosa infernale?»

«Esatto. Possiamo fare una bella festicciola con i nostri amici più cari e quanto ai voti… rinnoviamoli per conto nostro. Durante una vera luna di miele.»

Lucas mi guardò interessato. «Mhmm, sembra un'idea interessante. Hai qualche idea su quando… o dove?»

«Ho la prossima settimana libera. Andiamo adesso.»

«È possibile. Dove dovremmo andare?»

Il mio sorriso si ampliò, incoraggiato dall'idea. «Mettiamo alla prova il nostro spirito di avventura. Io ho pochissimo bagaglio e tu assolutamente zero. Andiamo semplicemente all'aeroporto e scegliamo una destinazione quando saremo lì.»

Lucas scoppiò a ridere. «Sei assolutamente folle.» E poi gridò al cielo: «Mia moglie è pazza! E io l'amo più di qualunque altra cosa.»

«Mio marito è troppo sano di mente. E io l'amo più delle ciambelle. E della birra.»

Lucas mi avvolse tra le sue braccia. «Ma non del tè?»

Sorrisi. «Ci sono dei limiti. Ma c'è sempre spazio per crescere.»

Mi baciò di nuovo e ci tenemmo vicini, dondolando al ritmo del battito dei nostri cuori. Mi strinse forte e io premetti la faccia contro la sua spalla muscolosa.

Mi baciò i capelli. «Non rinuncerò mai a tutto questo e giuro su Dio che non ti farò piangere. Non ti dirò mai addio. E...»

Mi tirai indietro di colpo, fissandolo incredula. «Whoa, whoa, whoa!» Alzai una mano. «Non...!» Ma c'era una scintilla maliziosa nei suoi occhi che mi diede la risposta. «Amico, hai appena citato la canzone di Rick Astley?»

«Conosci le regole...»

Gli diedi un pugno sul braccio. «Stronzo. Mi vendicherò, lo sai.»

Lucas fece una smorfia, massaggiandosi il bicipite. «Ma non subito perché dobbiamo prendere un taxi e andare all'aeroporto.»

Mi prese la mano e mi tirò su dalla panchina. Poi afferrò la mia valigia. Cercai di farlo saltellare mentre andavamo al parcheggio ma si rifiutò. Cantò con me però, anche se era la canzone che gli piaceva meno al mondo. E adesso era la mia preferita.

Epilogo
Katya

Quarantotto ore dopo.

MI SVEGLIAI PRESTO IL MATTINO, ARROSSATA dall'eccitazione. Era ancora buio e avevo dormito solo poche ore, ma il mio corpo era vivo e bruciava per lui. Quando sentii il suo fiato caldo sulla pelle nuda, mi resi conto che mi aveva rialzato la maglietta mentre dormivo. Adesso aveva la bocca stretta su un capezzolo e giocherellava con l'altro con il pollice e l'indice.

Era una sensazione incredibile. Senza dire una parola, aprii le gambe e lasciai che mi togliesse le mutandine e che mi scopasse lentamente, teneramente. I suoi fianchi oscillarono contro i miei e mi penetrò mentre i nostri respiri si univano, si mischiavano, fondendosi proprio come i nostri corpi. Assaporai il peso costante, ondulante sopra di me, la sensazione di averlo dentro di me. Inarcai la schiena e chiusi gli occhi, lasciando che decidesse lui, felice di lasciar fare a lui.

Era una delle tante volte in cui ero venuta. E quando venimmo entrambi, fu mozzafiato e naturale come le onde che si infrangevano su una spiaggia. Tutto nello spazio dei primi pochi momenti di consapevolezza, il sudore incollò insieme i nostri corpi. Lucas crollò sopra di me e io mi crogiolai in quella sensazione pensando che mi sarebbe piaciuto svegliarmi ancora molte mattine in quel modo.

Ed era quello che ci aspettava…

Lucas mi accarezzò lo stomaco e il fianco mentre mi mordicchiava l'orecchio. Voltai la testa verso di lui. «Mhmm, buongiorno anche a te, marito.»

«Penso che sia il mio modo preferito di svegliarti, moglie.»

«È anche il tuo modo preferito di mettermi a letto alla sera. E di esprimere il tuo entusiasmo il pomeriggio. Sono sicura che scoprirai che è il tuo modo preferito anche per fare altre cose in giro per casa.»

«Sembra che dovrò diventare ancora più creativo per allungare quella lista.»

Infilai una gamba tra le sue, abbassando la mano per appoggiargliela sulla coscia. «Che ne dici di mostrarmi il secondo classificato tra i modi per farmi scendere dal letto la mattina?»

«Mhmm.» Lucas si girò per guardarmi, portando la bocca verso il mio orecchio quando…

Improvvisamente il suo telefonò suonò, uno squillo strano. Lo riconobbi immediatamente. Una conference call in video.

Che *diavolo*?

Guardai l'orologio sul comodino. Non erano nemmeno le sei del mattino. Chi stava chiamando a quell'ora?

Poi ricordai la differenza d'orario. A casa era pomeriggio tardi.

Lucas stava disperatamente cercando di infilarsi una maglietta. «Cazzo, è Adam.»

«Sì, è decisamente meglio se non rispondi nudo. Non credo che lo apprezzerebbe.»

«Posso restare nudo dalla vita in giù.» Si voltò verso di me, chiedendomi di sistemargli i capelli, cosa che feci. Poi accesi la lampada e uscii precipitosamente dall'inquadratura della telecamera. Già, perché far vedere le mie tette al marito della mia miglior amica sarebbe stato un po' troppo imbarazzante.

Lucas cliccò il telefono per rispondere. «Uhm, pronto?»

«Ehi, Lucas, ti ho colto in un brutto momento?»

«Ehi, Lucas, ci sono anch'io, è una cosa a tre, ma non del tipo divertente» disse Jordan. Ovvio.

«Salve Adam, Jordan.» Oltre il telefono, Lucas mi rivolse un'occhiata leggermente terrorizzata.

«Ascolta, prima di arrivare al motivo della chiamata, ho ricevuto l'ordine perentorio da mia moglie di assicurarmi che Katya stia bene. Era molto preoccupata quando ha sentito che aveva lasciato il paese per urgenti ragioni di famiglia.»

«Sta bene. È qui con me. Gli ultimi due giorni sono stati un po' folli.» Lucas si passò di nuovo la mano tra i capelli. «In effetti, stavo giusto facendo un pisolino ed è il motivo per cui probabilmente ho un aspetto orribile.»

«Non volevo dire niente, ma...» disse Jordan.

«Sono lieto di sentire che sta bene. Darò il messaggio a Mia» disse Adam.

«Chiederò anch'io a Kat di mettersi in contatto con Mia.»

«Allora, il motivo per cui sto chiamando. Ci hai lasciato un po' nei pasticci giovedì. Il consiglio si aspettava di sentire la tua presentazione. Jeremy ha fatto la sua ed è piaciuta e io ho dovuto presentare le tue slide e i progetti con solo le mie spiegazioni. Non ho fatto un gran lavoro, ma senza te e Jordan presenti...»

«Sì. Jordan è stato così cortese da accompagnarmi all'aeroporto. L'ho apprezzato, amico.»

«Meno male che siamo arrivanti in tempo» rispose Jordan.

Adam si schiarì la voce, presumibilmente per riportare in pista la conversazione. «Comunque, il consiglio non ha gradito che non ci fossi e diciamo che nemmeno io ero del mio umore migliore. E Jeremy ha fatto veramente un buon lavoro con la sua presentazione.»

Viso di pietra e pallido, Lucas mi guardò da sopra il suo telefono. Io trattenevo il fiato e avevo le dita incrociate. Merda, merda, merda. Per quando avessi voluto che fosse là con me mentre affrontavo la mia famiglia, non volevo comunque essere io la ragione per cui aveva perso il lavoro dei suoi sogni. Avrebbe finito per risentirsene e rinfacciarmelo? Sarebbe diventato un problema, andando avanti?

«Ho offerto a Jeremy il posto di capo sviluppatore e lui ha accettato con entusiasmo. Se tu sei ancora d'accordo di diventare direttore della divisione VR, il consiglio ha dato la sua approvazione. Immagino di non aver fatto poi questo grande casino con la tua presentazione.» *Sì. Sì. Sì!* Saltellai su e giù con i pollici alzati. Si capiva che Lucas era intento a ciò che stava dicendo Adam perché non diede nemmeno un'occhiata alle mie tette che sobbalzavano.

«Uhm, io, oh, sì, sì, ovviamente. Mi dispiace che abbia dovuto essere tu a farlo, ma ti ringrazio veramente. Grazie.»

«Lieto di sentirlo. Sarai di ritorno da Vancouver il...»

Dovetti sbattermi la mano sulla bocca per non scoppiare a ridere. Giusto. Pensavano fossimo ancora a Vancouver, mentre in effetti eravamo dall'altra parte del mondo.

«Sarò di ritorno mercoledì sera, quindi al lavoro giovedì. Anche Katya.»

«Bene, è da quelle parti? Ho delle belle notizie anche per lei.»

Spalancai gli occhi e scossi la testa. Poi afferrai il lenzuolo dal letto e mi coprii. «Sono qui.» Agitai una mano di fronte alla telecamera ma tenni la faccia lontana. «Ho un aspetto orribile, ma sì, sono qui. Potete darmi le notizie senza guardarmi, vero?»

I tre uomini si misero a ridere.

«Sì, certo. Cercherò di immaginare la tua faccia felice quando ti offrirò il posto di capo del collaudo strutturale. Potrai assumere tu la tua squadra e addestrarla secondo le tue specifiche.»

Lasciai cadere il lenzuolo, a bocca aperta e urlai di gioia. Questa volta Lucas si concentrò sul movimento delle mie tette mentre saltellavo su e giù. Bravo ragazzo… così andava meglio.

«Volete che ve la descriva? Ha le braccia alzate, saltella, urla e sembra veramente contenta.»

«Grazie, Adam. Sono super entusiasta.»

«Bene. Ci rivedremo la settimana prossima. Spero che vada tutto bene per te e la tua famiglia, Kat.»

«Adesso sì, grazie.»

«Bene. Adesso vi lascerò al vostro pisolino.» Adam, sempre molto professionale, non sottolineò nemmeno la parola pisolino. Jordan l'avrebbe sicuramente fatto.

Lucas si scollegò, io corsi da lui e gli saltai tra le braccia prima ancora che potesse riporre il telefono. Mi avvolse le braccia intorno, strette e mi sollevò da terra. Volai in alto, scalciando. «Puoi scappare ma non puoi nasconderti! Io sarò ancora nella Tana e tu nell'altro edificio, ma ti troverò!»

«Bene, magari potremo fare una sveltina in quel bagno appena fuori dal laboratorio.»

«Che schifo. Sembrerebbe una cosa alla Jordan.»

Gli diedi un bacio sonoro. «È tutto quello che ottengo?»

«Vado a fare la doccia. Seguirà altro. Garantito.» Corsi verso il bagno.

«Sto ancora aspettando la piena esperienza di quei pompini *da farmi uscire di testa*» gridò mentre me ne andavo.

LUCAS

Cinque minuti dopo.

KATYA ERA NELLA DOCCIA DA MENO DI TRE MINUTI quando suonò il telefono. Questa volta era Jordan, e solo lui. «Ehi, Jordan. Non so che cos'hai fatto per convincerlo, ma grazie al cielo che l'hai fatto.»

Jordan fece una smorfia. «Non ringraziare me. Ringrazia tua moglie.» Diedi involontariamente un'occhiata verso il bagno. «È lì?»

«È in doccia. Perché, che cos'ha fatto?»

«Beh, Adam, come avevo previsto, era maledettamente infuriato per tutta la faccenda. Tu che te n'eri andato, io pure. Mi ha veramente fatto il culo. Sei in debito con me, junior.»

«Mi farò perdonare. Ma… che cosa ha fatto cambiare idea ad Adam, se era così incazzato con me?»

«Mia… chi altri pensi? Probabilmente l'unica persona sulla faccia della terra che può fargli cambiare idea su qualcosa.»

Scossi la testa. «E com'è… mmm.»

«Sì, hai seguito il filo logico. In qualche momento, ieri o giù di lì, Kat ha chiamato Mia e le ha chiesto di fare una delle sue magie sull'infuriatissimo Incredibile Hulk.»

«"Ehi, bel fusto, il sole sta calando"?» citai.

Jordan si mise a ridere. «Qualcosa del genere. Comunque speravo fosse lì per congratularmi per la sua trovata geniale. Ma dato che adesso è bagnata e nuda, penso sia meglio che ti lasci andare, così puoi andare da lei.»

«Grazie, amico. Apprezzo che me l'abbia detto. Ti terrò informato su tutto e tornerò sicuramente al lavoro giovedì.»

«Bene. Ci vediamo.»

Lasciai cadere il telefono sul letto e fissai meravigliato la porta del bagno. Wow. Quando era riuscita a farlo? Come? L'unico momento in cui eravamo stati separati negli ultimi due giorni era durante la sosta di tre ore durante i voli. Ci eravamo separati per mettere riparo velocemente alla mia mancanza di bagaglio. Lei mi aveva spedito in un paio di negozi di vestiti e di souvenir per comprare degli abiti di ricambio e la biancheria, mentre lei correva a comprare articoli da toilette come spazzolino, dentifricio e un rasoio per me. Doveva aver chiamato Mia allora.

Era subdola, mia moglie. Ed era ora di darle un assaggio della sua stessa medicina. Scoprii che il sesso sotto la doccia era il mio modo preferito di lavarmi insieme a mia moglie.

Ore dopo, eravamo completamente vestiti e facevamo i turisti, zigzagando tra una folla di persone. Eravamo al mercato Asan a cercare souvenir. Kat e io facevamo a turno a mordicchiare un pezzo di dolce *lapsi titaura* , assaporando l'insolito ma gradevole sapore dolce-acidulo.

«Vuoi sapere qual è la parte migliore di una luna di miele segreta?» chiese Kat tra un morso e l'altro.

«Qual è?»

«Non dobbiamo trascinare a casa una montagna di souvenir per tutti.» Le indicai un paio di negozi che sembravano interessanti dall'altro lato della strada e attraversammo. «Come mai hai scelto di venire qui, poi? Non mi hai mai detto il motivo.»

Sorrisi, staccai un altro pezzo del dolce che aveva in mano. «Potrebbe avere a che fare con le prime tre lettere del nome della città.»

«K-A-T. Oooh, no, davvero? È quello il motivo?»

«Certo che lo è.»

«Uhm, stai solo cercando di superarmi sul lato della creatività. Prima di tutto sono io quella che ha suggerito una luna di miele spontanea e segreta e ora dovevi proprio superarmi ed essere così figo da scegliere Kathmandu, in Nepal. Ti rendi conto di che cosa significa, vero?»

«Che tu accetti umilmente ed educatamente la sconfitta?»

«Eeeee tu non mi conosci per niente. Troverò un modo per superarti ancora.»

Si fermò di colpo mentre camminavamo e tolse il telefono dalla tasca. «Aspetta, qualcuno mi sta mandando un messaggio.» Lo lesse e rise, poi lo lesse di nuovo.

«Che cos'è?» le chiesi.

Lei mi passò il telefono in modo che potessi leggerlo.

Mia: Adam mi ha appena riferito che ha parlato con entrambi riguardo al vostro nuovo lavoro. CONGRATULAZIONI!!! Ragazza, sei in debito con me. Ed è il motivo per cui tu e il tuo maritino adesso siete obbligati a venire a sciare con noi a dicembre. Conto che partecipino tutti i nostri amici e sarà EPICO. Abbiamo un posto favoloso… Quindi verrete? Giusto, sì, sì, verrete.

Kat e io ci guardammo in faccia e ci mettemmo nuovamente a ridere. Dopo aver condiviso un altro pezzetto di dolce e poi un bacio appiccicoso, mi chiedevo sinceramente che cosa ci potesse essere di più epico di quel momento.

BIOGRAFIA

Brenna Aubrey è un'autrice bestseller di USA TODAY di romanzi contemporanei centrati sulla cultura geek.

Ha sempre cercato conforto in un buon libro e nelle storie lunghe e convolute che intesse nella sua testa. Brenna è una ragazza di città con un grande amore per la natura nel cuore. Quindi, appena può, cerca i grandi spazi verdi e aperti. È anche una mamma, un'insegnante e una geek, una francofila, un'indomita dipendente dai videogiochi, nonché un'accumulatrice compulsiva di libri.

Attualmente risiede sulla costa occidentale degli Stati Uniti con suo marito, due bambini e due adorabili golden retriever.

Ulteriori informazioni sul sito www.BrennaAubrey.it.